# 소재(疎齋) 이이명(李頤命)
# 매화당 습감재(習坎齋)

홍춘표 편저

한누리미디어

국립중앙도서관 출판시도서목록(CIP)

소재 이이명 매화당 습감재 / 홍춘표 편저. -- 서울 : 한누리
미디어, 2013
p. ;    cm

ISBN  978-89-7969-452-9  03810 : ₩25000

조선 시대 문학[朝鮮時代文學]

810.905-KDC5
895.709-DDC21                         CIP2013007255

소재 이이명 봉천사 유허묘정비

소재 이이명 초상화

# 매화당(梅花堂) 습감재(習坎齋)

효제충신(孝悌忠信) 햇살 같아
꽃과 같이 피는 향기(香氣)
봉강산 푸른 바다
봉천이 흐르는 강

매화당 습감재 하마장 들판에
학문(學文)을 가르치다
금수(禽獸)의 광분(狂奔) 뿌리 깊은 음모(陰謀)로
고산(高山)은 떠났어도

충절의 살신성인 보배로운 인(仁)·의(義)로
유학도 향사들에 추앙받던 소재 선생
해와 달이 여삼추라 밝은 해 떠오르니
세월이 까맣게 흘러갔네

애달프다 그날이여
영화(榮華)와 고락(苦樂)에도 한결 같은 절개여
연모하는 님의 얼
하늘이 주신 인연(因緣) 매부(梅賦)지어 기리노니

매화당 님의 흠모(欽慕) 남해군민 현존(現存)하여
영원히 잊지 않는 그대 넋을 추모(追慕)하며
남해와 오래오래 영원하리라

2012년 여름

홍 춘 표 상서

한민족의 전통 풍습(風習)을 토대로 이루어진 유배문화는 우리 민족만의 전례에 의해 유래된 결정적 형벌이라고 할 수 있다.

우리나라는 삼국시대와 고려시대에 이어 조선시대에 이르기까지 유배의 형벌을 받은 이가 많았지만 조선시대만큼 많지는 않았다. 16~17세기 명문대가 벼슬아치 가운데 유배 한 번 가 보지 않은 선비가 어디 있을까? 이름난 벼슬아치 치고 정쟁(政爭)에 휘말려 미움과 탄압에 대부분 적소(謫所) 생활을 안 한 이가 없을 정도다.

귀양이라 함은 주로 권력싸움의 패배에서 맞게 되는 죽음과도 같은 격리의 극형이다. 귀양살이 유배는 그 시대 형벌 중에 사형을 받는 형(刑) 다음 가는 무거운 형벌이다. 먼 외딴섬에 위리안치되어 가면 돌아올 가망 없이 격리되고 한양과 멀리 떨어져 있어 가족과 친지의 왕래가 매우 어려웠다.

영해에 유배된 적소는 절망의 땅으로 임금의 명이 없이는 돌아올 수 없는 죽음과 같은 무기(無期) 감옥이었다.

그 절망의 땅에서 고통과 고뇌(苦惱) 속에 단청을 생각하며 가족을 그리는 마음은 가슴을 찢는 슬픔과 분노 그리고 고독이었다.

고립된 바다 한가운데 죄인의 형벌은 애환(哀歡)이기도 하지만 고통과 좌절(挫折) 속에서 외로움을 달래고 형이 가중(加重)되어 이곳에서 죽어 돌아가는 사람이 있는가 하면, 볼모의 외딴 섬에서 자아(自我)를 돌아보며 안식과 평온(平穩)을 얻어 나름대로 수양(修養)하다 궁궐로부터 부르심을 받고 복권(復權)하는 일도 많았다.

자연경관(自然景觀)이 한 점의 신선(神仙) 같은 영해 바다 벽파의 나락에서 정치적 회오리 속에 부귀 영광을 버리고 파직되어 남해에서 유배생활을 한 이는 너무나 많다.

소재 이이명은 1689년(숙종 15) 당파의 격동 속에서 기사환국(己巳換局)으로 남인이 집권하면서 파직되어 영해인 남해에서 유배생활을 하다 호조참의로 복관되어 여러 벼슬을 거쳤다. 1708년(숙종 34)에는 좌의정에 올랐다. 이후 공은 숙종의 후사(後嗣) 문제에 깊이 관여하여 독대(獨對)라는 형식으로 숙종과 비밀리에 만나 세자(뒤의 경종)가 아닌 연잉군(延礽君, 뒤의 영조)의 보호를 부탁받고 이들의 후원을 자임(自任)했다. 1721년(경종 1) 김창집(金昌集), 조태채(趙泰采), 이건명(李健命)과 함께 노론 4대신(老論四大臣)의 한 사람으로 세제(영조)의 대리청정(代理聽政)을 실현하려다가 실패했다. 이 일 때문에 소론의 격렬한 공격을 받아 관작(官爵)을 삭탈당하고 남해로 유배되었다.

풍광이 아름다운 적소에 유배된 소재 이이명 선생은 애민우국(愛民憂國) 선비정신으로 배소생활을 하며 유향품관들과 친교(親敎)하였다. 낡은 옛 집을 수리하여 효제충신(孝悌忠信)의 도를 가르치며 향사의 선비들과 교우하며 화친(和親)으로 학문을 가르치기도 하였다. 사실상 민족 유배문화는 이제 성장을 멈춘 문화이지만 유배는 독특한 정서가 지역문화의 발전을 형성하는 학문의 밑거름이 되기도 하였다.

유배지에서 꽃피운 유배 한글문학은 자주성과 창조력을 높이는 뛰어난 명작이 남해(화전)에서 산출되었다. 구구절절 시가로 읊은 서포 김만중의 《사씨남정기》, 《구운몽》, 《서포만필》과 자암 김구의 《화전별곡》, 유의양의 《그날의 유배기》 등 많은 유배문학이 있다.

지금부터 494여 년 전 자암 김구는 교통이 불편하고 생활이 곤궁한 남해도(화전)에 1519년(중종 14) 기묘사화로 유배왔다. 조선 4대 서예가의 한 사람으로 6년 7개월간의 관직생활을 끝내고 노량에서 적거생활을 13년간 지내다 1531년(중종 26) 44살에 사면 받아 남해(화전)를 떠났다. 또한 324년 전 서포 김만중은 1689년(숙종 15) 53세의 나이로 유배와 1692년(숙종 18) 4월 30일 시신으로 아들 진화에 의해 노도를 떠났다. 누구라도 그 이름만 들어도 기억할 자암과 서포는 민족문화 역사에 남해 유배문학으로 우리 문학사의 명사이다.

남해와는 인연이 깊은 주자도통주의(朱子道通主義)에 정치이념의 학자인 이이명은 1721년(경종 1) 남해로 2번이나 유배되어 온 인물로, 서포가 세상을 떠나자 사위 이이명이 남해로 유배와 장인이 살았던 적사를 찾았다. 마침 매화나무 두 그루가 주인을 잃고 시들어 가는 것을 보고 자신이 거처하는 적사로 옮겨 심었더니 다시 잘 살아났다. 그래서 그는 〈매부병서〉를 지어 "내가 장인과 기운이 닮아 매화나무가 나를 보고 장인을 본 듯 살아났다"고 했다.

소재 이이명은 남해 유배와 배소에서 오로지 학문을 연구하고 후학들을 가르쳐 선생의 재능과 학식이 높이 평가되어 주위의 존경을 한 몸에 받았다. 성리학에 정통했던 석학으로 그 이름이 높다.

2013년 2월 4일

편저자 **홍춘표**

# 학문은 인간이 체득하는 진리의 생명

홍춘표 시인이 뜻 깊은 관심으로 유배문학에 몰입해 문화와 역사가 전래되는 경이로운 뜻을 담은 《소재 이이명 매화당 습감재》를 서술하여 출간하게 됨을 진심으로 격려하며 먼저 축하를 드립니다. 귀양살이 유배는 전통 풍습의 토대로 삼국시대부터 조선시대에 이르기까지 이루어진 그 시대 형벌 중에 사형을 받는 벌(罰) 다음 가는 무거운 중벌(重罰)입니다.

유배는 절망의 땅으로 도성과는 멀리 떨어져 있고 임금의 명이 없이는 돌아올 수 없는 고립된 귀양길입니다. 조선 노론 4대신의 한 분으로 주자도통주의(朱子道通主義)에 기반한 정치이념으로 숙종의 신임을 한 몸에 받으며 노론정권의 핵심적 존재로 소론의 치열한 정쟁(政爭) 속에 세제(世弟, 영조)의 대리청정을 실현하려다 실패해 하방고적의 자연 풍광이 수려한 남해(화전)로 유배와 산과 바다, 노을과 구름을 보며 산수를 즐기며 선비정신으로 학문을 승화시킨 위대한 생애, 이이명 선생은 낡은 옛 집을 수리하여 백성의 깨우침을 주기 위한 논리의 법식이 맞는 학문의 지식을 익히기 위해 효제충신(孝悌忠信)의 도(道)를 중시하며 향사의 선비들을 가르치셨습니다. 유구한 문화 역사적 고전에서 선인들이 이역의 땅에서 그들의 삶과 정신을 학문과 저술에 발분하여 유배문학의 성지가 되기도 한 남해는 우리나라 고전문학의 대표 소산이며 소재 선생의 장인인 서포 김만중 선생의 적거지가 역시 남해도 화전입니다.

업보의 사연으로 절절한 운명에 적소 남해로 오게 된 한 생명이 생을 영위하며 웅지를 접고 살다 간 유배문화의 고장 남해는 선인들의 학문과 문화 역사를 거슬러 소고(溯考)하여 침묵 속에 뚜렷이 소시(昭示)한 홍춘표 시인이 구사한 사실적 저술은 온 섬의 들고 나는 파도에 노래를 하며 해와 달이 한 점 섬, 신선의 섬과 함께 '매화당 습감재' 기록과 함께 창파에 가득 향훈이 흐를 것입니다. 역사의 뒤안길에 침적되어 묻혀 가는 유배문학의 근원적 자취를 찾아 그 정황(情況)들을 오늘의 시점에서 바라볼 때 효제충신의 학문과 향사, 객관의 속성을 생각해 본다면 학문의 진리를 찾아보는 것이 향토 문화의 토착성을 지향하는 토속학 대상으로 선양 발전하는 문화의 지표(指標)로 사고의 필요성을 요구하고 있으며, 적어도 유배지에 대한 관심과 논의가 필요하게 되는 것은 역사적 필연인 것입니다.

한 사람이 남긴 남해의 흔적을 저술로 엮어낸 역사문화를 공유하며 감동과 유익한 이야기를 열정으로 출간한 데 거듭 찬사를 보내며 많은 사람의 입에 회자되길 기원합니다.


2013년 2월 25일


소설가·『한맥문학』 발행인 김진희

# 문화는 삶을 풍요하고 아름답게 한다

이번에 홍춘표 시인이 《소재 이이명 매화당 습감재》라는 향토색 짙은 책을 펴내게 된 것을 진심으로 축하합니다.

고향 이야기는 누구에게나 마음 설레게 합니다. 신선 같은 선경 남해는 경치가 아름다운 역사와 문화의 고장입니다. 스스로 사색(思索)하며 유배문학에 겸허히 몰두하여 역사와 사회문화에 대한 새로운 유배문학의 학술적(學術的) 담론을 말하는 저술을 한 권의 책으로 정리하여 내는 것은 크나큰 기쁨일 것입니다.

남해는 진실로 선인들이 남기고 간 유적들이 산지사방에 자취를 남기며 전래되고 있습니다.

토속적 남해 풍경과 함께 크고 작은 굴곡(屈曲)의 사건들이 전승되어 이어져 오는 시대적 사상과 이념의 가치관이 얼마나 수용되고 선양하느냐 하는 것은 미래의 안목을 여는 시금석이 될 것입니다. 유배인의 많은 흔적(痕迹)들이 오랜 세월을 거쳐 오면서 구전으로 오늘날까지 회자되는 유배문학은 우리 고장의 자랑스러운 참 모습으로 아련한 역사 속에 남아 있는 우리 민족의 전통 풍습(風習)을 토대로 이루어진 결정적 형벌이기도 합니다. 원한과 애환이 서린 아픔의 귀양살이는 고전에서 거쳐 온 유형의 형벌로 정쟁(政爭)이 심해질수록 정적(政敵)을 향한 갈등과 미움의 탄압이 심해져서 영해로 안치하는 유배생활은 절망의 땅에서 목숨을 지탱하다 생을 마치는가 하면 정치적 좌절은 새로운 계기가 되어 유배지는 위대한 학문을 낳는 산실(産室)의 은거지이기도 합니다.

유배의 진수가 정연하게 저술되어 그 향기가 심금을 울리고 소재 이이명 선생의 매화당 습감재가 백성의 깨우침을 주기 위한 애민애국의 예도를 가르치는 학당으로 향사의 인근 선비들까지 학문을 배웠습니다.

남해는 인고(忍苦)와 시련의 땅으로 수많은 사연과 역사를 가진 문화의 섬으로 섬주민이 유배객에 의해 남해는 세상에 널리 알려졌고 현재에 전하여져 옵니다.

홍춘표 시인이 유배객의 자취를 따라 저술해 출판하는 이 책은 감흥과 서사를 느낄 수 있는 매우 흥미 깊고 주옥 같은 남해의 얼을 깨우는 눈부신 문학적으로 다채로운 절해의 향기가 물씬합니다.

산고에 힘찬 박수를 보내며 많은 사람에게 애독되길 진심으로 간원합니다.

2013년 3월 27일

재경남해향우회 자문위원 · 주식회사 광건티엔씨 회장 **박 봉 열**

# 신화는 인간의 신성한 이야기로 전승

한 글자 한 글자를 담론(談論)으로 엮어 표제로 저술하여 오랜 산고 끝에 내놓는 홍춘표 시인의 《소재 이이명 매화당 습감재》 출간에 진심으로 격려와 함께 축하를 드린다.

화전 땅 남해는 산과 바다가 기이한 해안선의 아름다운 굴곡이 풍광을 이룬 문화의 고장으로 삼남제일의 이국 풍경이 언제나 낭만적(浪漫的)인 절경을 이룬 곳이다. 창파에 흐르는 기괴한 경치는 가는 곳마다 유구한 문화유적을 지니고 있는 고장이다.

문화와 어우러진 삶은 자연과의 융화에서 생태적 공동체(共同體)가 보여준 노력으로 이루어진 독보적 유산이라 믿는다. 문화는 인간 사회의 보편적(普遍的) 특징으로 일단 확립(確立)되면 자체의 생명을 가지게 된다.

역사 문화는 한 세대에서 다음 세대로 전달되면 그 기능은 삶 속에 녹아내려 뿌리 깊은 전통으로 공유되며 문화로 이어진다. 선대가 남긴 역사 문화는 신산(辛酸)한 세월 속에 수난(受難)과 외침(外侵)의 질곡을 당하면서도 백성을 보우(保佑)하며 애국 충절의 정신으로 큰 공을 세워 온 것이 사실이다.

세상이 혼란할수록 태평성대(太平聖代)를 꿈꾸며 쌓아온 경륜으로 세상을 바로 잡아보려는 충정어린 상소(上疏)나 직언(直言)으로 당쟁(黨爭)에 휘말려 정치적으로나 사상적으로 곤란한 곤욕에 탄핵되기도 했다.

이러한 관점에서 이번에 홍춘표 시인이 출간하는 《소재 이이명 매화당 습감재》는 소재 이이명이 1689년(숙종 15) 기사환국으로 남인이 집권하면서 탄핵의 공격을 받아 귀양살이로 남해에 유배와 적소생활 중에 지역 주민들과 교유하며 향교나 서당에서 유학도 향사들에게 훈육(訓育)한 중앙의 수준 높은 문물을 전해 주게 된 내용을 기술한 것이다.

이로 인해 변화된 지역문화 발전은 물론 많은 후인 양성에 애열(愛熱)하는 내면적인 어짐과 의로움이 지대(至大)한 영향을 받게 되었다.

소재 이이명은 숙종의 후사(後嗣) 문제로 깊이 관여하게 됨에 따라 독대(獨對)라는 형식으로 비밀리에 만나, 세자(경종)가 아닌 연잉군(延礽君, 영조)의 보호를 부탁받고 후원을 자임했다.

1721년(경종 1) 김창집(金昌集), 조태채(趙泰采), 이건명(李健命)과 함께 노론 4대신(老論四大臣)의 한 사람으로 세제(世弟, 영조)의 대리청정(代理聽政)을 실현하려다가 실패했다. 이 일로 해서 소론의 격렬한 공격을 받아 관작을 삭탈당하고 남해로 유배되었다가 이듬해 죽음을 당했다.

홍춘표 시인은 역사에 묻혀 침묵하고 있던 유배의 시원인 역사의 현장에서 사실에 충실한 진솔한 어문으로 역사 문화가 살아 숨 쉬는 선경, 화전 땅 유배 문학사에 현성(顯聖)을 나타내는 뜻 깊은 역작을 집필하여 내놓은 훌륭한 저술에 치하와 함께 마음으로 경축하는 바이다.

오늘을 사는 우리는 애환이 깃든 유배문학의 진실을 발굴하여 밝혀야 하는 시대적 사명을 지니고 문화 역사의 정체성과 고유성(固有性)을 다시 확인하고 계승 발전할 수 있도록 우리에게 남겨진 문화유산을 아끼고 소중히 보존(保存)해 나가야 할 책무를 다하여야겠다.

거듭 흙 속에 숨어있는 보물을 찾아내어 향토사를 정연히 간추려 다함께 읽고 공유하게 한《소재 이이명 매화당 습감재》의 출판을 축하하며 뜻있는 많은 분들의 필독을 권하는 바이다.


2013년 4월 20일


재단법인 한성장학회 상임이사 · 『한국불교문학』 편집위원장 장 봉 호

# 영해 화전에 남긴 명예의 전당

    《소재 이이명 매화당 습감재》 출간을 진심으로 축하합니다. 많은 분들이 고향에 대한 애기를 기술(記述)하여 책으로 펴내고 있습니다만 이번에 홍춘표 시인이 심혈을 기울여 출간 소개하는 이 책은 1689년(숙종 15) '기사환국'(己巳換局)으로 남인이 집권하면서 파직되어 영해인 남해(화전)에서 유배생활을 하고 1694년(숙종 20) '갑술옥사'(甲戌獄事)로 서인이 정권을 잡게 되면서 중앙정부 호조참의로 복귀한 이이명 공을 주제로 기술한 저서로 알고 있습니다.

    이이명 공은 1706년(숙종 32) 우의정 벼슬에 올랐으며 1708년(숙종 34)에는 좌의정에 올라 숙종의 후사(後嗣) 문제에 깊이 관여하여 1717년(숙종 43)에는 독대(獨對)라는 형식으로 숙종과 비밀리에 만나 세자(경종)가 아닌 연잉군(延礽君, 영조)의 보호를 부탁받고 이의 후원을 자임했습니다.

    숙종과 노론은 경종에게 대리청정을 시키고 만약 실수를 하면 이를 빌미로 내칠 생각이었으나 숙종이 갑작스레 병환이 악화되어 세상을 뜨게 되면서 경종이 무난하게 국정 운영을 하게 되면서 숙종과 노론의 계획은 실패하고 경종이 왕위에 오르게 되었습니다.

    소론은 1721년(경종 1) 노론이 연잉군의 대리청정을 주장했다는 것을 불충(不忠)이라 하였고, 또한 노론이 경종을 제거하려 했다는 소론의 격렬한 공격으로 탄핵하여 결국 노론은 관작을 삭탈당하고, 이이명 공은 남해로 유배되었다가 이듬해 죽음을 당했습니다.

    소재 이이명 공은 영해 화전(남해)에 두 번이나 유배와 유학도 향사들에게 글도 가르치며 중앙문물을 전해 주었습니다. 이 고귀하고 숭고한 이이명 공의 삶과 충절의 살신성인의 보배로운 인(仁)·의(義)는 봉천이 흐르는 하마장 들판에 책과 함께 제목만으로도 지방 향사들의 훈육에 뭔가 메시지를 던져주는 것입니다.

사람은 저마다 성공적인 삶을 위하고 국가에 충성하며 위대한 사람이 되려고 노력하지만 그렇게 되기는 쉽지 않습니다. 인간은 자신이 처한 배경과 환경에 의해 조화와 균형을 이룰 때 그 삶이 빛나며 흔적의 발자취로 남게 되는 것입니다.

《소재 이이명 매화당 습감재》 책을 통해 귀감이 되는 소재 이이명 공의 인생사를 한눈에 볼 수 있는 그 당시 사회와 주변을 자신이 아니 국가안일을 위해 힘써온 사실과 겸허함에 고개를 절로 끄덕이는 숙연함이 느껴집니다.

이 책을 펴내느라 부단히 노력한 홍춘표 시인, 지치지 않고 어려움을 겪으면서도 저술의 출판을 포기하지 않고 도전할 수 있었던 끈기와 용기는 자신의 노력과 인내로 하여 삶을 성공적으로 이끌어낸 향토유배문학의 역사문화와 직결되는 중요한 향토적 문화사이기 때문입니다.

하나같이 깨알 같은 점을 모아 분명한 목적을 가지고 항상 누구에게나 읽히고 배울 만한 훌륭한 책을 출간해 주신 홍춘표 시인에게 거듭 찬사를 보내며 이 땅의 많은 분들에게 두루두루 널리 알리어 회자되길 함께 앙망합니다.

2013년 4월 10일

남해초등학교총동창회 회장 김 창 길

# 차례 Contents

# 봉천사 묘정비(廟廷碑)

봉천사(鳳川祠)는 남해읍 북변동 동쪽에 죽산리가 있다. 마을 아래쪽으로 개천이 있어 이를 봉천(鳳川)이라 부른다.

봉천사 묘정비는 궁정(弓亭) 건너편 북변동 430번지 낮은 언덕바지에 황량하게 남아 있었다.

남해군은 2011년 3월 7일 남해공용터미널 옆 봉강산 자락에 위치한 봉천사 묘정비를 남해 유배문학관으로 이전했다. 봉강산 자락에 위치한 묘정비는 풍화작용과 잡초 속에 오랜 방치로 인해 비석도 앞으로 서서히 기울어져 소재 선생을 존경하는 향토사학자들의 관심과 행정당국의 의견(意見)으로 묘정비를 유배문학관으로 옮겨 남해를 찾는 이들에게 볼거리를 주고 소재 선생에 대한 당시의 습감재 향사의 효제충신(孝悌忠信)의 도(道)를 가르치던 충효정신은 물론이고 문화유산인 향토유적을 후대에 거울로 삼아 잘 전승 보존할 수 있게 했다.

묘정비는 역사적으로 민족문화이면서도 남해 유배문학으로 선인들이 남긴 정신적으로 소중하고 귀한 문화유산으로 남해의 유적(遺蹟)이다.

소재 이이명은 1692년(숙종 18) 장인인 서포 김만중이 귀양살이를 하고 떠난 남해에 이배되었고 1721년(경종 1)에 다시 유배와 2년여에 걸쳐 귀양살이를 하면서 이이명은 사당을 열어 향사는 물론 인근 고을 선비와 진주목 향사들에게까지 학문을 가르쳤다.

봉천사는 숙종조의 노론 사대신의 한 사람인 이이명을 모시던 곳으로 공이 돌아가고 78년이 지난 1800년(정조 24)에 죽산리 상류에 봉천사를 짓고 유허묘정비(遺墟廟庭碑)를 1828년(순조 28)에 세워 그 덕을 추앙해 왔으나 고종조 대원군의 서원철폐령에 의해 봉천사는 훼철돼 없어지고 여러 사정을 거쳐 묘정비만 북평동 궁전 건너편 봉강산 밭 기슭에 옮겨져 쓸쓸하게 방치되어 남아 있다가 신묘년(辛卯年) 3월에 남해 유배문학관으로 옮기게 되었다.

이이명은 1725년(영조 1) 영조대왕이 즉위하자 관직이 복구되어 서울 노량진에 사당을 세워 4대신으로 모셔졌고, 경기도 광주의 사충서원에 배향되고, 남해 봉천서원에도 배향되었으며, 1725년(영조 1)에 신원되었으며, 시호가 내려졌다. 문집에《소재문집》(疎齋文集) 18권과 연보가 있다.

묘소는 충남 부여군 임천면 옥곡리 신좌에 예장하였다.

배위는 정경부인 광산김씨이다.

# 형벌과 귀양길

유배란 지금으로 말하면 형무소인 셈인데, 고려시대나 조선시대에는 주로 정치적인 이유로 귀양을 보냈다. 귀양지로는 왕실과 멀리 떨어진 삼남지방, 경상도, 전라도, 충청도가 대부분이었고 일부는 강원도로 보내졌다. 조선시대 유배지는 408곳이었는데 그 중 경상도가 81곳으로 가장 많았으며 거제도는 전국에서 2위였다. 유배는 죄의 경중(輕重)과 집행 방법에 따라서 안치(安置), 부처(付處), 정배(定配) 등으로 나뉜다.

부처는 경죄인(輕罪人)을 도성에서 가까운 곳에 유배시키는 것이고, 정배는 죄인을 지방이나 섬으로 보내 일정한 기간 동안 그 지역 내에서 감시를 받으며 생활하게 하는 형벌을 말하는 것이다.

안치는 중죄인(重罪人)에게 부과하는 유형으로 유배지 내에서 일정한 장소를 지정하고 활동반경을 그 집으로만 제한하는 것으로 본향안치, 자원안치, 위리안치(圍籬安置) 등이 있다.

죄인을 격리, 통제하기에는 섬이 매우 적합한 유배지였다. 특히 위리안치자가 유난히 많은 것은 남부지역이 가시나무 탱자나무가 많이 분포했기 때문이다. 절도 정배지의 조건으로는 관의 통제가 쉬운 관방(關防)이 설치되어 있어야 했고, 경제적 여건이 유배인의 의식주를 책임질 정도라야 했다.

형벌에는 태형(笞刑), 장형(杖刑), 도형(徒刑), 유형(流刑), 사형(死刑) 5가지가 있다.

(1) 태형(笞刑)은 가벼운 죄를 범한 죄인에게 작고 가는 가시나무 회초리로 죄

인의 볼기를 치는 형벌이다. 가장 가벼운 벌로서 태 50대까지 10대씩 5등급으로 나누어 벌하였다.

(2) 장형(杖刑)은 5가지 종류로 넓죽하고 길죽하게 만든 곤장으로 죄인을 60대, 70대, 80대, 90대에서 100대까지 5등급으로 나누어 벌을 주었다.

(3) 도형(徒刑)은 죄인을 한 곳에 가두어 두고 소금을 굽거나 쇠를 다루는 등의 힘든 일을 시키는 형벌로 지금의 징역형과 같다.

(4) 유형(流刑)은 귀양을 보내는 벌이다.

유배는 귀양만 보내는 형벌이고, 장배는 장형과 유배를 함께하는 벌이고, 찬축은 죄인을 먼 곳으로 귀양 보내 쫓아내는 형벌이고, 안치는 귀양간 곳에서 일정한 처소에 주거를 제한하는 형벌로 주로 왕족에게 적용되었다.

(5) 사형(死刑)은 생명을 빼앗는 형벌로 다시 교형(絞刑)과 참형(斬刑)이 있었다. 교형은 사형수의 목을 졸라서 죽이는 것이고, 참형은 목을 베는 형벌이다.

형벌 5가지를 들었는데 마지막으로 사형은 삼복제를 시행하여 국왕의 재결을 거쳐 결정되었다.


그런데 이런 오형 외에도 다음과 같은 형벌도 있었다.


(1) 사사(賜死) : 사약(賜藥) : 죽일 죄인을 대우하여 임금이 독약을 내려 스스로 죽게 하던 형벌이다.

(2) 효시(梟示) : 목을 베어 높은 곳에 매달아 놓아 뭇사람에게 보이는 형벌이다. 효수(梟首)라고도 한다.

(3) 단근(斷筋) : 도둑질을 세 번 이상 한 자에게 손의 힘줄을 끊던 형벌이다.

(4) 능지처참(陵遲處斬) : 대역죄를 범한 자에게 과하던 극형. 죄인을 죽인 뒤 시신의 머리, 몸, 팔, 다리를 여섯 토막 쳐서 각지에 돌려 사람들에게 보이는 형벌이다.

(5) 부관참시 : 무덤을 파헤치고 관을 꺼내 시체를 베거나 목을 잘라서 거리에 내걸던 형벌이다.

(6) 도배형 : 약간 중한 죄인에게 곤장을 친 후 일정기간 복역시키거나 군대에 동원시키는 형벌이다.

(7) 팽형(烹刑) : 물에 삶아 죽이는 형벌인데 실제로는 가마솥에 죄인을 넣고 끓이는 시늉만 하는 형벌로 그 벌을 받은 사람은 죽은 사람처럼 행동해야 하고, 집 바깥 활동은 금지한다.

(8) 고족형 : 발을 쪼개는 형벌로 양반이 노비의 죄를 다스릴 때 쓰던 형벌이다.

(9) 월족형 : 단근형의 일종으로 발뒤꿈치의 힘줄을 베어버리는 형벌이다. 절음발이 또는 앉은뱅이가 되는 매우 잔인한 형벌이다. 이 역시 사가에서 시행되었다.

(10) 의비형 : 코를 베어버리는 형벌로서 권세가 있는 사가에서 노비의 죄를 다스릴 때 썼다.


또한 형벌 이전에 죄인을 수사하는 과정에서 갖가지 고문이 시행되었는데 그 예로는 다음과 같다.


(1) 압슬(壓膝) : 죄인을 기둥에 묶어 사금파리를 깔아 놓은 자리에 무릎을 꿇게 하고 그 위에 압슬기(목판)나 무거운 돌을 얹어서 자백을 강요하던 고문의 일종이다.

(2) 난장(亂杖) : 신체의 부위를 가리지 아니 하고 마구 매로 치던 고문이다.

(3) 낙형(烙刑) : 불에 달군 쇠로 몸을 지지는 일이다. '단근질' 이라고 한다.

(4) 비공입회수(鼻孔入灰水) : 사람을 거꾸로 매달아 놓고 코에 잿물을 붓는 일종의 고문방법인데 권세 높은 양반들이 노비나 천민의 죄를 다스릴 때 사용했다.

(5) 태배형 : 태로써 등을 난타하는 고문이다.

(6) 주리형 : 사람의 양다리를 함께 결박하여 그 중간에 2개의 주장을 넣어 가위 벌리듯이 좌우로 벌리게 하는 고문방법이다. 불구가 되기 쉽다.

이런 오형과 각종 고문이 없어진 시기는 제각각 다르다. 다만 갑오개혁을 계기로 종래 전통적인 5형 중심의 형벌체계는 자유형 중심으로 전환되었다. 즉 1894년 '감옥규칙의 제정'과 1895년 '경무청관제에 감옥서의 직제 및 직무' 등이 규정되면서 근대적 자유형이 도입된 것이다. 하지만 부끄럽게도 그 이후에도 고문은 지속되어 1990년대에 들어서야 고문이 사라지고 인권이 보호되었다.

남해도에 유배된 적객들은 도형은 징역형으로 장형에 처한 뒤 기간을 정하여 징역을 살게 되고 유형은 유배형으로 역시 장형에 처한 뒤 안치(부처)시키는 형으로 사형보다는 조금 약한 형으로 위리안치 형벌도 있으나 대략 남해는 유형에 속하는 형으로 중 범죄자나 주로 정치범들이 이에 속하였다.

섬으로 유배되는 것을 절도안치라고 하는데 섬으로 주로 안치(부처)된 곳은 제주도, 거제도, 진도, 남해도 등이다. 절도안치에서도 위리안치, 가극안치, 천극안치라는 용어를 쓰지만 위리, 가극, 천극 등의 용어는 똑같은 것으로 유배 생활을 하는 집 울타리를 가시나무로 심어 다른 사람과 접촉을 못하도록 하는 것이다.

남해로 유배온 유배객들을 볼 때, 주로 고관 관료로 지내다 집정자나 집권자가 바뀜에 따라 정적이 되어 유배를 와서 생을 마치기도 하고 풀려나서 다시 복관되기도 하였다.


한양에서 시작되는 유배지 경로는 대략 이러하였다.

고려시대 초기에 전국 연결 역참역을 정비함에 따라, 조선말까지 유배 또는 관리로 부임시(赴任時) 한양에서 출발하여 삼남대로(三南大路)를 따라 삼례역까지 남으로 곧바로 내려와 통영별로(경남 통영길)와 해남로(전남 해남길)가 삼례역에서 분기하고, 통영로는 전주를 거쳐 남원, 함양, 산청, 진주, 하동, 남해, 진주, 사천, 고성, 통영에 도착하였다. 일부 영남대로를 이용되었다.

한양 남대문—동작진—남태령—과천—지지대고개—수원—오산—천안—차령고개—공주—논산—황화정—여산—삼례역—추천(楸川)—전주(全州)—만마관(萬馬關)―노구암(爐口巖)―소치(掃峙)―오원역(烏原驛)―마치(馬峙)―오수역(獒樹驛)―율치(栗峙)―남원(南原)―여원치(女院峙)―운봉(雲峰)―팔랑치(八良峙)―함양(咸陽, 이하 경상도)―사근역(沙斤驛)―산청(山淸)―오조점(烏鳥店)―단성(丹城)―소남진(召南津)―진주(晉主)―관율역(官栗驛)―사천(泗川)―감치(甘峙)―고성(固城)―통영(統營)―거제―오양역―배소에 거취하다.

남해 최초 유배 길의 기록은 첫 번째로 소개할 분은 최세보(崔世輔, ?~1193)이다. 그는 미천한 출신으로 문맹(文盲)이었다.

그는 성품이 호탕스럽고 무예가 능하여 고려 18대 의종의 금군 대정으로 있었으나 의종 21년(1162) 유시의 변에 혐의를 받고 남해로 유배되었다. 유배소에서 어떤 생활을 하였는지는 알 수 없으나 명종[1] 원년(1171) 정중부[2]의 쿠데

---

1) 명종(明宗, 1131~1202) : 시호는 명종황명광효대왕(明宗皇明光孝大王). 인종과 공예태후(恭睿太后) 임씨(任氏)의 셋째 아들이며 의종의 동생이다. 고려시대 1170년에 무신정변으로 의종이 폐위되고 무신들에게 추대되어 즉위하였다. 그러나 실권은 무신 정권의 지도자인 이고(李高, ?~1171), 이의방(李義方, ?~1174), 정중부(鄭仲夫, 1106~1179) 등에게 있었다. 이후 그는 무신 정권 집권자들을 서로 견제하게 만들고 왕족들의 단합을 이끌어내어 무신들의 손아귀로부터 부단히 왕실을 지키기 위해 노력하게 된다. 1173년에 동북면병마사(東北面兵馬使) 김보당이 무신 정권 타도와 전(前) 임금인 의종의 복위를 천명하며 군사를 일으켰으나, 무신 정권에 의하여 진압되고 의종은 시해되었다. 1179년 정중부의 전횡을 탐탁치 않게 여긴 경대승이 정변을 일으켜 정중부를 죽이고 정권을 장악하였다. 경대승이 죽자, 명종은 경주로 달아난 이의민을 다시 불러들였다. 이의민은 새로운 무신 권력자가 되어 자신의 아들들을 모두 요직에 앉히고 부정부패를 일삼아 갖은 횡포를 부리다가, 나중에 가서는 스스로 임금이 되려는 야심까지 품게 된다. 1196년 음력 4월, 최충헌이 이의민을 참살하고 정권을 장악하여 최씨 정권시대가 열리게 된다. 이때 최충헌은 거사의 명분을 얻기 위하여 앞으로의 국정개혁안의 내용을 담은 봉사10조(封事十條)를 올리고 명종은 이를 기꺼이 받아들인다. 그러나 최충헌의 난 초기의 혼란기를 기회로 무신 정권을 타도하려 하였으나 1197년에 최충헌 형제의 정변으로 폐위를 당하고 창락궁(昌樂宮)에 감금되었다. 유폐된 지 6년 후에 병을 얻어 죽게 된다.

2) 정중부(鄭仲夫, 1106~1179) : 본관은 해주(海州). 처음 주(州)의 군적(軍籍)에 올라 상경하여 공학금군(控鶴禁軍)을 거쳐 인종 때 견룡대정(牽龍隊正)이 되었다. 궁중에서 김부식(金富軾)의 아들인 김돈중(金敦中)이 촛불로 그의 수염을 그을리자 김돈중을 묶어놓고 욕보임으로써 김부식의 노여움을 받았으나, 왕의 도움으로 위기를 모면했다. 의종 초에 교위(校尉)를 거쳐 상장군(上將軍)에 올랐다. 그런데 당시 무인들은 문신들에 비해 경시되는 정도가 극에 달했다. 이에 견룡행수(牽龍行首)인 산원(散員) 이의방(李義方)과 이고(李高)가 반란할 것을 제의하자, 그들과 함께 반란을 일으켜 정권을 장악했다. 그리하여 의종을 폐하고 명종을 새로 옹립하는 등 무인정권시대를 열게 되었

타로 무신들이 득세하자 방면 복직되어 명종 11년(1181) 치주밀 원사, 1184년 문하시당평장사, 판병부사 상장군에 올랐다.

1190년 판이부사를 지낸 뒤 수태사까지 올랐으나 최충헌[3]이 정권을 잡자 쫓

다. 무인란 직후 의종의 개인 저택을 차지하고 자신과 외가의 관향(貫鄕)을 승격시켰으며, 참지정
사(參知政事)를 거쳐 중서시랑평장사(中書侍郞平章事)가 되었고 1등공신에 올랐다. 1173년 동북면
병마사 김보당(金甫當)의 난을 진압하면서 다시 한 번 문신들을 살해했다. 이듬해 9월에 서경유수
조위총(趙位寵)이 정중부와 이의방을 토벌한다는 명목으로 반란을 일으키자 토벌군이 파견되었는
데, 이때 그의 아들 균(筠)이 종참(宗참) 등을 이용하여 이의방을 제거했다. 그 결과 이의방 · 정중
부 연합정권이 무너지고 그는 문하시중에 임명되어 무인집정에 올랐다. 정중부정권의 수립으로 이
의방의 무력에 눌려 지내던 상급 무인들이 정치일선에 실력자로 등장했으며, 문신들과의 관계도
다소 원만해졌다. 1175년 궤장(几杖)을 하사받았으며, 이듬해 조위총의 난을 평정했다. 1178년 치
사(致仕)했다. 남의 토지를 탈점하여 전원(田園)을 광범위하게 설치했으며 마음대로 권력을 휘둘렀
다. 1179년 상급 무인들이 잇따라 죽으면서 정중부 일가의 권력 집중이 심화되었으며, 문신들과의
연계를 담당하던 사위 송유인(宋有仁)이 문신의 대표적인 문극겸(文克謙) · 한문준(韓文俊)과 사이
가 나빠지면서 문신과의 연결고리가 끊어졌다. 결국 경대승(慶大升)에 의해 정균 · 송유인과 함께
살해되었다.

3) 최충헌(崔忠獻, 1149~1219) : 시호는 경성(景成)이다. 아버지는 상장군 원호(元浩)이다. 음보(蔭補)
로 양온령(良溫令)이 되었다. 1174년(명종 4) 조위총(趙位寵)의 난 때 원수 기탁성(奇卓誠)에게 발
탁되어 별초도령(別抄都令)으로 용맹을 떨쳐 섭장군(攝將軍)에 이르렀다. 1196년 동생 충수(忠粹)
와 함께 이의민을 살해하고 그 일당을 숙청하여 정권을 장악했다. 집권 후 그동안 누적된 폐정(弊
政)의 개혁을 요구하는 '봉사십조'(封事十條)를 왕에게 올려 자신의 집권을 합리화했다. 이어서 왕
의 측근 50여 명을 몰아내고 좌승선(左承宣)을 거쳐 지어사대사(知御史臺事)가 되었다. 1197년에
충성좌리공신(忠誠佐理功臣)을 제수 받았다. 왕이 봉사십조를 시행하지 않고 국고만 낭비하자 군
사를 동원하여 명종을 폐위하고 평량공(平涼公) 민(旼, 신종)을 왕으로 추대했으며 정국공신 삼한
대광대중대부 상장군주국(靖國功臣三韓大匡大中大夫上將軍柱國)이 되었다. 그해 동생 충수가 딸
을 태자비로 들이려 하자 이에 반대하여 박진재(朴晉材) 등의 도움을 얻어 군사력으로 제압하고 동
생을 살해했다. 1198년(신종 1) 만적(萬積)의 난을 사전에 진압하고 이듬해 병부상서 지이부사(兵
部尙書知吏部事)에 올라 문무관의 전주(銓注)를 관장했다. 이해 황주목수(黃州牧守) 김준거(金
俊琚) 등의 모반을 사전에 진압했다. 이때 도방(都房)을 설치하여 6번(番)으로 나누고 신변보호를
담당하게 했다. 1201년 추밀원사 이병부상서 어사대부(樞密院使吏兵部尙書御史大夫)가 되었으며,
1203년 중서시랑평장사 이부상서 태자소사(中書侍郞平章事吏部尙書太子少師)에 올랐다. 1204년
신종을 폐하고 태자(희종)를 옹립한 후 벽상삼한삼중대광 개부의동삼사 수태사 문하시랑동중서문
하평장사 상장군 상주국 판병부어사대사 태자태사(壁上三韓三重大匡開府儀同三司守太師門下侍
郞同中書門下平章事上將軍上柱國判兵部御史臺事太子太師)에 올랐다. 1205년(희종 1) 내장전(內
莊田) 100결(結)을 하사받고 문하시중에 임명되었으며, 진강군개국 후 식읍삼천호 식실봉삼백호
(晉康郡開國侯食邑三千戶食實封三百戶)에 봉해졌다. 1206년 진강후(晉康侯)로서 흥녕부(興寧府)
를 설치했고, 이듬해 중서령 진강공(中書令晉康公)에 올랐다. 이해 오랫동안 정치적 동반자였던 조
카 박진재를 제거하고 그의 문객들을 섬에 유배했다. 1209년 교정도감(敎定都監)을 설치하여 국정

거나 귀양을 가게 된다.

최세보(崔世輔)의 인적사항에 대해서는 상세하게 기록된 곳은 없으나 단 무신으로 관직에 있으면서 2번이나 남해로 유배를 왔지만, 탄탄대로로 승승장구하여 수태사(정1품)라는 벼슬까지 오른 사람이다. 최세보는 고려 명종 때 무신으로 한미한 집안 출신이지만, 천성이 쾌활하여 농을 즐기기도 하였다. 그러나 탐오하여 매관매직으로 치부를 하여 그가 집을 지을 때 한 마을 사람들을 쫓아내고 마을 전체를 수중에 넣은 다음 4면에 각각 저택을 만들었다. 이러한 행동은 후대에까지 권세를 유지하려는 음모가 있었기 때문이다. 그리고 무신정권 시대 중 이의민[4]이 집권할 때는 무관으로서 무인 중방의 실세였다.

---

전반을 감찰하게 했다. 1211년 수창궁(壽昌宮)에서 승려 10여 명에게 불의의 습격을 받았으나 겨우 죽음을 모면하고 중방(重房)의 무인과 도방 6번을 동원하여 주모자인 내시낭중 왕준명(王濬明) 등을 체포했다. 이어 왕을 폐하여 강화로 귀양 보내고 한남공(漢南公) 정(貞, 강종)을 세웠다. 이듬해 흥녕부를 진강부(晉康府)로 고치고, 문경무위향리조안공신(文經武緯嚮理措安功臣)이라는 호를 더했다. 1213년 강종이 죽자 고종을 즉위시켰다. 고종 초에 거란족이 침입했는데 이때 자신의 문객으로서 관군에 종사하려는 자는 섬에 유배하는 등 자신의 신변보호에만 골몰했다. 1217년 흥왕사(興王寺) · 홍원사(弘圓寺) 등의 종군승들이 자신을 암살하려 하자 800여 명의 승려를 죽였다. 1218년 궤장(几杖)을 하사받았다. 최충헌 이전의 무인집권자들은 개인의 독주를 허용하지 않는 특징에 따라 다른 무인들과 권력을 공유했다. 이에 반해 최충헌은 문무의 전권을 장악하고 마음대로 왕을 폐위시키는 등 권력을 독점했다. 개인 호위대인 도방을 편성한 것도 권력 독점과 밀접하게 관련된 것이다. 만적의 난 등 민중의 움직임에 신속하게 대응하여 국가의 통치력을 회복하려고 했으며, 이규보(李奎報)를 등용하여 문운(文運)의 진흥을 꾀하기도 했으나 본인은 물론 인척과 가신들까지 탈점을 자행하여 국가의 기강을 무너뜨렸다.

4) 이의민(李義旼, ? ~1196) : 본관은 경주(慶州). 소금장수인 아버지 선(善)과 여종인 어머니 사이에서 태어났다. 경군(京軍)으로 발탁된 후 수박(手搏)을 잘하여 의종에게 총애를 받아 대정에서 별장으로 승진했다. 1170년(의종 24) 무인정변 때 공을 세우고 중랑장이 되었다가 곧 장군으로 승진했다. 1173년(명종 3) 동북면병마사 김보당(金甫當)이 정중부(鄭仲夫) · 이의방(李義方)의 토벌과 의종의 복위를 명분으로 정변을 일으켰는데, 이때 최고집정자인 이의방의 명령을 받아 의종을 죽이고 대장군에 올랐다. 이듬해 서경유수 조위총(趙位寵)이 거병하자, 정동대장군 지병마사로서 출전하여 조위총의 군사를 크게 격파하고 그 공으로 상장군이 되었다. 또한 1177년 조위총의 패잔병이 다시 보향산(保香山)에 집결하자, 8장군을 거느리고 출정하여 승전했다.
1179년 이의방 · 정중부가 모두 제거된 뒤 새로 집정한 경대승(慶大升)은 무인정변 이후 자행된 무인들의 불법을 문제 삼으며 마침내 의종을 살해한 사실까지 거론했다. 이에 두려움을 느끼고 방비를 철저히 했으며, 1181년에는 형부상서장군으로 올랐지만 경대승에게 해를 당할까 두려워 고향인 경주로 갔다. 경대승이 죽은 후 왕의 부름을 받아 병부상서 벼슬을 받고 서울로 올라와 수사공좌복야로 임명되었으며, 실질적으로 무인 최고집정자가 되었다. 당시 왕은 이의민이 난을 일으킬까 봐 그는 남해에 두 번 유배온 것 중 그 첫 번째가 유시(流矢)의 변이다.

즉 김부식[5]의 아들 김돈중[6]이 의종[7]을 호위하여 연등회에 참석하여 즐기고

두려워 미리 그를 중앙정부로 불러들인 것이었다. 1190년 동중서문하평장사 판병부사가 되었다. 1193년 김사미(金沙彌)·효심(孝心)의 난이 발생했을 때 조정에서 파견한 관군이 번번이 패했는데, 기록에 의하면 관군의 패배는 이의민이 신라부흥의 뜻을 가지고 그의 아들이자 토벌대장군인 이지순(李至純)을 통해 민란세력과 내통했기 때문이라 한다. 이에 대해서는 조작된 기록이라는 견해와, 이의민이 반란군을 지원했지만 신라부흥을 위해서가 아니라 자신의 권력 확대를 위해서였다는 견해 등이 있다. 어쨌든 그해 12월 김사미·효심의 난은 진압되고 이듬해 이의민은 공신으로 책봉되었다. 전주(銓注, 관리임명권)를 마음대로 하며 독재 권력을 휘둘렀으며, 그의 아들들도 아버지의 세도를 믿고 횡포하여 인심을 잃었다. 아들 지영(至榮)이 최충헌(崔忠獻)의 동생 충수(忠粹)의 집비둘기를 빼앗은 사건이 도화선이 되어 1196년 최충헌 형제에게 살해되었다.

5) 김부식(金富軾, 1076~1151) : 호는 뇌천(雷川)이다. 1096년(숙종 1) 과거에 급제, 안서대도호부(安西大都護府)의 사록(司錄)과 참군사(參軍事)를 거쳐 직한림(直翰林)이 되어 중앙에 들어온 뒤 우사간(右司諫)과 중서사인(中書舍人)을 지냈다. 인종 즉위 후 당시 정권을 장악하고 있던 이자겸을 비판, 그의 생일을 인수절(仁壽節)로 부르자는 주장 등을 앞장서 반대했다. 1126년(인종 4) 이자겸이 제거된 뒤 경주세력의 대표로서 1130년 정당문학 겸 수국사(政堂文學兼修國史), 1131년 검교사공 참지정사(檢校司空參知政事), 1132년 수사공 중서시랑 동중서문하평장사(守司空中書侍郎同中書門下平章事)가 되었다. 묘청(妙淸) 등 서경을 근거로 한 신진 관료세력이 칭제건원을 주장하고 서경으로 수도를 옮기려 하자 극력 반대하여 시행되지 않게 했다. 1135년 묘청이 서경을 중심으로 반란을 일으키자, 개경에서 묘청의 의견에 동조하던 정지상(鄭知常)·김안(金安)·백수한(白壽翰) 등을 죽이고 원수(元帥)가 되어 삼군(三軍)을 이끌고 출정했다. 처음에는 완강히 저항하는 반군에 고전했으나 1년 2개월 만에 진압하고, 이 공으로 수충정난정국공신(輸忠定難靖國功臣)에 책봉되고 검교태보수태위 문하시중 판상서이부사(檢校太保守太尉門下侍中判尙書吏部事)가 되었다. 아울러 감수국사 상주국 태자태보(監修國史上柱國太子太保)의 직도 겸했다. 1138년 집현전 태학사, 태자태사(太子太師) 등을 다시 겸했고, 1142년 벼슬에서 물러난 후 동덕찬화공신(同德贊化功臣)에 봉해졌다.

6) 김돈중(金敦中, ?~1170) : 본관 경주, 중서령(中書令) 김부식(金富軾)의 아들이다. 1144년(인종 22) 문과에 장원하고 내시직에 임명되었다. 촛불로 정중부(鄭仲夫)의 수염을 태웠는데, 아비인 김부식이 도리어 정중부를 나무람으로써 그의 원한을 사게 되었다. 의종 때 전중시어사(殿中侍御史)가 되었으나, 환관 정함(鄭諴)을 합문지후에 임명하는 것을 반대하여 시랑(侍郎)으로 좌천되었다. 1167년 좌승선(左承宣) 때 의종이 봉은사에서 연등행사를 마치고 환궁할 때 그의 말이 놀라 한 군사의 화살통에 부딪쳐 화살이 의종의 수레에 떨어졌는데, 이 사건으로 죄 없는 군인들이 귀양 가게 되자 무신들은 김돈중에게 더욱 원한을 품게 되었다. 1170년 정중부가 보현원(普賢院)에서 난을 일으켜 많은 문신들이 살해당하자, 도망하여 감악산(紺獄山)에 숨었으나 자신의 종자(從者)의 밀고에 의하여 잡혀 죽었다.

7) 의종(毅宗, 1127~1173) : 인종의 맏아들이다. 어머니는 공예태후(恭睿太后) 임씨(任氏). 비는 강릉공(江陵公) 온(溫)의 딸 장경왕후(莊敬王后). 계비는 참정(參政) 최단(崔端)의 딸 장선왕후(莊宣王后). 1146년 인종의 뒤를 이어서 20세에 즉위하였다. 인종 때 일어난 묘청의 난으로 실추된 왕권을

있던 중 김돈중의 말(馬)이 기마병의 화살통을 받아 화살이 왕의 가마 옆에 떨어지니 의종은 놀라서 자객의 짓이라 오인한 사건이다.

역사적 기록으로 때는 의종 21년(1167)년. 환관들이 정치에 관여하는 시대라 환관이 정4품인 합문지후라는 벼슬을 할 때다. 의종은 환관들을 데리고 연등회에 참석하여 즐기고 있을 때, 좌승선 김부식의 둘째 아들 김돈중의 말(馬)이 기마병의 화살통을 들이받아 그만 화살이 왕의 가마(보련) 옆에 떨어지고 말았다. 이것을 본 의종은 자객이 나를 헤치려고 하는구나, 겁에 질려 놀라서 황급히 궁성으로 들어가 계엄령을 선포하였다.

그리고 범인을 잡는 자에게 주겠다는 현상금까지 걸었다.

"범인을 잡는 자에게는 은 2백 근을 주고 어떠한 신분에도 관계없이 소원하는 벼슬을 주겠노라" 방을 곳곳에 붙였다. 그래도 범인을 잡지 못하자 추가로 현상금을 황금 15근과 은병 2백개를 더 걸었다. 그러나 이미 대관들은 알고 있었지만, 차마 말 못하는 심정들이었다.

그러나 의종의 오해를 풀 수 없는 상황이라 어쩔 수 없이 죄 없는 사람을 정하여 죄를 뒤집어씌우는 방법 밖에 없었다. 마침 유배 중이던 대령 후 왕경의 하인 나언 등을 잡아다가 가혹하게 고문을 해서 거짓 자백을 받아냈다. 정말 어처구니없는 일이다.

그러자 의종은 나언 등을 참형에 처하고 호위병들은 근무태만의 죄로 14명을 유배시키게 되는데 이에 최세보는 당시 금군대정으로 호위를 하였기에 남해로 유배되어 4년 동안 유배생활을 하다가 명종 원년(1171) 정중부의 무신 집권으로 방면되어 복직되었다.

---

회복하기 위해 노력하였다. 정치 실권을 가지고 있는 세력들을 견제하기 위해 환관과 측근 세력을 키웠으며 무신세력들에게도 가까이하였다. 하지만 실세 권력을 가진 귀족 세력들의 견제로 의종의 노력은 실패로 돌아가게 되었고 의종은 실세 문신들을 우대하는 정책으로 돌아서게 되었다. 결국 무신들은 천대되었고 그들의 반발을 사게 되었다. 의종이 총애했던 환관들과 무신 사이에 갈등이 증폭되고 문벌귀족과 타협했던 정책은 내란의 불씨를 싹트게 했다. 또한 의종은 술과 여색을 탐하여 원성을 사기도 했다. 결국 1170년 정중부(鄭仲夫) 이의방(李義方) 등이 난을 일으켜 폐위되었으며, 거제도(巨濟島)로 쫓겨났다. 1173년(명종 3) 김보당(金甫當)의 복위운동이 실패하자 계림(鷄林, 慶州)에 유폐되었다가 허리가 꺾여 죽음을 당하는 비참한 최후를 맞았다.

복직되어 문하시랑평장사, 상장군, 판이부사, 수태사까지 벼슬이 올랐다.

1173년 동북면병마사 김보당(金甫當)의 난을 진압하면서 다시 한 번 문신들을 살해했다. 이듬해 9월에 서경유수 조위총(趙位寵)이 정중부와 이의방을 토벌한다는 명목으로 반란을 일으키자 토벌군이 파견되었는데, 이때 그의 아들 균(筠)이 종참(宗岊) 등을 이용하여 이의방을 제거했다.

그 결과 이의방, 정중부 연합정권이 무너지고 그는 문하시중에 임명되어 무인집정에 올랐다. 정중부정권의 수립으로 이의방의 무력에 눌려 지내던 상급 무인들이 정치일선에 실력자로 등장했으며, 문신들과의 관계도 다소 원만해졌다. 1175년 궤장(几杖)을 하사받았으며, 이듬해 조위총의 난을 평정했다.

1178년 치사(致仕)했다. 남의 토지를 탈점하여 전원(田園)을 광범위하게 설치했으며 마음대로 권력을 휘둘렀다. 1179년 상급 무인들이 잇따라 죽으면서 정중부 일가의 권력 집중이 심화되었으며, 문신들과의 연계를 담당하던 사위 송유인(宋有仁)이 문신의 대표격인 문극겸(文克謙), 한문준(韓文俊)과 사이가 나빠지면서 문신과의 연결고리가 끊어졌다.

명종 16년(1186) 최세보가 상장군으로 있을 때 동수국사(同修國史)직을 맡아 무신이 유신(儒臣)을 겸한 일은 최세보로부터 시작이 되었는데 이때 의종실록을 편찬하면서 무신들의 입장에서 왕을 살해하기 위한 전후와 허위사실 등을 기록하는 데 무신으로서 힘을 가하였다.

1189년 이부판사(吏部判事)가 되어 많은 뇌물을 받아 거부가 되었고, 이듬해 수태사(守太師)가 되었다.

두 번째 남해 유배는 세보의 아들 비(斐)가 태자가 총애하는 여종을 간통한 사건이다.

비가 태자의 여종을 간통한 것이 발각되어 형벌을 받게 될 무렵에 이의민은 세보를 자기의 수족으로 데리고 있었기에 왕에게 용서를 빌고 비를 태형으로 다스렸다. 그리고 여종을 궁에서 내 쫓으니 여종은 여승이 되었지만, 비는 계속해서 여승을 간통했다. 그러던 중 최충헌(崔忠獻)이 집권을 하게 되자 최세보의 아들 비의 소행을 들추어내어 죄를 묻고 명종 21년(1191)에 남쪽의 변방 즉

남해로 2번째 유배에 처하게 되었다.

최세보가 남해에 와서 어떻게 유배생활을 했는지 흔적은 찾아볼 수가 없지만, 무신정권시대라 무인이고 고관이었기 때문에 편안한 유배생활을 하지 않았나 하는 추측을 하게 된다.

이후 궁궐 같은 집은 없어지고 가문이 멸족되었다. 명종 23년(1193)에 결국 경대승[8]에 의해 정균(鄭筠, ?~1179), 송유인과 함께 살해되어 생을 마감하였다.

남해도에 유배온 인원은 고려시대와 조선시대를 합치면 약 188여 명이며 대표적인 인물은 최세보, 백의정, 왕진, 정세유, 정숙첨, 주연지, 송군비 등이며 조선시대 남구만, 유의양, 정광충, 김만중, 심권, 이이명, 김구, 정언선, 김용 등 많은 이가 있다. 특히 이들 중 몇몇은 문학사에 길이 빛날 시와 글을 남겼고, 남해유배의 찬란한 꽃을 피웠다.

---

8) 경대승(慶大升, 1154~1183) : 고려 중기 무신으로 1179년 집권무신이던 정중부(鄭仲夫)를 죽이고, 최고 권력자가 되었다. 본관은 청주, 아버지는 중서시랑평장사(中書侍郞平章事)를 지낸 진(珍)이다. 힘이 남보다 뛰어나게 세었고, 일찍부터 큰 뜻이 있어 가산을 돌보지 않았다. 아버지 진이 탐욕스러워 남의 전지(田地)를 많이 빼앗았는데, 아버지가 죽은 뒤 전지 문서를 모두 선군(選軍)에 바치자 사람들이 그의 청렴함에 탄복했다고 한다. 15세에 음서(蔭敍)로 교위(校尉)에 임명되었으며, 그 뒤 지위가 올라 장군에 이르렀다. 1178년(명종 8) 3월 청주에서 토착 청주인들이 서울 출신자들을 죽이자 서울에 있는 사람들이 보복하기 위해 결사대를 조직, 청주에 와서 청주 사람 100여 명을 죽이는 사건이 발생했다. 이때 박순필(朴純弼)과 함께 사심관(事審官)으로 파견되었으나, 사태를 해결하지 못하고 파면되었다. 1179년 9월 허승(許升)과 모의하여 집권무신 정중부를 제거하기로 결심, 장경회(藏慶會)가 끝나던 날 밤 무사 30여 명과 함께 정중부와 아들 균(筠), 사위 송유인(宋有仁) 등을 죽이고 정권을 장악했다. 이어 종전 최고 권력기구의 기능을 행사해 왔던 중방(重房)을 무력화시키고, 자신의 사적 병사집단인 도방(都房)을 두어 정권유지의 기반을 마련했다. 정권탈취 후 복고(復古)에 뜻을 두어 문관들을 존중, 문·무신을 고루 등용하여 여러 무신들의 반감을 샀으며 잦은 충돌을 일으켰다. 1180년 정중부를 제거하는 데 공이 있었던 태자부지유별장(太子府指諭別將) 허승과 어견룡행수(御牽龍行首) 김광립(金光立)을 반역을 도모했다는 이유로 죽이고, 1181년 3월 전 대정(隊正) 한신충(韓信忠)·채인정(蔡仁靖)·박돈순(朴敦純) 등이 반란을 일으킬 음모를 꾀하자 귀양을 보내는 등 실권자로서의 위치를 굳혔다. 1183년 30살의 나이에 병으로 죽었다.

# 역사의 향기 남해 유배문화

인간은 누구나 태어나 자신이 자라온 고향을 사랑하고 생각하는 것은 태생지로서 당연한 일이다. 유년의 시절을 보낸 이유도 있지만 고향만이 갖는 특별한 문화의 유무(有無)에 따라서 고향 사랑의 깊이가 달라질 것이다. 고향은 잊었던 추억을 떠오르게 하고 정겨운 사람을 만날 수 있는 포근한 곳이다.

낳아주고 길러준 사랑의 고마움이 듬뿍 배어 있어 향기 가득한 삶의 모태로 훈훈한 정이 함께 하지만 풍광명미(風光明媚)의 기이한 천혜 자연은 본연의 아름다움을 간직한 채 문화역사의 고장으로서 선조의 얼이 그 바탕으로 가득하다.

특히 고향에서 전해 내려오는 충효(忠孝)의 역사향기는 인생의 덕목이 되면서 자긍심을 심어주는 좋은 자랑거리이다. 그러한 애향 발현의 중추적 역할로서 유배문화(流配文化)를 들 수 있다.

과거 유배는 중죄인을 귀양 보내는 형태의 벌이었지만 이들은 조정으로부터 정쟁의 대립에서 정책을 관철시키고자 바른 말을 고하다 세력에 밀려 탄핵으로 유배된 사람들로 고려나 조선의 중앙집권적 체제에서 왕권을 강화하고자 왕권에 대항하는 세력을 차마 죽이지는 않고 먼 오지 낙도(落島)의 영해지역으로 보내 연금을 시켰던 것이다.

유배지는 결코 수치나 부끄러운 곳이 아니다. 선경처럼 아름다운 한 점의 섬 남해는 오랜 역사 속에서 바다는 문물이 오가는 문화공간이자 교통로로서 역사를 품은 충혼이 깃든 곳이다. 조선시대 바다와 밀접한 섬은 국가의 공도(空島)

 | 소재(疎齋) 이이명(李頤命) 매화당 습감재(慴坎齋)

와 해금(海禁) 정책으로 위축되고 소외되었으며 섬은 중앙과 멀리 떨어진 절해
고도(絶海孤島)라고 생각하여 유배의 땅으로 이용되었으나 유배인은 토속적인
섬에서 자신을 돌아보는 새로운 체득(體得)의 문화를 경험하였으며, 그들의 섬
생활은 유배문화의 형태로 남게 되었다.

이들의 유배생활이 지역문화에 도움이 되었느냐 아니냐를 말할 수 있으나
품관 정승들이 지역 서당이나 향교에서 유생 선비들에게 유학과 학문을 가르
치고 사람이 지켜야 할 다섯 가지 도리로 군신유의(君臣有義), 부자유친(父子有
親), 부부유별(夫婦有別), 장유유서(長幼有序), 붕우유신(朋友有信)과 사람이 지켜야
할 덕목인 인(仁), 의(義), 예(禮), 지(智), 신(信)의 오상을 가르치며 품관들과 친교
하면서 생겨난 유배문화는 지역의 꽃으로 피워져 오늘날 문화로서 자리를 잡
고 관광의 자원, 향부(鄕富)의 자원으로 활용하고 전승되고 있는 것 또한 사실이
다.

이와 같이 유배지는 이들 고관대작들의 높은 학문적 영향을 받게 되었고 정
치일선에서 바빴던 유배자들은 당대의 학통 문사들이라 유배지에서 한가한 시
간을 갖게 되면서 사색과 함께 그들 나름의 학문을 더욱 성숙시킬 수 있게 했
다.

남해가 오늘날 예향(藝鄕)으로 행세할 수 있는 것도 남해의 독특한 천혜 자연
환경과 더불어 이들 유배자들과의 사회적 환경이 큰 몫을 했음을 부인할 수가
없다. 섬과 바다인 주변적 인식이나 멀리 변방에서 지역적 삶의 폐쇄적 원리가
적용된 유배는 유배문학으로 하여 자신과의 영향력을 바탕으로 인식했을 것이
다.

단절적 인식을 극복하고 지역의 정체성은 물론 지역의 삶의 모습과 더불어
사람들이 살아왔던 자연환경 속에 숨쉬고 있는 정신을 그 바탕에 깔고 있음을
인식할 수 있다. 남해는 섬과 바다라는 공간 인식을 근간으로 독자성의 수난사
를 드러낼 수 있었다.

특히 노도의 서포 김만중은 정치가로서 문학가로서도 그렇지만 선경 남해를
예찬한 조선 4대 서예가의 한 사람인 자암 김구와 함께 토속적 풍습과 문견을

담은 실록은 이들 유배자들이 남해를 예술로 승화 표출하였을 뿐 아니라 시문
(詩文)에도 큰 영향을 끼쳤을 것으로 보인다. 또한 남해 지역문화의 정체성을 드
러낸 특수성과 독자성은 남해 유배문학의 지방사라 말할 수 있다.

　남해의 아름다운 풍광 속에 남겨둔 주옥 같은 시와 글은 산과 바다가 영원하
듯 유배자들이 남기고 간 역사의 흔적은 장대하리라 믿어진다. 이들의 발자취
를 후손들이 알지 못하면 민족문화의 한스러운 역사를 모르는 일이며 알면서
도 전하지 않는다면 어질지 못하며 뿌리 없는 민족의 행태일 것이다. 이 땅의
선조(先祖)가 남긴 자취는 오늘을 사는 후손되는 사람이면 마땅히 알아야 후손
된 도리요 지역민의 자세다.

　역사문화는 인류사회의 발전과 관련된 과거 사실들에 대한 사건으로 사람이
살아가며 사회 구성원에 의해 만들어지고 전해 오는 역사문화는 우리의 뿌리
라 말할 수 있다.

　역사는 단지 과거의 사실만이 아니라 우리가 오늘을 사는 현실인 동시에 내
일을 개척하면서 전망하고 있는 미래의 것이기도 하다.

# 유배문화는 탄압의 형벌이었다

유배는 고려시대나 조선시대에 권력자나 통치자가 정치적 대항세력이나 장본인에게 정치 탄압의 방법으로 멀리 떨어진 곳에 귀양 보낸 형벌인 것이다.

유배는 정치적 반대세력인 왕족이나 고위 관료들에게 유배지역 내의 일정한 장소를 지정하고 그 곳에 유폐시키는 안치와 주위에 가시가 있는 탱자나무를 심고 그곳 밖에 나오지 못하도록 한 위리안치(圍籬安置)도 있었다. 유형(流刑)은 유배(流配)라고도 하며 매우 중한 죄를 범한 자를 차마 사형시키지 못하고, 먼 지방으로 귀양 보내어 죽을 때까지 살게 하는 것을 말한다.

경종 때 임인옥사가 발생하여 영의정 김창집이 거제도에, 영부사 이이명이 남해에, 판부사 조태채가 진도에 각각 위리 안치된 것이 한 예이다.

유배지를 선정할 때, 우리나라의 경우 중국과 달리 국토 면적이 넓지 않기 때문에 유배 보내는 거리가 2천리, 2천5백리, 3천리의 규정을 그대로 적용할 수가 없었다.

그리하여 조선 초기에 거주 지역에 따라 유배지역을 어느 정도 지정하였으며 후기에는 유배지로 직행하지 않고 우회하여 감으로써 거리를 계산하는 경우도 있었다.

본래 유배지는 죄인의 거주지로부터 적어도 600리 이상 떨어지고 죄인의 집이 있는 도내(道內)가 아니어야 했다. 서울과 경기, 충청도를 제외한 곳이라는 일정한 규정이 있었으나 실제로는 충청도에도 보내는 경우가 있었다.

유배는 고려·조선시대에 죄인을 먼 시골이나 섬으로 보내어 일정 기간 동안 제한된 곳에서만 살게 하던 형벌 중에 하나이다. 초기에는 방축향리(放逐鄕里) 즉 벼슬을 삭탈하고 제 고향으로 내쫓던 형벌의 뜻으로 쓰이다가 후세에 와서는 도배(徒配), 유배(流配), 찬배(竄配), 정배(定配)의 뜻으로 다양하게 쓰였다.

유배지하면 연상되는 곳이 바로 제주도이다. 그러나 조선시대의 유배지는 지역적으로 삼수 갑산과 같은 함경도, 평안도 국경지역이 많았고, 경상·전라도의 거제도·진도·추자도 등 도서지방의 섬이나 내륙지방 모두가 대상 지역으로 자주 이용되었다.

특히 왕실의 유배지로 한양과 가까운 강화도가 유배지로 이용되던 것은 역모와 밀접한 관련이 있는 경우가 많아 지속적으로 그 동정을 살필 필요가 있었기 때문이다. 고려시대에 유배된 왕실의 인물로는 희종이 있으며, 조선시대의 안평대군, 연산대군, 선조의 맏아들 임해군, 또한 선조의 손자이자 인조의 동생인 능창대군, 인조의 다섯째 아들 숭선군, 이밖에도 광해군의 폐비 유씨와 상계군의 아들인 익평군, 철종의 아버지인 전계대원군과 할아버지인 은언군, 흥선대원군의 손자이며 고종의 조카인 영선군 등도 강화도로 유배를 당했다.

유배의 섬은 절망의 땅으로 제주도는 한양에서 가장 먼 곳으로 광해군은 제주도에서 군사에게 안방까지 뺏겨 가면서도 18년을 참고 살다가 일생을 마쳤다.

유형 제1번지 구실을 한 제주도는 5년 이상의 유배형, 그 중에서도 종신형을 받은 사람이 압도적이었다. 조선시대 동안 제주도에 유배된 정치범만 해도 200여 명에 이르렀으니 실제 유배인은 훨씬 더 많았다고 볼 수 있다.

추사 김정희, 충암 김정, 인목대비의 어머니 노씨부인, 광해군, 우암 송시열, 면암 최익현의 유배지로 고통과 절망, 분노로 생을 허무하게 마친 사람이 적지 않았다.

조선 중후기 이후 350여 년 동안 섬이 많은 전남, 경남지방에 유배자들이 다소 많이 가게 되어 당시 유배당한 인구의 4분의1인 178명(전북 2명)이 전남에서 유배생활을 하였다.

유배인들은 어느 한 곳에서만 유배생활을 한 것이 아니라 전남지역에서 경상도 황해도 이북지방으로 이리저리 옮겨 이배되기도 하였다는 것이 사실이다. 예컨대 정약용[1]은 충청도 해미(海美)에서, 경상북도 포항, 장기(長鬐)로, 그리고 전라도 강진(康津) 땅으로 옮겨 다녔으며, 김굉필(金宏弼, 1454~1504)은 평안도 희천(熙川)에 정배되었다가 다시 전라도 순천(順天)으로 옮겨졌다.

1) 정약용(丁若鏞, 1762~1836) : 조선 후기의 실학자. 본관은 나주(羅州)이다. 소자는 귀농(歸農)이고, 자는 미용(美庸), 송보(頌甫), 호는 사암(俟菴). 자호는 다산(茶山·탁옹)이다. 주자 성리학의 공리 공담을 배격하고 봉건제도의 각종 폐해를 개혁하려는 진보적인 사회개혁안을 제시했다. 1783년(정조 7) 경의진사(經義進士)가 되었다. 이 무렵 이벽(李檗)을 통하여 서양의 자연과학과 천주교에 대한 이야기를 전해 들었고 서양서적을 접했다. 1789년 문과에 급제한 후 이듬해 검열이 되었으나 공서파(攻西派)의 탄핵을 받아 해미(海美)에 유배되었다가 10일 만에 풀려났다. 곧 이어 지평·수찬을 지내고 1794년 경기도 암행어사로 파견되었다. 경기도 암행어사를 비롯하여 금정찰방, 곡산부사(谷山府使) 등의 직무를 수행하면서 농촌사회의 모순과 폐해를 직접 목격하고 사회적 모순을 해결하기 위한 방안을 모색하며 이를 실천해 보고자 했다. 1799년 중앙정계에 있을 때 전국 각지에서 올라온 〈응지진농서(應旨進農書)〉의 검토를 통해 토지 문제를 농업체제 전반과 연결시켜 구상할 수 있는 기회를 맞게 되었는데, 이후 기본 생산수단인 토지 문제의 해결이 곧 사회정치적인 문제 해결의 근본이라고 인식하고 현 농업체제를 철저히 부정한 위에 경제적으로 평등화를 지향하는 개혁론을 제기하기에 이르렀다. 토지 사유를 기반으로 하는 지주제를 부정하고 토지 국유를 원칙으로 하는 기초 위에, 향촌을 30가구의 여(閭) 단위로 재편성한 다음 여장(閭長)의 통솔하에 공동노동을 통해 경작하고 농민의 투하노동력을 기준으로 생산물을 분배하자는 것이었다. 이에 관련된 조세제도 개혁책으로서 정액제(定額制)를 취하고, 역제(役制)의 경우 재편성된 향촌제도와 관련시켜 병농일치(兵農一致)를 원칙으로 하면서 호포제(戶布制)로의 개혁을 고려했다. 그의 학문과정과 생애 후기는 주로 유배생활의 시기이다. 그는 출중한 학식과 재능을 바탕으로 정조의 총애를 받았다. 그러나 1800년 정조가 죽은 후 정권을 장악한 벽파는 남인계의 시파를 제거하기 위해 1801년 2월 천주교도들이 청나라 신부 주문모를 끌어들이고 역모를 꾀했다는 죄명을 내세워 신유사옥을 일으켰다. 이때 이가환·이승훈·권철신(權哲身)·최필공(崔必恭)·홍교만(洪敎萬)·홍낙민(洪樂敏), 그리고 형인 약전(若銓)·약종(若鍾) 등과 함께 체포되었으며, 2월 27일 출옥과 동시에 경상북도 포항 장기(長鬐)로 유배되었다. 특히 1808년 봄부터 머무른 다산초당은 바로 다산학의 산실이었다. 1818년 이태순(李泰淳)의 상소로 유배에서 풀렸으나 관직에 나아가지 않고 고향으로 돌아와 학문을 연마했다. 61세 때에는 〈자찬묘지명(自撰墓誌銘)〉을 지어 자서전적 기록으로 정리했다. 그는 유배생활에서 향촌현장의 실정과 봉건지배층의 횡포를 몸소 체험하여 사회적 모순에 대한 보다 구체적이고 정확한 인식을 지니게 되었다. 또한 유배의 처참한 현실 속에서 개혁의 대상인 사회와 학리(學理)를 연계하여 현실성 있는 학문을 완성하고자 했다. 그가 제기한 개혁론의 철학적 기초에는 주자학과 대비되는 면모가 있었다. 첫째, 주자학이 천인합일(天人合一)에 기초하여 인간과 자연 사이에 일리(一理)로서의 태극이 관통하고 있음을 주장한 데 비해 다산은 천도(天道)와 인간세계를 분리하여 각각 존재의 법칙과 당위의 법칙이 존재한다고 했다. 그리하여 주자학의 계급성과 불평등한 인간관을 비난하고 인간세계의 질서는 변화 가능한 것으로 여기며 요순 3대의 제도에서 그 규범을 찾으려고 했다.

위리 유배는 왕도(王都)인 서울과 먼 곳에 위치해 있었다는 특징 때문에 자연 환경과 더불어 특수한 사회환경을 만들 수밖에 없었다. 그 첫째가 유배지로 연해를 이용하였다는 사실이다.

남해 또한 오랜 세월 동안 많은 유배객이 다녀갔고 불귀객이 되기도 하였다. 그래서 유배객의 피눈물과 탄식이 남아 있는 곳이기도 하다.

대체로 남해에 귀양 왔던 유배객은 고려시대의 수태사 최세보, 형부상서 정세용, 참지정사 정숙첨, 추밀부사 송군비, 상당군 백이정 등과 조선시대의 승록대부 조관, 왕손 이인, 부제학 김구, 대사간 김만상, 영의정 남구만, 공조참판 유의양, 그리고 대사헌관의 금부사 이이명은 노론 4대신(老論四大臣)의 한 사람으로서 연잉군(영조)의 대리청정(代理聽政)을 실현하려다가 실패했다. 이 일 때문에 소론의 격렬한 공격을 받아 관작을 삭탈당하고 남해로 유배되었다가 이듬해 죽음을 당했다

대제학 김만중은 기사환국(己巳換局)이 일어나 서인이 몰락하게 되자 그도 왕을 모욕했다는 죄로 남해의 절도에 유배되었고 노도 섬 그곳에서 고복했다.

자암 김구(金絿, 1488~1534)는 1519년에 기묘사화(己卯士禍)로 개령으로 유배당했다가 다시 남해에 안치되어 13년간 창살 없는 감옥살이를 했다. 위리 고도 남해를 거쳐간 유배객만도 188명으로 확인되며 약 200명에 이르리라 본다.

한편 함경남도 삼수갑산(三水甲山), 삼수(三水)는 함경도 북서쪽에 있는 지역으로, 날씨가 우리나라에서 가장 춥다. 매우 구석지고 험해서 귀양 갔던 많은 사람들이 추위에 얼어 죽거나 범에게 물려 죽었다. 삼수갑산은 죄인 유배지로 유명했는데, 유배 보내면 대부분 형기가 다하기 전 사망한다 하여 당시에도 악명 높은 불모지였다.

전국 각지의 유배지역을 도별(道別)로 보면, 경기도(37), 황해도(23), 강원도(26), 충청도(54), 전라도(56), 경상도(71), 평안도(42), 함경도(24) 등 333곳이 모두 유배지였다.

그러나 조선 중기 이후에 오면서 정치적인 요인으로 반대파를 완전히 고립시키자는 의도에서 변경이나 내륙지방으로의 유배는 아주 적었고, 대개 유인

도나 무인도 등 절해고도에의 유배가 상대적으로 증가하였다.

유배형은 중국 은나라 때부터 기록에 등장하며 진나라와 한나라 때부터는 사형(死刑), 도형(徒刑), 장형(杖刑), 태형(笞刑)과 함께 다섯 가지 형벌의 하나로 정착되었다. 우리나라에도 삼국사기에 그 기록이 보일 만큼 오래 되었다. 그러나 특히 정쟁이 일상화된 조선시대에는 유배형도 함께 늘어났다. 16~17세기에는 벼슬아치 4명 가운데 1명꼴로 유배를 당했다. 그 시대 이름난 벼슬아치 치고 유배를 경험하지 않은 이는 거의 없었다고 해야 할 정도다.

형벌로 무엇보다도 유배지로서 제주도가 주로 이용된 것은 중앙에서 가장 멀리 떨어진 절해고도의 섬이었기 때문이다. 또한 영토가 넓은 명나라의 제도를 그대로 받아들여 시행하였기 때문에 영토가 좁은 조선에서는 그대로 시행하는 데에 무척 어려움이 많았다.

즉, 3천리 되는 곳은 그 어디에도 없었다. 따라서 가장 먼 곳인 제주도가 늘 유배의 최적지로 거론되었다. 그리고 서울에서 가까운 곳에 유배를 시키고자 할 때는 형식적으로나마 길을 이리저리 고불고불 돌아서 유배지에 이르는 이른바 곡형(曲刑)이 자주 행해지기도 하였다.

삼별초를 섬멸하고 약 100년 동안 제주도를 직속령으로 삼아 지배했던 원나라가 왕족이나 왕권을 위협할 만한 신하 등 170여 명을 제주도로 유배시킨 것이 최초였고, 본격적인 유배지로 등장한 것은 조선시대 사화가 일기 시작한 연산군 이후이다. 유배는 기본적으로 기한이 정해지지 않은 무기형이다. 권력의 변화가 없는 한 대부분 원래의 자리로 돌아갈 수 없었다. 어찌 보면 감옥에 갇히는 것보다 유배가 더욱 절망스러운 형벌일 수도 있다. 당연히 유배의 섬은 절망의 땅이었다.

# 이이명은 누구인가

이이명은 1658년(효종 9)에 출생하여 1722년(경종 2)에 사사되었다.

숙종, 경종대에 노론을 주도하던 이이명은 주자도통주의(朱子道通主義)에 기반한 정치이념을 적극 실현하고자 했으며, 서양 학술사상을 국내에 소개하기도 했다.

조선 후기 문신 학자이며 본관은 전주(全州)이다. 자는 지인(智仁), 양숙(養叔), 호는 소재(疎齋)이다. 세종의 아들 밀성군의 6대손으로 할아버지는 영의정 경여(敬輿)이다. 아버지는 대사헌 민적(敏迪)이며, 어머니는 의주부윤 황일호의 딸이다. 1680년(숙종 6) 별시문과에 을과로 급제, 홍문관 정자에 기용된 후 사헌부 집의, 박사, 수찬, 응교, 헌납, 이조좌랑, 의정부 사인 등 청요직(淸要職)을 역임했다.

1686년(숙종 12) 문과 중시에 병과로 급제하여 강원도 관찰사로 특제(特除)되어 나갔다가 8개월 만에 승정원의 승지가 되었다.

이 기간 동안 송시열(宋時烈), 김석주(金錫胄) 등 노론 거물의 지원 아래 노론의 기수로 활동했다. 1689년(숙종 15) 기사환국으로 남인이 집권하면서 파직, 영해, 남해에서 유배생활을 했고, 유배생활 5년(1694, 숙종 20)에 갑술옥사가 일어나 서인이 정권을 잡게 되면서 호조참의로 조정에 복귀했다.

1696년(숙종 22)에 평안도 관찰사로 탁임되었지만 늙은 어머님의 병을 청탁하여 극구사절하고 강화유수로 나갔다. 그러다가 2년만에 대사간이 되어 승진했으나 이번에는 기사환국 때 송시열 등과 함께 죽은 형 이사명의 죄를 변호하다가 정치적으로 신원되지 못하자 1698년(숙종 24) 이를 문제 삼다가 공주로 유배되었다.

이듬해 2월 유배가 풀리기는 하였으나 2년 동안 기용되지 못하고 있다가 1701년(숙종 27)에 예조판서로 특임되었으며, 이후 한성부판윤, 이조판서, 병조판서, 홍문관제학 등을 역임하고 지냈다.

1706년(숙종 32) 우의정에 올랐으며, 숙종의 신임을 한 몸에 받으면서 1708년(숙종 34)에는 좌의정에 올랐다. 숙종의 후사(後嗣) 문제에 깊이 관여하여, 독대(獨對)라는 형식으로 숙종과 비밀리에 만나, 세자(뒤의 경종)가 아닌 연령군(延齡君), 연잉군(延礽君, 뒤의 영조)의 보호를 부탁받고 이들의 후원을 자임했다. 1721년(경종 1) 김창집(金昌集), 조태채(趙泰采), 이건명(李健命)과 함께 노론 4대신(老論四大臣)의 한 사람으로 세제(世弟, 뒤의 영조)의 대리청정(代理聽政)을 실현하려다가 실패했다.

이 일 때문에 소론의 격렬한 공격을 받아 관작을 삭탈당하고 남해로 유배되기까지 15년 동안 노론정권의 핵심적 존재로 활약하다가 1722년(경종 2) 김일경(金一鏡)의 사주를 받은 목호룡이 경종을 시해하려는 역모에 자신도 가담했다고 고변했다. 이 고변으로 노론 4대신인 이이명(李頤命), 김창집(金昌集), 이건명(李健命), 조태채(趙泰采) 등이 사형에 처해지고, 역모에 관련된 60여 명이 처벌되는 신임사화가 일어나 죽음을 당했다.

죽은 이후 1740년(영조 16) 노론 소론 간의 치열한 투쟁이 노론의 승리로 결말지어지는 경신처분(庚申處分) 때 복관되었다. 그는 주자도통주의적 이념에 철저하면서도 변화하는 현실에는 유연히 대처했다.

몇 번의 북행사절(北行使節)을 통해 접한 서양의 발달된 문물에 많은 관심을 기울여 천주교, 역산(曆算), 천문지리에 관한 저술을 국내에 소개했으며, 이러한 학풍에 영향을 받아 지리전산(田算)에도 관심을 가져 지도 및 강역사(疆域史), 전산에 관한 책을 저술했다. 북학파(北學派) 실학자들과 달리, 청나라의 존재를 인정하지 않는 정통적 화이관(華夷觀)에 입각하여 이들 새로운 사조들을 접했던 까닭으로, 이의 수용에 적극적이지 않았으나 그 실용성은 인정했다.

한편 국내의 현실 문제는 수취체제, 특히 군역의 문제가 근본적인 것이라 보고 이의 개선 방안으로 정포론(丁布論)을 제시했다.

종래의 양인(良人)을 대상으로 역을 부과하던 방식을 벗어나 양반 자제로부터 상민에 이르기까지 15~60세의 장정이면 누구나 일정액의 포(布)나 전(錢)을 부담한다는 안이었다.

토지공유제론(土地公有制論)에 의한 농민 농촌 문제의 근본적인 해결책이 일각에서 모색되던 당시 상황에서의 이러한 개선 방안은 매우 제한적인 것이었으나, 이 시기 노론의 정치적 지향을 잘 보여준다. 저서로는《소재집》·《동국강역도설(東國疆域圖說)》·《전산촬요(田算撮要)》·《강도삼충전(江都三忠傳)》 등이 있다. 과천 사충서원(四忠書院)에 제향되었다. 시호는 충문(忠文)이다.

숙종 말년에 숙종과 독대를 종종 하였는데, 그 내용은 숙종이 교묘하게 사관(史官)들을 따돌렸으므로 왕조실록에 기록되지 않았다. 이 점이 문제가 되어 뒷날 임인옥사 때 사형의 빌미가 된다.

숙종, 경종 때에 노론을 주도하며 주자도통주의(朱子道通主義)에 기반한 정치 이념을 적극 실현하고자 하였으며, 서양 학술사상을 국내에 소개하기도 했다.

그는 비록 직접 서구문물을 들여오지는 못하였으나, 노론 실학파의 형성의 실마리를 제공하였다.

숙종 때 사형당한 이사명[1]의 친동생이자, 임인옥사 때 함께 사형당한 이기지

---

1) 이사명(李師命, 1647~1689) : 본관은 전주(全州), 자는 백길(伯吉), 호는 포암(浦菴). 아버지는 대사간 민적(敏迪)이다. 1672년(현종 13) 진사가 되었고, 1680년(숙종 6) 춘당대문과에 장원급제했다. 글재주가 뛰어나 문학에 임명되어 경연에 참가했다. 수찬으로 윤선도(尹善道)의 관작 및 시호를 박탈할 것을 주장하여 관철시켰고, 경신대출척에 연루된 남인의 처벌을 적극 주장하여 보사공신(保社功臣) 2등에 봉해졌다. 그러나 본직(本職)이 5~6품 밖에 되지 않는데 하루아침에 재상의 반열에 오르는 것은 문제가 있다는 사간원의 지적 등으로 인해 이듬해 보사추록공신(保社追錄功臣)으로 봉해졌다. 1681년(숙종 7) 병조참판으로 재직시 호포론(戶布論)을 제기했다. 1682년(숙종 8) 도승지를 거쳐 전라도관찰사를 지냈을 때 화폐를 주조하고 경창(京倉)의 대두(大豆)와 강도(江都)의 군향미(軍餉米)를 옮겨 기민(飢民)을 구제하는 등 재임 3년간의 치적을 인정받아 1684년(숙종 10) 자급(資級)이 더해졌다. 그 뒤 도승지·형조판서를 지낸 후 병조판서로서 금위대장과 진청당상(賑廳堂上)을 겸했고, 10만 명의 군병을 양성하여 만일의 사태에 대비하자고 했다. 1689년(숙종 15) 기사환국으로 남인이 집권한 뒤 이시만(李蓍晚) 등의 탄핵을 받아 주살되었고 가산마저도 적몰(籍沒)당했다. 뒤에 신원되었다.

의 아버지이고, 이건명의 일족이며, 부인은 광산김씨로 김만중의 딸이다. 당색으로는 서인이었다가, 노소분당 이후 노론이 되었다. 본래 서인 가문에서 태어났으나, 후일 서인이 노론과 소론으로 갈리자 그는 노론이 된다.

아버지는 사헌부 대사헌을 지낸 이민적(李敏迪)으로, 전주이씨 이경여[2] 가문의 지평 이민채(李敏采)의 양자로 들어갔다

아버지 이민적(李敏迪)은 홍문관에 숙직을 설 때 그를 대동하였는데 어린 그를 상번 방에서 하번 방까지 뛰게 하여 배가 꺼졌는가를 물은 뒤, 책을 계속 읽게 하여 한시도 쉬는 틈을 주지 않았다고 한다.

숙종 때 사형당한 이사명(李師命)은 그의 형으로 이사명(李師命)의 관직은 참판에 이르렀다.

---

2) 이경여(李敬輿, 1585~1657) : 자는 직부(直夫)요, 호는 백강(白江)·봉암(鳳巖)이다. 호는 문정(文貞)이며, 본관은 전주(全州)이다. 증조는 광원정 이구수(李耉壽), 조부는 첨정 이극강(李克綱), 아버지 목사 이수록(李綏祿), 어머니는 송제신(宋濟臣)의 따님, 정배는 영의정 윤승훈(尹承勳)의 따님 해평윤씨로 무후하고, 계배는 별제 임경신(任景莘)의 따님 풍천임씨로 그 사이에 아들은 원주목사 이민장(李敏章), 참판 이민적(李敏迪), 대제학·이조판서 이민서(李敏敍), 대제학·좌의정 이관명(李觀命), 대제학·우의정 이휘지(李徽之), 이른바 3대 대제학을 배출한 4가문 중 전주이씨 이경여 가문, 지평 이민채(李敏采)이다. 1601년(선조 34) 사마시, 1609년(광해 1) 증광문과에 을과로 급제, 1611년(광해 3) 검열이 되었으나, 광해군의 실정이 심해지자 벼슬을 버리고 낙향하였다. 1623년(인조 1) 인조반정으로 복직, 이듬해 이괄(李适)의 난이 일어나자 왕을 공주에 호종하고, 이어 체찰사 이원익(李元翼)의 종사관이 되었으며, 1630년(인조 8) 부제학·청주목사·좌승지·전라도 관찰사를 역임하였다. 1636년 병자호란이 일어나자 왕을 모시고 남한산성에 피란하였다. 이듬해 경상도 관찰사가 되고, 그 뒤 이조참판 겸 대사성, 이어 형조판서에 승진하였다. 1642년(인조 20) 배청친명파로서 청나라 연호를 사용하지 않은 것을 이계(李烓)가 청나라에 밀고함으로써 심양에 억류되었다가 이듬해 세자와 함께 귀국하여 우의정이 되었다. 1644년(인조 22) 사은사로 청나라에 갔다가 다시 억류되었으나, 그동안 본국에서는 영중추부사라는 벼슬을 내렸다. 이듬해 귀국, 1646년(인조 24) 민회빈 강씨(愍懷嬪 姜氏, 昭顯世子嬪)의 사사(賜死)를 반대하다가 진도에 유배되고, 다시 1648년(인조 26) 삼수에 위리 안치되었으나, 이듬해 효종이 즉위하자 풀려 나와 1650년(효종 1)에 다시 영중추부사가 되었다. 이어 영의정으로 다시 사은사가 되어 청나라에 다녀온 뒤 청나라의 압력으로 영중추부사로 전임하였다. 시문에 능하고 글씨에도 뛰어났다. 부여의 부산서원, 진도의 봉암사와 흥덕의 동산서원에 제향되었다.

# 주자도통주의(朱子道統主義) 정치이념

　　고려말에 수용된 성리학은 16세기가 되면서 더욱 발전하여 그의 기본개념인 이기(理氣, 성리학에서 태극과 음향)에 대한 원론적인 탐구와 논쟁이 벌어지게 되었다. 이 발단은 1559년(명종 14)부터 8년간 이황과 기대승(奇大升) 간에 벌어진 사칠논변(四七論辯)이었다.

　　이 논쟁은 1572년(선조 5) 이이와 성혼(成渾)과의 논쟁에서 재연되었으며, 이 과정에서 주기파와 주리파 양자의 차이가 분명해지고, 각자의 논리를 보완하는 과정에서 여러 가지 교설이 나타나게 되었다. 이후 이들의 사우(師友)들은 각자 하나의 학파를 이루면서 계속 보완과 논쟁을 전개하게 되었다.

　　논쟁은 주자의 이기개념을 사용하여 인심(人心)과 도심(道心)의 문제를 해명하는 과정에서 야기된 것이다. 이 과정에서 드러난 양파의 기본적인 개념 차이와 주기파의 특징을 간략히 살펴보면 다음과 같다. 이황은 도심과 인심을 각각 순선(純善)인 사단 인, 의, 예, 지(四端, 四德인 仁, 義, 禮, 智의 단서라는 뜻으로 惻隱之心, 羞惡之心, 辭讓之心, 是非之心을 말함)과 선악이 섞인 칠정, 희, 노, 애, 락, 애, 오, 욕(七情, 喜, 怒, 哀, 樂, 愛, 惡, 欲)으로 비정한다. 즉 도심은 곧 사단이다. 사단은 이(理)가 발동하여 나타난 정(情)으로 순선(純善)의 존재이다.

　　반면에 칠정(七情)은 곧 인심(人心)으로 기(氣)가 발동하여 나타난 정이며, 선악이 개재된 것이라고 보았다. 그는 이를 '사단은 이의 발이고, 칠정은 기의 발이다' (四端理之發　七情氣之發)라는 표현으로 명제화 했으며, 〈주자어류(朱子語類)〉에 이 말이 있는 것을 근거로 내세웠다. 이상과 같은 주리설과 대비하여 볼

때 주기파의 기본적 명제는

(1) 발할 수 있는 것은 기(氣)뿐이며, 이(理)는 발하게 하는 원인이다. 발지자기 소이발자리(發之者氣所以發者理),

(2) 심(心)은 기이다 심시기(心是氣)라는 데 집약되어 있다. 주자는 '사단은 이의 발이고, 칠정은 기의 발이다' 라는 말을 했지만, 다른 곳에서는 '발하는 것은 기이며 이는 발하게 하는 원인이다' 라는 말도 남겼다. 이이는 후자의 논리가 보다 근본적인 것이라고 보고, 이 개념에 맞추어 인심 심의 문제를 해석한다.

주자도통주의(朱子道統主義) 정치이념은 조선 후기 유학자였던 송시열(宋時烈) 계열의 학파에서 특히 강조했다. 도통이라는 말은 체계적인 사상이나 철학의 근본 내용으로서 시대를 뛰어넘어 계승 발전될 만한 가치를 지닌 것을 말한다.

이러한 도통의 관념은 이미 맹자에서 그 단초가 보이지만, 실제로 도통설이 형성된 것은 당대(唐代) 한유(韓愈)의 원도(原道)에서이다. 그는 요(堯), 순(舜), 우(禹), 탕(湯), 문(文), 무(武), 주공(周公), 공(孔), 맹(孟)으로 이어지면서 도가 전수되어 왔으며, 그 도의 내용은 윤집궐중(允執厥中)하고 백성에게 그 중(中)을 베푸는 지덕(至德)이라고 했다.

그 후 주자는 한유의 도통설을 받아들이면서 공자 이후에 증자와 자사 두 사람을 더하고, 맹자 이후의 도통을 이정(二程)이 전수받았다고 하여 도통설로써 성리학의 학문적 연원에 권위를 부여했다. 따라서 주자 이후의 성리학자들은 모두 주자의 이러한 도통설을 받아들이고 그 위에 이정의 도통이 주자에게 계승되었으며, 자신들의 학문적 연원은 주자의 도통을 계승한 것이라고 자부하는 것이 일반적이었다.

우리나라의 경우에도 조선 초기 관학파의 유학자들은 주자의 도통이 원나라의 허형(許衡)을 거쳐 고려의 이제현(李齊賢), 이색(李穡), 권근(權近)으로 계승되었다고 하여, 자신들의 학문적 연원이 주자의 정통을 계승한 것임을 자부했다. 그 후 조선 중기의 사림파는 정몽주[1], 길재[2], 김숙자[3], 김종직[4], 김굉필[5]로 이어지는 학문적 계승관계가 주자의 도통을 올바로 이어받은 것임을 내세워 자신

1) 정몽주(鄭夢周, 1337~1392) : 본관은 영일(迎日). 초명은 몽란(夢蘭)·몽룡(夢龍). 자는 달가(達可)
요, 호는 포은(圃隱)이다. 시호는 문충(文忠)이다. 인종 때 지주사(知奏事)를 지낸 습명(襲明)의 후
손으로, 아버지는 성균관 복응재생(服膺齋生) 운관(云瓘)이다. 〈영일정씨세보〉에 의하면 아버지나
할아버지, 증조할아버지가 산직(散職)인 동정직(同正職)과 검교직(檢校職)을 지냈는데, 이는 그의
집안이 지방에 거주하는 한미한 사족이었음을 보여준다. 1360년(공민왕 9) 김득배(金得培)가 지공
거, 한방신(韓邦信)이 동지공거인 문과에 응시, 삼장(三場)에서 연이어 첫자리를 차지해 제1인자로
뽑혔다. 1362년 예문검열이 되었다. 이때 김득배가 친원파인 김용(金鏞)의 계략에 빠져 안우(安
祐)·이방실(李芳實)과 함께 상주에서 효수당했는데 그는 스스로 김득배의 문생(門生)이라 하고
왕에게 청하여 시체를 장사지내 주었다. 1364년 이성계(李成桂)를 따라 삼선(三善)·삼개(三介)를
쳤다. 여러 차례 자리를 옮겨 전농시승(典農寺丞)에 임명되었다. 당시 상제(喪制)가 문란해 사대부
들도 100일만 지나면 상을 벗었는데 그는 부모상 때 분묘를 지키고, 애도와 예절이 극진했으므로
왕이 그의 마을을 표창했다. 1367년 성균관이 중영(重營)되면서 성균박사(成均博士)에 임명되었
다. 당시 우리나라에 들어온 경서는 〈주자집주(朱子集註)〉뿐이었는데 정몽주는 그것을 유창하게
강론하고 다른 사람의 의견보다 뛰어났으므로 듣는 사람들이 많이 의심했다. 그 뒤 호병문(胡炳文)
의 〈사서통(四書通)〉을 얻어 참조해 보니 그와 합치되지 않는 것이 없으므로 많은 사람들이 탄복했
다. 당시 유종(儒宗)으로 추앙받던 이색(李穡)은 정몽주가 이치를 논평한 것은 모두 사리에 맞지 않
는 것이 없다 하여 그를 우리나라 성리학의 시조로 평가했다.
1372년 서장관으로 홍사범(洪師範)을 따라 난징[南京]에 가 촉(蜀)을 평정한 데 대하여 축하하고 돌
아올 때 풍랑을 만났으나 구사일생으로 살아 돌아왔다. 1375년(우왕 1) 우사의대부(右司議大夫)로
임명되었다가 성균대사성(成均大司成)으로 전임했다. 이보다 앞서 명나라가 처음 건국되었을 때
그가 힘써 요청하여 국교를 맺었는데, 당시 공민왕이 피살되고 김의(金義)가 명의 사신을 죽인 일
로 국내가 뒤숭숭하여 명에 사신으로 가는 것을 꺼리게 되자, 사신을 보내 사정을 고할 것을 주장하
여 관철시켰다. 얼마 후 북원(北元)에서 사신이 오고 이인임(李仁任)·지윤(池奫) 등이 사신을 맞이
하려 하자, 명과의 관계를 고려하여 이에 반대했다가 언양에 유배되었으나 이듬해 풀려났다. 이 당
시 왜구가 자주 내침하여 피해가 심하므로 나흥유(羅興儒)를 일본에 보내 화친을 도모했는데 나흥
유는 투옥되었다가 겨우 살아 돌아왔다.
이에 정몽주를 보빙사(報聘使)로 일본에 보내 해적을 금할 것을 교섭하게 하자 이웃나라 간의 국교
의 이해관계를 잘 설명하여 일을 무사히 마치고, 고려인 포로 수백 명을 구해 돌아왔다. 이어 여러
벼슬을 역임하고 1384년 정당문학(政堂文學)이 되었다. 당시 명은 고려에 출병하려고 할 뿐만 아니
라 매년 보내는 토산물을 증액시켰으며 5년간에 걸쳐 토산물을 약속대로 보내지 않았다고 하여 사
신 홍상재(洪尙載) 등을 유배 보냈다. 이때 사신을 보내 명 태조의 생일을 축하해야 하는 형편이었
는데 사람마다 가기를 꺼려 했으나, 정몽주는 사신으로 가 임무를 무사히 마치고 홍상재 등도 풀려
나 돌아오게 했다. 1385년에는 동지공거가 되어 과거를 주관했다.
1386년 명에 가 명의 갓과 의복을 요청하고 해마다 보내는 토산물의 액수를 감해줄 것을 요청하여
밀린 5년분과 증가한 정액을 모두 면제받고 돌아왔다. 우왕은 이를 치하하여 옷·안장 등을 주고
문하평리(門下評理)에 임명했다. 1388년 삼사좌사(三司左使)에 임명되었고, 예문관 대제학이 되었
는데, 같은 해 도당(都堂)에서의 사전혁파(私田革罷) 논의 때 의사표시를 하지 않았다. 1389년(공양
왕 1) 이성계와 함께 공양왕을 옹립하여, 이듬해 익양군충의군(益陽郡忠義君)에 봉해지고 순충논
도좌명공신(純忠論道佐命功臣) 호를 받았다. 그러나 그는 공양왕 옹립에는 정도전(鄭道傳)·이성
계 같은 역성혁명파와 뜻을 같이했지만, 고려왕조를 부정하고 새로운 왕조를 개창하는 데는 반대

했다. 그리하여 기회를 보아 역성혁명파를 제거하고자 했다. 마침 명나라에서 돌아오는 세자 석(奭)을 배웅하러 나갔던 이성계가 말에서 떨어져 병석에 눕게 되자 이 기회를 이용하여 조준(趙浚) 등 역성혁명파를 죽이려 했다. 그러나 이를 알아차린 이방원(李芳遠)이 이성계를 급히 개성에 돌아오게 함으로써 실패하고, 이어 정세를 엿보기 위해 이성계를 찾아가 문병을 하고 귀가하던 도중 이방원의 문객 조영규(趙英珪) 등의 습격을 받아 죽었다.

고려 말기에 들어서 법의 자의적 운영에 대한 폐단을 시정하고자 통일된 법전을 만들려는 움직임이 대두되었는데, 정몽주는 〈지정조격(至正條格)〉·〈대명률(大明律)〉 그리고 고려의 고유형법을 수집·연구하여 왕에게 바쳤다. 또한 지방관의 비행을 근절시키고, 의창(義倉)을 세워 빈민을 구제했다. 한편 당시 풍속에 불교의 예법을 숭상하는 것을 비판하고 사서인(士庶人)으로 하여금 〈주자가례(朱子家禮)〉에 의거해서 가묘(家廟)를 세우고 조상에 제사지내도록 했으며, 개성에 5부학당(五部學堂), 지방에 향교를 두어 교육진흥을 꾀했다. 시문에 능하여 시조 〈단심가(丹心歌)〉를 비롯하여 많은 한시가 전하며, 서화에도 뛰어났다. 문집으로 《포은집》이 전한다.

조선시대에 주자성리학에 대한 이해가 심화되면서 도통(道統) 중심의 문묘종사(文廟從祀) 논의가 활발히 전개되었다. 이때 도통의 기준을 주자학의 학문적 공적으로 한 공적론(功積論)과 의리명분으로 한 의리론(義理論) 사이에 논쟁이 벌어졌는데 결국 주자학의 학문적 성숙이 심화되면서 후자를 대표하는 정몽주를 문묘에 종사하는 것으로 정리되었다. 1517년(중종 12) 문묘에 배향되었으며, 개성의 숭양서원(崧陽書院) 등 13개 서원에 제향되었다.

2) 길재(吉再, 1353~1419) : 본관은 해평(海平). 자는 재보(再父), 호는 야은(冶隱)·금오산인(金烏山人). 아버지는 지금주사(知錦州事) 원진(元進)이며, 어머니는 토산(兎山)의 사족(士族)으로 판도판서(版圖判書)에 추증된 김희적(金希迪)의 딸이다. 11세에 냉산(冷山) 도리사(桃李寺)에 들어가 글을 배우기 시작했다. 18세에는 상산사록(商山司錄) 박분(朴賁)에게서 〈논어〉·〈맹자〉 등을 배웠다. 그 뒤 박분과 함께 송도에서 당대의 석학이던 이색·정몽주·권근(權近) 등의 문하에서 주자학을 배웠다. 1374년(공민왕 23) 국자감에 들어가 생원시에 합격하고, 1383년(우왕 9)에는 사마감시(司馬監試)에 합격했다. 이후 학문에 정진하여 권근이 "내게 와서 글을 배우는 사람은 많지만 길재가 독보(獨步)이다"라고 하여 큰 기대를 걸었다 한다.

1386년 진사시에 급제하여 청주목사록(淸州牧司錄)에 임명되었으나 사양하고 부임하지 않았다. 1387년 성균학정(成均學正)이 되고, 다음해에는 순유박사(諄諭博士)를 거쳐 성균박사(成均博士)에 올랐다. 이때 태학의 여러 학생들과 귀족의 일반 자제들까지도 그에게 배우기를 청하여 이들을 가르쳤다. 이 무렵 이방원(李芳遠, 太宗)과 같은 마을에 살았으며, 성균관에서도 같이 공부하여 교분이 매우 두터웠다.

1388년 위화도회군 이후에는 "몸은 비록 남다를 바 없다마는 뜻은 백이(伯夷)·숙제(叔齊)처럼 마치고 싶구나"라는 내용의 고려의 앞날을 걱정하는 시를 읊기도 했다. 1389년(창왕 1) 종사랑(從事郎)·문하주서(門下注書)가 되었으나, 이성계(李成桂)·조준(趙浚)·정도전(鄭道傳)이 새로운 왕조를 세우려는 움직임을 보이자 이듬해 늙은 어머니를 모셔야 한다는 이유로 벼슬에서 물러나 고향인 선산(善山) 봉계(鳳溪)로 돌아왔다. 1391년(공양왕 3) 계림부(鷄林府)와 안변(安邊) 등의 경사교수(經史敎授)로 임명되었으나 나아가지 않았다. 그해 우왕이 강화도에 유배되어 있다가 강릉으로 옮긴 후 살해되자, 전에 모시던 왕을 위하여 채과(菜果)와 혜장(醯醬) 등을 먹지 않고 3년 상을 지냈다. 새로운 왕조에 참여할 뜻이 없었던 그는 고향에 머물면서 늙은 어머니를 봉양하고, 후진을 양성했다. 가르치는 학생들과 더불어 경전(經傳)을 토론하고 성리(性理)의 강구에 힘썼다. 1400년(정종 2) 세자 방원이 태상박사(太常博士)에 임명했으나 "여자에게는 두 남편이 없듯이 신하에게는 두 임금이 있을 수 없다"는 내용의 상소를 올려 사양했다. 이에 정종이 권근에게 자문(諮問)한 끝에 그 절의를 높이 여기고 예를 다하여 대접하고 집에 돌아가 조신(操身)할 것을 허락하고, 그 집안의 세금과 부역을 면제해 주었다. 이듬해에 어머니에 이어 큰 아들이 죽자 당시 일반 사람들이 행하던 불교식을 일체 배제하고 주자가례에 따라 장례를 치루었다.

1403년(태종 3)에는 지군사 이양(李楊)이 길재를 방문했다가 그의 농토가 메말라 생산이 별로 없는 것을 안타깝게 여겨 좋은 전답을 선사했으나, 사는 것을 충당할 수 있을 만큼 조그마한 땅만 차지하고 나머지는 되돌려 보냈다. 이후 스승 박분과 권근이 죽자 심상(心喪) 3년을 행했다. 1419년(세종 1)에 세종이 그의 아들 사순(師舜)을 부르자 "내가 고려에 향하는 마음을 본받아 네 임금을 섬기라"고 당부했으며, 그해 5월에 죽었다.

3) 김숙자(金叔滋, 1389~1456) : 본관은 선산이요, 자는 자배(子培)이다. 호는 강호산인(江湖散人)이며 시호는 문강(文康)이다. 관(琯)의 아들이며, 종직(宗直)의 아버지이다. 길재(吉再)의 문인이다.

1419년(세종 1) 식년문과에 급제하여 고령현감을 지냈다. 1436년 경학(經學)에 밝고 바른 행실을 가진 선비를 추천하는 데 첫 번째로 꼽혀 세자우정자(世子右正字)가 되었다. 그 뒤 선산교수·개령현감·사재감부정·성균관사예 등을 역임했다. 세조가 즉위하자 1456년 벼슬을 그만 두고 처가인 밀양으로 내려갔다. 그는 스승인 길재로부터 정몽주의 학통을 이어받아 주자학을 발전시켰으며, 이를 아들 종직으로 하여금 잇게 했다. 학업을 가르치는 데 있어서 〈동몽수지(童蒙須知)〉 유학자설 정속편(幼學子說正俗篇)을 모두 외우게 하고, 〈소학〉·〈효경〉·〈사서오경〉·〈자치통감〉·제자백가의 순으로 했는데, 이 방법은 16세기에 이르러 사림 사이에 일반적인 것이 되었다. 이조판서에 추증되었으며, 선산 낙봉서원(洛峯書院)에 제향되었다.

4) 김종직(金宗直, 1431~1492) : 본관은 선산. 자는 계온(季昷)·효관(孝盥), 호는 점필재(佔畢齋). 아버지는 성균사예(成均司藝)를 지낸 숙자(叔滋)이며, 어머니는 밀양박씨(密陽朴氏)로 사재감정(司宰監正) 홍신(弘信)의 딸이다. 길재(吉再)의 제자로, 아버지로부터 학문을 배운 종직은 길재와 정몽주(鄭夢周)의 학통을 계승한 셈이다. 1453년(단종 1) 태학에 들어가 〈주역(周易)〉을 읽으며 주자학의 원류를 탐구하여 동료들의 경복(敬服)을 받았다. 이해 진사시에 합격했으며, 1459년(세조 5) 식년문과에 급제하여 승문원권지부정자(承文院權知副正字)로 벼슬길에 올랐다. 이어서 저작·박사·교검·감찰 등을 두루 지내면서, 왕명에 따라 〈세자빈한씨애책문(世子嬪韓氏哀册文)〉·〈인수왕후봉숭왕책문(仁壽王后封崇王册文)〉 등을 지었다. 1464년 세조가 천문·지리·음양·율려(律呂)·의약·복서(卜筮) 등 잡학에 뜻을 두고 있는 것을 비판하다가 파직되었다. 이듬해 다시 경상도병마평사(慶尙道兵馬評事)로 기용되면서 관인(官人)으로서 본격적인 벼슬 생활을 시작했다. 1467년 수찬(修撰), 이듬해 이조좌랑, 1469년(예종 1) 전교서교리로 벼슬이 올라갔다. 1470년(성종 1) 예문관수찬지제교(藝文館修撰知製教) 겸 경연검토관(經筵檢討官), 춘추관기사관(春秋館記事官)에 임명되었다가, 늙은 어머니를 모신다고 하여 외직으로 나가 함양군수가 되었다. 1471년 봉열대부(奉列大夫)·봉정대부(奉正大夫), 1473년 중훈대부(中訓大夫)에 올랐으며, 1475년에는 중직대부(中直大夫)를 거쳐 함양에서의 공적을 인정받아 통훈대부(通訓大夫)로 승진했다. 이듬해 잠시 지승문원사를 맡았으나 다시 선산부사로 자청해 나갔다. 함양과 선산 두 임지에서 근무하는 동안 주자가례(朱子家禮)에 따라 관혼상제를 시행하도록 하고, 봄·가을로 향음주례(鄕飮酒禮)와 양로례(養老禮)를 실시하는 등 성리학적 향촌질서를 수립하는 데 주력했다. 김굉필(金宏弼)·정여창(鄭汝昌)·이승언(李承彦)·홍유손(洪裕孫)·김일손(金馹孫) 등 여러 제자들을 기른 것도 이때의 일이다. 1482년 왕의 특명으로 홍문관응교지제교(弘文館應教知製教) 겸 경연시강관(經筵侍講官), 춘추관편수관(春秋館編修官)에 임명되었으며, 직제학을 거쳐 이듬해 동부승지·우부승지·좌부승

들의 학문 사상에 권위를 부여하려 했다. 이와 같이 성리학자들에게 주자도통
의 계승은 자신들의 학문·사상을 정통으로 자부하는 근거를 제공하는 것이어
서 이황과 이이 이후의 학파는 자신들이 주자도통을 계승했다고 주장했다. 그

지·도승지 등 승정원의 여러 벼슬에 올랐다. 이어서 이조참판·홍문관제학·예문관제학과 경기
도관찰사 겸 개성유수, 전라도관찰사 겸 전주부윤, 병조참판 등을 두루 지냈다. 이 무렵부터 제자
들이 본격적으로 벼슬길에 오르면서 사림파(士林派)를 형성, 훈구파(勳舊派)와 대립하기 시작했
다. 제자들과 함께 유향소(留鄕所)의 복립운동(復立運動)을 전개하여 1488년 그 복립절목(復立節
目)이 마련되었는데, 이는 향촌사회에서 재지사림(在地士林)의 주도로 성리학적 질서를 확립함과
동시에 자신들의 정치적 진출을 노리는 것이기도 했다. 6년 뒤인 1498년(연산군 4) 제자 김일손이
사관으로 있으면서 사초(史草)에 수록한 〈조의제문(弔義帝文)〉의 내용이 문제가 되어, 부관참시
(剖棺斬屍) 당하고 생전에 지은 많은 저술도 불살라졌다.
　항우가 초(楚)나라 회왕(懷王, 義帝)을 죽인 것을 빗대어, 세조가 단종으로부터 왕위를 빼앗은 것을
비난하였다는 것이 표면적인 이유였다. 그러나 실제로는 종래의 집권세력인 유자광(柳子光)·정
문형(鄭文炯)·이극돈(李克墩) 등 훈구파가 성종 때부터 주로 사간원·사헌부·홍문관 등 3사(三
司)에 진출하여 언론과 문필을 담당하면서, 자신들의 정치행태를 비판해 왔던 김종직 문하의 사림
파를 견제하기 위하여 내세운 명분에 지나지 않았다. 이 사건은 무오사화(戊午士禍)로 이어져 김일
손·권오복(權五福) 등이 죽음을 당하고 정여창·김굉필·이종준(李宗準) 등이 유배되는 등 일단
사림파의 후퇴를 가져왔다. 중종이 즉위한 뒤 죄가 풀리고 관작이 회복되었으며, 1689년(숙종 15)
에는 송시열(宋時烈)과 김수항(金壽恒)의 건의로 영의정에 추증되었다.
5) 김굉필(金宏弼, 1454~1504) : 본관은 서흥(瑞興). 어렸을 때의 이름은 효동(孝童)이며, 자는 대유
(大猷), 호는 사옹(蓑翁)·한훤당(寒暄堂). 아버지는 충좌위사용(忠佐衛司勇) 유(紐)이며, 어머니는
중추부사(中樞副使) 승순의 딸 청주한씨(淸州韓氏)이다. 서흥의 토성(土姓)으로서 고려 후기에 사
족으로 성장한 집안이다.
　경기도의 성남(城南)·미원(迷原)과 야로(冶爐, 처가)·가천(伽川, 처외가) 등지에도 상당한 경제
적 기반을 가지고 있었던 것으로 보인다. 김일손(金馹孫)·정여창(鄭汝昌) 등과 함께 김종직(金宗
直)의 문하에서 〈소학〉 등을 배웠다. 이를 계기로 그는 〈소학〉을 손에서 놓지 않고, 누가 혹 시사(時
事)를 물으면 소학동자가 무엇을 알겠는가라고 답할 정도로 〈소학〉에 심취했다.
　1480년(성종 11) 사마시에 합격하여 성균관에 입학했다. 이때 유학은 제가치국평천하(齊家治國平
天下)의 도이며 불교는 일신(一身)의 청정적멸(淸淨寂滅)만을 위하는 것이라고 하여, 척불(斥佛)과
유교진흥에 관한 긴 상소를 올렸다. 1486년 당시 이조참판으로 있던 스승 김종직에게 시를 지어 올
려 그가 국사에 대해 별다른 건의를 하지 않는 것을 비판, 사제지간에 사이가 벌어졌다.
　1494년 경상도관찰사 이극균(李克均)이 은일지사(隱逸之士)로 천거하여 남부참봉이 된 뒤, 전생서
참봉·군자감주부·사헌부감찰 등을 거쳐 형조좌랑에 이르렀다. 1498년 훈구파가 사림파를 제거
하기 위해 무오사화를 일으켰을 때, 김종직의 문도로서 붕당을 만들었다고 하여 장형(杖刑)을 받고
평안도 희천에 유배되었다. 조광조(趙光祖)가 그에게서 〈소학〉을 배운 것은 이때의 일이다. 2년 뒤
에 유배지가 순천(順川)으로 옮겨졌다가 1504년 갑자사화가 일어나자 무오당인이라는 죄목으로
죽음을 당했다. 중종반정 뒤 신원되었으며, 1507년(중종 2) 도승지에 추증되고 1517년 홍문관부제
학 김정(金淨) 등의 상소로 다시 우의정에 추증되었다.

러나 일반적으로 주자도통주의라고 할 때 그것은 송시열의 학문적 사상적 입
장을 가리키는 개념으로 사용된다.

그 이유는 주자도통의 계승의식이 송시열의 경우 가장 철저한 형태로 나타
났기 때문이다. 송시열(宋時烈)은 이이가 주자의 도통을 계승했으며, 송시열 자
신이 이이[6]의 정통을 계승했다고 자부했다. 이는 이황의 학통을 계승한 영남학
파에 맞서서 이이를 선양하고 기호학파의 결속을 다지기 위한 것이었으며, 또

---

6) 이이(李珥, 1536~1584) : 아버지는 사헌부감찰 원수(元秀)이며, 어머니는 사임당(師任堂) 신씨(申
氏)이다. 어려서는 주로 어머니의 가르침을 받았으며, 1548년(명종 3) 13세의 나이로 진사시에 합격
했다. 16세에 어머니를 여의자 파주 두문리 자운산에서 3년간 시묘(侍墓)했다. 1554년 성혼(成渾)
과 교분을 맺었다. 그해에 금강산에 들어가 불교를 공부하다가 다음해 하산하여 스스로 자경문(自
警文)을 짓고 다시 유학에 몰두했다. 1558년 23세 되던 해에 예안(禮安)의 도산(陶山)으로 가서 당
시 58세였던 이황(李滉)을 방문했다. 그 뒤에도 여러 차례 서신을 통하여 경공부(敬工夫)나 격물(格
物)·궁리(窮理)의 문제를 왕복문변(往復問辨)했다. 1564년 식년문과에 장원급제하기까지 모두 9
번에 걸쳐 장원을 하여 세간에서는 그를 '구도장원공(九度壯元公)' 이라 일컬었다.
1564년 호조좌랑에 처음 임명된 뒤 예조좌랑·정언·이조좌랑·지평 등을 지냈다. 1568년(선조 1)
천추사(千秋使)의 서장관(書狀官)으로 명(明)나라에 다녀왔으며, 부교리로서 춘추관기사관을 겸하
여 〈명종실록〉 편찬에 참여했다. 이듬해 사직했다가 1571년 다시 청주목사로 복직했고, 다음해 다
시 해주로 낙향했다. 1573년 직제학이 되고 이어 동부승지로서 참찬관을 겸직했으며, 다음해 우부
승지·병조참지·대사간을 지낸 뒤 병으로 사직했다. 그 후 황해도관찰사에 임명되었으나 다시 사
직하고, 율곡과 석담에서 학문연구에 전념했다. 1581년 대사헌·예문관제학을 겸임하고, 동지중추
부사를 거쳐 양관대제학(兩館大提學)을 지냈다. 이듬해 이조·형조·병조의 판서를 역임하고,
1583년 당쟁을 조장한다는 동인의 탄핵으로 사직했다가 같은 해 다시 판돈녕부사와 이조판서에 임
명되었다. 이듬해 정월 49세를 일기로 죽었다. 이이는 16세기 후반의 조선사회가 중쇠기(中衰期)로
서, 오랫동안 도학(道學)이 행해지지 않아 시폐(時弊)가 쌓여 있으므로 이의 개혁이 필요하다고 보
았다.
이때 시폐는 공물납부와 진상의 폐해, 군역의 불균, 관리들의 부정 등이었다. 이에 그는 공물분정
을 공평하게 하고 진상을 경감할 것을 주장했으며, 나아가 잡다한 일체의 공물을 폐기하고 전답의
면적에 따라 쌀을 징수하는 수결수미법(隨結收米法)을 전국에 시행할 것을 제안했다. 호조의 관리
로 하여금 전국의 한정(閑丁)을 조사·색출하여 이들을 군적에 편입시키는 한편 변장(邊將)들이 군
졸들을 수탈하는 것을 방지하기 위하여 그들의 생활을 그 지방의 창고곡식으로 보장해 주는 방안
과 군졸들이 휴식할 수 있도록 병역교대제를 실시할 것을 주장했다. 또한 진전개간(陳田開墾)을 장
려하기 위해 휴한지나 황무지를 개간할 경우 실제 경작면적에 따라 세를 부과할 것을 주장했으며,
파산상태에 빠져 있는 국가재정을 바로잡기 위해서 수입을 헤아려 지출할 것과 관료기구를 간소화
하고 낭비를 근절하여 국가재산의 손실을 방지할 것을 제안했다.
이이는 붕당(朋黨)을 국가정치를 문란하게 하는 요소로서가 아니라 소인이 무리를 이루듯, 뜻을 같
이 하는 군자들끼리 집단을 이루는 불가피한 정치의 현상으로 보아야 한다고 주장했다. 이러한 입
장은 주자의 붕당론에 근거한 군자소인변(君子小人辨) 위주의 붕당론이라 할 수 있는데, 이는 붕당

한편에서는 윤휴(尹鑴, 1617~1680), 박세당(朴世堂, 1629~1703)을 비롯한 주자비판론자들을 이단, 사문난적(斯文亂賊)으로 규정하고 그 동정론자들을 일체 배격하기 위한 것이었다. 그리고 학문에서도 주자의 문집과 어록의 치밀한 고증 주석 작업을 통해 주자정론을 천명하기 위해 노력했다.

송시열의 주자도통주의는 학문적 사상적 영역에 그치는 것이 아니라 정치적인 의미까지 포함하고 있다는 점에서도 특징적이다. 효종대에는 송시열이 북벌론(北伐論)을 내세우면서 의리주인(義理主人)을 자처하여 국가 운영의 대세를 장악해 갔다. 화이론에 입각하여 조선이 중화의 실체이고 그 중화를 이끌어온 유교의 도통이 송시열 자신에게 이어지고 있기 때문에 그에게는 중화로서의 조선을 유지해야 할 책무가 있다는 것이다. 이와 같이 송시열이 세도담당을 자부할 때 그 세도의 내용 가운데 주자도통이 포함된 것이다. 이는 자신을 주자도통의 전수자로 자부함으로써 스스로 불변의 절대권위에 의탁하고 그 권위의 대행자가 되려고 추구한 것이었다.

주자학의 사상적 정치이념은 숙종, 경종대에 4대 노론 대신으로 다양한 이해관계를 조정하고 통제하며 국가의 정책을 실현시키는 데 주도하던 이이명은 주자도통주의(朱子道通主義)에 기반한 정치이념을 적극 실현하고자 했으며, 청나라에 몇 달씩 머물면서 서양의 천문학과 실학에 큰 관심을 갖고 중국학자들과도 만나 학문을 교류하였다. 서양문물은 17세기 무렵부터 전래되기 시작하였다. 이광정, 허균은 세계 지도, 정두원은 화포, 천리경, 자명종 등을 전하였고, 병자호란으로 볼모가 되어 청에 머물렀던 소현세자는 아담 샬에게서 천문

---

궁정론에서 출발하여 군자당·소인당의 엄격한 분별과 진퇴를 강조함에 의해 군자당으로 자부하는 사림의 정치활동을 정당화해 주는 논리였다. 그러나 심의겸(沈義謙)·김효원(金孝元) 사이의 시비로 인하여 분붕(分朋)의 조짐을 보이던 1575년 이후 이이는 그 해소에 진력하는 과정에서 자신의 붕당론을 수정하게 된다.
이이는 동인·서인이 모두 사류(士類)이며 그 분열은 의견의 차이에서 연유한 것이기 때문에 기존의 입장인 군자소인변은 적용시킬 수 없다고 주장했다. 대신 동서를 타파하는 방법으로 양시양비설(兩是兩非說)과 보합조제론(保合調劑論)을 제시하게 된다. 먼저 동인·서인 명목 성립의 기초가 된 이른바 심의겸·김효원 시비에 대해 양시양비론을 적용하여 비생산적인 논쟁을 마무리짓고, 함께 조정에 나와 보다 막중한 국사와 민생문제에 중지를 모아야 한다고 주장했다.

학과 천주교 신앙에 관한 책을 여러 권 기증받아 국내로 들여왔다.

한편 김육 등은 서양의 태음력인 시헌력 채택을 주장하여 실현시켰다. 그러나 정확한 달력을 제작할 수 없었던 조선 정부는 천문학자를 파견해 선교사로부터 기능을 습득하도록 하여, 시헌력이 도입된 지 60여 년이 지난 뒤에야 정확한 달력을 만들 수 있었다.

이때를 전후하여 벨테브레(1627), 하멜(1653) 일행이 우리나라에 표류해 오기도 했다. 벨테브레는 서양식 대포 제조법과 사격법을 전해 주었으며, 하멜은 네덜란드로 돌아가 《하멜표류기》를 써 조선 사정을 서양에 알렸다.

17세기에 이르러 전통과학기술을 계승, 발전시키는 한편 중국을 통하여 서양의 과학기술을 수용하려는 노력이 나타났다.

우리나라에 서양문물을 들여온 사람은 중국이나 일본과 달랐다. 중국과 일본이 서양인 선교사들을 통해 서양문물을 받아들였다면, 우리나라는 해마다 북경에 파견되었던 외교 사절들을 통해 서양문물을 받아들였다.

외교 사절은 북경에 몇 달씩 머물면서 북경 시내의 문물 시장인 유리창을 자주 드나들었으며, 중국 학자들과도 만나 학문을 교류하였다.

외교 사절과 서양 선교사의 만남은 천주 신앙의 거점인 천주당과 선교사들이 책임자로 있던 천문대에서 이루어졌다. 이때 예물 형식으로 주고받은 서양 물건들이 조선으로 유입되었다. 그는 북행사절(北行使節)을 통해 서양의 발달된 문물에 많은 관심을 기울여 천주교 역산(曆算) 천문지리에 관한 저술을 국내에 도입 소개하였고 우리나라에서 서양문물 도입이 제자리걸음을 하고 있을 때, 중국에서는 서양 선교사들이 번역서를 계속 내놓았으나 청나라의 존재를 인정하지 않아 관심은 거의 약화되었다.

18세기 후반부터 서양문물, 특히 천주교 신앙을 경계하는 사회 분위기 때문이었을 것이다. 서양문물의 도입이 제자리걸음으로 있을 때 18세기 말의 일본에서는 《해체신서》라는 서양 해부학 책이 번역되었다. 이러한 결과는 한·중·일의 전통적 관계를 해체하고 새로운 관계 정립을 요구할 정도로 파급 효과가 엄청났다.

# 기호학파

학술적으로는 이이(李珥)의 학설을 따르는 주기적(主氣的) 경향의 성리학자들을 말한다. 주기파(主氣派)라고도 한다. 주리설(主理說)의 종주인 이황(李滉)은 예안(禮安)의 도산서원(陶山書院)을 근거지로 후진을 양성했던 관계로 그를 따르는 학자들은 주로 영남지방에 분포했다. 따라서 이들을 영남학파라 부르고, 주기론자들은 대부분 기호지방(경기·황해·충청·호남 일원)에 거주했으므로 기호학파라고 부르게 되었다. 정치적으로 영남학파는 영남 남인, 기호학파는 서인, 17세기 이후에는 노론이 주가 되었다. 기호학파로서 이이와 동시대 인물로는 조헌(趙憲, 1544~1592), 정엽(鄭曄, 1562~1625), 한교(韓嶠), 송익필(宋翼弼, 1534~1599)이 있으며, 이후로는 이이의 제자인 김장생[1]과 송시열(宋時烈)의 학맥이 주

---

1) 김장생(金長生, 1548~1631) : 본관은 광산. 자는 희원(希元), 호는 사계(沙溪). 대사헌 계휘(繼輝)의 아들이며, 집(集)의 아버지이다. 송익필(宋翼弼)로부터 사서(四書)와 〈근사록(近思錄)〉 등을 배웠고, 장성하여 20세 무렵에 이이(李珥)에게 사사했다. 1578년(선조 11) 학행(學行)으로 창릉참봉에 천거되었다. 1581년(선조 14) 종계변무(宗系辨誣)의 일로 명나라 사행(使行)을 가는 아버지를 수행한 뒤, 돈녕부참봉이 되었다. 이어 순릉참봉·평시서봉사(平市署奉事)·동몽교관·통례원인의를 거쳐 1591년(선조 24) 정산현감이 되었다.
임진왜란 때 호조정랑·군자감첨정(軍資監僉正)으로서 군량 조달에 공을 세웠다. 그 뒤 남양부사·안성군수를 거쳐 1600년(선조 33) 유성룡(柳成龍)의 천거로 종친부전부(宗親府典簿)가 되었다. 1602년(선조 35)에 청백리에 뽑히고 이듬해 익산군수로 나갔으나, 북인(北人)이 득세하게 되자 1605년(선조 38) 벼슬을 버리고 연산으로 낙향했다. 광해군이 즉위한 뒤 잠시 회양·철원부사를 지냈다. 그러나 1613년(광해 5) 영창대군(永昌大君)의 외할아버지이자 인목대비(仁穆大妃)의 아버지인 김제남(金悌男) 등이 역모를 꾀했다 하여 사사되거나 옥에 갇힌 계축옥사(癸丑獄事) 때 동생이 이에 관련됨으로써 연좌되어 심문을 받았다.
무혐의로 풀려나온 뒤 곧 관직을 사퇴하고 다시 연산에 은거하면서 학문에 몰두했다. 인조반정으

류를 이룬다.

16세기에 형성된 기호학파는 17세기에 새로운 양상으로 발전하게 된다. 이 시기 집권층의 과제는 양란의 피해를 복구하고, 신분제의 문란과 지주제의 전개에 따른 중세사회의 동요를 해결하여 국가를 재건하는 것이었다. 이런 추세에 맞추어 사상계에서는 주자의 사상과 경세론에 대한 비판이 이루어지기 시작한다. 양명학(陽明學)이 보다 널리 유입되고, 당시대의 문제를 해결하기 위한 각종의 경세론이 제기되었다. 이런 상황에서 주자학자들은 주자의 경세론을 사회대책으로 제기하며, 주자의 절대화(聖人化), 이단에 대한 철저한 배격, 강상

로 서인이 집권하자 장령에 오르고, 이어 성균사업(成均司業)·집의·상의원정(尙衣院正)을 지내면서 원자(元子)를 가르치는 등의 일을 맡아보았다. 이 가운데 성균사업은 그를 위하여 새롭게 만들어진 것이었다. 그 뒤 좌의정 윤방(尹昉)·이조판서 이정구(李廷龜) 등의 천거로 공조참의를 지냈으며, 이어 부호군을 거쳐 1625년(인조 3) 동지중추부사에 올랐다. 다음해 다시 벼슬에서 물러나 행호군(行護軍)의 산직(散職)으로 낙향하여 황산서원(黃山書院)을 세워 이이·성혼을 제향했으며, 같은 해 용양위부사직(龍驤衛副司直)으로 옮겼다. 1627년(인조 5) 정묘호란이 일어나자 양호호소사(兩湖號召使)로 의병을 모아 공주로 온 세자를 호위하는 한편 군량미 조달에 힘썼다. 청나라와의 강화에 반대했으나 화의가 이루어지자 모은 군사를 해산하고, 강화도의 행궁(行宮)으로 가서 왕을 배알했다.

그해 형조판서가 되었으나 1개월 만에 물러난 뒤 용양위부호군으로 낙향했다. 그 뒤 1630년(인조 8)에 가의대부(嘉義大夫)가 되었으나, 조정에 나가지 않고 향리에 줄곧 머물면서 학문과 후진양성에 힘썼다. 연산에서 83세의 나이로 돌아가다. 그가 활동하던 시기는 당쟁으로 동서(東西)와 남북(南北)이 분당·대립하고, 한편으로는 이괄(李适)의 난과 임진왜란·병자호란으로 국가체제가 위기에 빠져 토지제도·수취제도 등 여러 방면에서 누적된 폐단을 개혁해서 민생을 회복해야 할 때였다. 국가재조는 여러 측면에서 진행되었으며, 특히 사상계에서는 기존의 주자학적 정통주의가 훨씬 강력하게 대두되는 방향으로 이루어졌다. 이러한 상황 속에서 그는 국가의 위기체제를 극복할 수 있는 이념적 체계로서 예(禮)에 주목했다. 예 실천의 방법으로서 개인의 수신(修身)을 강조하고, 이를 위하여 계구신독(戒懼愼獨)을 중요시했다. 즉 일상생활에서 항상 계구신독을 염두에 두고 심성의 온전함을 지키며 그 마음이 발(發)함에 모두 예에 맞게 행하여 하늘을 우러러 조금이라도 부끄러움이 없어야 한다고 했다. 이로써 예 실천의 주체인 인간 내면의 심(心)을 개발하고, 천리(天理)의 법칙을 깨닫도록 한다는 것이다.

이러한 예의 강조는 〈가례(家禮)〉를 통한 유교적인 가족질서 확립 노력으로 이어진다. 그가 예론에서 이론적 배경으로 삼았던 것은 율곡의 이기설(理氣說)이었다. 이황(李滉)의 이기호발설(理氣互發說)에 반대하면서 율곡의 이기관(理氣觀)을 포괄적으로 계승하여, 이(理)와 기(氣)는 본래 스스로 섞여 있다고 하는 이기혼융설(理氣混融說)을 주장했다. 그는 이기의 관계를 불상잡(不相雜)·불상리(不相離)로 파악하고, 기(氣)의 유위유형(有爲有形)한 부제성(不齊性)과 이(理)의 무위무형(無爲無形)한 제일성(齊一性)의 관계에서 율곡의 이통기국설(理通氣局設)과 이일분수설(理一分殊說)을 이해했다.

윤리의 강화 등을 강조하게 되었다. 이때 기호학파 중에서도 소론계열인 윤선거(尹宣擧, 1610~1669), 윤증(尹拯, 1629~1714), 조성기(趙聖期), 임영(林泳, 1649~1696), 박세채(朴世采, 1631~1695) 등은 주자와 율곡의 학설에 대해 일정하게 비판적인 입장을 내세우게 된다. 이에 송시열(宋時烈)을 중심으로 한 노론계열 인사들은 주자의 도통설(道通說)을 들고 나와, 정치적 학문적 주체로서 기호학파의 결속과 위상을 강화하기 위한 다각적인 작업을 벌이게 되었다. 이것은 양명학 등 이단에 대한 배척만이 아니라, 영남학파에 대한 기호학파의 우위성과 정통성을 확보하기 위한 작업도 포함한 것이었다.

여기에는 당시 집권 서인층의 위상이 동요하여 서인, 남인의 집권이 반복되고, 서인이 노론과 소론으로 분열했던 정치적 상황이 개제되어 있다. 이들은 주자의 적통은 율곡에서 송시열로 이어진다는 점을 강조했다. 실제로 송시열의 이기개념은 율곡과 다른 점이 있었지만, 이들은 상기한 율곡의 기본개념이 주자의 정설에 근거한 것이며 그들의 학통이 주자의 적통임을 증명하기 위해 노력했다. 그 결과 나타난 것이 율곡의 문묘종사 운동과 일련의 주자 주석서의 편찬작업이었다.

율곡의 문묘종사운동은 1650년(효종 1)에 발의된 후 영남남인들과 격렬한 대립 끝에 1682년(숙종 8)에 실현되었다. 편찬작업은 다분히 영남학파의 앞선 업적을 의식한 것으로, 주리설에 대한 비판을 포함했다. 이 작업을 통해 이들은 기호학파의 인맥과 주류를 확정하고, 자신들의 사상체계를 완성하려 했다. 이는 송시열 계열의 제자들에 의해 18세기까지 지속되었다. 대표적인 저작들로는 〈주자대전차의(朱子大全箚疑)〉, 〈주자언론동이고(朱子言論同異攷)〉, 〈차의문목(箚疑問目)〉, 〈차의문목표보(箚疑問目標補)〉, 〈주서분류(朱書分類)〉 등이 있다. 이중 주자언론동이고는 상기한 것처럼 서로 모순된 주자의 말을 해명하기 위한 작업으로 50년간 노력을 기울인 것이다. 여기서 이들은 '사단은 이의 발이고, 칠정은 기의 발이다' 라는 말은 주자의 말이 아니라, 주자어류의 기록자 유한경(柳漢卿)의 오기라고 단정하여 기발만이 주자의 정설임을 강조했다.

1709년(숙종 35) 한원진과 이간 사이에서 시작한 인물성동이논쟁(人物性同異

論爭, 湖洛論爭)을 계기로 기호학파는 호론(湖論)과 낙론(洛論)으로 크게 분열되었다. 호론은 호서지방의 학자들로 주로 권상하와 한원진·윤봉구의 제자들이 가담했고, 낙론은 서울 거주 학자들로 김창흡[2]의 문인인 어유봉[3], 이재(李縡, 1680~1746), 김원행(金元行, 1702~1772), 오희상(吳熙常, 1763~1833), 홍직필(洪直弼, 1776~1852)이 동조했다. 논쟁 자체는 주자학의 이론범주 내에서 진행되었고, 양자 모두 율곡의 대전제를 수용하는 입장이었다. 그럼에도 양측이 격렬하게 대립했던 것은 당시의 시대변화에 따라 인간세계의 원리만이 아니라 물질세계의 원리도 해명해야 하는 과제가 제기되었고 이 과정에서 주자학적 일원성과 통일성에 대한 회의가 정통 주자학의 세계에도 스며들었기 때문이라고 할 수 있다. 대체로 호론 계열은 정통주의를 주장하는 입장을 고수하며, 낙론에서는 도통에 대한 회의가 출현하는데 뒤에 이 계열에서 북학파가 등장하게 된다.

---

2) 김창흡(金昌翕, 1653~1722) : 본관은 안동이다. 자는 자익(子益)이며, 호는 삼연(三淵)이다. 좌의정 상헌(尙憲)의 증손자이며, 영의정 수항(壽恒)의 셋째 아들이다. 김창집과 김창협의 동생이기도 하다. 형 창협과 함께 성리학과 문장으로 널리 이름을 떨쳤다. 과거에는 관심이 없었으나 부모의 명령으로 응시했고 1673년(현종 14) 진사시에 합격한 뒤로는 과거를 보지 않았다.
김석주(金錫胄)의 추천으로 장악원주부(掌樂院主簿)에 임명되었으나 벼슬에 뜻이 없어 나가지 않았고, 기사환국 때 아버지가 사약을 받고 죽자 은거했다. 〈장자〉와 사마천의 〈사기〉를 좋아하고 도(道)를 행하는 데 힘썼다. 1696년(숙종 22) 서연관(書筵官), 1721년(경종 1) 집의(執義)가 되었다. 이듬해 영조가 세제(世弟)로 책봉되자 세제시강원(世弟侍講院)에 임명되었으나 나가지 않았다. 신임사화로 외딴 섬에 유배된 형 창집이 사약을 받고 죽자, 그도 지병이 악화되어 죽었다.

3) 어유봉(魚有鳳, 1672~1744) : 본관은 함종(咸從), 자는 순서(舜瑞), 호는 기원(杞園), 아버지는 한성부우윤 사형(史衡)이며, 동생이 경종의 장인인 유구(有龜)이다. 1699년(숙종 25) 사마시에 합격했으나, 과거시험의 부정을 보고 대과(大科) 응시를 포기했다. 1706년(숙종 32) 우의정 김창집(金昌集)의 천거로 천안군수에 임명되었고, 장령·집의를 지냈다.
1722년(경종 2) 스승인 김창협(金昌協)이 신임사화로 유배되자 유생들을 이끌고 신원(伸寃)을 상소하다가 파직되었다. 영조가 즉위한 뒤 복직되어 집의·호조참의·승지를 거쳐 1738년(영조 14) 세자시강원찬선이 되었다. 그는 스승인 김창협의 학문을 계승했으나, 박필주(朴弼周)·김창흡(金昌翕) 등과 함께 이간(李柬)의 인물성동론(人物性同論)을 지지하여 인(人)·물(物)의 성(性)이 동일하게 오행(五行)의 이(理), 즉 오상(五常)을 갖추었다고 주장함으로써 낙론(洛論)에 가담했다. 문하에서 이천보(李天輔)·홍상한(洪象漢)·윤득관(尹得觀) 등이 배출되었다.

# 영남학파

조선 초기에는 학문활동의 중심이 성균관을 비롯한 중앙 학계였기 때문에 지방에 근거를 둔 독자적 학맥과 학풍의 수립은 없었다. 그러나 그 시기에도 영남지방에서는 길재(吉再), 김숙자(金叔滋), 김종직(金宗直)으로 이어지는 학문의 계보가 형성되었고, 성종조 무렵에 김종직의 제자들에 의해 영남사림파로 불리는 학자들의 집단이 형성되었다. 그러나 일반적으로 영남학파라고 할 때는 이들을 포함하지 않는다.

조선시대 성리학은 16세기부터 본격적인 이론적 탐구가 행해졌고, 그 결과 다양한 사상적 흐름이 갈라졌다. 그리고 그 사상적 다양성은 당시에 학문이나 도덕적 실천에서 사우(師友) 관계의 중요성을 강조하는 흐름과 결합하면서 16세기 말엽에는 이황, 조식, 이이(李珥)의 제자들을 중심으로 각각 학파의 형성을 보게 되었다. 이들 가운데 이황과 조식의 제자·문도들로 구성된 학파를 가리켜 영남학파라고 한다. 이황[1]과 조식 사이에는 성리학의 이론적 논쟁은 없었으

---

1) 이황(李滉, 1501~1570) : 본관은 진보(眞寶)이고, 자는 경호(景浩)이다. 호는 퇴계(退溪)요·퇴도(退陶)·도수(陶搜)이다. 좌찬성 식(埴)의 7남 1녀 중 막내아들로 태어났다. 태어난 지 7개월 만에 아버지를 여의고 편모슬하에서 자랐다. 12세 때 작은아버지 우(堣)로부터 〈논어〉를 배웠고 20세경에는 건강을 해칠 정도로 〈주역〉 등의 독서와 성리학에 몰두했다. 1527년(중종 22) 진사시에 합격하고, 성균관에 들어가 이듬해 사마시에 급제했다.
1533년(중종 28) 재차 성균관에 들어가 김인후(金麟厚)와 교유했으며, 이때 〈심경부주(心經附註)〉를 입수하여 크게 심취했다. 1534년(중종 29) 문과에 급제하여 승문원부정자로 등용된 이후 박사·전적·지평 등을 거쳐 세자시강원문학·충청도어사 등을 역임하고 1543년(중종 38) 성균관사성이 되었다. 1546년(명종 1) 낙향하여 낙동강 상류 토계(兎溪)에 양진암(養眞庵)을 지었다. 이때 토계를

나, 그들의 학풍에는 차이가 있었다. 이황의 학풍이 이론적 탐구를 통해 성리학을 체계화하고, 그 바탕 위에서 인간의 내면적 심성 수양의 중요성을 강조한데 반해, 조식의 학풍은 이론적 탐구보다는 성리학적 가치관의 일상적 실천을 강조했으며, 그 실천도 내면적 심성 수양을 넘어서 사회적 실천에까지 미치는 것이었다. 그리고 두 사람이 활동하는 지역도 영남지방 내에서 각각 달랐기 때문에 별개의 학파가 형성되었다. 이황은 안동권(安東圈)에 속하는 예안(醴安)에서 활동하고, 조식은 진주권(晉州圈)에 속하는 산청(山淸)에서 활동함으로써, 그 학맥의 분포는 대체로 낙동강을 기준으로 하여 강좌와 강우로 갈라졌다.

그런데 조식의 학통은 비록 오건(吳健), 최영경(崔永慶, 1529~1590) 등에 의해 그 맥이 이어졌으나, 정인홍(鄭仁弘, 1535~1623) 등이 주축을 이루었던 북인정권이 인조반정으로 몰락하면서 학통이 붕괴되었다. 따라서 영남학파라고 할 경우에는 퇴계학파를 지칭하는 것이 일반적이다. 이황의 문하에서는 유성룡[2], 김성일

---

퇴계라 개칭하고 자신의 호로 삼았다. 1548년(명종 3) 단양군수가 되었다가 곧 풍기군수로 옮겼다. 풍기군수 재임중 전임군수 주세붕(周世鵬)이 창설한 백운동서원에 편액(扁額)·서적(書籍)·학전(學田)을 내려줄 것을 청하여 실현했는데, 이것이 조선시대 사액서원의 시초가 된 소수서원(紹修書院)이다. 1549년(명종 4) 병을 얻어 고향으로 돌아와 퇴계의 서쪽에 한서암(寒棲庵)을 짓고 이곳에서 독서와 사색에 잠겼다. 1552년(명종 7) 성균관대사성으로 임명되었으며 이후로도 여러 차례 벼슬을 제수 받았으나 대부분 사퇴했다. 1560년(명종 15) 도산서당(陶山書堂)을 짓고 아호를 도옹(陶翁)이라 정하고, 이로부터 7년간 독서·수양·저술에 전념하는 한편, 많은 제자를 길렀다. 1568년(선조 1) 대제학·지경연(知經筵)의 중임을 맡고, 선조에게 〈중용〉과 〈대학〉에 기초한 〈무진육조소(戊辰六條疏)〉를 올렸다. 그 뒤 선조에게 정자(程子)의 〈사잠(四箴)〉, 〈논어집주〉·〈주역〉, 장재(張載)의 〈서명(西銘)〉 등을 진강(進講)했으며 그의 학문의 결정인 〈성학십도(聖學十圖)〉를 저술, 선조에게 바쳤다. 이듬해 낙향했다가 1570년(선조 3) 병이 깊어져 70세의 나이로 죽었다.

2) 유성룡(柳成龍, 1542~1607) : 김성일(金誠一)과 함께 이황(李滉)의 문하에서 수학했다. 1564년(명종 19) 생원·진사에 올랐고, 1566년 별시문과에 급제하여 권지부정자, 검열 겸 춘추관기사관, 대교, 전적을 거쳐 1569년(선조 2) 공조좌랑으로 있으면서 서장관(書狀官)으로 명나라에 갔다가 이듬해 귀국했다. 1570년 부수찬·수찬을 거쳐 정언·이조좌랑에 오르고, 1571년 병조좌랑, 1575년 부교리·이조정랑·헌납, 1577년 검상·사인·응교, 1579년 직제학·이조참의·동부승지 등을 두루 지냈다. 1581년 부제학으로 있으면서 〈무빙차십조(無氷箚十條)〉를 올리고 〈대학연의(大學衍義)〉를 초진(抄進)했다. 이듬해 대사간·우부승지·도승지·대사헌 등을 지내고, 1583년 왕명으로 〈비변오책(備邊五策)〉을 지었다. 이어 함경도관찰사·대사성 등에 임명되었으나 어머니의 병을 이유로 벼슬에 나아가지 않았다. 1584년(선조 17) 예조판서에 올랐으며, 다음해 〈포은연보(圃隱年譜)〉를 교정하고 1586년에는 〈퇴계 선생 문집〉을 편차(編次)했다. 그 뒤 형조판서·대제학·병조

(金誠一, 1538~1593), 정구(鄭逑, 1543~1620) 등 그 시대의 대표적인 유학자들이 출현하고, 그 뒤를 이어 정경세(鄭經世), 이현일(李玄逸), 장현광(張顯光) 등이 잇달아

판서 등을 거쳐 1590년(선조 23) 우의정에 오르고 종계변무(宗系辨誣)의 공으로 광국공신(光國功臣) 3등으로 책록되고 풍원부원군(豊原府院君)에 봉해졌다. 이듬해 우의정으로 있으면서 왜구의 침입에 대비, 권율(權慄)과 이순신(李舜臣)을 의주목사와 전라좌수사에 추천하는 한편 〈제승방략(制勝方略)〉의 분군법(分軍法)을 예전처럼 진관제도(鎭管制度)로 되돌릴 것을 주장했다.
광해군의 세자책봉을 건의한 정철의 처벌이 논의될 때 온건파인 남인에 속하여 강경파인 북인의 이산해(李山海)와 대립했다. 1592년(선조 25) 임진왜란이 일어나자 병조판서로서 군무(軍務)를 총괄하는 도체찰사(都體察使)의 직책을 맡았다. 이어 영의정에 임명되어 왕의 피난길에 따라갔으나, 평양에 이르러 나라를 그르쳤다는 반대파의 탄핵을 받고 파직되었다. 곧 다시 등용되어 왕명으로 명(明)의 장수 임세록(林世祿)을 접대하고, 의주에서는 2차례 계(啓)를 올려 군사모집, 화포제조, 난민(亂民)의 초무(招撫) 등을 건의했다. 평안도도체찰사에 부임하여 명나라 장수 이여송(李如松)과 함께 평양성을 되찾고, 이듬해 호서·호남·영남의 3도도체찰사에 올랐다. 이여송이 벽제관(碧蹄館)에서 대패한 뒤 일본군과 화의를 모색하자 이에 반대, 화기제조·성곽수축 등 군비확충과 군사양성을 주장했다. 환도한 뒤에는 훈련도감의 설치를 건의하고 다시 영의정에 올랐다.
1594년 〈청훈련군병계(請訓練軍兵啓)〉·〈청광취인재계(請廣取人才啓)〉·〈전수기의십조(戰守機宜十條)〉 등을 올려 전시대책과 시무책을 건의하고, 훈련도감의 제조(提調)가 되어 〈기효신서(紀效新書)〉를 강해(講解)했다. 그 뒤에도 4도도체찰사가 되어 경기도·황해도·평안도·함경도의 군병을 교련하는 등 명과 일본 사이에 강화 교섭이 계속되는 가운데에서도 군비보완에 힘썼다. 1597년 이순신이 탄핵을 받아 백의종군할 때 이순신을 천거했다 하여 여러 차례 벼슬에서 물러났으며, 이듬해에는 조선과 일본이 연합하여 명을 공격하려 한다는 명나라 경략(經略) 정응태(丁應泰)의 무고에 대해 명나라에 가서 해명하지 않는다 하여 북인들의 탄핵을 받고 관작을 삭탈당했다. 1600년 관작이 회복되었으나 다시 벼슬을 하지 않고 저술활동을 하면서 은거했다. 1604년 호성공신(扈聖功臣) 2등이 되고 다시 풍원부원군에 봉해졌다. 그의 사회·경제 시책은 대부분이 임진왜란 과정에서 이반된 민심을 수습하고 국가의 인적·물적 자원을 전쟁과 전후수습에 동원하기 위한 방법으로서 제시되었다. 그중 가장 역점을 둔 것은 민심수습책으로 그는 임란에 공을 세운 사람들에게 신분에 따라 수관(授官)·면천(免賤)·면역(免役)·부과(赴科) 등 파격적인 포상제를 실시하고, 군사비 이외의 기출을 최대한 억제하여 공물(貢物)·진상(進上) 등을 경감해 주는 등 백성에게 실제 혜택이 있게 하여 파탄·와해된 민심을 수습해야만 전쟁을 수행할 수 있다고 보았다. 이러한 전제 아래 문벌에 관계없이 각 방면의 인재를 등용하며 공사천(公私賤)을 막론하고 병력을 확보하는 등 인적 자원을 동원할 것을 제시했다.
그는 스승 이황의 학설에 따라 이기론(理氣論)을 펼치고 양명학을 비판했다. 또한 이황의 이선기후설(理先氣後說)을 좇아 기(氣)는 이(理)가 아니면 생(生)하지 못하는 것이라고 하여 기보다 앞서 있는 실체로서의 이를 규정했다. 그는 이황처럼 인심(人心)과 도심(道心)을 이기로 분석하지 않았지만, 도심을 한결같이 지켜야 함을 강조했다. 또한 일찍부터 양명학을 연구했으나 정통 성리학자로서 이를 수용하지는 않았으며, 양명학이 불교의 선학(禪學)에서 연유한 것으로 간주하고 맹렬히 비판했다. 유성룡은 양명학의 핵심적 이론인 지행합일설(知行合一說)과 치양지설(致良知說)이 '굽은 것을 바로잡으려다 지나치게 곧아진'(矯枉而過直) 폐단에 빠진 것으로 불교의 학설과 다름없는 것이라고 단정했다.

등장함으로써 퇴계 학맥의 영남학파가 성립했다. 영남학파가 이이의 제자와 문도들로 이루어진 기호학파와 이론적 대립의식을 명확히 하게 된 것은 이이 계열의 성리학자들이 이황의 이기호발설(理氣互發說)을 비판하자, 이이의 기발 일도설(氣發一途說)을 비판하면서부터이다.

17세기 전반에는 김해(金垓, 1555~1593), 류원지(柳元之, 1598~1678), 이구(李球, 1620~1684) 등이 이이의 성리설을 혼륜일변설(混淪一邊說)로 비판했으며, 17세기 후반에 오면 이현일이 이이의 성리설을 전면적으로 비판하고 이황의 성리설을 옹호하는 이론 체계를 수립하기 시작했다. 영남학파는 그 내부에서도 다양한 학맥이 형성되어 주로 영남지방을 중심으로 활동지역에 따라 영남 북부권 중부권 남부권으로 구별했다. 북부지역에서는 또 다시 안동권과 상주권(尙州圈)으로 구분할 수 있는데, 우선 안동권에서는 김성일, 장흥효(張興孝), 이휘일(李徽逸), 이현일, 이재(李栽), 이상정(李象靖), 남한조(南漢朝), 유치명(柳致明), 김흥락(金興洛), 유필영(柳必永), 김도화(金道和)로 이어지는 계보를 찾아볼 수 있다.

이 안동권의 학맥이 확실하게 정립된 것은 이현일에 이르러서이며, 그 손제자인 이상정에 이르러 안동권의 학맥은 영남학파의 중심으로서 가장 큰 비중과 권위를 누리게 되어 이후에도 지속적인 영향을 미쳤다. 한편 상주권에서는 유성룡, 정경세, 유진(柳袗), 유원지로 계승되는 학맥이 형성되었다. 이 학맥은 안동권과 상당한 부분이 서로 얽혀 있으면서도 학맥의 독자성에서는 경쟁적인 위치에서 어느 정도 거리를 유지했다.

안동권과 상주권은 모두 이이의 성리설에 대해 강한 비판의식을 갖고 이황 학설의 정통성을 지키며, 그의 학설을 계승·발전시켰다. 영남 중부지역에서는 인동(仁同)의 장현광 계열과 성주(星州)의 정구 계열을 들 수 있다.

그런데 이들은 모두 퇴계 학통의 순수한 계승에 집착하지 않고 나름대로 독자적인 학설·학풍을 수립한 특징이 있다. 먼저 장현광은 성리설에서 퇴계 학맥에 구애받지 않았을 뿐만 아니라 이이의 학설과도 달리 이기를 일도(一道)의 경위(經緯)로 파악하는 독자적인 이기경위설을 제시했다. 정구는 이황과 조식의 두 문하에서 수학했고, 정경세와 더불어 영남학파의 대표적인 예학자이며,

그 자신은 이황의 성리설을 계승하는 입장이다.

그러나 그의 학맥은 영남 안에서 발전되기보다는 기호지역의 남인학자들에 의해 계승되었다. 즉 정구(鄭逑, 1543~1620), 허목(許穆, 1595~1682), 이익(李翼, 1681~1763)으로 이어지는 계보가 그것이다. 그 후 이익(李翼), 안정복(安鼎福, 1712~1791), 황덕길(黃德吉, 1750~1827)로 이어지는 성호학파를 계승한 허전(許傳, 1797~1886)이 다시 영남으로 돌아와 김해지역에서 활동했다. 19세기 성주지역에서 활동하던 성리학자로는 이진상(李震相, 1818~1886), 이승희(李承熙), 곽종석(郭鍾錫)이 있었다. 이진상(李震相)은 그의 숙부인 이원조[3]의 영향을 받았으며, 안동권 유치명의 가르침을 받기도 했다. 그러나 그는 퇴계 학통에서 전통적으로 인

---

3) 이원조(李源祚, 1792~1891) : 조선 후기의 대표적 학자 관료였다. 학자적 소양을 바탕으로 영남 주리학(主理學)의 이론 정비와 학통의 수수(授受)에 기여하며 생전에 이미 영남의 사표로 추앙받았던 그는 노론 집권기라는 시대적 제약 속에서도 관료로서도 능력을 발휘, 남다른 업적으로 인정을 받았던 인물이다. 과거 급제 후 10년간 독서 매진하며 인격 함양, 응와는 학문을 해도 단순한 답습이 아니라, 살아 있는 학문을 중시했다.
당시 답습을 위주로 하던 영남학자들의 학풍에 대한 그의 신랄한 비판이다. "기호학자는 주로 스스로 터득하는 것을 일삼아 오류가 없을 수 없고, 영남학자는 오로지 답습하는데 치중하기에 전혀 참신함이 없다. 답습하기만 하여 실제로 깨닫는 바가 없는 것보다는 차라리 오류가 있더라도 스스로 터득해 깨달음이 있는 것이 좋다. 언뜻 보면 길을 따라가며 한결같이 정자 · 주자의 전통을 따르는 것 같지만, 자세히 살펴보면 공허한 말일 따름이니, 남에게 베풀어도 증세에 따라 처방하는 이익이 없고 스스로 간직해도 심신으로 체험하는 효과가 없다." 자신이 퇴계의 학통을 이은 영남학자이면서도 기호학풍의 장점을 인정한 점에서 그의 면모를 읽을 수 있다 하겠다. "학문의 길은 선과 악을 분별하여 착실하게 선을 실천하는 것일 뿐이다. 선이 무엇인지 아는 것보다 더 큰 지혜가 없고, 선을 지켜나가는 것보다 더 큰 어짊이 없으며, 선을 실천하는 것보다 더 큰 용기가 없다. 그러므로 천하만사는 선을 따르는 것일 뿐이다." 응와의 이 말도 그가 어떤 삶을 지향하고 실천했는지 잘 드러내고 있다. 응와가 이처럼 삶과 학문에 대한 기틀을 확실히 구축할 수 있었던 것은 가학(家學)에 힘입은 바가 컸던 것으로 보인다. 응와는 10세에 사서 등을 통독하고 12세에 과거에 필요한 여러 문체를 두루 익혔는데, 문필이 빠르고 막힘이 없어 물 흐르듯 했던 모양이다. 이런 그가 18세에 두 차례 향시에 합격하고 증광시에 급제하자, 그의 부친(양부) 농서(農棲) 이규진과 생부 함청헌(涵淸軒) 이형진은 어려서 등과하는 것은 불행한 일이라고 경계하면서, 조용히 머물러 10년 동안 글을 더 읽도록 분부했다.
응와는 이 가르침에 따라 조급하게 나아가려는 마음을 내지 않으면서 공부를 게을리 하지 않았다.
"'부득이하다' '어쩔 수 없다' 는 나라 망치는 말" 일찍 과거에 급제한 응와는 순조 · 헌종 · 철종 · 고종의 4조(四朝)에 걸쳐 벼슬생활을 하면서 국정의 폐단을 누구보다 잘 알았고, 그 폐단을 개혁하고 민생을 안정시키기 위해 각별히 노력했다. 특히 지방관에 임명될 때마다 폐정을 과감히 개혁하며 민생을 돌보는 데 최선을 다했다.

정해 온 심합이기설(心合理氣說)에 이의를 제기하고 자신의 심즉리설(心卽理說)을 주장했다. 이진상의 독자적인 성리설은 안동권과 상주권의 성리학자들로부터 비판과 배척을 받았으나, 그의 아들인 이승희와 제자인 곽종석에 의해 계승되었다. 또 19세기 후반경에 오면 영남지역에서 활동하는 성리학자들 가운데서도 호남의 기정진(奇正鎭)의 학맥을 잇는 노사학파(蘆沙學派)와 호남의 전우(田愚)를 추종하는 간재학파(艮齋學派)에 속하는 인물들이 나오기도 했다.

# 조선전기의 정치세력

## 훈구파(勳舊派)

훈신(勳臣)·훈구대신·훈구공신 등의 용어에서 알 수 있듯이 이들은 조선 초기 세조의 집권을 도와 공신이 되면서 정치적 실권을 장악한 이후 형성된 집권 정치세력이었다. 이들은 세조의 측근으로 등장하여 그 이후 몇 차례의 정치적 격변에도 불구하고 하나의 정치세력으로 존재했는데, 이는 정치변동 과정에서 여러 차례에 걸쳐 공신으로 책봉되었기 때문이다. 즉 1453(단종 1)~1471년(성종 2)의 약 20년 동안 정난(靖難)·좌익(佐翼)·적개(敵愾)·익대(翊戴)·좌리(佐理) 공신으로 책봉되었으며, 그 뒤에도 1506년(중종 1) 중종반정에 따른 정국공신(靖國功臣)에 이르기까지 여러 차례 공신으로 거듭 책봉됨으로써 중요한 정치세력을 이룰 수 있었다. 이들은 때로 군주와 정치적 갈등을 일으키기도 했지만, 대체적으로 사림파(士淋波)와 정치적 갈등을 빚어 여러 사화를 일으키기도 했다. 이러한 갈등은 여러 면에서 지적되고 있지만, 대체로 향촌통치의 방법을 둘러싸고 관권 중심의 지배체제를 확립하려는 훈구파와 사족 중심의 지배체제를 형성하고자 하는 사림파 사이에 나타났다.

흔히 훈구파는 사장(詞章)을, 사림파는 경술(經術)을 강조했다고 한다. 그러나 사실상 양 세력 모두 정도의 차이는 있으나 그 둘의 중요성을 인식하고 있었다. 즉 훈구파나 사림파는 모두 동일하게 성리학을 배경으로 하는 지배계급으로 다만 성리학을 실천함에 있어서 서로 방법이 달랐던 것이다.

훈구파의 학문경향을 사장 중심이라고 하는 것은 조선 초기 국가체제의 정비과정에서 경술보다는 현실적으로 사장을 강조한 것과 관련이 있다. 훈구파는 사림파에 비해 이른 시기에 군현 이족(吏族)에서 사족화했으며, 정치적으로 사림파와 대립하여 훈구파라는 정치세력으로 이해되기 전부터 조선의 국가체제 정비에 깊숙이 참여했다. 한명회·권람·홍윤성·정인지·신숙주·조석문·정창손·최항·김국광·구치관 등이 이에 속한다. 이 계열에 주축이 된 관료들은 대부분 집현전을 거쳐 성장한 이들로, 그중에는 〈경국대전〉, 〈동국통감〉, 〈동문선〉, 〈동국여지승람〉 등의 편찬사업에 참여하여 왕조의 통치이념을 체계화하는 데 기여한 인물도 많았다.

그러나 조선 초의 집권인물들 모두가 훈구파는 아니고 대개 세조대 이래의 공신들을 중심으로 한 집권 정치세력이 훈구파의 주류를 이루었다. 즉 세조의 즉위를 도왔던 이들은 1453년(단종 1)에 정난공신, 1455년(세조 1)에는 좌익공신으로 책봉되었다. 세조의 즉위가 선양(禪讓)이라는 합법적인 형식을 통해 이루어졌지만, 성리학의 의리와 명분이라는 기준에서는 크게 벗어나는 일이었다. 따라서 사육신 사건, 금성대군 역모사건 등이 일어났고 그 결과 세조와 공신이 권력의 중심이 되는 정계 개편이 이루어졌다. 이들은 중요한 관직을 독점하고 인사권과 병권을 장악했으며 각종 특권을 독차지하여 부정부패를 일삼았다. 또한 토지를 강점하고 양인농민을 노비로 삼아 토지를 경작하게 하는 등 각종 경제적 이익을 독점했다.

이러한 훈구파의 지위는 세조대 후반 일시적으로 약화되었다. 1467년(세조 13)에 세조의 중앙집권화에 대한 반발로 일어난 이시애(李施愛)의 난에 한명회·신숙주·김국광·노사신 등 일부 훈구대신들이 연루되었고, 이 난을 진압하는 데 공을 세운 남이 등의 신진세력이 적개공신(敵愾功臣)으로 책록되어 새로운 세력으로 등장했다. 남이는 태조의 외손이라는 강력한 배경을 지녔을 뿐만 아니라 오위도총부 총관이 되어 병권을 장악했다. 그러나 그 이듬해 세조가 죽고, 예종이 즉위하면서 실시한 왕권강화책을 둘러싸고 남이 등의 세력과 종전의 훈구파 사이에 본격적인 갈등이 재연되어 남이옥사가 일어나게 됨으로써 정치세력의 변동이 일어났다.

남이의 옥은 남이가 한명회·노사신·김국광 등의 훈구대신을 제거하려고 모의를 했다는 유자광의 고발이 발단이 되어 일어난 옥사로, 이 사건으로 인해 남이 등의 새로운 세력은 제거되고 종전의 훈구파가 정치의 전면에 재등장했다. 더욱이 이들은 이 사건 직후에 익대공신으로 책봉되면서 정치적 위치가 크게 강화되었다. 예종이 재위 1년 만에 죽고 어린 성종이 즉위하자 훈구대신들은 더욱더 권력을 장악하게 되었다. 특히 1471년(성종 2)의 좌리공신 책봉 때 종전의 공신으로 책봉 받았던 자가 반 이상을 차지하고 그들의 친인척이 다수 포함됨으로써 훈구파의 수도 크게 늘어났다. 아울러 훈구파는 1467년(세조 13) 이래 원상(院相, 어린 임금을 보좌하며 정무를 다스리는 직책)이 되어 특정한 직사를 갖지 않고도 정치에 깊이 관여할 수 있는 기반을 구축했을 뿐만 아니라 그들 가문 상호간에 통혼관계를 맺음으로써 세습적으로 지위를 유지했다. 그리고 왕실과의 혼인을 통하여 외척으로서의 지위도 확보했다. 독점적인 정치세력의 등장은 15세기 후반 이후에 왕권의 약화를 가져오고 관료적 지배체제라는 조선 본래의 권력구조를 운용하기 어렵게 했다.

조선은 고려와 비교하여 지배층이 광범위하게 정치 운영에 참여할 수 있게 만들어진 정치체제였다. 그런데 대단위 농장을 경제기반으로 한 훈구파가 권력을 독점하자, 이에 대해 이 시기 성장하고 있던 중소지주층인 사림파가 비판을 제기했다. 이러한 권력독점과 관료들의 사리사욕 추구에 대한 비판을 제기하는 논리로 나온 것이 성리학적인 공도론(公道論)을 제시했다. 이는 성리학에 대한 깊은 이해를 바탕으로 한 정치운영을 주장하면서, 훈구파의 권귀적(權貴的) 성향에 대해 비판을 한 정치공세 논리였다.

1476년(성종 7) 성종이 세조비의 수렴청정을 철회하고 원상을 폐지하여 친정체제를 구축하면서 훈구대신들의 지위는 약화되었다. 이것은 왕권이 강화되는 한편 사림파가 정치적으로 성장할 수 있는 기회가 되었다. 사림파계열은 새로운 정치질서의 확립을 추구하고 성리학적 향촌질서를 정착시킴으로써 향촌민의 안정과 향촌지주 자신들의 사회적·경제적 기반을 유지하기 위해 노력했으며 훈구파에 대한 비판을 가했다. 이러한 사림파는 이전에 혁파되었던 유향소(留鄕所)를 복립하고자 했으며 훈구파는 맹렬하게 반대했다. 이러한 대립은 1483년부터 계속되다가 1488년에 유향소가 다시 생겼으나 이때의 유향소는 중앙집권체제의 보조기구에 지나지 않았다. 따라서 이때 복립된 유향소는 결국 이전과 같이 사림파의 세력기반이 될 수 없었다. 이에 사림파는 중앙의 정치무대에서 훈구파를 더욱더 비판해 갔다. 이러한 사림파와 훈구파의 갈등은 결국 1498년(연산 4) 무오사화를 시작으로 여러 차례의 사화를 초래했다. 무오사화에서 사림파가, 1504년(연산 10) 갑자사화에서는 훈구파가 각각 큰 타격을 받았다. 그러다가 1506년(중종 1)의 중종반정은 훈구파가 재기하는 계기가 되었다. 중종반정으로 배출된 정국공신은 이후 정국을 주도했다.

그러나 1515년(중종 10)을 전후하여 서서히 사림파가 언관 진출 등을 통해 등장하여, 정국은 다시 훈구파와 사림파가 대립되었다. 그리하여 1519년(중종 14)에 훈구파가 주도한 기묘사화가 일어났고 이후 훈구파가 정권을 장악하다가 외척인 김안로가 잠시 전횡했으며 김안로를 제지한 이후 다시 훈구파가 장악했다. 그런데 김안로일파의 제거에 외척들도 가세했기 때문에 이제부터 훈구파는 사림파뿐만 아니라 외척세력과도 정치권력을 둘러싸고 갈등하게 되었다. 1545년(명종 원년)의 을사사화로 인해 책봉된 위사공신 역시 외척에 의존한 세력일 수밖에 없었다. 따라서 명종 연간을 거쳐 이기와 같은 인물이 잠시 권력의 핵심에 있었다 하더라도 점차 종전의 공신세력은 퇴조했다. 그리하여 오랜 기간 중요한 집권세력이었던 훈구파는 척신세력이 권력을 장악하게 되면서 사림파와 대립했던 정치세력으로서의 의미도 퇴색되어 갔다.


### 사림파(士林派)

특히 조선 전기 집권세력인 훈구파에 대응하는 세력을 가리킨다. 고려 후기에 성리학을 학문배경으로 하는 신진사대부가 등장하면서 '사족(士族)', '사대부(士大夫)', '사인(士人)', '사류(士流)'와 같은 용어와 함께 사림이라는 용어가 쓰이게 되었는데 그것은 광범위한 독서인층, 곧 지식계층을 가리키는 말이었다. 조선 건국 이후 종전의 지배계급은 사회체제 및 정치권력 구조의 재편성에 따라 조선사회 내부에서 분화되었다. 고려말 조선 초기에 기존의 양반지배층은 물론 향촌사회의 향리까지도 조선의 관료제에 참여하거나 향촌사회의 지배세력으로 남게 되었다. 중앙에서는 신진사대부가 관료체제의 정비와 함께 문무양반으로 정권에 직접 참여했고, 향촌사회의 지배세력은 관권과 일정한 관계를 유지하던 품관층, 일반사족, 그리고 향리세력으로 나뉘었다. 조선 초에는 품관층이 사족과 뚜렷이 구별되는 것은 아니었고 그들 역시 신분으로 보아 사족이라 불렸다. 사림이란 용어가 공식적으로 자주 쓰이게 된 것은 학통으로 보아 정몽주(鄭夢周), 길재(吉再), 김종직(金宗直)으로 이어지는 신진사류가 15세기 후반 중앙정계에 진출하면서부터였다. 그리고 사림파가 하나의 정치세력으로 등장한 것은 성종 연간에 김종직, 김굉필(金宏弼), 정여창(鄭汝昌) 등이 중앙정계에 진출하여 활동하기 시작할 때였다. 이들은 근거지역을 기준으로 해서 영남사림파와 기호사림파로 나누기도 하는데 주로 비거족계(非鉅族系) 재지사족 출신이 주축이 되고 일부의 훈구계 가문 출신이 포함되었다. 하지만 사림파라 해도 시기에 따라 상이했으며 훈구파에서 사림파로 혹은 사림파에서 훈구파로 전향하는 경우도 있었다. 훈구파에 비하여 군현 이족(吏族)에서 사족화하는 시기가 늦었던 영남사림파의 경우에 대체로 고려말 조선 초기에 이족으로부터 사족화했던 것으로 보인다. 이들의 활동시기는 크게 나누어 성종과 연산군대에 일어난 무오사화·갑자사화에 의하여 축출되는 때까지, 그리고 중종반정이후 점차 세력을 형성했던 시기로 나누어볼 수 있다. 또 그 활동은 각각 영남사림파와 기호사림파가 중심이 되었다.

사림파는 훈구파에 대한 비판활동을 제기하면서 향촌사회에서 세력근거지를 마련하려고 노력했다. 예를 들면 언론활동과 유향소(留鄕所)의 복립 노력이었다. 세조 즉위 이후에 군주와 정난공신(靖難功臣)을 비롯한 훈구파들이 정국을 주도했다. 이들은 정치권력을 장악하고 있었을 뿐만 아니라 각종 특권을 독차지하면서 부정부패를 일삼았다. 또한 강력한 인신적 지배예속을 매개로 농장과 같은 방법을 통하여 넓은 토지를 점유하고 양인농민에 압력을 가하여 전지노비(田地奴婢)로 만들었으며 이를 통해 인구(人口)를 은점(隱占)하고 있었던 훈구파에 대하여, 하천부지 등을 개간하여 자신의 농지를 확대하면서 소농(小農)을 기초로 경제력을 키우고 있었던 사림파로서는 그러한 행위가 자신들의 경제적 기초를 침해하는 것이기도 했다. 성종대에도 좌리공신(佐理功臣)이 정치세력의 중심이었다. 정책을 입안하고 실행하는 정부는 물론이고 이를 비판하고 견제하는 대간(臺諫) 등 언관(言官) 계통도 마찬가지였다. 이는 결국 왕권의 약화를 가져오고 관료적 지배체제라는 조선 본래의 권력구조의 운용이 어려워지는 것을 뜻했다. 김종직이 경직(京職)에 복귀하면서 그의 문인 중에서 관리가 되어 대간으로 진출하는 경우도 생겼다. 사헌부·사간원·홍문관의 관직에 진출한 이들은 훈구파를 억제하고 왕권을 강화하려 했다. 이 시기의 사림파의 정치활동은 주로 이러한 언론활동에 한정되었으며 한편으로 향촌질서의 안정을 위한 유향소 설치를 주장했다.

　유향소는 조선 초에 유향품관층을 중심으로 조직한 기구로서 중앙집권체제를 추구하던 태종에 의해 한 차례 폐지되었다. 그 뒤 세종대에 향풍교정(鄕風矯正)을 내세우면서 부활되었지만 유향소 세력이 수령과 결탁하여 농민을 수탈하거나 자체의 힘을 키워나가고 있었기 때문에 세조 말년에 다시 혁파되었다. 유향소 복립운동은 사림파에 의하여 향촌사회의 성리학적 질서 수립을 위한 조직으로 인식되어 추진되었다. 이러한 시도는 세조 말년에 혁파된 유향소라는 제도를 부활시킨다는 데 있지 않았으며, 〈주례(周禮)〉의 향사례·향음주례를 시행하기 위한 기구로서 유향소를 전제로 하고 있었다. 두 의례는 덕행이 있는 자와 연로한 자를 각각 앞세우는 것으로서 유교윤리 기준에 의한 향촌질서의 안정을 추구하는 것이었다. 그러한 유향소의 복립운동은 훈구파의 맹렬한 반대로 1483년(성종 14)부터 5년간 논의되다가 1488년(성종 19)에 결실을 보았다. 그러나 경재소(京在所)를 통한 유향소의 장악이 가능한 상태에서 유향소가 곧 사림파의 세력기반이 될 수는 없었다. 경재소는 본디 그 지방관련자에 의하여 구성·운영되는 것이었는데 훈구파는 경재소제도를 고쳐 중앙 고위관료의 지방연고권의 범위를 넓혀 그를 발판으로 수령을 통해 유향소를 장악하도록 했다. 따라서 사림파는 우세한 몇 지역을 제외하고는 사마소(司馬所)를 세워 대항하고자 했다. 그러나 사마소가 사마시(司馬試, 생원진사시) 통과자라는 제한적인 인적 자원을 전제로 했기 때문에 강력한 세력 구축이 어려웠고 무오사화(戊午士禍)에서는 강제 혁파당했다.

　김종직의 '조의제문(弔義帝文)'을 빌미로 일어난 무오사화로 사림파가 타격을 받았지만 훈구파 역시 갑자사화(甲子士禍)에 의하여 희생되었다. 양대 사화로 희생된 사림파 인물은 주로 김종직의 문인이었고 김굉필·정여창 등의 문인은 크게 관련되지 않았다. 중종반정은 훈구파에 의하여 주도되었으므로 중종 초기에는 훈구파가 정권을 장악했으며 사림파의 본격적인 진출은 1515년(중종 10) 이후에 가능했다. 조광조(趙光祖)를 중심으로 하는 중종대의 사림파는 강력하게 삼대(三代, 夏·殷·周) 이상사회를 지향하는 도학정치를 내세웠다. 이들은 주로 삼사(三司)와 같은 언관직에 진출하여 훈구파를 비판하고, 천거제(薦擧制)를 통하여 과거제나 문음으로써 등용할 수 없는 유일(遺逸)과 학생(學生)을 선발할 것을 주장하여 관철했다. 또한 여악(女樂)·내수사장리(內需司長利)·기신재(忌晨齋)·소격서(昭格署)를 혁파했다.

　그러나 중종반정 이후 책봉된 정국공신에 대한 위훈삭제(僞勳削除)를 주장하다가 훈구파의 반격을 받아 기묘사화(己卯士禍)가 일어나면서 제거 당했다. 기묘사화 이후에도 사림파는 중종의 제1계비 윤씨에게서 난 세자의 외숙인 윤임(尹任)과 제2계비 문정왕후가 난 경원대군(慶原大君)의 외숙인 윤원형(尹元衡) 두 외척 다툼 사이에서 위축되었다. 명종이 즉위하자 을사사화(乙巳士禍)가 일어나 윤원형과 이기(李芑) 세력이 결탁하여 윤임 및 사림파를 제거했다. 이후에도 명종 연간에 잇달아 일어난 사화로 사림파의 세력은 크게 약화되었다. 그러나 결국 권신 이기의 죽음과 척신의 배후였던 문정왕후의 죽음을 계기로 더 이상의 훈구파와 사림파의 갈등은 나타나지 않았다. 이후 넓은 의미에서 사림의 재등장이 이루어지기는 하지만 훈구파와 대립하는 정치적 세력으로서의 사림파는 훈구파가 정리되었기 때문에 그 의미를 찾기 어렵다.

　훈구파와 사림파는 동일한 계급으로, 두 세력을 차별짓게 하는 것은 성리학 실천의 방법에 있다. 흔히 훈구파는 사장(詞章)을 중시하고 사림파는 경술(經術)

을 중시한다는 점에서 차이는 있으나 양자는 서로 중요성을 인식하고 있었다. 사림파는 향촌에서 주자학의 이기심성론(理氣心性論), 수양론(修養論), 도학론(道學論) 등을 깊이 연구하여 그것을 바탕으로 훈구파를 비판했다. 따라서 이들의 정치사상은 수신(修身)에 두고 있었다. 수기(修己)와 치인(治人)은 유교정치 사상에서 서로 떼어놓을 수 있는 것은 아니지만 현실에서의 강조점은 시기와 사람에 따라 달리 나타났다. 사림파는 치인보다는 수기를 앞세웠고, 수신의 기본교재인 〈소학〉 공부를 강조했다. 〈소학〉은 생원·진사시나 잡과의 필수과목으로 되어 있으며 성균관의 학령(學令)에도 반영되었던 것이나 그에 대한 강조는 사림파의 수기강조라는 또 다른 뜻이 있었다.

그 외에도 수신을 강조한 것은 〈삼강행실〉·〈이강행실〉의 번역·배포라든가 향약·향음주례·향사례의 실시에서도 찾아볼 수 있다. 도학의 정통을 세우고 이를 현실사회에서 급속히 실현하는 것을 목표로 삼고 있었다. 그러한 점에서도 알 수 있듯이 수기의 강조가 곧 치인의 배제를 의미하는 것은 아니었다. 중앙정계에서의 활동 자체가 이미 치인의 단계를 의미하는 것이기 때문이다. 중종대 사림파의 경우 치인에의 관심은 보다 확실했다. 사림파가 군주의 수기와 권한을 강조했다고 하여 곧 전제적 왕권체제를 목표로 하고 있다는 것은 아니었다. 오히려 현량과(賢良科)의 실시와 같이 관료제의 강화를 통하여 그들의 정치적 구상을 실현하려 했다. 그러나 그러한 목표를 실현하는 데에는 추진하는 힘이 필요했던 것이고 현실적인 필요에서 군주의 역할을 기대했던 것이다.

# 서구 문물 수용

이이명은 유교적 화이사상에 입각하여 서구 문물을 받아들였음에도 수용에 적극적이지 않았으나 그 서구 문물의 유용성은 인정했다. 한편 국내의 현실 문제는 수취체제, 특히 군역의 문제는 근본적인 것이라 보고 병역 조달의 개선 방안으로 정포론(丁布論)을 제시했다.

종래의 양인(良人)을 대상으로 역을 부과하던 방식을 벗어나 양반 자제로부터 상민에 이르기까지 15~60세의 장정이면 누구나 일정액의 포(布)나 전(錢)을 부담한다는 안이었다. 토지공유제론(土地公有制論)에 의한 농민 농촌 문제의 근본적인 해결책이 일각에서 모색되던 당시 상황에서의 이러한 개선 방안은 매우 제한적인 것이었으나, 이 시기 노론의 정치적 지향을 잘 보여준 것으로 이이명은 양반 사대부에게도 군포(삼베와 무명)를 징수해야 된다고 주청하였다. 그에 의하면 양반 사대부 역시 조선의 백성이므로 양민들과 동등하게 병역을 적용하고, 병역을 징발하거나 군포, 호포를 받아야 된다는 것이다. 그러나 이는 남인계와 서인계 모두의 비난에 직면하게 되었다.

그는 서구의 문물에 호의적이었으나 들여올 수 없었다. 소론과 남인의 정치 공세보다도 서인 노론 내에서도 아무도 알아주지 않았기 때문에 현실적으로 실패한다.

그러나 후일 노론 출신 외교관들 중 청나라의 고증학과 실학사상과 서구의 문물에 관심을 갖고 이를 국내에 소개하여, 고증학과 실학을 도입하게 하는 기틀을 마련한다.

고증학의 문물은 청나라 때 유행했으며 우리나라의 학자들에게도 영향을 끼쳤다.

연구성과 그 실증성의 전문성에 그 방법을 두고 학자의 독창성과 그 학문성과의 누적에 따른 진화 가능성이 새로운 시대의 학문정신으로 당시 대두되었다. 그런데 고증학(실증적으로 연구하는 학문)은 이 같은 뚜렷한 업적에도 불구하고, 그 이념에 실학, 박학과 더불어 고학(古學)이라는 복고주의 요소가 있었다. 반송적 한학의 제창에서 알 수 있듯이 복고적 이상주의는 주자학에 도전한다는 긍정적 의미도 가지고 있었으므로 다시 말해서 명대부터 시작된 상품 경제의 발달과 만주족의 중국 통치, 송학이라 불리는 주자학의 공허한 공리공담에 대한 반발 등에 의해 시작된 고증학은 단적으로 말해서 사실을 통해 진실을 파악하는 실사구시의 학문이었으며 그 연구 방법은 확실한 근거에 입각한 실증주의적 방법이었다. 그러므로 관념적이고 주지주의적이고 공리공론에 치우쳤던 송·명대의 학풍과는 근본적으로 달랐다. 따라서 당시 고증학 연구의 중심이었던 경학의 연구를 보면 경서 속에 내재되어 있는 본래의 의미를 정확히 파악하기 위해 진행하였으며 일자일구의 뜻을 문헌학적으로 추구하였다.

고증학의 연구방법은 조선과 일본에도 전파되어 영향을 끼쳤다. 조선의 실학이 고증학의 영향을 받은 사실은 우리도 익히 알고 있는 사실이다. 일본의 근대화 과정에서도 고증학의 정신이 정신적 기반을 제공했음을 부인할 수는 없을 것이다.

이처럼 고증학은 여러 학문을 개척하고 발전시키는 데 일조했으며 그 파급효과가 컸던 학문이라고 할 수 있다. 그러나 고증학은 관과 괴리되어 순수 학문으로서 발전하면서 정치 이상으로 발전하지 못하였고, 학문을 위한 고증이 아닌, 고증을 위한 학문으로 정착됨에 따라 학문적, 사상적인 체계를 세우지 못했다는 한계가 있다고 생각된다.

조선 초기의 유학, 즉 주자학적 도학(道學)이 초기의 참신한 기운을 잃고 케케묵은 이론을 시종하여 실제와는 아주 동떨어진 학문이 되고 말았다. 이때 사실에 입각한 새로운 비판 정신을 불어넣은 것은 당시 청나라에서 들어온 고증학과 서양의 과학적 사고방식이었다. 그 영향을 받은 사람들, 즉 새로 등장한 실학파들은 비판의 눈을 우선 퇴폐한 사회·경제·정치로 돌리고 현실의 여러 문제를 해결함으로써 이상적인 사회와 희망적인 장래를 내다보고자 하였다.

한편 임진왜란을 전후한 우리 국내 사정은 지주(地主) 및 관료층의 착취와 이전부터 상공기술(商工技術)에 대한 천대에 겹쳐 조선 후기 전정(田政)·군정(軍政)·환곡(還穀)의 3정(三政) 문란은 부패한 사회의 개량을 더욱 촉진케 하여 새로운 생활 타개를 위한 구국구폐운동(救國救弊運動)이 개별적 혹은 체계적인 개혁방안(改革方案)과 사회정책으로 나타나기 시작하였다. 임진왜란·병자호란의 두 난이 있은 뒤 국민들의 곤란한 생활의 타개책으로 관리가 되기 위하여 노력하며, 권리의 유지책으로 드디어는 당쟁을 이용하게 됨에 따라 당쟁의 격심으로 정계에서 물러난 학자들은 임야(林野)에 들어가 역사와 정치 경제 문제를 연구하였으며 국가 재건을 위한 구체적인 방안의 사회적인 요구가 절실한 데서 비로소 실학사상이 움트기 시작하였던 것이다. 더욱이 임진왜란·병자호란의 치명적 타격은 비판 정신을 길러 사회생활과 정치의 지도이념으로 되어온 주자학에 대한 비판을 하게 되었고, 지행합일주의(知行合一主義)를 주장하였다.

주자학에 대립되는 양명학(陽明學, 유학의 한 갈래)의 전래에다 청조의 고증학이 영·정조(英·正祖) 때에 하나의 새로운 학풍을 이루어 수신제가(修身齊家)와 치국(治國)의 이상을 올바르게 하기 위하여 현실적으로 절실하게 요구되는 정치를 실현하려는 일종의 혁신운동이 그들 사이에 일어났다.

소재 이이명은 유교 도통주의면서도 서구문물의 유용성을 인정하고 1720년 숙종이 승하를 알리기 위해 고부사(告訃使)로 청나라에 파견되어 연경에 다녀와 서구문화를 전례했다.

그는 연경에 도착하여 그는 그곳에서 독일, 포르투갈의 신부들과 서양인 학자들을 만나 가까이 지내면서 담론하였고, 그들의 영향을 받아 천주교를 비롯한 천문학, 역산 등에 관한 책을 가지고 이듬해 귀국하여 이를 국내에 알리고, 널리 소개하였으며 서양문물에 대해 개방적인 태도를 취했다.

# 이이명(李頤命)은 백성을 걱정하였다

　이이명(李頤命)은 관직에 머무르면서 서포 김만중이 그러 했듯이 백성을 위해 진언하고 상소하여 백성을 걱정하였다.

　숙종의 죽음으로 연경에 고부사로 다녀오며 서구의 문물을 들여와 독일 쾌걸러와 포르투갈 사우레즈 신부들과 교유하여 우리나라에 처음으로 에수교를 전례한 사람이다. 소재공은 숙종 12년(1686) 9월 27일에 나라에 큰 흉년이 들어 백성들이 궁핍할 때 응교 이이명이 임금에게 청하기를, '농사가 흉년이 든 점을 아뢰고 분재(分災)하여 주기를 청하였으며' 또 아뢰길 이렇게 큰 흉년을 당하여 깨우칠 만한 비상 대책을 실시하지 않을 수가 없습니다. 위로 종묘와 백관의 경비라든지 승여(乘輿)와 복건(服褲)의 비용과 기타 긴요치 않은 물목들은 정밀하게 필요한 거산을 선택하고 나머지는 우선 절감해야 실질적인 혜택이 백성에게 돌아갈 것입니다 하니 임금이 말하기를 '아뢴 것이 진실로 옳다' 하였다. 이처럼 백성들의 평온을 위해 정성을 기울였다.

　소재 이이명이 남해를 떠난 지도 어언 290년이 되었는데, 아직도 그는 살아 있는 존재다. 그 세월이면 강산도 몇 번이나 변하는 세월로 잊을 만도 한데, 우리는 왜 공을 잊지 못하는가? 그리고 떠나보내지 못하는가. 그동안 많은 남해 사람들이 그를 향사추모하며 변함없이 친부(親父)를 생각하듯 그리워하는 것은 불원천리 영해로 2번이나 유배와 자신의 강렬하고도 진정성 있는 지성으로 남해향사 선비들에 '효제충신' 의 학문과 선비정신을 가르치며 백성을 위해 안신하며 향사에 안간힘을 썼다. 그러나 흉도들의 흉계에 공이 떠나가신 것이 원통하고 슬픈 일이나 애민 애족한 공의 지성은 세월이 흐를수록 더욱더 찬란한 남해의 문화로 빛나고 있다.

남해로 유배 와서 백성들에게 깨우침을 주고 한 시대를 살아가면서 산소처럼 들이마시며 호흡하는 비전의 이상과 같은 시대정신은 어디서 왔다가 어디로 가는지 아무도 알 수 없는 바람과 같은 것이지만 그가 남긴 영혼은 화창한 봄비에 촉촉이 움트는 새싹과 같은 것이었다. 그것은 분명히 백성을 사랑하고 한 걸음 한 걸음 끊임없이 쏟아내어 놓는 시대정신의 도약으로 살아 있는 존재가 아닐 수 없다. 이는 땀 흘리며 이룩해 만든 공의 높은 은공이라 아니 할 수 없다.

세상 습속을 따르는 것을 유행이라 하지만 법도를 지극히 굳건하게 지키고 사사로움을 버리고 후인(後人)을 가르침은 어쩌면 자기 삶을 보양하는 지극한 의로움의 도라 생각하는 선비라 할 수 있다. 법도를 굳건히 실천하고 가르침을 바르게 닦기 위해 성정을 바로 잡으며 사람을 깨우치고 훈육하고 인도하는 마음은 위로는 존경하는 마음을 위대하게 하고 아래로는 백성의 사랑과 굶주림과 추위가 없이 백성을 잘 보양하는 것으로 병이 나고 요괴가 나타나지 않게 하늘과 사람의 구분을 밝히며 백성을 지극한 사람이라 말하고 있다.

소재 이이명(李頤命)은 학문을 통해 사람들에게 훌륭하고 좋은 말을 하는 것은 솜이나 비단으로 싸주는 것보다 따뜻하고 사람들을 해치는 포악한 말은 비수를 꽂듯 창칼보다 깊은 상처를 안겨준다. 그러므로 광대한 땅을 밟을 곳이 없게 되는 것이다. 땅이 불안정해서가 아니라 발길이 위험하고 천박한 사람이라 갈 곳이 없게 되는 것은 모두 자신이 한 말 때문이라 했다. 말과 행동에 있어 언행일치로 믿음과 신의를 주는 것으로 신뢰가 있어야 한다. 넓은 길이면 남에게 양보하고 좁은 길이면 남이 지나가기를 기다리는 것이 사람이 살아가는 나눔과 배품이라 하는 말이다.

싸우는 것은 추한 것이다. 인간은 상대의 말 때문에 노여움이 일어난다. 상처를 받은 것은 노여움의 감정으로 청정한 마음이 참지 못하는 마음에서 일어난다. 말과 품행이 깨끗하지 못하면 사람들이 존귀하게 여기지 않는 것은 사람들에게 상처를 주기 때문이다. 존경받지 못하는 것은 자기 멋대로 행동하는 것이다. 남과 다투는 것은 자기를 잃은 자이고 마음이 태풍처럼 뒤집혀 건강에도 좋지 않으며 자신을 잊었기 때문이라 말하고 있다. 또한 남과 다투는 사람은 반드시 자기가 옳고 남이 그르다는 자기생각이다.

진실로 옳고 그르다면 냉정한 삼자(三者) 입장에서 생각하고 판단해야 한다는 것이다.

사람은 형체가 사람이므로 좋아하고 싫어하는 감정도 대부분 남들과 같기 때문이다. 사람들이 다투는 것은 무엇 때문일까? 바로 그것을 매우 미워한다. 또한 다툼은 악이라 생각한다며 말과 감정의 인본역설을 강조했다.

소재 이이명(李頤命) 공께서는 인간은 사회적 동물로 무리를 이루며 모여 살기 위한 것이라 하였다. 농민은 농사에 힘쓰며 절약하는 것에 중요시 했으며 군신은 하늘을 섬기는 도리에 충실하는 것이니 나라를 다스림에 기준이 되는 법은 다스림의 발단이라 하였다.

도는 형벌을 엄히 해야 한다는 말은 예로부터 지금까지 들어온 일이다. 정치에서 중요한 것은 맹자가 말하는 왕자의 덕이나 도의심이 아니라 객관적이고 형식적으로 규정된 예의 제도이다. 그러니 임금의 개인적인 소질은 별관계가 없어져서 증거가 애매한 옛 임금보다는 근세의 임금을 내세우게 되는 것이다.

여기에서 객관적이며 기술적인 성격이 분명해지는데 이 점도 법가인 한비자(韓非子)[1]에 의해 더욱 철저히 계승 발전하게 된다. 전국시대처럼 어지러운 세상이라면 적어도 패도정치라도 제대로 되어 주기를 바라는 현실적인 소망이 있었을 것이다. 이런 점 속에서도 주자성리학의 유가사상 속에 숨어든 법가적인 학풍을 보배로운 의(義)를 취하시고 살신성인의 참된 인(仁)을 이루시는 과정을 느낄 수 있을 것이다. 소재 이이명(李頤命)은 멀리하는 사람을 안으로 끌어들이고 사람을 가까이 하며 밀어내지 않는 보통사람들보다 예의에 뜻을 잘 알고 있어서 올바로 남을 상하게 하지 않는 온화하고 윤택이 있는 인의 덕인이었다.

---

1) 한비자(韓非子, BC 280~BC 233) : 중국 전국(戰國)시대 말기 한(韓)나라의 공자(公子)로 법치주의(法治主義)를 주창한 한비와 그 일파의 논저(論著).

# 비문에 새긴 글

이이명의 봉천사 묘정비(鳳川祠廟庭碑)는 군보호문화재로 등록되어 있다. 크기로는 높이 260cm, 폭 83cm, 두께 32.5cm로서 정사각형 철재 보호담(440cm×440cm)으로 보호를 하고 있다.

소재 이이명이 남해를 떠나 세상을 떠나간 지 어언 290년이 흘렀다. 그는 문장에 능했고 대제학인 김조순이 지은 비문이 간략하면서 이이명에 대하여 사실을 잘 표현하였기에 비문 내용 전체를 여기 소개코자 한다.

서기 1828년(순조 28) 5월에 세웠다.

보국숭록대부영돈녕부사겸이조판서지경연사홍문관대제학(弘文館大提學)예문관대제학성균관춘추관사규장각검교제학판의금부사오위도총부도총관오위도총부도총관영안부원군김조순이비문을짓고
(輔國崇祿大夫領敦寧府事兼吏曹判書知經筵事弘文館大提學藝文館大提學成均館春秋館事奎章閣檢校提學判義禁府事五衛都摠府都摠管永安府院君金祖淳碑文)을 짓고,

가선대부행홍문관부제학지제교겸경연참찬관춘추관수찬관행홍문관부제학지제교겸경연참찬관 춘추관수찬관김란순은 글씨를 쓰고,
(嘉善大夫行弘文館副提學知製教兼經筵參贊官(春秋館修撰官行弘文館

副提學知製敎兼經筵參贊官春秋館修撰官金蘭淳)은 글씨를 쓰고,

자헌대부의정부좌참찬겸지경연의금부춘추관사동지성균관사오위도총
부도총관조정철이전액을새기었다.
(資憲大夫議政府左參贊兼知經筵義禁府春秋館事同知成均館事五衛都
摠府都摠管趙貞喆篆額)을 한 봉천사 묘정비가 서 있다.
그 비문의 내용은 다음과 같다.

유남해현재해도중현지동유죽산리기하유천왈봉천천지상유사왈봉천사
즉고좌의정충문공호소재리 선생 유상건봉지소야도인사하이
(惟南海縣在海島中縣之東有竹山里其下有川曰鳳川川之上有祠曰鳳川
祠卽故左儀政忠文公號疏齋李先生遺像虔奉之所也島人士何以)

남해현은 바다 섬 가운데 있다. 현의 동쪽에 죽산리(竹山里)가 있고 그 아래쪽
에 냇물이 흐르고 있으니 이른바 봉천이다. 봉천의 상류에 봉천사(鳳川祠)가 있
는데, 바로 호(號)가 소재(疏齋)인 고(故) 좌의정(左議政) 충문공(忠文公) 이 선생 이
이명(李頤命)의 초상(肖像)을 정성스럽게 봉안(奉安)한 곳이다. 섬의 인사(人士)들
이 무슨 일로 공을 제사하는 것인가 냇물 위쪽에 사당이 있으니 이를 봉천사라
한다.

좌의정 충문공 호가 소재(疏齋)인 이 선생의 영정을 받들어 모시고 있는 곳이
다. 그러면 어찌하여 이곳 선비들은 이 어른 소재공의 사당을 모시게 된 것일
까?

공은 백강 선생의 후손이라 선덕에 근원하여 어릴 때부터 재기(才氣)가 탁월
하여 성장함에 따라 점점 옛 서인들의 유훈(遺訓)을 계승하고 도의(道義)나 문장
(文章)으로 당세(當世)에 뛰어나 군자로 추앙되었다.

23세에 문과에 급제하고 29세에는 중시(관직에 있는 관료에게 다시 보는 시
험)를 거쳐 30세에 통정대부에 오르고 39세에 가선대부, 44세에 정승이 되었

다. 경종 신축년(辛丑年, 1721)에 수상 영의정 김충헌(金忠獻, 昌集)과 충익공 조태
채(忠翼公 趙泰采)와 종제(從弟) 충민공 이건명(忠愍公 李健命)과 함께 어전에서 연잉
군(延礽君, 후일 英祖)을 왕세제(王世弟)로 책봉할 것을 주청하다가 남해에 위리안
치(圍籬安置)되었다.

　이듬해 체포되어 한강나루에 이르러 후명(後命; 귀양살이 죄인에게 사약을 내려 죽
게 함)을 받아 돌아가신 뒤 3년만에 복관되면서 시호를 받고 노량진의 사충신(四
忠臣) 사당에 봉안되었다. 공을 세상에서 칭하기를 건저 4대신 중 한 분이라 하
신다.

　공이 뜻을 세움에 있어 도를 호위하고 간사함을 다스림에 있어서도 자기 임
무를 다 하였다. 임금을 모실 때에는 지혜를 다하고 충성을 다함이 충신의 길
이요 군자는 화친과 믿음을 위주로 사람들을 대하며 소인배들은 사람을 꺼리
고 질투하는 법이다. 그러므로 자기를 알아주는 현군(賢君)을 모시고 삼사(三事)
를 위해 자기 할 일을 다했다.

　그러나 정유년(丁酉年) 이후는 하루도 마음 편할 날이 없었는데 기사환국(己巳
換局)에 말려들어 영해(寧海)로 5년 동안 귀양갔다가 남해로 이배(移配)되었다.
남해에서 일소재(一小齋)를 지어 전한(前漢)의 매의(買誼)가 장사(長沙)에 귀양가
서 지은 복조부어(鵩鳥賦語)를 취하여 지감(止坎)이라 이름지었다. 다시 건저(建
儲)의 화가 일어나서 재차 남해로 유배되어 오자 공은 낡은 옛집을 수리하여 이
름을 고쳐 습감(習坎)이라 불렀다. 그러나 얼마 못가서 공은 화를 입고 말았다.

　공이 전후 4~5년간 효제충신(孝悌忠信)의 도를 그 섬 사람들에게 가르쳤다.
선비들은 공이 살아계실 적에는 떳떳이 스승으로 모셨고 공이 죽음을 당하자
마치 친부(親父)를 잃은 듯이 슬퍼들 하였다. 백년을 두고 공이 끼친 덕택(德澤)
은 더욱 오래 가며, 공을 공경하고 사랑하는 마음이 시간이 지날수록 더욱 두
텁고 변함이 없음을 짐작할 수 있는 것은 공의 위패를 모시고 향사추념(享祀追
念)한 까닭을 보아도 알 수 있다.

　정조조 경신년에 이곳 선비들은 진양군 선비들과 합심 노력하여 공의 사당
을 새로 지으니 습감재(習坎齋)의 옛터에서 멀지 않은 거리였다. 한편 불원천리

(不遠千里) 서울로 달려가서 노량진 사당의 영정을 본떠 모시고 돌아와서 조순에게 부탁한 비문도 마련되어 입석까지 하게 되었으니 이곳 선비들은 군자의 지성을 다한 것이다. 곰곰이 생각컨대 천지가 사람을 낳을 때는 그 성품이 충직(忠直)한 것이었으나 그러나 이익만 추구하는 자는 그 천성이 교란(攪亂)되어 소인이 되고 마는 것이니 도를 위해 순사(殉死)하는 자 이 충성스런 군자의 마음은 하늘을 우러러 한 점 부끄러움이 없는 것이다.

신임사화를 당하여 조정이 불안할 때 군왕께서 질환에 계셔서 보위계승(寶位繼承)에 관한 문제를 둘러싸고 종묘사직(宗廟社稷)의 위태로움이 구슬을 쌓아 둔 것과 같음에 따라 흉당(凶黨)들은 거꾸로 법통을 무시하고 법통 아닌 사람을 왕으로 내세우려 하였다.

어찌 처음에는 인심이 없으리오마는 그러나 흉도들은 그 권세를 앞세워 흉계가 극에 달했다. 마침내는 충량(忠良)들을 말살하려 했으며, 심지어는 오륜(五倫) 오상(五常)까지도 묵살하려 하였다. 이는 다름 아닌 자기 파당(派黨)의 일시적 이익만을 위함이니 아, 슬픈 일이다.

공은 다른 3대신과 함께 이 몸이 죽는다 한들 원통할 것이 없고 가문이 망한다 해도 두려울 것이 없다 하여 오직 종묘사직에 대한 근심과 저사(儲嗣)의 호위를 위한 일 외는 일절 알려고 하지 않았다.

소위 사직을 편안케 하는 것만이 그의 즐거움이었다. 그러나 옛적에는 국가를 편안케 하는 자는 왕왕 몸도 편안하고 가정의 부(富)도 누리면서 아무런 재액(災厄) 없이 무사히 지낸 일도 있었고 반드시 오형(五刑)을 받고 칠족(七族)이 멸망될 금신이 없으나 뒤에 능히 구오형(具五刑) 담칠족(湛七族)을 분별하였으니 어찌 공의 기뻐하는 마음이 미워함보다 심함이 있겠는가.

일신이 죽고 가문이 망할지라도 신념을 굽혀 하늘에 한 점 부끄러움을 남길 분이 아니다. 지난날 흉도들의 계교(計巧)대로라면 동궁(東宮)의 자리가 보존되기 어려웠고 왕세제의 자리가 보위되지 못하였으면 많은 사람의 원통함도 밝히지 못하였을 것이다.

공도 이를 명백하게 밝히지 못할 줄 알았으나 두려워하지 않은 것은 공은 의

리변별(義理辨別)이 바르고 밝은 까닭이다. 그러나 왕세제가 보위에 오르자 마침내 흉당은 패하고 백성의 원통함은 다 밝혀지고 국시(國是)가 정해지니 어찌 다른 3대신과 더불어 공이 지켜 온 충성스런 공덕이 아니라 할 수 있겠는가. 진실로 국가 영장(靈長)의 복은 하늘과 더불어 가이 없으니 선인(善人)에게는 복을, 음탕한 사람에게는 화를 주는 법이니 참으로 하늘을 믿는지라 속이지 못하였다.

옛날 맹자께서는 '제일 맛있는 웅장(熊掌)보다는 제일 보배로운 의(義)를 취할 것이다' 라고 하였고. 공자께서는 살신성인(殺身成仁)이 참된 인(仁)이라 하였거늘 공은 군자로서 의도 취하고 인도 이루었으니 무슨 유감이 있으리오. 옛날 구래공(寇萊公)은 소인배의 배척을 받아 뇌(雷)나라 사람들은 지금도 그의 제사를 모신다.

이 섬에서 공의 제사를 모심은 또 한 사람의 구공을 섬기듯 마땅한 일이다. 공이 시운을 만난 바가 또한 구공과 같은 바 4대신 모두가 귀양가고 사약을 받은 것은 경종께서 병중에 계시어 조사를 충분히 못한 탓이다.

하루는 대신들을 거느리고 어전회의(御前會議)를 하는 자리에서 홀연히 좌우에 물으시었다.

"항상 보면 백발상신(白髮相臣)이 경연자리에 나오더니 지금은 어디에 있을까. 제공(諸公)들보다 머리도 허옇게 세었지?"

흉도들은 다 목을 움츠리고 감히 고개조차 들지 못하며 대답도 못하였다. 이는 송나라 진종(眞宗)이 "내 오래도록 구준(寇準)을 못 보았다"라는 말과 서로 닮았도다.

흉도들은 비록 자기들이 죽더라도 성스러운 시호까지 가질 야심으로 꾸며 놓고 있었으나 어찌 흉도들에게 이 거짓 광영이 무슨 소용이랴.

천 년 후에도 자기 분수를 헤아리지 못한 이 많은 무리들을 두고 봐야 하다니 참으로 슬픈 일이다. 학문을 연구하고 가르칠 뿐 아니라 향사들과 교유관계 또한 두터웠다는 것을 알 수 있다.

# 매화나무와 습감재(習坎齋)

　남해는 소백산맥 줄기가 남해안까지 뻗어져서 이루어진 선경 일점선도의 아름다운 섬이다. 지금은 남해대교와 창선 사천 연륙교(連陸橋)를 관문(關門)으로 한반도로 봐서는 하늘의 가(邊)로서 땅이 시작되는 곧 머리이다.

　북(北)으로 하동에서 사천에서 육로로 올 수 있는 우리나라에서 다섯 번째 섬인데 행정상 창선도를 포함하면 네 번째 섬이다.

　사면이 푸른 바다로 천혜절경이 빼어난 아름다운 곳으로 예전 고려와 조선시대 적소로 가는 길에 한(恨)과 원(怨)이 창파에 출렁이는 하방세상은 척박하고 후미진 생소한 고장으로 절해고도(絶海孤島) 화전(남해)에서 역경과 고뇌 해원의 갈등에 심회하면서 자학과 자신의 슬픔을 오로지 귀양살이를 하면서 유림과 유학도와의 향사에서 학문을 연구하고 충신효제의 길을 가르치고 훈육하면서 주자학으로 삶의 뒤안길에 묻혀 문명사회를 지향하는 적소생활은 스스로 겸허했던 인격이 학문을 가르치는 어쩌면 유배생활을 사람들과 자유로이 유대하며 성리학의 명문 높은 인격으로 한탄의 곤궁을 애잔히 절도 있게 보냈다.

　소재 이이명은 노론의 4대신으로 산과 바다가 이어진 벽촌에 유배 살면서 이 지방 사람들의 선망의 대상이었다. 소재공을 추앙하는 원근 향사 사람들이 구름처럼 모여들어 가르침을 받고자 봉천이 흐르는 죽산마을 습감재에서 많은 유학인과 인연을 맺고 호흡을 같이하면서 그들에게 존경을 받은 인물이다.

　소재공은 1721년(경종 1)에 세제(世弟, 후일 영조)의 대리청정(代理聽政)을 실현하려다가 실패했다.

이 일 때문에 경종 원년 왕권교체를 기도한 역모자로 낙인되어 4대신과 소론의 격렬한 공격을 받아 관작을 삭탈당하고 남해로 2번째 유배를 오게 되었다.

2번째 남해로 유배를 와서도 소재공은 28년 전에 유배 왔던 봉천 죽산마을 적거 집을 수리하여 지감재(止坎齋)라 편액하여 습감재를 다시 열었다. 소재 이이명이 남해와 맺은 인연은 질기고도 기구한 운명과도 같아 서포 김만중도 장인으로 남해 노도에서 숙종 18년(1692) 56세를 일기로 유명을 달리 고복한 뒤 사위 이이명은 적사를 찾았다. 그곳에서 장인이 심은 매화나무 두 그루가 마치 주인을 잃고 시들어가고 있는 것을 보고 자신이 거처하는 적사로 옮겨 심었더니 다시 살아났다고 했다. 그래서 소재공은 매부(梅賦)병서를 지어 내가 장인의 기운과 같아 매화나무가 나를 보고 장인을 본 듯 살아났다고 했다.

시(詩)를 지어 칭송한 그 시(詩) 두 편을 보면 다음과 같다.


### 매부(梅賦) 壬申 · (1)


무릇 사물에는 생기라는 것이 있고
성품과 정서 지각이 있음도 모두 같구나.
효자가 부모 그리워 곡을 하면 무덤의 잣나무가 죽고
형제가 서로 나누어져 맞은 곤장으로 수척해지니
감응의 이치는 업신여길 수가 없구나.
서포공의 적사에 매화나무 두 그루가 있어
매년 꽃피고 열매를 맺는다.
내 동쪽 변에서 옮겨와서 섬 가운데로 들어오니
서포공의 널은 이미 북으로 돌아갔네.
두 그루 매화나무는 거친 뜰에 외롭게 서서
초췌하게 죽어가고 있구나.
내 공의 남은 흔적을 어루만지며 가엾게 생각하여
적소에 옮겨 심으니 장인을 만난 것으로 여겨 다시 소생하고 가지와 잎이 무성하였고 많은 풀도 자랐다.

오직 매화는 맑고 밝고 곧은 성품이라

공이 좋아하는 것은 기미가 서로 가까웠기 때문이고

살고 있을 때나 죽은 뒤나 한결같이 대한 것은

진정 선비가 자기를 알아주는 이를 위하고

여인이 남편을 위하듯

그 뜻이 슬퍼할 만한 것이 있어

부를 지어 기리노라.


## 매부(梅賦)


凡物之有生氣者 皆似有性情知覺.

若孝子哭而墓栢死 兄弟分以庭荊枯者是已 感應之理不可誣也.

西浦公謫舍嘗種二梅樹 每歲開花結子.

余自東邊移入島中 族檄已北貴.

而二梅獨立荒庭 憔悴欲死.

余撫遺躅而憐之 移植於所居堂前謁然復蘇 枝葉已向茂矣卉植百品.

惟梅獨稟其幽貞皎潔之性 公之好之也正以其氣味之相近.

而梅之不二公於存沒之際者 眞若士之爲知己.

女之爲所天 其意有足悲者 作賦以頌之.


## 매부(梅賦) · (2)


불타는 고을에 병은 나돌아도

풀과 나무는 잘 자라네

옥에 티로 남쪽에 귀양 가니

매화가 미리 알았네

뿌리내리고 꽃을 피워

외로움을 달랬구나

얼음 같은 마음과 눈 같은 살결

서로 비추어 밝히셨네

거칠고 외진 만리땅에

두 아름다움이 만났구나

사월에 해질 무렵

산새가 날아드네

빈 뜰에는 긴 대나무

거친 울타리에 기댔구나

슬퍼서 빛을 잃어

우수수 떨어지네

아 깨끗한 마음이여

너도 의리에 따르는구나

영화와 고락에도 한결 같은 절개여

텅 비어서 부끄러움 없구나

굴원이 이소를 읊었건만

공에는 이르지 못했구나

송경은 이미 죽고

고산은 비었구나

천 번은 봄을 만났으나

갑자기 영원히 떠나갔네

한 마음으로 고이 끌려

떨칠 수가 없구나

왕손이 한 번 떠나니

어느 때나 돌아올까

되바람 궂은비에도
예쁜 꽃은 피는구나
한 해 저문 빈 골짜기
아는 사람 그 누구인지
말라 죽고자 스스로 맹세하니
죽어도 마음 변하지 않네
동쪽에서 온 나그네
취하여 문 앞을 지났더니
바람결에 실려온 향기
꽃다운 뿌리에 울었어라
남의 사위가 아니라 부끄럽지만
한평생 동안 사모하였네
비록 늙어 이룬 건 없지만
전범은 여전하셨지
원컨대 늘그막에 맺은 정이야
형제와 같았다네
슬프게 초사를 읊으며
이에 혼을 부르노라

## 매부(梅賦)

炎州地瘴 卉木滋兮.

玉玦南遷 梅受知兮.

托根敷榮 慰幽獨兮.

氷心雪膚 烱相燭兮.

窮荒萬里 兩美合兮.

日斜孟夏 野鳥入兮.

空園脩竹 倚荒籬兮.

於悒無色 奄披離兮.

嗟爾貞心 類服義兮.

榮枯一節 廓其無媿兮.

離騷詠物 非至公兮.

廣平旣沒 孤山空兮.

千春始還 遽永謝兮.

一念嬋媛 耿難化兮.

王孫一去 曷月而歸兮.

蠻風蜒雨 縱自芳菲兮.

歲暮空谷 識者其誰兮.

枯槁自矢 死無移兮.

客自東來 醉過門兮.

臨風三嗅 泣芳根兮.

慚非玉潤 慕生平兮.

雖無老成 尚典刑兮.

願托晚契 如弟昆兮.

悲吟楚些 與招魂兮.


　수십 년 전만 하여도 봉강산 앞에는 봉천이 흐르는 죽산 하마장(下馬場) 들판 마을이었으나 하천을 매립하여 논밭으로 일구고 삶에 나은 택지로 이용하며 쓸모 있는 토지로 새롭게 조성되었다.

　습감재의 터전은 긴 세월에 간곳없이 사라졌다. 소재공이 심었던 대뫼(죽산) 매화나무도, 당산(堂山)의 매원도, 매향(梅香)도 없어졌지만 향수처럼 매화꽃 습감을 그리듯 봉천사는 남해 역사의 정신적 유산으로 또 문화유적으로 남아 이어져 오는 것이다.

　소재공이 적거하며 학문을 가르치고 있을 때, 풍수술(風水術)을 배워 지사(地

師)가 된 목호룡은 김일경(金一鏡)의 사주를 받아 경종을 시해하려는 역모에 자신도 가담했다고 고변(告變)하고, 남해에서 왕으로 추대되어 역모를 꾸미고 있다는 소론 측의 정적을 제거하고자 하는 광분과 항변으로 신임사화가 1722년(경종 2)에 일어나 소재공은 한양으로 압송 사사되었다.

남해는 소재공이 억울하게도 뜻밖의 재앙에 비명 횡사(橫死)로 간 아까운 인물을 살릴 수는 없었다. 당시 공이 사사되었다는 소식을 들은 남해 유학도와 이웃 진양향사(晉陽鄕士)들은 슬퍼하며 유덕을 기리다 한양 노량진 사중당에 봉안된 영정을 가져와 남해적소인 '습감재'인 공의 적소와 멀지 않은 거리에 봉천사를 세워 모시고 비문을 지어 묘정비를 1828년(순조 28)에 건립 입석했다.

매화당의 아름다운 터전의 학당은 영남 일원에서 보기 드문 것으로 영남지역에서 드문 서인 노론계의 근거지였다는 점에서 특이하게 주목할 만하다.

매화를 소재로 지은 인물로 조선 이우(李瑀)의 아들 이경절(李景節, 1571~1640)은 폐모론을 반대한 서인으로 이이(李珥, 1536~1584)의 조카이고, 이경절의 손자 이동명(李洞溟)은 기사환국(己巳換局) 때 삭탈관직을 당한 노론계 핵심이었으며, 노론의 영수 송시열(宋時烈)과 이이명(李頤命)이 각각 매화정시집(梅鶴亭詩集)의 발문을 짓고 송시열의 제자 이민서(李敏敍, 1633~1688), 이상(李翔, 1620~1690), 임방(任埅, 1640~1724)과 증손자 송능상(宋能相, 1710~1758), 김창협(金昌協, 1651~1708)의 제자 이의연(李義淵), 기타 김득신(金得臣, 1604~1684), 남용익(南龍翼, 1628~1692), 김석주(金錫胄, 1634~1684), 조지겸(趙持謙, 1639~1685) 등이 매화정과 관련된 글을 두루 남기고 있다는 것을 통해 사실을 확인할 수 있다. 문화가 없는 민족은 그 어디에도 없으며 문화는 인간이 살아온 역사다. 뿌리 없는 나무가 없듯이 문화는 우리의 자화상이다.

그러나 현재 매화정은 폐허와 다름없이 방치되어 있고 옛 터에는 울타리도 없고 학당은 사라지고 없다는 것은 수치요 슬픈 일이다. 민족의 유적문화로 선대들의 얼이 어린 이 귀중한 문화가치를 문화유산으로 복원 계승 발전시켜 후손들로 하여금 두고두고 그 정신을 이어 본받고 민족 문화주의(文化主義)로 관리 보존해야 할 것이다.

# 유교적 통치권력

　　조선이 전형으로 삼은 교화군주는 유교의 정치 이론, 곧 수기치인(修己治人)에서 나온 개념이다. 자기 자신을 닦고 나서 다른 사람을 다스린다는 이 원칙은 학문과 도덕을 닦아야 관료가 될 수 있는 신하들뿐만 아니라 혈통에 의거해 통치자가 되는 군주에게도 그대로 적용되었다.

　　따라서 신하의 큰 업무는 학문과 도덕을 닦는 군주가 되도록 돕는 일이었다. 곧 군주는 이미 수양을 완성한 사대부 신하에 의해서 수양되는 자인 것이다. 이 때문에 군주는 사대부와 함께 국가를 다스려야 한다는 군신공치론이 나올 수 있었다. 동시에 도덕적 권위로 통치하는 덕치가 권력과 법의 권위로 통치하는 법치보다는 더 많은 기본 원칙도 생겨났다. 또한 천명을 받드는 교화군주라는 권위는 민본 위민에 근거한 정치를 가능케 했다.

　　군주는 하늘의 뜻을 대변하는 백성을 국가의 근본으로 인식하고 백성을 위하는 일에 서력을 다하는 모습을 보일 때만 교화군주로 인정받을 수 있었다. 그래서 조선의 모든 군주들의 행장은 민본 위민정신에 따른 민심과 신하들의 동향을 주제로 서술되었다. 국가의 공식 기록인 실록에 나오는 "모 임금에 대한 평가중에 임금은(주변 신하들에게만) 일반 백성들에게는 실제로 베푼 것이 없건만은 일반 백성들은 스스로 임금의 죽음을 슬퍼하였다"라는 대목이 있다. 이렇듯 백성을 기준으로 군주를 평가하는 방식은 사실 조선의 건국이 백성의 뜻을 빌려서 왕조를 이씨왕조로 바꾸었다는 역성혁명이었다는 데서도 연유된 것이다. 조선이 또 하나의 기둥으로 삼은 정치원칙은 주자성리학의 정명론(正

名論)이다. 모든 사업의 명분을 바르게 해야 한다는 정명론에 대한 이론은 다양하다. 간단히 설명하면 군주는 이 세상의 풍속과 교화를 위해서 지위를 가진 인간의 체험, 나이를 먹은 인간의 체험, 도덕을 지키는 군자의 체험, 세상이 향해 가는 도리를 아는 성인의 체험, 하늘의 뜻이 표현되는 백성들의 마음 속의 체험, 천명, 민심의 순서로 중요성의 단계를 설정하고 이러한 세상 체험의 수준을 존중하고 깨닫기 위해 행동하는 것을 소중히 여기는 사회를 건설해야 한다는 것이다.

성리학은 "사대부는 농민에서 나온다. 사대부와 농민은 상부상조하는 관계"라는 표방을 그 기본정신으로 내걸었다. 이는 지배층의 형통이나 물리력에 의거하는 것이 아니라 도덕성과 학문의 실력에서 나온다는 것을 의미한다. 그래서 지배층은 과거에 합격하여 관료가 되었다는 의미로 사대부, 양반, 또는 관료를 배출한 집안이라는 의미인 사족이라 불리는 데 자부심을 가졌다.

실제 조선에서는 이들 사대부계층이 대폭 확대되면서 피지배층인 농민과 같은 향촌에서 섞여 살게 되었다. 지배계급이 보다 서민적으로 살아가는 시대가 된 것이다. 바로 이들이 백성들을 위해 훈민정음을 창제하고 문예부흥을 지향하는 정책을 추진하였으며 오늘날까지 그대로 이어지는 8도라는 지방행정체제를 완성시켰다. 그리고 노비에게도 토지사유권을 보장하는 법적인 시책들을 추진한 것이다.

군주의 권력은 세계 어느 나라를 막론하고 일차적으로 군대통수권에 있다. 조선조에 있어서도 군주의 명령서와 함께 보관되어 있는 표신이 있어야만 군대를 동원할 수 있었다.

하지만 조선의 군주는 고려 이전과 비교할 때 확연히 달라진 점이 몇 개 있다. 바로 하늘의 명을 받드는 오랜 역사공동체의 통치자로서 법과 도덕으로 백성을 교화하는 군주일 때 그 권위를 유지할 수 있었다는 점이다. 이미 태조 이성계는 조선건국을 전후로 토지개혁을 실시하여 생산자인 백성들의 지위를 높였고 성리학을 통치철학으로 수용함으로써 백성의 대표자인 신하들의 권위를 상승시켰다. 곧 군주전제권이 없었던 것은 아니지만 신하들은 군주권의 잘못된 행사를 상당부분 견제할 수 있는 권한을 가졌다. 그리하여 조선에는 중국 명나라와 같은 강력한 군주전제권이 존재하지 않았다.

군주의 또 다른 힘은 관료임명권에서 나왔다. 모든 관료는 군주의 교지로 임명되었다. 특히 정3품 당상관 이상의 고위관료는 3인의 후보자 중에서 군주가 직접 찍어 1인을 선발했다. 후보자는 보통 담당 재상(2품 이상의 고위관료)이 올리게 되어 있었지만 중요한 직책은 사전에 국왕의 의견을 반영하는 것이 관행이었다. 그러나 군주는 재상들이 자신의 뜻을 받들 가능성이 전혀 없다고 판단되는 등 특별한 경우에는 후보자 명단을 받지 않은 채 직접 친필로 임명장을 내려보내 선발하기도 했다. 그러나 이는 군주의 일생에 몇 번 있을까 말까 한 특별한 사례다.

군주의 최종결정이 곧 국가의 법령이라는 사실도 중요하다. 만일 군주의 결정이 부당하다고 판단되면 관료들은 명령의 취소를 요청하거나, 명령을 글로써 기록하기를 거부하거나, 문서로 만들어진 법안에 서명하지 않고 이를 거부할 수 있었다.

이와 같은 조선 군주의 권한은 군주의 장·단점과 특성에 따라서 통치방식에 상당한 차이를 드러냈다. 조선 초기 군주 중에서 태종과 세조는 군주가 강력하게 이끌어가는 국가제도 개혁을 선호했기 때문에 재상권을 약화시키고 행정부서를 직접 관할했다. 반면에 세종과 성종은 임금과 신하가 함께 통치한다는 정신을 보다 존중하며 재상 또는 학술관료와의 조화를 통한 학문정치를 선호했다.

조선 후기에 왕위계승권자가 왕위를 계승한다는 사실은 바로 이와 같은 전통 속에서 권력을 행사하면서 시대에 맞는 자기식 사업을 추진해 간다는 것을 의미하였다.

이 책에서 서술되는 17세기 초반 병자호란 직후 3인의 군주에 이르러 군주의 임무는 어떻게 달라졌을까? 무엇보다 가장 큰 변화는 중국 천자의 명을 받들어야 하는 조선 군주의 임무가 사대 대상국인 명나라가 멸망함으로써 사라졌다는 사실이다. 대신 그 임무는 우리가 지켜온 진정한 중국문화를 강화함으로써 조선을 중화국가로 유지해야 한다는 것으로 바뀌었다. 이 과정에서 여진족 국가(金國, 금나라)와 대결하면서 자신의 학문을 완성한 주자의 성리학을 존중할 것, 단종[1]의 복위와 황단(皇壇, 명황제의 제사를 받듦)을 건립하는 등 역사 재평가사업을 통해 예의 있는 국가를 건설할 것, 중화문화를 회복시키기 위해 북벌사업을 추진할 것 등이 강조되었다. 가령 단종의 경우 17세기 후반에 들어서야 비로소 묘호가 주어졌는데 단종의 단(端)은 예를 지키고 의를 잡는다는 뜻이었다. 즉 군사력을 바탕으로 하는 청나라식 패권적 대국주의에 저항하기 위해 조선식의 문화적 대국주의를 표방한 것이다. 이를 조선중화주의라 한다. 이후 조선왕조가 본받으려 한 국가통치 모델은 중국 통일국가인 한, 당, 북송, 명체제에서 여진족과 대결한 남송체제로 변화했다.

　숙종은 이러한 변화를 국시, 곧 통치 이데올로기로 규정했다. 그리고 이를 바탕으로 강력한 군주권 우위의 정치체제를 건설하려 했다. 여기에서 국시를 뒷받침하는 붕당의 일당독재를 인정하는 일진일퇴의 환국정치 방식이 나타나게 된다.

---

1) 단종(端宗, 1441~1457) : 아버지는 제5대 왕 문종이고, 어머니는 현덕왕후(顯德王后) 권씨(權氏)이다. 비는 정순왕후(定順王后) 송씨(宋氏)이다. 1448년(세종 30) 8세 때 왕세손에 책봉되고, 1450년 문종이 즉위하자 왕세자에 책봉되었다. 1452년 5월 문종이 재위 2년 만에 죽자, 12세에 왕위에 올랐다. 그 전에 문종은 자신이 병약하여 황보인(皇甫仁)·김종서(金宗瑞) 등에게 나이 어린 세자의 보필을 부탁했고, 집현전 학사인 성삼문·박팽년·신숙주 등에게도 좌우에서 힘을 모아 도와주라는 유언을 했다.
그러나 1453년(단종 1) 숙부 수양대군이 권람(權擥)·한명회(韓明澮) 등과 함께 황보인·김종서 등을 제거하고 군국(軍國)의 모든 권리를 장악하자 단종은 단지 이름뿐인 왕이 되었다. 1455년 단종은 한명회·권람 등의 강요에 더 이상 견디지 못하여 수양대군에게 왕위를 물려주고 상왕(上王)이 되었다. 1456년 성삼문·박팽년·하위지·이개·유응부·유성원 등이 단종 복위를 도모하다 모두 처형된 뒤, 1457년 상왕에서 노산군(魯山君)으로 강봉되어 강원도 영월로 유배되었다. 그해 9월 경상도 순흥에 유배되었던 숙부 금성대군(錦城大君)이 다시 단종의 복위를 계획하다가 발각되자, 노산군에서 서인(庶人)으로 강봉되었으며 10월에는 마침내 죽음을 당했다.
짧은 재위기간 중에도 1453년 양성지(梁誠之)에게 〈조선도도(朝鮮都圖)〉·〈팔도각도(八道各圖)〉를 편찬하게 하고, 이듬해에는 〈황극치평도(皇極治平圖)〉를 간행하게 했다. 1454년(단종 2) 〈고려사〉를 인쇄·반포했으며, 그해 12월 각 도에 둔전(屯田)을 설치하도록 명령했다.
1681년(숙종 7) 노산대군으로 추봉되고, 1698년 복위되어 시호를 공의온문순정안장경순돈효대왕(恭懿溫文純定安莊景順敦孝大王), 묘호를 단종으로 추증하고, 능호를 장릉(莊陵)이라 했다.

조선 제21대 왕 영조(英祖, 1694~1776)와 조선 제22대 왕 정조(正祖, 1752~1800)
는 북벌론 및 조선중화주의에 입각한 문화국가 건설을 존중하기는 했다. 하지
만 이를 국시 내지 통치 이데올로기로 사용하지는 않았다. 그보다는 모든 사대
부와 함께 하는 군주, 나아가 모든 백성과 함께 사는 군주라는 보다 원칙적이
고 전통적인 권위를 바탕으로 군주권이 우위에 서는 정치체제를 건설하려 했
다. 여기에서 붕당보다는 인물과 백성을 우위에 두는 탕평정치 방식이 나타났
다. 그래서 군주를 측근에서 보좌하는 재상의 권한을 정점으로 위계질서를 강
화하는 중앙집권 관료제가 추진되었고, 군주가 직접 일반 백성과 만남으로써
거리를 좁혀 나가는 교화 시책들, 이른바 '대동(大同)' 정책이 적극 추진되었다.
그리하여 정조시대는 성공하지는 못했을망정 과감한 노비제 개혁, 군제개혁,
세금제도 개혁을 준비하고 있었다는 찬사가 나올 정도가 되었다.

# 숙종(肅宗)

숙종(肅宗, 1661~1720)의 이름은 순(焞)이요, 자는 명보(明普)이다. 숙종은 11세였던 1671년(현종 12) 동갑내기인 김만기의 딸을 왕세자빈으로 맞아들였다. 그리고 1674년(현종 15) 조선의 19대 왕으로 즉위하였다. 숙종의 정비 인경왕후는 딸 둘을 두었지만 모두 요절하고 자신도 20세 때인 1680년 10월 천연두에 걸려 죽은 비운의 왕비이다.

1681년(숙종 7) 숙종의 계비가 된 민유중의 딸 인현왕후 역시 아들을 낳지 못하고 장희빈의 아들 윤의 원자 책봉을 위해 폐위당하는 신세가 되었다. 1694년(숙종 20) 갑술옥사로 왕비에 복위되었지만 1701년(숙종 27) 8월 35세의 나이에 원인을 알 수 없는 질병으로 사망하고 말았다.

1688년(숙종 14) 10월 27일, 숙원 장씨는 숙종의 맏아들 윤(昀)을 낳았다. 임금으로 즉위한 지 15년 동안 왕자를 보지 못한 숙종은 태어난 지 두 달 밖에 안 되는 윤을 원자로 장씨를 희빈으로 봉하려고 했다. 서인들은 남인의 비호를 받고 있는 장희빈의 아들이 원자로 정해지는 상황을 받아들일 수 없었다.

영의정 김수홍을 비롯한 노론측에서는 "중전의 나이가 스물여덟 살로 아직 젊은데 후궁의 소생을 낳은 지 두 달만에 원자로 삼는 것은 옳지 못하다"며 반대했다. 하지만 숙종은 반대를 묵살하고 원자의 명호를 정하여 종묘사직에 고하고 장씨를 희빈으로 삼는 결단을 내렸다. 노론의 영수 송시열은 두 번의 상소를 올려 격렬하게 반대했다.

송나라 신종은 28세에 철종을 얻었으나 후궁의 소생이라 하여 번왕(藩王)에 책봉하였다가 적자가 없이 죽자 그때야 태자로 책봉하여 왕위를 잇게 했사옵니다. 일을 너무 급박하게 처리하시면 아니 되옵니다. 이미 원자의 명호를 결정한 숙종은 가차 없는 숙청을 단행했다. 송시열의 상소는 노론의 파멸을 불러오고야 말았다. 송시열은 제주도에 유배되었다가 서울로 압송되는 도중 정읍에서 사사 당하고 말았다. 영의정 김수홍은 파직되었으며, 김만중, 김익훈, 김석주 등이 유배되거나 파직되었다.

조선 중기 이래 계속되어온 붕당정치가 절정에 달했다. 한편으로는 대동법의 확대 실시, 양전의 시행, 호패법의 실시, 군제의 정비 등을 통해 양란 이후 무너져가는 봉건체제를 재정립해 나가려는 정책을 시도했다.

현종의 아들로서 어머니는 청풍부원군 김우명[1]의 딸 명성왕후[2]이다.

초비(初妃)는 영돈녕부사 김만기(金萬基, 1633~1687)의 딸인 인경왕후 계비(繼妃)는 영돈녕부사 민유중[3]의 딸인 인현왕후(仁顯王后)[4], 제2계비는 경은부원군

---

1) 김우명(金佑明, 1619~1675) : 문신이며 서인(西人)이었으나 송시열과 대립, 한당(漢黨)을 이끌었다. 본관은 청풍. 자는 이정(以定). 아버지는 대동법의 주창자인 영의정 육(堉)이며, 형은 병조판서 좌명(佐明)이다. 현종 비(妃)인 명성왕후(明聖王后)의 아버지이다. 1642년(인조 20) 진사시에 합격하여 강릉참봉·세마(洗馬) 등을 지냈으며, 1659년 현종이 즉위하자 국구(國舅)로서 청풍부원군(淸風府院君)에 봉해졌다. 1661년 영돈녕부사가 되고 오위도총관과 호위대장을 겸직했다. 송시열과 함께 서인에 속했으나 민신(閔愼)의 대부복상문제(代父服喪問題)를 계기로 남인 허적(許積)에 동조, 송시열과 사이가 벌어졌다.
숙종 초에는 복창군(福昌君), 복평군(福平君) 형제가 궁녀를 괴롭힌 사실을 들어 이들의 처벌을 상소했다. 이러한 처신으로 외서내남(外西內南)이라는 평을 들었다. 그 뒤 남인 윤휴(尹鑴)·허목(許穆) 등과 알력이 심해지자 두문불출하였다. 시호는 충익(忠翼)이다.

2) 명성왕후(明聖王后, 1642~1683) : 조선 18대 현종의 비. 본관은 청풍. 청풍부원군 김우명(金佑明)의 딸이다. 1651년(효종 2) 세자빈에 책봉되었고, 1659년(현종 원년) 왕비에 책립되었다. 슬하에 숙종과 명선·명혜·명안공주를 두었다.

3) 민유중(閔維重, 1630~1687) : 본관은 여흥. 자는 지숙(持叔), 호는 둔촌(屯村). 아버지는 관찰사 광훈(光勳)이며, 어머니는 이조판서 이광정(李光庭)의 딸이다. 딸이 숙종의 비 인현왕후(仁顯王后)이다. 1651년(효종 2) 증광문과에 급제한 뒤 승문원·예문관 등에서 벼슬을 지냈다. 1665년(현종 6) 전라도관찰사, 이듬해에는 충청도관찰사·성균관대사성·평안도관찰사 등을 역임했다. 그 뒤에는 형조판서·한성부판윤·호조판서 등을 두루 거쳤다.
1674년(숙종 즉위) 호조판서로 있을 때 제2차 예송논쟁이 일어나자 송시열을 추종한 대표적 노론의 한 사람으로 대공설(大功說)을 지지했다. 1681년 딸이 숙종의 계비(繼妃, 인현왕후)가 되자 여양부원군(驪陽府院君)에 봉해지고 돈녕부영사(敦寧府領事)가 되었다. 영의정에 추증되었다. 효종의

김주신[5]의 딸인 인원왕후[6]이다.

1667년(현종 8) 왕세자에 책봉되었고, 1674년 8월 즉위했다. 숙종 초기 집권층이었던 남인은 병권의 장악과 서인에 대한 대책을 둘러싸고 청남(淸南)과 탁남(濁南)으로 분열되어, 허적[7]을 중심으로 한 탁남이 정국의 주도권을 장악하고 있었다. 이에 숙종은 김석주(金錫胄, 1634~1684), 김익훈(金益勳, 1619~1689) 등 외척을 기용하는 한편 서인을 재등용하고자 했다.

---

묘정에 배향되었으며, 장흥 연곡서원(淵谷書院), 벽동 구봉서원(九峯書院)에 제향되었다. 저서에
《민문정유집》이 있다. 시호는 문정(文貞)이다.

4) 인현왕후(仁顯王后, 1667~1701) : 조선 19대 숙종의 비이다. 서인과 남인 간의 권력 다툼 과정에서
희빈 장씨(禧嬪張氏)와 함께 희생양이 되어 요절했다. 여흥민씨(與興閔氏)로 아버지는 노론(老論)
인 여양부원군(驪陽府院君) 유중(維重)이며, 어머니는 서인의 거두 송준길(宋浚吉)의 딸이다. 1680
년(숙종 6) 김만기(金萬基)의 딸 인경왕후(仁敬王后)가 죽고 5월 경신대출척으로 서인들이 다시 집
권한 뒤, 1681년 가례(嘉禮)를 올리고 숙종의 계비가 되었다. 왕자를 낳지 못해 왕과의 관계가 원만
하지 못했는데, 1688년 숙원 장씨(淑媛張氏)가 왕자 윤(昀, 뒤의 경종)을 낳았다. 1689년 2월 송시열
(宋時烈) 등 노론이 윤을 원자로 봉하는 데 반대하면서 숙종과 대립한 결과 기사환국으로 남인이
다시 집권하면서 장씨는 희빈이 되었다.
민씨는 그해 5월 남인들의 주장으로 폐위되었고, 다음해 10월 희빈 장씨가 왕비로 책봉되었다. 그
러나 1694년 김춘택(金春澤) · 한중혁(韓重爀) 등의 폐비복위운동을 계기로 갑술환국이 일어나 다
시 남인이 밀려나고 소론이 정권을 장악하자, 장씨는 희빈으로 내려지고 민씨가 다시 왕비로 복위
되었다. 1701년 8월 원인 모를 질병으로 죽었고, 이와 관련되어 희빈 장씨도 무고사(巫蠱事)로 사사
(賜死)되었다. 존호는 효경숙성장순(孝敬淑聖莊純), 휘호는 의열정목(懿烈貞穆), 능호는 명릉(明
陵)이다. 그녀의 일대기를 그린 소설 《인현왕후전》이 전한다.

5) 김주신(金柱臣, 1661~1721) : 조선조 후기의 문신으로 숙종(肅宗)의 장인이다. 자(字)는 하경(廈
卿), 호(號)는 수곡(壽谷), 세심재(洗心齋). 본관(本貫)은 경주(慶州)이다. 판서(判書) 김남중(金南
重)의 손자(孫子), 생원(生員) 일진(一振)의 아들로서 박세당(朴世堂)의 문인이다. 숙종(肅宗) 22년
(1696) 생원시(生員試)에 합격하여 이듬해 장원서별검(掌苑署別檢)이 되었다. 숙종(肅宗) 28년에
순안현령(順安縣令)으로 딸이 숙종(肅宗)의 계비(繼妃) 즉 인원왕후(仁元王后)가 되자 돈녕부도정
(敦寧府都正)이 되고 이어 영돈령부사(領敦領府事)에 이르러 경은부원군(慶恩府院君)에 봉해졌다.
도총관(都摠管)으로서 상의원(尙衣院) · 장악원(掌樂院)의 제조(提調) 및 호위대장(扈衛大將)을 겸
임하였다. 저서(著書)로 《거가기(居家紀)》, 《수사차록(隋事箚錄)》, 《수곡집(壽谷集)》 등이 있으며,
시호는 효간(孝簡).

6) 인원왕후(仁元王后, 1687~1757) : 경주김씨(慶州金氏)로 아버지는 경은부원군(慶恩府院君) 주
신(柱臣)이다. 1701년(숙종 27) 숙종의 계비인 인현왕후 민씨(仁顯王后閔氏)가 죽자 간택되었다.
이듬해 왕비로 책봉되었다. 1713년 혜순(惠順)이라는 존호를 받았다. 숙종이 죽은 뒤 왕대비로 있
었다. 죽은 뒤 정의장목(定懿章穆)의 휘호(徽號)가 올려졌으며, 영조가 직접 장문의 〈대왕대비행
록(大王大妃行錄)〉을 만들기도 했다. 소생은 없고, 능은 고양에 있는 명릉(明陵)이다.

1680년(숙종 6) 복선군(福善君, 1509~1533)과 탁남의 영수인 허적의 서자 허견(許堅, ?~1680) 등이 역모했다는 고변이 있자 이를 계기로 남인들을 축출하고 서인들을 등용시켰다(경신대출척(庚申大黜陟)). 그러나 서인계열은 남인의 숙청 문제를 둘러싸고 노론과 소론으로 분열되었고, 1689년 희빈 장씨(禧嬪張氏) 소생 왕자(뒤의 경종)의 세자책봉에 반대하다가 다시 남인에게 정권을 넘겨주었다(기사환국(己巳換局)). 남인은 이후 정국을 이끌면서 1694년에는 서인이 인현왕후 복위를 도모하려 했다는 고변을 하고 옥사를 일으켰다

이러한 상황에서 숙종은 인현왕후를 서인(庶人)으로 폐비한 것을 후회한다는 전지(傳旨)를 내려 소론정권을 성립하게 하고 남인의 다수를 명의죄인(名儀罪人)이라 하여 중앙정계에서 몰아냈다(갑술환국(甲戌換局)). 그 뒤 정국은 서인 내의

---

7) 허적(許積, 1610~1680) : 남인으로 제1·2차 예송에서 서인과 대결했으며, 제2차 예송에서 승리하여 집권한 뒤 탁남(濁南)의 영수가 되었다. 본관은 양천(陽川). 자는 여차(汝車), 호는 묵재(默齋)·휴옹(休翁). 아버지는 부사 한(僩)이다. 1633년(인조 11) 사마시를 거쳐 1637년 정시문과에 급제하고 예문관검열·홍문관부수찬을 지냈다. 1641년 의주부윤으로 관향사(管餉使)를 겸했다. 1645년 경상도관찰사가 되었는데, 1647년 일본의 사신 다이라[平成幸]를 위법으로 접대하여 파직되었다. 그 뒤 다시 기용되어 1653년(효종 4) 호조참판, 1655년 호조판서를 거쳐 1659년에 형조판서가 되었다. 이 해 효종이 죽어 자의대비(慈懿大妃)의 복상(服喪)을 둘러싸고 제1차 예송이 일어나자, 송시열(宋時烈) 등 서인의 기년설(朞年說, 만 1년)에 맞서, 허목(許穆)·윤휴(尹鑴) 등과 함께 3년설을 주장했으나 결국 기년설이 채택되어 남인의 세력은 위축되었다. 그 뒤 호조판서·형조판서를 역임하고 1662년(현종 3) 진주부사(陳奏副使)로 청나라에 다녀왔다. 1664년 우의정이 되어 사은 겸 진주사(謝恩兼陳奏使)로 다시 청나라에 다녀왔으며 1668년에는 좌의정이 되었다. 1671년 영의정에 올랐으나 이듬해 송시열의 논척(論斥)을 받아 영중추부사로 전임되었다.
1674년 효종의 비인 인선대비(仁宣大妃)가 죽어 다시 자의대비의 복상문제로 제2차 예송이 일어나자 서인의 대공설(大功說, 9개월)을 반대하고 기년설을 주장했다. 이번에는 기년설이 채택되어 남인이 득세함으로써 영의정에 복직하여 남인정권을 수립했다. 그 뒤 남인은 송시열 등의 처벌문제로 청남(淸南)과 탁남으로 분열되었는데, 그는 온건파인 탁남의 영수가 되어 허목 등의 청남을 몰아내고 권력을 잡았다. 1676년(숙종 2) 사은 겸 진주변무사(謝恩兼陳奏辨誣使)로 청나라에 다녀와서 오도도체찰사(五道都體察使)가 되었다. 1678년 상평통보(常平通寶)를 주조하여 사용하도록 했으며, 궤장(几杖)을 하사받고 기로소(耆老所)에 들어갔다. 1680년 할아버지 잠(潛)이 시호를 받게 되어 그 축하연을 베풀 때, 궁중의 유악(帷幄)을 함부로 사용하여 왕의 노여움을 샀다. 같은 해 서인인 김석주(金錫冑)·김익훈(金益勳) 등이 그의 서자 견(堅)이 종실인 복창군(福昌君) 형제와 함께 역모한다고 무고함으로써 윤휴 등과 함께 사사(賜死)되었으며, 남인은 큰 타격을 받고 실각했다(경신대출척). 1689년 숙종이 그의 애매한 죽음을 알게 되어 무고한 김익훈 등을 죽이고, 그의 관작을 추복했다.

노론 소론 사이에 정권을 둘러싼 각축이 벌어지면서 노론 일당전제화의 방향
으로 전개되었다.

　노론 소론 당쟁의 핵심은 희빈 장씨의 처벌문제 및 장씨 소생의 세자와 연잉
군(延礽君, 뒤의 영조)의 왕위계승을 둘러싼 문제였다. 숙종은 노론의 주장을 받아
들여 희빈 장씨에게 사약을 내리는 한편, 1717년에 세자에게 대리청정을 맡겼
다.

　숙종 재위기간 중의 남인·서인, 노론·소론의 당쟁은 조선 중기 이래 붕당
정치의 과정에서 쌓여온 모순이 폭발하면서 나타난 현상이었으며, 한편으로는
당파간의 견제와 대립을 이용하여 양란 이래 손상된 왕실의 권위를 회복하고
신권에 대한 왕권의 우위를 확보하려는 숙종의 정치적 의도가 내포되어 있는
것이기도 했다. 그러나 당쟁의 밑바탕에는 양란 이후의 국가재조(國家再造) 방
향을 둘러싼 대립이 가로놓여 있었다.

　즉 정통주자학을 절대적으로 신봉하고 정치운영의 주체를 양반사대부에 두
며 당시의 지배적 경제제도인 지주제를 그대로 유지하는 가운데 부세제도의
부분적인 개선을 통해 봉건체제의 모순을 수습하려는 입장과, 고전유학의 범
주에서 주자학 비판의 근거를 찾고 왕권 강화를 바탕으로 토지제도를 개혁하
여 소농경제를 안정시키려는 입장 사이의 대립이었다. 숙종 때의 당쟁은 전자
의 주장을 전개한 노론 계열이 정국을 점차 장악해 가는 과정이었다.

　먼저 방납(放納, 토산물의 貢出)의 폐단을 막고 국가재정의 충실을 기하기 위해,
1608년(선조 41) 경기도에 시범적으로 실시된 이래 강원도와 충청도·전라도
로 확대된 대동법의 적용범위를 경상도(1677)와 황해도(1717)에까지 확대하여
전국적으로 실시했다.

　전정(田政) 부문에서는 광해군 때부터 시작된 양전사업(量田事業)을 계속해서
강원도와 삼남지방에까지 확대하여 서북지방 일부를 제외한 전국에 걸쳐 양전
을 마무리지음으로써 국가재정 수입의 안정적 기초를 마련했다.

　그리고 당시 민폐의 대상이었던 양역문제를 해결하기 위해 호포제(戶布制)의
실시를 강구했으나 양반층의 반대로 벽에 부딪히자 그 대신 1703년 양역이정

청(良役釐正廳)을 설치, 양역변통의 방안을 모색하도록 하여 이듬해 군포균역절목(軍布均役節目)을 마련함으로써 1필에서 3~4필의 심한 차이를 보이던 양정(良丁) 1명의 군포부담을 2필로 균일화했다.

또한 호패법(戶牌法)의 실시를 강행하여 유민(流民)과 도피자를 방지함과 동시에 전국의 양정수를 명확히 파악함으로써 봉건질서의 안정, 강화를 도모했다. 아울러 상품화폐 경제의 발달에 맞추어 상업활동을 지원하기 위해 주전(鑄錢)을 본격화하여 6차례에 걸쳐 상평청, 호조, 공조 및 훈련도감, 총융청의 군영과 개성부, 평안·전라·경상·감영으로 하여금 상평통보(常平通寶)를 주조·통용하게 했다.

이와 같이 숙종대에 이루어진 제반 제도의 정비와 운영상의 개선은 양란 이후 문란해진 국가 재정구조를 개선하고 일반농민층의 부담을 부세제도의 면에서 경감시킴으로써 심화되어가는 사회적 모순을 해결하고 봉건지배체제를 안정화하려는 것이었다.

숙종은 즉위한 다음해 대흥산성(大興山城)을 완공하고 용강(龍岡)에 황룡산성(黃龍山城)을 수축하여 변경지대의 방비를 강화하는 한편 1712년 북한산성을 대대적으로 개축, 남한산성과 함께 서울수비의 양대 거점으로 삼았다.

그리고 종래의 훈련별대(訓鍊別隊)와 정초청(精抄廳)을 통합하여 금위영(禁衛營)을 신설, 5군영체제를 확립함으로써 임진왜란 이후 계속된 군제의 개편을 마무리지었다. 한편 폐한지(廢閑地)로 버려둔 압록강 주변의 무창(茂昌), 자성(慈城)의 2진을 개척하여 옛 영토의 회복운동을 벌였으며, 청과의 국경분쟁이 일어나자 1712년에 함경감사 이선부(李善溥)로 하여금 청과 협상하여 백두산 정상에 정계비(定界碑)를 세우게 함으로써 국경선을 확정지었다. 일본과는 1682, 1711년에 통신사를 파견하여 왜은(倭銀) 사용조례를 확정지어 왜관무역(倭館貿易)을 정비하는 한편, 막부(幕府)로부터 왜인의 울릉도 출입금지를 보장받기도 했다.

이밖에 사육신을 복관시키고, 노산군(魯山君)을 복위시켜 단종(端宗)으로 묘호를 올렸으며, 폐서인(廢庶人)이 되었던 소현세자빈(昭顯世子嬪) 강씨를 복위시켜 민회빈(愍懷嬪)으로 하는 등 왕실의 충역관계(忠逆關係)를 재정립했다.

그리고 명분의리론이 크게 성행하는 분위기 속에서 명의 은공을 기린다는 명목으로 대보단(大報壇)을 세워 존명의리와 북벌론의 기치 아래 사회기강을 단속하는 작업이 행해지기도 했다.

또한 이 시기에는 선원록(璿源錄), 대명집례(大明集禮) 등이 간행되고, 대전속록(大典續錄), 신증동국여지승람(新增東國輿地勝覽) 등이 편찬되었다.

능은 명릉(明陵)으로 경기도 고양군 서오릉(西五陵)에 있다. 시호는 현의광륜예성영렬장문헌무경명원효(顯義光倫睿聖英烈章文憲武敬明元孝)이다.

# 세상 떠나는 왕비와 인현왕후

인경왕후(仁敬王后)의 아버지는 광성부원군(光城府院君) 김만기[1]이다. 1670년
(현종 11) 10세 때 세자빈으로 간택되어 가례를 행하고 의동(義洞) 별궁(別宮)에
들어갔고, 다음해 3월에 왕세자빈으로 책봉되었다.

1674년(숙종 원년) 8월에 왕비로 진봉되었다. 1680년(숙종 6) 10월에 천연두
(天然痘)로 인경왕후(仁敬王后)는 세상을 떠난다. 그녀는 김만중[2]의 질녀이기도

---

1) 김만기(金萬基, 1633~1687) : 본관은 광산이다. 자는 영숙(永淑)이며, 호는 서석(瑞石)·시호는 문
　충(文忠)이다. 정관재(靜觀齋). 증조부는 형조참판을 지낸 김장생(金長生)이며, 아버지는 생원 김익
　겸(金益兼)이다. 인경왕후의 아버지이며 숙종의 장인이다. 숙부 익희(益熙)에게 수학하고, 송시열
　(宋時烈)의 문인이 되었다. 1652년(효종 3) 사마시를 거쳐 이듬해 별시문과에 급제, 승문원에 등용
　되고 수찬·정언·교리 등을 지냈다.
　1659년 효종이 죽자 자의대비(慈懿大妃)의 복상(服喪)문제로 논란이 일어났을 때 기년설(朞年說)
　을 주장했으며, 3년설을 제기한 남인 윤선도(尹善道)를 공격했다. 1671년(현종 12) 딸이 세자빈이
　되었고, 1673년 영릉(寧陵)을 옮길 때 산릉도감(山陵都監)의 당상관이 되었으며, 그 뒤 병조판서를
　지냈다.
　1674년 숙종이 즉위하자 왕의 장인으로서 영돈녕부사에 승진하고 광성부원군(光城府院君)에 봉해
　졌다. 또한 총융사를 겸하여 병권을 장악했고, 김수항(金壽恒)의 천거로 대제학이 되었다. 1680년
　경신대출척 때 훈련대장으로 끝까지 남인과 맞섰으며, 허적(許積)의 서자 견(堅)과 종실인 복창군
　(福昌君)·복선군(福善君)·복평군(福平君) 등의 역모를 막은 공으로 보사공신(保社功臣) 1등이
　되었다(색인, 삼복의 옥). 1689년 기사환국으로 남인이 정권을 잡자 관직에서 쫓겨났다가, 뒤에 복
　직되었다. 현종의 묘정(廟庭)에 배향되었다. 저서로는 《서석집》 18권이 있다.

2) 김만중(金萬重, 1637~1692) : 본관은 광산이다. 자는 중숙(重叔)이요, 호는 서포(西浦)이다. 예학의
　대가인 김장생(金長生)의 증손자이자 김집(金集)의 손자이다. 아버지 익겸(益謙)은 병자호란 당시
　김상용을 따라 강화도에서 순절하여 유복자로 태어났다.
　1665년(현종 6) 문과에 장원으로 급제하여 이듬해 정언(正言)·부수찬(副修撰)이 되고 헌납(獻
　納)·사서(司書) 등을 거쳤다. 1679년(숙종 5)에 다시 등용되어 대제학·대사헌에 이르렀으나,

하다.

그녀는 왕비생활을 몇 년 하지 못하고 천연두 증세로 심한 열병에 시달리다 20살로 발병 8일 만인 10월 26일 경덕궁 회상전에서 세상을 떴다.

숙종은 천연두에 걸렸다고 대신들이 판단해 창덕궁으로 옮겨 있다가 그녀의 임종도 보지 못했고 두 공주도 어릴 적에 일찍 잃었다.

경신년(庚申年) 겨울에 인경왕후 김씨 승하하시니, 대왕대비께옵서, '숙녀를 구하시니 청풍부원군 김공(金公)이 후비(后妃)가 될 만한 덕색(德色)을 지녔다'는 이야기를 자세히 들은 바 있으므로 대비께 아뢰옵고 영의정 송시열이 상전에 아뢰기를,

"국모는 만민의 복이라 당금 병판(兵判)의 여식이 매우 현숙함을 신이 아옵나니, 바라옵건대 전하께서는 번거로이 간선(揀選)치 마옵시고 대혼(大婚)을 완정하소서."

상감께서 친히 칭선(稱善)하시고 대비께 아뢰시니, 대비께서 크게 기뻐하시어 비망기(備忘記)를 내리시어 민공께 '전교(傳敎)하시어 지실(知悉)하라' 하오시니, 민공이 황공송연(惶恐竦然)하여 즉시 상소하여 지극히 사양을 하니 그 사절

---

1687년(숙종 13) 경연에서 장숙의(張淑儀) 일가를 둘러싼 언사(言事)로 인해 선천에 유배되었다. 이 듬해 왕자(후에 경종)의 탄생으로 유배에서 풀려났으나, 기사환국(己巳換局)이 일어나 서인이 몰락하게 되자 그도 왕을 모욕했다는 죄로 남해의 절도에 유배되어 그곳에서 죽었다. 그가 이렇게 유배 길에 자주 오른 것은 그의 집안이 서인의 기반 위에 있었기 때문에 치열한 당쟁을 피할 수 없어서였다. 현종초에 시작된 예송(禮訟)에 뒤이어 경신환국·기사환국 등 정치권에 변동이 있을 때마다 그 영향을 심하게 받았다.

그는 많은 시문과 잡록 《구운몽》·《사씨남정기》 등의 소설을 남기고 있다. 《서포만필》에서는 한시보다 우리말로 쓰여진 작품의 가치를 높이 인정하여, 정철의 〈관동별곡〉·〈사미인곡〉·〈속미인곡〉을 들면서 우리나라의 참된 글은 오직 이것이 있을 뿐이라고 했다. 소식의 〈동파지림(東坡志林)〉을 인용하여 아이들이 〈삼국지연의〉를 들으면서는 울어도, 진수의 〈삼국지〉를 보고는 아무렇지도 않다고 하여 소설이 주는 재미와 감동의 힘을 긍정하였다. 이 때문에 그 자신이 〈구운몽〉·〈사씨남정기〉 같은 소설을 직접 창작할 수 있었다.

이규경의 〈소설변증설〉에 전하는 바로는 〈구운몽〉은 어머니의 시름을 위로하기 위해서 지은 것이며, 〈사씨남정기〉는 숙종의 마음을 돌리기 위해 썼다고 한다. 창작동기를 그대로 수긍할 수 있는 것은 아니지만 소설이 주는 감동적인 효과를 의식하고 썼던 것은 분명하다. 그의 저서로는 시문집인 《서포집》, 비평문들을 모은 《서포만필》 등이 있으며, 행장(行狀)에 의하면 《채상행(採桑行)》·《비파행(琵琶行)》·《두견제(杜鵑啼)》 등의 작품을 지었다고 하나 전하지 않는다.

 | 소재(疎齋) 이이명(李頤命) 매화당 습감재(習坎齋)

하는 뜻이 간절하나 상감의 뜻이 이미 굳게 정해지신 터나 허락하지 아니 하시고, 세 번 상소를 거듭하매 엄지(嚴旨)를 내리사 책망을 하시고 좌의정 노봉 민공을 대궐에 들게 하시어 임금의 뜻을 거슬려 공손치 못함에 꾸중을 내리시니, 신자(臣子)의 도리에 사양할 말이 없어 대궐에서 물러나 집에 돌아와 형제 자질이 서로 대하여 황송해 하고 천은(天恩)을 감축하여 충의(忠義)의 눈물이 절로 떨어짐을 깨닫지 못하더라.

중사(中使)와 궁인(宮人)을 보내시어 후(后)를 어의동(於義洞) 본궁으로 모실 때에 궁인이 상명(上命)을 받잡고 후를 뵈옵고 놀라고 탄복한 나머지 부부인(府夫人)께 사뢰기를,

"궁인이 천은을 입사와 금궐(禁闕)에 들어갔음에 대행성덕(大幸聖德)을 뵈옵고 열인안목(閱人顏目)이 80이 넘사오되, 이와 같으신 용광성덕(容光聖德)을 처음 뵈오니, 국가의 만행(萬幸)이올 뿐더러 궁인이 오래 산 것이 영화로소이다."

하니, 부부인이 이불감을 선사하고 성은(聖恩)이 가도하심을 누누이 말씀하니 그 대하는 몸가짐 용모와 예절이 법도(法度)를 다하였으므로 상궁이 찬탄하고 입궐하여 본대로 아뢰오니, 대비께옵서 크게 기뻐하시어 길일을 날로 기다리시며, '어찌 날이 이리 더디 가는가' 하셨다 한다.

숙종 7년(1681) 그의 나이 21살에 15살의 인현왕후를 맞이한다.

상감은 길일에 위엄이 있는 몸가짐으로 대례를 행할 때, 좌우신하들을 거느리고 별궁에 거동하사 옥상(玉床)의 홍안(紅顏)을 전하시고 후(后)의 상교(上轎)를 재촉하시어 황금 봉련(鳳輦)을 친히 봉쇄하여 대내러 환궁하시니, 이 모두가 세자빈(世子嬪) 가례(嘉禮)와 달라 대전기구(大殿器具)라.

용봉기치(龍鳳旗幟)와 황금 절월이며, 만조백관이 시위하고 칠보응장(七寶凝粧)한 궁인과 시녀가 큰 길을 덮어 10리를 즐비하게 늘어서고 향취 은은하고 풍류소리 전상(殿上)에 응하였으니, 웅장 화려함은 가히 짐작키 어려울 정도였다.

성 안에 사는 모든 백성이 길을 메워 천만세를 축원하였다. 교배지례(交杯之禮)를 행하시니 예도가 눈에 부시고 성덕이 외모(外貌)에 나타나며 찬연한 생광(生光)이 명월이 추천(秋天)에 비켜있는 듯 조용한 맑은 광채 용전(龍殿)에 비춰

니, 궁궐 본색이 한꺼번에 탈색하고 천궁보물이 빛과 향을 발하지 못하는 듯하니, 궁 안에 있는 사람들이 크게 놀라 황홀하고 두 분 전 대비가 크게 기뻐하고 대견해 하시어 애중하심이 비할 데 없더라.

이날 왕비를 책봉하여 곤위(坤位)에 오르시고 비빈(妃嬪) 공주와 3백 궁녀의 조하(朝賀)를 받으시니 일기 화창하여 바람은 산들산들 불어오고 상운(祥雲)이 봉궐(鳳闕)을 둘러쌌으니 짐짓 태평국모 즉위하시는 날인 줄 알 만하더라.

인심이 절로 돌아서 만백성들이 모두 기뻐해 마지않더라.

그녀는 이렇게 시집와 20살이 되도록 왕자는 물론 공주도 낳지 못했다.

무진해 첫 달 어느 날, 대왕대비 조씨는 대신에게 언문 교지를 내렸다.

"왕후 민씨 대혼을 하여 곤위에 나간 지 이미 다섯 해가 되었건만 불행하게도 아직껏 태기가 없으니 종묘사직을 위하여 황송하고 민망하기 짝이 없을 뿐만 아니라, 사사로운 내 인정으로 말하더라도 하루 바삐 왕손을 대해 보고 싶을 뿐이오, 대신들은 이 뜻을 짐작하여 왕비에게 태기 있을 보약을 진이케 하고 천하의 명의를 구하여 좋은 처방을 내린 후에 극진 보약토록 하시오."

나라의 어른인 대왕비로서 당연히 내릴 전교였다. 대신들은 빈청에 모여 있다가 대왕대비의 전교를 받들자 황망하지 않을 수 없었다.

모두들 민비를 왕비로 뽑아 대위에 나가게 했던 노론측 대신들이었다. 노론측 대신뿐 아니라 대신 중에는 바로 왕비의 친정 삼촌인 좌의정 민정중(閔鼎重, 1628~1692)과 친정아버지인 병조판서 민유중(閔維重, 1630~1687)도 함께 있었다.

정교를 받들어 읽던 영의정 김수항은 묵묵히 다른 대신들의 얼굴을 바라보면서 전교를 돌렸다.

좌의정 민정중이 전교를 받들어 읽었다. 바로 자기의 조카딸인 왕비의 일이었다. 속으로 가슴이 쓰렸으나, 점잖게 대답을 아니 할 수 없었다.

"왕대비 전하로서 당연하신 분부시오, 빨리 명의를 천하에 구하여 하루 속히 세자가 탄생하도록 해야 마땅하다 생각하오."

하고 곧 전교를 우의정에게 돌린다.

우의정 정치하가 전교를 받아 읽고 묵묵히 좌의정의 아우인 여흥부원군이며 병조판서인 민유중(閔維重)한테로 전교를 전한다.

병조판서 민유중은 전교를 받들어 읽고,

"지당한 분부시오."

하고 입을 다물었다.

왕비한테 어서 빨리 태기가 있길 바란 것은 대왕비 조씨보다 노론측 대신들이요, 다시 한 번 가깝게 따져 본다면 왕비의 친정아버지인 민유중(閔維重) 형제 집안이었다.

그들은 권세가 더더욱 빛나고 혁혁하자면 빨리 왕비는 옥동자를 탄생하여서 나라의 근본이 되는 세자가 되고 또 다시 왕자가 되어야만 자기네 집안의 권력은 무궁무진 오래오래 빛날 것이라 생각했다.

그러기에 그들은 하루 바삐 왕비에게 태기가 있기를 바라고 빌었다.

왕비는 어찌된 일인지 이태가 지나도 태기가 없었다. 민씨네 집안에선 명의를 청해 대궐 안으로 들여보내 민비를 진찰케 하고 산삼 녹용 등을 비롯한 보약을 사시장철 올려서 장복을 시키게 했다.

그러나 왕비의 태기 소식은 없었다. 3년이 지나고 4년이 넘어섰다. 또 다시 의원을 갈고 약을 써 보았다. 그래도 태기는 없었다.

다섯 해로 접어드니 이들은 초조하지 않을 수 없다. 사실 초조하고 급하게 생각하는 이들은 조대비가 아니라 친정인 민씨네들이었다.

이때 조대비의 전교가 또 내려졌다.

"지당한 분부시오."

하고 입을 다문 민유중을 바라보자 같은 노론측인 영의정 김수항은 나무라는 듯 좌의정 민정중(閔鼎重)과 부원군 민유중(閔維重)을 향하여 말한다.

"좌상 대감과 부원군 대감도 너무 소탈하셔서 탈이오. 왕비 전하께서 여지껏 태기 아니 계신 것을 번번이 옆에서 뵙고도 가만히 앉아 계셨단 말씀이오. 진작 주선을 해서 태기가 계실 보약을 드시도록 해야 할 것을……."

"그저 소생들이 너무 대범들한 탓이지요. 이런 일은 중전께서 한 번 왕궁으로 들어가신 이후에야 친정에서 참견을 하여 이러니저러니 간섭하는 것은 신하의 도리가 아니라고 생각하오."

좌의정은 자기 집에서 약을 많이 쓴 것을 빼놓고 점잖게 이쯤 대답해 뒀다.

약을 쓴다고 금세 효력이 별안간 있을 까닭이 없었다. 다시 한 해의 세월이 흘러갔다.

왕비에게서는 여전히 태기 소식이 없자, 조대비는 언문 전교를 내렸다.

"지난번에 나는 대신을 통하여 왕비에게 수태케 하는 보약을 진언케 하라 일렀는데, 대신들은 성의가 없는가. 어찌하여 왕비의 태기는 아직도 소식이 없는가. 대신들의 정성이 부족하여 명의 명약을 구하지 못함이 아닌가. 각별히 주의하여 더욱 좋은 보약을 왕비전하게 드리도록 하라."

조대비는 늙은 원로 상궁들을 통하여 대신들에게 또 다시 전교를 내렸다.

조대비가 다시 대신들에게, '엄한 전교를 내렸다'는 소식은 단번에 민비의 귀에 들어갔다.

그녀는 황공하여 괴롭지 아니할 수 없었다. 3천 가지 죄 중에 '자식 없는 죄가 가장 큰 죄라'고 하는 유학 정신에 비추어 볼 때 자기 자신은 참으로 큰 죄인이었다.

사사로 민가의 규범도 이러한데, 왕실의 주인인 왕비가 수태를 못하게 되었으니, 이 일은 큰일이었다. 민비는 안연히 태평스럽게 앉아 있을 수 없어 시녀를 거느리고 조대비전으로 들어갔다.

"불초하신 신첩이 곤위에 나간 이후 5~6년에 접어들어도 혈육이 없사와 왕비전과 왕전에 죄 지은 바가 많사옵니다. 어진 후궁을 가리시어 자경을 보도록 하옵소서."

중전은 간곡하게 조대비에 아뢰었다.

조대비는 말을 듣자 얼굴에 미소가 번진다.

"수태하는 것을 어찌 마음대로 하겠소. 그렇지만 약을 정성껏 먹어서 하루 바삐 세자를 탄생하는 것이 상책이라 생각하오."

"대왕대비 마마께서 대신들에게 보약을 쓰도록 분부를 내리신 이후로 1년 가까이 약을 먹었사오나, 원래 저의 몸이 허약한 탓이온지 아무런 효과가 없사옵니다."

"널리 어진 규수를 가리시어 왕실의 뒷날이 번창하도록 조처해 주시기 바라옵니다."

중전은 다시 간곡하게 아뢰었다.

"중전의 뜻이 정 그러하다면 상감께 말씀을 아뢰고 어진 후궁을 가려 보도록 하여야겠소."

조대비는 후궁 둘 것을 은근히 승낙하면서 후궁을 선택하는 일은 넌지시 숙종한테로 미루었다. 그녀는 숙종이 장소의(희빈)를 간절하게 생각하고 있는 것을 알고 있기 때문이다.

"삼가 말씀대로 봉행하겠습니다."

중전은 왕대비전을 물러났다.

그리고 뜻밖에 숙종한테 찾아온 왕비는, "삼가 전하께 아뢰올 말씀이 있사옵니다."

숙종은 마음으로 웬일인가 하고 의아했다.

"웬일이오, 오늘 과인을 다 찾으시니?"

숙종은 부드럽게 민비를 맞이했다. 민비는 미소를 풍기며, 나직히 말씀드린다.

"신첩이 소회(所懷) 있사와 아뢰러 왔습니다.

"중전이 무슨 소회가 있단 말이오."

숙종은 의아해 하면서 묻는다.

"듣자오니 삼천 가지 죄 중에서 자식 없는 죄가 제일 크다고 하옵니다. 그러하온데 신첩은 전하의 친영을 받자와 대궐에 들어온 지 여섯 해가 넘었음에도 자식을 생산하지 못하여 왕자를 두지 못하였사오니, 위로 전하를 대할 면목이 없을 뿐만 아니라, 종묘사직에 뵈올 낯이 없사옵니다. 신첩은 죄악 지중하와 이런 허물이 있삽거니와 신첩 한 몸으로 인하여 국가의 장래가 근심되오니 전하께옵서는 좋은 규수를 가리시어 후궁을 봉하신 후에 왕사를 구하시도록 하옵기를 간절히 바라옵니다."

민비는 애원하듯 나긋나긋 이렇게 아뢰었다.

가을 물같이 맑고 맑은 두 눈에는 눈물이 엉키어 안개가 서린 듯했다.

"약을 쓰는 중이니 왕사에 대한 일은 조금 두었다가 이야기를 해도 늦지 않을 것 같소."

숙종은 미소를 풍기면서 대답했다.

"아무리 세월이 흘러도 소용없으리라 생각하옵니다. 전하의 보령은 이제 삼십에 가까우십니다. 어진 후궁을 한시 바삐 간택하시옵소서."

숙종은 장희빈 생각이 불현듯 떠올랐다.

"장희빈을 곧 후궁으로 삼으리라."

하고 말하고 싶었지만 목소리는 마음 속에서 목구멍까지 나왔다가 딱 막혀버렸다.

"왕대비 마마께 여쭈어 보도록 하시구려."

숙종은 한숨을 길게 품으면서 이렇게 조대비한테로 미루었다.

조대비라면 반드시 장소의(희빈)를 천거할 것으로 생각했기 때문이다.

"왕대비 마마께 먼저 아뢰었습니다. 그랬더니 전하께 말씀 드려 결정지으라는 분부가 계셨습니다."

숙종은 얼른 대답할 수 없었다. 잠깐 긴 침묵을 지키고 있었다.

# 청남과 탁남

1674년(현종 15) 제2차 예송논쟁으로 정권을 잡은 남인은 둘로 분당이 된다. 강경파의 영수는 윤휴와 허목이었고 온건파의 영수는 허적과 권대운이었다. 강경파를 청남(淸南) 온건파를 탁남(濁南)이라 부른다. 이들 남인은 급기야 허목이 허적을 탄핵하는 지경에 이르렀다. 판중추부사 허목은 숙종 5년 차가를 올려 영의정 허적을 탄핵하고 나선다.

"허적은 외척과 결탁하고 내시를 밀객으로 삼아 전하의 동정을 엿보았습니다. 그는 송시열[1] 때 정승에 올랐고, 서로 사이가 좋아서 의논을 같이 하더니,

---

1) 송시열(宋時烈) : 아버지는 사옹원봉사 갑조(甲祚)이고, 어머니는 선산곽씨(善山郭氏)이다. 효종의 즉위와 더불어 대거 정계에 진출해 산당(山黨)이라는 세력을 형성했던 송준길(宋浚吉) · 이유태(李惟泰) · 유계(兪棨) · 김경여(金景餘) · 윤선거(尹宣擧) · 윤문거(尹文擧) · 김익희(金益熙) 등과 함께 김장생(金長生) · 김집(金集) 부자에게서 배웠다. 26세 때까지 외가인 충청도 옥천군 구룡촌에서 살다가 회덕(懷德)으로 옮겼다. 1633년(인조 11) 생원시에 장원급제하고 최명길(崔鳴吉)의 천거로 경릉참봉이 되면서 관직생활에 발을 내디뎠다. 1635년 봉림대군(鳳林大君, 뒤의 효종)의 사부(師傅)가 되었다. 이듬해 병자호란이 일어나자 인조를 따라 남한산성에 들어갔으나, 1637년 화의가 성립되어 왕이 항복하고 소현세자와 봉림대군이 청나라에 인질로 잡혀가게 되자 낙향하여 10여년간을 초야에 묻혀 학문에 몰두했다. 1649년 효종이 왕위에 올라 척화파와 산림(山林)들을 대거 기용하면서, 그도 장령에 등용되어 세자시강원진선을 거쳐 집의가 되었다. 이때 존주대의(尊周大義)와 복수설치(復讐雪恥)를 역설하는 글을 왕에게 올려 효종의 신임을 얻게 되었다. 그러나 청서파(淸西派, 인조반정에 간여하지 않았던 서인세력)였던 그는 공서파(功西派, 인조반정에 가담하여 공을 세운 서인세력)인 김자점(金自點)이 영의정에 임명되자 사직했다. 이듬해 김자점이 파직된 뒤 진선에 재임명되었다가 다시 물러났다. 그 뒤 충주목사 · 사헌부집의 · 동부승지 등에 임명되었으나 모두 사양하고 향리에 은거하면서 후진양성에만 전념했다. 1658년(효종 9) 다시 관직에 복귀하여 찬선을 거쳐 이조판서에 올라 효종과 함께 북벌계획을 추진했다.
이듬해 효종이 답서한 후 자의대비(慈懿大妃)의 복상(服喪) 문제를 둘러싸고 제1차 예송(禮訟)이

송시열이 패하자 공론에 부합하여 마치 처음부터 영합한 것이 없는 듯이 하였고, 고묘론이 일어날 때 외척 김석주와 짜고 시행치 못하도록 방해했고, 강화 흉서가 있을 때도 곧바로 보고하지 않았습니다."

남인 두 거두가 충돌하자, 숙종은 허목의 차자(箚子)에 엄한 비답을 내리고 허적의 손을 들어 주었다. 허목의 탄핵을 받은 허적은 벼슬을 내놓고 향리인 충주로 가족 모두를 데리고 가 버렸다.

그러자 숙종은 지신(知申)과 주서(注書)를 보내 돌아오도록 회유했다. 또한 선전관(宣傳官)의 밀부(密符)를 주면서 쫓기도 했다.

"과인의 잠자리와 먹는 것이 편하지 못해 병을 얻은 것 같소이다."

무한한 신임의 표시였으나 허적은 사양했다.

"신의 지금 형편이 백척간두(百尺竿頭)에 있으니, 결코 다시 궐문에 들어갈 수 없습니다."

일어나자 송시열은 기년복(朞年服, 만 1년 동안 상복을 입는 것)을 주장하면서 3년복(만 2년 동안 상복을 입는 것)을 주장했던 남인의 윤휴(尹鑴)와 대립했다. 예송은 〈대명률(大明律)〉·〈경국대전〉의 국제기년설(國制朞年說)에 따라 결국 1년복으로 결정되었지만 이 일은 예론을 둘러싼 학문적 논쟁이 정권을 둘러싼 당쟁으로 파급되는 계기가 되었다. 예송을 통해 남인을 제압한 송시열은 효종에 이어 현종이 즉위한 뒤에도 숭록대부에 특진되고 이조판서에 판의금부사를 겸임한 데 이어 좌참찬에 임명되어 효종의 능지(陵誌)를 짓는 등 현종의 신임을 받으면서 서인의 지도자로서 자리를 굳혀 나갔다. 그러나 이때 효종의 장지(葬地)를 잘못 옮겼다는 탄핵이 있자 벼슬을 버리고 회덕으로 돌아갔다. 그 뒤 여러 차례 조정의 부름을 받았음에도 불구하고 향리에 묻혀 지냈으나, 사림의 여론을 주도하면서 막후에서 커다란 정치적 영향력을 행사했다. 1668년(현종 9) 우의정에 올랐으나 좌의정 허적(許積)과의 불화로 곧 사직했다가 1671년 다시 우의정이 되었고 이어 허적의 후임으로 좌의정에 올랐다.
1674년 효종비 인선왕후(仁宣王后)가 죽자 다시 자의대비의 복상문제가 제기되어 제2차 예송이 일어났을 때 대공설(大功說, 9개월 동안 상복을 입는 것)을 주장했으나 기년설을 내세운 남인에게 패배, 실각당했다. 이듬해 앞서의 1차 예송 때 예를 그르쳤다 하여 덕원으로 유배되었고, 이어 웅천·장기·거제·청풍 등지로 옮겨다니며 귀양살이를 했다. 1680년(숙종 6) 경신대출척으로 남인들이 실각하고 서인들이 재집권하자 유배에서 풀려나 그해 10월 영중추부사 겸 영경연사로 다시 등용되었다. 그 뒤 서인 내부에서 남인의 숙청 문제를 둘러싸고 대립이 생겼을 때, 강경하게 남인을 제거할 것을 주장한 김석주(金錫胄)·김익훈(金益勳) 등을 지지했다. 이로써 서인은 1683년 윤증(尹拯) 등 소장파를 중심으로 한 소론과, 송시열을 중심으로 한 노장파의 노론으로 분열되기에 이르렀다. 1689년 숙의 장씨가 낳은 아들(뒤의 경종)의 세자책봉이 시기상조라 하여 반대하는 상소를 올렸다가 숙종의 미움을 사 모든 관작을 삭탈당하고 제주로 유배되었다. 그해 6월 국문(鞫問)을 받기 위해 서울로 압송되던 길에 정읍에서 사약을 받고 죽었다.

숙종은 허목을 퇴진시켜야만 허적이 돌아올 수 있음을 알았다. 숙종은 허목이 대죄(待罪)하는 상소를 올리고 연천으로 떠나자 만류하지 않았고, 탁남인 예조판서가 직접 찾아오자 더 이상 버틸 수 없어 서울로 올라온다. 이처럼 숙종의 대우는 전례를 뛰어 넘는 일이었다.

탁남과 청남이 분열된 또 하나의 이유는 효종대왕께서 10년 동안 왕위에 계시면서 새벽부터 주무실 때까지 군사 정책에 대해 묻고 인사를 불러 사전에 대비하셨기 때문이다. 그는 어찌 북쪽으로 전진해 보려는 마음을 잊어 본 적이 있겠습니까.

병자호란의 아픔 속에 국력을 배양하고 북벌계획에 군대를 강화하고 안배도 안전하게 하였으나, 하늘이 순리대로 돕지 않아 중도에 승하하시어 웅장한 계획과 큰 뜻이 천추에 한(恨)을 남기고 말았다.

분열이 본격화 된 것은 1678년(숙종 4) 청남의 이조판서 홍우원(洪宇遠)이 이옥(李沃)이라는 사람을 예문관 부제학으로 추천을 하자 이조참의 탁남 류명천(柳命天)이 반대하고 일어났다. 반대의 이유는 이옥이 서인 집권시절 송시열의 고향인 충청도 도사로 재직시 송시열에게 찾아가 스승으로 모실 것을 간청하고 그를 찬양하였다는 이유였다. 이 사건이 더욱 커지자 청남의 영수 허목이 허적을 탄핵하는 지경에 이르렀다. 그 내용은 궁중의 내시를 매수하여 전하의 동정을 엿보았으며 강화흉서사건(소현세자 손자를 임금으로 추대하자는 강화도에서 발생한 투서 사건)을 곧 바로 보고하지 않았다는 것이다. 이 두 거두의 싸움의 판정은 임금뿐이었다. 숙종은 온건파인 허적의 손을 들어주었다.

또 하나의 이유는 북벌에 대한 뚜렷한 차이 때문이었다. 송시열이 입으로만 북벌을 주장하던 시기에 실제로 북벌을 주장했던 인물은 백호 윤휴였다. 송시열의 북벌론은 명나라의 은혜를 잊지 말고 우리의 힘을 길러 청나라와 국교를 단절하자는 명분적 북벌론이었다. 청나라의 실체를 인정할 수도 없고 그렇다고 무력으로 청나라를 정벌할 수도 없는 진퇴양난이었다. 반면 윤휴는 현종 15년 밀소(密疎)를 올렸는데 부왕은 재위 10년 동안 밤낮 북벌만 생각하다가 승하하였는데 지금 이 시기를 놓쳐서는 안 될 절호의 기회라고 하였다. 명나라의 마지막 유장(遺將) 오삼계(吳三桂)가 청나라 타도를 외치며 군사를 일으켰기 때문이었다. 북벌은 받아들여지지 않았고 숙종이 즉위하자 다시 상소를 하였던 것이다. 그러나 북벌을 반대하던 탁남의 권대운은 형세도 돌보지 않고 큰소리만 친다고 무시한다. 문약(文弱)에 빠진 조정은 중국 대륙내의 내전을 이용하지 못하고 겁부터 먹고 숙종은 남인정권에 위협을 느낀 나머지 국정의 파트너를 남인에서 서인으로 갑자기 바꾸고 만다. 서인이 집권하는 이른바 환국이 일어난다.

# 허적(許積)의 연시연

허적이 숙종의 신임을 얻자 적대적인 세력은 모두 허적에게 쫓겨났다. 심지
어 청남이던 윤휴[1] 마저 허목[2]을 비판하고 허적에게 협력할 정도로 허목(許穆,

<hr>

1) 윤휴(尹鑴, 1617~1680) : 아버지는 광해군 때 대사헌을 지낸 효전(孝全)이며, 어머니는 첨지중추부
　사 김덕민(金德民)의 딸이다. 2세 때 아버지를 여의고 편모슬하에서 자랐다. 1627년(인조 5) 후금의
　침략이 있자 보은 삼산(三山)에 있는 외가로 피난하여 외할아버지 김덕민에게서 학문의 기초를 익
　히고, 조식(曺植)과 학문적으로 가까웠던 성운(成運)의 서실(書室)에서 독서했다. 이때 〈황극경세
　서(皇極經世書)〉를 접했다. 이후 이수광(李睟光)의 아들인 이민구(李敏求)와 이원익(李元翼)에게
　서 배웠다.
　1636년 병자호란 때 청과 굴욕적인 강화를 맺었다는 소식을 듣고 치욕을 씻을 때까지 관직에 나가
　지 않기로 결심하고 과거 준비를 포기했다. 1639년 공주 유천(柳川)으로 내려와 지내면서 〈논어〉·
　〈맹자〉 등 사서(四書)와 시·서·삼례(三禮)·역(易) 등 경서 학습에 몰두했다. 이때 권시(權諰)·
　윤문거(尹文擧)·윤선거(尹宣擧) 등과 막역한 관계를 맺고, 송시열·송준길(宋浚吉)·이유태(李惟
　泰) 등과 교유했다. 1656년(효종 7) 세자시강원자의로부터 1659년 사헌부지평까지 여러 번 관직에
　임명되었으나 모두 거절했다. 1660년(현종 1) 효종에 대한 자의대비(慈懿大妃)의 복제(服制)를 송
　시열 등 서인이 기년복(朞年服)으로 정하여 시행하자, 삼년상을 지내자는 참최설(斬衰說)을 들어
　이를 반대했다(기해예송). 서인이 정권을 장악하고 있던 정국에서 참회설은 남인의 서인 공격에 주
　요한 이론적 근거를 제공했는데, 기년복제는 왕과 사대부를 구분하지 않고 사대부의 예(禮)를 왕에
　게 잘못 적용하여 '왕의 지위를 낮추고, 왕의 법통을 둘로 나누어버리는'(卑主二宗) 논리이므로 어
　떤 경우든 삼년상을 해야 한다는 내용이었다.
　1675년(숙종 1) 효종비 인선왕후(仁宣王后)의 상을 당하여 다시 일어난 2차 예송에서 남인이 승리
　하여 집권한 뒤, 성균관사업(成均館司業)으로 조정에 나아갔다. 남인이 청남(淸南)과 탁남(濁南)으
　로 나뉘자, 허목(許穆)과 함께 청남을 이끌며 활동했다. 이해 승정원 동부승지·이조참의·대사
　헌·성균관좨주 등을 두루 거쳐 이조판서에까지 승진했다. 이후 대사헌·좌참찬·우참찬·형조
　판서·우찬성 등을 번갈아 역임했다. 1680년 영의정 허적(許積)의 아들 허견(許堅)이 복선군(福善
　君)을 추대하려는 역모에 관여했다고 하여 갑산(甲山)으로 유배되었다가 같은 해 5월에 처형당했
　다. 재직중 지패법(紙牌法)·호포법(戶布法)·상평법(常平法) 등 부세제도 개혁안을 여러 번 제기
　했다. 그러나 이 가운데 지패법을 변형한 호패법(戶牌法)만이 시행되어 개혁의 뜻이 제대로 실현되

1595~1682)은 임금 다음가는 절대적인 권력자가 되었다.

경신년 1680년(숙종 6) 김만중(金萬重)은 44살에 우부승지를 제수 받고 승문원 부제조를 겸한다. 숙종 재위 6년 봄 숙종은 허적에게 궤장을 하사한다.

이는 인신(人臣)으로서는 최고의 명예일 뿐 아니라, 그의 조부 허잠(許潛)에게까지 시호를 내렸다. 숙종 6년 3월 허적은 궤장과 시호(諡號)를 하사 받은 것을 축하하는 연시연(延諡宴)을 열었다.

허적의 집은 물론 온 시내가 떠들썩한 잔치였다. 남인 영상 허적의 위세는 하늘을 찌를 듯 임금 다음 가는 실력자로 허적에 적대적인 자는 모두 쫓겨나는 판이었다.

---

지는 못했다. 한편 도체찰부(都體察府) 설치와 무과인 만과(萬科)의 시행을 주장하여 북벌을 위한 준비를 주도했다. 정치제도에 대해서는 간관(諫官)과 과거제, 그리고 비변사를 혁파해야 한다고 보고, 〈주례(周禮)〉를 원용한 〈공고직장도설(公孤職掌圖說)〉을 숙종에게 올려 그 개혁을 촉구하기도 했다.

2) 허목(許穆, 1595~1682) : 아버지는 현감 교(喬)이며, 어머니는 임제(林悌)의 딸이다. 1615년(광해군 7) 정언옹(鄭彦慃) 글을 배우고, 1617년 현감으로 부임하는 아버지를 따라 거창으로 가서 정구(鄭逑)의 문인이 되었다. 1624년(인조 2) 경기도 광주의 우천(牛川)에 살면서 자봉산(紫峯山)에 들어가 학문에 전념했다. 1636년 병자호란으로 피난하여, 이후 각지를 전전하다가 1646년 고향인 경기도 연천으로 돌아왔다. 1650년(효종 1) 정릉참봉에 천거되었으나 1개월 만에 사임했고, 이듬해 공조좌랑을 거쳐 용궁현감에 임명되었으나 부임하지 않았다. 1657년 지평에 임명되었으나 소를 올려 사임을 청했다. 그 뒤 사복시주부로 옮겼다가 사직하고 고향으로 돌아왔다.
1660년(현종 1) 인조의 계비인 조대비(趙大妃)의 복상문제로 제1차 예송이 일어나자 당시 집권세력인 송시열(宋時烈) 등 서인이 주장한 기년복(朞年服, 만 1년상)에 반대하고 자최삼년(齊衰三年)을 주장했다. 결국 서인의 주장이 채택되어 남인은 큰 타격을 받았으며, 그도 삼척부사로 좌천되었다. 삼척에 있는 동안 향약을 만들어 교화에 힘쓰는 한편, 《정체전중설(正體傳重說)》을 지어 삼년설을 이론적으로 뒷받침했다. 1674년 효종비 인선왕후(仁宣王后)가 죽자 조대비의 복상문제가 다시 제기되었다. 서인의 주장에 따라 정해진 대공복(大功服, 만 9개월)의 모순이 지적되어 앞서 그의 설이 옳았다고 인정됨에 따라 대공복은 기년복으로 고쳐졌다. 이로써 서인은 실각하고 남인이 집권하게 되자 대사헌에 특진되고, 이어 이조판서를 거쳐 우의정에 올랐다.
1675년(숙종 1) 덕원에 유배중이던 송시열의 처벌문제를 놓고 강경론을 주장하여 온건론을 편 탁남(濁南)과 대립, 청남(淸南)의 영수가 되었다. 1676년 사임을 청했으나 허락되지 않자 성묘를 핑계로 고향에 돌아갔다가 대비의 병환소식을 듣고 예궐했다. 1678년 판중추부사에 임명되었으나 곧 사직하고 고향으로 돌아갔다. 1679년 강화도에서 투서(投書)의 역변(逆變)이 일어나자 상경하여 영의정 허적(許積)의 전횡을 맹렬히 비난하는 소를 올리고 귀향했다. 이듬해 남인이 실각하고 서인이 집권하자 관작을 삭탈당하고 고향에서 저술과 후진교육에 힘썼다.

숙종은 허목이 축출된 후 허적에게 권력이 집중되자 의구심을 가지고 부추긴 인물이 김석주였다. 숙종과 김석주는 허적을 쓰러트릴 기회를 엿보며, 연시연을 둘러싸고 정계는 많은 소문이 퍼졌다. 그중 하나가 허적의 서자 허견(許堅, ?~1680)의 거사설이다.

무사들을 모아놓고 정변을 일으킬 거라는 소문이었다. 잔치에 오는 병조판서 김석주(金錫冑)와 숙종의 장인인 광성부원군 김만기(金萬基), 그리고 나머지 서인들을 독살한 후 허견이 무사를 모아 거사한다는 소문이었다.

이 소문은 연시연 참석을 막았다. 김석주도 참석을 회피하고 참석한 서인은 몇 사람 없었다. 허견은 김석주를 초청했으나 사양하고 김석주(金錫冑)는 김만기에게 참석할 것을 권유하자 김만기(金萬基)는 의심하여 일부러 늦게 참석하여 자리에 앉자마자 배가 고프다며 남의 술잔을 빼앗아 마셨다.

안주는 나물만 먹고 자신의 순배가 오면 사양하고 받지 않았다. 음식에 독을 탔을까 염려해서였다.

한편 잔칫날 비가 내려 숙종은 내시에게 궁중에 쓰는 장막을 빌려주라 명하나, 이미 허적이 먼저 가져간 터라, 이 보고를 내시로부터 들은 숙종(肅宗)은 분개했다. 숙종은 또한 잔치판을 엿보게 했다.

잔치에 참석한 서인은 오두인(吳斗寅, 1624~1689), 이단서(李端瑞) 등 몇 분이고 남인만 가득 찼는데, 무사들만 매우 많다는 보고를 받고 어린 나이에 왕위를 지키게 해 주는 최선의 방편을 쓰려고 한다. 숙종은 급히 잔치에 참석 중인 김만기와 훈련대장 유혁현, 그리고 포도대장 신여철(申汝哲, 1634~1701)을 불렀다.

숙종은 곧바로 비망기를 내렸다. 사태가 위태하니 병권을 왕가의 지친(至親)에게 맡기지 않을 수 없다. 유혁현을 해임하고 광성부원군 김만기를 즉시 훈련대장에 제수하며 신여철은 총융사로 삼으라며 오늘 안에 병무를 주어 임무케 하라 명한다. 사태는 병권을 장악해야 한다는 사실을 잘 아는 임금은 훈련대장과 총융사를 갈아 치웠다.

병조판서는 외척 김석주였으므로 모두 병권을 빼앗긴 남인은 손 한 번 써 볼 방법이 없었다.

무인(武人)들은 급히 물러가고 사태가 심각함을 깨닫고 허적은 민희(閔熙, 1614
~1687)와 함께 초헌을 재촉해 궐문 앞에 나갔다.

하지만 이미 비망기가 내려 병권이 바뀐 뒤였다.

허적은 등골이 오싹해 그 다음 날 새벽 한강에 나가 대죄하는 수밖에 없었다.

이 해가 바로 1680년 경신년이었는데, 우리 역사상 그 유명한 경신환국이 단
행된 것이다. 이에 이튿날 철원에 유배되어 있던 서인 김수항(金壽恒)을 방면하
고, 남인 이조판서 이원정(李元楨)을 삭탈 관직하여 도성 밖으로 내쫓은 후, 서
인 정재숭(鄭載嵩)을 이조판서에 임명한다.

서인 이상진(李尙眞, 1614~1690)을 판의금, 유상운(柳尙運)을 대사간에 임명하
고, 방면된 김수항[3]을 영의정, 정지화(鄭知和, 1613~1688)를 좌의정으로 삼았다.
6년 만에 남인들 세상이 가고 서인들의 세상이 온 것이다. 또한 거제에 유배된
송시열은 새로운 세상이 온 것이기도 했다.

---

3) 김수항(金壽恒, 1629~1689) : 본관은 안동이다. 자는 구지(久之)이고, 호는 문곡(文谷)이다. 할아버
지는 우의정 상헌(尙憲)이고, 아버지는 동지중추부사 광찬(光燦)이다. 영의정 수흥(壽興)의 아우이
다. 1651년(효종 8) 알성문과에 장원급제하고, 1656년 문과 중시(重試)에 급제했다. 정언·교리 등
을 거쳐 이조정랑·대사간에 오르고 1659년(현종 즉위) 승지가 되었다. 이듬해 효종이 죽자 자의대
비(慈懿大妃)가 입을 상복이 문제가 되었다.
그는 송시열과 함께 기년설(朞年說, 1년)을 주장해 남인의 3년설을 누르고, 3년설을 주장한 윤선도
(尹善道)를 탄핵하여 유배시켰다(제1차 예송). 그 뒤 이조참판 등을 거쳐 좌의정을 지냈다. 1674년
효종비가 죽은 뒤 일어난 제2차 예송 때는 대공설(大功說, 9개월)을 주장했으나 남인의 기년설이
채택되었다. 1675년(숙종 1) 남인인 윤휴(尹鑴)·허적(許積)·허목(許穆) 등의 공격으로 관직을 빼
앗기고 원주와 영암 등으로 쫓겨났다. 1680년 서인이 재집권하자 영의정이 되었고, 1681년 〈현종실
록〉 편찬총재관을 지냈다. 서인이 남인에 대한 처벌문제로 노론(老論)과 소론(小論)으로 갈릴 때
노론의 영수로서 강력한 처벌을 주도했다. 1689년 기사환국으로 남인이 재집권하자 진도에 유배된
뒤 사약을 받았다. 저서로 《문곡집》과 《송강행장(松江行狀)》이 있다. 현종 묘정에 배향되었으며,
영평 옥병서원(玉屛書院), 진도 봉암사(鳳巖祠), 영암 녹동서원(鹿洞書院)에 제향되었다. 시호는 문
충(文忠)이다.

# 경신환국(庚申換局)

경신환국(庚申換局) 정권 교체로 남인들은 날개가 꺾이고 침몰하였으나, 영상 허적(許積)은 정변을 일으킬 이유는 전혀 없었다. 이 소문은 숙종의 의구심을 증폭시키기 위한 서인들이 만들어 유포시킨 것이다.

환국 7일 후 숙종은 곧바로 병조에 국청을 설치하고 어영대장과 훈련대장에게 대궐에 수비를 튼튼히 하여 위감을 조성한 다음 국문에 들어갔다.

허적은 서자 견의 옥사는 허견(許堅, ? ~1680)이 인조의 조카이자 인평대군(麟坪大君, 1622~1658, 인조의 삼남)의 아들인 복선군(福善君, ? ~1680, 인평대군 2남)에게 전하의 춘추가 왕성하지만 자주 편찮으시고 세자가 없었는데, 만약 주상께 불행한 일이 생기면 대감은 사양하실 수 없을 것입니다. 그런데 그때에는 주상께서 허견(許堅)의 부친인 허적(許積)을 각별히 신임하므로 이 사실을 말했다가는 도리어 무고죄로 당할까 두려워하여 아뢰지 못하다가 이제야 상변합니다.

허적의 유일한 아들인 허견이 복선군과 함께 역모를 꾸몄다는 고변이다.

허적(許積)이 영의정이 되자 복선군은 허견에게 이렇게 말했다.

"주상께서 불행한 일을 당하시면 나를 추대하라. 내 너에게 병조판서를 시켜 주겠다."

허견(許堅)은 '이 말을 듣고 하늘에 절하면서 맹세했다' 고 한다.

서인들은 복선군이 남인들과 친한 것을 이용해 역모를 엮은 것이다. 그만큼 서인들은 복선군을 미워했는데, 그 이유는 '과거 서인' 집권시절 청나라 사신을 갔다 온 복선군이 이렇게 말했다는 것이다.

'청나라 사람들이 전하께서 강한 신하들의 제재를 받았다'고 합니다.

이는 강한 신하란 당시 송시열(宋時烈)과 서인을 말했기 때문이다. 허적은 서자 허견의 옥사가 표적으로 삼는 것이 자신임을 잘 알고 한강가의 우거(寓居)에서 상소를 올린다.

"신은 극히 높은 지위에 있었고, 목숨이 다할 날이 눈앞에 다가왔으나, 아직 가문에 계승할 적자도 없고, 높은 관직에 있는 친척도 없습니다. 이런 제가 다시 무엇을 바라서 국가를 저버리겠습니까. 신은 조정에 있은 지 44년 동안 나라의 높은 은혜를 물방울만큼도 갚지 못했으나, 오직 편당(偏黨)을 없애는 한 가지 일만큼은 한결같이 해 왔습니다. 그런데 편당에 치우쳤다고 죄를 입으면 장차 죽어서 무슨 면목으로 하늘에 계신 선왕을 뵙겠습니까. 황량한 강변 쓸쓸한 우사에서 밤이 새도록 '첫째도 신의 죄요, 둘째도 신의 죄이옵니다'라고 자책하고 있습니다."

그는 77살에 적자도 친척도 없이 누구에게 물려주려고 반역을 하겠는가, 이유 있는 항변이라 하겠다. 하지만 역모와는 상관없이 그에게 치우친 권력을 빼앗은 것이다. 허적의 말썽 많은 허견이 무사들과 어울려 다니는 것은 좋은 핑계거리였다. 고변자 정원로(鄭元老)는 척신 김석주(金錫胄)가 심어 놓은 간자(間者)였으니, 이들은 말하자면 함정수사에 걸린 셈이다. 이들은 김석주가 쳐 놓은 그물에 걸려든 남인은 피해가 컸다. 또한 그동안 남인들에 당해 오던 서인들이 정권을 잡으니 그 여파가 남인에게 심각하였다. 허견은 군기사(軍器寺) 앞에서 처형되고, 복선군(福善君) 이남(李柟)은 당고개에서 교살되었다.

나머지 역모사건 관련자들인 이천둔별 강만철(姜萬鐵), 유학 이경의(李景毅), 참교(參校) 이태서 등은 사형 당하고, 복선군 형제 복창군(福昌君, ? ~1680) 인평대군 장남은 사사되었으며, 호조, 이조, 예조판서, 훈련대장, 부제학, 승지, 좌참 등, 남인들은 역모사건과 직접 관련이 없는데도 연좌되거나 정유악처럼 허견(許堅)의 비행사실을 잘못 처리했다는 죄로 유배되기도 했으며, 민종도(閔宗道, 1633~?)처럼 여색과 재물을 탐했다는 등의 온갖 죄목으로 처벌되었다.

이에 역모사건 관련자가 1백여 명에 달하는 남인은 어육이 되었다.

# 붕당정치(朋黨政治)

붕당정치란 주자학적인 세계관을 신봉하는 사류(士類)가 이념집단을 형성하고 공도(公道)에 바탕을 둔 공도정치를 표방하면서, 자신들의 의사를 집약한 당론(黨論)을 매개로 하여 현실정치의 헤게모니를 추구하는 정치체제를 말한다. 붕당이란 붕(朋)과 당(黨)의 합성어로서, '붕은 동사(同師)·동도(同道)'의 사류, 즉 같은 스승 밑에서 의리(義理)인 도를 동문수학하던 무리(벗)를 말하며, '당'은 이해관계를 중심으로 모인 집단을 지칭한다. 일제 어용학자들은 '붕당지쟁'(朋黨之爭)의 줄인 말인 당쟁(黨爭)이라는 용어를 강조함으로써, 당파성과 분열성을 우리 민족의 고질적인 병폐라고 지적하고 이를 식민통치에 이용하기도 했다.

유교정치사상사의 맥락에서 붕당은 당초 부정적인 금기의 대상이었다. 중국의 경우 전국시대(戰國時代) 이전까지는 붕당을 막아야 한다고 주창될 정도였으며, 통일 전제국가가 성립된 한(漢)·당(唐) 시대에는 정치는 군왕(君王)의 전관사항이라는 인식이 지배적이어서 붕당을 죄악시했다. 그러나 송대(宋代)에 이르러 구양수(歐陽脩, 1007~1072, 시인, 사학자, 정치가, 중국 쓰촨)의 붕당론과 주자의 인군위당설(引君爲黨說)에 의해서 그러한 붕당관이 바뀌고 그 대신에 공도를 추구하는 이념집단으로서 붕당의 존재의의를 인정받게 되었다. 우리나라에서는 조선 초기에 훈구세력이 한·당대의 붕당론을 이용하여 신진사류의 발흥을 막기 위한 사화(士禍)를 일으킨 반면, 신진 사류는 훈구세력을 구양수와 주자의 붕당론을 근거로 하여 소인(小人)의 당으로 규탄했다.

16세기에 행해졌던 척신정치(戚臣政治)는 선조의 즉위로 일단 외형적인 종식이 이루어졌다.

명종 때에는 문정왕후[1]와 윤원형(尹元衡)의 세력이 집권함으로써 명종의 외척인 심의겸(沈義謙) 계열은 기대승(奇大升), 윤두수[2] 등 신진세력과 결합하고 있

1) 문정왕후(文定王后, 1501~1565) : 본관은 파평. 영돈령부사 윤지임(尹之任)의 딸이다. 중종비 신씨가 즉위 직후 폐위되고, 제1계비 장경왕후(章敬王后) 윤씨가 세자 호(岵, 뒤의 인종)를 낳은 뒤 죽자, 1517년(중종 12) 왕비에 책봉되었다. 1545년 자신의 소생인 명종이 12세의 나이로 왕위에 오르자 모후(母后)로서 8년간 수렴청정했다. 그동안 동생인 윤원형(尹元衡, 소윤)에게 권력을 주어, 인종의 외척인 윤임(尹任, 대윤) 일파를 제거한 을사사화를 일으켰다. 한편 보우(普雨)를 신임해 1550년 선교(禪敎) 양종(兩宗)을 부활시키고, 승과와 도첩제(度牒制)를 다시 실시하는 등 불교 부흥을 꾀했다. 1553년부터 명종이 직접 정치에 임했으나, 실제로는 문정왕후가 윤원형과 협력하여 정사에 계속 관여했다. 소생으로 명종·의혜공주(懿惠公主)·효순공주(孝順公主)·경현공주(敬顯公主)·인순공주(仁順公主) 등 1남 4녀를 두었다. 능은 태릉(泰陵)이다.
2) 윤두수(尹斗壽, 1533~1602) : 본관은 해평(海平). 자는 자앙(子仰), 호는 오음(梧陰). 아버지는 군자감정(軍資監正) 변(忭)이며, 동생이 우찬성 근수(根壽)이다. 성수침(成守琛)·이중호(李仲虎)·이황(李滉) 등에게 배웠다. 1558년(명종 13) 식년문과에 급제하여 정자·저작 등을 지냈다. 1563년 이조정랑으로 있을 때, 명종비 인순왕후(仁順王后)의 외삼촌으로 권세를 누리던 이조판서 이량(李樑)이 아들 정빈(廷賓)을 이조좌랑에 천거하자 이에 반대하다가 대사헌 이감(李戡)의 탄핵을 받고 벼슬에서 쫓겨났다. 같은 해 이량이 반대파 사림의 숙청을 꾀하다가 유배됨에 따라 다시 기용되어 수찬이 되었다.
그 뒤 이조참의·장령·사복시정·부응교·우승지 등을 지냈고, 1576년(선조 9) 대사간이 되었다. 1577년 사은사(謝恩使)로 명나라에 다녀왔다. 이듬해 도승지로 있다가 이종동생 이수(李銖)로부터 뇌물을 받았다는 양사(兩司)의 탄핵을 받고 파직되었으나, 1579년 연안부사로 복직되었다. 이때 구황(救荒)의 공으로 선조로부터 옷 1벌을 상으로 받았다. 이어 한성부좌윤·형조참판을 거쳐 1587년 전라도관찰사, 1589년 평안감사를 지냈다. 이듬해 종계변무(宗系辨誣)의 공으로 광국공신(光國功臣) 2등에 해원군(海原君)으로 봉해졌다. 1589년 정여립(鄭汝立)의 역모사건을 계기로 일어난 기축옥사를 통해 서인이 동인을 제거하고 정권을 장악한 뒤, 대사헌·호조판서를 지냈다. 1591년 서인의 영수 정철(鄭澈)이 광해군의 세자책봉을 건의하다가 유배를 당할 때 함께 파직되어 회령·홍원 등지에서 귀양살이를 했다.
1592년 임진왜란이 일어나자 재기용되어 선조를 호종(扈從), 어영대장·우의정을 거쳐 평양에서 좌의정에 올랐다. 평양에 있을 때 명(明)나라에 대한 원병 요청을 반대하고 평양성의 사수를 주장했으며, 함흥 피난론을 물리치고 의주행을 주장하여 이를 관철시킴으로써 함흥이 함락된 뒤에도 선조가 무사하게 했다. 의주에서는 상소를 올려 임금의 랴오둥[遼東] 피난을 막았다. 1594년 세자를 따라 남하하여 삼도체찰사(三道體察使)가 되었으며, 이듬해 판중추부사로 왕비를 해주로 시종하고 해원부원군(海原府院君)에 봉해졌다. 1599년 영의정에 이르렀으나 곧 사직했다. 문장에 능하고 글씨도 뛰어나 문징명체(文徵明體)에 일가를 이루었다. 1605년 호성공신(扈聖功臣) 2등에 추록(追錄)되었다. 저서로는 《오음유고(梧陰遺稿)》·《성인록(成仁錄)》, 편서로는 《기자지(箕子志)》·《평양지(平壤志)》·《연안지(延安志)》 등이 있다. 시호는 문정(文靖)이다.

었는데, 명종이 세자책봉도 없이 갑자기 사망하여 그 뒤를 이어 즉위한 선조[3] 초에는 강력한 공신집단이나 외척집단이 형성되지 못하고 붕당이라는 형태로

3) 선조(宣祖, 1552~1608) : 조선 제14대 왕, 하성군(河城君)에 봉해졌다가 1567년 명종이 후사(後嗣) 없이 죽자 즉위했다. 선조가 즉위할 무렵은 성종 때부터 중앙정치에 진출하기 시작한 사림이 정계를 주도할 수 있을 만큼 성장했던 시기였다. 이러한 분위기 속에서 선조는 주자학을 장려하고 사림을 널리 등용했으며, 스스로 학문에 힘써 강연(講筵)에서 이황·이이·성혼 등 대유학자들과 경사(經史)를 토론했다. 기묘사화 때 화를 당한 조광조를 비롯한 여러 사림을 신원하고 을사사화로 귀양가 있던 노수신(盧守愼)·유희춘(柳希春) 등을 석방하여 기용하는 한편, 훈신세력인 남곤(南袞)·윤원형(尹元衡) 등의 관작을 추탈(追奪)하거나 삭훈(削勳)했다. 또한 현량과(賢良科)를 다시 설치하고, 유일(遺逸)을 천거하도록 하여 조식(曺植)·성운(成運) 등을 등용했다. 유교사상 확립을 위해 명유들의 저술과 경서의 간행에 힘써 1575년 《주자대전》의 교정본을 간행하고 1585년에는 교정청(校正廳)을 설치해 경서의 훈해(訓解)를 교정하게 했다. 1588년 사서삼경의 음석언해(音釋諺解)를 완성하고 《소학언해》를 간행했다.
선조의 즉위를 계기로 정국의 주도권을 장악한 사림은 척신정치하에서 성장한 구세력의 제거를 둘러싸고 전배(前輩)와 후배(後輩)가 대립하게 되었다. 전배는 소윤(小尹)세력이 우세하던 상황에서 심의겸(沈義謙)의 도움으로 정계에 진출한 인물들로서 심의겸을 척신이지만 사림의 동조자로 받아들인 데 반해, 소윤세력의 몰락 이후에 정계에 진출한 후배들은 심의겸을 포함한 구세력의 제거를 주장했다. 1575년 전배는 심의겸을 중심으로 하는 서인이, 후배는 김효원을 중심으로 하는 동인이 되었다. 서인의 주요인물은 박순(朴淳)·정철(鄭澈)·윤두수(尹斗壽) 등이고 동인의 주요인물은 유성룡(柳成龍)·이산해(李山海) 등이었으며, 각각 이이와 이황의 학문에 영향을 받고 있었으므로 학풍·학연을 배경으로 한 대립의 양상도 띠었다.
1589년 정여립(鄭汝立)의 역모사건을 계기로 일어난 기축옥사를 통해 서인세력은 동인세력을 제거하고 권력을 장악했다. 1591년에는 세자책봉문제로 정철이 파면되면서 동인이 집권하게 되었으나, 정철의 처벌을 둘러싸고 온건파는 남인(南人)으로, 강경파는 북인(北人)으로 다시 나누어졌다. 그 뒤 선조대의 정국은 유성룡을 중심으로 한 남인세력이 주도권을 행사하면서 이항복(李恒福) 등의 중도적인 서인세력을 포섭하는 가운데 전개되었다. 선조는 1590년 황윤길(黃允吉)·김성일(金誠一)·허성(許筬) 등을 파견하여 일본의 동태를 파악하도록 했다.
당시 일본에서는 도요토미 히데요시[豊臣秀吉]가 전국시대(戰國時代)를 통일하고 자신의 정치적 안정을 도모하기 위해 대륙침략을 계획하고 있었는데, 서인인 황윤길은 일본이 많은 병선(兵船)을 준비하고 있어 멀지 않아 병화(兵禍)가 있을 것이라고 보고한 반면, 동인인 김성일은 침입할 조짐을 발견하지 못했다고 보고했다. 대신들은 김성일 쪽으로 의견을 모았다. 그러나 통신사와 함께 온 일본사신이 "1년 후에 조선의 길을 빌려서 명나라를 칠 것(假道入明)" 이라고 통고하자 조선 정부는 크게 놀라 뒤늦게 경상도·전라도 연안의 여러 성을 수축하고 각 진영(鎭營)의 무기를 정비하는 등 대비책을 마련했으나 실효를 거두지 못했다. 1592년 4월 13일 일본군이 부산포에 상륙, 파죽지세로 북진해 오자 보름만에 서울을 버리고 개성으로 피난했으며, 이어 평양을 거쳐 의주까지 퇴각했다. 이곳에서 선조는 만일의 사태에 대비하여 평양에서 세자로 책봉한 광해군(光海君)으로 하여금 분조(分朝)를 설치하게 하는 한편, 명나라에 구원병 파견을 요청했다. 이에 명나라는 그해 12월 4만 5,000명의 군대를 파견했다.

존재했다. 사림은 선조의 즉위를 계기로 중앙정계에 대거 진출하여 정국의 주도권을 잡았지만, 척신정치 아래에서 성장한 구신료들을 완전히 제거할 수는 없었다.

명종 때에 소윤세력(小尹勢力)이 우세한 상황에서 심의겸의 도움으로 정계에 진출한 사림들인 전배(前輩)들은 심의겸을 사림의 동조자로 받아들이고, 일면 구체제적인 요소를 옹호하고 있었다. 반면 선조 때에 진출한 사림인 후배(後輩)들은 구체제를 지양하고자 했으므로 이에 불만이었다.

이러한 상황에서 후배사류들의 정계진출에 중요한 역할을 수행했던 이조정랑 김효원의 후임으로 심의겸의 아우 심충겸(沈忠謙)이 거론되자 대립이 악화되어, 1575년(선조 8년) 동서분당이 이루어졌다. 심의겸을 포함한 전배가 대부분 서인(西人)이 되고 김효원을 중심으로 한 후배가 동인(東人)이 되었다. 그런데 동인은 주로 이황(李滉)과 조식(曹植)의 문인으로 구성되어 있었으며, 반면 이이(李珥)가 서인임을 스스로 정하자 이후 동·서인의 대립은 학연을 가장 중요한 기반으로 하여 전개되었다. 1589년(선조 22) 정여립(鄭汝立)의 옥사를 계기로 일어난 기축옥사(己丑獄事)는 그와 관련을 맺고 있던 동인세력까지 확대되어 일시적으로 서인들은 독점적인 세력을 형성할 수 있었다.

그러나 옥사를 확대하는 과정에서 서인의 세력강화를 꺼린 선조는 동인인 이산해(李山海)로 하여금 제재를 가하게 하고, 최영경(崔永慶), 이발(李潑), 이길(李吉), 정개청(鄭介淸) 등의 죽음이 서인세력에 의한 원사(冤死)로 받아들여짐으로써 명분상 약점을 가지게 된 서인은 이 일로 정계에서 수세에 몰리게 되었다. 이러한 가운데 동인도 옥사의 수습과정에서 서인세력에 대한 태도의 차이로

---

이 사이 이순신·권율(權慄) 등이 이끄는 관군이 일본군과 싸워 승리를 거두고, 전국 각지에서 의병이 봉기하여 일본군을 격퇴했다. 이때 선조는 공사천무과(公私賤武科)와 참급무과(斬級武科)를 실시하여 천인의 신분을 상승시킬 수 있는 기회를 제공하는 등 전국민적인 전쟁 참여를 유도하기 위해 힘썼다. 일본군이 1593년 4월 남쪽으로 퇴각하자 그해 10월 선조는 서울로 돌아왔다. 이후 1594년 훈련도감을 설치하고 조총과 탄환을 만드는 기술을 배우도록 했다. 1597년 일본은 명과 진행되던 강화회담이 깨지자 다시 침입했으나, 이순신이 이끄는 조선 수군과의 전투에서 연이은 패배와 도요토미의 사망으로 총퇴각함으로써 7년에 걸친 전쟁은 끝났다.

‘편척서인(便斥西人)’을 견지하는 북인(北人)과 ‘참용피차(參用彼此)’를 내세우는 남인(南人)으로 분기할 조짐이 보이다가, 임진왜란 말기 북인세력이 유성룡(柳成龍)을 탄핵하면서 확연해졌다.

이중 이황(李滉)의 제자들이 남인세력을 형성했는데, 이들은 기본적으로 다른 붕당의 존재에 대해서 긍정적이었고, 붕당간의 시비(是非)와 정사(正邪)의 분별을 엄하게 하기보다는 조정의 진정을 위한 ‘동인협공(同寅協恭)’을 더 중시하여 정국의 안정을 꾀하고자 했다. 반면 북인들은 주로 조식의 제자들로 형성되었는데, 그들은 정인홍(鄭仁弘)을 제외하고는 재지기반(在地基盤)이 미약했으며, 학문적인 전통도 약했다.

그러므로 기반이 약한 북인들은 권력구조상에서 왕권을 정점으로 하는 획일적인 통치체제의 확립을 지향하고, 다른 붕당의 존재에 대해서도 부정적이었다.

기축옥사에서 서인세력을 견제하려는 선조의 정책으로 이산해가 영의정이 되어 정국을 주도했으나, 임진왜란에 따른 피난 도중 이산해와 유성룡이 전란 초래의 책임으로 퇴진하고, 유배중이던 정철(鄭澈)과 윤두수 등 서인세력이 다시 진출했다. 그러나 서인이 북상하는 왜군을 저지하지 못한 반면 남인인 유성룡(柳成龍), 이덕형[4], 김명원(金命元, 1534~1602) 등이 명군(明軍)을 이용하여 전세

---

4) 이덕형(李德馨, 1561~1613) : 본관은 광주(廣州). 자는 명보(明甫)이요, 호는 한음(漢陰)·쌍송(雙松)·포옹산인(抱雍散人)이고 시호는 문익(文翼)이다. 아버지는 지중추부사 민성(民聖)이다. 영의정 이산해(李山海)의 사위이다. 어려서부터 재주가 있었고 문학에 통달했다. 특히 이항복(李恒福)과는 죽마고우로 기발한 장난을 잘하여 많은 일화를 남겼다. 1580년(선조 13) 별시문과에 급제하여 승문원의 관원이 되었다. 대제학 이이(李珥)가 호당(湖堂)을 뽑을 때 이항복과 함께 뽑혀 1583년 사가독서(賜暇讀書)를 했고, 다음해 서총대(瑞蔥臺)의 응제(應製)에서 수석에 선발되었다.
그 뒤 부수찬·정언·부교리를 거쳐 이조좌랑이 되었고, 1588년 이조정랑으로서 일본의 사신 겐소[玄蘇]·다이라[平義智] 등을 접대하여 그들의 존경을 받았다. 동부승지·우부승지·부제학·대사간·대사성 등을 역임하고, 1591년 예조참판이 되어 대제학을 겸했다. 1592년 임진왜란이 일어나 왕이 평양으로 피난했는데, 일본군이 대동강까지 이르자 단독으로 일본의 겐소와 회담하고 대의로써 그들을 공박했다. 그 뒤 정주까지 왕을 호종하고, 구원병을 청하는 사신으로 명나라에 파견되어 원군을 파병하도록 하는 데 성공했다. 명의 원군이 압록강을 건너오자 대사헌으로서 이들을 맞아들였으며, 이어 한성판윤에 올라 명나라 장수 이여송(李如松)의 접반관(接伴官)으로 그와 행동을 같이했다. 1593년 병조판서, 이듬해에는 이조판서로 훈련도감 당상을 겸했다.

를 역전시켜, 1593년 10월 유성룡이 영의정으로 복귀하고 다시 남인정권이 성립되었다.

남인세력은 처음에는 서인세력과 공존체제를 모색했으나, 전란이 소강상태로 접어들어 세력관계의 재조정이 필요해지자 정철에게 최영경 옥사의 책임을 추궁하여 서인의 명분을 약화시켰다. 그해 정철이 사망하고 윤두수가 외방으로 나감으로써, 서인은 구심점을 잃고 이후의 정국에서 주도권을 상실했다.

이와 같이 서인세력의 핵심을 정계에서 배제한 남인세력은 서인 가운데 비교적 지지기반이 약하고 중도적인 입장에 서 있었던 이항복(李恒福) · 심충경 등을 수용하고, 북인세력 중에서 이산해 · 정인홍 등을 배제한 채 기타 신진 연소 세력들을 등용하여 외형적으로 서인 · 북인 세력과의 공존체제를 표방했다. 이후 남인세력은 화의(和議)를 통해서라도 전란을 종식시키려고 했으나 오히려 전란의 장기화와 정유재란을 초래하게 되었으며, 남인세력의 재지적 기반인 경상좌도 지역이 심한 피해를 입어 그의 세력기반이 약화되었다.

따라서 1598년(선조 31) 11월 왜군을 완전히 몰아낸 후 척화(斥和)를 견지한 북인세력이 정국에 대거 진출했다. 그러나 북인세력은 구성원간의 정치적인 지위의 차이, 전란이 끝난 후의 현실정국에 대한 인식의 차이 등으로 인해 대북(大北)과 소북(小北)으로 분열되었다.

---

1595년 경기도 · 황해도 · 평안도 · 함경도 4도체찰부사가 되었으며, 1597년 정유재란이 일어나자 명나라 어사(御史) 양호(楊鎬)를 설복시켜 서울 방어를 강화하게 했다. 이 해에 우의정에 오른 뒤 다시 좌의정으로 승진했고, 우의정 이항복의 진언으로 명나라 제독(提督) 유정(劉綎)과 함께 순천에 이르러 통제사 이순신(李舜臣)과 합동으로 적장 고니시[小西行長]의 군사를 대파했다. 1601년 행판중추부사로 경상도 · 전라도 · 충청도 · 강원도 4도체찰사를 겸하여 전란 뒤의 민심수습에 힘썼고, 다음해 영의정이 되었다.

1606년 영중추부사의 한직으로 밀려났으나 1608년 광해군 즉위 후 명나라가 왕의 책봉을 허락하지 않자 진주사(陳奏使)로 명나라에 다녀와서 다시 영의정이 되었다. 1613년 박응서(朴應犀)의 상변(上變)으로 삼사(三司)에서 영창대군(永昌大君)을 처형할 것을 상소하고 이이첨(李爾瞻) 등이 폐모론을 일으키자 이항복과 함께 이에 적극 반대했다. 그 뒤 광해군이 그의 주청에 따라 영창대군을 강화도로 보내자 삼사가 모두 그의 처형을 주장했으나 광해군은 관직을 삭탈함으로써 이를 수습했다. 그 뒤 용진(龍津)으로 돌아가 병으로 죽자 광해군이 애도하여 복관을 명했다. 포천 용연서원(龍淵書院), 상주 근암서원(近巖書院)에 제향되었다. 저서에 《한음문고(漢陰文稿)》가 있다.

유성룡을 옹호한 남인 이원익(李元翼, 1547~1634)에 대한 처리방안을 놓고 기성세력인 이산해, 홍여순[5]과 신진 연소세력의 지지를 확보한 김신국(金藎國, 1572~1657), 남이공(南以恭, 1565~1640)이 대립했는데, 전자의 지지세력을 대북, 후자의 지지세력을 소북이라고 했다. 정세는 대북의 우위로 끝났으나, 1600년 5월에 이르러 대북세력이 실세하고 서인들이 정권을 잡았다.

서인들은 기축옥사 이후의 명분상의 약점을 극복하기 위해 민생안정과 국방력강화에 중점을 두어 정국을 운영했으나, 1601년부터 자파세력만의 독점적인 확대를 꾀하다가 선조의 견제를 받고 실세했다. 광해군이 즉위하자 정인홍(鄭仁弘, 1535~1623)과 이이첨(李爾瞻, 1560~1623)을 중심으로 대북정권이 성립되었다. 대북정권은 임진왜란에서의 활약과 광해군[6] 즉위 과정에서 자신들이 결정

---

5) 홍여순(洪汝淳, 1547~1609) : 조선의 문신. 자는 사신(士信), 은(誾)의 아들로 1567년(명종 22) 생원(生員)이 되고, 1568년(선조 1) 증광문과(增廣文科)에 을과(乙科)로 급제, 이듬해에 황해도 도사(黃海道都事)가 되고, 1575년에 성절사(聖節使)의 질정관(質正官)으로 명나라에 다녀왔다.
그 후 병조판서를 거쳐 1592년 호조판서로 전임, 이 해 임진왜란이 일어나자 지중추부사(知中樞府事)로 북도순찰사(北道巡察使)를 지냈으나 성품이 간악하여 대간(臺諫)의 탄핵으로 순천(順川)에 유배되었다. 북인(北人)으로서 전쟁이 끝난 후 유성룡(柳成龍) 등을 몰아내고 정권을 쥐었으나 1599년 그의 대사헌 임명을 남이공(南以恭)이 반대하자 북인에서 분당(分黨)하여 이이첨(李爾瞻) 등과 대북(大北)을 영도(領導), 남이공의 소북(小北)과 당쟁을 벌이다 1600년 병조판서에서 삭직(削職)당했다. 이듬해 복관(復官)되었으나 1608년(광해군 즉위) 또 다시 대간의 탄핵으로 진도(珍島)에 유배(流配), 배소(配所)에서 죽었다.

6) 광해군(光海君, 1575~1641) : 조선 제15대 왕. 이름은 혼(琿). 선조의 둘째 아들이며, 어머니는 공빈김씨(恭嬪金氏)이다. 비(妃)는 판윤 유자신(柳自新)의 딸이다. 의인왕후(懿仁王后) 박씨가 아들이 없었으므로, 당시 조정에서는 공빈김씨 소생의 임해군(臨海君) 진(津)을 세자로 삼으려 했으나 광패(狂悖)하다는 이유로 보류되었다. 그 뒤 1591년(선조 24) 정철(鄭澈)을 비롯한 대신들이 광해군을 세자로 책봉하자는 건의를 올렸으나, 선조가 인빈김씨(仁嬪金氏)의 소생인 신성군(信城君)을 총애하여 책봉이 지연되었다. 1592년 임진왜란이 일어나 왕이 서울을 떠나게 되자 피난지 평양에서 서둘러 세자에 책봉되었고, 선조와 함께 의주로 가는 길에 영변에서 국사권섭(國事權攝, 임시로 나랏일을 맡아봄)의 권한을 받았다. 전쟁 동안 강원도·함경도·전라도 등지에서 의병모집 및 군량조달 등의 활동을 전개해 난의 수습에 노력하고, 서울이 수복된 뒤 설치된 군무사(軍務司)의 업무를 주관했다. 1594년 조정에서 명나라에 윤근수(尹根壽)를 파견하여 세자책봉을 청했으나, 큰아들인 임해군이 있다고 하여 거절당했다.
1606년 선조의 계비인 인목왕후(仁穆王后) 김씨에게서 영창대군(永昌大君)이 태어난 것을 계기로 왕위계승을 둘러싼 붕당간의 파쟁이 확대되었다. 광해군이 서자이며 둘째 아들이라는 이유로 영창대군을 후사로 삼을 것을 주장하는 소북(小北)과, 그를 지지하는 대북(大北)이 크게 대립했다. 1608

년 병이 위독해진 선조가 그에게 선위(禪位)하는 교서를 내렸으나, 소북의 유영경(柳永慶)이 이를 감추었다가 대북의 정인홍(鄭仁弘) 등에게 발각된 사건이 발생했다. 즉위 후 곧 임해군을 교동(橋洞)에 유폐하고 유영경을 죽이는 한편, 당쟁의 폐해를 막기 위하여 이원익(李元翼)을 등용하여 초당적으로 정국을 운영하고자 했다. 그러나 김직재(金直哉)가 아들 백함(白緘), 사위 황보신(皇甫信)과 함께 순화군(順和君)의 양아들 진릉군(晉陵君)을 왕으로 추대하고자 했다고 하여, 대북파가 100여 명의 소북파를 제거함으로써 뜻을 이루지 못했다.

1613년 조령(鳥嶺)에서 잡힌 강도 박응서(朴應犀) 등이 인목왕후의 아버지 김제남(金悌男)과 역모를 꾀하려 했다는 이유로 김제남을 죽이고 영창대군을 강화에 위리안치했다가 이듬해에 살해했다. 이어 1615년 대북파의 탄핵으로 능창군 전(佺)의 추대사건에 연루된 신경희(申景禧) 등을 제거하고, 1617년 이이첨(李爾瞻)·정인홍 등 대북파가 폐모론을 건의하자 이듬해 인목대비를 삭호(削號)하여 서궁에 유폐시켰다.

정권을 둘러싼 이러한 갈등과는 달리 전란 복구 작업에 과감한 조치를 취했다. 임진왜란이 끝난 뒤 수취제도의 모순이 심해지자, 재정확보 및 신정(新政)의 면모쇄신을 위해 먼저 기존의 공납제의 폐단을 조정하고자 했다. 1608년 5월에 호조참판 한백겸(韓百謙)의 대공수미법(代貢收米法) 시행안을 받아들여 우선 경기도에서 시험적으로 시행할 것을 명하고, 이원익으로 하여금 시행사목을 작성케 했다. 이리하여 선혜법(善惠法)으로 명명된 경기도의 새로운 대공수미제도, 즉 대동법(大同法)이 제정되었다.

그러나 대동법의 시행에 대해 조정의 대신들과 방납(防納)하는 무리들이 끈질기게 반발함에 따라, 경기 주변민들의 바람에도 불구하고 대동법의 확대 시행은 저지되었다. 다만 재위 말기에 충청도·전라도 연해읍에 대해 공물(貢物)을 포(布)로 바꾸어 상납케 하는 임시 조치를 취했을 뿐이다. 또한 수세(收稅) 및 역(役)의 공평을 위해 호패법(號牌法)과 양전(量田)을 실시하여 재원확보에 노력했다. 한편 선조말에 시작한 창덕궁(昌德宮) 재건공사를 1608년에 끝내고, 이어서 경덕궁(慶德宮)·인덕궁(仁德宮)·자수궁(慈壽宮)을 중건하여 파괴된 수도를 복구했다. 또한 〈신증동국여지승람〉·〈용비어천가〉·〈동국신속삼강행실〉 등 전쟁으로 없어진 여러 서적을 다시 간행하고, 무주 적상산성(赤裳山城)에 사고(史庫)를 설치했다. 그의 재위기간 중 특히 주목해야 할 업적은 당시 명·청 교체기의 국제적 변동 속에서 명분보다는 실리적이고 자주적인 외교를 추진해 갔던 점이다. 그는 여진족이 후금(後金)을 건국하여 강성해지자 국방대비책으로 대포를 주조하고, 평안감사 박엽(朴燁), 만포첨사 정충신(鄭忠臣)을 임명하여 국방을 강화했다.

한편으로 명나라가 후금 정벌을 위해 원병을 요청하자, 1618년에 강홍립(姜弘立)·김경서(金景瑞)에게 1만여 명을 주어 명군을 원조하게 하면서도 형세를 보아 향배(向背)를 정하라고 명령했다. 명군이 패하자, 강홍립은 부차(富車) 전투에서 후금에게 투항한 뒤 본의 아닌 출병임을 해명하여 후금의 침략을 모면하게 되었다. 이는 명나라와 후금 사이에서 명분에 치우치지 않은 채 실리를 택한 뛰어난 외교정책이었다. 또한 1609년 일본과 을유약조(己酉約條)를 체결하여 임진왜란으로 중단되었던 외교를 재개했다.

그는 대북파의 집권에 불만을 품은 서인 김유(金瑬)·이귀(李貴)·김자점(金自點) 등이 능양군(綾陽君) 종(倧)을 받들어 반정을 일으킴에 따라 폐위, 광해군으로 강등되어 강화도·제주도 등에 유배되었다. 광해군은 재위기간중 영창대군 등의 형제를 살해하고, 인목대비를 폐하는 등 패륜의 임금으로 간주되기도 한다. 그러나 광해군 재위 15년간의 대북정권은 전쟁으로 인한 피해를 복구하고 재정기반의 재건과 민생의 안정을 위한 혁신적인 정책을 추진하고, 후금과도 탄력 있는 외교관계를 추구하여 내치와 외교면에서 많은 성과를 올렸다.

 | 소재(疎齋) 이이명(李頤命) 매화당 습감재(習坎齋)

적인 역할을 수행했다는 것에 바탕을 두고 자신들만을 군자당(君子黨)이라고 표방했다. 한편 남인들의 종사인 이언적(李彦迪)과 이황을 문묘(文廟)에 종사시킨 데 대해 불만을 품은 정인홍은, 그에 대한 격하를 시도했으며, 동시에 조식에 대한 존숭을 강조하여 대북세력의 학통성과 도통(道統)을 강화하려고 시도했다. 이에 대한 사림들의 격렬한 반발 속에서 대북세력은 '폐모살제(廢母殺弟)'를 시도하여 중앙정계를 확고하게 장악하려고 했으나, 남인과 서인은 '강상윤리(綱常倫理)'를 내세워 반대했다.

대후금출병(對後金出兵) 이후 대북세력이 상대적으로 약화된 가운데 폐모살제에 대한 처벌과 '존명의리(尊明義理)'를 내세운 인조반정(仁祖反正)이 성공하여, 주자학적인 명분론을 내세운 서인과 남인의 연합세력이 분열된 지배세력의 결속을 꾀하며 집권하게 되었다.

반정초 이괄(李适)의 난 및 이인거(李仁居) 작변(作變), 1628년(인조 6)의 유효립(柳孝立) 옥사사건 등을 이용하여 대북파를 완전 숙청한 서인정권은 서인·남인·소북의 3당 연립을 지속했으나, 남인·소북에 대한 대처방안을 놓고 이귀(李貴)를 중심으로 하는 공서(功西, 강경파·勳西·義西)와 신흠(申欽)을 주축으로 하는 청서(淸西, 온건파)로 갈라졌다. 공서는 또한 서인·남인과의 연합을 주장하는 김유(金瑬)·신흠 등의 노서(老西)와 이귀·나만갑(羅萬甲) 등 서인의 일당정권 수립을 주장하는 소서(小西)로 갈라졌다.

그러나 인조대 집권세력 내부에서의 가장 근본적인 대립은 사회개혁과 실리적인 외교론을 내걸고 주화론(主和論)의 입장에 선 계열과, 사회개혁에 부정적이면서 명분론적인 외교론을 주장하는 척화론(斥和論)의 입장에 선 계열과의 대립이었다. 전자의 대표 인물들은 최명길[7], 이경석(李景奭, 1595~1671) 등으로, 이

---

7) 최명길(崔鳴吉, 1586~1647) : 본관은 전주(全州). 자는 자겸(子謙), 호는 지천(遲川)·창랑(滄浪). 아버지는 영흥부사를 지낸 기남(起南)이다. 이항복(李恒福)과 신흠(申欽)의 문인이다. 1602년(선조 35) 성균관 유생이 되었으며 1605년 증광문과에 급제하여 승문원을 거쳐 성균관전적이 되었다. 1614년(광해군 6) 폐모론(廢母論)의 기밀을 누설했다 하여 파직당했다. 그 뒤 가평으로 내려가 조익(趙翼)·장유(張維)·이시백(李時白) 등과 교유하며 양명학 연구에 힘썼다. 1623년 김유(金瑬)·이귀(李貴) 등과 함께 인조반정을 일으켜 정사공신(靖社功臣) 1등으로 완성군(完城君)에 봉해졌다.

들은 대체로 소서세력과 결합하여 정치에 참여하고 있었으며, 후자를 대표한 인물은 주전파(主戰派)의 영수인 김상헌(金尙憲, 1570~1652) 등으로 주로 노서였다. 병자호란 이후 국정을 주도하면서 개혁정책을 실시하던 최명길이 1640년(인조 18) 재상직을 물러나면서, 1646년(인조 24) 김자점(金自點)의 권력장악으로 귀결되고 주화론은 권력유지의 한 방편으로 전락했다.

이런 상황에서 소현세자(昭顯世子)의 죽음과 효종(孝宗, 1619~1659, 조선 제17대 왕)의 즉위가 이루어졌다. 효종의 즉위는 친청적(親淸的)인 주화파 세력의 몰락과 반청적인 척화파 세력의 득세, 북벌론(北伐論)의 실질적인 성립 등을 가져왔다.

효종은 북벌론에 의한 군비의 강화를 시도하고, 이를 뒷받침하기 위해 대동법을 확대하는 등의 재정확대정책을 시행하며, 왕권강화를 도모했다. 그러나 북벌을 내세운 효종의 정책이 양반지배계급의 이익과 배치되면서 이에 대한

---

그 뒤 이조참의 · 이조참판 · 부제학 · 대사헌 등을 역임했다.

1620년대 중반 후금(後金)의 위협에 대해 척화론(斥和論)이 조정의 다수세력을 차지했는데 그는 이에 반대하여 겉으로는 화약을 맺고 안으로는 군대를 양성하여 명(明)나라와의 의리를 저버리지 않는다는 주화론을 주장했다. 1627년(인조 5) 정묘호란이 일어나자 강화도로 왕을 호종(扈從)하고 강화를 주장하여 후금과 형제의 맹약을 맺도록 했다. 이듬해 경기도관찰사로 전임되었다가 다시 우참찬 · 판의금부사 · 이조판서 · 호조판서를 역임했다. 1636년 한성부판윤을 거쳐 이조판서로 있을 때 병자호란이 일어나 청나라 군대가 남한산성을 포위하자 홍익한(洪翼漢) 등의 척화론 · 주전론에 대해 다시금 주화론을 주장하여 청나라와 강화하는 데 중추적 역할을 담당하고 항복문서를 초안했다. 이듬해 우의정을 거쳐 좌의정 · 영의정을 지내며 포로석방과 척화신(斥和臣)의 귀환을 교섭했으며 명나라 공격을 위한 청나라의 원병 요구에 대해 소극적 태도를 취한 조선의 처지를 변명했다. 1642년 다시 영의정이 되었으나 앞서 조선이 명나라와 내통한 사실이 밝혀져 그 관련자로 선양[瀋陽]에 잡혀가 억류되었다. 1645년 풀려나 귀국하여 완성부원군(完城府院君)에 진봉(進封)되었다. 그 뒤 현직에서 물러나 저술에 몰두하다가 죽었다.

그는 인조대 후반에 국정을 주도하면서 양난으로 피폐해진 농촌경제와 국가재정의 충실을 꾀하기 위해 양전(量田)의 실시와 부세제도 및 군제의 개혁을 주장했다. 부제학으로 있을 때는 대동법(大同法)의 시행이 재론되자 그 선행조건으로 호패법(號牌法)의 실시를 주장하고 호패청당상이 되어 이를 관장했다. 한편 당시 붕당정치의 폐단이 이조낭관(吏曹郎官)의 자천권(自薦權)과 삼사(三司)의 서사법(署事法) 및 피혐(避嫌)에서 온다고 인식하여 의정부의 기능을 강화하고 낭관의 권한을 제한하며 양사에서의 쟁단을 막아 왕권을 강화하고 정치의 효율성을 높이고자 했다. 문장에도 뛰어나 일가를 이루었으며 글씨는 동기창체(董其昌體)로 유명하다. 저서로는 《지천집》 · 《지천주차(遲川奏箚)》 등이 있다. 박천의 지천사우(遲川祠宇)에 제향되었다. 시호는 문충(文忠)이다.

많은 반대가 제기되었다. 결국 효종과 송시열(宋時烈)의 독대가 이루어져, 사실상 효종의 부국강병론이 부정되고 군주수신(君主修身)의 선차성이 강조되었다.

1659년(현종 원년) 5월 효종 승하 후 서인학자들과 남인학자들 간에 인조의 계비(繼妃)인 자의대비(慈懿大妃) 조씨가 효종에 대한 상복을 얼마 동안 입어야 하는가를 두고 1차 예송(禮訟, 己亥禮訟) 논쟁이 발생했다. 송시열·송준길(宋浚吉) 등의 서인은 효종은 차자(次子)이므로 대비의 복은 기년(朞年, 1년)이어야 한다고 주장해 군주의 지위와 권능을 신권(臣權)의 그것과 상대화하여 군주권을 일정하게 제한하려고 했다.

반면 윤휴(尹鑴), 허목(許穆) 등의 남인은 효종이 왕통을 이었으니 장자(長子)로 보아야 하며, 따라서 대비의 복은 참최(斬衰, 3년)로 해야 한다고 주장했다. 이는 단순히 복제(服制) 문제로만 그치는 것이 아니라, 학파간 이념논쟁 및 정치세력 간의 갈등문제로 전개될 수밖에 없었다. 결국 남인계의 윤선도[8]가 송시열을 '이종비주(貳宗卑主)'로 공격하면서 정쟁으로 비화되었고, 일단 송시열 등의 서인계가 승리했다.

그러나 남인계는 오단(吳端)의 사위이자 효종의 아우인 인평대군가(麟平大君家)의 비호 아래 정치세력을 확대해 가고 있었으며, 반면 서인들은 대동법 실시를 둘러싸고 김육(金堉) 중심의 한당(漢黨)과 김집(金集) 중심의 산당(山黨)이 대립한 이래 현종의 장인 김우명(金佑明)·좌명(佐明) 형제가 허목·허적(許積) 등 남인계와 결탁하여 송시열계의 예론(禮論)에 반대하고 있었다.

이런 가운데 1674년(현종 15) 효종비 인선왕후 장씨[9]가 죽자, 역시 조대비의 상복기간을 둘러싼 문제가 다시 발생했다. 이것이 제2차 예송문제, 즉 갑인예송(甲寅禮訟) 이 과정에서 현종이 죽고 숙종이 즉위하면서 대공(大功, 8개월)을 주

---

8) 윤선도(尹善道, 1587~1671) : 조선시대 중기 후기의 시인·문신·작가·정치인이자 음악가이다. 남인 중진 문신이자 허목, 윤증과 함께 예송 논쟁 당시 남인의 주요 논객이자 예송 논쟁 당시 선봉장이었다. 1차 예송논쟁 때 송시열이 효종의 종통을 부인했다는 과격한 상소를 올려 오히려 자신이 삼수(三水)에 유배되었다. 서인(西人) 송시열에게 정치적으로 패해 오랜 세월 유배생활을 하였다.

9) 인선왕후 장씨(仁宣王后張氏, 1618~1674) : 효종(孝宗)의 정비(正妃)이자 현종(顯宗)의 어머니이다.

장한 서인에게 기년복(朞年服)을 주장한 남인계가 승리하여 서인정권이 붕괴되고 남인정권이 성립되었다. 이후 남인들은 서인이 비판세력으로 공존하는 것조차 허용하지 않은 채 정국을 주도했으나, 병권의 향배와 서인에 대한 대책을 둘러싸고 청남(淸南)과 탁남(濁南)으로 분열되었다.

이런 상황에서 1680년(숙종 6) 복선군(福善君)과 허적의 서자인 허견(許堅) 등이 역모를 했다는 고변으로, 남인이 축출되고 서인계가 재집권하는 경신환국(庚申換局)이 발생했다.

다시 정권을 잡은 서인은 군자유(君子儒)에 의한 소인유(小人儒)의 완전한 극복이란 논리하에 청남과 탁남을 불문하고 남인세력을 완전히 제거했다. 그러나 서인계는 송시열 중심의 노론(老論)과, 윤증(尹拯, 1629~1714), 박세채(朴世采, 1631~1695) 중심의 소론(小論)으로 분열되었다. 이는 양자간의 학문적·사상적 기반의 차이에서 발생된 것으로, 주자절대론과 주자상대론 간의 차이에서부터 명분론·의리론과 실리론 간의 갈등에서 비롯한 것이었다. 1687년(숙종 13) 희빈 장씨가 왕자를 낳고 1689년(숙종 15) 왕자의 명호를 정하는 문제로 숙종과 신료들 간에 첨예한 대립을 보이다가, 결국 그해 송시열(宋時烈)의 원자상소반대를 계기로 서인은 노서를 막론하고 파직되고 남인이 재집권했다. 이것이 기사환국(己巳換局)이다.

그 뒤 남인은 노소론의 숙청에 몰두하여, 잔여 노론을 제거하기 위해 '함이완고변사건(咸以完告變事件)'을 일으켰다. 그러나 자연재해 등의 만연으로 농민들이 남인정권으로부터 이반한 상황에서 숙종은 중인층을 끌어들인 소론에게 환국을 종용했고, 결국 1694년(숙종 20) 경술환국(庚戌換局)으로 남구만[10]을 중심으로 하는 소론정권이 성립되었다.

이후 노소론은 장씨의 처벌을 둘러싸고 대립하다가, 18세기에 들어서면서

---

10) 남구만(南九萬, 1629~1711) : 조선의 정치가이다. 숙종 때 소론의 거두로 자는 운로이고 호는 약천이며, 본관은 의령이다. 효종 때에 문과에 급제하여 한성부 좌윤을 지냈다. 당시 정권을 잡고 있던 윤휴·허견 등 남인들의 횡포를 상소하였다가 오히려 남해로 유배되었다. 1680년 남인이 몰락하자 영의정까지 지냈다. 숙종이 희빈 장씨에게 사약을 내릴 것을 결정하자 사직하고 고향으로 돌아가서 조용히 일생을 보냈다.

노론전제화의 방향으로 전개되었다. 이는 송시열계의 정통주자학에 근거한 집단과 척신의 결탁하에 노론벌열(老論閥閱)과 세도(勢道) 정권의 창출기반이 되었다. 이후 정권 담당층의 정치적인 정통성이 상실되어 사대부층의 지지도 제대로 받지 못한 채 파행적인 정치운영이 계속되었다. 그 결과 중세의 전형적인 정치운영형태인 붕당정치도 제기능을 발휘하지 못하고, 민중의 성장이 두드러지게 이루어지면서 새로운 정치 형태가 모색되었다.

# 왕자가 태어나다

숙종 14년(1688) 10월 28일 희빈 장씨가 산고 끝에 왕의 핏줄인 왕자가 태어났다. 인경왕후가 낳은 두 딸마저 모두 잃어버린 숙종은 기뻐해 마지않았고 서인들은 탄식했다.

즉위 15년 만에 탄생한 왕자의 산모 장씨의 산후 몸조리를 돕기 위해 옥교를 타고 오던 장씨 어머니를 사헌부 지평 이익수와 이언기(李彦紀 : 1640~1702)가 옥교를 빼앗아 부수고 불태워 버리고 가마를 메고 온 노비들을 치죄했다.

천인이 무엄하게 옥교를 탔다는 구실이었으나 그녀는 하나뿐인 왕자의 외할머니이요, 종 1품 귀인의 어머니였다.

숙종은 분개했다. '후궁의 산실을 설치하는 건 궁중위 관례인데 귀인이 본가에서 궁중에 들어올 때 옥교를 타도록 허락한 사람이 과인이며, 궁녀도 상궁이 되면 법에 따라 가마를 타는데 왕자의 외가에서 전교를 받고 출입하는 것을 이렇게 할 수 있는가' 하여 숙종은 이익수를 내수사에 명해 다스리게 했으나 신하들이 반대하고 나서 내수사 환관에게 시켜 가마를 불태운 사헌부 금리를 다스리게 해 임금의 명을 받은 환관은 그 둘을 장살(杖殺)하였다. 교리 유덕일은 상감에 상소를 올렸다.

"전하의 오늘 행동은 실로 천고에 없는 것입니다. 사헌부 관리는 법을 집행했을 뿐인데 금리를 옥에 가두고 환관에게 다스리게 하여 심한 고문으로 목숨을 잃었습니다. 보고 듣는 이가 모두 놀라서 후궁을 두둔해서 죄 없는 사람을 억울하게 죽인다"라고 했다.

숙종도 사람이 죽어 나간 데 대해 한 발 물러섰다. 그는 생명 속에 숨어 있는 근본적인 미혹을 자각할 수가 없어 생명의 내부와 외부에서 일어나는 삼독인 탐(貪), 진(瞋), 치(癡)의 마음을 번거롭게 하는 이른바 유혹의 장애이며, 입으로 업을 쌓는 삼업인 신업(身業), 구업(口業), 의업(意業)에 걸친 일체의 행위로써 번뇌에 부딪쳐 한 때의 분함을 참지 못해 저질렀으니, 이는 실로 나의 수양이 부족한 탓이다.

그는 '죽은 두 사람을 구혼하라' 하였다.

숙종은 왕자가 태어나자 3개월이 채 안 된 1689년(숙종 15) 1월 10일에 긴급한 지시를 내렸다.

먼저 원인 대신 육조판서 삼사장관을 긴급 소집하고 영의정 김수항과 이조판서 남용익 등 9명이 급히 모였다.

이 자리에서 숙종이 말씀하시기를,

"나라의 국본(세자를 말함)이 정해지지 않고 나라의 형제가 고단하여 민심이 의지할 데가 없다. 현재의 가장 큰 계책은 다른 데 있는 것이 아니고 왕자의 명호를 정하는 일이요. 만일 머뭇거리거나 다른 의도가 있는 사람은 벼슬을 내놓고 물러가는 것이 좋다."

라고 말씀하셨다.

원자의 명호를 짓겠다는 건 왕위 계승과 문제가 관련된 것으로 후궁 소생이라 하더라도 원자로 정호되면 자연히 다음 세자로 책봉되는 바 인현왕후가 왕자를 낳더라도 먼저 정호된 왕자에게 우선권이 있기에 장씨가 궁녀로 있을 때 숙종과 가까워지는 것을 방해하던 서인들은 정권에 목을 걸고 막아야 할 일이었다.

그리고 서인들과 송시열은 여기에 운명을 걸었다. 인현왕후 민씨는 나이 23살로 한창나이였다. 또한 서인과의 여인은 인현왕후였기에 서인들이 찬성할 리 없었다.

모든 대신들은 청대하였다,

"전하의 춘추 아직 한창이시고 왕자가 탄생한 지 겨우 두어 달 밖에 안 되었는데, 어찌 이리 서둘러 하십니까. 또 오늘 일은 중요한 일로써 조용히 의논해야 할 일인데 벼슬을 가지고 아랫사람을 위협해서 물러가라는 말씀까지 하시니, 신하를 대우함이 너무 야박할 뿐만 아니라, 전하께서도 실언하셨다는 말을 면할 수 없을 것입니다.”

이렇게 대부분 원자의 칭호를 반대하는 중에 남인인 공조판서 서심재는 상감께 말씀을 드렸다.

“전하의 분부도 일리가 있지만 신하들의 말도 일리가 있으니, 널리 물어서 처리함이 옳을 것입니다.”

라고 고했다.

서인들의 신하들이 찬성할 리 없고, 굳이 원자 정호에 찬성을 해 물의를 일으키고 싶지 않았던 것이다.

숙종은 꿈속에 아들을 얻는 이야기도 동원하여 설득하였으나, 여러 신하들의 의사가 다른 데 있는 것을 파악하고, 다시 하명하기를,

“과인의 나이 삼십이 되도록 아들이 없다가 작년에야 아들을 얻었는데 원자로 정호함이 어찌 빠르다고 하는가. 국새는 외롭고 옆에는 강한 이웃이 있으니 종사의 중대한 계책을 더 미룰 수 없다. 여러 말할 것 없이 예조에 명하여 원자 정호를 분부하라.”

고 명하나 예조에서도,

“함부로 원자 정호로 결단하기 어려움으로 대신과 의논하여 결정하시기 바랍니다”라고 아뢰었다.

이때 숙종을 지지하고 나선 유생 유위한은, “신의 어리석은 생각으로는 원자 정호는 직접 세자로 정하는 것만 못하오니 전하께서 빨리 결단하여 정하심이 옳은 줄로 아뢰오”하고 고했다.

또한 남인의 권대운[1], 어옥, 권해(權瑎, 1639~1704)를 풀어줄 것을 요구하자 도승지 이언강(李彦綱)이 숙종을 청대해 유위한의 처벌을 요구한다.

“상소 중 때가 되면 일이 달라진다는 말은 역적을 고변할 때 쓰는 말로 이는 대신을 모함한 것으로 중히 취조해야 합니다.”

 | 소재(疎齋) 이이명(李頤命) 매화당 습감재(習坎齋)

라고 하자, 숙종은 하명한다.

"유적에서 삭제하라."

그러자 도승지 이언강(李彦綱, 1648~1716)은 다시 반발하며, "이는 유벌에 지나지 않습니다"라고 아뢰자.

숙종은 일단 유위한을 절도인 해남에 유배 보내는 것으로 서인들의 마음을 달랜다.

이리하여 각파의 시각이 명확히 드러남을 안 숙종은 거론 5일 후 장씨가 낳은 아들을 원자로 봉하고 종묘사직에 고했다.

아울러 장씨를 정1품인 희빈으로 책봉했다.

---

1) 권대운(權大運, 1612~1699) : 본관은 안동. 자는 시회(時會), 호는 석담(石潭). 할아버지는 예조판서 협(俠)이고 아버지는 사어(司禦) 근중(謹中)이다. 1649년(인조 27) 정시문과에 급제하여 정언이 되었다. 이후 사인·헌납·한성부우윤·호조판서·형조판서 등을 거쳤다. 1674년에 숙종이 즉위하자 예조판서가 되고, 이듬해 병조판서를 거쳐 우의정을 지냈다. 1680년(숙종 6) 경신대출척으로 남인이 실각하고 서인이 득세하게 되자, 파직당하고 영일에 위리안치(圍籬安置)되었다. 그 뒤 1689년 기사환국으로 남인이 집권하자 풀려나와 영의정에 올라 유배중인 서인의 영수 송시열(宋時烈)을 사사(賜死)케 하는 등, 서인을 가혹하게 탄압했다. 벼슬을 물러난 뒤 기로소(耆老所)에 들어갔다. 그러나 1684년 갑술환국으로 관직을 삭탈당하고 절도(絶島)에 안치되었다가 이듬해 풀려나 고향에 돌아갔다. 죽은 뒤 왕의 특명으로 직첩이 환급되었다.

# 원자의 정호

1680년(숙종 6)의 경신출척(庚申黜陟)으로 몰락하였던 남인(南人)이 1689년 원자 정호(元子定號) 문제로 숙종의 환심을 사서 서인(西人)을 몰아내고 재집권한 일이다. 숙종의 계비(繼妃) 민씨(閔氏, 인현왕후)가 왕비로 책립된 지 여러 해가 되도록 후사를 낳지 못하자, 숙종은 후궁인 숙원 장씨(淑媛張氏)를 총애하게 되었다. 그러자 장씨의 오라비 장희재(張希載)를 중심으로 여러 가지 폐단이 생겼는데, 조정에서는 이 일을 중요시하여 궁중의 내사(內事)까지 논간(論諫)하기에 이르렀다. 그러던 차에 장씨가 왕자 윤(畇)을 낳았다.

숙종은 윤을 원자(元子)로 책봉하고 장씨를 희빈(禧嬪)으로 삼으려 하였다. 이때 당시의 집권세력이던 서인은 정비(正妃) 민씨가 아직 나이가 젊으므로 그의 몸에서 후사가 나기를 기다려 적자(嫡子)로서 왕위를 계승함이 옳다 하여 원자 책봉을 반대하였다. 그러나 남인들은 숙종의 주장을 지지하였고, 숙종은 숙종대로 서인의 전횡을 누르기 위하여 남인을 등용하는 한편, 원자의 명호를 자기 뜻대로 정하고 숙원을 희빈으로 책봉하였다.

이때 서인의 영수인 송시열(宋時烈)은 상소를 올려 숙종의 처사를 잘못이라고 간하였다. 즉, 송나라의 신종(神宗)이 28세에 철종(哲宗)을 얻었으나 후궁의 소생이라 하여 번왕(藩王)에 책봉했다가 적자가 없이 죽자 그때서야 태자로 책봉하여 왕위를 잇게 했다는 예를 들면서 다시 반대했다.

이에 숙종은 원자 정호와 희빈 책봉이 이미 끝났는데, 한 나라의 원로 정치인이 상소질을 하여 정국(政局)을 어지럽게 만든다고 분개하던 차에 남인계열의 승지 이현기(李玄紀), 윤빈(尹彬), 교리 남치훈[1], 이익수(李益壽) 등이 송시열(宋時烈)의 주장을 반박하는 상소를 올렸으므로, 이를 기화로 송시열을 삭탈관직하고 제주로 귀양 보냈다가 후에 사약(賜藥)을 내렸다. 송시열의 사사(賜死)로 된서리를 맞은 서인은 이어서 영의정 김수흥(金壽興), 김수항(金壽恒) 등의 거물 정치인을 비롯하여 많은 사람이 파직되고, 또는 유배되어 서인은 조정에서 물러나고, 그 대신 권대운(權大運)이 영의정에 오르고 김덕원(金德遠, 1634~1704)이 우의정, 목래선(睦來善, 1617~1704)이 좌의정에 오르는 등 남인이 득세하였다.

그리고 서인의 김만중(金萬重), 김익훈(金益勳), 김석주(金錫冑) 등은 보사공신(保社功臣)의 호를 삭탈당하거나 유배당했다. 이어 숙종이 중전 민씨가 원자책봉에 불만을 품고 있다는 이유로 중전을 폐비하려고 하자, 이에 재야의 서인이던 오두인(吳斗寅, 1624~1689) 등 86명이 이를 저지하려고 상소했다. 숙종은 상소의 주동자인 전 응교 박태보(朴泰輔), 전 참판 이세화(李世華, 1630~1701), 오두인 등을 밤낮으로 신문한 뒤 유배했다. 마침내 숙종은 이듬해(숙종 16) 5월 2일 중전을 폐하여 서인(庶人)으로 만들고, 6월에는 원자를 세자로 책봉한 뒤 10월에 희빈 장씨를 왕비로 책립(册立)했다. 1674년(현종 15년)의 복상문제에서 승리하여 정권을 잡은 남인은 전횡이 심하여 숙종으로부터 신임을 받지 못하고 있었다. 또한 영의정 허적(許積)의 조부 허잠의 시호를 맞이하는 잔치를 연 날에 숙종의 허락없이 군사 용품인 유악(油幄 : 비가 새지 않도록 기름을 칠한 천막)을 빌려가자 숙종이 분노하여 군권을 남인에서 서인으로 대거 교체했다.

서인 중 김석주(金錫冑)는 허적의 서자인 허견(許堅) 등이 역모한다고 고발하여 옥사(獄事)가 일어나는데, 이를 '삼복의 변'이라 한다. 이리하여 종실인 복창군(福昌君) 3형제와 허견(許堅)은 물론, 허적과 윤휴도 살해되었고, 나머지 일파는 옥사, 사사, 유배되었으며 남인은 큰 타격을 받고 실각하였다.

---

1) 남치훈(南致熏, 1645~?) : 조선의 문신. 자는 훈연(熏然), 호는 지산(芝山), 참판(參判) 익훈(益熏)의 동생, 1678년(숙종 4) 증광문과(增廣文科)에 병과(丙科)로 급제, 검열(檢閱)·3司(사)의 여러 벼슬과 강원도 관찰사를 역임하고 도승지(都承旨)를 거쳐 참판(參判)에 이르렀다. 소론(少論)으로 앞서 1689년(숙종 15) 기사환국(己巳換局) 때 세자 책봉이 시기상조라 하여 반대한 송시열(宋時烈)을 탄핵, 그를 몰아내는 데 협조했다.

# 내명부의 엄한 매질

취선당에서의 종아리 치는 소리는 계속되고 있었다. 여전히 매질은 계속되었고 장숙원이 땀을 뻘뻘 흘리면서 고통스럽다 못해 거의 쓰러질 정도에 이르렀다. 이때 고마운 목소리가 들려왔다.

"주상전하 납시오—."

소리와 함께 매질이 멈춰지고는 숙종이 문을 벌컥 열고는 들어와서 이 광경을 보자 장숙원이 말없이 숙종 곁으로 쓰러졌다. 숙종은 피투성이가 된 장숙원의 종아리를 보며 분노로 인현왕후를 노려보았다.

인현왕후는 단호한 듯이 숙종을 바라보며 예를 갖추고 얼른 일어나 상석의 자리를 숙종에게 내주고 자신은 숙종의 곁으로 앉았다.

숙종은 태연하게 앉아 있는 인현왕후를 노려보다가 이내 버럭 내질렀다.

"이게 대체 무슨 짓이오? 중전이 자애로써 내명부를 도닥거려도 부족할 마당에 회초리를 들어서 후궁의 종아리를 치는 행위는 투기가 아니고 무엇이겠소! 어서 숙원에게 사과를 하시고 다시는 이런 일이 없겠다고 다짐을 하시오."

"신첩은 그리는 못하옵니다."

"그리는 못한다?"

숙종이 애써 가슴 속에서 치밀어 오르는 분노를 삭히며 인현왕후를 바라보았다.

장숙원은 자신의 작전대로 성공하였는지 인현왕후와 숙종 몰래 미소를 짓고 있다가 자신의 종아리를 과장되게 붙잡으며 아픈 척하며 눈물을 계속해서 쏟아냈다.

인현왕후는 그런 장숙원의 태도를 바라보며 숙종에게 반문하였다.

"전하, 저것의 행실을 보십시오."

"고귀하고 우아한 말이 튀어나와도 모자랄 중전의 입에서 어찌 육두문자가 나오는 게요?"

"숙원의 방자한 행실은 용서할 수가 없사옵니다. 그리고 어느 나라의 내명부의 수장이 아랫것에게 사과를 한답니까? 전하. 이 일은 내명부의 일입니다. 중전의 소임이 무엇이옵니까? 내명부를 다스리는 일이 아니옵니까? 전하께서는 바깥일을 돌보시고 신첩은 내명부를 돌볼 것이옵니다. 그리고 맨날 숙원의 종아리를 치는 것이 아니질 않습니까? 오늘 신첩이 장숙원의 방자함을 보고 넘기지 못하여 종아리를 친 것이오니 전하께오서는 너무 숙원 장씨의 편만을 드시지 마시옵소서. 보기 민망하옵니다."

"이런 방자할 때가 있나! 사가의 지어미도 지아비에게 말대꾸를 하지 않는 법이거늘. 하물며 궁중 내명부의 수장인 중전이 이 나라의 군주인 나에게 감히 말대꾸를 하다니요! 그리고도 중전이 내명부의 수장이 될 자질이 있는지 의심스럽구려."

"전하……."

인현왕후가 애처로운 눈빛으로 숙종을 바라보았으나 숙종은 단호하고 냉정히도 인현왕후의 그런 애처로운 눈빛을 외면해 버리고 장숙원에게로 가까이 다가가며 장숙원의 살갗이 터진 종아리를 바라보며 마음을 아파하였다.

그리고 인현왕후는 그런 숙종의 무심함과 냉정함을 보며 마음을 아파했다.

이윽고 인현왕후가 휘청거리며 자리에서 일어서며 나가려는 순간 숙종이 덜컥 한 마디를 내뱉었는데 그 한 마디는 인현왕후의 가슴팍에 평생의 못이 되는 한 마디였다.

"부덕한 중전이 오늘에 이르러서는 내명부의 종아리에 회초리를 치는 사태가 발생했다. 이는 과인의 부덕이요, 종묘사직의 수치다. 아무리 내명부의 수장이 곤위라고는 하지만 죄 없는 내명부의 종아리를 칠 수는 없는 법. 태종조에는 원경왕후께서 투기를 일삼고 궁녀와 후궁들의 뺨을 치기가 수십 번에 이르러 태종께서 폐비를 하려고 했으며 성종조 때엔 곤전 윤씨가 투기를 일삼고 내명부의 얼굴에 손찌검까지 하여 투기한 죄로 폐비가 된 적이 있다. 하지만 이번이 처음이므로 중전 민씨를 내전에서 한 발자국도 나오지 못하게 하리.”

결국 인현왕후가 휘청거리다가 견상궁의 품에 쓰러지고 말았다.

견상궁이 얼른 나인들을 불러서 인현왕후를 부액하며 소란을 떨었고 숙종은 그런 것에 아랑곳하지 않고 장숙원의 종아리를 보면서 가슴만 아파했다.

장숙원의 입가엔 파멸의 미소가 떠오르고 숙의 김씨가 인현왕후의 병수발을 들면서 눈물을 훔치고 견상궁 또한 눈물을 훔치며 시름시름 앓고 있는 인현왕후를 바라보며 안타까워하였다.

인현왕후가 애써 미소를 지으며 김숙의를 바라보며 한 마디를 하였다.

“숙의, 나는 지금 근신을 해야 하오. 금족령이 무엇이랍니까? 벌이 아닙니까? 헌데 이렇게 숙의가 나의 병수발을 드는 것이 대전에 들리기라도 해 보세요. 나는 더욱더 전하의 눈 밖에 나는 것은 당연지사이고 공연히 숙의마저 미운털이 박힙니다.”

“저는 이미 미운털이 단단히 박힌 몸입니다. 소첩 걱정은 마시고 중전마마의 몸조리나 잘하십시오. 이것이 뭐랍니까? 장숙원 고것이 아주 일을 꾸민 게 아닙니까? 마마나 소첩이나 다 장숙원의 덫에 걸린 것입니다.”

“그런 말 마세요. 투총은 죄악입니다.”

“그딴 계집에겐 투총이 약이 되는 법이지요.”

김숙의가 입을 삐죽거리고 인현왕후는 눈가에 눈물이 그렁그렁 맺혔다.

그날 보았던 숙종의 냉정함은 도저히 잊을 수가 없었다. 평생의 가슴에 비수로 꽂힐 것이다.

자의대비 조씨가 펄쩍 뛰면서 자신의 육촌동생인 조사석을 닦달하고 있었다.

바로 장숙원의 청으로 숙종이 조사석을 단번에 정승자리인 우의정으로 제수한 것이 화근이 되었던 것이다. 물론 조사석도 우의정으로 제수 받은 것이 황

당한지 자의대비가 뭐라고 물어도 뭐라고 말할 처지가 아니었고 난처한 입장
이었다.

"대체 네가 왜 우의정이 된 게야?"

"저도 영문을 잘 모르겠사옵니다."

"자네가 우의정이 된 것이 다 장숙원의 힘이라고 하더구나."

"숙원께오서요?"

"천하의 요녀가 아니더냐? 감히 계집의 입에서 조정의 중대사가 튀어나오고
또 그것을 처리하는 주상은 대체 뭣하는 사람인지… 이 나라의 종묘사직이 걱
정이야. 더 늙어서 또 무슨 못 볼 것을 보게 될지… 늙은 것이 죄이니라. 죄야."

자의대비 조씨가 혀를 차면서 한탄을 하며 가슴을 쳤다.

더 이상 장숙원과 한 배를 타기는 싫었던 것이며 이제는 왕실의 어른으로서
중립을 지키고 싶은 속마음도 포함되어 있었다.

조사석은 민망한지 헛기침을 내뱉고 조심스럽게 입을 열었다.

"장숙원과 한 배를 이제 더 이상…."

"그래 타지 않을 것이다."

"마마, 장숙원의 비위를 거슬러서 좋을 게 하나도 없사옵니다. 지난날 장숙
원의 입궁을 반대하며 여총상소를 올린 이징명이가 삭탈관직되어서 문외출송
당한 적이 있질 않사옵니까?

공연히 장숙원을 건드렸다간 도리어 우리가 당하옵니다."

"구더기가 무서워서 장 못담글까? 내가 대궐의 최고 윗전이야! 감히 그것도
나에게 함부로 하지는 못할 것이니라. 내 말을 알아듣고 우의정직에서 사직하
거라."

"네, 대왕대비마마."

편전엔 김만중이 숙종과 독대를 청하고 있었다.

숙종은 내심 김만중이 못마땅한지 그를 외면한 채 등을 돌리고 김만중의 말
을 들으며 울그락불그락 하고 있었다. 김만중은 한치 앞도 내다볼 수 없는 상
황에서 조사석에게 우의정을 제수한 것에 대해서 부당함을 아뢰고 있었으나

숙종은 그의 말을 콧등으로도 듣지 않았다.

"과인이 이미 처리할 일인데 가타부타 웬 잔소리가 그리 많으시오?"

"전하, 어찌하시어 조사석에게 우의정을 제수하시옵니까? 그는 숙원 장씨의 어미인 윤이례와 정분이 난 사이옵니다. 그런 타락한 도덕인에게 우의정을 제수하심은 불가하오니 부디 조사석에게 제수하신 우의정직을 도로 거두어주시옵소서."

"지금 뭐라고 하시었소? 장숙원의 어미와 조사석이가 뭐가 어쩌고 어째?"

"장숙원의 어미인 윤이례는 어릴 적 조사석의 친척집의 노비로 있었사온데 그때 윤이례는 조사석과 눈이 맞아 정분이 났사옵니다. 이런 자에게 우의정을……."

순간 벼루가 날라오더니 김만중의 이마에 맞더니 떨어졌다.

김만중의 이마엔 붉디 붉은 산수유 같은 핏물이 뚝뚝 떨어지고 있었다.

숙종은 분이 풀리지 않는지 내관 박두경에게 말하기를,

"두경아, 당장 김만중을 근거 없는 유언비어를 퍼뜨린 죄목으로 의금부로 하옥한다. 그리고 오늘밤에 내 친히 친국을 할 것이니라!"

"네 주상전하."

박두경과 내관들이 김만중을 끌고 가려고 하자 김만중이 이들을 뿌리치며 조사석에게 제수한 우의정은 불평부당한 일이라고 주장하였다.

"이런 방자할 때가 있나! 뭣이? 김만중 그놈이 내 어머니와 조사석대감과 그렇고 그런 사이라고 했다고? 그 늙은이가 노망이 나도 단단히 났나 보구나!"

장숙원은 노여움을 풀 수 없어 몸을 부르르 한 번 떨고 나서는 수정이와 민상궁을 보았다.

민상궁과 수정이는 무슨 불똥이 튈까봐 몸을 사리고 있었고 장숙원은 여전히 그녀들을 노려보며 버럭 소리를 내질렀다.

"뭣들 하고 있느냐! 수정이 너는 아랫것들의 입단속을 해야 할 것이야. 김만중 그놈이 정녕 나와 어떤 원수 사이이길래 이따위 유언비어를 퍼뜨리는 게야! 옛날 대행대비께서도 이따위 유언비어를 퍼뜨려서 주상전하와 의절까지 했거늘… 김만중 그놈이 아주 죽을려고 용을 쓰는 것이 아니더냐? 내 말이 틀리느냐? 맞느냐?”

“마…… 맞사옵니다.”

“그러면 뭣들하느냐! 당장 나가서 내 어머니의 험담을 늘어놓고 있는 궁녀들의 주둥이를 인두로 지져버리지 않구서는!”

“네… 마마… 나갑니다. 나가요.”

민상궁과 수정이 서둘러서 나갔다.

장숙원은 눈물까지 흘리며 김만중을 씹어 먹을 듯이 욕을 퍼부었다.

자신을 얼마나 끔찍이도 아낀 어머니였던가.

그런 어머니를 헐뜯는 자는 용서할 수가 없었다.

국문이 열리며 숙종이 김만중을 노려보았다.

많은 대신들도 참석하여 김만중을 바라보며 안타까워하였고 김만중은 형틀에 묶여도 의연함을 잃지 않으려고 노력하였다.

이윽고 국문이 시작되며 주리트는 소리가 들려왔다

김만중은 애써 고통을 참으려고 했지만 비명이 터져 나왔다.

우암 송시열은 고개를 돌리며 숙종에게 “전하, 겨우 그만한 일로 이러시면 아니되시옵니다. 김만중은 광산부원군 김만기의 동생이니 전하의 정비이신 인경왕후의 중부가 됩니다. 고문을 거두시고…”

“우암대감은 그 입을 닫으시오. 내 이미 유언비어를 퍼뜨리거나 왕실을 농락한 것은 죽어 마땅한 죄라고 천명을 한 적이 있었소! 헌데 김만중은 내 명을 어기고 유언비어를 퍼뜨리며 조사석과 숙원 장씨의 어미 윤아무개가 정분이 난 사이라고 했소.”

숙종이 이리 말하자 송시열은 할 말이 없었고 다른 중신들 김수항, 김수홍, 김익훈, 김창집 또한 할 말을 잃었다

하지만 고문을 당하고 있는 와중에도 김만중은 “천부당 만부당하신 말씀이시옵니다. 유언비어가 아니라 사실이옵니다. 전하 요부 숙원 장씨로 인해 성총이 흐려져서는 아니 되시옵니다.”

# 기사환국(己巳換局)

인현왕후가 왕자를 낳지 못한 가운데 1688년에 소의 장씨가 아들 균을 낳자, 숙종은 균을 원자로 삼아 명호(名號)를 정하고 소의 장씨를 희빈으로 봉하려고 했다.

이때 영의정 김수흥(金壽興, 1601~1681)을 비롯한 노론계는 중전이 아직 젊은데 후궁 소생을 낳은 지 두 달만에 원자로 삼는 것은 옳지 않다고 반대했다.

숙종은 1689년 5월에 이들의 반대를 묵살하고 원자의 명호를 정하여 종묘사직에 고하고 소의 장씨를 희빈으로 삼았다. 이에 노론측의 우두머리인 송시열이 2번이나 상소하여, 송나라의 신종(神宗)이 28세에 철종(哲宗)을 얻었으나 후궁의 소생이라 하여 번왕(藩王)에 책봉했다가 적자가 없이 죽자 그때서야 태자로 책봉하여 왕위를 잇게 했다는 예를 들면서 다시 반대했다.

그러나 숙종은 이미 원자의 명호를 결정한 이상 이를 반대하는 것은 잘못이라고 하면서 분노했다. 이때 남인계인 승지 이현기(李玄紀), 윤빈(尹彬), 교리 남치훈(南致熏), 이익수(李益壽) 등이 상소하여 송시열의 주장을 반박했다. 숙종은 이들과 의논하여 송시열의 관직을 삭탈하여 제주도로 유배하고, 영의정 김수흥을 파직시켰다.

그밖에 송시열의 주장을 따른 많은 노론계 인사를 파직·유배했다. 결국 송시열의 상소는 노론이 권력에서 쫓겨나는 결정적인 계기가 되었다. 반면에 권대운(權大運)이 영의정에, 목래선(睦來善, 1617~1704)이 좌의정에, 김덕원(金德遠, 1634~1704)이 우의정에 오르는 등 남인계가 대거 등용되었다. 그 뒤 남인들은 서인의 죄를 계속 추궁하여, 송시열은 제주도에서 정읍으로 유배지를 옮기던 중 사약을 받았고, 김만중(金萬重), 김익훈(金益勳), 김석주(金錫胄) 등은 보사공신(保社功臣)의 호를 삭탈당하거나 유배당했다.

이어 숙종이 중전 민씨가 원자책봉에 불만을 품고 있다는 이유로 중전을 폐비하려고 하자, 이에 재야의 서인이던 오두인(吳斗寅) 등 86명이 이를 저지하려고 상소했다. 숙종은 상소의 주동자인 전 응교 박태보(朴泰輔, 1654~1689), 전 참판 이세화(李世華, 1630~1701), 오두인(吳斗寅, 1624~1689) 등을 밤낮으로 신문한 뒤 유배했다.

마침내 숙종은 이듬해(숙종 16) 5월 2일 중전을 폐하여 서인(庶人)으로 만들고, 6월에는 원자를 세자로 책봉한 뒤 10월에 희빈 장씨를 왕비로 책립(册立)했다. 이렇게 서인이 집권 10년 만에 남인에게 정권을 빼앗긴 국면을 기사환국이라 한다.

서인이 차지하고 있던 삼사(三事, 삼정승)와 승정원, 사간원의 중앙 최고 요직이 경신년에 조정에서 밀려나 은신 중이었던 남인으로 교체되자 조정으로 돌아온 이현기(李玄紀), 남치훈(南致薰), 윤빈(尹彬) 등은 먼저 원자 윤의 탄생과 숙종의 원자가 정해진 것에 대해 경하와 찬사를 올려 서인과는 극적으로 상반된 모습을 보였다.

이는 경신년에 남인에게 대역죄를 씌워 경신환국을 일으켰던 서인을 향한 정치 보복의 시작이었다. 송시열에게 유배령을 내리고 김수항 및 일부 서인을 조정에서 내쳐버리긴 했지만 분노가 가시지 않았던 숙종은 남인의 부추김으로 송시열을 최고 유배지인 제주로 유배할 것을 명하고 김수항 등에게도 진도 유배령을 내렸다. 민암을 위시한 남인은 이에 만족하지 않고 6판서·참판·참의 등 남인 경재(卿宰) 수십인과 사헌부·사간원이 합계(合啓)하여 과거의 환국(경신환국)을 위해 역모를 날조하여 무고한 남인 영수 허적과 윤휴 들을 살해하였고 과격한 처벌로 죄 없는 남인 인사를 학살한 김석주와 김익훈의 죄를 묻게 하였으며 이들을 옹호하였던 송시열과 남인 옥사의 위관으로서 남인 재상 오시수 등을 죽게 한 김수항의 가중처벌을 맹렬히 주장하였다.

1689년 4월 21일, 귀인 김씨가 숙종이 빈청 인견의 공사를 적어놓은 종이를 훔쳐 소매에 숨긴 것이 발각되어 유배 중인 김수항에게 사형의 명이 내려지고, 22일 귀인 김씨의 작호가 삭탈되고 사제로 폐출되었다.

다음날 23일은 중전 민씨의 생일이었는데 숙종이 대왕대비 조씨의 국상기간 등을 이유로 탄일 하례 의식을 생략하라는 어명을 내렸지만 국모의 당연한 권한이라는 이유로 어명이 무시되고 중전 민씨에게 하례가 올려졌다.

이에 숙종이 분노하여 중전 민씨와 크게 다투고, 조정 대신들에게 중전 민씨를 교사스럽고 간특한 부인으로 칭하며 평소의 언동을 비난하며 중전 민씨에게 국모로서 군림할 자격이 없으니 고사를 찾아보라는 명을 내렸다.

이는 민씨를 폐서인하고 싶다는 의사를 피력한 것이다. 이에 서인 대신뿐만 아니라 남인조차 당황하여 권대운, 목래선, 김덕원, 민암 등은 중전 민씨에게 올려진 탄일 문안은 신자(臣子)들의 상례이니 중전 민씨에게는 죄가 없음을 주장하며 강력히 중전 민씨를 변호하였고, 권대운은 고사를 찾으라는 숙종의 명에 불복하며 사직을 청하였다.

이러한 조정 안팎의 반발에 대해 숙종은 서인은 처벌하고 남인은 용서하는 차별을 보임과 동시에, 24일에는 중전 민씨가 숙종과 크게 말다툼을 하면서 그녀 자신의 입으로 '진실로 나의 죄이다. 어찌할 것인가? 폐출시키려거든 폐출시키라' 는 과격한 언사들을 입에 담았던 사실을 폭로했다.

25일 밤, 오두인(吳斗寅, 1624~1689), 박태보(朴泰輔, 1654~1689) 등 서인 86인이 상소를 올려 전날 국모의 위엄을 훼손한 숙종의 발언을 맹렬히 비판하며 중전 민씨의 명예를 회복할 것을 요구했다. 남인의 강경한 반발에 주춤하던 숙종은 이 상소에 극노하여 오두인, 박태보 등 86인을 친국하였고, 중전 민씨의 친오빠 민진원 형제에게도 국문을 내렸다.

이 사건으로 서인이 대거 연루되기에 이르자 중전 민씨를 적극 변호해 왔던 남인은 정치보복을 위해 입장을 바꾸어 중전 민씨를 옹호한 상소의 내용을 적극 비판하며 서인에게 극형을 내릴 것을 종용한다. 이에 서인이 정계에서 완전히 축출되고 남인이 정계를 독점하게 되는 기사환국이 발발했다.

5월 2일, 숙종은 당시 사대부 여성으로선 입에 담을 수 없는 발언을 했던 중전 민씨의 언사를 낱낱이 폭로하여 공개적으로 망신을 시킨 후 폐서인하여 강제로 출궁시켰다. 숙종은 중전 민씨의 폐출은 폐비 윤씨와 비교할 바가 아니며 그녀의 인성이 여후와 흡사하다고 비교하였다.

인현왕후 민씨에게 물어진 죄는 죽은 시부모의 계시를 빙자하여 왕에게 거짓을 고한 죄, 왕의 육체를 조롱한 죄, 투기로 내전(內殿)의 일을 조정으로 확대시켜 국정을 어지럽힌 죄, 내전에서 궁인의 당파를 나누어 붕당을 일으킨 죄였다. 숙종은 폐서인 민씨의 남겨진 물건을 모두 불태워 버리도록 명하였으며 그녀가 가례를 올릴 때 입었던 장복은 대내에서 공개적으로 태우도록 했다

인현왕후가 폐출된 후 숙종은 새로이 계비를 간택하지 않고 원자의 생모인 희빈 장씨를 왕비로 삼을 것을 선포하였다. 5월 13일, 희빈 장씨의 왕비 명호가 정해졌다.

이는 후궁 소생의 원자가 왕비 소생의 정통성을 얻게 되는 사건임과 동시에 중인 출신이자 궁녀 출신인 후궁이 국모의 위에 오르는 조선 역사상 최초의 사건이었다. 하지만 대왕대비 조씨의 복상 기간이 끝나지 않은 탓에 장씨가 정식으로 왕후로 책봉된 것은 다음 해인 1690년 10월 22일이다. 숙종은 장씨의 부모인 장형(張炯)과 장형의 첫 아내 고씨는 옥산부원군(玉山府院君), 영주부부인(瀛洲府夫人)으로 추숭되었고, 장씨의 생모인 윤씨는 파산부부인(坡山府夫人)으로 책봉되었으며 장형 묘소에 옥산부원군 신도비를 세우도록 하여 장씨가 새로운 왕비가 되었음이 기정사실화 되었다.

# 희빈 장씨(禧嬪張氏)

　　희빈 장씨(禧嬪張氏), 본관은 인동(仁同)이다. 아버지는 장형(張炯)이며, 역관(驛官) 장현(張炫)의 종질녀이다. 어려서 나인(內人)으로 궁에 들어가 숙종의 총애를 받았다. 1686년(숙종 12) 숙원(淑媛)이 되었으며, 1688년(숙종 14) 소의(昭儀)로 있을 때 왕자 윤(昀, 뒤의 경종)을 낳았다.

　　이듬해 1월 숙종이 송시열(宋時烈) 등 서인의 반대를 물리치고 윤을 원자로 책봉함에 따라 내명부 정1품 희빈으로 승격되었다. 그해 2월 기사환국으로 서인이 실권하고 남인이 집권했으며, 7월에는 인현왕후 민씨(仁顯王后閔氏)가 폐위되었다.

　　1690년(숙종 16) 윤이 세자로 책봉되면서 왕비로 책립되었다. 1694년(숙종 20) 서인 김춘택[1], 한중혁(韓重爀) 등의 민비복위운동을 계기로 남인이 옥사를 일으켰으나 숙종이 오히려 남인을 제거하고 서인을 재집권시킨 갑술환국이 일어났다. 그해 4월 민비가 복위됨에 따라 다시 희빈으로 밀려났고, 오빠 장희재[2]와 함께 복위를 도모했으나 무산되었다. 1701년(숙종 27) 인현왕후가 병으로

---

1) 김춘택(金春澤, 1670~1717) : 본관은 광산이다. 자는 백우(伯雨)요, 호는 북헌(北軒)이다. 숙종의 장인인 김만기(金萬基)의 손자이며, 호조판서 진구(鎭龜)의 아들이다. 서인 노론의 중심가문에 속하여, 1689년(숙종 15) 기사환국 이후 남인이 정권을 잡았을 때 여러 번 투옥·유배되었다. 1694년 (숙종 20) 재물을 써서 궁중에 내통하여 폐비 민씨를 복위시키려다 체포되어 심문을 받았으나, 갑술환국으로 남인이 축출되자 풀려났다. 서인이 노론·소론으로 갈라지자 노론에 속하여 1701년(숙종 27) 소론의 탄핵으로 부안에 유배되었다. 1706년(숙종 32)에는 희빈 장씨의 소생인 세자(뒤의 경종)를 모해하려 한다는 혐의를 받고 제주에 안치되었다.

죽자, 궁인, 무녀 등과 함께 민비를 무고(巫蠱)했다는 서인의 탄핵을 받고 사사(賜死)되었다.

이때 희빈 장씨 및 남인에게 동정적이었던 남구만(南九萬), 최석정(崔錫鼎, 1646~1715) 등 소론도 몰락하게 되고 노론이 다시 집권하게 되었다. 숙종은 이후 빈을 비로 승격하는 것을 법으로 금했다.

희빈 장씨의 입궁 시기는 불분명하다. 그녀가 10세의 어린 나이에 아비 장형을 잃고 생계가 어려웠던 탓에 궁녀가 되었다는 주장과 장형이 사망하기 전에 역시 궁녀였던 딸이 있는 장형의 사촌형 장현의 권고를 받아 막내 딸인 장씨를 입궁시켰다는 주장이 존재한다. 생부 장형(張炯)의 옥산부원군신도비 기록에 따르면 희빈 장씨가 어린 나이에 간택되어 입궁해 성장한 것으로 되어 있으며, 숙종실록에도 머리를 따올릴 때부터 입궁하였다고 기록되어 있다

일부 역사학자들은 희빈 장씨가 아비의 사후에 몸을 의탁하고 있던 당백부 장현이 경신환국에 휘말린 후 가세가 기울자 서인들과 권력 투쟁을 벌이던 남인들의 입궁 제의를 받아 궁녀로 입궐하였다고 주장하여 현재까지 정설로 알려졌지만, 경신환국 당시 그녀의 나이가 이미 22세였기에 억지스러운 면이 없지 않다.

이러한 주장의 근원은 희빈 장씨가 경신환국 당시 정계에서 밀려난 남인의 사주를 받고 입궐하였다는 인현왕후의 주장으로 불거진 것인데, 경신환국과 같은 해 말에 장씨가 강제 출궁이 되었다가 7년 후인 1686년(숙종 12)에 다시 입궁했던 만큼 이미 궁녀인 신분으로 출궁을 당한 후에 남인과 연계하여 돌아왔다는 것이 오역되었을 가능성이 존재한다.

---

2) 장희재(張希載, ?~1701) : 본관은 인동(仁同)이다. 희빈 장씨(禧嬪張氏)의 오빠이다. 누이가 어머니의 정부(情夫) 조사석(趙師錫)과 동평군(東平君)의 주선으로 궁녀로 들어가 숙종의 총애를 독차지하게 되자 그 덕택으로 금군별장(禁軍別將)이 되었으며 1692년(숙종 18)에는 총융사(摠戎使)로 승진했다. 1694년(숙종 20) 인현왕후(仁顯王后)가 복위하자, 이를 투기하는 희빈 장씨와 함께 인현왕후를 해하려는 모의를 하다가 발각되었다. 사형을 받을 뻔했으나 희빈 장씨 소생의 왕세자 윤(昀, 뒤의 경종)에게 화가 미칠 것을 염려한 남구만(南九萬) 등 소론의 청원으로 제주도 유배에 그쳤다. 1701년(숙종 27) 인현왕후가 죽은 뒤 희빈 장씨가 과거에 인현왕후를 저주했던 사실이 밝혀져, 희빈 장씨는 사사되었고 장희재도 사형에 처해졌다.

그녀의 입궁 시기를 상징하는 전설도 존재한다. 영희전(永禧殿, 육성조 임금의 영정을 봉안한 곳) 참배를 마친 숙종이 청계천 장통교(長通橋)를 지나가다 아리따운 낭자를 보게 되었는데, 그녀에게 첫눈에 반하여 궁으로 불러들여 사랑의 결실을 맺었고 이 낭자가 희빈 장씨였다고 한다.

대왕대비전의 궁녀였던 장씨는 인조의 계비이자 숙종의 증조모 뻘인 자의대비 조씨를 웃전으로 모셨다.

장씨가 출궁되었을 때 자의대비가 친필로 서신을 써서 법적 며느리이자 친정 외질녀인 숭선군의 부인 신씨에게 장씨를 돌보게 한 것이나 장씨의 재입궁을 주선했던 것, 조씨가 내전(인현왕후)과 소원하고 장씨를 치우치게 사랑했다는 기록의 존재 등으로 미루어 장씨가 자의대비의 각별한 애정을 받았음을 알 수 있다.

1680년(숙종 6) 10월 26일, 숙종의 초비(初妃) 인경왕후 김씨가 천연두로 요절했다. 장씨가 숙종을 모시게 된 시기는 불분명하지만 숙종실록에 인경왕후가 죽고 난 후에야 비로소 숙종을 모셨다는 기록이 여럿 존재하며, 11월 이후 혜성이 나타났는데 장씨가 숙종의 총애를 받기 시작한 무렵이 이때라는 기록이 존재하니 그녀가 숙종의 승은을 입은 시기가 인경왕후의 죽음 후임을 부정할 수 없다.

같은 해, 숙종의 어머니였던 대비 명성왕후 김씨(明聖王后 金氏)에 의해 강제로 출궁되었다.

숙종실록이나 인현왕후전 등에는 숙종을 모시기에 장씨의 출신이 천하고 성품이 극악한 이유로 쫓아낸 것으로 언급하고 있지만, 경신환국 당시 장현 일가가 복평군 형제와 절친한 사이이니 죄를 물어야 한다고 주장해 몰락시킨 장본인이 바로 명성왕후 김씨의 사촌 오라비 김석주였던 것으로 비추어 장씨의 보복을 견제한 탓이었음을 짐작할 수 있다.

또한, 그녀가 출궁된 직후인 1681년(숙종 7) 1월 3일에 계비 간택령이 내려졌고, 3월에 숙종의 모후인 대비 김씨와 송시열의 추천으로 민씨(인현왕후)가 간택되어 1681년(숙종 7) 5월 14일 숙종과 민씨가 가례를 올렸는데 본래 대비 김씨의 친정 가문과 원한이 있던 송시열과 민유중의 혈육인 민씨가 숙종의 계비가 된 것은 경신환국 당시 서인과 손을 잡았던 명성왕후의 정치적 계략임을 짐작할 수 있는 만큼 인경왕후의 죽음 직후 계비로 내정된 민씨를 위해 장씨를 숙종의 곁에서 치운 것일 가능성도 존재한다.

하지만 희빈 장씨가 숙종의 총애가 지극하자 서인과 인현왕후 민씨의 반발이 격렬했다. 인현왕후는 장씨를 견제하기 위해 서인과 합세해 1686년 3월, 서인 영수 김수항의 종손녀인 영빈 김씨를 간택후궁으로 입궐시켰다.

숙종 12년인 1686년 2월 27일 기사에 인현왕후가 여러 차례 간택후궁을 들일 것을 종용했다는 기록이 있어 장씨가 재입궁한 것을 인현왕후가 후회하였거나 애초 원했던 것이 아님을 알 수 있다. 앞서 1683년에는 인현왕후의 큰아버지인 좌의정 민정중이 장씨의 오라비 장희재가 정명공주의 생일잔치에서 노래를 부른 첩 안숙정을 취객의 희롱에서 도망치게 하였다고 호된 매질을 가한 바 있는데, 좌의정이 포도부장에게 직접 벌을 내린 것도 이치에 맞지 않으며 엄연한 무관의 아내를 희롱한 취객에게 죄를 묻지 않고 그녀를 도망치게 한 남편에게 벌을 내린 것은 사사로운 감정이 있었음을 의미하기도 한다.

사정이야 어찌 됐건 민정중이 장희재에게 매질을 한 것은 사실이니 인현왕후로선 장씨의 입궁이 편할 수 없었을 것이다. 인현왕후는 궁녀 장씨의 교만함을 훈계하겠다며 아랫사람에게 장씨를 매질토록 시키기도 하였다.

서인 영수이자 송시열의 최측근인 김수항, 김수흥의 종손녀 김씨가 간택되어 3월 28일에 숙의로 봉해졌고 노비 150명이 하사되었다. 5월 27일에는 소의로 진봉되었으며 얼마 뒤에는 종1품 귀인으로 봉해졌는데 회임은 고사하고 숙종의 사랑도 받지 못한 김씨에게 이러한 특별진봉이 거듭된 것은 서인 영수의 종손녀라는 신분과 장씨를 향한 서인과 인현왕후의 견제를 의식한 숙종의 방어책이었다.

김씨의 간택을 전후로 서인은 천재지변의 원인으로 장씨를 지목하거나 제왕은 여색을 멀리 해야 한다는 이유 등으로 장씨를 궁 밖으로 쫓아낼 것을 수차례 종용하였지만 실패하였다. 김창협은 '후궁(後宮)으로서 가까이 사랑할 사람이 간혹 있을 수도 있겠으나 진실로 관어(貫魚, 궁인들의 순서)를 순서대로 할 수 있게 하여 종사(螽斯)의 경사가 있게 하고 미색(美色)에 마음이 현혹될 근심과 치우치게 사랑에 빠져 은총을 열어 준다는 비난을 없게 한다'는 내용의 상소를 올렸는데, 이는 장씨의 미색에 현혹되지 말고 궁인의 지위 순서로 성총을 내려 후사를 보아야 한다는 뜻으로서 승은궁녀인 장씨보다 정궁인 인현왕후와 당시 유일하게 후궁의 지위를 갖고 있던 숙의 김씨(김창협의 5촌 당질녀)에게 사랑을 주어 그들에게서 후사를 보아야 비난을 받지 않는다는 내용이다.

숙종은 인현왕후와 김씨에게서 장씨를 떨어뜨리기 위해 중궁전과 후궁의 처소가 있는 창덕궁이 아닌 창경궁에 비밀리에 인부를 불러 장씨의 처소를 새로 건축하였다. 같은 해 12월에 숙종이 직접 장씨를 종4품 숙원으로 봉해 정식 후궁으로 만듦으로써 인현왕후의 처지를 위해 장씨의 출궁을 종용하던 서인은 더 이상 숙종에게 장씨를 출궁시킬 것을 강력히 요구할 수 없게 된다. 하지만 장씨를 숙원으로 봉하며 하사하기로 한 노비 100명과 전답은 흉년을 이유로 무기한 연기하도록 하였다.

인현왕후는 직접적으로 숙종에게 숙원 장씨를 쫓아낼 것을 종용하기도 하였는데, 숙종에게 명성왕후 김씨가 꿈에서 계시를 내리길 장씨가 원한을 품고 환생한 짐승의 화신이며 불순한 무리(남인)의 사주를 받고 입궁했으니 쫓아내야 한다고 발언했던 기록이 숙종실록에 실려 있다.

또한, '장씨 팔자에 본디 아들이 없으니 노고하셔도 공이 없을 것이다'는 주장도 했는데 이는 모두 훗날 인현왕후 민씨가 폐서인이 되어 폐출되는 이유가 된다. 숙종은 원자(경종)가 탄생하자 인현왕후가 매우 노여워했으며, 급작스레

---

3) 조사석(趙師錫, 1632~1693) : 본관은 양주(楊州). 자는 공거(公擧), 호는 만회(晩悔)·만휴(晩休)·향산(香山)·나계(蘿溪). 아버지는 형조판서 계원(啓遠)이며, 아들은 영의정 태구(泰耉)이다. 1662년(현종 3) 증광문과에 급제하여 주서·검열 등을 역임했다. 1667년(현종 8) 왕이 전 해에 정태화(鄭太和)·홍명하(洪命夏)·허적(許積)을 탄핵한 언관 이숙(李塾)·박증휘(朴增輝) 등을 유배 보내고 이 사실을 사초(史草)에 기록하지 말 것을 명했으나, 이를 거절하고 그대로 기록하여 파직당했으나 곧 복직되었다. 그 후 겸설서·봉교·정언·사서·헌남·이조랑 등을 지냈다. 1675년(숙종 1) 수원부사에 이어, 황해·강원·경기 3도의 관찰사를 거쳤으며, 이조참판·지중추부사를 역임했다.

주가(主家, 공주의 처소. 홍치상의 어미 숙안공주 혹은 숙안공주 등을 의미한다)와 더욱 친밀해지고 1688년(숙종 14) 2월, '조사석[3]이 장씨 친정의 청촉으로 상신에 제배되었다'는 소문을 유포했던 것이 발각되어 유적에서 삭제되고 위리안치된 홍치상의 방면을 종용했던 것을 폭로하기도 했다.

1688년(숙종 14) 10월 27일, 드디어 왕실이 그토록 고대하던 숙종의 장남 '윤'(昀)을 낳았고 이 왕자가 후에 조선 왕조 제20대 왕 경종[4]에 오르게 된다. 하지만 서인의 반응은 싸늘하여 대왕대비 조씨의 상(喪) 중임을 앞세워 숙종의 득남에 축하연은커녕 하례인사조차 드리지 않았다.

또한, 다음 달인 11월 12일에는 숙종에게서 입궁하여 장씨의 산후조리를 도우라는 어명을 받고 입궁하는 장씨의 생모 윤씨를 지평 이익수가 명을 내려 사헌부 관원들이 그녀를 가마에서 강제로 끌어내리고 그녀의 하인들을 눈앞에서 매를 때리고 체포하는 행위를 저질렀다. 덮개가 달린 가마인 옥교를 탈 수 있

---

그 뒤 대사헌, 호조·병조판서, 좌참찬 등을 역임하고, 1687년(숙종 13) 이조판서를 거쳐 우의정에 올랐다. 이때 김만중(金萬重)에 의해 희빈 장씨(禧嬪張氏)의 어머니와의 오랜 연문(戀聞)이 왕에게 알려졌으나, 오히려 김만중이 처벌되었다. 1688년(숙종 14) 좌의정이 되었으나 자신이 동평군(東平君) 항(杭)의 근척(近戚)임에도 불구하고, 동평군의 횡포를 논하다가 처벌된 박세채(朴世采)·남구만(南九萬) 등을 극구 변호한 일로 왕의 노여움을 사게 되자 병을 핑계로 나가지 않았다. 1689년(숙종 15) 영돈녕부사에 올랐으며, 기사환국에 형(刑)이 고르지 못함을 상소했다. 1690년(숙종 16) 동궁책봉하례(東宮册封賀禮)에 참가하지 않아, 이듬해 고성에 유배되었고, 2년 후 그곳에서 죽었다. 죽은 이듬해 복관되었다. 시호는 충헌(忠憲)이다.

4) 경종(景宗, 1688~1724) : 조선 제20대 왕. 1689년(숙종 15) 원자(元子)로 정호된 뒤 송시열(宋時烈) 등 노론의 반대에 부딪혔으나, 이듬해 소론의 지지를 받아 세자에 책봉되었다. 1717년(숙종 43) 대리청정(代理聽政)을 했으나, 숙종이 이이명(李頤命)을 몰래 불러 세자가 병약하고 자식이 없으니 그의 즉위 뒤의 후사(後嗣)는 연잉군(延礽君, 뒤의 영조)으로 정할 것을 부탁했다. 즉위 다음해인 1721년(경종 1) 후계자를 세우자는 노론의 건의로 연잉군을 세제(世弟)에 책봉하고 세제의 대리청정을 허락했다. 그러나 이에 크게 반발한 소론 이광좌(李光佐) 등의 의견을 받아들여 다시 친정을 하고, 김일경(金一鏡)의 탄핵을 받아들여 세제 대리청정의 발설자인 김창집(金昌集)·이이명(李頤命)·조태채(趙泰采)·이건명(李健命) 등 노론 4대신을 유배 보냈다. 1722년(경종 2)에는 노론 일파가 왕을 시해하고자 모의했다는 목호룡(睦虎龍)의 고변(告變)이 있자, 노론 4대신을 사사(賜死)한 뒤 노론을 모두 숙청했다.
두 해에 걸친 신임사화(辛壬士禍)로 소론이 그의 재위기간에 전권을 장악했다. 1722년 흉작이 들자 각도의 연분사목(年分事目)을 개정하여 전세율을 낮추었으며, 삼남지방의 양전(量田)에 대한 민원(民怨)도 시정했다. 1723년(경종 3)에는 서양의 수총기(水銃器, 소화기)를 모방하여 이를 제작하게 했고, 관상감에 명하여 서양의 문신종(問辰鍾)을 제작하게 했다. 능은 의릉(懿陵)이다.

는 부녀자는 3품 이상인 동반(문관) 당상관의 어미와 처, 딸과 며느리로 국법이 정해져 있는데 당하관에 불과한 천한 역관의 아내인 윤씨가 옥교를 탄 것은 엄연한 불법이라는 이유 때문이었다.

"장 소의의 어미는 곧 당하관(堂下官)인 역관(譯官)의 처(妻)이니, 교자(轎子)를 타는 것도 이미 참람하다고 할 것인데, 교자에 뚜껑이 있는 것은 더욱 참람한 것이니, 법을 지키는 관원이 이를 알면 마땅히 금지할 것입니다."

하지만 이 법은 여인은 얼굴을 공개하고 외출할 수 없다는 조선시대의 사정에 의해 오래 전부터 지켜지지 않았고, 이에 서반(무관) 가문의 여인이나 당하관의 처첩은 물론 관직이 없는 양반가의 부녀자나 중인, 양인에 불과한 아속의 처는 물론 환관의 처부와 궁녀, 하물며 천민인 기녀와 침선비도 타고 다녔다. 명성왕후 김씨의 친신 무당이었던 막례(莫禮)도 옥교를 타고 궁을 출입하며 굿을 했었던 만큼 사실은 아들을 생산한 소의 장씨에 대한 반감을 표면적으로 드러낸 것이었다.

옥교 사건은 그때까지 장씨에 대한 서인의 공격에 소극적으로 대응하던 숙종을 강하게 자극하였다.

숙종은 같은 당하관의 아내인 귀인 김씨의 어미도 옥교를 타고 수시로 궁에 드나들지만 문제 삼은 적이 없으며, 장씨의 생모는 후궁이 해산할 때 교자를 타고 입궁할 수 있다는 왕실 규례에 따라 숙종의 어명을 받고 입궁한 것이며, 어명을 상징하는 선소동패(宣召銅牌)를 보였음에도 입궁치 못하고 내쫓긴 것은 왕을 능멸하는 행위임을 선포하며 이익수 및 사헌부 관원을 체포하여 엄형을 내리고 사형할 것을 명하였고 그들을 옹호하는 이들에게도 벌을 내릴 것을 선포했다.

하지만 숙종의 척신이자 최측근이기도 했던 우의정 조사석마저 윤씨가 탄 가마가 8인교였음을 강조하며 귀인 김씨의 어미는 비교 대상이 아님을 주장함으로써 숙종은 서인 대신은 물론 윤씨를 모욕한 하리에게 내린 벌조차도 취소하고 그들을 위로해야 했다. 서인은 장씨의 생모는 앞으로도 옥교를 탈 수 없는 명을 내릴 것을 종용함과 동시에 윤씨의 옥교 사건을 예로 삼아 가마에 대한 법을 개정하여 선포하라는 보복성 주장을 제기하여 숙종을 재차 굴욕시켰다.

이 사건이 발발한 지 불과 2개월 후, 숙종은 반격을 가한다.

숙종은 아들 윤에게 원자(元子, 왕의 큰아들) 명호를 내릴 뜻을 알린다. 왕자 윤이 후궁 소생이라는 사실에 방심하고 있던 서인은 숙종의 선언에 당황했지만 제대로 반대를 하거나 저지할 준비도 되지 않은 상황 속에 숙종은 불과 닷새 후인 1월 15일에 왕자 윤에게 원자 명호를 내려 종묘사직에 고했다.

또한, 숙종은 원자 윤의 생모 소의 장씨를 정1품 빈(嬪)으로 책봉하여 귀인 김씨를 제치고 후궁 1위로 만들었다.

앞서 숙종이 원자 정호에 대한 불만이 있으면 관직을 내놓고 떠나라는 선언이 있었으며, 이미 종묘사직에 고한 일을 무르라는 것은 선대왕들을 한꺼번에 능멸하는 행위이자 신권이 왕권의 위에 있음을 입증하는 행위나 다름없기에 서인은 소극적인 반박으로 의사를 표현할 수밖에 없었고, 숙종은 이 또한 용서하지 않아 그들을 파직하였다.

1689년(숙종 15) 2월 1일에 인현왕후의 외가 친척이기도 한 송시열이 이미 종묘에 고한 원자 정호를 철회하라는 비판상소를 올리자 숙종은 진노하여 송시열을 치죄하라는 명을 내리지만 서인으로 이루어진 승정원에서 명을 받들지 않았다.

앞서 숙종이 김만중의 치죄를 명할 당시와 흡사한 배경이었기에 숙종은 분개하여 삼사와 승정원, 사간원 등 왕의 최측근 요직에 있던 서인을 파직하고 경신환국 때 실권하여 은신 중이었던 남인을 조정으로 불러 교체해 버린다.

동시에 숙종은 2월 2일 장씨의 선조 3대를 정승으로 추증(追贈)했다. 다음 달 3월엔 그녀의 외조부인 일본어 역관 윤성립을 2품 정경으로 추증하고, 외삼촌인 윤정석에게 사포별제직을 내려 장씨가 더 이상 비천한 역관에 불가한 가문 출신이라는 손가락질을 받지 않도록 하였다.

1690년(숙종 16) 6월 16일 원자 윤이 왕세자로 책봉되었다.

1690년(숙종 16) 7월 19일, 중전 장씨가 숙종의 차자(次子)이자 첫 대군(大君)

인 성수(盛壽)를 출산하였다. 왕세자 윤도 장씨의 소생이지만 장씨가 후궁 시절에 낳았기 때문에 왕세자 윤과 대군 성수는 부모가 같은 동복형제이긴 해도 조선시대의 특성상 왕비에게서 태어난 대군 성수가 숙종의 첫 적통 왕자로 정통성이 높은 편이다. 이에 출산에 앞서 서둘러 세자 책봉을 한 것으로 보인다.

숙종실록에는 장씨 소생의 왕자가 9월 16일에 사망하였는데 태어난 지 열흘이 지났다고 기록되어 있지만, 승정원일기의 기록에 따르면 6월에 이미 산실청이 설치되었으며 7월 19일 중궁전(장씨)이 해만(解娩, 해산)한 후 약방(藥房)과 정원(政院), 옥당(玉堂)이 대전과 중궁전의 안부를 물었다.

다음 날인 7월 20일, 중전 장씨의 해만 상태와 산후 기후가 편안하다는 보고가 있으며 2품 이상 관원들이 문안을 올렸다. 22일에는 장씨의 유즙(乳汁, 젖)이 나오지 않아 약을 의논하는 기사가 있다. 7월 26일에는 산실청 의관이 입진하여 중궁전(장씨)이 해만(解娩, 해산)한 지 제7일이 되었으니 산실을 철파(撤罷)하겠다는 계를 올렸다.

같은 날 숙종은 산실청 전(前) 도제조와 우의정 및 여러 관원과 의관들에게 각 말 한 필과 안장을 하사하였다. 다음 날 27일에는 산실청 담당 의관이었던 김유현 등에게 숭록(崇祿, 종1품 문무관 관직)을 제수하는 것은 부당하다는 반대로 수령(守令)직을 제수하였는데, 이는 숙종이 의관에게 종1품 숭록의 위를 제수할 만큼 대군의 탄생을 각별히 기뻐했음을 알 수 있다.

이러한 승정원일기의 기록은 장씨가 출산한 왕자가 9월 10일 경에 탄생된 것으로 기록한 숙종실록의 기사가 허위임을 증명한다.

장씨가 출산한 성수(盛壽)는 정식 책봉과 군호(君號, 대군과 군의 작위 앞에 붙이는 두 글자의 호)를 받지 않은 갓난아기였지만, 탄생 직후부터 대군(大君, 왕비 소생의 적통 왕자에게 내리는 작위명)으로 불렸으며 대군으로서의 예우와 영토와 녹봉이 내려지는 대우를 받았다.

대군 성수는 탄생한 지 100일이 되지 않은 9월 16일에 돌연 급사하였다. 조정에서 신생대군(新生大君)의 사망에 대한 원인이 논의되었다. 6월부터 산실청이 세워지고 산모인 장씨가 불안한 상태임이 거론되었는데 출산을 하고 난 이후

에도 장씨의 상태가 불안하다는 기록이 있으며 9월 16일 신생대군이 사망하였
을 때에도 상태가 미완하다는 기록이 있는 만큼 난산이었거나 장씨의 건강이
좋지 않았음을 알 수 있다.

숙종은 조정 백관 앞에서 울음을 터트리며 마음이 진정되지 않는다고 토로
했을 만큼 둘째 아들을 잃은 안타까움을 표했다.

1692년(숙종 18), 전 해(前年)에 조졸한 신생대군 방에 절수된 영토와 녹봉을
거둘 것을 주청하는 건의가 반복되어 허가되었다.

1693년(숙종 19) 2월, 중전 장씨의 머리 부위의 절환(癤患, 부스럼증)과 창증(瘡
症, 종기)이 감소하였다는 기록과 의녀의 시침 기록이 승정원일기 중에 다수 존
재하며, 숙환(오랜 병, 고질병)으로 담화(痰火)가 있어(宿患痰火之症) 1694년,
후궁으로 강봉되기 직전까지 치료법에 대한 논의와 뜸을 받은 기록이 존재한
다.

1693년(숙종 19) 4월 26일, 숙종의 승은을 입어 회임을 한 무수리 최씨가 숙
종에게 직접 후궁 첩지를 받고 숙원이 되었다.

장씨가 후궁으로 봉해진 후 최초로 숙종이 맞이한 후궁인 만큼 장씨에 대한
숙종의 애정이 식었음을 의미한다. 같은 해 10월 6일, 숙원 최씨가 왕자 영수(永
壽)를 생산하였지만 12월에 사망했다. 하지만 이때 이미 숙원 최씨는 다시 회임
을 한 상태로 다음 해 9월에 둘째 왕자를 생산하였으니 이 왕자가 바로 장씨 소
생 왕세자인 경종의 뒤를 이어 즉위한 영조이다.

숙종은 폐비 민씨(인현왕후)를 중전으로 복위하라고 명하면서 "백성에게 두
임금이 없는 것은 고금을 통하는 의리이다"며 장씨의 왕후세수(王后璽綬)를 거
두고, 이어서 희빈(禧嬪)의 옛 작호를 내려 주라고 명하였다. 하지만 모든 서인
이 이에 찬동하였던 것은 아니다.

서문중 등이 상소하여 간쟁하려고 박태상(朴泰尙) 등 여러 사람과 대궐 밖 돈
녕부(敦寧府)에 모여 주장하기를 '9년 · 6년과, 아들이 있고 아들이 없는 것은
어느 것이 중하고 어느 것이 경한가?' 하였는데 이 뜻은 중궁(中宮)이 어위(御位)
한 것과 장씨(張氏)가 왕비로 있던 것은 세월이 오래고 짧은 차이가 있기는 하나

왕세자가 있으므로 장씨가 도리어 중하다 하였다.

직접적으로 반대한 것은 아니지만 다음날인 13일, 정원(政院)에서도 이의를 제기하였다. 갑작스런 변절에 당황스러워 해조 관원들이 받들어 거행하기 어려우며, 대저 곤위(壼位, 왕비)의 승출(陞黜)을 대신과 조정이 일제히 의논하게 하지 않고 비망기를 정원에 내려서 봉행하라 하였으니 대신·재신(宰臣) 및 삼사(三司)의 신하들을 불러 묘당(廟堂)에 모여서 의논하여 지극히 마땅한 결론을 낸 후에 명을 내리라고 한 것이다.

4월 17일, 영의정 남구만은 정언의 주장이 매우 부당하다 반박하였다. 기사년 당시 장씨가 중전에 올랐을 때에도 같은 상황이었으며, 숙종의 뜻으로 이미 인현왕후가 왕비로 복위하였는데 장씨의 강호(降號)에 대해 거론하여 다툰다면 한 나라에 존위가 둘이 되는 것이니 부당함과 동시에 아들이 어머니에 대해 논하고, 신하가 임금에 대해 의논하는 것이니 천하의 도리에 맞지 않다고 주장하였다.

또한 남구만은 "희빈의 강호는 중궁 전하께서 복위하심으로 말미암아 두 왕비가 있을 수 없어서 그러한 것입니다. 죄가 있어서 폐출(廢黜)된 것과 같지 않으니, 아마도 분수에 따라 스스로 안정할 것이고, 궁위(宮闈) 사이는 화목하여 화평할 수 있을 것입니다" 선언하며, 정언이 닷새 전에 언급한 '곤위(壼位)의 승출(陞黜)'은 낮춘 것[降]을 내친 것[黜]이라 한 것이니 사실에 크게 어그러진다고 반박하였다. 하지만 그와 동시에, 정언이 갑자기 변절을 만나 당황할 즈음에 문자를 가리지 못한 것은 또한 매우 허물하기 어려우니 추고(推考)하여야 한다고 변론하였다.

남구만의 공표로 인해 장씨의 강등은 기정사실이 되었지만 동시에 그녀는 후궁의 작위를 가졌으되 후궁이 아닌 위치에 놓이게 된다.

1701년(숙종 27) 음력 8월 14일, 오랜 지병을 앓던 인현왕후가 사망하였다. 조정은 인현왕후를 위한 국상이 준비됨과 동시에 조정 한 편에선 희빈 장씨를 다시 왕비로 복위시키는 움직임이 전개되었다. 이는 당연한 수순이었지만 노론과 숙빈 최씨에게 치명적인 상황이었으며 숙종에게도 좋지 않은 상황이었다.

1701년(숙종 27) 9월, 인현왕후와 함께 노론에 있던 숙종의 후궁 숙빈 최씨는 숙종에게 희빈 장씨가 취선당 서쪽에 신당(神堂)을 설치하고 인현왕후를 저주했다고 왕에게 발고하였고, 인현왕후는 병이 아닌 희빈 장씨의 저주에 의해 시해당한 것이라고 주장하였다. 또한 인현왕후의 동복 오라비인 민진후(閔鎭厚) 형제는 인현왕후가 생전 "지금 나의 병 증세가 지극히 이상한데, 사람들이 모두 '반드시 빌미가 있다' 고 한다"고 그들에게 말한 바가 있었음을 숙종에게 발고했다. '빌미' 란 장씨의 저주로 병에 걸렸다는 뜻이었다.

실제로 희빈 장씨는 그녀의 처소인 취선당 한 편에 신당을 지었고 굿을 하였다. 하지만 희빈 장씨의 측근은 1699년(숙종 25) 세자 윤이 두창에 걸리자 쾌유를 기원하기 위함이었다고 주장했다. 이미 세자의 두창은 완쾌되었지만 세자가 후유증으로 안질을 앓았고, 병이 나았다고 하여 신중(떡을 바치는 것)을 그만 두면 귀신의 분노를 산다는 무당의 말에 철거하지 못하였다는 것이다. 이들의 주장은 고문 중에도 번복되지 않았으며 다만 인현왕후의 죽음을 기원하였다는 추가 증언이 더해졌을 뿐이다.

신당의 존재가 1699년(숙종 25)부터 존재하였다면 숙빈 최씨를 비롯한 궁인 전원은 물론 숙종 또한 알고 있었을 가능성이 크다. 주자학을 신봉하는 조선사회에서 무속 행위는 국법으로 엄중히 금하였지만 궁 밖은 물론 궁 안에서도 자주 치루어졌고 숙종의 모후 명성왕후 김씨도 인현왕후와 함께 숙종의 두창의 쾌유를 기원하는 굿을 하였던 만큼 장씨의 신당 설치 자체는 굳이 문제 삼을 사안이 아니었다. 하지만 숙빈 최씨는 신당의 존재에 이견을 주장하였고, 숙종은 숙빈 최씨가 거론한 신당의 존재를 조정 대신들에게 공식화하며 장씨가 몰래 신당을 차려 인현왕후를 시해하는 저주굿을 하였다고 발표한 것이다.

숙종은 먼저 제주 유배 중인 장희재에게 처형의 명을 내리고, 그에 이어 희빈에게 자진을 명하는 비망기를 내린다. 이에 대신들이 반대하자 숙종은 구익부인의 예를 들지만 숙종의 나이가 젊으니 한무제와는 경우가 다르다며 대신들이 반대하였다.

이에 숙종은 먼저 태자방의 가족들을 궁으로 데려와 증언을 받아낸 후 이 증언을 바탕으로 장희재의 첩 숙정과 취선당과 동궁전의 궁인(宮人)·죽은 태자방의 뒤를 이어 굿을 했던 무녀(巫女) 오례를 압송해 수일에 걸쳐 압슬형 등 최고 고문형을 가하며 범죄를 인정하는 자백을 받아낸다.

생존한 죄인은 군기시에서 처형되었다. 이 사건을 무고의 옥(巫蠱-獄, 여기서 무고란 무술(巫術)이나 방술 따위로 남을 저주하는 일을 뜻하는 말이다)이라 한다.

이때에 소론은 고문 과정이 비정상적이었음을 주장하며 희빈의 결백을 주장했지만 이미 희빈을 죽일 결심을 한 숙종의 뜻이 단호하였다. 이에 영의정 최석정과 소론은 희빈에게 죄가 있다고 치더라도 세자의 어미이니 처우에 관대하게 하자고 주장을 바꿨지만 이 역시 기각되었고 최석정은 부처되었다.

1701년(숙종 27) 10월 7일, 숙종은 빈어(嬪御, 임금의 첩)에서 후비(后妃, 임금의 정실)로 승격되는 일을 금지하는 법을 만들었고, 다음날 10월 8일에 승정원을 통해 공식적으로 장씨에게 자진의 명을 내렸다. 10월 10일, 숙종은 희빈 장씨가 이미 자진하였음을 공표하였다.

장희빈이 사망한 건 1701년 음력 10월 10일의 일로, 향년 43세였다. 그러나 기록상 장희빈의 죽음 묘사가 달라서 장희빈이 사사되었는지, 자진했는지는 현재도 의견이 분분하다.

노론의 입장에서 집필된 수문록과 인현왕후전에는 장희빈이 숙종에 의해 강제로 사사되었다고 되어 있지만 정사 기록인 숙종실록과 승정원일기에는 자진한 것으로만 기록되어 있다.

희빈 장씨가 죽고 난 후 그녀를 지지하며 변호했던 남구만·유상헌 등 소론의 선비들도 몰락하게 되고 다시 노론이 득세하게 되었지만 이는 일시적인 것으로 숙종은 옥사가 종결되자 다시 소론을 조정으로 불러 중용함과 동시에 소론 김주신의 딸 김씨를 직접 간택하여 가례를 올린다.

장씨가 죽던 날 열네 살의 세자가 대신들에게 어머니를 살려달라고 빌자 소론 영의정 최석정(崔錫鼎)은 "신이 감히 죽기로 저하(邸下)의 은혜를 갚지 않으리까"라고 답했으나 노론 좌의정 이세백(李世白)은 옷자락을 붙잡고 매달리는 세자를 외면했다는 일화에서 보이는 것처럼 장희빈의 사사는 곧바로 세자를 정쟁의 대상으로 만들었다.

노론은 세자가 즉위할 경우 연산군처럼 모친의 복수에 나설 것을 우려하지 않을 수 없었다. 남인은 완전히 몰락해 정계에서 사라진 가운데 소론은 세자를 지지하고, 반면에 노론은 세자 대신 숙빈 최씨의 아들 연잉군을 지지했다. 누가 승리하느냐의 관건은 그간 각 당파를 분열시켜 서로 살육하게 함으로써 왕권을 강화시킨 숙종이 쥐고 있었다.

1713년(숙종 39)이 밝아오자 집권 노론은 즉위 40주년을 기념해 존호(尊號)를 올리겠다고 주청하고 숙종은 사양하는 진풍경이 벌어졌다. 영의정 이유(李濡)는 백관을 거느리고 연일 대궐 뜰에 모여 정청(庭請, 백관이 중요한 국사에 계를 올리고 국왕의 전교를 바라는 것)을 열었다.

이 문제로 국정이 거의 마비된 후 숙종은 못 이기는 척 수락했고, 그해 3월 장엄한 의식을 거쳐 '현의 광륜 예성 영렬(顯義, 光倫, 睿聖, 英烈)'이란 존호를 받았다. 집권 노론이 숙종에게 이런 정성을 쏟는 속내는 장희빈 소생의 세자를 최씨 소생의 연잉군으로 대체하려는 의도가 있었다.

# 인현왕후의 폐출과 장옥정의 책봉

숙종은 인현왕후 민씨를 생일 날 폐출하라는 전지를 내렸다. 인현왕후는 노론 중진인 영돈녕부사(領敦寧府事) 민유중(閔維重)의 딸이다. 전 좌의정 민정중은 그녀의 큰 아버지이기도 하다. 그녀는 아이를 낳지 못해 불행한 삶을 살았던 왕비이다. 더구나 그녀가 왕비로 있을 당시는 당쟁이 몹시 심해 숙종이 누차에 걸쳐 국면을 전환하며, 환국 정치를 구사하던 때였다.

서인 출신인 그녀는 1667년(현종 8) 4월 25일 반송동 사저에서 태어났으며, 1681년(숙종 7)에 15살의 나이로 가례를 올리고 숙종의 계비가 되었다. 그녀는 혼례를 올리고 7년이 지나서도 아이를 낳지 못했는데, 그 무렵인 1688년(숙종 14)에 장희빈이 왕자를 생산하는 바람에 입지가 크게 위축되었다. 장희빈의 아들은 곧 원자로 정호되었고, 희빈 장씨도 빈으로 격상되어 정비인 인현왕후를 능가하는 위치에 있게 되었다.

이후 원자 윤(昀)은 3살의 어린 나이로 세자에 책봉되었고 서인들은 이에 반발하였다. 특히 노론의 영수 송시열은 강력한 반대 상소를 올렸는데 숙종은 이 상소에 분노하여 그를 제주에서 압송해 오다 사사하였다. 기사환국으로 불리우는 이 사건으로 서인 출신인 인현왕후도 폐위되었다.

이때 박태보(朴泰輔, 1654~1689)가 항소하여 힘쓰다가 죽고 김수항은 적소에서 사약을 받고 화를 당했다. 대신들이 백관을 거느리고 청정하였으나 숙종은 전지를 거두지 않았고 수많은 상소와 반대에도 귀를 열지 아니 했다.

노론의 명사인 김수항(金壽恒), 김수홍(金壽弘, 김수항의 형) 안동김씨와 여기 동

조했던 청풍김씨인 숙종의 어머니인 대비 명성왕후의 친정과 숙종의 초비인
인경왕후의 아버지인 김만기(金萬基), 김만중(金萬重) 광산김씨 형제의 집과 폐비
민씨의 집은 말할 것도 없이 이미 죽음을 당하고 귀양을 가게 되었다.

장희빈의 위풍당당한 기세가 욱일승천하는 모습에 남인들은 10년 가까이 숨
어 있다가 그녀를 미끼로 하여 위세당당히 일어나기 시작한 것이 이즈음의 상
황이다.

노론이 꺾어지면서 원자의 어머니로 일약 왕후의 자리에 오르게 되는 그녀
는 숙종의 총애를 받게 되며 아기를 낳지 못한 인현왕후는 폐비가 되어 쫓겨나
게 된다. 명안공주(明安公主, 현종의 3녀)는 명성왕후 김씨의 소생이다. 언니 둘은
일찍 사망하고 1680년(숙종 6) 12월 18일 해주 오씨에게 시집갔으나, 자식을 낳
지 못했다.

1687년(숙종 13) 3월 16일 요절했다. 오태주는 오두인(吳斗寅, 1624~1689)이 서
인의 핵심 인물로 1689년(숙종 15) 인현왕후 폐위 때 가담 유배되었고 이때 오
태주(吳泰周, 숙종 누이동생의 남편)도 삭탈관직되었다.

그해 그는 복귀되고, 글씨를 잘 쓰고 시문이 능해 숙종이 좋아했다. 그러나
그는 1716년(숙종 42) 49살로 생을 마감했다.

명안공주가 대전으로 오라버니 숙종을 찾아와 무죄함을 극구 말한 바로 이
튼 날 일이었다.

숙종께서는,

"폐비 전교는 이미 조정에 반포한 바이다. 폐비하는 이상 명분을 밝혀야 할
것이다. 여하간에 폐비를 서인으로 만든다 알겠느냐? 서인이 된 이상 한시도
대궐 안에 머무를 수 없는 일이다. 당장 폐비를 본댁으로 내보내도록 하라."

숙종은 벌겋게 용안이 상기되어 소리쳤다.

"폐비와 함께 김 귀인을 빨리 내치도록 상궁과 대전 내시로 하여금 시간을
지체치 말고 빨리 내리치라."

하며, 다시 한 번 영을 내린다.

대전 내시는 발길을 돌려 귀인 마마께 지엄하시오나 본댁으로 나가 계심이

뒷일을 위해서도 좋을 것으로 아뢰자, 김 귀인은 대성통곡을 하고 울어도 소용이 없었다. 또한 시녀들도 구슬프게 흐느끼고 울었다.

김 귀인은 떠날 준비를 하였다.

한편 감찰 상궁은 인현왕후 앞에 다가가 무릎을 꿇고 배례한 후 아뢴다.

인현왕후는 고요히 얼굴을 들어 상궁을 바라보며, 자기의 운명을 짐작이나 하듯 무슨 전교인가 하고 재촉하듯 하자, 감찰 상궁은 안으로 기어들어가는 소리로 난처해 하며, "폐서인하라"라는 말을 전한다.

인현왕후는,

"알았다" 하고, 관잠을 끌어내고 정복을 차례차례 벗어놓고 중계(中棨)로 내려섰다.

이런 인현왕후 민씨의 모습은 소복에 민머리를 쪽진 일개 여염집 부인 같았다. 시녀들은 흐느껴 울며 뜰 아래로 따라 내려갔다.

전하의 전교를 감찰 상궁은 폐비 민씨에게,

"서인으로 강등한다. 이제 평민으로 궐 밖 본댁으로 내치게 하라."

인현왕후는 뜰에 선 채 조용히 전교를 듣고 구슬 같은 눈물을 흘린다.

이때 앞마당 궁중전의 시녀뿐만 아니라, 온 궁안의 궁녀들이 구름처럼 몰려들었다.

또 들리는 울음소리에 숙종은 급히 내시를 불러,

"어디서 들리는 무슨 소리야?"

하며 하명하자,

"궁녀들의 울음소리옵니다."

라고 아뢰자,

"어찌 이같이 무엄하게 방자스러우냐! 지체 없이 내보내라."

불호령이 내려졌다.

시녀들은 내시의 말에 분해 한다.

"어저께까지만 하여도 용상 다음가는 나라의 국모신데 어찌 보행을 하게 하시오."

대전 내시도 난처했다.

왕후 민씨의 측근 상궁이 고개 숙여 대답한다.

"아무리 해도 보행으로는 못 나가겠소."

고요히 섰던 왕후 민씨는 늙은 상궁에게 분부를 내린다.

"재촉이 지엄하니 이곳에 머물 수가 없구나!"

왕후 민씨는 초연이 발걸음을 옮겨 놓는다.

이때 궁녀 두 사람이 왕후 민씨의 앞을 가로 막으며,

"잠깐 거기 서시오."

행동과 말이 귀 막히게 불공하다.

왕후 앞에서 무엄하기 짝이 없는 장희빈의 시녀들이었다.

늙은 상궁은 분함에 참지 못해 큰 소리로 호통쳤다.

"너희는 어떠한 계집이건데, 감히 길을 막으려 하는 게냐?"

"왕후 마마가 뭐요, 일개 폐서인인데 값진 물건 가져 나가나 몸을 뒤지는 것이오, 우리들이 마음대로 하는 것이 아니라, 어명으로 뒤지는 것이오."

이내 중전 앞으로 달려들어 치마허리와 저고리 품을 뒤지기 시작한다.

중전 나인들은 치를 떨며 분해했다.

중전 민씨는 어떤 저지도 하지 않았다. 옷고름을 풀어 제쳐서 볼 테면 보라는 민씨의 두 눈은 광채가 쏘는 듯 감히 바라볼 수 없었다.

그리고 그녀는 옷무새를 가다듬고 서서히 오금문 쪽으로 향하여 걸어 나갔다.

그녀는 경복당 잔디밭에 잠깐 주저앉았다. 친정에 기별을 한 교자가 마당에 흰 명주보를 덮어 들어왔다.

중전 민씨는 초연히 한숨을 쉰 후 교자 바탕에 올라 하얀 옥교를 타고 5월 4일 경복궁 북쪽의 금빛나는 문이란 오금문을 나서니, 측근 시녀 7~8명은 통곡하며 뒤따랐다.

호화롭고 장엄한 의장이 십 리밖에 뻗쳤던 것인데, 쫓겨가는 신세가 처량하고 한심하기 그지없었다.

서인계 유생 수백 명이 길가에 엎드려 곡했다. 교자는 오금문을 나와 친정으로 돌아가고 성균관 유생은 동명 휴학을 단행했다.

후일 인현왕후는 창경궁 경춘전에서 1701년 나이 35살로, 8월 14일 복위 한 지 8년 되는 해에 운명하신 것이다.

후일 돌아가신 왕비의 애석한 죽음을 한 궁녀가 그녀를 주인공으로 쓴 〈인현왕후전〉이 전해지고 있다.

숙종은 서인의 숙청을 기회로 삼아 인현왕후까지 내쫓고 남인의 지지를 받고 있던 장희빈을 왕비로 삼아 버렸다. 이는 모두 세자를 보호하기 위한 자구책이었다.

숙종은 단호히 민비가 쫓겨난 당일 종묘에 행차해 이 사실을 고하고 열흘 후 희빈 장씨를 왕비로 책봉하고, 역시 종묘에 고했다.

민비가 물러간 5월 초엿새, 숙종은 빈청에 있는 영의정 권대운, 예조참판 류명현 등을 불러들였다.

그리고 숙종은 말씀하시기를.

"왕후 폐서인은 복덕이 없어 두루 다 아는 바와 같이 그 자리를 한시도 비워 둘 수 없으니, 경들은 예관을 정하여 예식을 거행케 하라"고 하명한다.

그러자 곧 대신들은 희빈 장씨를 왕후로 정하는 예식을 준비했다.

이윽고 인정전 넓고 넓은 뜰에는 차일이 드높게 쳐지고 정전 월대 위에는 황금보좌(黃金寶座)가 나란히 놓여 있고, 다시 월대 아래에는 왕후의 옥책문(玉冊文)이 향안(香案) 위에 단정히 놓여있다.

금관 조복으로 차려 입은 만조백관들은 자리를 찾아 질서정연하게 줄지어 서 있었다.

황금 보좌에 면류관 곤룡포로 숙종이 먼저 임어(臨御)하자 만조백관들은 국궁배하를 드렸다.

이윽고 장희빈이 탄 황금덩이가 들어왔다. 원자를 안고 내리는 장희빈의 고운 모습을 보자, 숙종의 용안에는 화려한 웃음이 물결쳤다.

숙종이 친히 낭독해 읽을 왕후 책봉의 선포문을 바치려는 것이다.

　반열에 늘어선 금관조복과 산호품대를 한 신하들의 입에서 천호만세(千號萬歲) 소리가 일어난다. 만세 소리는 천지를 진동했다.

　승지가 올리는 고유문을 숙종은 두 손으로 받아들자, 곤룡포 소매를 걷고 옥음을 낭랑하게 읽는다.

　"민비가 부덕하여 비를 폐하여 궁중에서 내보낸 후에 왕후의 자리가 비어 있게 되었다. 왕후는 국가의 곤위(坤位)요, 만백성의 국모라 오랫동안 그 자리를 비워둘 수가 없다. 희빈 장씨는 유한정정하여 내조하는 부덕이 장할 뿐 아니라 일찍이 원자를 탄생하여 국가의 근본을 굳게 하였다. 나라의 백년대계를 생각하여 이제 원자의 어머니가 되는 희빈 장씨로 왕후를 책봉하니 국신백료와 국민전체는 나의 뜻을 알아 국모로서 받들게 하라."

　숙종의 옥음은 낭랑히 전각 안 밖에 흩어졌다.

　군신의 반열 속에 또 한 번 천호만세 소리가 울리고 끝나자마자 이번엔 도승지가 옥책문이 놓여있는 왕 앞에 나가서 두 번 절하고 왕후 책봉하는 옥책문을 낭랑이 읽었다.

　만조백관들과 궁녀들은 물을 끼얹은 듯 조용히 서서 도승지의 옥책문 읽는 소리를 한 마디 놓치지 않고 들으며, 상궁과 시녀들은 새 왕후를 부축하며 옥계(玉階) 위로 오른다.

　숙종은 어수를 늘이어 새 왕후에게 자리를 지적한다. 궁녀들은 새 왕후를 숙종의 왼편 자리 황금보좌 위에 앉게 했다.

　영의정, 좌의정, 우의정을 선두로 만조백관들이 차례로 배하는 절을 올리고 끝나자, 내명부들과 궁녀들의 조하(朝賀)가 시작되고, 다음엔 외명부 외 영의정 부인 이하 정경부인, 정부인, 숙부인, 숙인들의 치하하는 의식이 벌어졌다.

　장악원 악공들의 삼현 육각 소리는 아득히 구름 사이로 흩어지고 변화 찬란한 사찬(賜饌)이 5월 순풍 잔디밭 속에서 벌어졌다.

　조선 역사상 유일하게 일개 궁녀의 신분으로 왕비에 올랐던 장희빈은 1659년에 태어났으며, 본관은 인동이고, 이름은 옥정이다.

　그녀의 아버지는 장경이라는 인물인데, 중인계급으로서 사역원의 역관이었으며, 벼슬은 정9품에 부봉사였다.

그에게는 2남 2녀의 자녀가 있었는데, 장옥정은 그 중 막내였다. 장옥정의 아버지 장경은 그녀가 어릴 때 죽었다. 그런 탓에 장옥정은 당숙인 장현의 집에서 자라야 했고, 실록에는 장옥정이 장현의 종질녀라고만 기록되어 있다.

장옥정의 당숙인 장현은 당시에 손꼽히는 거부(巨富)였으며, 그의 신분은 장경과 마찬가지고 역관이었다.

조선시대나, 요즘이나 정치는 사람을 부리고 물품을 써야 하는 늘 돈이 필요한 일이기에 부자들은 시대를 막론하고 정치에 지대한 영향을 끼칠 수밖에 없었다.

장현이 돈을 대고 있던 세력은 서인과 대립하고 있던 남인이었다. 그러나 남인을 밀었던 장현은 1680년(숙종 6)에 남인이 실각하면서 함경도에 유배되는 신세가 되었다.

이때 장옥정의 나이는 22살이었다. 당시에는 늦어도 17살 이전에 궁궐에 들어가야만 궁녀가 될 수 있었던 점을 감안한다면, 장현이 유배되었을 때 장옥정은 이미 5년 이상 궁녀로 살고 있어야만 했다. 하지만 1686년(숙종 12)에 그녀는 28살이라는 늦은 나이에 숙종의 관심을 끌어 숙종의 후궁이 되었다.

이어 2년 뒤인 1688년(숙종 14)에 30살의 나이로 왕자 윤(昀, 뒤의 경종)을 낳아 정 2품에 책봉되었다.

숙종에게는 왕비가 여럿 있었으나, 첫 왕비 인경왕후는 딸만 둘을 낳았지만 일찍 죽었으며, 둘째 왕비 인현왕후는 1681년(숙종 7)에 15살의 나이로 숙종의 계비가 되었으나, 왕비가 된 지 7년이 지나도 아이를 낳지 못하고 있었다.

그런 상황에서 장옥정이 아이를 낳았으니, 숙종의 사랑이 그녀에게 쏠릴 수밖에 없었다.

한편, 이런 상황은 정권을 잃었던 남인에게는 절호의 기회가 아닐 수 없었다.

남인의 뒤를 밀던 장현의 종질녀에게서 왕자가 탄생했으니, 그야말로 천군만마를 얻은 격이었다.

더구나 숙종은 재위 14년 만에 얻은 아들을 태어난 지 두 달만에 원자(元子)로 삼아 버렸다.

원자란 원래 왕비에게서 태어난 적장자를 지칭하는 것인데, 오매불망 아들을 기다리고 있던 숙종은 장옥정의 아들 균을 적장자로 삼아버린 셈이다.

그리고 그녀는 정 1품 빈에 봉하고, 희빈의 봉호를 내렸다.

원자는 곧 세자의 예비 단계이기 때문에 장희빈의 아들이 인현왕후의 양자가 되어 세자가 된다는 뜻이었다.

이는 바로 남인의 세력 확대를 의미했고, 위기를 느낀 서인으로서는 반발할 수밖에 없었다.

그러나 숙종은 왕자 균이 3살이 되자, 서둘러 세자로 책봉해 버렸다.

균이 세자에 책봉되자 서인들은 목숨을 걸고 반대했다. 이에 숙종은 서인의 영수 송시열과 김수항을 유배 보내 죽이고, 소론 세력도 대거 숙청한 뒤 남인에게 정권을 주었다.

서인을 대거 숙청한 숙종은 서인 집안 출신인 인현왕후도 그냥 두지 않았다.

1689년(숙종 15) 5월에 숙종은 인현왕후를 폐위하고 희빈 장씨를 왕비로 삼아 버렸다.

조선왕조 개국 이후 처음으로 궁녀 출신이 왕비로 오른 엄청난 사건이었다.

숙종 갑인년(1674) 14살에 즉위하여 이후 17년이 지났다. 조정의 대소사를 주관하며 신료들의 잘잘못을 엄중히 가려 물을 만큼 연륜이 쌓인 것이다.

숙종은 중전 인현왕후를 폐위시키고 희빈 장씨를 대조전의 새 주인으로 올리겠다고 했을 때는 대신들의 반대가 만만치 않았다.

왕이 어린 나이었다면 연일 올라오는 상소와 간언을 물리치지 못하고 어명을 바꾸었을지 모를 일이다. 30살이 넘는 나이엔 많은 경륜과 분별력으로 초롱초롱한 눈을 부릅뜨고 의정부와 육조의 늙은 대신들을 훈도하며 몰고 나갔다.

숙종은 후궁 장씨 소생의 왕자가 훗날 경종이 되는 원자 정호를 정하고 종묘사직에 고하고, 귀인 장씨를 대명부 정1품 희빈에 책봉했다.

# 갑술환국(甲戌換局)

　　1694년(숙종 20) 인현왕후 폐비 사건을 후회하고 있던 차에 서인의 김춘택(金春澤), 한중혁(韓重爀) 등이 폐비의 복위 운동을 꾀하다가 고발되었다. 이때에 남인의 영수이자 당시 우상(右相)으로 있던 민암(閔黯) 등이 이 기회에 반대당 서인을 완전히 제거하려고 김춘택 등 수십 명을 하옥하고 범위를 넓히어 일대 옥사를 일으켰다.

　　이때 숙종은 갑자기 마음을 바꾸어 옥을 다스리던 민암을 파직하고 사사하였으며, 권대운(權大運, 1612~1699), 목래선(睦來善, 1617~1704), 김덕원(金德遠, 1634~1704) 등을 유배하고 소론(少論) 남구만(南九萬), 박세채(朴世采), 윤지완(尹趾完) 등을 등용하고 장씨를 희빈으로 강등시켰는데 이를 불러 갑술환국이라 한다. 일설에 따르면 김만중이 숙종으로 하여금 폐비 사건의 옳지 못함을 깨우치게 하기 위해 쓴 《사씨남정기》라는 소설을 숙빈 최씨에게 전해 읽고 폐비 사건을 후회하게 되어 정권을 교체한 것이라 알려지기도 한다.

　　또한 이미 죽은 송시열, 김수항 등은 다시 복작(復爵)되고, 남인은 정계에서 물러나게 되었다.

　　장옥정의 부모인 장형과 윤씨, 고씨는 부원군과 부부인의 작호가 취소되었다. 희빈의 처소 또한 창덕궁 대조전이 아닌, 과거에 사용하던 창경궁 취선당으로 옮겨졌다. 장희빈의 오빠 장희재(張希載)가 일찍이 희빈에게 보낸 서장(書狀) 속에 폐비 민씨가 폐귀인 김씨와 은화를 모아 복위를 도모한다는 문구가 적혔던 것이 발견되어 논쟁이 되었고 제주도에 유배 중이던 장희재가 압송되어 국문되었다.

노론은 장희재를 죽일 것을 종용했지만 남구만·윤지완 등의 소론 대신들은 세자에게 화가 미칠 것이라 주장하며 구명을 주장했다. 이런 상황 속에 성균관 유생 김인이 하리들과 공모하여 과거 장희재가 숙원 최씨(숙빈 최씨)의 외숙모를 사주하여 최씨를 독살하려고 하였다고 주장하였는데 최씨 또한 김인의 주장이 사실이라고 증언하여 다시 장희재에게 국문이 내려졌다. 하지만 김인이 말한 살인교사의 액수가 터무니없으며 최씨의 외숙모 행적(알리바이)이 뚜렷하여 숙종은 서둘러 국문을 파하고 장희재를 유배지인 제주도로 돌려보냈다.

숙종은 폐비 민씨(인현왕후)를 중전으로 복위하라고 명하면서 "백성에게 두 임금이 없는 것은 고금을 통하는 의리이다"며 장씨의 왕후세수(王后璽綬)를 거두고, 이어서 희빈(禧嬪)의 옛 작호를 내려주라고 명하였다. 하지만 모든 서인이 이에 찬동하였던 것은 아니다.

서문중 등이 상소하여 간쟁하려고 박태상(朴泰尙) 등 여러 사람과 대궐 밖 돈녕부(敦寧府)에 모여 주장하기를 '9년·6년과, 아들이 있고 아들이 없는 것은 어느 것이 중하고 어느 것이 경한가?' 하였는데 이 뜻은 중궁(中宮)이 어위(御位)한 것과 장씨(張氏)가 왕비로 있던 것은 세월이 오래고 짧은 차이가 있기는 하나 왕세자가 있으므로 장씨가 도리어 중하다 하였다.

직접적으로 반대한 것은 아니지만 다음날인 13일, 정원(政院)에서도 이의를 제기하였다. 갑작스런 변절에 당황스러워 해조 관원들이 받들어 거행하기 어려우며, 대저 곤위(壼位, 왕비)의 승출(陞黜)을 대신과 조정이 일제히 의논하게 하지 않고 비망기를 정원에 내려서 봉행하라 하였으니 대신·재신(宰臣) 및 삼사(三司)의 신하들을 불러 묘당(廟堂)에 모여서 의논하여 지극히 마땅한 결론을 낸 후에 명을 내리라고 한 것이다.

4월 17일, 영의정 남구만은 정언의 주장이 매우 부당하다 반박하였다. 기사년 당시 장씨가 중전에 올랐을 때에도 같은 상황이었으며, 숙종의 뜻으로 이미 인현왕후가 왕비로 복위되었는데 장씨의 강호(降號)에 대해 거론하여 다툰다면 한 나라에 존위가 둘이 되는 것이니 부당함과 동시에 아들이 어머니에 대해 논하고, 신하가 임금에 대해 의논하는 것이니 천하의 도리에 맞지 않다고 주장하였다.

또한 남구만은 "희빈의 강호는 중궁 전하께서 복위하심으로 말미암아 두 왕비가 있을 수 없어서 그러한 것입니다. 죄가 있어서 폐출(廢黜)된 것과 같지 않으니, 아마도 분수에 따라 스스로 안정할 것이고, 궁위(宮闈) 사이는 화목하여 화평할 수 있을 것입니다" 선언하며, 정언이 닷새 전에 언급한 '곤위(壼位)의 승출(陞黜)'에서 낮춘 것 강(降)을 내친 것 출(黜)이라 한 것이니 사실에 크게 어그러진다고 반박하였다.

하지만 그와 동시에, 정언이 갑자기 변절을 만나 당황할 즈음에 문자를 가리지 못한 것은 또한 매우 허물하기 어려우니 추고(推考)하여야 한다고 변론하였다. 남구만의 공표로 인해 장씨의 강등은 기정사실이 되었지만 동시에 그녀는 후궁의 작위를 가졌으되 후궁이 아닌 위치에 놓이게 된다.

  소재(疎齋) 이이명(李頤命) 매화당 습감재(習坎齋)

# 민씨 복위 당의통략(黨議通略)의 대요(大要)

장희빈이 세자를 낳았던 1688년(숙종 14)만 해도 숙종은 장희빈과 세자를 반대하는 서인(노론의 전신) 정권을 갈아치우고 남인들에게 정권을 줄 정도로 갓 낳은 왕자를 총애했다.

그러나 재위 20년(1694) 4월 정권을 다시 서인에게 주는 갑술환국을 단행하면서 상황은 달라졌다. 장씨가 왕비 자리에서 쫓겨나고 민씨가 다시 복위한 데다 그해 9월 숙빈 최씨가 연잉군을 낳으면서 세자에 대한 총애는 급격하게 식었다.

한 번 마음을 먹으면 반드시 죽이거나 쫓아내는 숙종의 성격으로 볼 때 세자의 운명은 풍전등화였다. 세자가 스스로를 보전하는 유일한 방법은 절대 속마음을 드러내지 않고 작은 꼬투리도 잡히지 않는 것뿐이었다.

〈경종대왕 행장(行狀)〉은 1701년(숙종 27) 인현왕후 민씨의 와병 때 세자의 행위를 적고 있다. 민씨가 오라비 민진후(閔鎭厚)에게 영결하는 말을 하자 민진후는 엎드려 눈물을 흘렸는데, 세자는 슬픈 용태를 드러내지 않다가 문 밖에 나와서 민진후의 손을 잡고 크게 울었다는 것이다. 그해 8월 인현왕후가 승하해 시신을 발인했을 때는 교외에서 궁중에 이르도록 통곡을 그치지 않아 도로변 사람들이 모두 감탄했다는 기록도 있다.

그해 10월 숙종은 희빈 장씨를 인현왕후를 저주한 혐의로 죽였는데 모친이 죽던 날 세자의 정경에 대해 〈당의통략〉은 이렇게 기록하고 있다.

이때 세자의 나이 13살인데 글을 올려 "신(臣, 세자)의 어머니가 그릇된 일을 하는데 신이 알지 못할 리 없으니 함께 죽기를 청합니다"라고 하면서 궁문 밖에 거적을 깔고 울며 여러 신하들에게 "나의 어머니를 살려 주기를 원하오"라고 하소연했다. 이에 좌의정 이세백(李世白, 노론 영수)은 옷을 털어 피했으나 영의정 최석정(崔錫鼎, 소론 영수)은 "신이 죽기로 저하의 은혜를 갚지 않겠습니까"라고 하였다. 숙종이 마침내 희빈에게 죽음을 내리고 다시 장희재와 업동 및 여러 장씨들을 국문하여 모두 베어 죽이니 이것은 다 이세백[1]이 찬성한 것이었다.

장희빈(禧嬪張氏, 1659~1701) 사사에 가담한 노론에서 세자 대리청정을 먼저 주청하고 나온 의도는 명백했다. 〈당의통략〉은 "세자가 어머니의 변고를 당한 뒤부터는 근심하고 조심하는 것이 점점 심해지더니 잠을 자는 것도 처음과 같지 못했다"고 전하고 있다. 노론에서는 세자의 자질을 낮춰보고 대리청정을 시키면 숙종의 분노를 살 만한 큰 실수를 할 것이라고 여겼던 것이다.

그러나 이는 세자가 스스로를 보호하기 위해 실력을 감춘 사실을 간과한 것이었다. 〈경종대왕 행장〉은 세자가 대리청정할 때 "여러 업무를 재결(裁決)하는 것이 모두 사리에 합당했으며 일을 당하면 모두 위에 품한 뒤에 행해서 감히 마음대로 독단하지 않음을 보였다"고 전하고 있다.

세자 스스로 대리청정이 부왕과 노론이 자신을 죽이기 위해 만든 자리라는

---

1) 이세백(李世白, 1635~1703) : 본관은 용인(龍仁). 자는 중경(仲庚), 호는 우사(雩沙)·북계(北溪). 아버지는 목사(牧使) 정악(挺岳)이다. 1657년(효종 8) 진사시에 합격하여 성균관에 들어갔고, 1666년(현종 7) 의금부도사를 거쳐 홍천현감을 지냈다. 1675년(숙종 1) 증광문과에 급제한 뒤 지평·정언·교리·이조좌랑·동부승지 등을 역임했다.

황해도관찰사를 거쳐 1685년(숙종 11) 평안도관찰사로 선정을 베풀어 그곳 도민들이 이원익(李元翼)의 사당(祠堂)에 병향(竝享)했다. 1689년(숙종 15) 희빈 장씨(禧嬪張氏) 소생의 아들을 세자로 삼는 것을 반대한 서인 송시열(宋時烈)을 유배시키라는 숙종의 전지(傳旨)를 쓰지 않아 파직되었다. 1694년 갑술옥사로 서인이 집권하자 도승지·한성부판윤·예조판서를 거쳐 동지사로 청나라에 다녀왔다. 그 뒤 호조판서·이조판서를 지내고 1698년(숙종 24) 우의정이 되었으며 1700년 좌의정으로 세자부(世子傅)를 겸했다. 이해 과거시험에서 시관(試官)과 응시자 간의 부정행위와 차술(借述) 등의 폐습이 있었다고 하여 합격을 취소하라고 주장했다. 1701년(숙종 27) 인현왕후(仁顯王后)가 죽자 국장도감총호사(國葬都監摠護使)를 겸했다. 저서에 《우사집》이 있다. 시호는 충정(忠正)이다.

사실을 잘 알고 있었던 것이다.

"(대리청정하던) 첫봄에 팔도에 유시하여 농상(農桑)을 권장하고, 굶주리는 백성들에게는 넉넉히 진대(賑貸)하도록 했으며, 유포(流逋, 유랑)하는 자에게는 자산(資産)을 주어 향토(鄕土, 고향)에 돌려보내도록 하였다.

역질(疫疾)을 앓는 자에게는 양식과 약품을 지급해 주도록 하였고, 병으로 죽은 자가 있으면 곧 시신을 거두어 묻어 주도록 하였으며, 백성들 중에 의방(醫方)을 알아서 사람을 병에서 구해 주었거나 사재를 들여 길에서 굶어 죽은 자의 시신을 묻어 준 사람이 있으면 위에 계문하여 시상하도록 허락하였다"고 〈경종대왕 행장〉은 말하고 있다.

노론의 희망과 달리 세자는 우매하지 않았다. 〈경종대왕 행장〉은 "신료를 예(禮)로써 대우하였고, 종친은 은혜로써 대접하였으며, 대신이 죽으면 반드시 위차(位次)를 마련하여 곡(哭)하였다"고 전하고 있다. 〈당의통략〉에서도 "노론 또한 그의 잘못을 찾을 길이 없었다"고 쓰고 있는 것처럼 쫓아낼 꼬투리를 잡을 수 없었다.

이런 상태에서 숙종이 재위 46년(1720) 만에 세상을 떠나 대리청정하던 세자가 드디어 즉위하게 되었다. 이렇게 경종시대가 열렸으나 노론은 그를 임금으로 인정하지 않았다. 왕조 국가에서 특정 당파가 헌법 질서에 의해 즉위한 임금을 부인하고 자신들이 원하는 인물을 택군(擇君)하려는 불행한 사태가 시작된 것이다.

# 경종의 즉위와 노론의 몰락

경종 즉위 당시 조정은 노론 거물 정치인 이른바 노론 4대신 즉 영의정 김창집, 좌의정 이건명, 영부사 이이명, 판부사 조태채를 비롯해 군부와 인사인 이조와 병조 삼사를 완전히 장악하고 있었고, 소론은 병신처분 이후 내쳐진 상태였다.

노회한 노론 대신들과 재신들에 둘러싸인 경종은 선왕의 이이명 유고와 노론의 뒷배인 인원대비에 둘러싸여 있어 사실 그리 지원군이 많지 않은 상황이었다.

물론 경종이 숙종의 10분의 1만 되었어도 조정을 뒤집어 엎고 자신에게 충성을 다한 소론으로 갈아치울 수도 있었지만 너무나도 여리고 착한 경종이다.

사실 노론에게 있어서 경종은 눈엣가시 같은 존재였다. 숙종 재위 시절 희빈 장씨를 죽음에 몰고 간 장본인이 노론이었고, 늘 왕세자를 위협하는 노론에게 경종의 즉위는 사실 크나큰 두려움과 공포였다. 더군다나 야당인 소론과도 같은 서인이었다고 할 수 없을 정도로 서로 증오와 적의로 맞서고 있었다. 경종은 몸이 안 좋았지만 머리가 바보는 아니었다.

모든 상황을 다 알고 있는 경종이었지만 어머니의 죽음과 자신의 지위에 대한 불안정화로 너무나도 자신감이 위축되어 있었던 상황이었다.

이런 분위기에서 천신만고 끝에 보위에 오른 경종이었으나 착한 임금은 조정을 꽉 쥐고 있는 노론에게 어떤 처분도 못하고 즉위 초를 보낸다. 이때 소론 측에서는 희빈 장씨의 신원을 주장하는 글을 올려 임금의 마음을 자극하려 하

였다. 소가 올라오자 경종은 선왕의 처분이 있다며 귀양 보내라는 하교를 하였
다. 하지만 큰 공포를 느낀 노론은 국문을 청하였고 처음에는 거절하던 경종도
결국 국문을 윤허하고 노론은 잔인하게 조중우를 장살한다. 또 골수 노론 성균
관 유생 윤지술은 노론 이이명이 경종 눈치를 보아 신사천 장희빈을 사사한 것
을 숙종비 속에 쓰지 않은 것은 잘못된 일이라며 상소를 올렸다.

아무리 착한 경종도 심한 모욕감을 느꼈지만 차마 죽이지 못하고 유배를 명
했다. 하지만 노론 4대신을 비롯한 노론 조정과 노론 성균관 유생들은 윤지술
(尹志述, 1697~1721)의 유배는 부당하다며 경종을 계속 압박하자 마지 못해 경종
은 이를 철회하였다. 생모의 신원을 올린 조중우는 장살되고 경종을 크게 모욕
한 윤지술에게 처벌할 수 없는 그런 나약한 모습을 보였다. 경종은 늘 침묵을
지켰고 노론은 점차 경종을 우습게 보아갔다.

하지만 윤지술사건 이후 경종은 서서히 변화를 일으키기 시작했다. 우선 소
론 영수 조태구(趙泰耉)에게 우의정을 제수하였다. 임금이 처음 복상(정승 뽑는
절차)을 명하자 영의정 김창집은 이관명으로 복임(정승 추천)하였으나 경종이
가복(다시 추천해라)을 명하자 김창집이 다시 정호로 복임하였으나 임금이 다
시 가복을 명하므로 크게 놀란 김창집은 조태구로 복임하니 경종이 바로 낙점
하였다. 그 후 경종은 소론 인사들인, 최석항(崔錫恒, 1654~1724), 이광좌(李光佐,
1674~1740), 이태좌(李台佐, 1660~1739), 조태억(趙泰億, 1675~1728), 김연(金緣) 등에
게 서서히 병권과 이조의 인사권을 안기고, 이들로 삼사를 채워나가기 시작하
였다.

이에 위기의식을 느낀 노론일파는 우선 연잉군 세제책립이라는 쿠데타를 감
행하였다.

우선 노론은 노론언관이 정신으로 하여금 국본이 비었으니 세자책봉을 건의
하였다. 물론 경종에게 후사가 있으면 이는 당연한 주청이지만 경종에게는 후
사가 없었고 노론이 비호하던 연잉군을 세제로 책봉하는 아주 비정상적이고
위험한 상소를 올리게 한다. 세습문제는 워낙 민감하여 신하들이 발설해서는
안 되지만 경종을 만만하게 본 노론은 노론대비 인원왕후와 손잡고 이를 추진

하였다. 세제책립에 관해 소론 조태구 이하는 단 한 명도 참석하지 않은 상태에서 새벽 3시 노론 일파 즉 영의정 김창집(金昌集), 좌의정 이건명(李健命), 전 우의정 조태채(趙泰采), 병조판서 이만성(李晩成), 훈련대정 이홍술(李弘述), 인현왕후동생 호조판서 민진원(閔鎭遠) 이하 많은 관료들이 청대하여 소론 대신 조태구를 배제하고 청대하여 경종에게 세제책봉을 강요하였다.

만약 경종이 착하지 않았다면 "이것이 모든 조정신하의 뜻이냐"라던가 "감히 이 밤에 청대하여 후계를 세우자는 것이냐"라는 하교 정도는 해야 하는데 기가 죽은 경종은 윤허도 아닌 윤종한다라고 허락하고 만다.

워낙 민감한 세습문제이고 소론반발이 두려운 노론들은 자전(대비)의 허락이 있어야 봉행할 수 있다며 대비전에 들라고 강요하고 이미 입맞춤을 해놓은 인원대비는 "효종의 혈맥과 현종, 숙종의 혈맥은 금상과 연잉군이니 연잉군으로 세제를 삼으라"라는 삼종혈맥설을 써서 경종에게 주었다.

이에 경종의 비인 선의왕후는 노론들의 하는 짓거리가 너무나도 괘씸하고 분통하여 대비전에서 나온 경종을 중궁전으로 데리고 와 "내일 백관이 모인 후에 의논하소서" 하며 인원대비가 쓴 언문교지를 찢어버리자 기겁한 노론은 인원대비에게 요청하였고 노론대비 인원왕후는 중궁전으로 쫓아가 중전과 싸우며 다시 언문교지를 써서 경종에게 주니 시어머니와 며느리 싸움이 못마땅하여 언서를 가지고 노론에게 주니 노론들은 눈물을 흘리며 만세를 외치고 흩어진다. 아무리 소수야당 소론이라지만 해도 너무하단 생각에 전 영의정 유상운의 아들 유봉휘는 한밤중에 입궐하여 임금을 협박한 노론을 처벌하라고 상소까지 올린다.

기겁한 노론은 대신 이하 삼사가 청대하여 기어코 유봉휘를 국문해야 한다고 청했으나 최소한의 자존심이 있는 경종도 끝가지 윤허하지 않으며 이렇게 세제책봉은 마무리된다. 하지만 경종의 착함을 안 노론은 삼사를 동원하여 소론 조태구 이하 경종이 채워 놓은 소론들을 탄핵하여 물러나게 하고 신하가 입에 담아서는 안 될 왕세제 대리청정을 건의했다.

노론 4대신은 집의 조성복(趙聖復, 1681~1723)을 시켜 "전하께서 자전과 상의

하서서 왕세제로 하여금 정사를 대리케 하소서"라는 웃지 못할 상소를 올린다.
더 황당한 것은 경종이 "진달한 바가 좋으니 유의하지 않겠는가?"라며 찬성하
고 비망기를 내려 모든 국사를 세제에게 수행하라는 하교를 내린다. 연잉군이
즉위하는 날에는 삼족이 멸하게 될 소론은 당파적으로 보나 의리로 보나 도저
히 찬성할 수 없던지라. 비망기가 내려지자 좌참찬 최석항은 밤에 혼자 눈물을
흘리며 대궐에 입궐하여 경종에게 통곡하며 이는 불가하다 항쟁하니 다시 대
리청정은 회수되었다.

경종은 다시 비망기를 내려 대리청정을 명한다. 경종은 노론이 너무 방자하
다는 생각에 치를 떨며 노론의 마음을 떠본다. 이에 소론뿐만 아니라 노론도
매우 당황하여 3일간 정청(대신 이하가 거적을 깔고 어명 환수요청)하며 환수
를 요청한다. 노론은 상당히 난처하지 않을 수 없었다.

당당하게 조성복을 내세워 대리청정을 요구하다가 가슴치고 통곡하며 대리
청정 환수를 요청하는 소론들 틈에 껴서 모기만한 목소리로 환수를 요청하니
체면이 말이 아니다. 또한 백성들도 경종을 가엽게 여겨 현감을 비롯해 수천
명이 연명상소를 올려 대리청정 환수를 요청하였다.

하지만 경종이 완강히 버티자 눈치 없는 노론은 4대신이 모여 귀를 소근댄
후 얼마 후 "전하의 어의가 이와 같으니 받듦이 옳다"라고 하고 4대신은 차자
를 올려 "정유년 절목에 의거하소서" 하는 차자를 올리고 만다.

내심 노론의 대리청정 반대에 흐뭇해 하던 경종은 당황하여 소론 영수 조태
구(趙泰耈)에게 "어서 와 망해가는 나라를 구하라"라는 밀지를 내린다. 이때 몹
시 몸이 좋지 않던 조태구(趙泰耈)는 가슴을 치고 통곡하며 대궐로 들어가려 하
고 소론 재신 최석항(崔錫恒, 1654~1724), 이광좌(李光佐, 1674~1740), 조태억(趙泰億,
1675~1728), 김연(金緣), 이태좌(李台佐, 1660~1739) 등도 같이 입궐하려 하니 노론
승지들이 "조태구는 바야흐로 언관에 탄핵을 입었는데 무슨 자격으로 청대를
청하느냐?" 하고 대신을 이처럼 대우하며 소론들에게 물러가라고 명하고 이어
노론 재신들이 몰려와 소론 재신들과 옥신각신하였다.

그때 경종이 명을 내려 "우상이 들었다 하니 곧 인견케 하라"라는 명을 내리

고 소론 영수 조태구가 입궐했다는 이야기를 전해 들은 노론 4대신이라 재상들은 지름길로 내달려 갔다.

이때 조태구(趙泰耉)가 가슴을 치면서 대리청정은 불가하다고 말하는데 노론 4대신이 "대리청정하소서" 하는 것은 "나는 역적입니다" 하는 것과 같은지라, 다시 대리청정 환수를 요청하고 경종은 며칠 전까지만 해도 대리청정비망기를 절대 거둘 수 없다고 하다 그 자리에서 "윤허한다"라고 말했다.

노론의 경종에 대한 불충이 상소와 환수 재환수를 거쳐 다 드러나고 노론의 위신은 크게 실추되었다. 노론은 경종에게 "어찌 알고 조태구(趙泰耉)가 입궐한 걸 아셨습니까?" 하고 어명도 없이 내관들을 다 잡아들이자 경종은 "우상의 목소리가 들렸다"라 해명한다. "이 역적 놈들아" 라고 해도 모자랄 판에 경종의 변명은 너무나도 구차했다.

노론은 집요하게 소론을 탄핵하기 시작하였다. 경종에게 대리청정 환수를 강청했던 조태구를 환시와 결택했다며 국문하자고 청하고 최석항, 이광좌, 김연 등 그나마 소론 신하들은 노론의 집요한 탄핵을 받아 모두 물러가고 경종은 크나큰 위기감을 느낀다. 이에 경종은 노론 숙청을 각오하고 널리 흉년을 들어 구언을 구한다. 숙종 정유독대 이후로 노론의 행태에 극렬한 반감을 갖고 있던 소론은 마침내 전 승지 김일경, 이진유, 서정호, 정해, 박필몽, 이명의가 연명으로 대소를 올렸다. 이로써 노론조정이 풍비박산나고 소론이 당국하는 신축환국이 발발했다.

# 군신(君臣)의 분의(分義) 상소(上疏)

1721년(경종 1) 노론정권은 경종의 병약함을 이유로 연잉군(延礽君, 뒤의 영조)을 세제에 책봉하게 한 뒤 대리청정(代理聽政)을 하게 했다.

이때 이조참판으로 있으면서 소론의 영수인 좌의정 조태구(趙泰耉) 등과 함께 반대하여 취소하게 하여 사직(司直) 김일경(金一鏡), 박필몽(朴弼夢), 이명의(李明誼), 이진유(李眞儒), 윤성시(尹聖時), 정해(鄭楷), 서종하(徐宗廈) 등이 상소하기를,

도덕과 의리인 강(綱)에는 군위신강(君爲臣綱), 부위부강(夫爲婦綱), 부위자강(父爲子綱) 세 가지가 있는데 군위신강(君爲臣綱)이 세 가지 중에서 으뜸이 되고, 윤(倫)에는 군신유의(君臣有義), 부부유별(夫婦有別), 부자유친(父子有親), 붕우유신(朋友有信), 장유유서(長幼有序) 다섯 가지가 있는데 군신유의(君臣有義)가 다섯 가지에서 첫머리가 되니, 이것은 천상(天常)이고 민이(民彝)입니다.

공자(孔子)가 춘추(春秋)를 지어 대강(大綱)을 바로잡고 인륜(人倫)을 밝히되, 임금을 섬기는 의(義)를 엄하게 하여 신하가 된 분수를 한결같게 하였습니다.

미묘한 데서 삼가고 싹트는 데서 살펴 두 가지 마음이 있으면 역(逆)이 되고 장심(將心)을 가지면 반드시 죽이는데, 몇 마디 붓을 움직여 삼척(三尺)의 율(律)을 게시(揭示)하자 난신적자(亂臣賊子)가 두려워하였으니, 진실로 천하 만세(萬世)의 대경대법(大經大法)인 것입니다.

아! 춘추를 이 세상에 강(講)하지 아니한 지 오래인지라, 작은 것을 막지 아니하고 싹을 자라게 하여 삼강(三綱)과 오륜(五倫)이 무너짐이 오늘날과 같은 적은

없었습니다. 조성복(趙聖復)이 앞에서 불쑥 나왔는데도 현륙(顯戮)하는 법을 아직 더하지 아니하였고, 사흉(四凶)이 뒤에 방자하였는데도 목욕(沐浴)하고 토죄(討罪)할 것을 청한 것을 아직 듣지 못하였으며, 임금의 형세는 날로 외롭고 흉한 무리는 점점 성하여 다시 군신(君臣)의 분의(分義)가 없으니, 사직(社稷)이 빈터가 되는 것은 다만 다음에 있을 일일 뿐입니다.

전일의 일은 종사(宗社)에 망극(罔極)하니, 천고(千古)로 거슬려 올라가도 듣지 못한 바이며 국사[國乘]에도 보지 못한 바입니다. 오늘날 조정 신하가 진실로 전하께 북면(北面)하는 마음이 있다면, 모두 대궐 뜰에 엎드려 머리를 부수고 간(肝)을 가르며 비록 해와 달을 넘길지라도 차마 갑자기 물러갈 수 없는 것이 곧 하늘과 백성의 그만둘 수 없는 떳떳한 도리입니다. 그런데 복합(伏閣), 정청(庭請)으로 겨우 책임이나 면하고 3일 만에 연명(聯名)으로 차자(箚子)를 올려 마음대로 재정(裁定)하고는, '신자(臣子)가 어찌 감히 가볍고 갑작스러움에 구애받아 한결같이 모두 어기고 거역하겠습니까?' 라고 하였고,

또 말하기를, '빨리 유사(有司)로 하여금 절목(節目)을 거행하도록 하소서' 라고 하였으니, 이것이 어찌 인신(人臣)으로서 감히 마음 속에 품었다가 입 밖에 낼 수 있는 것이겠습니까? 조성복과 더불어 머리와 꼬리로 호응하며 서로 표리(表裏)가 된 형상을 환히 볼 수 있습니다.

순식간에 일이 장차 헤아리기 어렵게 되었는데, 만약 밖에서 새로 들어온 대신이 몸을 잊고 목숨을 잊고 사직(社稷)에 바쳐 천폐(天陛)에 머리를 조아려 면대해 옥음(玉音)을 받들지 아니 하였더라면 나라가 나라답게 될 것을 헤아릴 수 없었을 것입니다.

갑술년에 양사(兩司)에서 기사년에 대신이 반나절 정청(庭請)한 죄를 논하기를, '정조(鄭造), 윤인(尹訒), 정인홍(鄭仁弘)이라도 다시 더할 것이 없다' 고 하였으니, 기사년의 여러 신하도 오히려 정조, 윤인, 정인홍의 죄과(罪科)로 배척하였는데, 오늘 저 무리는 진실로 양기(梁冀), 염현(閻顯), 왕망(王莽), 조조(曹操)의 죄를 면하지 못할 것입니다.

또 기사년에는 오직 차청(箚請)만은 저 무리들과 같은 것이 있지 아니 하였습

니다. 아! 대리청정(代理聽政)의 일은 대(代)마다 항상 있는 것이 아니고 간혹 있으며, 모두 수십 년을 임어(臨御)하여 춘추가 많고 병이 중한 뒤에 진실로 절박하고 부득이한 데서 나온 것입니다. 지금 전하께서는 즉위하신 원년에 보산(寶算)이 바야흐로 한창이시고 또 드러난 병환이 없으십니다.

조정에 있는 신하들이 전하를 복종해 섬긴 세월이 얼마나 됩니까? 그런데 도리어 오늘날 차마 전하를 버리려는 자가 있으니, 저들의 마음이 편한지를 알지 못하겠습니다. 중외의 여정(輿情)이 물결처럼 흔들려 놀라고 솥에 물이 끓어오르는 듯하여, 모두 저 정승을 가리켜 말하기를, '이는 참 역(逆)이다. 어찌 우리 임금을 버리는가?' 라고 하고 있습니다.

또 생각하건대 하늘과 조종(祖宗)께서 묵묵히 돕고 몰래 보호하여 저들의 꾀가 이루어지지 못하였으니, 하늘의 뜻과 사람의 마음은 진실로 속일 수 없는 것이고, 사흉(四凶)의 죄는 진실로 천지간에 머리를 들기 어렵습니다.

신 등이 저 무리가 조성복(趙聖復)을 논한 상소를 가져다 보건대, '안으로 우리 임금이 능하지 못하다' 는 마음을 품었다 라고 하였으니, 저들의 정상(情狀)은 여기에서 그 단서를 족히 볼 수 있습니다. 저 무리가 말하는, '우리 임금이 능하지 못하다' 는 것은 어떻게 하여 생겨나게 된 것입니까? 신 등은 망령된 생각으로는 전하께서 '인(仁), 명(明), 무(武)' 세 글자 중에서 '무' 가 부족함이 있으시니, 진실로 또한 권강(權綱)을 거두어 잡지 않으시고 한갓 인순(因循)·고식(姑息)하는 병통을 가지셨으므로 저 무리들이 굽어보고 쳐다보며 엿보아 업신여기는 것입니다.

침모(侵侮)하는 버릇과 협제(脅制)하는 꾀가 달마다 점점 자라나고 날마다 지극히 깊어져 권병(權柄)은 이미 아래로 옮겨지고 위복(威福)이 위에 있지 아니 한데, 이것도 오히려 부족하여 속으로 장심(將心)을 품고 적(賊)의 상소로 먼저 시험하고 흉악한 차자(箚子)가 이어서 올라왔으니, 이것은 '우리 임금이 무능한데, 누가 감히 나를 어떻게 하겠느냐?' 라는 뜻에서 말미암은 것입니다.

이사명(李師命)과 이상(李翔)이 처음 복관(復官)되었을 적에 박태상(朴泰尙)이 상소하여, '권강(權綱)을 총람(總攬)하지 아니하고 한갓 인순만을 일삼는다' 는 말로 선대왕(先大王)을 우러러 경계하자, 선왕께서 기꺼이 가납하시며, '나의 병통을 맞혔다' 고 칭찬하시고는 이어 복관(復官)의 명을 거두셨습니다. 신 등은 못나고 어리석어 진실로 전량(前良)의 바르고 곧은 말에 부끄러움을 느낄 뿐입니다. 원컨대 전하께서는 선대왕의 분발하시던 위엄과 전환(轉圜)의 덕을 능히 따르시어 다시는 인순하지 마시고, 빨리 법으로 다스리시어 사흉(四凶)으로 하여금 창궐(猖獗)하지 못하게 하고, 여러 불령(不逞)한 무리들이 징계되어 두려워하는 바가 있게 하소서. 전하께서는 선왕(先王)의 부탁해 남기신 중대한 일을 받드시어 종묘사직(宗廟社稷)의 주인이 되셨으니, 지금 전하께 충성하지 아니하는 것은 바로 선왕께 충성하지 아니하는 것입니다. 그런데 저 네 사람은 선왕을 잊고 전하를 저버림이 이에 이르렀으니, 죄악이 차고 넘칩니다.

나라 사람들이 모두 '죽이는 것이 옳다' 고 하는데, 어찌하여 전하께서는 지나치게 너그러이 용서하시어 여태까지 조정에 두시는지요? 우리 선대왕 갑술년 초에 특별히 비망기(備忘記)를 내리시어, '강신(强臣), 흉얼(凶孽)이 국본(國本)을 요동하는 것은 중한 율(律)로 다스리라' 고 하셨으니, 선대왕의 밝고 슬기로운 살피심으로 대개 원량(元良)을 좋아하지 아니할 것을 염려하시어 혹 그런 사람이 생기고 세월이 점차 오래되면 화가 이를 것을 미리 경계하셨기 때문에 이러한 하교가 있었던 것입니다.

또 한두 원로(元老)가 고심(苦心)하고 멀리 생각하여 힘써 조호(調護)하면 저 무리들은 마치 원수처럼 보고 신사년 이래로 지적해서 배척하는 것은 더욱 심하였습니다. 임창(任敞), 박규서(朴奎瑞), 성규헌(成奎憲), 박상초(朴尙初) 등이 얼굴을 바꾸어 번갈아 나왔고, 이정익(李禎翊)의 상소가 나오자, 핍박하여 쳐서 흔드는 바가 낭자할 뿐만이 아니었으며, 이 무리들이 행하는 우리 임금께의 무례함은 여기서 비롯되었던 것입니다.

정유년 이이명(李頤命)의 독대(獨對)에 이르러서는 전석(前席)의 취지(取旨)가 이미 이필(李泌)이 했던 것과는 같지 아니하였고, 여러 대신을 부르기를 청해 가부(可否)를 물으려고 하였으니, 그 뜻을 살펴보건대 진실로 헤아리기 어려움이 있습니다. 대저 천직(天職)을 가지고 태묘(太廟)에 죄를 고하는 것은 당우(唐虞)의 고사(故事)에 명백한 근거가 있는데, 김창집(金昌集)이 힘써 저지해 막은 것은 혹 사체가 점점 엄중한 데로 나아가 그 형세상 움직이기 어려울까 두려워했기 때문입니다.

우리 전하께서 보위(寶位)를 이어 오르시자, 요적(妖賊) 윤지술(尹志述)이 성궁(聖躬)을 핍박하고 욕하여 다시 사람의 도리가 없었으며, 김창집의 무리는 전하를 겁박(劫迫)하였으나 말감(末減)하는 박벌(薄罰)도 도리어 시행할 수가 없었습니다.

김창집의 인퇴(引退)한 여러 신하를 부를 것을 청하고 말하기를, '전하는 일을 하는 데 부족함이 있다' 고까지 하였으니, 그 이른바, '속으로 능하지 못하다는 마음을 품었다' 고 하는 것은, 이를 가지고 보건대 또한 속에 품었을 뿐만 아니라 저 무리는 이미 전하를 임금으로 대하지 아니하고 또한 신하로 자처하지 아니한 것입니다.

저 조성복은 바로 저 무리가 지휘하고 부리는 사람 중의 하나로서, 정탐해 엿보고 추측해 헤아리는 데 이미 익숙하였으니, 천의(天意)를 돌이키도록 힘써 다투는 것은 원래 본뜻이 아닙니다. 비록 외면(外面)의 사체로 말할지라도, 자신이 대신의 반열(班列)에 있고 나라에 망극(罔極)한 거조(擧措)가 있는데도 김창집은 왼쪽 발이 문 밖에 미치지 아니하였고, 이건명(李健命)은 말을 느릿느릿 몰아 겨우 대궐 밑에 이르렀습니다.

혹은 휴치(休致)를 청한다는 거짓 핑계로 거만하게 차자(箚子)를 올리고 국가의 처분에는 한 마디 말도 하지 않았으며, 혹은 성교(聖敎)를 거둘 것을 청한 데 분노하여 상소에다 드러내어 공격하되, 조성복의 죄상(罪狀)에는 반(半) 마디 말도 미친 적이 없었으니, 이와 같은데도 그 심적(心跡)을 덮을 수가 있겠습니까? 김창집의 사면을 허락하자 이건명, 조태채(趙泰采) 및 양사(兩司)의 여러 추한 무리들이 허둥지둥 달려와서 혹은 차자로 혹은 상소로 진달하였고, 이건명은 또 제멋대로 청대(請對)하여 청금(淸禁)에서 밤을 새우며 품은 생각을 써서 바치어 당괴(黨魁)의 벼슬을 반드시 회복하게 하였습니다.

늙은 적(賊)이 나이가 많음을 이유로 정권을 놓으면 어찌하여 그 민박(悶迫)함이 이 지경에 이르고, 밝은 임금이 즉위하신 처음에 정사를 사양하면 어찌하여 그 괄시(恝視)함이 저와 같습니까? 지난해 시골의 한 미천한 자가 선왕(先王)께서 정무를 놓으실 것을 상소로 청하자, 국청(鞫廳)을 베풀어 형벌로 죽였습니다. 지금 조성복은 벼슬이 대원(臺垣)에 있고 사흉(四凶)은 지위가 정승의 자리에 있으면서 상소로 시험하고 차자로 끝을 맺었습니다. 전에는 죽였으나 지금은 편안히 있으니, 엄한 법과 형벌이 어찌 가난하고 천한 자에게만 베풀고 권세가 있는 자에게는 시행되지 않는 것입니까?

김창집은 고(故) 영의정 김수항(金壽恒)의 아들입니다. 김수항이 기사년에 죽으면서 그 아들에게, '권요(權要)의 자리는 힘써 피하라' 고 경계하였는데, 김창집은 태연하게 소홀히 여겨 버리고, 외람되게 영상(領相)의 자리를 차지하여 권세를 탐하고 즐기며 제멋대로 방자하게 굴었습니다.

아들이 되어서 불효함이 이미 이와 같았으니, 신하가 되어 불충함은 참으로 당연한 것입니다. 이이명은 이사명(李師命)의 동생으로 화심(禍心)을 여러 해 동안 쌓아 간직하였고, 조태채는 환득환실(患得患失)하는 비루한 사람으로 은혜를 잊고 의리를 저버리며 오직 이(利)만 좇는 자입니다.

그리고 이건명은 이사명의 요사(妖邪)한 법을 전해 받고 이이명의 흉활(凶猾)한 법을 옹호하였습니다. 김창집의 악함을 서로 더불어 이루고 조태채의 간사함을 취하여 도우니, 사흉(四凶)의 세력이 이루어지자 온갖 간사한 자들이 그림자처럼 따라 좌우 전후가 죄다 상국(相國)의 사람이며, 보의(黼扆)를 마치 변모(弁髦)처럼 보이고 있습니다. 오늘날 나라의 형세가 위태롭고 급한 것은 진실로 성교(聖敎)와 같으니, 전하(殿下)께서 진실로 이미 이를 염려하셨던 것입니다. 전(傳)에 이르기를, '네 사람에게 죄주니 천하가 모두 복종하였다' 라고 하였습니다. 전하께서는 어찌하여 대순(大舜)에게서 법(法)을 취하지 않으십니까?

이광좌(李光佐) 등 여러 사람이 정청(庭請)의 반열(班列)에 있다가 갑자기 정지하는 의논을 듣고 항의하고 다투자, 이건명은 사기(辭氣)를 서로 더하고 조태채는 곁에서 속여서 꾀며 김창집은 거짓으로 내일 정청의 영(令)을 내겠다고 하였습니다.

그리고는 머리를 맞대고 차자(箚子)를 만들어 새벽에 투정(投呈)하였으니, 만들어낸 뜻이 음교(陰巧)하고 꾀를 씀이 휼사(譎詐)함을 차마 바로 볼 수가 없습니다. 조태구(趙泰耉)가 정청을 거둔 것을 듣고 급히 대궐 밖에 이르러 녹사(錄事)를 보내어, '갑자기 거둘 수 없다' 고 하자, 저들이 차본(箚本)을 던져보이며, '우리들이 이 밖에 다른 도리가 없었다' 고 하였습니다.

조태구가 궁문 안으로 나아가 승정원으로 하여금 품지(稟旨)하여 구대(求對)하자, 승지(承旨)와 양사(兩司)에서 사흉(四凶)의 뜻을 받들어 한편으로는 저지해 막고 한편으로는 탄핵해 공격하였으나, 선실(宣室)에서 특별히 불러 하늘이 도와 밝게 처단하셨습니다. 김창집과 이건명이 합문(閤門) 밖에 있을 적에 한 재신(宰臣)이 정청을 정지한 잘못을 말하자, 김창집은 '내가 불충하다' 고 하였고, 이건명은, '내가 무상(無狀)하다' 고 하였습니다.

그들 또한 불충하고 무상함을 스스로 알면서도 처음에 우상(右相)을 가로막아 고집하는 것이 있는 듯하다가 이에 이르러서 애걸하는 듯 죄를 자복하였으니, 정상의 절통(絶痛)함이 더욱 어떠합니까? 함께 부르짖는 길이 이미 막혀 차청(箚請)의 일을 장차 행하려고 하자, 스스로 국가의 안위를 책임진 대신이 다만 죽음으로 한 걸음 나아가고자 하였는데, 그 무리들은 홀로 얼굴에 땀 한 방울 흘리지 않고 마음 속으로 부끄러워하지도 않았습니다.

더욱이 한 번 경광(耿光)을 지척에 가까이 하여 다행히 급박한 즈음에 유음(兪音)을 받들었는데, 대각(臺閣)에 있는 자가 감히, '어떤 음기(陰機)가 있다' 는 등의 말로 억지로 무거운 죄안(罪案)을 만들어 곧장 찬국(竄鞫)을 청하였습니다. 우리 밝으신 임금이 다시 만기(萬機)를 총람하는 것이 얼마나 정대(正大)하고, 얼마나 광명(光明)합니까? 그러니 음기(陰機) 두 글자는 그 뜻이 어디에 있는 것입니까? 아! '어찌 감히 어기고 거역하겠습니까?' 라는 말은 사흉(四凶)이 주창하였고, '어떤 음기가 있다' 는 말은 군간(群奸)이 호응하였으니, 자라의 소리에 큰 자라가 응하고 올빼미의 소리에 부엉이가 화답한 것입니다.

뜻은 위를 원망하고 아래에 제어함에 있고 꾀는 거짓을 꾸며 만드는 데서 나와, '결탁 교통(交通)' 이라고 지목하여 공공연하게 속이고 헐뜯었으니, 기쁨과 슬픔을 자유자재로 함이 모두 사흉(四凶)의 손바닥 안에 있고, 쥐었다 놓았다 열었다 닫았다 하는 것이 또한 사흉의 뜻에서 나왔던 것입니다.

그리고 사인(私人)을 끌어다가 요로(要路)에 벌여두고 진퇴출척(進退黜陟)을 오직 하고 싶은 대로 하고 있습니다. 홍계적(洪啓迪)에 이르러서는 참으로 진돈(晉敦)의 충봉(充鳳)입니다. 간사한 뜻과 간특한 태도는 섬숙환롱(閃倏幻弄)하여, 전하의 고굉(股肱)을 베어 잘라내고 전하의 우익(羽翼)을 잘라 버렸던 것입니다.

전날 밤의 반한(反汗)은 중신(重臣)에게 힘입은 것이고, 그날의 작환(繳還)은 우상(右相)으로 말미암았던 것이었으니, 전하께서 의지하는 바는 오직 이 한두 사람의 신하일 뿐인데, 귀양과 출척(黜斥)을 청하며 오직 미치지 못할까 두려워합니다. 무릇 전하를 위해 정성과 충성을 다 바쳐 신하의 직분을 다하려고 하는 자는 일체 모두 죄주기를 청하여 연곡(輦轂)을 지키지 못하게 하고 전하를 고립시키고야 말려고 하니, 신은 저들이 장차 무엇을 하려고 하는지 알지 못하겠습니다.

군신(君臣)의 분의(分義)는 지극히 엄하고도 중하니, 자칫 잠깐 사이에 한 번 차질(蹉跌)이 생겨 악역(惡逆)의 이름과 찬시(簒弑)의 죄를 면할 수 없는 자는 혹은 당시에 멸족(滅族)을 당하기도 하고, 혹은 무덤에서 그 넋이 모욕을 당하게 됩니다. 더욱이 쌓아온 것이 점점 오래되고 능멸해 범한 것이 또한 커져서 신하가 되지 않으려는 뜻이 한 차자(箚子)에 크게 드러났고, 임금을 업신여기는 악함이 만 사람의 눈을 가리기 어렵게 되었습니다. 삼강(三綱)에서 으뜸가는 바와 오륜(五倫)에서 첫머리가 되는 바가 남김없이 멸절(滅絶)되었으니, 《춘추(春秋)》의 무장(無將)으로도 그 죄를 다스릴 수 없고, 한법(漢法)의 부도(不道)로도 그 율(律)에 맞출 수가 없습니다.

천지에 용납할 수 없는 바이며 신인(神人)이 함께 분해 하는 바이니, 비록 전하께서 어지신 마음으로 관대하게 용서하실지라도 끝까지 사사로이 옹호할 수는 없을 것입니다. 엎드려 원하건대 특별히 밝은 명령을 내리시어 빨리 상형(常刑)을 거행하시되, 적신(賊臣) 조성복과 사흉 등 수악(首惡)을 일체 삼척(三尺)으로 처단하여 조금도 용서하지 마소서. 승정원과 삼사(三司)에서 임금을 업신여기고 무엄하게 군 죄도 아울러 징토(徵討)를 더하시어 군신의 대강(大綱)을 세우시고, 이 백성의 상륜(常倫)을 세워 흉적(凶賊)으로 하여금 감히 다시는 일어나지 못하게 하고, 충성된 뜻으로 스스로 힘쓸 수 있게 하소서.

신 등은 상소를 이미 갖추었으나 미처 올리지 못하였는데, 전하께서 특별히 덕음(德音)을 선포하여 직언(直言)을 널리 구하시는 것을 엎드려 보았습니다. 아! 천둥과 번개가 10월달에 울리며 번쩍이고, 무지개가 겨울의 추운 절후에 쌍으로 나타나며, 음산한 비와 독한 안개는 시후(時候)에 어긋나고 달은 희미하고 별이 요사(妖邪)하여 건문(乾文)이 어긋남이 많습니다.

한(漢)나라 신하 매복(梅福)이 '그 형체를 보지 못하면 그 그림자를 살피기를 원한다' 고 하였는데, 전하께서는 어찌하여 그 그림자를 살펴서 그 형체를 구하지 않으십니까? 적괴(賊魁) 김창집은 감히 원보(元輔)의 자리를 점거하여 기염(氣焰)이 하늘에 치솟고, 세력으로 사람을 몰아 좌우의 공격은 오로지 그의 지시를 따르니, 조석(朝夕)으로 옮기고 제수하는 것은 모두 그 혈당(血黨)입니다. 이는 바로 입으로 하늘의 법을 묻고 손으로 왕의 벼슬을 잡은 자이니, 염치(廉恥)의 일절(一節)을 마땅히 이 사람에게 문책(問責)할 수가 없습니다.

성상께서 사면(辭免)을 허락하셨고 곧 이미 물러간 몸인데, 사당(私黨)이 머물기를 청하였으니 어찌 홀로 부끄러운 마음이 없겠습니까? 비록 가사도(賈似道)처럼 거짓으로 물러나 머물기를 꾀한 자라 할지라도 오히려 호상(湖上)에서 열흘은 누워 있었는데, 이 사람은 쭈그리고 앉아 있으면서 한 걸음도 움직이지 아니하였으니, 조조(曹操)가 이른바, '진실로 병(兵)을 떠나 다른 사람에게 화(禍)를 입는 것이 두렵다' 고 한 것이 참으로 김창집의 실정(實情)입니다.

아! 한(漢)나라가 기울어져 위태로웠던 것은 조조가 병(兵)을 버린 데 있지 아니하고 조조가 병을 버리지 아니한 데 있었으며, 오늘날 국세(國勢)가 위태로움은 바로 김창집이 권세(權勢)를 놓지 아니하는 데 있지 김창집이 권세를 놓는 데 있지 아니합니다. 저들은 전하께 대하여 진실로 임금과 신하가 모두 안전한 형세가 없으니, 저쪽이 안전하면 이쪽이 위태롭고 이쪽이 안전하면 저쪽이 위태롭습니다. 전하께서는 생각하건대 어찌 저들을 신하로 삼아서 더불어 국사를 함께 하시겠습니까?

주(周)나라가 쇠하자 추운 해가 없었으니, 대저 왕의 기강(紀綱)에 떨치지 못하고 윤리가 거의 없어져 상릉하체(上凌下替)한 것이 동주(東周)에 이르러 극도에 이르렀기 때문에 이러한 응험(應驗)이 있었던 것입니다.

이제 전하께서 외롭게 위에서 근심을 가지시고 억만 백성은 흉흉(洶洶)하여 밑에서 머리를 떨어뜨리는데, 적신(賊臣)이 나라를 천단(擅斷)하여 천위(天位)가 편안하지 못하니, 윤강(倫綱)이 허물어짐이 쇠퇴했던 주나라보다 더 심합니다. 이제 대한(大寒)이 막 닥쳤으니 때가 마땅히 추워야 할 것인데, 땅에 한 점의 눈이 없고 강에는 두꺼운 얼음이 없습니다. 엄숙한 기운과 곧고 굳은 도(道)가 천지 사이에 나타난 적이 없는 것은 대저 불러일으킨 바가 있어서이니, 다른 까닭으로 말미암은 것이 아닙니다. 만약 전하께서 건강(乾剛)의 덕을 분발하시고 천둥이 울리는 형상을 체득하시어, 천토(天討)를 쾌히 행하시고 더럽고 악함을 숙청하시되, 요요난령(妖腰亂領)이 감히 스스로 방자하게 굴지 못하고 적신(賊臣)과 악자(惡子)가 정치에 간여하지 못하게 하신다면, 사방의 충의지사(忠義之士)가 눈을 닦고 목을 늘여서 태평성대를 바라볼 뿐이겠습니까? 협종(脅從)·반측(反側)의 무리도 스스로 안정되게 할 수 있을 것입니다.

이런 연후에 상하(上下)가 서로 닦여지고 정치 교화가 밝아질 것이니, 하늘은 맑고 땅은 편안하며 인도(人道)가 곧아질 것입니다.


노론 4대신 이하 노론 신하들은 경종의 심정을 잘 알고 이를 내칠 것이라고 생각한다. 하지만 이는 완전한 착각이었다.

임금이 답하기를,

"응지(應旨)하여 진언(進言)한 것을 내가 깊이 가납(嘉納)한다."

노론 승지 신사철(申思喆)·이교악(李喬岳)·조영복(趙榮福)·조명겸(趙鳴謙) 등이 아뢰기를,

"김일경의 상소는 가리킨 뜻이 흉참(凶慘)하여 네 대신(大臣)을 해치고자 하는 데 있을 뿐만이 아닙니다. 한 번 한세량(韓世良)의 상소가 나온 뒤로부터 이 무

리의 악역(惡逆)한 마음이 이르지 아니하는 곳이 없음을 이미 알았는데, 이제 김일경의 상소를 보니 그 마음을 둔 곳이 불을 보듯 분명합니다. 저들이 비록 차자(箚子)를 올린 대신에게 죄줄 것을 청하였으나, 그 노한 눈매와 물어뜯으려는 이빨이 과연 단지 차자를 올린 한 가지 일에만 있겠습니까? 청컨대 엄하게 통척(痛斥)하여 간사한 싹을 끊어 없애고 형벌을 쾌히 베풀어 나라 일을 다행하게 하소서" 하니, 임금이 하교하여,

"그대들이 나의 천심을 떠보는구나"

라고 꾸짖고 여러 승지를 아울러 파직하였다.

서소위장(西所衛將) 심필기(沈必沂)를 가승지(假承旨)에 차임하였는데, 심필기가 계달(啓達)에 참여하지 아니한 승지 이정주(李挺周)·김제겸(金濟謙)을 패초(牌招)할 것을 청하였다.

이정주가 부름을 받고 입궐하자 임금이 이정주를 관리대장에서 긁어버리고 제겸을 삭탈관작하여 문외송출하라 명하였다. 김창집·이이명·조태채가 금오(金五) 밖에 나아가서 대명(待命)하니, 임금이 대명(待命)하지 말라고 명하였다. 김창집 등이 드디어 성(城) 밖으로 물러가서 대죄(待罪)하였다. 이어,

"과인이 사위한 뒤로 조정의 소위를 본즉 나라를 위한 마음은 조금도 없으니 어찌 이리 간악한 자들과 종사를 함께 하겠는가? 이는 실로 나라를 위한 일이라 영의정 김창집, 좌의정 이건명, 영부사 이이명, 판부사 조태채를 삭탈관직하여 문외송출하고 삼사의 여러 재신들을 일체 성 밖으로 내칠 것이다" 하였다.

하교하기를 "병권을 쥔 훈련대장 이홍술은 간흉하고 피래하여 몰래 불측한 마음을 품었으니 이 같은 사람은 장수의 임무에 더 둘 수 없다. 성 밖으로 내치고 선전관(宣傳官)에게 명하여 병부(兵符)를 빼앗아 오게 하라" 하였다.

그리고 박필몽(朴弼夢)을 지평(持平)으로, 윤연(尹埏)을 교리(校理)로, 이명의(李明誼)를 헌납(獻納)으로, 이진유(李眞儒)를 정언(正言)으로 특별히 제수하였다.

이조판서(吏曹判書) 권상유(權相游)와 참판(參判) 이병상(李秉常)을 파직하고, 심단(沈檀)을 이조판서로, 김일경(金一鏡)을 참판으로 특별히 제수하였다.

병조판서 이만성(李晩成), 예조판서 이의현(李宜顯), 호조판서 민진원(閔鎭遠), 형조판서 홍치중(洪致中)을 체직시키라 명하고, 최석항(崔錫恒)을 병조판서로, 이광좌(李光佐)를 예조판서로, 이조(李肇)를 형조판서로, 김연(金演)을 호조판서로 특별히 제수하였다.

비망기(備忘記)에 이르기를,

"총융사(摠戎使) 윤각(尹慤)은 간사한 자의 응견(鷹犬)이 되어 세력에 빌붙고 의리가 아주 없으며, 부제학(副提學) 홍계적(洪啓迪)은 몰래 불측(不測)한 마음을 품고 붕비(朋比)와 결탁하여 나의 천심(淺深)을 엿보았다."

하고, 윤각은 문외 송출(門黜)하게 하고, 홍계적은 나주(羅州) 흑산도(黑山島)에 안치하게 하였다.

비망기(備忘記)에 이르기를,

"작년에 요적 윤지술(尹志述)은 지문(誌文)을 개찬(改撰)한다는 핑계로 나의 어머니를 한없이 무욕(誣辱)하였고, 써서 올린 소회(所懷)에 지극히 흉(凶)한 정절(情節)이 모두 여지없이 드러났다. 즉시 처참하라. 나의 어머니가 신사년에 죄를 받은 것은 노당의 음모 때문이니 어찌 원통하다 하지 않을 수 있는가?" 하였다.

엄청난 대환국이다. 노론은 경종을 지나치게 우습게 보고 너무 앞서가다 정권을 빼앗기고 소론이 정권을 완전 장악하였다. 이제 노론 4대신이 사형당하고 노론이 대거 제거될 신임사화만 남게 되었다.

왕세제도 위험해졌다. 그러나 연잉군은 경종에게 크나큰 위험이 되고 경종의 충신 김일경이 목호령과 밝혀낸 노론의 임인옥에 역적의 괴수로 이름이 올라왔으나 경종은 끝까지 연잉군을 지켜주었으니 성덕이 아니겠는가.

 | 소재(疎齋) 이이명(李頤命) 매화당 습감재(習坎齋)

# 영조의 멀고 험한 재위의 길

숙종(肅宗)은 인경왕후, 인현왕후, 인원왕후 등 세 명의 왕비를 맞이했지만 그들에게서는 아들을 얻지 못했다. 숙종에게 아들을 안겨다준 사람은 천비 소생의 두 후궁이었다. 나인 출신의 희빈 장씨와 무수리(나인들에게 세숫물을 떠다 바치는 종) 출신의 숙빈 최씨가 바로 그들이다.

희빈 장씨가 낳은 아들은 왕자 윤이고, 숙빈 최씨가 낳은 아들은 왕자 금이었다. 윤은 1688년(숙종 14)에 태어났고, 금은 1694년(숙종 20)에 태어났으니 그들의 나이 차이는 여섯 살이었다.

왕자 균은 14세가 되던 1701년 생모인 희빈 장씨를 잃었다. 부왕 숙종에 의해 어머니가 사사되는 것을 본 그는 그 때부터 병을 얻었다. 또한 생모 장씨가 사약을 받는 자리에서 균의 하초를 못 쓰게 만들어 생산 능력마저 상실했다. 왕자 균의 이 같은 결점은 이복동생 금에게 왕위에 오를 수 있는 기회를 안겨 주었고, 한편으로는 그에게 몇 번이나 죽음의 문턱을 넘나들게 했다.

왕자 균은 생후 2개월이 될 무렵에 숙종의 계비 인현왕후의 양자로 입적되어 원자 정호를 받았으며 3세 때 세자에 책봉되었다. 그리고 희빈 장씨가 사사된 14세 때부터 병을 얻어 세자로서의 의무를 제대로 수행하지 못했다.

세자 균이 제왕 수업을 제대로 받을 수 없는 데다가 자식을 낳지 못하자 1717년(숙종 43) 노환으로 병약해진 숙종은 당시 좌의정이던 노론의 영수 이이명(李頤命)과 독대하여 연잉군 금을 세자 균의 후사로 결정해 달라고 부탁했다. 그리고 자신은 병약하여 정사를 돌볼 수 없으니 세자로 하여금 대리청정을 시켜야 하겠지만 세자 역시 건강이 좋지 못하므로 연잉군이 세자를 대신하여 세자 대리청정을 하라고 명했다.

연잉군의 세자 대리청정이 결정되자 세자를 지지하고 있던 소론측은 세자를 바꾸려 한다고 비난하며 거세게 반발하였다. 이때부터 조정은 세자를 지지하는 소론과 연잉군을 지지하는 노론에 의해 일대 당쟁에 휘말렸다.

그런 우여곡절 끝에 1720년(경종 원년) 세자 균이 33세의 나이로 즉위했으니 그가 경종이다. 경종은 왕궁의 법도에 따라 즉위하긴 했으나 병으로 인해 제대로 정사를 돌볼 수가 없었다. 이에 당시 집권당이었던 노론측은 숙종의 유명을 받들어 그의 이복동생 연잉군을 세제로 책봉할 것을 건의했다.

그리하여 금의 세제 책봉이 거의 확실해졌지만 연잉군은 소를 올려 왕세제의 자리를 극구 사양하였다. 이는 왕위를 탐하지 않고 있다는 뜻을 전달하기 위한 연잉군 나름의 자구책이었을 것이다. 만약 선뜻 왕세제 자리를 욕심내게 된다면 왕위를 넘보고 있었다는 의심을 받게 될 것이고, 그것은 곧 죽음을 의미했기 때문이다.

연잉군의 왕세제 책봉이 조정의 주요 현안으로 떠오르자 소론측의 대대적인 반대 상소가 이어졌다.

우의정 조태구를 비롯해 사간 유봉휘 등도 시기 상조론을 펴며 왕세제 책봉을 극구 반대했다. 그러나 집권당인 노론측의 대세에 밀려 소론측의 주장은 묵살되었고, 연잉군은 왕세제에 책봉되었다. 이때가 경종 즉위 1년 만인 1721년(경종 1)이었다. 연잉군이 왕세제에 책봉되자 노론은 실권을 더욱 굳건히 다지기 위해서 이번에는 경종의 병약함을 이유로 세제 연잉군의 대리청정을 주장하고 나섰다.

노론측이 이러한 주장을 펴자 경종은 일단 비망기를 내려 왕세제로 하여금 대리청정을 하도록 허락했다. 그러자 소론의 찬성 최석항, 우의정 조태구 등은 대리청정의 허락을 취소시켜 줄 것을 경종에게 강력하게 간언했다. 이어 중앙 조정은 물론 지방의 수령, 감사, 찰방과 성균관 학생 및 각 도의 유생들까지도 소를 올려 대리청정의 회수를 간청하고 나섰다. 또한 대리청정 명령을 받은 왕세제 연잉군도 네 번이나 청정 명령의 회수를 청하였다.

　상황이 여기에 이르자 노론측 중신들도 의례상 백관의 청정을 베풀고 대리청정의 회수를 청하지 않을 수 없게 되었다. 그럼에도 경종은 자신의 말을 지키기 위해 자신의 병이 언제 나을지 몰라 세제에게 대리청정을 시키겠다고 하교를 내렸다. 시실 경종은 이때 노론측 백관들이 한 번 더 대리청정의 회수를 청할 것을 기대했다. 관례상 세 번에 걸쳐 이 같은 청이 왔을 때 왕은 못 이기는 척 자신의 말을 거둬들이곤 했던 것이다. 그렇게 해야 왕의 체면이 서기 때문이다.

　그런데 노론측은 대리청정이 왕의 확고한 의지라고 판단하고 청정 명령을 거두라는 의식을 파해 버렸다. 그리고 곧장 왕명을 쫓는다는 명분을 내걸며 숙종 말년의 세자 대리청정의 절목에 따라 왕세제의 대리청정을 청하는 의례적 차서를 급히 올렸다.

　노론의 태도가 이같이 급변하자 당황한 경종은 소론 대신 조태구를 불러들여 사태를 수습할 것을 지시했다. 당시 우의정으로 있던 조태구는 1717년(숙종 43)의 세자 대리청정은 숙종이 연로하고 병이 중하여 부득이하게 내린 조처였지만 경종(景宗)은 불과 34세밖에 되지 않았고 즉위한 지도 1년밖에 되지 않았기에 왕세제에 의한 대리청정은 부당하다고 극간하였다. 이 같은 조태구의 주장에 노론측 역시 별다른 반박을 하지 못했다. 그 때문에 노론 대신들은 종전에 대리청정을 허락해 줄 것을 청하였던 연명차서가 잘못임을 인정하고, 또 다시 청정 명령의 환수를 청하게 되었다.

　노론측은 이 같은 일관성 없는 행동 때문에 소론 측으로부터 엄청난 비판을 받으며 궁지에 몰리게 되었다. 즉, 처음에 대리청정을 요구하였다가 전국 유생과 관료들의 반발이 있자 청정 명령을 거두라는 청을 하고, 다시 청정 명령의 하교가 내려지자 청정을 요구하였다가 명분이 좁아지자 또 다시 청정 요구를 거둬들이고 청정 명령 취소를 요구했던 것이다. 노론의 이 같은 행동은 결국 소론의 입지만 강화시켜 주는 결과를 낳고 말았다.

　이 일로 왕과 백성들의 신임을 얻어 입지를 다진 소론은 대리청정에 앞장섰던 노론 4대신을 탄핵하여 귀양을 보내는 신축옥사를 일으켰다. 그리고 이 기세를 몰아 이듬해에는 남인 목호룡을 매수하여 노론측 일부 인사가 경종의 시해를 도모했다는 고변을 하게 해 임인옥사를 일으켰다. 임인옥사를 주도한 소론 대신들은 노론 4대신을 포함한 60여 명을 처형시키고, 관련자 170여 명을 유배시키거나 치죄하여 축출시켰다. 이때 임인옥사의 사건 보고서에 왕세제도 모역에 가담했다는 내용이 기록되었다.

전례로 봐서 모역에 가담한 왕자가 살아남은 경우는 없었다. 하지만 연잉군 외에는 왕통을 이을 왕자가 전혀 없었기 때문에 그는 목숨을 부지할 수 있었다. 그러나 이 사건 때문에 연잉군은 갖가지 고초를 겪게 된다.

자신이 수족처럼 부리던 장세상이 소론측 사주를 받은 내관 박상검, 문유도 등의 모함으로 쫓겨나고, 소론측 대신들에 의해 경종을 문안하러 가는 것도 금지 당했다.

연잉군은 자신의 지지 기반이던 노론이 신임사화로 대거 축출되고, 거기다 신변의 위협마저 느끼게 되자 대비 인원왕후 김씨를 찾아가 왕세제 자리를 내놓는 것도 불사하겠다며 자신의 결백을 호소했다. 김 대비는 평소 노론측 입장에 서서 왕세제를 감싸왔던 터여서 왕세제의 간절한 호소를 담은 언교를 몇 차례 내려 소론측의 전횡을 누그러뜨렸다. 그 덕택으로 연잉군은 가까스로 목숨을 부지할 수 있었다.

# 숨겨진 숙종의 노림수

1717년(숙종 43), 숙종은 갑자기 노론 대신 이이명을 불러 사관이나 승지도 없이 독대를 명했다. 당시 조선사회에서는 승지나 사관의 입대가 없는 임금과 조정대신의 만남을 엄격히 금지하고 있었다. 그런데 이런 금법을 알고 있는 숙종이 갑자기 노론 대신 이이명을 만나게 된 이유는 무엇일까?

1701년(숙종 27), 세자의 어머니인 장희빈이 숙종에 의하여 사약을 받게 되었을 때 그것을 앞장섰던 사람들이 다름 아닌 노론이었다. 당시 13살밖에 안 되었던 경종은 지나가는 대신들을 아무나 붙잡고 어머니를 살려달라고 애원했으나, 노론 대신 이세좌는 뿌리치고 그냥 지나갈 뿐이었다. 오로지 그를 응대한 사람은 소론뿐, 최석정은 눈물을 흘리며, "저하의 은혜를 갚겠다"라고 말할 뿐이었다.

어머니의 죽음을 목격한 세자, 그리고 그 어머니를 죽인 노론, 그 세자가 왕위에 올라가는 순간, 피바람이 일어나지 않을 것이라고 예상 못할 사람은 거의 없었다. 그것은 숙종도 마찬가지였다. 기껏 자신이 해놓은 왕권강화를 세자대에 가서 망쳐질 걸 생각하니 도저히 가만히 앉아있을 수만 없었다.

더구나 세자는 병약했으며 어느 것 하나도 숙종의 맘에 드는 게 없었다. 그러다 보니 숙종은 말끝마다 "누구의 아들이라 그렇지 않겠는가?"라고 꾸중했다. 이것을 들은 세자는 더욱더 어쩔 줄 몰라 할 수밖에 없었다.

숙종은 결단을 내려야 했다. 연산군대의 피비린내 나는 임금과 신하 다툼, 결국 나중에 신하에 의해 임금이 쫓겨나는 것을 재현하는가? 아님 세자를 바꾸어야 하는가? 사실 29살이나 되는 세자를 하루 아침에 바꾼다는 것은 그야말로 무모한 일이었다. 집권층인 노론이야 찬성하겠지만, 소론이나 백성들은 이것을 응하지 않을 것이다. 그러면 어떻게 하는가?

이리 저리 생각한 숙종은 노론 대신 이이명을 불러들이게 된다. 흔히 그 해가 정유년이었으므로 정유독대라고 한다. 독대임을 안 사관과 승지가 달려가 저지할려고 했으나 이미 끝나고 술상이 나온 상태였다. 이때 정유독대에 나온 숙종의 한 마디 말에 세자와 영조의 미래가 달려있었다.

"연잉군과 연령군을 부탁한다."

탁고(다음 임금을 잘 도와줄 것을 부탁하는 것)를 부탁하는 임금치고는 이상한 발언이 아닐 수 없었다. 세자인 경종에 대해서는 아무 말 없고, 연잉군과 연령군을 부탁한다는 것은 사실상 세자를 바꾸라고 노골적으로 말하는 것이나 다름이 없었다.

독대가 있은 지 불과 3시간 뒤 숙종은 충격적인 선언을 한다. 세자에게 대리청정을 맡기겠다는 것이었다. 대리청정은 이른바 임금이 나이가 많고 병이 있어 정사를 수행하지 못할 때 세자가 대신 정치하는 것인데, 사실 숙종은 이미 43년간이나 집권해 왔고 나이가 많은 것도 사실이었으나, 노론측 대신과 독대가 있은 지 불과 몇 시간 뒤에 발표된 대리청정은 소론에게는 하나같이 음모로 보일 뿐이었다.

왕조국가의 가장 중요한 헌정 질서는 왕권 계승의 예측성과 투명성이다. 갓 태어난 왕자가 원자(元子)가 되거나 세자(世子)로 책봉되면 차기 국왕으로 결정되었다는 뜻이 된다. 세자를 국본(國本)이라고 부르는 것도 이 때문이다. 그러나 조선 후기 노론은 이런 헌정 질서를 부인하고 자당이 지지하는 인물을 국왕으로 만들려고 시도하면서 많은 비극이 발생한다.

노론 영수 이이명의 초상, 이이명은 1717년(숙종 43) 정유독대를 통해 세자 교체를 시도했지만 끝내 실패하고 자신도 불행한 최후를 맞이한다.

1717년(숙종 43) 7월 19일, 전염병이 크게 번져 조정은 중신(重臣)을 보내 전염병 귀신에게 여제를 지내기로 결정했다. 7월 초9일에는 폭우가 내려 물가의 가옥이 태반 무너져 내리는 수해가 발생했다. 이날 숙종은 안질 때문에 문서를 읽기가 어렵다면서 "이런 상황이 계속된다면 이는 장님이 되는 것을 재촉하는 격이니 변통시키는 방도가 있어야 한다"고 말했다. 그러자 좌의정 이이명이 '발음이 분명한 사람에게 문서를 읽게 하자'고 제안하면서, "왕세자를 곁에 두고 참견하게 함으로써 정무(政務)를 분명히 익히게 하지 않을 수 없습니다"라고 권고했다.

노론 영수 이이명이 세자의 정사 참여를 제안한 것은 의외였다. 노론이 장희빈 소생의 세자 이윤(경종)을 자신들이 지지하는 숙빈 최씨의 아들 연잉군(훗날의 영조)으로 교체하려고 한다는 건 다 알려진 비밀이었기 때문이다. 숙종은 즉각 "당나라 태종도 말년에 병이 위중하자 변통시킨 일이 있지 않았는가?"라고 찬성의 뜻을 나타냈다. 이이명은 "먼 곳의 고사를 끌어들일 필요도 없이 국조(國朝, 조선)에서도 세종대왕이 미령(未寧)하실 때 문종대왕께서 별전에 출어하셔서 대신들과 국정을 결단했습니다"라고 답했다. 그러나 세자의 국정 참여는 지극히 중대한 문제이기 때문에 추후 대신들과 다시 의논해 결정하기로 하고 오전 회의를 끝냈다.

미시(未時, 오후 1~3시)경에 숙종은 다시 희정당(熙政黨)으로 나가서 좌의정 이이명의 입시를 명했다. 승정원의 승지 남도규와 실록을 담당하는 춘추관의 기사관(記事官) 권적 등이 관례에 따라 함께 나아가려 했다. 그런데 내시가 좌의정 혼자만 입시하라는 분부라는 숙종의 말을 전했다. 이이명과 독대하겠다는 뜻이었다. 승지 사관은 물론 이이명도 당황했다. 승지와 사관의 배석 없이 독대했다가 구설수에 오를 것이 뻔하기 때문이었다. 이이명은 승지 남도규를 돌아보며 "일이 상규(常規, 관례)와 다르니 승지와 사관은 입시하지 않을 수 없다"면서 함께 들어가자고 청했다. 하지만 승지는 두려운 생각이 들었다. 이이명만 불렀는데 왕명이 없는데 들어갔다가 어떤 일을 당할지 알 수 없었기 때문이다.

사관 권적은 "죄벌을 받더라도 들어가는 것이 마땅하다"며 이이명의 뒤를 따랐다. 승지 남도규는 몇 걸음 따라가다가 권적을 돌아보며 "대신(大臣) 혼자 입시하라고 명하셨는데, 우리들이 먼저 품부(稟復, 윗사람의 뜻을 물음)하지도 않고 마음대로 행하는 것이 사체(事體, 일의 체통)에 어떠한지 모르겠다"고 주저했다. 사관 권적이 문을 열어젖히려 하자 남도규가 다시 잡으면서 "승전색(承傳色, 명을 전하는 내시)에게 청하여 품지(稟旨)를 거친 후에 들어가자"고 말렸다. 그 사이 독대는 이미 진행되고 있었다. 승지와 사관이 입시하려 한다는 승전색의 전갈에 숙종은 답을 하지 않았다.

숙종은 독대가 끝난 후에야 승지와 사관의 입시를 허용했다. 이 날짜《숙종실록》사관은 "이때 이이명은 이미 물러나와 자기 자리에 부복하고 있었기 때문에 이날 임금과 나누었던 말은 전하지 못하게 되었다"고 쓰고 있다. 이것이 바로 숙종 43년 정유년의 '정유독대(丁酉獨對)' 다.

독대 직후 숙종이 세자의 대리청정을 명하자 야당인 소론은 발칵 뒤집혔다. 〈당의통략〉에서 "(노론이) 세자의 대리청정을 찬성한 것은 장차 이를 구실로 넘어뜨리려고 하는 것"이라고 적은 것처럼 소론에서는 세자의 실수를 기다려 연잉군으로 교체하려는 의도로 여겼다. 사헌부 장령 조명겸(趙鳴謙)이 "대신의 독대는 잘못된 거조가 이보다 더 심한 것은 없습니다"라고 이이명의 견책을 주장한 것처럼 '독대 비판론' 이 여기저기에서 터져 나왔다. 82세의 노구로 와병 중이던 소론 영수 영중추부사 윤지완(尹趾完)은 관을 들고 상경해 독대를 격렬하게 비난했다.

"독대는 상하가 서로 잘못한 일입니다. 전하께서는 어찌 상국(相國, 정승)을 사인(私人)으로 삼을 수 있으며 대신(大臣) 또한 어떻게 여러 사람들이 우러러 보는 지위로서 임금의 사신(私臣)이 될 수 있습니까?"《숙종실록》, 1717년(숙종 43) 7월 28일이다.

소론은 숙종과 이이명이 세자 교체와 연잉군 추대를 밀약했다고 의심했다. 윤지완의 상소에 분노한 숙종은 "임금에게 고하는 말도 함부로 하였고, 좌의정에 대해서는 바로 '사신(私臣)' 이란 한 마디로 단정해 망측한 누명의 구렁으로 몰아넣으니 진실로 무슨 마음인가?"라고 꾸짖었다. 그러나 소론의 이런 반발은 세자를 교체하려는 숙종과 노론의 밀약이 실행되는 데 큰 장애가 된 것이 사실이다.

장희빈이 세자를 낳았던 1688년(숙종 14)만 해도 숙종은 장희빈과 세자를 반대하는 서인(노론의 전신) 정권을 갈아치우고 남인들에게 정권을 줄 정도로 갓 낳은 왕자를 총애했다. 그러나 재위 20년(1694) 4월 정권을 다시 서인에게 주는 갑술환국을 단행하면서 상황은 달라졌다.

장씨가 왕비 자리에서 쫓겨나고 민씨가 다시 복위한 데다 그해 9월 숙빈 최씨가 연잉군을 낳으면서 세자에 대한 총애는 급격하게 식었다. 한 번 마음을 먹으면 반드시 죽이거나 쫓아내는 숙종의 성격으로 볼 때 세자의 운명은 풍전등화였다. 세자가 스스로를 보전하는 유일한 방법은 절대 속마음을 드러내지 않고 작은 꼬투리도 잡히지 않는 것뿐이었다.

# 경종은 후사가 없었다

경종이 후사가 없게 된 것은 희빈 장씨가 사약을 받으면서 마지막으로 아들을 보고 싶다고 숙종에게 애원하게 되는데 숙종은 처음에는 이를 거절하다가 결국 인정에 끌려 그녀의 청을 들어주게 된다. 하지만 막상 세자를 그 자리에 데려다 놓았을 때에 돌발적인 사태가 터지고 말았다. 장씨는 자신의 아들을 보더니 재빠르게 달려와서는 다짜고짜 그의 하초를 움켜쥐고 잡아당겨 버렸다. 그 때문에 세자는 그 자리에서 기절을 했고 이 사건 이후 항상 시름시름 앓으며 남성 구실을 하지 못하고 병약한 몸이 되었다.

경종 즉위 초년에는 여전히 노론이 정권을 잡고 있었다. 그들은 경종의 건강이 점차 악화되는 데다 후사마저 없다는 이유를 내세워 건저(세자를 세우는 일)할 것을 주장한다.

즉 경종이 너무 병약하여 언제 죽을지 모르니 연잉군을 세제로 삼아 왕위가 흔들리지 않게 해야 한다는 것이었다. 경종은 소론의 반대에도 불구하고 1721년(경종 1) 노론측 주장에 따라 연잉군을 세제에 책봉하였다.

그런데 노론측은 두 달 뒤인 그 해 10월 경종이 병약하여 정사를 주관할 수 없다며 이번에는 연잉군으로 하여금 대리청정을 해야 한다고 주장했다. 이는 곧 경종에게 정사에서 손을 떼라는 말이었다. 노론측이 대리청정을 주장하자 소론측이 왕을 보호해야 한다는 명분을 내세우며 거세게 반발하였다.

하지만 경종은 와병중이어서 세제청정을 받아들였다가 소론측의 반대로 세제청정을 다시 거둬들이기를 반복한다.

이 바람에 노, 소론간에 당쟁만 더욱 격화되었다. 그리고 1721년(경종 1) 12월 경종의 지지를 받은 소론은 과격파인 사직 김일경을 우두머리로 한 7명이 앞장서서 세제 대리청정을 요구한 집의 조성복과 청정 명령을 받들어 행하고자 한 노론 4대신 영의정 김창집(金昌集), 좌의정 이건명(李健命), 영중추부사 이이명(李頤命), 판중추부사 조태채(趙泰采) 등을 '왕권 교체를 기도한 역모자' 라고 공격하는 소를 올렸다.

이 상소로 인하여 1716년(숙종 42) 병신처분 이래 지속되던 노론의 권력 기반이 무너지고 대신 소론 정권으로 교체되는 환국이 단행되었다. 이 결과 노론 4대신은 파직되어 김창집(金昌集)은 거제부에, 이이명(李頤命)은 남해현에, 조태채(趙泰采)는 진도군에, 이건명(李健命)은 나로도에 각각 안치되었고, 그 밖의 노론 대신들도 삭직, 문외출송 또는 정배되었다. 그리고 소론파에서 영의정에 조태구, 좌의정에 최규서, 우의정에 최석항 등이 임명됨으로써 소론 정권의 기반을 굳혔다.

조정을 장악한 소론은 과격파를 앞세워 노론측 인사에 대한 축출작업을 더욱 가속화한다. 3개월 뒤인 1722년(경종 2) 3월 소론의 강경론자들이 노론의 과단한 처분을 요구하고 있을 때 남인의 서얼 출신 목호룡은 노론측에서 경종을 시해하고자 모의했다는 이른바 삼급수설(대급수—칼로 살해, 소급수—약으로 살해, 평지수—모해하여 폐출함)을 들어 고변하였다.

이 고변에 따르면 음모 관련자는 정인중, 김용택, 이기지, 이희지, 심상길, 홍의인, 김민택, 백망, 김성행 등이었는데 이들은 모두 노론 4대신의 아들 또는 조카이거나 아니면 추종자들이었다. 이 고변은 숙종의 죽음 전후에 당시 세자였던 경종을 해치려고 모의하였다는 것인데 이때에 와서 드러난 것이다.

목호룡[1]은 남인 서얼로서 풍수를 공부하여 지관이 된 사람이다. 정치적 야심을 품고 있던 그는 풍수설을 이용하여 노론에 접근하여 처음에는 왕세제편(영조)에 섰으나 정국이 소론의 우세로 돌아서자 배반하여 이 같은 음모사실을 고변하였다. 이 사건은 노론에 엄청난 타격을 안겨주었다.

목호룡의 고변이 있자 국청이 설치되어 역모 관련자들을 잡아와 처단하였고 노론 4대신도 다시 한성으로 압송되어 사사되었다. 국청에서 처단된 사람 중에 법에 의해 사형된 사람이 20여 명, 맞아서 죽은 이가 30여 명, 그 밖에 그들의 가족이라는 이유로 체포되어 교살된 자가 13명, 유배 114명, 스스로 목숨을 끊은 부녀자가 9명, 연좌된 사람이 173명에 달하였다.

반면에 권력을 잡은 소론파에서는 윤선거와 윤증을 복관시키고 남구만, 박세채, 윤지완, 최석정 등을 숙종묘에 배향하였으며 목호룡에게는 동지중추부사의 직이 제수되고 동성군의 훈작이 수여되었다. 이 대대적인 옥사가 신축년과 임인년에 연이어 일어났다고 해서 '신임사화' 라고 한다.

---

1) 목호룡(睦虎龍, 1684~1724) : 신임사화의 고변자(告變者)이다. 본관은 사천(泗川). 서얼 출신으로 어려서 풍수술(風水術)을 배워 지사(地師)가 되었다. 노론인 김용택(金龍澤)·이천기(李天紀) 등과 왕세제(王世弟, 영조)를 옹호했으나 소론에 가담하게 되었다. 1722년(경종 2) 김일경(金一鏡)의 사주를 받아 경종을 시해하려는 역모에 자신도 가담했다고 고변했다. 이 고변으로 노론 4대신인 이이명(李頤命)·김창집(金昌集)·이건명(李健命)·조태채(趙泰采) 등이 사형에 처해지고, 역모에 관련된 60여 명이 처벌되는 신임사화가 일어났다. 이 고변의 공으로 부사공신(扶社功臣) 3등으로 동성군(東城君)에 봉해지고 동지중추부사에 올랐다. 1724년(영조 원년) 영조가 즉위한 뒤 노론의 상소로 신임사화가 무고로 일어났음이 밝혀지자, 김일경과 함께 체포되어 옥중에서 죽었다. 죽은 뒤 당고개(唐古介)에서 효수되었다.

# 목호룡 고변으로 발각되다

노론이 경종 제거를 당론으로 삼아 실행에 옮긴 것은 왕조국가에서 각 당파가 공존할 수 있는 최소한의 틀을 무너뜨린 것이었다. 이 무리한 처사에 격렬한 소론의 반발이 일어난 것은 당연한 일이었고, 수많은 비극이 양산되었다.

노론 4대신인 김창집, 이이명, 이건명, 조태채의 노론 영수인 이들은 경종을 제거하고 연잉군을 추대하려던 노론 당론을 추진하다 목호룡 고변 사건으로 모두 극형을 당했다.

노론에서 경종을 끌어내고 연잉군(영조)을 추대하려던 1721년(경종 1) 여름은 가뭄 끝에 태풍이 덮쳐 기근이 우려되던 때였다. 좌의정 이건명은 이를 임금에 대한 하늘의 경고라고 주장했다.

"임금 사복(嗣服, 즉위) 초에 작은 흠도 없는 정사를 펼쳤음에도 근래 드물게 큰 가뭄과 풍재(風災)가 심했고, 궁궐의 정문(正門)도 무너졌으니, 이는 인자하신 하늘의 경고하는 뜻임을 알 수 있습니다"고 한 《경종실록》, 1721년(경종 1) 7월 20일의 글이다.

정작 임금에게는 하늘의 경고라고 주장하면서도 실제로는 민생과는 무관한 연잉군의 왕세제 책봉과 대리청정을 밀어붙인 정치세력이 노론 정당이었다. 왕세제 책봉은 성공했으나 대리청정 기도가 실패하고 되레 김일경의 '신축소'로 정권이 소론으로 넘어가면서 정국은 폭풍전야처럼 긴장되었다. 드디어 1722년(경종 2) 3월 27일 목호룡(睦虎龍)의 고변이 긴장을 깨면서 정국을 소용돌이 속으로 끌고 들어갔다.

고변은 "성상(聖上)을 시해하려고 모의하는 역적(逆賊)들이 있는데, 혹 칼로써, 혹 독약으로, 또 폐출(廢黜, 왕을 쫓아냄)을 모의한다고 하는데, 나라가 생긴 이래 없었던 역적들이니 급하게 토벌해서 종사를 안정시키소서"라는《경종실록》, 1722년(경종 2) 3월 27일의 내용이다.

이것이 삼급수(三急手) 고변 사건이라고도 불리는 목호룡 고변 사건이다. 삼급수란 칼, 독약, 폐출의 세 가지 수단을 동원해 경종을 죽이거나 내쫓으려 했다는 뜻이다. 이 중 대급수(大急手)는 숙종의 국상 때 자객을 궁중으로 보내 세자(경종)를 죽이는 것이고, 소급수(小急手)는 은(銀) 500냥을 궁중의 지상궁(池尙宮)에게 주어 경종의 어선(御膳, 임금의 수라상)에 독약을 넣는 것이고, 평지수(平地手)는 숙종의 유조(遺詔)를 위조해 경종을 폐출시키는 것이었다.

목호룡은 이들이 만든 교조(矯詔, 위조된 숙종의 교서)에 '세자(世子) 모(某, 경종)를 폐위시켜 덕양군(德讓君)으로 삼는다는 폐세자모위덕양군(廢世子某爲德讓君)의 구절이 있는 것도 목격했다' 고 주장했다.

목호룡의 말대로 '나라가 생긴 이래 없었던' 내용들이었다. 더구나 목호룡은 당초 이 모의에 깊숙이 가담했던 인물이란 점에서 그 여파가 어디까지 갈지는 아무도 몰랐다.

"신(臣, 목호룡)은 비록 신분은 미천하지만 왕실을 보존하려는 뜻을 가지고 흉적이 종사를 위태롭게 하려는 모의를 직접 보고는 호랑이 입(虎口)에 먹이를 주어서 은밀히 비밀을 알아낸 후 감히 이처럼 상변(上變)하는 것입니다"라는《경종실록》, 1722년(경종 2) 3월 27일자 기록이다.

목호룡은 남인가의 서자로서 종친 청릉군(靑陵君)의 가노였는데, 감여술(堪輿術, 풍수지리)에 능해 연잉군 사친(私親)의 장지를 정해 준 대가로 속신(贖身)돼 왕실 소유의 장토(庄土)를 관리하는 궁차사(宮差使)까지 오른 것으로 알려진 입지전적인 인물이었다. 그는 당초 연잉군 쪽에 줄을 섰다가 세제 대리청정 기도가 실패하고 신축환국으로 소론이 정권을 잡자 고변 쪽으로 돌아섰다. 이 사건에 가담했다고 목호룡이 고변한 인물들은 이이명의 아들 이기지(李器之), 이사명(李師命)의 아들이자 이이명의 조카인 이희지(李喜之), 김창집의 손자 김성행(金省

行), 광성부원군 김만기의 손자 김민택(金民澤), 김만중의 손자이자 이이명의 사위인 김용택(金龍澤), 김춘택의 사위 이천기(李天紀) 등 노론 명가자제가 대부분이었다. 자제들이 하는 일을 부모들은 몰랐다고 할 수 없는 상황이어서 긴장은 더했다.

목호룡은 용문산에 들어가 묘자리를 구하다가 이희지를 만났고 그를 통해 이기지, 김용택 등을 만났다고 진술했다. 이기지, 이희지 등은 가문을 보호하기 위해 가혹한 고문을 참으며 혐의를 부인하다 맞아죽는 길을 택한 이들도 있었고, 고문을 못 이겨 "지상궁을 통해 독약을 쓰는 것이 소급수"라는 사실은 인정하고 죽은 김용택 같은 인물도 있었다.

목호룡은 이들 자제뿐만 아니라 이이명까지 직접 끌어들였다. 각자 손바닥에 글자를 써서 심사(心事)를 표현하는데 김용택은 충(忠)자를, 다른 사람들은 신(信), 의(義)자 등을 썼는데 백망(白望)은 양(養)자를 썼다는 것이다. 이천기만 그 뜻을 알고 크게 웃었는데, 이는 이이명(李頤命)의 자(字)인 양숙(養叔)을 뜻한다는 주장이었다. 이들이 이이명을 추대하려 했다는 것은 목호룡의 의도된 과장이겠지만 이이명(李頤命)은 결국 이 사건에 연루돼 사형당해야 했다.

그가 사형당하던 1722년(경종 2) 4월 17일자 실록의 사관은 "이때에 이르러 목호룡이 상변(上變)했는데 이희지 등 여러 역적이 모두 이이명의 자질(子姪)과 문객(門客)에서 나오고, 흉모(凶謀), 역절(逆節)이 낭자하여 죄다 드러나자, 온 나라의 여정(輿情)이 모두 분노와 탄식을 품었다"고 전하고 있다. 1717년(숙종 43) 정유독대 이후 그가 경종을 쫓아내려 한다는 소문이 파다했으므로 그의 비극적 죽음은 예견된 것이기도 했다. 같은 날 영의정 김창집도 사형에 처해지는데, 그는 1689년(숙종 15) 남인이 정권을 잡는 기사환국 때 사형당한 영의정 김수항(金壽恒)의 아들이란 점에서 대를 이은 가문의 비극이었다. 이뿐만 아니라 이건명과 조태채도 이 사건에 연루돼 사형당하는데 이들을 '노론 4대신'이라고 부른다.

이것이 '목호룡의 고변' 또는 '임인옥사'인데 사형당한 이가 20여 명, 국문을 받다 장살(杖殺)된 이가 30여 명, 연루자로 교살된 이가 10여 명, 유배된 이가

100여 명을 넘었다. 집안의 몰락을 보다 못해 목숨을 끊은 부녀자도 9명이었다.

이 비극적 사건의 뿌리는 헌정질서에 의해 즉위한 국왕을 제거하고 자신들이 지지하는 인물을 국왕으로 추대하려 했던 노론 당론(黨論)에 있었다. 보다 직접적 계기는 세제 대리청정이 무산된 데 있었다. 세제 대리청정이 무산되면서 노론은 반대당파로부터 '남의 신하가 되어 천위(天位)를 몰래 옮길 계책을 품었다', '그 마음의 소재는 길 가는 사람도 안다' 는 공격을 받게 되자 당황했다. 이 난국 타개의 계책을 제시한 인물이 바로 이천기가 '진정한 노론의 혈성(血誠)' 이라고 불렀던 환관 장세상(張世相)이었다.

임인옥사 때 사형당한 정우관(鄭宇寬)은 장세상이 자신에게 이렇게 말했다고 자백했다.

"하루는 장세상이 저에게 말하기를, 이번에 청정(聽政)하는 일을 노론이 봉행(奉行)하지 않았으니 이는 하늘이 주는데도 받지 아니한 것이다. 장래에 노론은 반드시 씨도 남지 않을 것이다. 만약 한 장의 비망기(備忘記)를 도모해 얻는 즉시 궁성을 호위한다면 좋을 것이다. 이제 막 이 일을 서덕수(徐德修)에게 언급하였다"는 《경종실록》, 1722년(경종 2) 5월 15일자 기록이다.

경종이 세제청정을 명했을 때 노론 대신들이 우유부단하게 눈치를 보다 시기를 놓쳤다는 비난이었다. 그러면서 환관 장세상이 제시한 방안은 다시 경종을 압박해 "연잉군에게 대리청정을 명한다"는 비망기를 얻어내 그 즉시 군사를 동원해 궁성을 호위하는 군사 쿠데타를 일으키자는 것이었다. 서덕수는 세제 연잉군의 처제(妻弟, 영조 즉위 후 정성왕후의 사촌동생)였는데 그 역시 국문에서 "청정(聽政, 대리청정)하는 일이 성사되지 않았으니, 노론은 장차 실패할 것" 이라고 말했다고 자백했다.

또한 그는 김창집의 재종제 김창도가 "(대리청정을 허용하는 경종의) 비망기가 내려진다면 즉시 궁성을 호위하여 안팎을 엄하게 끊고, 또 상소하여 시끄럽게 다투는 근심을 막아야 한다"고 말했다고도 자백해 그 역시 깊숙이 가담했음을 시인했다. 경종의 비망기가 다시 내리면 즉시 군사를 동원해 계엄 상황을 만들어 일체의 상소를 봉쇄하고 대리청정을 강행하면서 경종을 끌어내겠다는 뜻이었다. 그러나 비망기를 다시 얻어내는 작업은 실패했고 도리어 김일경이 신축소를 올린 날《경종실록》사관의 표현대로 경종이 '하룻밤 사이에 건단(乾斷, 천자가 정사를 스스로 재결함)을 크게 휘둘러' 정권을 노론에서 소론으로 갈아치우자 거꾸로 목호룡의 고변이 나왔던 것이다.

무엇보다 임인옥사가 지닌 가장 큰 폭발력은 사건 판결문인 임인 옥안(獄案)에 세제 연잉군이 역적의 수괴로 등재되었다는 사실이다. 그의 처제 서덕수가 깊숙이 관여한 사실이 드러난 데다 서덕수의 추대 제의를 연잉군이 거절하지 않은 사실이 드러났다. 이는 신하가 자신을 임금으로 선택했다는 택군(擇君)을 수락한 것으로써 역모 가담 혐의를 피할 방도가 없었다.

경종이 선왕의 유일한 혈육인 연잉군의 보호를 선택함으로써 겨우 무사했다.

# 정미환국(丁未換局)

영조가 즉위할 때에는 소론이 정권을 잡고 있었으나 곧 이전에 노론 4대신을 역적으로 몰아 신임사화를 일으켰던 소론의 김일경(金一鏡)과 목호룡(睦虎龍)을 처단하고 영의정 이광좌, 우의정 조태억 등을 유배시킴으로써 민진원, 정호 등의 노론이 정권을 잡게 되었다. 이듬해에는 노론의 요청에 따라 신임사화를 무옥(誣獄)으로 판정하고, 신임사화 때 처벌된 노론 피화자(被禍者)를 신원하는 을사처분(乙巳處分)을 단행했다.

이 상황에서 영조는 노론 소론 양파의 당쟁을 조정하고자 탕평책을 실시했다. 그러나 노론정권이 왕의 탕평책에는 잘 따르지 않고 소론 공격에만 급급하자 영조는 정미년인 1727년(영조 3)에 소론에 대한 보복을 고집하던 민진원(閔鎭遠, 1664~1736)과 정호 등을 파면하고 이광좌(李光佐, 1674~1740), 조태억(趙泰億, 1675~1728) 등을 비롯한 소론을 다시 정권에 참여시켰는데 이를 정미환국이라고 한다.

이로써 다시 성립하게 된 소론정권은 그 집권의 합리화를 위해서 2년 전에 노론에 의해 확정되었던 을사처분을 뒤집어 이이명, 김창집, 이건명, 조태채 등의 노론 4대신을 다시 죄안(罪案)에 들게 하고, 신임사화를 역옥(逆獄)으로 규정했다. 즉 정미환국은 당국자의 노론 소론 간의 인적 구성만 바뀌게 한 것이 아니라 충역시비(忠逆是非)를 완전히 뒤집은 것으로써 소론에게 어느 정도의 우세를 안겨다주었다.

이때 정계에 등장한 소론정권에는 영조 즉위초에 제거되었던 준소(峻少)는 제외되어 있었고, 이광좌로 대표되는 완소(緩少)와 조문명을 대표로 하는 청류 (淸流)가 집권했다. 그러자 정계에서 추방당했던 소론과 남인의 강경파들이 영 조와 노론의 제거만이 정치진출의 기회라 보고, 이듬해 경종을 위한 보복을 명 분으로 왕권교체를 기도한 이인좌(李麟佐, ?~1728)가 난을 일으켰다.

영조는 이 난을 진압한 뒤 노소를 막론하고 당파심이 강한 자를 제거함으로 써 탕평책을 펴나가려고 노력했다. 그리하여 난의 발생 직후 탕평파의 활동이 다른 어느 정치세력보다도 적극적이 되고 왕이 그들을 극력 지지했다. 그러나 끝내 탕평책은 당쟁을 근절하지 못했고 이후 외척세력과 결부되면서 세도정치 로 심화되기에 이르렀다

1728년(영조 4) 3월 15일 밤, 거대한 함성과 함께 청주 병영(兵營)에 돌입하는 무리가 있었다. 병영 문은 굳게 잠겨 있어야 했지만 이날 밤은 달랐다. 병영의 기생 월례(月禮)와 절도사 이봉상(李鳳祥)이 신임하던 비장(裨將) 양덕부(梁德溥)가 내통했던 것이다. 이인좌의 난, 또는 무신난(戊申亂)으로 불리는 소론강경파와 일부 남인의 연합 거병의 시작이었다.

권서봉(權瑞鳳)은 경기도 양성(陽城)에서 미리 무리를 모아 청주성 경내로 들 어온 뒤 행상(行喪, 주검을 산소로 나르는 일)을 핑계로 상여에 병기를 실어 성 앞 숲 속에 몰래 숨겨 놓았다.

청주 인근 여러 고을에 건장한 사람들이 몰려들자 이상하다는 말이 유포됐 고, 충청병사 이봉상에게 보고했지만 무시됐다.

결국 절도사 이봉상과 영장(營將) 남연년(南延年) 등은 항복을 거부하고 전사 했는데 《영조실록》은 "성 안의 장리(將吏)로서 적에게 호응하는 자가 많았다" 고 전하고 있다. 영조의 즉위와 노론의 집권은 경종 독살설을 사실로 믿는 세 력들과 충돌을 불가피하게 만들었다.

목호룡의 고변으로 노론에서 실제로 독약을 사용하는 소급수(小急手)를 실험 했던 것이 확인된 상황에서 영조가 즉위 직후 김일경과 목호룡을 죽이자 소론 강경파와 남인들은 일찌감치 거병을 준비했다.

여기에 경종의 전비(前妃, 전 왕비)인 단의왕후 심씨의 동생 심유현(沈維賢)의 목

격담이 더해졌다. 심유현은 경종 사망 당일 특별히 명소(命召)를 받고 유문(留門, 궁궐 문을 임시로 닫지 않는 것) 입시했는데 그가 이유익(李有翼)에게 말한 목격담이 전파됐다.

심유현은 "그때 유문하면서 급히 부르기에 환취정(環翠亭)에 들어가 우러러 경종을 뵈었더니 임금의 안색이 평상시와 같으셨다. 그런데 대신이 고복(皐復)을 청하기에 비로소 승하하신 것을 알았다"고《영조실록》, 1728년(영조 4) 3월 29일 말했다. 자신이 봤을 때만 해도 이상이 없던 경종이 갑자기 죽었다는 것이다.

느닷없이 대신이 고복, 즉 죽은 사람의 저고리를 들고 지붕에 올라 북쪽을 향해 혼(魂)을 다시 부르는 초혼(招魂)을 했다는 것이다. 소급수를 사용한 김성(金姓) 궁인(宮人)에 대한 조사 요청이 계속되는 상황이었다.

사실 김성 궁인은 인현왕후 민씨가 희빈 장씨를 견제하기 위해 끌어들였던 숙종의 후궁이자 영의정 김수흥(金壽興)의 딸 귀인(貴人) 김씨를 지목하는 것이었다.

사건 수사 기록인 무신역옥추안(戊申逆獄推案)에 따르면 박필현(朴弼顯)과 이유익은 경종의 사인(死因)에 의구심을 갖고 있다가 김일경이 사형당한 직후인 을사년(乙巳年) 영조 1년 봄부터 가산(家産)을 털어 삼남(三南)을 돌며 팔도의 저명한 인사(八道知名之士) 규합에 나섰다.

동조자를 찾는 것은 그리 어려운 일이 아니었다. 과거 노론에 의한 피화자(被禍者) 후손을 중심으로 소론과 남인의 강경파 인사를 찾으면 되는 것이었기 때문이다. 주로 영남세력이 많았지만 거사에 동조했던 평안병사 이사성(李思晟)이 "호남 영남에 적도(賊徒)가 번성하다"고 말한 것처럼 호남도 동조자가 적지 않았다.

구체적으로는 태인현감 박필현과 담양부사 심유현, 무장(茂長)에 유배 중이던 박필몽(朴弼夢) 등이 호남에서 거병을 준비했다. 이들은 소현세자의 증손 밀풍군 탄(坦)을 추대했는데 이는 효종, 현종, 숙종으로 이어지는 삼종의 혈맥이 연잉군(영조)의 역모 가담으로 끊긴 것으로 보고 새 왕통은 소현세자의 혈통에서 나와야 한다는 정통론이었다.

이인좌[1]는 현재 지방에서 이인좌가 거병하면 서울과 경기도에서 즉각 동조 봉기를 해 도성을 점령하려는 계획이었다. 1725년(영조 1) 1월 의릉(懿陵, 경종의 능)에 참배하러 가는 영조의 어가를 가로막고 '독살' 운운한 이천해의 행위도 박필현과 이유익이 시킨 것으로 드러나는 것처럼 이들은 경종독살설을 퍼뜨리는 한편 무장 거병을 준비했다. 특히 평안병사 이사성의 가담은 결정적인 것이었다.

'무신역옥추안'에 따르면 이사성은 "많은 군병을 얻을 필요는 없다. 만약 적(賊)이 발생했다는 소문이 있으면 국가는 반드시 나를 장수로 삼아 격퇴하게 할 것이니 이때를 틈타면 어렵지 않게 힘이 될 것"이라고 말했다고 전한다.

이인좌(李麟佐)는 권서봉에게 영남에서 올린 '상소문의 소유(疏儒, 상소에 이름을 올린 유생)가 만여 인이니 각자 가정(家丁)을 끌고 나오면 12만 명이 될 수 있다'고 말하는 등 병력 동원에 자신 있었다. 더구나 이들이 끌어 모은 무리 중에는 녹림(綠林)까지 있었다. 거듭되는 자연재해와 잇따른 실정으로 고향에서 쫓

---

1) 이인좌(李麟佐, ?~1728) : 본관은 전주(全州). 본명은 현좌(玄佐). 관찰사 운징(雲徵)의 손자이며, 윤휴(尹鑴)의 손서(孫壻)이다. 남인의 명가출신이었으나 남인이 1694년(숙종 20) 갑술환국 이후 정계에서 소외되었으므로, 그 역시 관직 진출을 기대하기 힘든 상황이었다. 1724년 경종의 죽음과 영조의 즉위를 계기로 점점 정계에서 밀리게 된 소론은 남인과 공모하여 영조를 폐하고 밀풍군(密豐君) 탄(坦)을 추대하는 정변을 계획, 지방에서 먼저 거병하면 경중(京中)에서 내응한다는 전략을 짰다. 이때 이인좌는 남인 명가의 후광을 업고 영남의 유망사족과 접촉해 그들의 정치행동을 촉구하며 외방기병의 지휘를 맡았다.
그러나 1727년(영조 3) 정미환국을 계기로 청남(淸南)과 온건소론이 조정에 기용됨으로써 반란군의 조직이 약화되어 경중의 내응을 기대하기 힘들게 되었고, 반남인·반소론적인 영조와 노론세력을 제거한다는 명분도 약화되어 정변은 거의 실패한 듯했다. 그러자 그는 정권에서 소외된 토족·토호층과 합세하여 1728년(영조 4) 3월 15일 스스로 대원수라 칭하며 반란을 일으켜 청주성을 공격하여 함락시켰다. 이어 여러 읍에 격문을 보내 병마(兵馬)를 모으는 한편 환상곡(還上穀)을 분급하고 관노비에게 상급(賞給)을 주기도 했다. 반란군을 이끌고 목천·청안·진천을 거쳐 안성에 이르렀으나 도순문사 오명항(吳命恒)이 지휘하는 관군에게 패했다. 반란군을 이끌고 죽산으로 피신했으나, 마을사람에게 생포되어 한성으로 압송당한 뒤 능지처참되었다. '민족문화백과사전' 등에 광주(廣州) 이씨로 나오지만 세종의 4남 임영(臨瀛)대군의 후손으로 조부는 숙종 때 감사를 역임한 이운징(李雲徵)이고 조모는 남인 영의정 권대운(權大運)의 딸이고, 부인 윤자정(尹紫貞)은 윤휴(尹鑴)의 손녀로서 전형적인 남인 가문이었다.

겨나 유리하던 농민들이 집단 도적이 된 무리가 녹림이었다.

녹림을 끌어들인 인물은 정인지의 후손으로 알려진 업유(業儒) 정세윤(鄭世胤, ?~1728)이었다. 용인의 사대부 안엽은 이사성(李思晟, ?~1728)에게 "정세윤은 녹림 도적(綠林盜) 100여 명과 인연이 있는데 만약 은자(銀子) 수백 냥만 있으면 300~400명은 모을 수 있다"고 말했다. 실제로 600~700여 명의 녹림을 모을 수 있었는데 주로 삼남에서 활동하는 무리였다.

이는 농촌에서 유리된 세력들이 중앙 정권 다툼에도 개입할 정도로 강한 세력을 형성했음을 말해 주는 것으로서 주목된다. 봉기 준비가 전국으로 확대되는 상황에서 찬물을 끼얹는 사태가 발생했다. 영조가 재위 3년(1727) 정권을 노론에서 소론 온건파로 바꾸는 정미환국을 단행했기 때문이다. 사건 관련자 임환(任還)의 공초는 정미환국에 대한 이들의 반응을 잘 말해 준다.

"정미년 7월 초하루 환국이 있었는데 8~9월 사이에 박필현(朴弼顯, 1680~1728), 이세홍(李世弘, ?~1728) 등이 이유익(李有翼)의 집에서 만나 크게 놀라며 '일이 이뤄지지 않는구나. 노론이 그대로 있다면 일은 용이하겠지만 지금 소론이 천만 의외로 다시 들어가게 됐으니 들어간 자가 비록 완소(緩少, 소론 온건파)라 하더라도 준소(峻少, 소론 강경파)도 희망이 있다고 느끼게 됐다…' 고 말했다."

정미환국은 노론이 소론 온건파까지 공격하는 것에 위협을 느낀 영조가 "사적 복수를 앞세우고 국사를 뒤로 미룬다"고 비판하면서 취했던 조치로서 소론을 분열시키는 결과를 가져왔다.

영조로서는 절묘한 시기에 절묘한 조치를 취한 것이었다. 이사성의 "남인은 거론하지 않겠지만 완소는 마땅히 모두 장살(杖殺)할 것"이라는 말이 나올 정도로 소론 강경파는 온건파에 분노했다. 그러나 소론 강경파와 남인들은 봉기를 멈출 수 없었다. 멈추기에는 너무 멀리 와 버렸고, 아는 자도 너무 많았다. 당초 계획보다 규모가 축소됐지만 이인좌가 청주성을 점령하자 각지에서 동조 거사가 잇따랐다.

영남에서는 정희량(鄭希亮), 호남에서는 박필현(朴弼顯) 등이 앞장섰다. 이들은 진중(陣中)에 경종의 위패(位牌)를 모셔 놓고 조석으로 곡을 하면서 선왕의 복수를 다짐했다. 각지에 관문(關文)과 격문(檄文)을 뿌렸는데 영조는 이를 모두 불태우게 하고 이를 지니거나 전하는 자는 목을 베라고 명했다.

영조는 경종독살설이 담긴 관문과 격문에 극도로 예민하게 반응했다. 영조는 총융사 김중기(金重器)에게 출전을 명했으나 반군을 두려워해 나타나지 않을 정도로 노론은 위축됐다. 이때 진압을 자처하고 나선 인물이 소론 온건파 오명항(吳命恒)이었다.

안성에서 패전한 이인좌는 죽산의 산사로 도주했다가 승려들에 의해 붙잡히면서 결국 소론 강경파(峻少)가 일으킨 이인좌의 봉기는 소론 온건파(緩少)에 의해 진압됐다. 정미환국이 없었다면 소론 전체와 남인이 가담하는 전국적인 내란으로 확대됐을 것이고 승패는 누구도 예측할 수 없었을 것이다.

이인좌의 봉기는 노론, 소론, 남인의 잘잘못을 떠나 조선 정당정치의 구조적 한계를 표출한 사건이었다. 당쟁의 폐해를 절감한 영조는 노론에서 이를 계기로 소론 온건파를 다시 공격하자 "지금 역변이 당론(黨論)에서 일어났으니 이때에 당론을 하는 자는 역률로 다스리겠다"며 탕평책을 시행했다.

그러나 노론이 장악한 언관(言官)들은 계속 소론 온건파까지 공격했다. 심지어 분무(奮武) 일등공신 오명항까지 과거 김일경과 신축소를 올렸던 이진유(李眞儒)의 유배지를 내륙으로 옮기자고 주장했다는 이유로 공격당했다. 〈당의통략〉은 "노론 언관들이 심하게 탄핵하자 오명항이 근심과 걱정으로 죽었다"고 전하고 있는데 이때가 1728년(영조 4) 9월이었으니 불과 6개월 전의 대사에서도 아무런 교훈을 얻지 못했던 것이다.

# 경종은 독살되었는가

1724년(경종 4) 8월, 경종은 크게 앓아눕게 된다. 사실 이는 놀라운 것이 아닌 게 경종은 전년에도 한 번 크게 앓아누울 정도로 몸이 약했다. 더군다나 그 해 여름은 상당히 더운 편이었기에 약한 몸에 심신이 무리가 간 모양이었다. 이미 8월 이전에 약방에 누워 문안인사를 받을 정도였다. 그러다 8월 들어와 경종의 상태는 더 심해졌고 경종은 소화기관의 문제로 설사병까지 걸려 버렸다.

어의 이공윤은 대황이 들어간 약을 자주 처방하며 병을 고쳐 보려 했지만 병은 점점 깊어졌다. 오한 증세를 심하게 겪었다가 8월 16일 쯤엔 워낙 더운 여름인데도 불구하고 몸에 땀이 나지 않고 소변도 거의 못 보는 상태였다. 당연히 입맛도 잃었고 경종은 거의 먹는 둥 마는 둥했다.

그러다 8월 20일, 경종은 저녁으로 게장을 먹게 된다. 게장은 밥도둑으로 잘 알려질 만큼 맛있는 반찬. 경종은 오랜만에 식사를 잘 먹었다. 평소 식사량보다도 많이 먹었던 것으로 여겨졌다. 그리고 후식으로 딸려온 감도 맛있게 잘 먹었다.

그러나 그날 밤 탈이 났다. 통증으로 말미암아 말도 거의 못하게 되었다. 그래도 문안을 올리는 신하들에게 작게나마 답하기는 했는데 8월 24일에는 증세가 더 심해져 말할 기력까지 완전히 잃어버려 문안 인사하는 신하들에게 말도 못하는 처지가 되어 세제빈 서씨가 요리한 미음도 먹지를 못하다가 연잉군이 직접 먹여서 겨우 조금 먹었다고 한다.

어의 이공윤은 경종의 병세 차도를 위해 계지마황탕을 올렸지만 효과가 없었고 인삼차를 올리게 했으나 이공윤은 인삼차가 자신의 약과 상극이라며 반대했다. 하지만 이공윤의 처방이 그 동안 별 효험이 없었던 탓인지 결국 인삼차가 올려졌다. 이를 마신 경종은 잠시 얼굴빛이 돌아오는 듯했으나 다시 상태가 악화되어 숨을 거둔다.

그런데 경종이 죽은 후부터 경종이 독살됐다는 말이 떠돌기 시작하였다. 특히 경종의 처남이자 무신란 주동자 중 한 명인 심유현 등은 시체가 검게 변했다는 말 등을 퍼뜨리면서 이런 독살설이 꾸준히 제기되었다. 오죽하면 이천해란 자는 영조 앞에서 대놓고 그런 소리를 하기까지 했으니 이후 경종독살설을 근거로 한 반란, 역모 사건은 끊이지 않았다.

일단 이인좌의 난으로 잘 알려진 무신란이 이 경종독살설을 명분으로 내걸었고, 이후에도 준소의 잦은 역모사건에서 준소측의 명분은 항상 경종독살설이었다. 특히 나주벽서사건 당시에는 신치운 등이 "경종이 죽은 후부터 게장과 감은 먹지 않았다" 이런 말을 내걸 만큼 그들은 경종독살설을 믿는 모습을 보여주었다. 그야말로 말도 많고 탈도 많은 조선왕 독살설 중 최고의 떡밥이라고 할 수 있는 부분이다.

그렇다면 이 경종독살설의 떡밥들은 과연 무엇이 있을까? 일단 무신란 관계자인 심유현의 주장은 민심 확보를 위해 일부러 거짓말을 했을 가능성이 높으므로 빼놓고 다른 근거들부터 먼저 본다면 첫 번째는 게장과 감을 같이 먹었다는 것이다. 한의학에 의하면 게장과 감은 상극이라고 말한다. 현대 과학에 의하면 그 이유가 감의 탄닌성분 때문이라고 말하고 있다. 사실 게장과 감을 같이 먹는다고 죽는 정도는 아니고 소화불량이 찾아오는 정도이지만 경종의 몸 상태를 볼 때 이것만으로도 상당한 건강 악화를 불렀다고 보는 게 옳은 것일까?

다만 실록의 기록을 보면 당시에는 이것이 전문 의학 지식으로 민간에 알려지지 않은 사항이었던 것 같다. 어쩌다 우연히 같이 올라오게 되었다는 것이다. 대신 역으로 어떻게 의학 지식을 섭렵한 쪽에서 경종의 상태를 악화시키기 위해 게장과 감이 같이 올라가도록 만들었을 가능성도 없지는 않다.

두 번째는 미음이다. 경종은 죽기 전에 미음을 한 번 먹었는데 그 미음이 하필 세제빈 서씨가 만든 것이다. 서씨가 미음을 만드는 과정에서 무슨 짓을 벌였을 가능성이 있다는 것이다.

세 번째는 인삼차이다. 어의 이공윤이 자신의 약과 맞지 않는다고 주장했음에도 연잉군은 직접 인삼차를 먹였다. 상극인데도 굳이 인삼차를 먹였다는 점이 의혹을 더 키웠다. 훗날 이것이 논란이 되기에 수정실록에서는 이 부분이 삭제되었다.

사실 이런 근거들만 보면 독살설이 어느 정도 사실인 것처럼 보인다. 하지만 다른 자료들까지 살펴보면 독살설을 주장하는 데는 무리가 있다.

먼저 가장 큰 문제는 이미 경종의 상태가 매우 안 좋았다는 것이다. 더운 여름인데도 16일경부터는 소변도 안 나오고 땀도 나오지 않는 상황일 정도였다. 더군다나 이미 하루 온종일을 약방에서 보낼 만큼 몸 상태도 좋지 않은 편이었고, 애초에 건강이 너무 약해져 있었다는 점이다. 차도가 별로 없는 상황인데 굳이 김일경 등이 멀쩡히 존재하는 상황에서 연잉군 등이 그런 모험을 강행할 이유가 없었다.

더군다나 어의 이공윤부터도 문제가 많은 위인이었다. 실록에서는 그를 괴팍하다고까지 묘사했는데 그는 이전에도 감수산이나 승기탕같이 효능이 너무 강해 복용에 주의를 요하는 약들도 마구 처방했다. 거기다가 나중에는 왕을 설렁설렁 진찰하는 모습까지 보였고 남이 처방을 의심하면 무조건 화부터 버럭 내면서 1년에 백여 가지의 약을 처방했다고 알려져 있다. 만약 대비의 병을 낫게 하지 않았다면 진작에 해고되고도 남았을 위인이었다.

그러나 이게 끝이 아니었다. 8월 들어와 경종의 상태가 심해질 때 그는 대황이 들어간 약을 처방했는데 이는 대소변을 확실하게 유도하기 위해서였다. 애초에 약 자체가 독한 약재들 위주로 되어있던 데다가 대황은 차고 독한 성질이 있는 한약재이다. 이걸 소화기관에 문제 있는 사람에게 먹이는데 그 사람 소화기관에 문제 안 생기면 그게 용한 일이다.

인삼차랑 상극이라는 계지마황탕도 문제인데 계지와 마황은 성질이 다르다.

물론 둘을 같이 처방한다고 문제가 생기는 것은 아니다. 다만 만약에 이 계지마황탕에 마황이 많이 들어가 있었다면 이는 최악의 처방이 될 수 있었다. 마황은 양기를 지나치게 강하게 해 줄 만큼 독한 약재이기 때문이다. 실제로 계지마황탕을 먹은 경종은 오히려 상태가 악화되는 모습을 보였다.

이를 통해 유추해 볼 때 당시 상황은 다음과 같지 않을까 어디까지나 추측을 해본다.

일단 경종은 8월부터 크게 앓아누웠다. 그리고 돌팔이 이공윤 덕에 몸 상태는 나날이 악화. 한편 경종의 식욕을 되찾게 하기 위해 수라간에서는 게장과 감을 올렸는데 이는 그냥 몰라서 한 짓일 뿐이었다. 맛 좋은 음식 먹고 기운차리라는 것 그 이상의 의미는 없었을 것이다. 그리고 게장과 감을 같이 먹은 경종은 급격히 상태 악화. 이후 미음도 먹여보고 하면서 나름대로 병을 낫게 해보려고 하는데 이공윤과 연잉군이 약 문제를 두고 대립하기 시작했다. 일단 의사인 만큼 이공윤의 처방이 먼저 시도되었는데 효염이 없었다. 그러자 연잉군은 인삼차를 올렸고 이공윤은 반발했지만 그동안의 돌팔이 행적과 직전의 처방 실패로 말미암아 결국 경종이 인삼차를 마시게 되었다. 그러자 잠시 차도를 보였지만 상태는 악화를 불러와 경종이 죽게 된 것이다.

이렇게 된다면 독살이라고 보기는 힘들어 보인다. 약간의 우연적 요소가 들어가기는 했으나 사실상 경종의 죽음은 경종 자신의 허약한 몸과 이공윤의 돌팔이 처방의 조화라고 보는 것이 좋을 것 같다. 다만 연잉군의 인삼차도 상황이 상황이니만큼 어느 정도 책임 소재를 따질 여지가 있겠으나 그렇지만 실록 등에서 묘사하는 경종의 몸 상태가 이미 시체나 다름없어 보인다는 점에서 그렇게까지 결정적인 요소였는가는 조금 의문시 된다.

# 영조(英祖)

영조(英祖, 1694~1776)는 조선 제21대 왕이다. 아버지는 숙종이고, 어머니는 화경숙빈(和敬淑嬪) 최씨이다. 비는 서종제(徐宗悌)의 딸 정성왕후(貞聖王后)이며, 계비는 김한구(金漢耉)의 딸 정순왕후(貞純王后)이다.

1699년(숙종 25) 연잉군(延礽君)에 봉해졌다. 1720년(경종 원년) 희빈 장씨(禧嬪張氏)의 아들인 경종이 33세로 즉위했으나 자식이 없었고, 왕자가 태어날 가망도 보이지 않았다. 이에 노론측이 경종의 동생인 그를 세제(世弟)로 책봉하자는 논의를 일으킨 결과, 소론측의 반대에도 불구하고 숙종의 제2계비인 인원왕후(仁元王后) 김씨의 후원하에 1721년(경종 1) 27살에 왕세제로 책봉되었다. 노론은 더 나아가 경종이 병이 많음을 들어 왕세제에게 대리청정(代理聽政)을 시킬 것을 주장했다.

경종의 비망기(備忘記)를 얻어 대리청정이 일단 허락되었으나 찬성 최석항(崔錫恒, 1654~1724), 우의정 조태구(趙泰耉) 등의 강력한 반대와 각지 수령, 성균관 학생, 각 도 유생들의 반대상소로 대리청정이 취소되었으며, 이 일을 추진했던 영의정 김창집(金昌集), 좌의정 이건명(李健命), 판중추부사 조태채(趙泰采), 영중추부사 이이명(李頤命) 등 이른바 노론 4대신이 경종에 대한 반역으로 치죄되어 귀양가고(신축옥사), 이듬해 이들을 비롯한 60여 명이 임인옥사에 처형되었다.

이 과정에서 그는 신변의 위협까지 받았으나 노론편인 인원왕후의 강력한 비호로 위기를 넘기고, 1724년(경종 4, 영조 원년) 경종이 죽자 뒤를 이어 즉위했다.

영조는 즉위 직후 김일경(金一鏡), 목호룡(睦虎龍) 등 신임사화를 일으킨 자들을 숙청하고 조태억(趙泰億) 등 소론대신을 파직시켰으며, 민진원(閔鎭遠), 정호(鄭澔) 등을 불러들여 노론정권을 수립하고, 노론 4대신을 신원해 복관시켰다. 그러나 영조는 자신의 즉위에 공을 세운 노론의 집권은 당연하지만 신임사화와 같은 살륙의 보복은 피하고, 노론의 전제를 막아야만 불안한 왕권을 강화하고 정국을 안정시킬 수 있다고 생각했다. 따라서 노론이 유봉휘(柳鳳輝) 등 소론 4대신을 비롯해 신임사화에 관련된 인물들을 모두 죽일 것을 주장하자 정미환국을 단행하여 노론대신들을 파직시키고 일시 소론정국을 만드는 등 몇 차례에 걸쳐 정국의 변동을 단행하고 탕평파를 키우는 등 노력을 했으나 소기의 목표는 달성할 수 없었다.

더욱이 1728년(영조 4)에는 실각한 준론파(峻論派) 소론과 남인을 중심으로 이인좌(李麟佐)의 난이 일어났다. 이에 영조는 신임사화에 직접 가담하지 않았던 완론파(緩論派) 소론계열을 노론과 아울러 기용함으로써 왕권을 강화하고 당쟁의 폐해를 제거하려는 탕평책을 펴게 되었다. 탕평책 시행 초기에는 인사정책으로 상호 견제되는 권한을 갖는 자리에 다른 당색의 사람을 배치하는 쌍거호대(雙擧互對)의 방식을 취했다. 인물의 기용도 각 파당 내의 강경파들을 배제하고 탕평론자들로 구성했다.

그 뒤 어느 정도 국면이 수습되자 재능에 따라 인재를 등용하는 유재시용(惟才是用)의 인사정책을 단행하여 노론 외의 당색도 기용하려 노력했다. 그러나 신임사화를 겪었던 노론은 이에 불만일 뿐 아니라 소론의 재등장을 꺼려 하여 노론 소론의 파당은 끝내 이루어지지 못했다. 나아가 노론은 경종대의 소론의 집권명분을 일체 반역으로 규정하고 집권기반을 굳혀 나갔다.

이와 같은 과정에서 1755년(영조 31) 《천의소감》(闡義昭鑑)을 간행하여, 소론이 경종과 관련되어 있었던 일체의 정치적인 명분을 반역으로 규정하고 그 대신 노론이 영조와 관련되어 있었던 것을 충의로 정립해 소론의 의리론상의 근거를 완전히 박탈했다.

영조(英祖)가 말년에 자신의 아들을 죽이게 되는 비극적 사건도 근본적으로는 정쟁에 그 원인이 있었다. 1749년(영조 25)부터 대리청정을 맡았던 장헌세자[1]는 노론전제에 비판적 견해를 갖고 있었으며, 겉으로는 노론집권의 의리를 인정했지만 실제로는 소론이나 그 밖의 반대세력의 정견을 옳다고 보고 있었다. 이에 노론은 장헌세자가 장차 왕위에 오르면 노론을 몰락시킬 수 있다고 보아 온갖 수단으로 그를 제거하려 했다. 또한 노론의 의리와 명분론에 근거하여 왕위에 오른 영조로서도 정통성을 고수하기 위해 어쩔 수 없이 노론의 입장

---

1) 장헌세자(莊獻世子, 1735~1762) : 영조의 둘째 아들 사도세자이다. 노론(老論)의 일당전제에 비판적이었기 때문에 정치적 모략에 의해 뒤주 속에 갇혀 죽었다. 사도세자(思悼世子)로 더 잘 알려져 있다. 이름은 선(愃). 자는 윤관(允寬), 호는 의재(毅齋). 어머니는 영빈이씨(暎嬪李氏)이며, 부인은 영의정 홍봉한(洪鳳漢)의 딸 혜경궁홍씨(惠慶宮洪氏)이다. 이복형인 효장세자(孝章世子)가 일찍 죽고, 영조의 나이 40세가 넘었으므로 태어난 지 1년 만에 왕세자에 책봉되었으며 10세 때 혼인했다. 어려서부터 매우 영특하여 3세 때 《효경》을 읽고, 《소학》의 예를 실천했다. 또한 일찍이 높은 정치적 안목을 가지고 있어서 1743년(영조 19) 관례(冠禮)를 행하고 나서 부왕이 당론(黨論)을 없앨 방법을 묻자 "여러 당인을 한결로 보아 함께 기용하면 된다"고 대답하여 칭찬을 받았으며, 궁관과 더불어 신임사화를 논하여 의리의 근원을 분명히 가려내기도 했다.
1749년 대리청정(代理聽政)을 하게 되었다. 영조와 세자의 사이가 나빠지고 대립관계가 표면화되기 시작한 것은 1752년 신하들이 병석의 영조에게 약을 권할 것을 종용하자 이를 거절한 뒤부터였다. 세자는 영조가 약을 물리치는 것이 자신의 허물 때문이므로 약을 권할 면목조차 없다고 했으나 이것이 영조의 마음을 몹시 상하게 했다. 세자는 대리청정을 하면서 여러 지방의 환곡에 대하여 덜어내고 더 받는 '부다익과'(芬多益寡)의 정사를 베풀고, 영세민을 괴롭히는 대동(大同)·군포(軍布)의 대전(代錢)·방납(防納)을 금지시켰다. 또한 영조 즉위의 의리와 명분에 관련된 신임사화와 같은 중요한 정치적 문제에 대해 부왕과는 다른 의견을 내놓아 대립이 심화되었다.
이에 그를 싫어하는 노론들과 이에 동조하는 정순왕후 김씨(貞純王后金氏), 숙의 문씨(淑儀文氏) 등이 영조에게 세자를 무고하여 영조가 수시로 불러 크게 꾸짖으니 마침내 병이 발작했다. 혜경궁 홍씨의 《한중록(恨中錄)》에 따르면 이때 세자는 "함부로 궁녀를 죽이고, 여승을 입궁시키며, 몰래 왕궁을 빠져 나가 평양을 내왕하는 등 난행과 광태를 일삼았다"고 한다. 1762년 정순왕후의 아버지인 김한구(金漢耉)와 그 일파인 홍계희(洪啓禧)·윤급(尹汲) 등의 사주를 받은 나경언(羅景彦)이 세자의 실덕과 비행을 지적한 10조목의 상소를 했다. 영조는 크게 노해 세자를 휘령전(徽寧殿)으로 불러 자결을 명했다. 세자가 끝내 자결을 하지 않자, 그를 서인(庶人)으로 폐하고 뒤주 속에 가두어 8일 만에 죽게 했다. 당시 영조의 탕평책(蕩平策)에 의하여 표면상으로는 당쟁이 주춤한 듯했지만 사실상 노론·소론간의 대립은 심각한 상태였다. 즉위 과정에서 노론의 지지를 받았던 영조는 즉위 후 계속 노론에게 제약되고 있었다. 결국 세자의 노론의 전횡에 대한 비판이 이러한 영조의 정치적 입장과 맞물려 그를 죽음에까지 이르게 한 것이었다. 이 사건은 이후 노론·소론·남인이 얽힌 시파(時派)·벽파(僻派)의 분쟁을 파생시킨 계기가 되었다. 죽은 뒤 바로 사도(思悼)라는 시호가 내려졌으며, 그의 아들인 정조가 즉위하자 장헌(莊獻)으로 추존되었다. 1899년(광무 3)에 다시 장조(莊祖)로 추존되었다. 능은 수원에 있는 융릉(隆陵)이다.

을 따라야만 했다. 그 결과 1762년(영조 38) 나경언(羅景彦, ?~1762)의 고변을 계기로 세자를 뒤주 속에 가두어 죽였다.

영조는 곧 이를 후회하고 위호(位號)를 복구시키고 사도(思悼)라는 시호를 내렸으며 장헌세자의 아들인 세손(뒤의 정조)을 요절한 맏아들 효장세자(孝章世子)의 후사로 삼아 왕통을 잇게 했다

영조는 즉위 초반인 1725년(영조 1)에 주리를 틀어서 국문하는 압슬형을 폐지했으며 사형을 받지 않고 죽은 자에게 죄를 추죄하여 죽이는 형벌을 금지하였고, 1729년(영조 5)에는 사형수에 대해서는 반드시 초심, 재심, 삼심을 거치게 하는 삼복법을 엄격히 시행하도록 하여 사형에 신중을 기했다.

또한 1774년(영조 50)에는 사가에서 형벌을 가하는 것을 금지시켰으며 판결을 거치지 않고 죽이는 남형과 남성의 포경을 자르는 경자 등의 가혹한 형벌도 금지시켰다.

그리고 1771년(영조 47)에는 신문고제도도 부활시켜 백성의 억울한 일을 왕에게 직접 알리게 하였다. 영조시대의 경제 정책에서 가장 주목할 만한 것은 균역법의 시행이었다. 양민들이 국방의 의무를 대신해 나라에 세금으로 내던 포목을 2필에서 1필로 줄이는 것을 골자로 하는 균역법의 시행으로 일반 양민들의 의무인 양역의 불균형에 따른 백성들의 군역 부담이 크게 감소되었다.

그리고 1725년(영조 1)부터 각 도의 방죽을 수축하여 가뭄 피해에 대비했고, 1729년(영조 5)에는 궁궐에 속한 전답과 병영의 둔전에도 정해진 양 이상을 소비했을 경우 세금을 부담시켰다. 한편 오가작통 및 이정의 법을 엄격히 준수하도록 해 탈세를 방지했다. 오가작통은 다섯 집을 한 통으로 묶은 마을의 최소단위를 말하며 이정은 마을의 책임자가 자신이 책임지고 있는 마을의 사건이나 인적 변화를 관아에 반드시 알릴 의무가 있게 한 제도였다.

이밖에도 영조는 각 도에 보고되지 않은 은결을 면밀히 조사하게 하고 애초에 국가 비축미로 빈농을 구제하기 위해 마련된 환곡이 백성에게 세금을 부과하는 방도로 전락한 것에 따른 폐단을 방지하는 데에도 각별한 관심을 쏟았다.

1763년(영조 39)에는 통신사로 일본에 갔던 조엄이 고구마를 가져옴으로써

흉년이 들었을 때 굶주린 사람들을 위한 구황식량 수급에 획기적인 전환을 꾀할 수 있었다. 이 시기의 사회 정책으로 가장 눈에 띄는 것은 신분에 따른 국가에 대한 의무 사항을 더 분명히 한 점이다. 양인들의 불공평한 양역에 따른 폐단을 개선하기 위해 균역법을 실시하는 한편 천민들에게도 공사천법을 마련해 신분에 맞는 국가에 대한 의무를 부담시켰다.

또한 양인의 숫자를 늘려 양역의 증가를 꾀하였는데 1730년(영조 6)에는 양인 어머니와 천인 아버지 사이에서 태어나면 양인이 되게 하기도 하였다가 이듬해에는 남자는 부모 중 아버지의 신분을 따르게 하고 여자는 어머니의 신분을 따르게 하였다. 또한 서얼 차별로 인한 사회적 불만 요인을 해소하기 위해 서얼 출신도 관리로 등용할 수 있도록 하였다.

국방 정책을 살펴보면 1725년(영조 1) 화폐 주조를 중지하고 군사 무기를 만들도록 했으며, 1729년(영조 5)에는 김만기가 만든 화차를 고치게 하였고 이듬해에는 수어청에 명하여 조총을 제작하게 했다. 그리고 전라좌수사 전운상(田雲祥, 1694~1760)이 제조한 해골선을 통영 및 각 도의 수영에 제작 배치하도록 하여 임진왜란 때 맹위를 떨쳤던 해군력을 증강시켰다. 이 같은 국방 정책은 변방에도 적용돼 요새 구축을 늘리는 한편 1727년(영조 3)에는 북관군병에게 총을 나누어주고 훈련시켰으며, 1733년(영조 9)에는 평양 중성을 구축하게 하였다. 1743년(영조 19)에는 강화도의 외성 개축작업을 시작하여 이듬해 완료했다.

여러 분야에서 시도된 이 같은 변화 이외에도 영조시대에는 문화적인 성과도 많았다. 영조 자신이 학문을 즐겼기 때문에 스스로 서적을 찬술하기도 하고 인쇄술을 개량하여 많은 서적을 간행하여 민간에 반포시켜 일반 백성이 볼 수 있도록 하였다.

1729년(영조 5)에는 《감란록》을 만들고 이듬해 《숙묘보감》을 편찬하였으며, 1732년(영조 8)에는 이황의 학문 세계를 담은 《퇴도언행록》을 간행케 하였다. 그리고 1736년(영조 12)에는 《경국대전》을 보강했으며, 여성들을 위해 네 권의 책을 묶은 《여사서》를 언역하고, 1742년(영조 18)에는 《천문도》, 《오층륜도》

를, 이듬해에는 균역의 전형인 《양역실총》을 인쇄하여 각 도에 배포했다. 이 외에 《경국대전》을 보수한 뒤 새롭게 제도적으로 바뀐 것들을 반영한 《속대전》, 1747년(영조 23)의 《황단의궤》, 관리들의 필독서인 《무원록》, 1749년(영조 25)에 만들어진 《속병장도설》, 1753년(영조 29)에 편찬된 《누주통의》, 영조 자신의 왕위 승통의 정통성을 천명하는 1754년(영조 30)의 《천의소감》, 1757년(영조 33)의 《삼국기지도》 《팔도분도첩》 《계주윤음》 등과 1765년(영조 41)의 《해동악장》 《여지도서》, 우리나라 최초의 백과사전인 1770년(영조 46)의 《동국문헌비고》 등이 있다. 영조 자신이 친히 쓴 글로는 《악학궤범 서문》, 자서전인 《어제자 성편》, 무신들을 위해 쓴 《위장필람》, 그리고 《어제경 세문답》 《백행원》 등 십여 권의 책이 있다.

한편 이 시기에 재야에서는 실학이 확대되면서 신학문에 조예가 깊었던 영조의 후원을 받아 실학자들의 서적도 편찬 간행되었다. 1765년(영조 41) 북학파 홍대용의 《연행록》이 편찬되고, 1769년(영조 45)에는 실학의 선구자로 평가되는 유형원의 《반계수록》, 신경준의 《도로고》 등이 편찬되었다.

# 영조의 탕평 정국과 조선 사회의 변화

　노론과 소론의 치열한 당쟁의 틈바구니 속에서 생명의 위협마저 느끼며 가까스로 왕위에 오른 영조는 등극하자마자 붕당의 폐해를 열거하며 탕평 정국을 열어 인재를 고루 등용하려는 노력에 박차를 가한다. 하지만 그의 이러한 탕평책에도 불구하고 일부 정권 지향적인 무리들에 의해 당쟁은 지속되고, 급기야 왕권에 도전하는 변란이 발생하기도 한다.

　영조는 이 같은 난국을 비상한 정치 능력으로 타개하며 지속적으로 조정을 탕평 정국으로 이끌고 나가는 데 성공한다. 한편, 영조의 탕평 정국이 안정기에 접어들면서 재야에서는 실사구시의 학문이 일어나 사회 전반에 새로운 바람을 불러 일으킨다. 영조는 1694년(숙종 20) 숙종의 둘째 아들로 태어났으며, 무수리 출신 화경숙빈 소생으로 이름은 금이다. 이후 1699년(숙종 25) 연잉군에 봉해지고, 1721년(경종 1) 왕세제에 책봉되었다. 그리고 1724년(경종 4) 8월 이복형 경종이 죽음에 따라 조선 제21대 왕으로 등극하였다.

　영조는 왕위에 오르자 가장 먼저 자신을 곤경에 몰아넣고 수많은 대신들을 죽게 했던 신임옥사에 대한 책임을 추궁했다. 이에 노론측의 이의연(李義淵, 1692~1724)이 경종 집권 당시 연잉군의 세제책봉을 주장하다 처벌된 대신들을 신원해야 한다는 성급한 주장을 펴다가 소론측의 탄핵을 받아 오히려 유배되고 말았다. 또한 노론의 송재후는 김일경이 주동이 되어 일으킨 임인옥사에 대한 진상 조사 결과를 기록한 교문의 초고 중에서 3건의 문건을 들어 세제 시절의 영조를 모욕한 것이니 단죄할 것을 상소했다.

3건의 문건이란 종무(노환공자가 자신의 형을 죽인 것), 사구(진시황제가 맏아들 부소를 죽이고 작은 아들 호해를 세운 것), 접혈(당태종이 형과 아우를 죽인 것) 등으로 모두 영조에 관련된 내용이었다. 김일경의 이 같은 문건은 사실 세제 연잉군이 경종을 죽이려 한 극악무도한 인간으로 몰고 가는 것이어서 김동필(金東弼, 1678~1737) 같은 소론 내부의 인물에 의해서도 비판을 받기도 했다.

송재후의 상소가 있자 김일경(金一鏡)의 교문 문제에 대한 상소가 전국 각처에서 빗발쳤다. 그래서 영조는 김일경을 잡아들여 친히 국문하였으며, 김일경은 끝까지 불복하여 사형되었다. 또한 고변으로 임인옥사를 유발하여 공신이 된 목호룡의 문건 중에도 영조에 저촉된 사실이 있었기 때문에 그 역시 국문당하였고, 끝까지 불복하다가 처형되었다.

영조는 소론의 영수 김일경(金一鏡), 남인의 목호룡(睦虎龍, 1684~1724) 등 신임옥사를 일으킨 대신들을 숙청한 다음 1725년(영조 1)에는 김일경이 노론 4대신을 역적으로 몰아 상소할 때 이에 동조한 이진유(李眞儒, 1669~1730) 등 6명을 귀양 보냈다. 그리고 노론측의 소론에 대한 잇따른 논핵에 의거해 영의정 이광좌, 우의정 조태억(趙泰億) 등 소론 대신들을 내몰고 민진원, 정호 등의 노론 인사들을 등용하였다. 이것이 '을사처분' 이다.

을사처분으로 노론이 정권을 잡게 되자 신임옥사 때 처단된 노론 4대신과 그밖의 관련자들에 대한 신원문제가 다시 논의되어 4대신이 복관되고 시호를 받았다. 하지만 노론측은 여기에 만족하지 않았다. 정호, 민진원 등이 임인옥사에 대한 보복을 주장하고 있었기 때문이다. 하지만 영조는 즉위 초부터 송인명(宋寅明, 1689~1746), 조문명(趙文命, 1680~1732) 등의 조언을 받아 각 정파의 인사를 고르게 등용하는 것을 골자로 하는 탕평책을 펴고자 했기 때문에 노론측의 소론에 대한 정치적 보복에 반대하고 나섰다.

그래서 정호(鄭澔, 1648~1736), 민진원(閔鎭遠, 1664~1736) 등의 노론들을 대거 파면시키고 초년에 파직했던 이광좌, 조태억을 기용하여 정승으로 삼고 소론을 불러들여 조정에 합류시켰다. 이 사건이 '정미환국' 이다. 정미환국으로 정권을 잡게 된 소론측은 다시 임인년 사건을 들고 나와 4대신의 잘못을 논핵하였다. 이에 영조(英祖)는 그들 4대신의 죄명은 씻어주고 관작만 삭탈하는 선에서 소론측과 타협을 보았다. 그런데 이듬해인 1728년(영조 4) 소론의 일부 인사와 남인의 급진 세력이 경종을 위한 보복을 명분으로 왕권 교체를 기도하는 사건을 일으켰다.

이 사건은 경종이 갑자기 죽자 정치적 기반을 위협받게 된 이인좌, 이유익(李有翼, ?~1728), 심유현(沈維賢) 등의 과격 소론 세력들이 갑술환국 이후 정권에서 배제된 남인들을 포섭하여 밀풍군 탄(소현세자의 증손자)을 추대하고 무력으로 영조와 노론을 제거하고자 한 모반이다. 군사 동원 계획까지 마련되었던 이 역모 계획은 1727년(영조 3) 정미환국으로 다시 노론이 밀려나고 온건 소론 세력이 기용되자 동조자가 줄어들고 모의가 노출되어 최규서(崔奎瑞, 1650~1735), 양성인, 김중만(金重萬) 등의 고변으로 탄로나고 말았다.

모반 계획이 탄로나자 이인좌(李麟佐)를 비롯한 역모 세력들은 반군을 일으켜 청주성을 함락시키고 각 읍에 격문을 띄워 병마를 모집하고, 경종(景宗)을 위한 복수의 깃발을 앞세우고 한성으로 진군하였다. 그러나 이들은 안성, 죽산, 청주, 상당성 등에서 대패하여 궤멸되고 말았다. 이인좌가 반군을 일으켰을 때 영남의 정희량(鄭希亮, ?~1728), 호남의 박필몽(朴弼夢, 1668~1728) 등이 이에 호응하여 반군을 일으켰으나 안성, 죽산 싸움에서 이인좌, 권서봉, 목함경 등이 생포됨에 따라 타격을 입어 관군에게 패하여 궤멸되었다. 이 난의 평정에는 소론 정권이 앞장섰으나 주모자의 대부분이 소론측 인사였기 때문에 이후의 정국에서 소론의 입지가 약화되었다. 반면에 영조는 이 사건으로 탕평책의 명분을 강화시킬 수 있었으며, 왕권의 강화와 정국 안정을 도모할 수 있었다.

그 결과 1729년(영조 5)에는 기유처분으로 노, 소론 내의 탕평 세력들을 고르게 등용하여 탕평 정국의 기초를 다졌다. 이때 영조가 취한 정책은 쌍거호대였다. 즉, 노론의 홍치중(洪致中, 1667~1732)을 영의정으로 삼고, 소론의 이태좌(李台佐, 1660~1739)를 좌의정으로 삼아 상대하게 하고 이조의 인적 구성에서도 판서에 노론 김재로(金在魯, 1682~1759)를 앉히면서 참판에 소론 송인명, 참의에 소론 서종옥(徐宗玉, 1688~1745), 전랑에 노론 신만(申晩, 1703~1765)으로 상대하게 했던 것이다.

영조는 그 뒤 자신의 의도대로 정국을 수습하자 한층 강화된 왕권을 바탕으로 쌍거호대 방식을 극복하고 유재시용(惟才是用), 즉 인재 중심으로 인사 정책을 펼쳐나갈 수 있었다. 이처럼 탕평책은 초기에는 재능에 관계없이 탕평론자를 중심으로 노론과 소론만 등용하다가 탕평 정국이 본 궤도에 오르자 이 정책을 제도적으로 정착시키게 되었다. 영조는 이러한 정국구도에 따라 노론, 소론, 남인, 소북 등 사색당파를 고르게 등용하여 탕평 정국을 더욱 확대시켜 나갔다. 그런데 탕평 정국이 오래 지속되자 각 당파들은 다시 정권을 독점하기 위한 계략을 꾸미기 시작했는데, 그 대표적인 사건이 '사도세자 사건'이다.

영조는 정성왕후[1] 서씨와 계비 정순왕후[2] 김씨에게서 아들을 얻지 못하고, 정빈 이씨와 영빈 이씨에게서 효장세자와 사도세자를 얻었다. 하지만 큰아들 효장세자는 세자 책봉 후 요절했기 때문에 둘째 아들 사도세자 선이 세자에 책봉되었다.

1749년(영조 25) 영조는 건강상의 이유로 세자 선으로 하여금 대리청정을 하게 한다. 그런데 세자가 대리청정을 하게 되자 남인, 소론, 소북 세력 등은 그를 등에 업고 정권을 장악하려는 움직임을 보였고, 이에 노론 세력과 그들에 동조하던 계비 정순왕후 김씨, 숙의 문씨 등이 세자와 영조 사이를 벌여놓기 위해

---

1) 정성왕후(貞聖王后, 1692~1757) : 조선 제21대 왕인 영조의 비. 달성서씨(達城徐氏)로 아버지는 달성부원군 종제(宗悌)이다. 1704년(숙종 30) 숙종의 넷째 아들인 연잉군(延礽君, 뒤의 영조)과 혼인했다. 1721년(경종 1) 경종이 몸이 약하고 후사가 없어 연잉군이 세제(世弟)로 책봉됨에 따라 세제빈이 되었다. 1724년 영조가 왕위에 오르면서 왕비가 되었다. 1740년(영조 16) 혜경(惠敬)이라는 존호(尊號)가 붙었으며, 죽은 뒤에 혜경장신강선공익인휘소헌(惠敬莊愼康宣恭翼仁徽昭獻)이라는 존호를 받았다. 휘호는 단목장화(端穆章和)이다. 소생은 없으며 능은 고양의 홍릉(弘陵)이다.

2) 정순왕후(貞純王后, 1745~1805) : 경주김씨(慶州金氏)로, 아버지는 오흥부원군(鰲興府院君) 한구(漢耉)이다. 영조의 정비 정성왕후(貞聖王后) 서씨(徐氏)가 죽은 뒤, 1759년(영조 35)에 왕비에 책봉되었다. 1772년(영조 48) 예순(睿順)·명선(明宣) 등의 존호를 받았다. 소생은 없었고, 정빈 이씨(李氏)의 소생인 사도세자와 사이가 나빴다. 나경언(羅景彦)이 아버지 한구의 사주를 받아 세자의 비행을 상소하자, 사도세자를 서인으로 폐위시키고 뒤주 속에 가두어 굶어죽게 했다.
그 후로도 사도세자를 동정하는 시파(時派)를 미워하고, 그 반대파인 벽파(僻派)를 옹호했다. 정조가 죽고 나이 어린 순조가 즉위하자, 수렴청정을 하면서 공서파(攻西派)와 결탁하여 천주교 금압령을 내려 신서파(信西派)를 대대적으로 숙청했다. 능은 원릉(元陵)이며 시호는 정순이다.

이간질을 하였다. 세자에 대한 정순왕후(貞純王后), 숙의 문씨 등의 무고에 따라 영조는 자주 세자를 불러 질책하였으며, 이 때문에 세자는 정신적 압박으로 인해 심한 고통을 받게 되었다. 그래서 함부로 궁녀를 죽이거나 왕궁을 몰래 빠져 나가는 등 돌발적인 행동들을 하였다. 영조는 더 이상 그로 하여금 대리청정을 시켜서는 안 되겠다는 판단을 하기에 이르렀는데, 1761년(영조 37) 세자가 임금도 모르게 관서지방을 유람하고 돌아온 일이 발생했다.

이 일과 관련하여 세자를 제거할 기회를 노리고 있던 노론측의 윤재겸 등이 세자의 행동이 체통에서 벗어났다는 주장을 담은 소를 올리자, 영조는 세자의 관서 순행에 관여한 자들을 모두 파직시켰다. 그 후 세자에 대한 영조의 불신은 더욱 격화되었는데, 계비 김씨의 아버지 김한구(金漢耉, 1723~1769)와 그 일파인 홍계희, 윤급 등의 사주를 받은 나경언이 세자의 비행 10조목을 상소하였다. 이 때문에 영조는 분노를 참지 못하고 세자에게 자결을 명하였다. 하지만 세자가 이에 응하지 않자 그를 폐위하여 서인으로 강등시킨 후 뒤주 속에 가두어 굶어죽게 하였다.

하지만 영조는 이 사건 이후 세자를 죽인 것을 후회하고, 세자의 죽음을 애도한다는 뜻으로 그에게 사도(思悼)라는 시호를 내리고 친히 신주에 제주를 하면서 아들을 죽인 자신의 행동이 나라의 앞날을 위해 행한 부득이한 조치였음을 알리기도 하였다. 한편 사도세자 사건으로 조정은 그의 죽음을 당연시한 벽파와 동정한 시파로 분리되어 새로운 당파 국면을 맞이하게 된다.

이후 영조는 정치적 신념으로 이끌던 탕평 정국의 입지를 더욱 다지기 위해 붕당의 근거지로 활용되던 서원, 사우의 사사로운 건립을 금지시켰으며, 또, 1772년(영조 48)에는 과거시험으로 탕평과를 실시하는 획기적인 조치를 단행했다. 뿐만 아니라 탕평책을 강화하기 위해 같은 당파에 속한 집안간의 결혼을 금지시킨 이른바 동색금혼패를 집집마다 대문에 걸게 함으로써 당색의 결집에 대한 우려를 환기시켰다.

영조의 이 같은 철저한 탕평 정책으로 왕권은 강화되고 정국은 안정되었다. 이에 따라 조선사회 전반에 걸쳐 여러 분야에서 많은 발전이 있었다.

# 조선 노론의 4대신

## ▶ 이건명(李健命)

이건명(李健命, 1663~1722)은 경종대의 노론 4대신(老論四大臣)의 한 사람이다. 본관은 전주. 자는 중강(仲剛), 호는 한포재(寒圃齋). 할아버지는 영의정 이경여[1]

---

1) 이경여(李敬輿, 1585~1657) : 본관은 전주. 자는 직부(直夫), 호는 백강(白江)·봉암(鳳巖). 아버지는 목사 수록(綏祿)이다. 1609년(광해군 1) 증광문과에 급제하여 검열(檢閱)·사인(舍人) 등을 지냈다. 영창대군(永昌大君)이 광해군에게 죽음을 당하자 사직하고 고향에 돌아가 벼슬길에 나서지 않았다. 1623년(인조 1) 인조반정이 일어난 뒤 다시 기용되어 부수찬·부교리 등을 지냈다. 이듬해 이괄(李适)의 난이 일어나자 왕을 공주에 호종(扈從)하고, 이어 체찰사(體察使) 이원익(李元翼)의 종사관이 되었다. 그 뒤 부제학·청주목사·좌승지·전라도관찰사를 지냈다.
1636년 병자호란 때에는 남한산성을 사수할 것을 주장했다. 이듬해 경상도관찰사에 오른 뒤, 이조참판·대사성·형조판서 등을 역임했다. 1642년 명나라 선박과 몰래 무역하는 것을 묵인하고 청나라 연호인 숭덕(崇德)을 사용하지 않은 것을 이계(李烓)가 청나라에 밀고하여 심양에 억류되었다. 이듬해 은(銀) 1,000냥을 바치고 풀려나 소현세자(昭顯世子)와 함께 돌아온 뒤 우의정에 올랐으나, 이후에도 청으로부터 기피인물로 지목되었다. 1644년 사은사(謝恩使)로 청나라에 갔다가 청 황제가 "경여가 전에 죄가 있는 것을 사면하여 내보내기는 했으나 벼슬을 승진시켜 정승을 삼은 것은 옳지 않다"고 하여 다시 억류되었다. 1645년 세자가 청의 황제에게 상소하여 풀려나 귀국했다. 이해 소현세자가 변사하여 세자책봉문제가 대두되자 '경상(經常)의 도(道)'를 주장하며 세손(世孫 : 소현세자의 아들)을 지지했으나, 인조는 봉림대군(鳳林大君, 뒤의 효종)을 세자로 책봉했다.
이듬해 민회빈 강씨(愍懷嬪姜氏, 昭顯世子嬪)가 소의 조씨(昭儀趙氏)를 저주했다고 하여 사약을 받게 되었을 때, 이에 반대하다가 진도에 유배되었으며, 1648년에는 삼수(三水)에 위리안치(圍籬安置)되었다. 이듬해 효종이 즉위하면서 풀려나와 다시 중용되어, 1650년(효종 1) 영중추부사가 되고 이어 영의정에 올랐다. 그 뒤 사은사가 되어 청나라에 다녀왔으나, 청나라의 압력으로 영중추부사로 전임되었다. 1654년 영풍군(寧豊君) 식(湜)이 세자책봉을 청하기 위하여 청나라에 갔을 때 그의 근황이 보고되기도 했다. 시문과 글씨에 뛰어났다. 부여의 부산서원(浮山書院), 진도 봉암사(鳳巖祠), 흥덕 동산서원(東山書院)에 제향되었다. 저서로 《백강집》이 있다. 시호는 문정(文貞)이다.

이며, 아버지는 지돈녕부사 이민서[2]이다.

1686년(숙종 12) 춘당대문과에 급제하여 설서, 수찬, 교리, 이조정랑 등을 지냈다. 1697년(숙종 23) 응교로 있을 때 시폐(時弊)를 지적하고 제왕이 취해야 할 도리 및 경세(經世), 이민(理民) 방책과 병제(兵制), 양역(良役), 전정(田政) 등에 대해 건의한 진계소(陳戒疏)를 올렸다.

1698년(숙종 24) 서장관(書狀官)으로 청나라에 다녀온 뒤 우승지, 대사간, 이조참의를 거쳐 이조, 형조, 호조, 예조의 판서를 역임했다.

재상으로 있을 때 민생에 깊은 관심을 보였고, 특히 당시의 현안이던 양역(良役) 문제에 있어서 감필론(減疋論, 군포 2필을 1필로 감하자는 주장)과 결역전용책(結役轉用策, 수령이 개인적으로 쓰고 있는 전결잡역가를 전용하여 감필에 따른 부족한 재정을 보충하자는 방책)을 주장하여, 뒷날 영조 때의 균역법 제정에 큰 영향을 미쳤다.

1717년(숙종 43) 숙종이 그의 사촌형인 이이명(李頤命)을 불러 세자교체문제를 논의한 정유독대(丁酉獨對)가 있은 후 우의정에 올랐다. 1720년(숙종 46, 경종 원년) 숙종이 죽고 경종이 즉위한 후 좌의정에 올라 영의정 김창집(金昌集), 영중추부사 이이명, 판중추부사 조태채(趙泰采) 등 노론의 영수들과 함께 경종이 병이 많고 자식이 없으니 하루 속히 왕위계승자를 정할 것을 건의했다.

이 주장이 관철되어 1721년(경종 1) 8월 연잉군(延礽君, 영조)이 왕세제(王世弟)

---

2) 이민서(李敏叙, 1633~1688) : 본관은 전주. 자는 이중(彝中), 호는 서하(西河). 아버지는 영의정 경여(敬輿)이며, 도정(都正) 후여(厚輿)에게 입양되었다. 송시열(宋時烈)의 문인으로, 김수항(金壽恒)·이단하(李端夏)·남구만(南九萬) 등과 교유했다. 1652년(효종 3) 증광문과에 급제한 뒤 당시 정국을 주도하던 서인의 기수로서 활약하며 검열·정언·지평 등을 역임했다. 현종 초 남인 허적(許積)을 탄핵한 까닭으로 병조좌랑으로 좌천되기도 했으나, 복귀하여 검상·헌납·나주목사·이조참의·호조참의 등을 역임했다. 남인이 2차 예송(禮訟)에서 승리하여 정국을 주도하게 되자 1677년(숙종 3) 광주목사(光州牧使)가 되었다.
1680년(숙종 6) 경신환국으로 서인이 재집권하자 중앙 정계로 복귀해 승지·대사간·대제학·이조판서·우참찬 등을 거쳐 지돈녕부사가 되었다. 남인과 서인의 정치적 대립이 치열했던 효종·현종·숙종의 3대에 걸친 그의 생애는 이 시기에 일반적이던 유배 등의 정치적 탄압을 받지 않아 평탄했으나, 송시열이 주도한 서인의 정치이념을 일관되게 구현하고자 했다. 한편 양란을 거치며 심각해진 사회적·경제적 위기를 균역법과 대동법의 실시로 헤쳐 나갈 수 있는 것으로 보고 이의 실현을 적극 주장하기도 했다. 문장과 글씨로 이름이 높았다. 저서로 《서하집》이 있다. 나주 서하사(西河祠), 흥덕 동산서원(東山書院) 등에 제향되었다. 시호는 문간(文簡)이다.

로 책봉되자, 책봉주청사(册封奏請使)로 청나라에 갔다. 그러나 그가 청에 간 사이 경종이 소론을 비호하는 태도를 취하자 김일경(金一鏡)을 중심으로 한 소론 과격파는, 세제대리청정을 요구한 조성복(趙聖復, 1681~1723)과, 청정명령을 받들어 행하고자 한 노론 4대신이 모역한다고 소를 올렸다.

이 일로 소론이 정권을 잡았고, 1722년(경종 2) 귀국한 그는 청나라에서 세제 책봉의 명분으로 경종이 병이 있는 것처럼 발설했다는 죄로 나로도(邪老島)에 유배된 후, 소론의 맹렬한 탄핵을 받아 유배지에서 신임사화 때 죽었다. 1724년(영조 원년) 영조가 즉위하고 노론이 다시 정권을 잡자 신원(伸寃)되었다. 시문에 능하고, 송설체(松雪體)를 잘 썼다. 저서에 《한포재집》이 있다. 과천 사충서원(四忠書院), 홍덕 동산서원(東山書院), 나주 서하사(西河祠)에 제향되었다. 시호는 충민(忠愍)이다.

이건명은 두 아들에게 죽기 전 준 유언(書示二子)으로 남긴 아름다운 글이 있다.


내가 불초하여 조정에 선 것이 거의 40년인데도, 위로 임금에게 미쁨을 얻지 못했고, 아래로 한 조정에서 믿음을 받지 못했다. 마침내 죽게 되었으니 누구를 허물하겠느냐. 너희들은 나를 경계삼아 과거시험에 마음을 두지 말라. 오직 독서하고 몸가짐을 삼가는 데만 힘쓰도록 해라. 손자들 중에 혹 총명하여 애석하게 여길 만한 아이가 없지 않을 것이다. 밤낮으로 가르치고 다스려 충효로 이어온 오랜 집안의 가풍을 실추하지 않도록 해라. 그리하면 내가 지하에서도 눈을 감을 수 있겠다. 나머지 일은 죽음이 임박한지라 다 말하지 않는다.

못난 애비의 40년 벼슬살이가 이렇게 끝나는구나. 임금의 미쁨을 받지 못하고, 조정의 믿음도 얻지 못해, 이제 너희에게 몇 자 유언을 남기고 떠난다. 너희는 과거(科擧)에 조금도 연연치 말아라. 벼슬길은 죽음을 부르는 길일 뿐이다. 세상의 명리란 이토록 허망한 것인 줄을 깨닫는 데 40년 세월이 필요했다니 그것이 좀 슬프다. 과거 공부를 하지 않더라도 책 읽는 일을 게을리 해서는 안 될 것이다. 독서하지 않으면 남의 손가락질이나 받는 천한 사람이 되고 만다. 또

몸가짐을 언제나 삼가야 한다. 애비가 이리 세상을 떴으니, 너희가 일거수일투
족을 함부로 하면 그것이 그대로 큰 흠이 되어 돌아올 게다. 손주들 중에 특별
히 총명한 아이가 있거든 밤낮으로 가르쳐서 훗날을 기약하도록 해라. 내 비록
이리 간다만 어찌 눈을 감겠느냐. 할 말이 많다만 다 말하지 않겠다. 속뜻은 너
희가 가늠해 보아라.

## ▶ 김창집(金昌集)

김창집(金昌集, 1648~1722)은 본관이 안동이다. 자는 여성(汝成)이요, 호는 몽와
(夢窩)이다. 그는 병자호란 때 척화파의 중심인물로 이름을 떨친 좌의정 김상헌
(金尙憲)의 증손이며, 영의정 김수항³⁾의 아들로, 오늘날의 서울 정릉에서 태어났
으며 창협(昌協)과 창흡(昌翕)의 형이다.

1672년(현종 13) 진사시에 합격하여 공조좌랑을 거친 뒤, 1684년(숙종 10) 정
시문과에 급제하고 정언, 병조참의 등을 지냈다. 1689년(숙종 15) 기사환국으
로 남인이 집권하면서 서인이었던 아버지가 남인의 명사를 마구 죽였다는 탄
핵을 받아 진도로 유배되고, 이어 사사(賜死)되자 영평(永平)에 은둔했다.

1694년(숙종 20) 갑술옥사로 남인이 축출된 뒤 복관되고 병조참의를 제수 받
았으나 사임했다. 그 뒤 철원부사로 있을 때 큰 기근이 들고 도둑이 들끓어 민

---

3) 김수항(金壽恒, 1629~1689) : 본관은 안동이다. 자는 구지(久之)요, 호는 문곡(文谷)이다. 할아버지
   는 우의정 상헌(尙憲)이고, 아버지는 동지중추부사 광찬(光燦)이다. 영의정 수흥(壽興)의 아우이다.
   1651년(효종 8) 알성문과에 장원급제하고, 1656년 문과 중시(重試)에 급제했다.
   정언・교리 등을 거쳐 이조정랑・대사간에 오르고 1659년(현종 즉위) 승지가 되었다. 이듬해 효종
   이 죽자 자의대비(慈懿大妃)가 입을 상복이 문제가 되었다. 그는 송시열과 함께 기년설(朞年說, 1
   년)을 주장해 남인의 3년설을 누르고, 3년설을 주장한 윤선도(尹善道)를 탄핵하여 유배시켰다(제1
   차 예송). 그 뒤 이조참판 등을 거쳐 좌의정을 지냈다. 1674년 효종비가 죽은 뒤 일어난 제2차 예송
   때는 대공설(大功說, 9개월)을 주장했으나 남인의 기년설이 채택되었다. 1675년(숙종 1) 남인인 윤
   휴(尹鑴)・허적(許積)・허목(許穆) 등의 공격으로 관직을 빼앗기고 원주와 영암 등으로 쫓겨났다.
   1680년 서인이 재집권하자 영의정이 되었고, 1681년(숙종 7) 《현종실록》 편찬총재관을 지냈다.
   서인이 남인에 대한 처벌문제로 노론(老論)과 소론(小論)으로 갈릴 때 노론의 영수로서 강력한 처
   벌을 주도했다. 1689년 기사환국으로 남인이 재집권하자 진도에 유배된 뒤 사약을 받았다. 저서로
   《문곡집》과 《송강행장(松江行狀)》이 있다. 현종 묘정에 배향되었으며, 영평 옥병서원(玉屛書院),
   진도 봉암사(鳳巖祠), 영암 녹동서원(鹿洞書院)에 제향되었다. 시호는 문충(文忠)이다.

정이 소란하자 관군을 이끌고 이를 진압했다. 이어 호조·이조·형조의 판서를 거쳐, 지돈녕부사, 한성부판윤, 우의정, 좌의정을 지냈다.

1717년(숙종 43) 사은사(謝恩使)로 청나라에 다녀온 후 5월, 이유(李濡)의 뒤를 이어 영의정이 되었다.

김창집은 1672년(현종 13) 25세 때 진사시에 합격하였으나, 아버지 김수항이 화를 입어 귀양살이 중이라 과거에 나가기를 뒤로 미루었다가, 1681년(숙종 7) 34세 때에 내시교관(內侍敎官)에 제수되어 벼슬을 시작하였는데, 그 자리는 궁중 내시들을 가르치는 임시직으로, 별 볼일 없는 써늘한 자리였다.

그러나 김창집은 3년 뒤 공조좌랑이 되어 문과에 급제, 사헌부정언으로 제자리를 잡아 곧 병조참의로 승진하였다. 1689년(숙종 15) 기사환국이 터져 아버지가 유배지 진도에서 사약을 받아 처형되자 그는 상심한 끝에 고향에 낙향, 아버지의 장례를 치르고 영평(永平) 산골에 숨어 살았다.

뒤에 갑술환국으로 권력의 판도가 바뀌자, 그에게 병조참의 복직 명이 내려졌으나 나가질 않았다. 조정에서는 다시 동부승지·대사간 등 무게 있는 자리를 주며 불렀으나 듣지 않다가 철원부사 자리를 마지못해 받아 나갔다.

이에 김창집은 재능을 드러내, 굶주리는 가운데 들끓는 도둑떼들 때문에 편할 날이 없는 백성들을 정성껏 위무하여 칭송이 높았다. 이후 능력을 보인 김창집은 강화유수, 예조참판, 개성유수 등을 역임하고, 가파르게 승차를 거듭하여 호조·이조·형조의 판서, 한성부판윤을 거쳐, 우·좌의정에 이어 70세 나이로 영의정에 올랐던 것이다. 이로써 김창집은 아버지 김수항에 이어 자신까지 영의정에 오르고, 또 백부 김수흥(金壽興, 1626~1690)도 영의정이었으니, 그의 가문은 한 울타리 안의 같은 밥상머리에서 영의정이 셋이나 나온 명문으로 떠올랐다.

김창집은 노론의 중심인물로, 숙종이 승하한 뒤 영의정으로 원상이 되어 국정을 책임지고 수행하였다. 숙종의 뒤를 이어 슬하가 없는 병약한 34세의 경종(景宗)이 즉위하였는데 후계문제가 대두되었다. 이때 뒤에 영조가 된 연잉군(延礽君)을 세제로 세우자는 노론과 이를 반대하는 소론간에 격렬한 다툼이 벌어졌다. 영의정 김창집, 영중추부사 이이명(李頤命), 판중추부사 조태채(趙泰采), 좌의정 이건명(李健命) 등 이른바 노론 4대신이 연잉군 세제책봉을 도모하자, 경종비 어씨(魚氏)와 그녀의 친정아버지 어유구(魚有龜), 사직 유봉휘(柳鳳輝) 등 소론들이 거세게 반발하였다. 그러나 결국 노론의 뜻대로 연잉군 세제책봉은 성공하였다.

1721년(경종 1) 김창집 등은 한 걸음 더 나아가 병석의 경종을 대리하여 세제가 된 연잉군의 대리청정을 상소하여 자리에 누워 지내는 경종의 허락을 받아내기에 이르렀다. 그러나 이번에는 죽기 아니면 살기로 이를 반대하고 나선 소론의 격렬한 저항으로 세제의 대리청정은 실패하고 말았다.

이에 힘을 얻은 소론 김일경(金一鏡), 목호룡(睦虎龍) 등은 이때를 놓치지 않고, "김창집 등 노론이 병약한 왕을 업신여겨 반역을 도모하였다!"며, 반역죄를 씌워 공격하니, 병에 시든 경종은 정신이 혼미한 가운데 그들의 주장을 가납, 이른바 신임사화(辛壬士禍)가 터졌다.

이에 노론 4대신은 죽음의 함정에 빠져, 김창집은 귀양지 성주에서 사사(賜死)되니, 경종 2년 5월의 일, 그의 나이 75세였다. 이이명은 앞서 4월에, 이건명은 8월에, 조태채는 그 앞에 벌써 죽었으니, 노론 4대신은 줄줄이 저승으로 끌려가 버린 셈이 되었다.

2년 뒤인 1724년(영조 원년) 문제의 세제 연잉군이 등극하여 영조가 되니, 노론 4대신은 자동으로 죄가 풀려, 김창집은 훗날 영조의 묘정에 배향되고, 경기도 과천에 노론 4대신을 추모하는 4충서원을 세워 그들의 혼백을 기렸다. 충헌공(忠獻公)으로 시호가 내려진 김창집의 묘소는 오늘날의 경기도 남양주땅 와부읍 덕소리 석실에 있다.

김창집은 후손이 매우 번창하여 조선조 말엽을 장식한 이른바 안동김씨 세도가문으로 드러났다. 그의 아들 제겸(濟謙)이 비록 우부승지에 올랐다가 아버지와 함께 죽음을 당하긴 했으나, 김제겸의 아들 탄행(坦行), 달행(達行), 성행(省行) 3형제가 있어, 이들의 후손에서 왕비가 셋이 나오니, 곧 왕의 장인이 셋이나 배출된 셈이라, 조정은 완전히 그들 손안에 든 것이나 마찬가지였다. 관직을 멋대로 주무르니 정승 판서가 무더기로 쏟아졌고, 국정의 틀이 그들의 속내에 달려 있었는가 하면 심지어 임금을 세우는 일도 그들의 입술에 달려 있었다.

순조의 장인 김조순(金祖淳), 헌종의 장인 김조근(金祖根), 철종의 장인 김문근(金汶根) 등의 영향력이 왕권을 능가하였으니, 높은 관직은 모두 그들 혀끝에서 나왔다. 좌의정 김이소(金履素)·김병덕(金炳德), 영의정 김좌근(金左根)·김흥근(金興根)·김병학(金炳學)·김병국(金炳國)·김병시(金炳始)가 모두 그들의 가솔들이었고, 그 아래 판서급 문무 인물은 수를 헤아릴 수 없었으니, 이들이 모두 김창집의 후예였다.

### ▶ 조태구(趙泰耉)

조태구(趙泰耉, 1660~1723)는 노론 4대신을 죽인 소론의 영수이다.

1720년(숙종 46) 6월 8일, 60세의 숙종이 재위 46년 만에 여러 가지 불씨를 남긴 채 숨을 거두었다. 이에 영의정 김창집(金昌集)이 원상(院相)으로 국정을 처결하는 데 난제가 많았다.

1720년(경종 원년) 6월 13일 병약한 33세의 경종이 즉위하였으나 자식조차 없어 옥좌가 늘 불안하였다. 경종은 태어난 지 두 달만에 원자로 인정되어 3살 때 세자에 책봉되기는 했지만, 14세 때 생모 희빈 장씨가 까불다가 사약을 받고 죽으니, 한때 세자 자리가 지탱하기 어려울 만큼 흔들리기도 하여 엄청난 충격을 받았고, 커가는 가운데 건강이 좋지 않아 병중에 왕이 되니 옥좌가 그가 기댄 병석 같았다.

그런 경종이 등극한 그해 10월, 소론의 우두머리 조태구(趙泰耉)가 우의정에 올랐다가 이듬해 10월, 정적인 노론 김창집(金昌集)의 뒤를 이어 영의정이 되어 뿌리 내리지 못한 경종의 왕권 보호에 발벗고 나서게 되었다.

조태구는 본관이 양주, 태종의 사돈이며 조선 초기 예문관 대제학으로 이름을 날린 조말생(趙末生, 1370~1447)의 후손으로, 형조판서 조계원(趙啓遠, 1592~1670)의 손자였고, 아버지는 좌의정 조사석(趙師錫)이었다. 1683년(숙종 9) 생원이 된 조태구는 3년 뒤인 27세 때 그가 권력다툼으로 서로 겨루었던 4촌 조태채(趙泰采)와 함께 문과에 급제, 가문의 자랑이 되기도 하였다.

첫 관직으로 세자시강원 정7품 설서(說書)를 받은 조태구는, 관로가 매우 순조로워 문학·승지 등을 거쳐, 충청도관찰사·형조참의·대사성·부제학·호조판서 등 요직을 순차적으로 역임하고, 1710년(숙종 36) 동지사로 청나라에 다녀와 우참찬에 올라 의정부의 중신으로 국정의 핵심에 들었다.

뒤에 곧 경종이 즉위하여 정계를 새롭게 개편할 때 조태구는 신임 왕의 측근으로 꼽혀 우의정에 올랐다가 이듬해 곧 영의정에 이르니 나이 62세였다.

조태구는 앞서 영의정 김창집과 한 당이 된 4촌 조태채 등 이른바 노론 4대신들의 밀어붙이기식의 연잉군 세제(世弟) 책봉을 극구 반대했다가 실패한 쓰라린 과거가 있었다. 뒤에 경종이 즉위하자 김창집, 조태채 등이 이번에는 세제의 대리청정을 주장, 병약한 경종을 뒷방신세로 밀쳐 내려 했다.

이에 발끈한 조태구는 좌의정 최석항(崔錫恒, 1654~1724), 4촌 아우 조태억(趙泰億) 등과 대리청정의 부당함을 강력히 주장, 경종의 허락까지 떨어졌던 '세제 대리청정'을 철회시켜 버리는 데 성공하였다.

일이 이렇게 전개되자 힘을 얻은 조태구는 한 걸음 더 나아가 전 승지 김일경(金一鏡) 등을 부추겨, 김창집·조태채·이이명·이건명 등, 이른바 연잉군 대리청정을 도모한 '노론 4대신'을 〈병약한 임금을 들쳐 내려 했던 사흉(四兇)〉으로 몰아 탄핵 상소를 올리게 하여, 극적으로 이들을 죽음으로 밀어 넣는 정변을 일으키니, 일러 역사적인 비극 신임사화(辛壬士禍)가 벌어진 것이었다.

이리하여 정권을 장악한 조태구였으나 결과적으로 정승까지 지낸 4촌 형제를 반역으로 몰아 죽인 꼴이 되고 말았다.

조태채는 우의정을 역임하고 판중추부사라는 직위에서 모반죄를 쓰고 진도에 유배되었다가 결국 사약을 받아 목숨을 앗기니 나이 63세였다.

그러나 권력은 변화하기 마련이라, 이듬해 자리에서 물러난 조태구는 1723년(경종 3) 6월, 64세를 일기로 숨을 거두었는데, 두 해 뒤에 마침내 연잉군이 등극하여 정권이 뒤집어지니, 이번에는 이미 죽은 조태구가 신임사화의 원흉으로 몰려 모든 관작이 추탈되고 말았다.

조태구는 성격이 온화하고 위풍이 있었으며, 생활이 검소하고 물욕이 없어 여러 번 외직에 나갔었어도 재물을 쌓지 않았다. 다만 성격이 단호하질 못해 남의 부탁을 잘 들어주다 보니 일처리가 곧았다는 평가를 받지 못했다. 뒤에 소론이 정권을 잡았을 때 그의 죄가 풀리기는 하였으나 시호는 받지 못했다. 오늘날의 경기도 남양주시 수석동에 그의 묘소가 있다. 글씨에 능해 금석문을 여러 곳에 남겼고, 논밭 측량에 활용할 수 있는 산술책을 썼으며 편저로《주서관견(籌書管見)》을 남겼다.

조태구의 가문은 그의 할아버지 조계원 대에 크게 빛이 나기 시작했다. 조계원의 친형 조창원(趙昌遠)이 인조임금의 장인이 되니, 일찍이 왕실의 척족으로 자리잡았고, 조계원의 다섯 아들이 모두 관직에 나가 가문이 매우 융성하여졌다. 장남 진석(晉錫)은 사헌부장령, 차남 구석(龜錫)은 병마수군절도사, 삼남 희석(禧錫)은 괴산군수였는데 그의 아들이 좌의정으로 곧 조태구에게 숙청당했던 조태채, 사남 사석(師錫)이 조태구의 아버지로 좌의정, 다섯째 가석(嘉錫)은 이조참의였는데, 그의 아들이 곧 조태구와 뜻이 맞았던 우의정 조태억이다. 이리하여 조태구의 사촌형제들은 권력의 생태적 본질 때문에 서로 당파를 달리하여 피를 흘린 파란이 있었으나 인물은 많이 나왔다.

철종 때의 영의정 조두순(趙斗淳)이 조태채의 후손이었고, 그 외에도 조희석의 손자 우의정 조도빈(趙道彬)까지 친다면 정승이 여섯 명이나 나온 셈이다.

# 남해의 3대 정신적 문화유산

남해에는 다른 지역에 못지않은 많은 문화유산이 산재해 있다. 그 중에서도 남해의 과거와 미래를 대별할 수 있는 이순신 장군의 마지막 전투인 노량해전과 정지장군의 관음포대첩 등 전쟁사에 서린 호국정신, 불력(佛力)으로 나라를 지키고자 했던 고려 팔만대장경을 판각한 성지로서의 호국정신, 당쟁의 회오리 속에 한스런 삶의 편린을 남긴 유배객들의 문학정신은 남해의 3대 문화적 자산이라 해도 과언이 아니다.

### 노량해전(露梁海戰)

1598년(선조 31) 정유재란 때 노량 앞바다에서 이순신과 진린(陳璘)이 이끄는 조선과 명의 연합함대가 왜적을 크게 섬멸한 해전이다.

이순신이 전사한 마지막 싸움이자, 임진왜란 당시 바다에서 벌어진 최후의 대규모 해전이었다. 1592년(선조 25)의 1차 침입에 이어 1597년(선조 30)에 다시 침략하여 정유재란을 일으킨 일본군은 그해 9월 명량해전에서 크게 패배하였으며, 지상전에서도 점점 조명 연합군의 반격에 밀려 고전하였다.

다음해에 도요토미 히데요시(豊臣秀吉, 풍신수길)가 죽자, 일본군은 그의 유언에 따라 순천 등지로 집결하면서 점차 물러나기 시작하였다. 이 사실을 알게 된 이순신은 명나라 수사제독(水師提督) 진린과 함께 고금도 수군진영을 떠나 노량 앞바다에 이르렀다. 이어 명나라 육군장 유정(劉綎)과 수륙합동작전을 수행하여 왜교(倭橋)에 진을 치고 있던 왜군 고니시 유키나가(小西行長, 소서행장)의 부대를 전멸시키고자 했다.

그 결과 고니시는 수륙양면으로 곤경에 처하게 되어 진린에게 뇌물을 주고는 후퇴할 수 있도록 도와주기를 간청했다. 진린은 이를 받아들여 고니시가 마지막으로 애원하는 통신선 1척을 빠져 나가도록 방조하고는 이 사실을 이순신에게 통보했다. 이에 이순신은 적을 너무 쉽게 놓아주었음을 보고 크게 노하여 진린을 꾸짖었다. 이순신은 고니시가 이 통신선을 이용하여 사천(泗川) 등지에 나가 있는 시마쓰 도진의홍(島津義弘)과 남해, 부산 등지에 있는 소오 종조신(宗調信)에게 연락하여 이들 수군의 구원을 받아 조ㆍ명 연합수군을 협동공격하면서 퇴각하려는 계획을 갖고 있음을 알았던 것이다.

이순신은 조ㆍ명 연합함대의 진영을 재정비하여 쳐들어올 왜군에 대비했다. 과연 11월 18일 500여 척의 왜선이 노량수로와 왜교 등지에 집결하여 공격할 자세를 갖추었다. 200여 척의 조ㆍ명 연합수군밖에 보유하지 못했던 이순신은 배가 넘는 적 앞에서도 굴하지 않고, 모든 병사들에게 전투태세에 들어갈 것을 명령했다. 싸움이 시작되자 이순신은 곧 적선 50여 척을 격파하고 200여 명을 죽이니, 적들은 이순신을 포위하려 했다. 이때 진린의 명군이 와서 왜적을 공격했다. 이 전투에서 200여 척의 일본 수군이 격파되고 패잔선 50여 척만이 관음포 방면으로 겨우 달아났다. 이순신은 관음포로 마지막 도주하는 일본군의 퇴로를 차단하고 적을 격파하여 포위되었던 진린을 구했다. 이어 남해 방면으로 계속 도주하던 적을 추격하다가 왜적의 흉탄에 맞고 쓰러졌다.

그러나 그의 죽음이 전쟁과정에 미칠 영향을 염려하여 알리지 말라고 당부하고 전사하여 노량해전에서 승리하고 난 이후에야 알려졌다.

이 해전에서 이순신 이외에도 명나라 장수 등자룡(鄧子龍)과 가리포 첨사 이영남(李英男, 1563~1598), 낙안군수 방덕룡(方德龍, 1561~1598), 홍양현감 고득장(高得藏, ?~1598) 등 많은 명장들이 사망했다. 한편, 순천 왜교에서 봉쇄당하고 있던 고니시의 군사들은 남해도 남쪽을 거쳐 퇴각하여 시마쓰의 군사들과 함께 부산에 집결한 후 철수했다. 노량해전의 승리는 정유재란을 끝내는 데 중요한 역할을 했다.

조선시대 유적으로 대표적인 것은 남해군 설천면 노량리의 남해충렬사(南海
忠烈祠) 사적과 고현면 차면리의 관음포 이충무공전몰유허(觀音浦李忠武公戰歿遺
墟)사적으로 이충무공유허비와 이충무공사적비가 있다. 설천면의 노량(露梁)은
400여 년 전에 형성된 역사적인 곳이다. 한양에서 이곳으로 귀양 오는 선비들
에게 노량 앞바다의 물결이 마치 이슬방울이 모여서 교량을 이룬 듯이 보여,
고향 떠난 사람으로 하여금 향수에 젖게 한다고 해서 '노량' 이라 불리게 되었
다는 노량은 1598년(선조 31) 이순신 장군이 이 앞바다에서 순국함으로써 그
얼을 간직한 마을로 알려지게 되었다. 긴 세월에 수많은 사람이 오고 가며 맞
이한 나루터에서 지금은 천공의 현수교로 묵묵히 육지와 섬을 잇는 역사와 문
화의 다리로 남해 노량은 영원불멸의 이충무공 숨결과 함께 빛나고 있다.

저자는 고향길이 어려웠던 발길을 언제나 가볍게 해 주시는 고(故) 금암 최치
환 의원님과 신동관 전의원님의 고향 사랑에 연모와 감사를 드리며 노량바다
와 현수교를 연상하면서 시(詩)를 읊어 보았다.


### 남해 노량


검푸른 노량바다 흐르는 물결
바닷물 노하여 조마도 같이
공의 충정 그 함성 구름을 휘몰아


그 패기 호국충정 노도처럼 높고 높아
한 몸 바쳐 충으로 왜구와 대응해
대격파 승전하고 조국 간성 지켜낸
삼도수군통제사 충무공 이순신


창칼이 거두어진 평온 속에서
폭풍우 핏빛 바다 바람은 자고

하늘에는 북극성 별이 빛난다

물새도 유유히 유영하는 노량바다
높고 어진 호국충정 오래오래 이어져
공의 영혼 천상에서 만세에 빛나도다

## 남해대교

창공을 수놓은 남해대교
한려해상 노량해협 청정한 남빛 물결
장고한 세월 남해인의 숙원 안고
웅장한 자태 용장으로 당당히
높고 넓은 하늘에 남해의 관문으로
하동과 연결하는 심혼의 구름다리

산과 바다는 언제나 푸르고
만리장천 하늘은 낮과 밤으로
운해 속에 빛나는 금보의 다리
유수의 강물 바닷물이 춤추며
산과 강이 상청하니
남해도 만고불멸 영원하리라

## 노량바다

임란의 전쟁 푸르른 바다
민족의 태양목숨 바쳐 호국하니
산과 강도 슬퍼하고 금수도 모두 울어

가슴은 살을 째듯 산천은 안다

노량의 세찬 물살 활과 칼로 빛나니
그대의 충정과 강한 신념으로
노량물결 도도히 흘러 춤춘다

타오르는 태양처럼
만방(萬邦)에 일장검 만고상청하니
산수 명미 남해도
만세토록 변함없이 길이 빛나리라

## 관음포대첩(觀音浦大捷)

고려 말 정지의 함대가 관음포 앞바다에서 왜구를 크게 무찌른 해전이다. 남해대첩이라고도 한다. 고려 우왕 초기 바다에서는 나세(羅世), 최무선(崔茂宣) 등의 진포대첩, 그리고 내륙에서는 이성계의 황산대첩으로 왜구의 기세가 일단 진압이 되었다고는 하나 바다를 넘겨다보는 왜구는 쉽사리 근절되지 않았다.

1383년(우왕 9) 해도원수(海道元帥) 정지(鄭地, 1347~1391)는 그의 함대를 거느리고 나주·목포 일대를 경비 중 합포(合浦, 지금의 마산) 원수인 유만수로부터 왜구가 120척의 배를 이끌고 침입해 오고 있다는 급보를 받고 나주와 목포에 주둔시키고 있던 전선 47척을 이끌고 경상도로 급히 항진(航進)하였다

정지가 섬진강 어구에 이르러 합포의 군사를 소집하여 전열을 다시 정비할 때 왜구는 이미 관음포에 다다라 있었다. 곧바로 적선을 찾아 나선 정지의 함대는 박두양(朴頭洋)에 이르러 왜구의 배들과 맞닥뜨렸다. 왜구는 힘센 군사 140명씩을 배치한 큰 배 20척을 앞세우고 공격해 왔다. 정지는 앞서서 공격하는 배를 격침시킨 다음 화포를 사용하여 그 가운데 17척을 대파하였다.

정지는 여수반도에 이르러 전열을 가다듬고 섬진강 어구에 이르고 있던 차에 왜구가 이미 노량목의 관음포에 집결하여 있음을 알고 작전을 세우는 한편,

지리산에 병사를 파견하여 지리산신에 "나라의 존망이 이 싸움에 있으니 원컨
대 저로 하여금 신에게 부끄러움이 없도록 하여 주십시오"라는 기도문을 올리
자 그때까지 내리던 비가 개었다 한다.

고려군의 함재화포의 위력에 왜구 선단의 선봉선대 17척이 분멸됨으로써 관
음포해전은 장렬하게 막을 내렸다. 관음포대첩은 승리를 거둔 뒤 정지가 "내가
일찍이 왜적을 많이 격파하였으나 오늘같이 쾌한 적은 없었다"고 말할 정도로
왜선을 철저히 격파한 해전이었다. 이때 왜선에는 일본에 사신으로 다녀오던
군기윤(軍器尹), 방지용(方之用)이 붙들려 있다가 구출되기도 하였다. 왜구는 이
해전에서 17척의 큰 배를 잃은 외에 2,000여 명의 전사자를 내고 전의를 상실
한 채 퇴각하였다.

여수반도 동쪽에서 이뤄진 관음포해전의 공은 우선 정지의 애국심에서 우러
난 진두지휘에 있다 할 수 있으며, 정지의 탁월한 전략 전술과 함께 함재화포
의 활용으로 대량 살상을 할 수 있었다는 데서 찾을 수 있다. 관음포해전은 최
영의 홍산대첩, 나세 등의 진포대첩, 이성계의 황산대첩과 함께 왜구의 세력을
크게 약화시킨 승전이라고 할 수 있다.


### 팔만대장경(八萬大藏經)

국보 제32호이다. 목판본은 1,516종에 6,815권으로 총 8만 1,258매인데 이 가
운데 후대에 판각된 15종의 문헌은 보유판(補遺板)이라고 한다.

초조대장경(初雕大藏經)과 속장경(續藏經)이 몽골의 침입으로 소실된 뒤 1236
년(고종 23) 당시의 수도였던 강화에서 시작하여 1251년 9월에 완성되었다. 이
사업은 대장도감(大藏都監, 임시 설치한 관청)에서 주관했으며, 제주도 · 완도 · 거
제도 등에서 나는 자작나무를 재료로 사용했는데 부패를 방지하기 위해 먼저
나무를 바닷물에 절인 다음 그늘에서 충분히 말려 사용했다.

이 대장경은 조선 초기까지 강화도 선원사(禪源寺)에 보관되어 있었는데 해인
사로 언제 옮겨졌는지는 확실하지 않다. 현재 1398년(태조 7)에 옮겼을 것이라
는 학설이 가장 유력하며《조선왕조실록》에 의하면 "이때 2,000명의 군인들이

호송하고, 5교양종(五敎兩宗)의 승려들이 독경(讀經)했다"라고 한다.

고려대장경은 역사상 우리 민족이 남긴 문화유산 중 가장 위대한 가치를 가졌다고 보아지는 것 중의 하나이며, 현존 최고의 대장경판으로서 찬란한 민족 문화사와 세계 문화 속에서 그 가치를 더욱 높게 평가받고 있다.

문화사적 가치를 인정받고 있는 이유는 현존하는 고려대장경이 세계 최고의 것이며, 가장 정확한 내용을 담고 있는 대장경으로서, 고려대장경 이전에 판각된 북송대장경, 거란대장경, 고려 초판대장경 등 몇 종류가 있었으나, 다만 고려대장경만이 전체적인 내용으로 판각된 것이고, 다른 대장경에서는 볼 수 없는 상당수의 불전들을 새롭게 수록했다는 점이다.

특히 인쇄술에 있어서 우리 민족의 우수성은 이미 알려진 사실이지만, 고려대장경판은 한 사람이 처리한 것과 같이 한 치의 소홀함이 없이 처리되어 인쇄 문화가 총집결된 결과였다고 생각된다.

이것은 현존하는 세계의 대장경 가운데 가장 오래된 것일 뿐만 아니라 체제와 내용도 가장 완벽한 것으로 평가되고 있다. 보관함의 순서는 천자문 순서대로 배열했으며, 오자(誤字)와 탈자(脫字)가 거의 없다.

그리고 다음과 같은 몇 가지 특색에 의해서 그 내용도 높이 평가되고 있다.

첫째, 인류 최초의 한문대장경인 송나라 관판대장경(官板大藏經)의 내용을 알 수 있는 유일한 자료이며, 현재 전하지 않는 거란판대장경(契丹板大藏經)의 내용을 짐작하는 데도 도움을 준다. 특히 대승법계무차별론(大乘法界無差別論) 권1은 어느 대장경에서도 볼 수 없다.

둘째, 사전류의 저술들이 수록되어 있다는 것이다. 법원주림(法苑珠林), 일체경음의(一切經音義), 속일체경음의(續一切經音義) 등 중요한 전적과 대승보살정법경(大乘菩薩正法經), 제법집요경(諸法集要經) 등 중요한 대승경론이 포함되어 있다.

셋째, 자체(字體)의 예술성이다. 하나의 목판에 대략 가로 23행, 세로 14행으로 310자 내외를 새겼는데 그 정교한 판각술은 타의 추종을 불허한다. 조선의 명필인 한석봉은 이를 두고 "육필(肉筆)이 아니라 신필(神筆)이다"라고 경탄했다.

이 팔만대장경은 뒤에 5차례나 간행·유포되었다는 역사기록이 있는데 고려말에 이색(李穡)이 인출한 대장경 1부가 여주 신륵사에 봉안되어 있으며, 조선 초기까지 왜구들이 빈번하게 침략해와 해인사에 소장되어 있는 고려대장경판을 요구했는데 1389~1509년에 83차례나 요구했지만 대부분 거절하고 간혹 인본(印本)을 주었다고 하며, 1410년(태종 10) 경기도 황해도 충청도 관찰사에게 도내에서 생산되는 인경지(印經紙) 267묶음을 해인사로 보내 인경(印經)하도록 명했으며, 세조는 신미(信眉)·수미(守眉)·학열(學悅) 등으로 하여금 해인사 대장경 50부를 인출하여 각 도의 명산 거찰에 나누어 봉안하도록 했으며, 1898년 용악(聳岳)이 4부를 인출하여 통도사·해인사·송광사 등에 1부씩 봉안했다.

고려 중반부터 장경도량(藏經道場)이라는 이름으로 봄·가을에 6, 7일씩 거의 정기적으로 법회를 열었으며, 현재 해인사에서는 1년에 1번씩 대장경판을 머리에 이고 탑 주위를 도는 행사를 하고 있다.

고종 33년(1246)부터 고종 35년(1248)까지 3년에 걸쳐 판각된 부장인 종경록 권27에 '분사남해대장도감' 이라는 간기가 있어, 남해에 분사대장도감이 있었다고 보아지며 여기에서 고려대장경이 판각되었다고 추정할 수 있었다.

그 당시 진주목에 속한 남해는 '대장도감남해분사' 를 설치하여 강화도와 남해에 대장도감이 설치되어 조조가 진행되었다고 볼 수 있으며, 남해분사도감(1244~1248)의 설치는 최씨 정권에 밀접한 관계가 있었던 정안(?~1251)이 사재를 털어 정림사를 만들어 대장경 간행에 참여한 것이 계기가 되었고, 일연을 남해 정림사로 초청하여 대장경 간행에 도움을 받았다. 일연은 가지산문에서 혜심의 선문념송을 통하여 수선사사상을 계승케 함으로써 '대장도감남해분사의 경판' 불사에 일연, 계몽이 협조하게 되었다. 여기에서 정안에 대하여 알아보면 정안은 고려 중기의 문신으로서 무신란 이후에 등장한 정세유의 손자이며, 부친은 정숙첨으로서 최이의 장인이다. 최씨 정권과 정안의 집안은 밀접한 유대관계를 가지고 있었으며, 최이와는 처남매부지간이다.

어려서 문과에 급제하여 음양, 산술, 의약, 음률에 정통했으며, 권신 최이의 수청으로 국자제주가 되었고, 고종 28년(1241)에 농지공거를 겸하였다. 최이의 정권이 날로 심해지자 화가 두려와 남해에 은거하면서 불교에 심취하여 사재를 정림사로 하면서 대장경 일부를 맡아 간행하였다.

이때인 1249년에 일연을 정림사로 초청하여 대장경 조판에 도움을 받았다. 정안은 최이의 아들 항이 정권을 잡자 1251년 참지정사에 올랐으나, 술자리에서 최항이 사람을 함부로 죽인다고 비방한 것이 최항에게 알려져 정안은 백령도에 유배되어 살해되었다.

남해가 최씨 무인 정권에게 전략적 요충이 될 수 있었던 요인은 인근 진주를 비롯한 하동까지가 최씨 집안의 식읍지였다는 사실이다.

분사도감의 운영에서 재정적 부담은 상당했으리라 생각되는데 국가적 사업으로 벌여 놓았다고는 하나 앞서 말한 최씨 정권의 필요성이 더 컸던 만큼 신속한 작업의 진행을 위해서는 개인 재산이 투입되지 않을 수 없었다. 최씨 정권은 그들의 식읍지에서 가장 가까운 남해도를 그 최적지로 삼았을 가능성이 높다. 특히 몽고군의 위험에서 벗어날 수 있고, 재정적 지원을 충분히 받을 수 있는 두 가지 점을 동시에 충족시키기로는 남해도가 가장 적합했다는 것이다.

그렇다면, 남해의 어디에 분사도감을 설치하였을까? 하는 의문점을 가지면서 지리적으로 용이하다고 보아지는 고현면 일대를 살펴보기로 하겠다. 고현면은 신라 신문왕 10년(690)에 전야산군이 설치되면서 군의 소재지였던 곳이다. 대장경의 재료인 산벚나무 및 자작나무는 남해에도 서식되어 목재로서 충당하였을 것이고, 가까운 지리산 일대의 고지대에 풍부하게 자리고 있어 지리산에서 베어낸 나무를 섬진강 물줄기를 따라 내려보내면 남해 고현면 대사리 앞 관음포로 밀려들어 올 수 있었고, 제주도나 거제도, 완도 등에서 수집한 경판목재 역시 관음포구와 강진만으로 쉽게 운반할 수 있는 지리적 여건을 충분히 갖춘 곳이다. 관음포구는 경사지역이 아니라 평면지역으로 되어 있고, 바위가 전혀 없는 진흙과 모래밭으로 형성되어 있다. 밀물과 썰물의 조수 차이가 심하므로 몇 년 동안 바닷물과 강물, 눈, 비를 맞으며 몇 년 동안 뻘밭에 담궜다가 경판으로 사용해야 하는 특성을 살리기에 아주 적합한 장소인 것이다.

관음포구와 맞닿은 대사마을은 신라 35대 경덕대왕(742~765) 때 숭전법사가 지었다는 만덕사(구전으로 전함)의 사찰은 관음포구가 끝나는 지점에 녹두산 3~4부 능선에 위치하였다고 전한다. 이곳에는 현재에도 고려시대로 추정되는 와편, 자기편들이 발견되고 있으며, 많은 양이 매장되어 있다고 추정한다. 그리고 고현면 일대의 지명 역시 불교 용어로 되어 있다. 대사, 선원, 판당, 탑동, 도마, 관음포구 등과 면 단위에 신라의 고찰인 만덕사, 선원사, 계사, 화방사 등이 있었던 것으로 보아 불교의 전성기에는 이곳 주민 거의가 불교 신도였을 것으로 보아진다.

이상으로 종합하여 볼 때, 대사리를 중심으로 고현면 일대에 대장경 분사남해대장도감이 있었을 것으로 추정하나, 고증할 수 있는 정확한 자료가 없어 확정할 수 없지만 지역의 특성과 여러 가지를 종합하여 볼 때, 우선 이곳에서 팔만대장경 분사남해대장도감이 있어, 그 일부를 판각한 최적지로 추정하고 싶다. 고려대장경은 인류의 보물이며, 어려움을 극복한 것과 힘을 과시한 것은 어느 누구도 인정하는 바이다.

남해에서 팔만대장경이 판각되었다는 것이 사실이라면 자부심을 가져야 할 것인 줄 안다. 지난 1994년에 불교방송 학술조사단이 국보32호인 해인사 소장 '고려팔만대장경' 의 판각 장소를 찾기 위해 남해군 고현면 일대를 지표 조사를 하고, 그 결과를 종합한 '남해분사도감관련 기초조사 보고서' 를 작성하여 토론회를 개최하였고, 정부 행정 기관에 보고한 바 있다. 그리고 1995년 12월 8일에 독일 베를린에서 개최되었던 제19차 유엔경제사회문화위원회에서 국보 제32호인 팔만대장경과 국보 52호인 판고가 세계문화유산으로 등록되었다

이러한 세계적인 문화유산의 보물이 남해 고장에서 만들어진 그 위대한 업적을 높이 자랑하고 긍지를 가지며 후대에 계승시킬 책임이 있다고 본다. 특히, 우리 남해에서 팔만대장경의 보물이 판각되었다고 언론이나 학계에서 주장하고 있는 바 세계적인 문화유산을 보존하는 일이며, 여기에는 큰 뜻이 있다고 보아진다.

# 남해를 다녀간 유배객

## 남해의 유배객

남해는 역사의 고장, 문화의 향기가 서린 유배지였지만 천혜절경(天惠絶景)의 자연 경관이 있기 때문에 아름다운 곳이다.

높은 관직을 가졌던 문인과 무인은 고려에서부터 조선에 이르는 동안 남해에 유배온 사람은 수없이 많은 것으로 188명에 추정되지만 문무 143명은 아래와 같으며 대략 30명 내외분의 생졸을 밝혀두고자 한다.

유배인물은 고려시대-황진, 최세보, 정세유, 정숙첨, 주연지, 송군비, 백이정 등이며, 조선시대-박의순 가야지, 김고음용 처자, 김처지, 이학, 이효종·처 백씨, 이효상, 이효정, 이예중, 승려 승재, 이철산, 최금동, 덕중, 박호산, 최숙정, 이건필, 김시생, 박형근, 이명호의 처 종금, 김전, 엄귀손, 이세좌, 이인, 우음련, 장순손, 김구, 이팽년, 남공준, 윤임, 양윤은, 김만성, 승려 계상, 이영, 정은신, 옥경선, 성준구, 이승의, 허순, 박길상, 정택뢰, 이덕성, 이성윤, 나만갑, 조대관, 소득, 조직, 김덕함, 기윤헌, 이선철, 문회, 김설, 임건, 정지향, 민귀달, 이위, 강문익, 조정, 박계장, 유정립, 장세철, 정지문, 궁녀 진이, 심노, 홍무적, 경안군 회(소현세자의 셋째 아들), 변철추, 신명규, 역적 형장의 딸, 김경, 남구만, 조성, 오유맹, 김만중, 이이명, 심권, 이미명, 권대운, 목임일, 강오장, 유명현, 권두기, 임홍, 오중헌, 김조택, 이사상, 김정, 윤서교, 권세, 백성원, 신사언, 김적희, 서형수, 정방, 조덕상, 이숭호, 서호수, 이달, 서명신, 조돈, 심의지, 김홍태, 김의달, 윤홍열, 이원, 이효원, 이기경, 정문주, 이도찬 존속, 심후, 유의

 | 소재(疎齋) 이이명(李頤命) 매화당 습감재(習坎齋)

양, 유언호, 정광충, 김용, 변경진, 김치인, 이득배, 유한장, 윤시동, 구상, 임관
주, 오대익, 대사간 유화, 김종수, 이여철, 조시준, 김후, 이위달, 김달순, 김노
등이다.

이들 중에는 끝내 적사에서 한과 고독의 고통 속에서 억울하게 생을 마감한
이들도 적지 않다. 그중 대표적인 인물이 서포 김만중이다.


## ▌고려시대

• **최세보**(崔世輔, ?~1193) : 남해 유배객 1호. 1167년 고려 의종 21년 유시의 변에
  혐의 받고 남해로 유배되었다. 즉 김부식의 아들 김돈중이 의종을 호위하여
  연등회에 참석하여 즐기고 있던 중 김돈중의 말(馬)이 기마병의 화살통을 받
  아 화살이 왕의 가마 옆에 떨어지니 의종은 놀라서 자객의 짓이라 오인한 사
  건이다. 두 번째 남해 유배는 세보의 아들 비(斐)가 태자가 총애하는 여종을
  간통한 사건이다.

  비가 태자의 여종을 간통한 것이 발각되어 형벌을 받게 될 무렵에 이의민은
  세보를 자기의 수족으로 데리고 있었기에 왕에게 용서를 빌고 비를 태형으
  로 다스렸다. 그리고 여종을 궁에서 내쫓으니 여종은 여승이 되었지만, 비는
  계속해서 여승을 간통했다. 그러던 중 최충헌이 집권을 하게 되자 최세보의
  아들 비의 소행을 들추어내어 죄를 묻고 명종 21년(1191)에 남쪽의 변방 즉
  남해로 2번째 유배에 처하게 되었다.

  4년 후 정중부의 무신란으로 방면 복직. 성품은 호방하고 무예에 능했음.

• **주연지**(周演之, ?~1228) : 요승으로 본명은 최산보이다. 1227년 고종 14년 최우
  를 제거하고 전왕인 의종의 복위를 꾀하다 남해에 유배되었다.

• **송군비**(宋君斐, ?~?) : 1270년 고려 원종 11년 임연이 죽자 그의 아들인 유무
  가 모역죄로 참형됨에 따라 송군비도 모반죄로 남해에 유배되었다.

• **백이정**(白頤正, 1247~1323) : 호는 이재이다. 1321년(신유년) 충숙왕 8년 전왕
  복위를 꾀하다 역모죄로 남해로 유배왔다고 전해지지만 확실치 않으며 높은
  성리학의 원조이다.

- **조관**(趙貫, ?~?) : 1453년 수양대군이 일으킨 계유정란 때, 안평대군의 일당으로 몰려 14년간 남해에 유배되었다. 세조 14년 사면되어 숭록대부에 올랐으나 모두 사양하고 양주에 낙향 은거하였다.

- **이인**(李仁, 1465~1507) : 남해에 유배온 첫 왕족. 연산군 때의 무오사화, 갑자사화 중 언제 왔는지는 알 수 없다. 1506년(중종 1) 연산군을 쫓아낸 중종반정이 성공하자 남해에서 풀려나 정국원종공신(靖國原從功臣)이 되었다.

- **김구**(金九, 1488~1534) : 안평대군, 석봉 한호, 양사언과 함께 조선 전기 4대 서예가로 글체를 인수체라 한다. 조광조와 함께 사림파의 핵심, 조광조가 대사헌 때 김구는 부제학. 1519년(중종 14) 훈구파(홍경주, 심정, 남곤)의 주초위왕(走肖爲王)의 음모로 조광조가 사사되는 기묘사화 때 투옥된 후 잠시 개령에 유배되었다가 남해에 안치(32세). 13년간 노량에서 귀양살이를 했다.
  1531년(중종 26) 남해에서 임파로 이배, 1533년(중종 28) 사면 후 고향 예산에서 다음해 46세로 별세하다.

- **김난상**(金鸞祥, 1507~1570) : 1565년(명종 20)에 문정왕후가 죽자 소윤파 윤원형도 몰락하였다. 을사사화와 양재역벽서사건으로 피해를 당한 사람들의 신원이 회복되었고 인재들은 다시 등용되었다. 남해에서 19년 동안 유배생활을 한 김난상도 관직에 복귀하였다. 을사사화와 양재역벽서사건으로 이언적(李彦迪), 권발(權撥) 등과 함께 남해에 유배되어 19년 동안 유배생활을 하다가 문정왕후가 죽자 윤원형의 세력이 몰락함에 따라 복관되었고, 선조가 등극한 후 집의(執義)에서 직제학으로 승진하여 호조참의, 이조참의, 대사성, 대사간 등을 거쳤다. 1570년(선조 3)에 생을 마감했다.

- **이영**(李翎, 1520~?) : 1562년(명종 17)에 예조와 이조판서를 지낸 이량의 횡포가 심하자 사림세력들은 이량의 횡포를 탄핵하였으나 이량은 오히려 사림세력을 제거할 음모를 꾸미고 있던 중 그의 조카 심의겸(沈義謙) 등이 이량을 탄핵하여 1563년(명종 18)에 삭탈관작시키고 귀양 보낸 뒤 사사하였다. 이에 연루된 자들도 모두 유배되었고 이영도 이량과 같은 일파로 몰려 남해에 유

배되었다. 이 사건을 육간사건(六奸事件)이라 한다.

- 정언신(鄭彦信, 1527~1591) : 1589년(선조 22)에 우의정에 올랐으나 그 해 정여립(鄭汝立)의 난이 일어나 정철(鄭澈)이 조정에 들어와 정언신 형제는 정여립의 일가이고 친교가 있으므로 옥사(獄事)를 다스릴 수 없다 하여 탄핵을 받아 정여립을 심문하는 위관(委官)을 사퇴하였고, 그의 형 언지(彦智)도 금부당상(禁府堂上)을 사임하여, 정철이 위관이 되었으며 또 정승의 직도 탄핵하여 파직당하였다. 그 뒤 정여립의 동생 집(緝)이 주옥자(主獄者)의 꾐에 빠져 높은 신하 수십 명을 무고하는 중에 그도 연루되어 남해(南海)로 귀양갔다 다시 하옥되어 사사(賜死)의 하교가 있었으나 감형되어 갑산(甲山)에 귀양갔다가 1591년(선조 24) 그곳에서 죽었다.

- 성준구(成俊耉, 1574~1632) : 인목대비는 1608년(선조 41) 2월 2일에 자신의 소생 영창대군 즉위는 현실성이 없다고 판단하고 선조의 언문교지에 의해 광해군을 즉위시켰다. 이 시기에 성준구는 대북파 이이첨의 배척으로 남해로 유배 적거생활을 하기 시작했다.

- 김덕함(金德諴, 1562~1636) : 임진왜란 때 연안(延安)에서 의병을 모집하고 군량을 조달하였으며, 1594년(선조 27) 군공청의 도청(都廳)이 되어 큰 공을 세웠다. 광해군 시절인 1617년(광해 9) 이항복(李恒福)과 함께 인목대비 폐모론을 반대하다가 남해에 유배되기도 했다. 1623년 인조반정 후 대사성·대사간을 역임하였다. 1627년 정묘호란이 끝난 뒤 여주목사·춘천부사 등을 지냈고, 1636년 청백리에 녹선되고 대사헌에 올랐다.

- 조직(趙溭, 1592~1645) : 1613년(광해 5)에 광해군의 폐모사건이 일어나자, 나라의 기강을 위하여 목숨을 바칠 것을 결심하고 아우 옥(沃)에게 부모의 봉양을 부탁한 다음 분연히 폐모반대의 항소(抗疏)를 올렸는데, 그때 나이 22세였다. 광해군은 크게 노하여 반드시 뒤에 사주자가 있을 것으로 보고 정국(庭鞫)을 열어 엄히 신문하였지만, 끝내 조정의 그릇된 처사를 바르게 하려는 뜻에서였음을 진술하고, 국문 이후 1619년(광해 11)에 남해에 유배되었다

- 이성윤(李誠胤, 1570~1620) : 성종의 4대 왕손으로 폐모론에 반대하다 광해군

의 노여움을 사서 남해에 안치 모든 관직을 삭탈당하고 3년간 귀양살이 중 사망했다. 폐모사건, 선조의 왕비 인목대비 폐비사건.

- 김만중(金萬重, 1637~1692) : 호는 서포이다. 1687년(숙종 13) 경연에서 장숙의 (張淑儀) 일가를 둘러싼 언사(言事)로 인해 선천에 유배되었다. 이듬해 왕자(후 에 경종)의 탄생으로 유배에서 풀려났으나, 기사환국(己巳換局)이 일어나 서 인이 몰락하게 되자 그도 왕을 모욕했다는 죄로 남해의 절도에 유배되어 노 도에서 돌아가다. 그는 대문호요 정치가이다. 그는 많은 시문과 잡록,《구운 몽》·《사씨남정기》 등의 소설을 남기고 있다. 《서포만필》에서는 한시보다 우리말로 쓰여진 작품의 가치를 높이 인정하여, 정철의 《관동별곡》·《사미 인곡》·《속미인곡》을 들면서 우리나라의 참된 글은 오직 이것이 있을 뿐이 라고 했다.

- 남구만(南九萬, 1629~1711) : 1654년(효종 5) 남인을 탄핵하다 남해로 유배, 남 인의 실각으로 1년 후 풀려나 도승지, 대제학, 대사헌, 좌의정을 거쳐 1687년 (숙종 13)에는 영의정에까지 올랐다. 1689년(숙종 15) 기사사화로 강릉 유배, 1694년(숙종 20) 갑술옥사로 풀려나 다시 영의정을 지냈다. 갑술옥사는 소론 의 김춘택 등이 폐비 민씨(인현왕후) 복위운동 전개와 이를 반대하던 남인 민암 등이 반대하다 화를 당한 사건. 이 사건으로 권대운이 남해로 귀양되었 다.

- 심권(沈權, 1643~1699) : 1689년(숙종 15) 기사환국 때 남인이 집권하게 되자, 서인인 조태구(趙泰耉), 이징명(李徵明), 조형기(趙亨期) 등과 함께 남해에 유배 되어 6년간 지냄. 1694년(숙종 20) 갑술옥사로 남인이 실각되자 풀려나 재등 용되었다.

- 서호수(徐浩修, 1736~1799) : 1764년(영조 40) 왕의 비위를 거슬리는 언행으로 2 년간 남해에 유배되었다.

- 권대운(權大運, 1612~1699) : 영의정을 지내다 1680년(숙종 6) 남인 실각으로 쫓 겨났다가 기사사화로 송시열 등이 사사되자 다시 영의정에 올랐다. 그러나 갑술옥사시 남인 실각으로 남해에 유배되었다고 한다.

• **류명현**(柳命賢, 1643~1703) : 문신. 본관 진주. 호는 정재이며 류영의 아들이다.
1673년(현종 14) 진사로서 정시문과에 장원하고 1675년(숙종 1)에는 부수찬
이 되었고, 사인 부제학을 거쳐 1678년(숙종 4) 전라도 관찰사로 나갔다.
1680년(숙종 6) 경신환국으로 남인이 실각하자 서인 이언강(李彦綱), 박태손
(朴泰遜) 등으로부터 역적 허견(許堅)의 추종자라는 탄핵을 받아 관작을 삭탈
당하고 문외 출송되었다. 1689년(숙종 15) 기사환국으로 남인이 재집권하자
승지로 복관되어 이듬해 형조판서, 1691년(숙종 17) 이조판서에 이르렀다.
1694년(숙종 20) 갑술옥사로 남인이 다시 실각하여 흑산도에 안치되었다가
1699년(숙종 425) 풀려나 고향으로 돌아갔다. 그러나 1701년(숙종 27) 장희
빈의 아우 장희재 등과 인현왕후를 해치려 한다는 서인들의 탄핵으로 남해
에 유배, 2년 후 배소에서 사망했다.

• **이미명**(李徽明, 1648~1699) : 1689년(숙종 15) 기사환국으로 심권과 함께 남해
에서 유배생활을 하다가 갑술옥사로 풀려나 재등용되어 이조좌랑, 예조참
의, 이조참의, 우부승지 등을 거쳐 황해도 관찰사, 대사간, 평안도 관찰사 등
을 역임하였다. 1699년(숙종 25)에 자택에서 죽었다.

• **이이명**(李頤命, 1658~1722) : 1689년(숙종 15) 기사환국으로 남인이 집권하면서
파직, 영해인 남해에서 유배생활을 했고, 1694년(숙종 20) 갑술옥사로 서인
이 정권을 잡게 되면서 호조참의로 복귀했다. 그 후 대사간까지 승진했으나,
기사환국 때 송시열 등과 함께 죽은 형 사명(師命)이 정치적으로 신원되지 못
하자, 1698년(숙종 24) 이를 문제 삼다가 공주로 유배되었다. 이듬해 유배가
풀렸으나 기용되지 못하다가 1701년(숙종 27)에 예조판서로 특임되었으며,
이후 한성부판윤 · 이조판서 등을 지냈다. 1706년(숙종 32) 우의정에 올랐으
며, 1708년(숙종 34)에는 좌의정에 올랐다. 숙종의 후사(後嗣) 문제에 깊이 관
여하여 1717년(숙종 43) 독대(獨對)라는 형식으로 숙종과 비밀리에 만나, 세
자(뒤의 경종)가 아닌 연잉군(영조)의 보호를 부탁받고 이들의 후원을 자임
했다. 1721년(경종 1) 김창집(金昌集), 조태채(趙泰采), 이건명(李健命)과 함께 노
론 4대신(老論四大臣)의 한 사람으로 세제(世弟, 뒤의 영조)의 대리청정(代理聽政)

을 실현하려다가 실패했다. 이 일 때문에 소론의 격렬한 공격을 받아 관작을 삭탈당하고 남해로 유배되었다가 이듬해(1722년) 죽음을 당했다

- **유의양**(柳義養, 1718~1788) : 본관은 전주이다. 1756년(영조 32) 생원이 되고 해서(海西) 현감을 지내고 영조 39년 증광문과 병과에 급제하여 사간원, 정언, 홍문관 수찬, 부수찬을 역임하다가 1771년(영조 47) 남해 유배. 1773년(영조 49)에 2차례 귀양 갔던 일을 《남해문견록》·《북관노정록》에 국문으로 자세히 기록했다. 1775년(영조 51) 영남어사를 거쳐 1777년(정조 1) 강릉부사로 파견되자, 세금징수의 문제 등을 조사하여 고을 사람들의 어려운 사정을 임금에게 알렸다. 1779년(정조 3) 성천부사를 거쳐 대사간이 되었고, 1781년(정조 5) 예조이정당랑(禮曹釐正堂郎)이 되어 《춘관지(春官志)》와 1750년(영조 26) 이후의 《영희전지(永禧殿誌)》를 펴냈다. 또 1783년(정조 7) 승지에 올라 《동국문헌비고》의 수정작업과, 1787년(정조 11) 부총관으로 《국조오례의》의 보완작업에 참여했다.

- **유언호**(兪彦鎬, 1730~1796) : 1771년(영조 47)에 당론을 일으킨 권진응(權震應)을 옹호했다는 명목으로 남해현으로 유배를 당해야 했다. 유의양과 함께 귀양살이. 사면된 후 정조의 신임을 얻어 규장각 직제학에 제수되어 정조를 보좌하였다.

- **윤시동**(尹蓍東, 1729~1797) : 1776년(영조 52) 당론을 일삼았다 하여 남해현에 유배되었다. 1777년(정조 1) 석방된 후 공조참판, 도승지, 사간·예조판서, 개성유수, 양주목사 등을 역임했다. 1788년(정조 12) 형조판서로서 조덕린(趙德隣)과 황익재(黃翼再)의 죄명을 없애라는 명령에 대해 신임의리(辛壬義理)와 연관시켜 반대하다가 삼화부에 유배되었다.

- **김용**(金容, ?~?) : 1771년(영조 47)에 남해로 유배 와서 《남천잡록》을 저술하였다. 관직의 시작은 조선문과방목 입격자 명단에 없는 것으로 보아 과거에 급제하지 않고 음사로 관직생활을 하지 않았나 추측한다. 그리고 시문을 통해볼 때 남해 유배를 부친의 죄를 대행한 것 같다. 김용 역시 나이가 많은 고령으로 보이며, 남해 유배에서 풀려나 관직에 나가지 않은 것으로 보인다.

《남천잡록》외 남해를 노래한 한시 다수.

- **정광충**(鄭光忠, 1703~?) : 본관은 온양(溫陽)이다. 직장(直長) 벼슬로 관직생활을 하던 중 1745년(영조 21)에 별시 문과에 급제하여 간직생활을 계속하였다. 1755년(영조 31)에 이하징(李夏徵)을 논척한 공로로 영조가 광진이라는 본래의 이름을 광충(光忠)이라 고쳐 하사하여 개명하였다.

《영조실록》에 "사신은 말한다. 정광진은 행실이 매우 거칠고 또 그의 지론(持論)도 시기에 따라 고개를 숙이기도 하고 쳐들기도 하는데 지나지 아니하다"라고 혹평하기도 하였다. 유의양과 유언호 그리고 정광충이 남해에서 같이 유배생활을 할 때, 유의양은 적소에 머무르지 않고 백성들의 생활을 엿보면서 서민들과 대화를 가져 백성의 삶이 어렵다는 것을 알고 기록하였다. 틈틈이 유언호와 대담한 것으로 나타났고 정광충과는 거리가 멀었다. 유언호와 정광충은 언제 유배에서 풀려났는지 알 수 없으나 유배 다음해에 대사헌 관직에 임명된 것으로 보아 1년 정도 유배 생활한 것으로 추정된다.

1771년(영조 47) 2월 14일. 특별히 정광충(鄭光忠)을 남해(南海)에 정배(定配)하고, 박취원(朴取源)은 기장(機張)에 정배시켰는데, 모두 패초(牌招, 왕명으로 신하를 부르던 일)를 어겼기 때문이었다. 1771년(영조 47) 8월 13일, 전 대사헌 정광충(鄭光忠)을 원찬(遠竄)하라는 명을 특별히 정침(停寢)하고 사판(仕版)에서 간삭(刊削)하는 전형을 시행하게 하였다. 연신(筵臣)이 정광충은 남해(南海)의 적소(謫所)에서 용서받아 돌아온 지 얼마 안 된다고 우러러 아뢰었기 때문에, 임금이 가엾게 여겨 이런 명이 있게 된 것이었다.

1772년(영조 48) 8월 11일. 신익빈(申益彬)을 승지로, 정광충(鄭光忠)을 대사헌으로, 이득배(李得培)를 대사간으로 삼았다. 정광충(鄭光忠) 본명은 광진이다.

- **이징명**(李徵明, 1648~1699) : 1680년(숙종 6) 도원찰방(桃源察訪)에 제수되었으나 취임하지 않다가 1684년 정시문과에 병과로 급제하였다. 예조·병조의 좌랑을 거쳐 삼사에 들어가 정언·부수찬·지평 등을 지냈다.

1686년(숙종 12) 7월 부교리로 있으면서 희빈 장씨(禧嬪張氏)의 어머니를 비롯한 외척들의 궁궐출입에 대한 비위사실을 극간하고, 희빈 장씨를 쫓아내어 여총(女寵)의 화를 막아야 한다는 상소를 올렸다가 파직되었다. 1689년(숙종 15) 기사환국이 일어나자 많은 조신들이 죽거나 유배되었는데, 이때 남해로 유배되었다. 1694년(숙종 20) 4월 적거(謫居)생활 6년 만에 갑술옥사가 일어나고 희빈 장씨가 쫓겨나자 귀양에서 풀려 돌아왔다.

다시 관직에 기용되어 수찬, 이조정랑, 응교, 집의, 부승지, 이조참의, 대사간 등을 지내고, 1695년(숙종 21) 황해도관찰사가 되어 나갔다.

• 윤시동(尹蓍東, 1729~1797) : 자는 백상(伯常)이요, 본관은 해평(海平)이다. 호는 방한(方閒)이며, 시호는 문익(文翼)이다.

1754년(영조 30) 증광문과에 병과로 급제, 설서가 되었다. 1756년(영조 32) 지평(持平) 벼슬을 역임 중 그 해 당론을 운위하였다는 죄로 7년간 고향에 안치되었다가 1762년(영조 38)에 풀려나와 제주목사로 등용되었다. 그로부터 5년 후 좌승지에서 대사관 벼슬까지 올랐으나 신광집의 무죄를 주장한 죄로 다시 추방되었다가 갑산으로 이배(移配) 1772년에(영조 48) 사면되었다. 그러나 1776년(영조 52)에 경기도관찰사로 있으면서 또 당론을 거론하였다는 이유로 1년 남짓 남해 귀양살이를 하다 다시 풀려난 그는 개성유수(開城留守)로 발탁되어 10년간 활약하였으나 1788년(정조 12) 세 번째로 당론을 운위하였다는 죄로 삼화(三和)로 유배되는 등 삼사 차례나 추방 유배를 당하면서도 재삼 재기용되는 억세게 파란 많고 관운이 끈질긴 사람이었다. 1795년(정조 19)에 이조판서, 우의정 등 벼슬을 지내다가 1797년(정조 21)에 사망하였다.

• 성준고(成俊考, ?~1632) : 1608년(선조 41, 광해 원년) 광해군이 즉위하게 됨에 따라 임해군 진(臨海君 珒)이 유배되고, 영의정 유영경(柳永慶)이 파직 사사되는 등 소용돌이 속에서 성준고는 당시 동인이던 이이첨(李爾瞻) 등의 모함을 받고 남해로 유배되었다. 남해에서 몇 년을 귀양살이하였는지 명기되어 있지 않으나, 그 후 양산 등지로 배소를 전전하다가 1622년(광해 14, 인조 원년) 인조반정으로 16년 만에 풀려나와 황해도관찰사, 동지중추부사, 안동부사 등을 역임하다가 1632년(인조 10)에 사망하였다. 그러니 남해에서는 최소한 7~9년 이상 유배생활을 보낸 것 같다. 후에 좌찬성에 추증되었다.

# 남해와 관련된 유배문학

남해와 관련된 유배문학으로는 김만중의 《구운몽》, 《사씨남정기》, 《서포만필》, 《정경부인 해평윤씨 행장》, 김구의 《화전별곡》, 유의양의 《남해문견록》, 남구만의 《제영등망운산(題詠登望雲山)》과 《제영등금산(題詠登錦山)》, 김용의 《남천잡록》 등이 있다. 주요한 유배문학 작품을 소개하면 다음과 같다.

*서포 김만중이 적소인 노도에서 읊은 7언절구

배 남해 문 숙질 배 절도(題 南海 聞 叔姪 配 絕島)

(1)
아득한 섬들은 구름이 내려앉은 바닷가에 있고
방장, 봉래 등 삼신산 못지 않은 영봉도 가까워
형제 숙질이 흩어져 외롭게 귀양을 살건만
남들은 내가 무슨 신선놀음이나 하는 듯이 보겠네.

(2)
만목이 앞다투어 얼어드는데
무심한 해풍만 뇌성처럼 밤새 우는구나
등잔 앞에 홀로 앉아 주역을 읽나니
한 번 흘러간 세월은 돌아올 길 없도다.

(3)

아침에 노모에게 글월 드리려 붓을 잡았으나

미처 글을 쓰기도 전에 눈물이 쏟아져 내려

붓을 다시 놓고 마는구나.

*망망한 바다, 칠흑처럼 어두운 실의와 고독에 젖어 읊은 이 시는 유배객
들의 피눈물이었을 것이다.


## 남해적사 유 고목죽림 감간심작시(南海謫舍 有 古木竹林 感干心作詩)

(1)

용문산의 저 나뭇가지들은 뿌리를 같이 하면서

어느 가지는 이미 말라 시들어 버렸네.

살아남은 가지도 모진 풍상은 면치 못하리

시든 가지는 가차없이 도끼로 찢기어 나가는구나

아, 제형들이 무고히 단란하게 지내던 날

오색 비단옷 입고 즐거이 놀던 그때 그 얼굴이 그립구나

외롭고 쓸쓸히 홀로 계시는 80 노모님

그 사무친 한을 언제나 풀어 드리랴


(2)

매서운 북풍이 대밭으로 불어드니

오늘 아침에는 유난히 네 생각 간절하구나

먼 남쪽으로 유배되었나니 그 마음 얼마나 아팠으리오

슬프다. 너마저 남쪽 바다 끝으로

귀양갈 줄 누가 알았으랴.

풍파가 거치른 탓일까 반 년이 되도록 서찰마저 끊겼네

죽어 강변에 버려질 내 유골은 대체 누가 거두어 줄꼬

## 구운몽

선녀 위부인 옥황상제의 명으로 다니는 중, 서역의 육관대사가 법당 짓고 강연하고 동정호의 용왕도 참석

대사 용왕께 사례차 수제자 성진을 용궁에 보냄

위부인도 8선녀를 대사께 보내 인사시킴

석교 위에서 성진과 8선녀 만나 정을 교환하고 그것이 죄가 되어 인간세계로 쫓겨남.

성진 양처사의 아들 양소유로 출생

8선녀도 각기 인간세상에 출생

양소유가 과거에서부터 관직을 얻고 승상이 되는 과정에서 인간세상으로 온 8선녀를 차례로 만나 3처 5첩으로 거느림

만년에 성진은 호승을 만나 문답하던 중 크게 깨달아 인간윤회의 꿈을 깨고 육관대사 앞에 서 있음을 알았다.

본래의 성진으로 돌아간 양소유는 8선녀와 함께 큰 도를 얻어 극락세계에 왕생한다.


김만중이 그의 어머니를 위해 지은 소설. 1689년 54세 때의 작품. 인간의 모든 부귀영화 등이 모두 일장춘몽에 불과하다는 내용. 구운몽은 현실주의적 유교사상을 중심으로 주제를 이끌어 가면서 은둔적인 선도사상도 곁들여 마지막에는 세속적인 부귀영화를 부정하는 불교에 몰입하는 과정을 묘사했다. 그런 면에서 동양사상의 특징을 잘 부각시킨 작품이라는 평가를 받고 있다. 중국을 배경으로 한 작품이지만 그 무대를 선계와 인간세계로 설정, 환상적인 반전을 꾀하면서 극적인 효과를 거둔 점은 근대소설로 접근하는 단초를 제공했다는 평가를 받기에 충분했다.

구운몽은 작가 자신이 도학자이면서 내용면에서는 일부다체제를 용인하고 향락을 일삼았지만 그런 세속적인 영화는 찰나적이기에 영원한 삶을 찾

고자 한 흔적이 엿보인다.

## 사씨남정기

명나라 유한림의 부인 사씨가 정실로, 첩 교씨에게 쫓겨나 고생중에 교씨의 흉계가 탄로나자 다시 복원된다는 이야기로 여성의 질투심과 궁중 비극을 폭로한 최초의 작품이다.
숙종이 장희빈을 총애하여 인현왕후 민씨를 내쫓은 일을 시정하기 위하여 중국을 무대로 지은 것이다. 후에 숙종은 이 소설을 보고 감동하여 민씨를 복위시켰다고 한다.

## 정경부인 해평윤씨 행장

효성이 지극했던 서포가 노도에서 어머니가 돌아가셨다는 소식을 듣고 깊은 슬픔 속에서 자당의 유덕을 추앙하여 어머니의 언행을 기술한 추념문.
윤씨 행장은 선조의 딸인 할머니 정희옹주의 엄한 교육과 바른 예절을 배우며 총명하게 자란 어머니의 소녀시절부터 14세에 아버지 김익겸에게 시집와 정축년의 호란으로 남편이 강화도에서 자결하자 청상과부가 되어 다섯살짜리 형 만기를 데리고 빠져나와 유복자인 자신을 나약한 몸과 가난을 딛고 대성시키기까지의 눈물겨운 모친상과 언행을 적고 있다. 부친의 얼굴 한 번 보지 못한 것을 애통해 하며 오로지 어머니만을 극진히 받들어 오던 서포가 어머니의 임종마저 보지 못했음을 슬퍼하면서 피눈물로 엮은 것이다.
윤씨 행장은 "경오년(1690) 8월 불초 고애남(孤哀男) 만중은 읍혈(泣血)하고 삼가 짓나이다" 라고 맺고 있다.

서포만필 : 제자백가 중에서 의문이 되는 대목을 변석, 해명한 책.
서포집 : 서포 김만중의 시문집. 아들 진화가 간행.

# 남해문견록

유의양이 1771년(영조 47) 남해로 유배되어 1년 남짓 지내면서 직접 보고 느낀 바를 국문으로 상세히 기록한 유배생활기이다. 신묘 1771년(영조 47) 2월 26일 노량나루를 건너 첫째 본 것이 이순신 장군을 모신 노량 충렬사이나 귀양 걸음이라 들어가 보지는 못하고 충무공을 사모하며 읍으로 들어온다. 읍 가까이에 있는 동정마애비를 보고 글 한 수를 지어 임진란을 회상했다. 관가에서 정해 주는 대로 읍내 남문 밖 김시위의 집에서 귀양살이를 하게 된다. 원이 나와서 하인을 붙여 주려는 것을 사양한다. 노자가 어려워도 남에게 부탁하지 않았으며, 남해에 들어온 후로는 경상도 관찰사가 보내는 것으로 지냈다. 금산에 올라 나막신 바위, 유혈도, 목화봉, 위상대, 용굴, 음성굴, 쌍용문, 저두석, 구정봉 등을 보았고, 사슴과 범도 많다는 말을 들었다. 범은 헤엄쳐서 바다를 건너온다고 했다. 남해가 경상도와 전라도 사이에 있는 요충지인데 현감을 두어 대수롭지 않은 고을처럼 버려두는 것이 아쉽다. 용문사가 있는 곳을 보면 산성을 만듬직한데 "한 사람이 문을 막으면 일반 사람이 열지 못할 땅"이라는 것을 느낀다.

섬에서 나는 물산은 전복, 홍합, 미역 등 생선들이며, 입는 것은 무명과 모시가 주고 명주는 드물다. 보자기(해녀)가 전복을 팔러 왔는데 "불쌍하니 값을 달라는 대로 주라"고 일렀다. 원이 나와서 보기에, 내 막내 외삼촌 한공이 제주어사로 갈 때 임금을 뵈었는데 임금이 백성의 질고를 생각하고 생복 따는 불쌍한 말씀도 하였다. 임금이 구중궁궐에 계시면서도 천리 밖 갯가에서 고기잡이하는 백성들의 질고를 친히 보듯 하시니 백성과 가까이 지내는 방백수령은 더욱 청렴해야 한다고 이르던 말을 전했다.

섬중의 풍속은 무지하고 사리를 판별하지 못하는 자가 많으며 관혼상제 등도 망측하니 매우 측연했다. 그런 중에도 효자 이성삼이 있었고, 열녀 김연대가 있었다. 김연대의 정문은 남해현감의 추천으로 임금이 세우게 한 것인데 이런 바다 고을에도 성은이 미쳐 있으니 뉘 아니 감동하리요.

방언도 못알아 듣는 말이 많았으나 오래 들으니 익어갔다. 남방 풍습이 괴이하여 여거사들이 읍내 집집마다 다니며, 북 치고 염불하고, 동냥하는 일이 잦은데 노량나루에서부터 금하면 이런 일이 없어지겠다. 3월에 유교리(兪校理) 귀양 오니 든든히 지내게 되었다. 그와 안빈낙도를 이야기하고 효우행실 집안과 사귀며, 변방에 벼슬 사는 자일수록 더욱 청렴결백, 자신을 잘 다스려야 타국인이 조정을 두려워 한다는 말도 했다.

7월 13일에 내 귀양이 풀린 기별을 듣고 이성삼이 찾아와서 노인성을 보실 시기가 되어가니 더 머물고 그걸 보고 가심이 어떠냐기에, 노인성은 남해섬에만 비치는 것이 아니며, 이 땅에 노인 많은 것은 태평성세 격양가를 부르던 사람이 요순덕화를 입어 장수함과 같으니라고 말해 주었다. 이성삼이 "과연 그리합니다. 우리는 여기서 격양가를 노래하올 것이니 서울 돌아가신 후에 서울 경운가(慶雲歌)를 무궁무진 노래하소서" 했다.


이상이 남해문견록의 개요다. 이 글 속에서 당시의 유배생활의 실상을 대강 알 수가 있다. 김만중은 위리안치 즉 가시울타리 속에 갇혀서 살았지만 유의양의 경우는 비교적 자유로운 생활을 했다. 그는 말을 타고 종까지 데리고 유배지로 왔으며, 고을 원이 하인을 보내려는 것을 사양했다. 금산, 용문사 등을 구경하고, 주민들과 사귀며 나중에 귀양 온 유언호와도 서로 교제했을 정도였다.

멀고 낯선 곳에 귀양을 와서 살았지만 전직 고관의 금도와 기개를 잃지 않았고, 청렴결백, 안빈낙도, 경륜과 충성심 등 그의 높은 지조를 읽을 수 있다는 점에서 이 기록은 매우 돋보인다. 국문으로 당세의 생활상을 리얼하게 묘사한 표현기법이라든지, 이성삼과의 인간관계의 따뜻함 등은 소설적 구성에서 느낄 수 있는 감동을 준다.


### 제영등금산 _ 남구만

산이 바다 한가운데 떠 있으니

진경에 당도하여 시정마저 잃겠구나
심산유곡에 있는 암자 구름과 같이 자고
봉화만 타오르니 반달같이 외롭구나
석굴에는 음률이 흘러나오고
암문에는 박쥐와 왕벌들이 엉켰네
몇 년을 두고 이 구정을 쪼았으랴
산정에는 염주를 꿰맨 듯 기암괴석들이 주렁주렁 매달렸구나.


## 제영등망운산 _ 남구만

넝쿨을 휘어잡고 바위를 기어올라 산정에 오르니
과연 망운이란 이름이 잘 붙여졌음을 알겠구나
백성들이 성은을 입어 요나라 백성처럼 행복하니
천한 이 몸도 고향땅이 그리워지는구나
마음은 구름을 타고 고향 하늘을 맴도니
금성의 일타홍이 그립구나
끝없는 바다의 섬 그림자 아롱진데
이 몸 언제 그리운 고향으로 돌아가려나


## 남천잡록 _ 김용

남해에서의 유배생활 도중 보고 들은 경험과 자기에 대한 반성을 기록한
것으로 그의 솔직한 성격과 과감한 필치가 돋보인다.

"나는 남해로 옮겨왔다. 이곳 남쪽지방은 풍토병이 심하지 않아 건강이나
면치 못할 구차함이 드물어 그 점 마음이 놓이는지라 모든 사람이 살기 좋은
곳이라 하는 오늘이 아니라도 자위를 삼을 만한 곳이더라. 스스로 따른 귀양
살이 때문에 가정사는 낭패가 되어 다시 일어설 생각은 이미 버린 지 오래인

데, 홀로 계신 어머니를 생각하니 해가 갈수록 쇠약해지고 병고가 겹쳐 지척에 있는 의원이나 약국일지라도 지팡이에 의지할 수밖에 없을 것이니 언제나 집안일 때문에 마음이 놓이지 않는구나…."(《화전사연구》 중)

남해가 살기 좋은 곳이라는 대목과 어머니를 생각하는 효심이 돋보인다.
김용이 남긴 《태소집》 8권 4책 중 〈등금산(登錦山)〉, 〈음성굴〉, 〈용굴〉, 〈홍문〉, 〈좌선대〉, 〈감로수〉, 〈구정봉에서 술을 마시다〉, 〈금산을 내려오다 비를 만나다〉, 〈노인정〉, 〈노량충렬사를 참배하고〉 등 남해를 노래한 시가 있다.

### 登錦山(금산에 올라)

이 산 천길 높이 솟았으되 허황된 것 아니로세
동남으로 높이 솟아 스스로 으뜸이 되었는데
동서남북 끝으로 모두 물이 잠겼네
하늘 높은 가을 8월에 이미 찬바람 부는구나
스스로 한평생 온갖 세상 떠돌았는데
오늘은 바다 가운데 돌아와 있음을 알겠구나
한밤중 별무리 땅 속에서 솟아나고
자색 구름 어느 곳으로 신선을 찾아가는가?
금산 바위 끝에 구름 몰려들어 날이 어두워지네
구월도 못된 이 팔월 단풍은 이미 물들고
남극성 가을 바다 위로 떠오르는데
북쪽으로 떠날 길손 밤하늘 쳐다보네
온몸 늙은 돌 어느 세월에 희어지랴
몇 떨기 연꽃송이 산봉우리에 피어 있는데
만약 이제 선인을 만날 수 없다면
장생불사 약 이야기 돌아가는 배 안에서 물어볼까?

# 남해를 빛낸 유배문학인

우리 남해에 적객으로 와서 유배문학을 남기신 분은 여섯 분을 꼽을 수 있으니 자암 김구 선생, 약천 남구만 선생, 서포 김만중(金萬重) 선생, 소재 이이명(李頤命) 선생, 후송 유의양(柳義養) 선생, 태소 김용 선생이다. 이 여섯 분의 업적들 중 조선 성리학의 중추를 이루는 분들로, 정치일선에서도 훌륭한 업적과 충절의 모범을 보이시며 가장 먼저 실사구시 정신을 존중하신 분으로는 아마도 서포 김만중 선생과 소재 이이명 선생이 아닌가 생각된다.

특히 이이명 선생의 문집인 《소재집》에 서포 김만중 선생과의 애틋하고 도타운 인연이 닿아있는 〈매부(梅賻)〉를 남김으로써 유배문학관을 보유하고 있는 남해인들은 무엇보다도 인문학적인 면과 국문학적인 면에 더 큰 관심을 가져야 할 것 같다.

이러한 실사구시 정신의 발현으로 서포 김만중 선생은 우리나라 국문학에 큰 족적을 남기시었고, 소재 이이명 선생은 기독교(천주교)를 역사적으로 우리나라에 처음 소개하는 등 서양의 앞선 문물을 들여와 우리나라의 선진화를 위한 노력에 많은 힘을 쏟으셨다. 특히 소재 이이명 선생은 남해에 두 번씩이나 유배되어 온 인물로서 이곳 사람들과는 크나큰 인연을 맺고 호흡을 같이 하면서 많은 추앙을 받던 인물이다.

역사에서 가정이란 것은 큰 의미가 없는 일이지만 이분들과 그 자손들이 기사환국, 신임사화로 누명을 쓰고 참화를 당하는 일이 없었다면 우리나라에 실학적 사고와 서양문물의 도입은 더욱 빨리 이루어졌을 것이다. 조선의 개화가 늦은 것으로 인하여 열강의 틈바구니에서 약소국의 설움을 당하지 않았을 것이며 구한말 일본에게 국권을 침탈당하여 36년간이나 나라 잃은 뼈아픈 설움이 닥치지 않을 수도 있었겠다는 생각이 든다.

사사로이는 김만중(金萬重)과 이이명(李頤命)은 장인과 사위의 관계이기도 하지만 그 시대 당쟁의 역사에서 항상 정의의 편에서 선비정신을 죽음으로 지켰던 충절의 인물이었기도 한, 두 분은 우리 고장 남해와 특별한 인연을 가진 당대의 걸출한 인물이었다.

서포 김만중(金萬重) 선생이 남해의 유배지에서 생을 마감한 그 해, 소재 이이명(李頤命) 선생이 남해로 유배 왔다. 그러나 이미 서포 김만중 선생의 넋은 북으로 떠난 뒤였고 적소에는 서포 김만중(金萬重) 선생이 심어 가꾸었던 매화 두 그루만 주인을 잃고 쓸쓸히 죽어가고 있었다. 이 매화나무 두 그루를 거두어 살려 키우면서 〈매부〉(梅賻)를 지어《소재집》에 남긴다.

봉천사 묘정비에 새겨져 있는 소재 이이명(李頤命) 선생의 빛나는 업적은 정녕 보국안민의 거울이 되어 오늘에 더욱 빛나고 있다. 더구나 남해읍 죽산마을의 동쪽 봉천변에 마련된 그의 적소에 후학들을 가르치면서 처음 편액할 때 '지감재' (止坎齋)라 하였는데 이는 전한(前漢)시대 유명한 시인이며 정치인이었던 가의(賈誼)가 장사(長沙)에 귀양 가서 쓴 〈복조부〉(鵩鳥賦)에 나오는 말을 취하였다고 봉천사 묘정비에 기록되어 있다.

두 번째로 귀양와서 다시 그 적소에 '습감재' (習止齋)로 새롭게 편액하니 다시 남해의 유생들은 물론 인근의 진양 사천 유생들이 습감재(習止齋)에 들어와 소재 이이명 선생에게 가르침을 받고자 하였다. 일찍이 서포 김만중 선생과 함께 후에 실학사상이라 할 수 있는 실사구시의 정신을 지녔던 소재 이이명 선생은 이 고장의 농민과 뱃사람들은 물론 불량배들까지도 교화하는 당시 성리학의 공리공론이 세상을 지배할 때 좀처럼 시도하기 힘든 민초들에게의 교육사업에 열과 성을 다하였다.

어쩌면 이러한 그의 활동이 '남해에서 왕이 되려고 역모를 꾀하고 있다' 는 어처구니없는 반대세력의 목호룡에 의한 고변에 빌미를 제공했는지도 모른다.

당시의 당쟁은 각종 고변으로 반대파를 도륙하는 일에 혈안이 되어 민생과는 전혀 다른 피바람을 많이 일으키던 숙종시대를 전후한 사색당파의 시대였다. 이 당파싸움에서 아까운 인물들이 많이 희생되었는데 소재 이이명 선생도 그 중의 한 분이었다. 소재 이이명 선생을 고변한 목호룡은 무고한 고변의 죄로 당고개에서 참수되어 그의 목은 3일간 거리에 매달리는 일을 당하였고, 김일경도 귀양 보내졌다가 곧 사약을 받았다.

소재 이이명 선생은 서포 김만중 선생이 노도 적소에서 키우던 매화 두 그루가 죽어감에 이를 거두어 소재 선생의 적소인 봉천 지감재(止坎齋)에 옮겨와 심어 살렸으며 꽃이 피게 하고 열매를 맺게 했다. 그리고 이를 감응(感應)의 이치로 여기면서 〈매부〉(梅賦)를 지어 칭송하였다.

명도의 머나먼 연화세계에서 장인과 사위는 나란히 앉아 산과 바다가 아름다운 남해 섬의 춤추는 바다를 내려 보고 있을까. 그날의 수많은 나날을 회유하며 그리워하고 있을까! 자연 풍광이 멀리 떨어진 낭만의 섬, 꽃이 피는 수많은 나무 사이 구슬처럼 영험한 파도소리가 명부의 밤하늘에 들리는지 한 많은 유배객, 못 다한 심혼, 그 온기와 실체는 아니 계셔도 그 혼백 신비한 바람으로 연록빛 훈풍이 쪽빛 강산에 가득히 젖는다.

매화꽃 피는 봄 푸른 하늘의 연둣빛 햇살이 산과 바다에 가득하고 비단 물결이 청아한 해풍에 끝없이 밀려오는, 남해는 심회 깊고 현묘한 선인들의 성덕으로 끝없는 향운으로 천공의 옥빛으로 빛날 것이다.

### ▶ 서포 김만중(金萬重)

김만중의 자는 중숙, 호는 서포(西浦)다. 서포 김만중은 한글소설 《구운몽(九雲夢)》과 《사씨남정기(謝氏南征記)》라는 불후의 걸작을 남긴 한국 3대 고전문학가로 유명하다. 한국소설의 피폐기에 교산 허균의 《홍길동전》을 이어받아 실학파 소설가의 거두 연암 박지원을 있게 한 한글소설의 징검다리 역할을 한 장본인이기에 더욱 그러하다. 서포는 소설가로서의 삶뿐만 아니라 홀어머니를 지극하게 섬겼던 한국 최고의 효자이자 조선 중기 파란만장했던 정치사의 한

축을 일임했던 충신이었다.

강화성이 함락되자 더 이상 버티기 힘들어진 인조는 1637년 1월 30일 남한산성을 포기하고 삼전도 수항단에서 청태종에게 항복하고 만다. 김만중은 한일합방과 함께 한국 역사상 가장 치욕스러웠던 병자호란 패배가 있는 후 10일째 되는 1637년(인조 15) 2월 10일 정오에 퇴각하는 영남전선의 배 위에서 태어났다. 그래서 그의 어렸을 때 이름이 선생(船生)이었다.

아버지 충렬공 김익겸은 1월 22일 강화성이 함락되자 수비대장 김상용과 함께 화약고에 불을 지르고 23세의 청춘을 던져 순절한 충신열사였다. 서포 김만중 일가를 돌아보면 화려했던 조선시대의 명문거족 광산 김씨의 역사가 보인다. 조선 중기의 대예학자요, 우암 송시열의 스승이었던 증조부 사계 김장생으로부터 큰할아버지 신독재 김집, 할아버지 허주 김반, 둘째 아버지 창주 김익희, 형 서석 김만기, 조카 죽천 김진규, 증손 건암 김양택, 북헌 김춘택 등 셀 수 없을 정도의 인물들이 명멸했다. 문묘에 배향된 동국 18현 중 사계와 신독재 부자가 나란히 배향된 사실과 조선시대 최고의 학자만이 오를 수 있는 홍문관 대제학을 7명(김익희, 김만기, 김만중, 김진규, 김양택, 김상현, 김영수)이나 지내는 전무후무한 집안이기도 했다.

배 위에서 유복자로 태어난 김만중은 교동도와 대부도를 거쳐 외가인 서울 소공동에서 유년기를 보냈다. 홀어머니인 해평윤씨(선조의 딸 정혜옹주의 손녀)는 두 아들을 제대로 키우기 위해 손수 길쌈을 하는 등 어려운 살림을 꾸려 나갔다. 그러나 이러한 모든 고통을 아이들이 눈치 채지 못하도록 했다. 그녀는 가난 때문에 두 아이의 스승을 모실 수 없었다. 그래서 윤씨 스스로가 스승이 되어 두 아이의 교육까지도 도맡았다. 그녀의 지식이 높았던 까닭에 소학, 사략, 당시 등을 직접 가르쳤다.

끼니를 거르면서까지 베틀에서 비단을 끊어 《좌씨전》(左氏傳) 한 질을 사주셨던 어머니. 옥당의 관리로 있던 이웃사람에게 《사서》(四書)와 《시경언해》를 빌려 손수 베껴 주셨던 어머니는 김만중에게는 절대적 존재였다. 홀어머니 아래 자라면서 받았던 엄청난 모성애는 그를 한국 최고의 효자로 만들었다.

그리고 《구운몽》과 《선비정경부인행장》이라는 효행의 기록을 후세에 남기게 만들었다.

잠시 효성이 지극한 김만중은 모부인 윤씨가 세상을 떠나기 전 남해 유배지로 향하는 길에서 마지막 상봉을 하고 남해 유배지에서 〈재남해문양질배절도〉 (在南海聞兩桎配絶島)라는 제목으로 시를 지은 대목을 보면 다음과 같다.

### 재남해문양질배절도

푸르고 아득하게 세 섬은 바다 구름 끝에 있고
방장과 봉래와 영주가 가까이 잇닿아 있어라
숙부와 조카님 형제가 두루 나누어 차지하고 있으니
사람들이 보기엔 신선 같다 할 만도 하구나


### 在南海聞兩桎配絶島

蒼茫三島海雲邊 (창망삼도해운변)
方丈蓬瀛近接聯 (방장봉영근접연)
叔姪弟兄分占遍 (숙질제형분점편)
可能人望似神仙 (가능인망사신선)


봄풀이 파릇파릇 자라나 산에는 울긋불긋 진달래가 피어나고 창밖에는 어디선가 두견새가 울어대는 화사한 봄날은 두고 온 고향 그리운 어머니와 처자식이 그리워 더욱 보고 싶고 마음 심란해 서포는 붓을 들고 시를 쓰고 물결치는 바람과 파도 적막의 섬에 파란 하늘의 햇살을 받으며 언덕에서 지팡이를 짚고 바람을 쏘이며 흘러가는 구름을 보면서 마음은 고향 길에 젖고 금산은 바라봐도 산과 바다는 푸르기만 하였다. 여기 〈모춘〉 시는 다음과 같다.

### 慕春(모춘)

慕春暄氣敷 (모춘훤기부)　늦봄에 따뜻한 기운이 퍼졌고
草樹繞我廬 (초수요아려)　풀과 나무는 내 초집을 둘렀네.
捲簾望時景 (권염망시경)　발을 걸고 경치를 바라보니
觸目皆可娛 (촉목개가오)　눈에 보이는 모두가 즐겁네.
白雲散遙岑 (백운산요잠)　흰 구름은 먼 묏부리에 흩어지고
初日滿平蕪 (초일만평무)　처음으로 햇빛이 들판에 가득 찼네
竹抽嫩綠排 (죽추눈록배)　대는 연약한 잎 속을 뚫고 나오고
桃謝殘紅鋪 (도사잔홍포)　복숭아꽃은 남은 붉음을 사양하네.
圓荷出綠波 (원하출록파)　둥근 연은 푸른 물결 위로 나오고
嘉木蔭淸渠 (가목음청거)　아름답고 진귀한 나무는 푸른 내를 덮네.
惠風從東來 (惠風從東來)　봄바람이 동쪽에서 불어오고
谷鶯聲相呼 (谷鶯聲相呼)　골짜기 꾀꼬리 소리는 서로서로 부르네.
安得故人詩 (안득고인시)　어찌 옛 사람의 시가 없으랴만은
永日時卷舒 (영일시권서)　온 종일 책을 펼쳤네.

　1689년(숙종 15) 9월 25일 김만중은 어머니 생신일 날 남해유배지에서 〈사친시〉(思親詩)로 어머니를 그리며 시를 지었다.

### 사친시(思親詩)

오늘 아침 어머님 그립다는 말 쓰자고 하니
글자도 되기 전에 눈물 이미 홍건하다
몇 번이나 붓을 적셨다가 도로 던져 버렸던가
문집에서 남해에서 지은 시는 반드시 빼버려야 하리

**思親詩**

今朝欲寫思親語 (금조욕사사친어)
字未成時淚已滋 (자미성시루사자)
幾度濡毫還復擲 (기도유호환부척)
集中應缺南海詩 (집중응결남해시)


　한편 거제도에 귀양간 김진규가 숙부 김만중에게 보내려고 쓴 시중 〈망운가〉를 보면 숙부가 그의 어머니에 가졌던 효심뿐 아니라 그의 조카들에 대한 사랑 또한 지극함을 검증할 수 있다.


## 망운가(望雲可)

태항산에 외로운 구름 있으니
산꼭대기에 아득하네
적공이 어머니 이별하고 일찍이 멀리 나와서
산에 올라 구름 바라보니 마음이 처연하였네
적공이 가고 나서부터 구름 또한 흩어져
날아가서 떨어졌네 동한의 넓은 바닷가
바닷가에 산이 있어 태항산 같은데
몇 해를 오락가락해도 보는 사람 없었던가
숙부께서는 효도가 출전하시어
어머니 그리는 마음 늙어서도 쇠하지 않네
아침 저녁 언제나 따스한가 시원한가 살피더니
백발도 어머니 앞에서 아이처럼 우는구나
하늘이 멀리 이별해 있는 걸 불쌍히 여기시어
귀양살이 이 산가에 살게 하셨네.

　남해로 온 서포 김만중은 어머니 그리워 눈물 나도록 깊은 심중에 만나지도 못하고 은하수는 저 멀리 북두칠성 도는데, 꿈속에서 어렴풋이 어머님을 보았네. 죽어 이별함과 살아 헤어짐 보지 못하면 어찌 인간 세상 모자간의 슬픔 알리요. 봄꽃처럼 의기가 양양하던 어머니의 주옥처럼 모든 삶 뒤돌아보게 한다.
　칠언절구 〈구월이십오일 적중작〉은 어머니 시를 노래한 시이다.

### 구월이십오일 적중작(九月二十五日 謫中作)

1.

지난해 오늘은 어머님 모시고
형제가 나란히 장수하시라 잔을 올렸네
한 번 적소에 떨어지니 소식은 끊기고
노산의 새 무덤엔 어느덧 가을 서리 내리네.


2.

인간 화복의 인연 아득해 헤아리기 어려우니
노래와 울음, 슬픔과 기쁨 단 한 해에 일어나네
멀리서 어머니가 자식 생각하는 눈물 생각하니
반은 사별 때문이요, 반은 생이별 탓일세


3.

변방 성문에 지는 달은 반 남아 창에 밝은데
온갖 일 관심사에 잠 못 이루네
밤마다 수풀 속 까마귀 소리 끝없이 들리고
다시금 구름 밖 애끓는 기러기 소리 이겨내야 하리.


　'노산의 새 무덤엔 어느덧 가을 서리 내리네' 라고 한 구절은 경기도 광주 노치면 선영에 있는 김만기 형의 무덤을 가리킨 것으로 그는 지난 봄 3월에 세상을 떠났다. 그리고 '반은 사별 때문이요, 반은 생이별 탓일세' 라고 한 구절은 윤씨 부인 입장에서 보면, '큰 아들은 지난봄에 돌아가 사별이고, 귀양간 김만중은 생이별' 이라 하였다.

용문산 위에 있는 같은 뿌리의 나무는 김만중 형제를 낳아 준 어머니를 비유하고 살아 있는 가지는 자신에 비기며, 죽어 꺾인 가지는 김만기 형에 비긴 것일까? 살아 있는 이는 끊임없이 정치적 풍상에 시달리고 죽어 돌아간 이도 비방과 험담이 도끼를 찍듯이 찍어댄다 했다.

다음은 칠언율시(七言律詩) 〈남해적사유고목죽림유감우심작〉이다.


### 남해적사유고목죽림유감우심작(南海謫舍有故木竹林有感于心作)


1.
용문산 위에 있는 같은 뿌리의 나무
가지는 꺾이고 시들어 죽었는지 살았는지
산 가지는 풍상이 너그럽게 보아주지 않고
죽은 가지도 오히려 날마다 도끼가 찍어대네
생각하노니 우리 형제 탈 없던 날
색동옷 입고 재롱부리면 어머니 기뻐하셨지
어머니 나이가 여든인데 돌 볼 사람 없으니
이승과 저승에서 머금은 한 어느 때나 그칠까


2.
북풍이 쏴아 하고 대숲에 불어
오늘 아침 두 조카 생각나게 하네
내 남쪽으로 쫓겨 오면서부터 너희 마음 괴롭더니
어찌 알았으랴 너희마저 해천의 남쪽인 것을

바람과 물결 하늘에 넘쳐 넘을 수가 없는지
여섯 달 동안 지금까지 편지 한 장 없네
나 이제 풍토병 앓아 날로 어질어질해지니
죽어서 떠나면 누가 강변의 뼈를 거두어주나.


　김만중은 14살 되던 1650년(효종 원년) 7월에 진사 초시에 시(詩)를 써 당당히 합격했다. 그러나 작은 아버지 김익후의 죽음에 이은 작은 어머니 청송심씨의 장례를 앞두고 있어 복시에 응하지 못하고 말았다. 그 후 29세 되던 1665년(현종 6)에 장원급제하여 본격적인 벼슬길에 접어든다. 김만중은 벼슬아치들의 선망의 대상이 되는 청환직을 순조롭게 밟아 올라갔다.

　김만중은 벼슬을 시작한 첫해에 예조좌랑을 지내면서 〈단천절부시〉를 짓는다. 〈단천절부시〉는 시골 관기의 절개를 찬양하면서 그녀를 표창하라는 장편 서사시이다. 벼슬을 시작한 지 한 달도 되지 않은 그가 함경도 단천의 천한 기생을 위해 오언고시체의 212구나 되는 시를 쓸 수밖에 없었던 배경이 궁금하기만 하다. 아마도 그에게 절조를 지켰던 여인은 바로 어머니요, 지조를 지키는 선비로 투영된 것은 아니었을까.

　1671년(현종 12) 경기도 여러 고을을 염찰하는 암행어사직을 수행하면서 암행시작 8수를 짓기도 했다. 김만중은 1673년(현종 14) 9월에 남인의 영수인 영의정 허적을 갈아야 한다고 주장하다가 파직되고 이듬해 정월 17일에 강원도 금성(지금의 고성)으로 정배되었다. 또한 그해 2월 인선왕후가 죽어 자의대비의 복상문제로 서인이 패하고 남인이 정권을 잡았다. 하지만 허적은 김만중이 어머니와 떨어져 있어 측은하니 죄를 사해달라고 부탁하여 4월 1일 방면되었다. 그 후 김만중(金萬重)은 예조, 호조, 병조, 공조참판, 도승지 등을 옮겨 다니다가 47세가 되던 1683년(숙종 9) 4월 2일 공조판서를 제수 받고 홍문관 대제학과 예문관 대제학, 지성균관사를 겸하게 되는 최고의 벼슬길에 접어들었다.

　1684년(숙종 10)에는 우참찬, 좌참찬, 1685년(숙종 11)에는 예조판서, 병조판서, 1686년(숙종 12)에는 판이금부사, 양관의 대제학을 다시 지내는 등 5년간 승승장구를 거듭했다. 그러나 51세 되던 1687년(숙종 13) 9월 14일 평안도 선천으로 두 번째 유배되는 운명을 맞는다. 이른바 '언사(言事)의 죄'에 걸린 것이다. "조사석이 왕의 총애를 받고 있는 숙의 장씨(후의 장희빈)에게 연줄을 대어 좌의정이 된 것"이라는 소문을 솔직하게 말했기 때문이었다.

1년 2개월 동안 유배생활을 하던 김만중은 1688년(숙종 14) 11월 장씨의 아들 균(昀)이 태어나면서 풀려났지만 이듬해 2월 7일 대계의 탄핵을 받고 3월 7일 남해 절도에 천극하라는 명을 받아 다시 돌아올 수 없는 유배길을 떠나게 되었다. 숙종은 태어난 지 몇 달 되지도 않는 장희빈의 아들 균에게 원자의 위호를 정하라고 명했다. 우암 송시열을 비롯한 서인들은 인현왕후가 왕자를 낳을 수도 있고, 그렇게 빨리 원자를 책봉하는 것은 옳지 않다고 주장했다. 결국 우암 송시열은 제주도로 귀양 갔고 곧이어 사사되었다.

집권한 남인들은 다시 "조사석이 청촉으로 정승이 되었다"는 말을 지어낸 자를 찾기 시작했다. 김만중은 사위 이이명의 형인 이사명이 홍치상에게 들었다는 말을 숨기다가 결국 남해로 위리안치 되었던 것이다.

1689년(숙종 15) 남해로 유배온 서포 김만중은 남해향교에 들러 《주자어류》 한 질을 빌려 《주자요어》를 엮었다. 그리고 어머니 생신날인 9월 25일 7언절구를 지어 어머니와 떨어져 불효하는 마음을 노래하기도 했다.

이듬해 어머니의 부고를 들은 서포 김만중은 집에 위패를 모셔 놓고 아침저녁으로 나아가 메를 올렸다. 그리고 8월에는 〈선비정경부인행장〉을 지어 아들 진하와 조카들에게 보냈다. 그는 남해에서 평론집이라 할 수 있는 《서포만필》을 완성하고 수많은 시편들을 지어 남해를 유배문학의 섬으로 자리매김할 수 있는 바탕을 닦았다.

서포 김만중은 《서포만필》에서 한글예찬론을 펼치고 있다. 송강 정철의 〈사미인곡〉, 〈속미인곡〉을 중국의 이소에 비유하기까지 했다. 그러한 서포 김만중의 한글소설 《구운몽》과 《사씨남정기》는 남해에서 지어졌다는 견해가 많다. 소설을 패설이라 하여 천대하던 시절이다 보니 창작연대나 창작지에 대한 언급은 어디에도 나와 있지 않다. '서포연보'의 발견으로 《구운몽》의 창작지는 선천이라는 주장이 나오기도 하지만 아직까지는 정설로 인정받지 못하고 있다. 《구운몽》은 어머니의 근심을 덜어드리기 위해 지었다는 설이 대부분이지만 최근에는 인현왕후를 폐위시킨 숙종의 여총을 꾸짖고 권력의 무상함을 지적하기 위한 소설이라는 설도 설득력을 얻고 있다. 《사씨남정기》는 인현왕후를 폐출하고 장희빈을 왕비로 맞아들인 왕의 마음을 회개시키기 위해 썼다는 목적소설이다.

서포는 귀양살이 4년에 접어들면서 어머니의 임종을 보지 못한 불효로 몸과 마음이 지쳤고, 부습, 해수, 혈담의 증세가 심해지면서 1692년(숙종 18) 4월 30일, 남해군 상주면 양아리 앞바다 노도에서 56세의 나이를 일기로 세상을 떠나고 만다. 23세의 청춘에 나라를 위해 분신한 아버지, 53년간 두 아들을 위해 효부의 길을 걸어온 어머니, 그리고 홀로 된 어머니를 그리워하며 바다 남쪽 끝에서 생을 마친 서포 김만중이야말로 삼강지문(三綱之門 ; 君爲臣綱, 夫爲婦綱, 父爲子綱)의 표상이라 할 수 있을 것이다.

숙종은 서포가 세상을 떠나자 영해에서 유배생활을 하던 김만중의 사위 이이명을 남해로 이배시킨다. 장인과 사위가 교대로 남해에 유배된 것이다. 남해로 온 이이명은 장인이 살았던 적사를 찾았다. 마침 매화나무 두 그루가 주인을 잃고 시들어 가는 것을 보고, 자신이 거처하는 적사로 옮겨 심었더니 다시 살아났다. 그래서 그는 〈매부병서〉를 지어 "내가 장인의 기운과 닮아 매화나무가 나를 보고 장인을 본 듯 살아났다"고 했다.

소재 이이명은 노론 4대신으로 좌의정까지 지냈다. 그 후 1721년(경종 1) 세제(世弟, 英祖)의 대리청정을 추진하다 실패하여 남해로 다시 유배되어 있던 중 무고로 사약을 받고 죽었다.

남해바다 푸르른 경치를 한 눈에 볼 수 있는 물위의 풍경이 한국의 파라다이스로 불릴 만큼 아름답다. 해안도로를 따라 앵강고개를 지나 미조를 가다 보면 백연마을 건너에 삿갓모양의 작은 섬이 물위에 둥둥 떠 있어 보인다.

이곳의 외딴섬은 서포 김만중이 쪽빛 물결 속에 외로운 유배생활을 한 곳으로 임진왜란 때 노를 많이 만들던 곳으로 노도(櫓島)라 불리었다 한다.

　노도 선착장 서포 김만중 유허비에서 약 150미터 오르면 선생이 처음 묻혔던 묘터가 있고 거기서 멀지 않은 동산에 위로 올라가면 집터 옆에 손수 팠다는 우물이 있다. 지금은 옛터 아래 동백나무 숲 곁에 초옥을 새로 지어 복원하여 역사문화의 뿌리로 그리고 꽃으로 활짝 피었다.

　서포 김만중 선생의 고귀한 위덕(威德)을 숭상하며 인간애를 그리면서 여기 저자는 시작(詩作)을 헌시로 23수를 지어올린다.


### 해심(垓心) 속의 번란


바닷물이 잔잔히 물결 춤추는
창망한 바다 명경(明鏡) 같은 호수에
갈매기 너울너울 바람은 솔솔
긴긴 날에 어머니 그리운 얼굴
그윽한 심사(深思)
물비늘처럼 반짝이는 그리움


임간(林間)에 청송은 바다에 우뚝
향풍(香風)에 노를 저어
푸른 물살 가르며 무지개 수(繡)를 놓아
몽환에 젖은 영상(映像) 온화한 미소
앵강만 호수에 물살을 가른다


명기(明氣)의 환한 금산(錦山) 솔바람 향기
끊어질 듯 이어진 푸른 바다 푸른 하늘
억겁(億劫)의 세월 옛 봄빛 그대론데
서포 모습 그 목소리 떠나간 이후부터
앵강만에 흐르는 서포의 문학기운(文學氣運)

그 빛은 온누리에 문학등불 되었다


## 천상의 모정


달은 밝아 꽃 그림자
강에 흐르고
계수나무 꽃향기 위리(圍籬)에 가득
월광(月光)이 구름을 밟아 임간에 찾아드니


보름밤 둥근 달님
어머니 용안(容顔) 같아
남쪽으로 가을바람 강을 건너서
하늘로 이어지는 천상의 모정


대해(大海)와 같은 은혜 보고파 청하여도
귀양 사는 사람 되어
고향 길 간절한데
초췌한 어머니 생각에 슬픔 근심 더하네


이내 몸 머문 섬 영산(靈山)을 바라보니
떠가는 젖은 구름 고독 속의 영혼이여
저물어가는 이 한밤 노도는 절해고도
창밖에 깊은 삼경(三更) 파도소리만 들린다


## 강 건너 나루터 화전 유배지


우마차에 몸을 실어

홀로 타고 천리 길
노량포구 강 언덕에 올라 앉아
보노라니
노량해 강 건너 번란(煩亂)한 화전(花田) 땅
기약(期約)없는 적거지(謫居地)
산천은 푸르고 영위(英偉)한 풍광

바닷바람 수레밖에 물새소리 우는데
천리 길을 갓을 쓰고
길 따라 아득하니
먼 길이 이구(已久)하고
슬픈 걱정 외로움이 가슴에 드리워져
아침 햇살 저녁 빛이 노을에 젖었네

강 건너는 나룻배에
푸른 파도
영정(零丁)이 어렸구나
산과 강이 그림이듯 기이(奇異)한 산하(山河)
돛배에 흰 갈매기 그림자도 움직이고
나그네 외로운 귀양살이 어느 날에 돌아갈까

빈산에 앉아서

영해로 귀양살이 창망한 하방세상
나그네 근심은 물결과 노을 속에
시름으로 답답하고 한양으로 이었는데
해는 길어 남쪽 바다 빈 산에 앉아서

한양 땅 푸른 봄을 구름 되어 돌아간다

세월은 흘러 흘러 풍토병은 심해지고
초라한 초옥에서 시를 지어 글을 쓰니
그리운 고향 땅 어머니 생각하니
나그네 눈물만 줄줄 흘러내린다

동백꽃 붉은 잎 찬비가 내려
한 잎 두 잎 꽃망울 황량(荒凉)해 가네
춘풍에 푸른 산은 따뜻하기만 한데
인간세상 어느덧 한 해도 저물어
겨울 가고 봄이 와도
길은 멀고 물은 멀어 편지도 없구나

## 생명의 꽃 노도 향기

아름다운 노도 섬 서포 살던 섬
바다의 가운데 빈 땅 삿갓 섬
촌락(村落)의 길거리는 사람이 드물고
한 시대 해와 달과 함께 살면서
숱한 사람 헤일 수 없이 많고 많지만
백년인생(百年人生) 몇 번이나 볼 수 있을까

푸른 물 넘실넘실 만고(萬古) 세월 동안
김만중 발자취 문학(文學)의 노도 섬
평생에 한 번 피고 지는 인생길
올곧은 직언(直言)으로 나라를 걱정하는

이효상효(以孝傷孝) 충성의 효덕(孝德) 남기고
세월은 얼마나 흘러갔는지

동녘 해 남빛에 태양 밝은데
바람 불어 물결이 춤추는 앵강만
아름다운 글을 지어 만인에 회자(膾炙)하니
끊임없이 이어지는 자애(自愛)로움이
초목에 생명의 꽃이 되어 활짝 피어난다

## 서첨을 붙인 사씨남정기

먼 길 떠난 나그네
아침저녁 해와 달이
돌고 도는 초가 위에 물안개 가득
바람은 불고 구름은 멀리
하방세상(遐方世上) 열어가는 안개 속의 이별이
오늘은 몇 밤이나 되는가

산속에 집을 짓고 삼경(三更)에 이르되
슬픔과 기쁨이 구름과 비와 같이
집을 두고 집 그리워 잠들지 않고
백야(白夜)에 빛나는 먹 가는 소리
상감(上監)의 성심(誠心)
위덕(威德)과 혜안(慧眼)을 그리고자
사씨남정기 서첨(書籤)을 붙인다

정애(情愛)한 사랑 향기로운 풀꽃처럼

마음은 흐르는 구름을 따라
자유로이 북쪽으로 조현(朝見)하지만
이 몸은 창해(蒼海)의 강가에 머물고
깊은 속 슬픈 울림 임금께 못 전하니
애끊는 탄식(歎息) 누가 전할까

## 문학의 삿갓 섬

그리운 것은 고향
그 바다 노도 섬
하늘에서 보면 점 하나 고요한
문학의 삿갓 섬

쪽빛 바다 푸른 하늘 맑은 바람결
갈매기 유유자적 교향곡(交響曲)에 춤추고
해 오르는 아침바다 달 떠오는 저녁바다
밤마다 뒤적이는 원지(原紙)를 안고
비 오는 날도 바람 부는 밤에도
서책(書册)을 만드는 손

눈부신 하늘 호수(湖水) 같은 푸른 바다
피나는 진한 정열 영혼으로 토하며
정의와 바른 논리(論理) 귀결(歸結)의 덕성(德性)
세월은 허물지 못할 문화유산(文化遺産) 남겨 두고
위대한 영웅(英雄) 민족의 혼(魂)이 되었다.

서포는 전무후무(前無後無) 단 하나 밖에 없는

남해의 혼이다
남해가 보고 싶은 얼굴은 서포의 노도 섬
문학(文學)의 산실(産室) 신화(神話)의 소산(所産)
눈부신 하늘 호수 같은 푸른 바다
서포와 노도 섬은 남해의 보배
영원(永遠)히 영생(永生)하리라


## 고독의 섬 노도

푸른 파도 차가운 바닷바람이
노도의 동백 숲 수풀 흔들고
출렁이는 노을빛 파도 적시면
언덕에 산과 숲 세월은 깊어간다

무한한 고독의 섬 하늘가에 무상이
솔솔 부는 바람은 해가 갈수록
파도 빛 꽃향기로 연기처럼 피어 올라
그대의 꿈을 꾸듯 몽환의 밤 적시고
아침이면 날마다 빛으로 빛난다

바람소리 파도소리 세속 떠난 님 생각에
슬픔 달래는가
나그네 회포 쓸쓸하여 슬픈 눈물 흘려서
시를 지어 뿌리신 꽃님은 안 계셔도
문화의 뿌리로 파릇파릇 피었네.

## 서포와 노도 섬

노도에 큰 선비 김만중이 살았네
외로이 친인척 모두 생이별하고
신선같이 한가로이 놀고 살으니

길 가던 사람들 모두 궁금해
오가며 귀에 대고 소곤소곤거리네
귀하신 몸 어쩌다 영화도 버리고

놀고 먹는 영감으로 절해고도 유배와
아침마다 뜰에 나와 북녘 하늘 바라보고
갯바람에 어머니 문안 절을 올리니

마을 사람 길손도 가는 발을 멈추고
머리 돌려 오래도록 쳐다보았네
세상에 충효심이 하늘에 닿아
모든 사람 귀감 되어 부러워했네.

## 노도의 샘물

님의 집은 외딴섬 깊은 물 건너
바닷바람 찰랑찰랑 물결 출렁이고
통한의 부상이 임간에 젖어 있네

님의 몸은 구름같이 흐르는 바람
대나무 숲 송백나무 햇빛 머금고

바람불어 향수는 목메여 울고 있다

님이 살던 오두막터 상자 같은 샘물
우두커니 바라보고 다시 또 봐도
해풍에 솔바람 슬픈 메아리

세월은 일찍이 얼마나 지났나
황천길 떠난 지 어언 수십여 연광(年光)
살던 곳 바라보며 탄식만 하다
어리둥절 구경만 하고 돌아왔네

노도는 고요하고 파도도 출렁이고
내려다 산지사방 두루 쳐다보아도
옛날과 지금이 번갈아 생각되네

산 귀퉁이 높은 햇살
삼백 년을 넘겼으니
해가 갈수록 전설같이 흐르네

유복자 큰 선비 어머님 그리다가
서러이 외로운 적소 슬픔 삼키다가
북망산 저승 길 떠난 노도 섬

세상에 사람들은 어찌 잊으랴
앵강 바다 해맑은 문학 향기 머금고
물결은 아득히 안개 피운다.

### 무한한 혼 문학의 유산

오늘도 동해를 물들이며
장대한 태양은 떠오른다
하루하루 귀양살이 현실 속에
흔들리지 않는 생명의 혼

바다보다 깊은 고뇌
비탄 덮인 어둠을 헤치며
무정(無情)의 천지 새벽의 서상(瑞相)으로
태양도 바람도 늠름하게

생기 넘치는 희망의 빛이
광대(廣大)한 창해 노도를 물들이고
무궁한 민족의 문화 역사 서포가 남긴
문학의 유산이 빛과 같이 눈부심이여

서포의 요람의 땅
남해 노도와 함께 아름다운 섬
서포 문학의 생명에 새겼다
망망한 바다 아름다운 향토(鄕土)의
산자수명(山紫水明)이 노래한다

### 노도에 따뜻한 혈이 돌고 있다

창망한 바다 잔잔한 바다 위에
고운 구름 둥실둥실 온통 세상 떠돌며

바람꽃이 일렁인다

해조음 밀물에 그리움도 싣고
햇살에 아롱진 서포(西浦)의 고행
창파에 푸른 문장 넘실거리는
저술(著述)의 큰 인물 서포 김만중

고행의 화두(話頭) 문학의 산실(産室)
외로운 섬 고복(皐復)의 쪽빛 바다
이별 뒤에 만남이 세속에 동행하는
운무(雲霧) 속에 노도는 봄을 맞이하고 있다

남해의 바다 노도 섬에는
아득한 추억 깊게 남긴 서포의 얼굴(靈)이
겨울 산을 넘어 망망대해 유원(悠遠)에서
바람은 은은한 햇살을 파종(播種)하며
산야에 봄 향기 가득한 꽃으로
앵강만 복판에 앉아 있다

**장대비가 창파에 내린다**

노도 위에 먹구름
아득한 하늘 끝에
해지는 바닷가 뱃사공은 어디 가고
저문 산에 장대비가 초옥에 내린다

가난한 집 쓸쓸하게 산 속은 저물어

꿈속에 만나고 꿈속에 헤어지는
그리운 마음 울적하기만 한데

오밤중 문풍지 바람 우는 소리
저녁잠을 청하여도
멀리 부모 생각하며 마음 괴롭고
새벽빛 희미한데 초옥에 한 바다
비가 하염없이 온다

뜰 안에 동백꽃도 거친 바람결에
한 잎 두 잎 낙화되어 파도치는 물결에
곡(哭)소리가 나는구나
억수같이 내리는 비 눈물 강을 이루듯
홀로 누웠으나 고향 길 천만리

풍우에 젖은 사념 하염없는 빗줄기
어머니 귀한 얼굴 모련(慕戀)의 사랑
오래도록 찾아뵙지 못하니
북녘에서 불어오는 천지의 기상
하늘은 먹구름 회오리바람
산 가득 주룩주룩 비가 임간에 젖는다

숙소(宿所)

하늘가 외로운 섬
서포의 새로운 보금자리
푸른 물결 산 아래 외로운 오두막집

인간 세상 사람 마음 알아주는 이 없다 해도

산에 사는 새들과 서로 가까이 하며
간간이 떠가는 배 물새의 울음소리
창파(蒼波)에 흐르는 산과 바다는
풍광(風光)이 아름답고 한가롭기만 하다

절해(絶海)에 갇힌 죄인 풍토병이 심해지니
도(道)는 밝은 한 줄기 선(線)과도 같아
임금의 마음 왕의 개심(改心)은
이별 뒤 어느 날에 기약(期約)하리요

화(禍)의 불행은
예(禮)를 강론(講論)하는 데서 말미암으니
가슴에 백번 괴리(乖離)
위리안치(圍籬安置) 천리 길 화전(花田) 남해 땅

서포(西浦)의 고행(苦行) 문학의 소산(所産)
동녘 해 기상나팔(起床喇叭) 물빛 반짝거리고
산지사방(散之四方) 청량한 솔바람 해조음노래
천년토록 그윽한 바닷물이 춤을 춘다

금산의 구름 기운 신선(新鮮)이 노닐던 곳
노도에 머문 화신(化身) 서포(西浦)의 영대(靈臺)
필설(筆舌)의 향운(香雲) 글을 지어 그리니
예(禮)와 효덕(孝德) 충효의 경어(敬語)는
사람이 사람을 감동시킴이 효자의 덕행

세세천세 가히 전할 만하네

## 필설의 행문

산 향기 물빛은 빈 산에 가득한데
문을 나와 북쪽 하늘 텅 빈 하늘 바라보고
쓸쓸히 혼자 섰노라니
이별에 수심(愁心)이 고향으로 돌아가는
기러기 울음소리
나는 슬픈데 기러기 기뻐하니
고도(孤島)에 물결은 출렁출렁 춤춘다

아득한 하늘 끝 솔바람 파도소리
흐르는 물결이 바다 건너이었는데
도성(都城)에 성원은
언제 필담(筆談)으로 띄우나
마음과 몸이 좋은 글귀 필집(筆執)으로
행문(行文)하는 생각 다 바다 속에 삿갓 섬

세월은 벌써 돌아오면 세 해가 되고
이른 봄 동백꽃 보게 되니
옛 고향 그립구나
노도에 봄기운이 한창 익어 절묘(絶妙)하니
산 좋고 물 좋은 이곳에
숲속은 푸른 빛이 천연 경치 아름답다

귀양살이 언제 끝이 날거나

창해(蒼海)한 바다 신선(神仙)의 섬에서
세월의 갈마(獨磨) 속에 병들어 누웠으니
조각조각 서책은 귀신이 만든 것 같다
노도에서 집필한 책 서로 묻고 찾을 적에
정이 깊은 초옥은
섬을 구경하는 그림과 같겠구나

구름과 나무 산과 바다가 아득한 섬
푸른 이끼 기암괴석 금산의 영산 줄기
신선이 살던 곳을 머리가 허옇게
글 짓는 속에 이 삶을 의탁해 살았노라
바다 하늘이 한없는 복을 내려
푸른 산과 물과 벗으로 여기고
영원한 자리 마음 속에 꼭 맞아 살았노라

## 봉양하던 생각

솔바람 부는 집
위리천리 도성(都城)은 꿈 속에도 먼데
즐거움과 슬픔을
이별로 헤어진 걸 생각만 해도
가을빛 맑고 밝아 그리운 생각 자아내니

벼슬살이로 어머님께 즐거운 노래자이
봉양(奉養)하던 옛 생각 더욱 간절하여
진종일 생각해도 북풍에 밝은 달
물 건너는 구름 빛 자욱한 달빛

모련(慕戀)의 사념(思念)이 백야에 흐른다


귀양살이 세월 가며 지난 일이 생각나
어젯밤 시(詩)를 쓰고 글을 쓰는데
서한지(書翰紙) 등잔불에 상감의 용안(龍顔)
총총한 별 흰 구름에 붉은 단청(丹靑) 아롱거려
북쪽 하늘 바라보니


임금의 성은(聖恩) 은혜로운 빛이
먼 도성(都城)과 하늘 끝이 한 자리에 이어져
붉은 돌담장이 울타리로 변했구나
오색 구름 나는 곳
서포 답답한 마음 풀어주는 궁전(宮殿)이
하늘 향해 열려 수없이 모였다 부서진다

## 산 빛이 익어간다

날씨가 서늘해지니
벌써 가을이 오나 보다
푸른 잎이 채색(彩色)으로 물드는
산녘의 나뭇잎


수분이 걷히고 건들바람 부니
하늘이 맑아 푸르게 하려 하여도
어쩔 수 없고


통곡하고 다시 통곡해도

날 저물고 해 저무는 산은
바람이 흔들며 쉬지 않는다


오고 가는 세월
구름과 바람은 짝이 되어
한평생 천지간에 나그네 되고


산 빛은 별을 헤며 달을 잠재우니
높은 구름에 가을은 깊어만 간다

## 외로운 기러기

오늘 아침 예와 같이
금산(錦山) 봉우리 바라보니
하늘 끝 동천이 멀고도 아득하다


구름 일어 나그네는
다시 만날 약속 없이 기러기 북 하늘
고향으로 돌아간다


엄동설한(嚴冬雪寒) 세찬 바람
파도가 잠을 자니 진달래 봄이 들고
산 빛이 흐른다


청산에 구름 빛 금산(錦山)을 날고 싶은
외로운 회포 하늘 끝에 젖는다

파도는 밀려오고 흰 파도 일으키고
나뭇가지 소나무 사이
흰 구름 벗 삼아

한 마리 학(鶴)이 되어 날아갔다 날아오네
홀로 임간(林間)에 하늘 바람
파도소리 하늘 끝에 젖는다

수심에 잠겨

밤 깊어 임간(林間)에 사람 자취 드물고
해조음 노도는 가을 달 빛난다

고요히 세상일에 병든 몸 부질없고
비바람 쓸쓸하니 오두막이 처량하다

한양은 아득하고 먼 길도 희미한데
어머님 생각에 슬픔이 북받쳐
내 눈물 흘리노라

언젠가 돌아갈 날 흰 구름 바라보면
지난 세월 그릇됨을 이제야 알 것 같다

달 보며 번번이 어머니 생각하고
노도에 호롱불빛 시름 많아 등불 앞에
마음 근심 온갖 걱정
천리 길 반추(反芻)하네

한평생 어느 때 티끌세상 험한 길
맑은 하늘
길 숲이 풀꽃으로 활짝 필까
밤 깊도록 앉아서 수심에 잠긴다


## 꿈 속에 고향


푸른 바다 건너와
북녘 별 바라보니
파도소리 가득하고


앞산(금산)은 연무에 구름 속 그림이요
짙은 산골짜기 산빛은 푸르다


외딴 섬 노도 누가 가고 오는가
오가는 얼굴 물끄러미 보아도
용안(容顔)은 모두 초면(初面)이로다


외로운 이별의 뜻
동풍에 머리 돌려 동천 바라보니
천지는 한없이 넓고 멀구나


몸은 푸른 바다 노도에 두고
삶과 죽음은 숙명(宿命)에 두고
천명(天命)에 달린 몸
꿈속에서도 고향을 그린다

## 고도 영해에 와서

유한(有限)의 생애가
무한(無限)의 세상 따라
천지는 넓고 높아 끝이 없구나

붕새가 되어 날아간다 하여도
날 수가 없구나

봄바람에 버들이 피어나고
젖은 구름 걷히니
온갖 초목이 피어나네

위리 영해 뜬구름 같은 이내 생애
격동의 세상 꿈에서도 바쁘다

몸과 마음 파도와 짝이 되어
한양 소식 기다림이
별은 지고 달은 서산에 지니
근심 속 세월은 더디기만 하구나

## 푸른 고래처럼

정쟁(政爭)에 뜻대로 되지 않아
위리안치되었네
백수(百獸)의 사자 푸른 고래처럼
바닷물 마시러 영해에 왔네

밝은 달 청송의 가지 흔들고
우렛소리 천지를 흔들고
바다는 파도소리 피리를 분다

인연 따라 팔자 따라
한 생애 한 번 만난 귀한 인연인데
백월의 밤 북향에 머리 두고 자고 일어나

명경(明鏡)을 바라보니
흰 머리 수염 터럭이 백발이구나
역사는 무슨 일로 슬프게도
노도에 안치(安置)인지 탄식하노라

## 노도섬 동백꽃

노란 꽃술에 선홍빛 꽃송이
잎 끝에 청초한
이슬방울처럼
꽃잎이 윤기나는 붉은 동백꽃

겨울꽃 이른 봄
길목에서
별빛에 외로운 마음
따사로운 햇살 안고
탐스럽고 요염한 동백꽃이 피었다

꽃향기 동백꽃 양가집 규수처럼

수줍은 듯 반쯤 피는 동백꽃 자태

진홍의 붉은 꽃잎 노란 꽃가루 머금고

노도의 청아한 해조음 곡조에


녹황색 동박새 동백꽃을 좋아해

꽃가지 살며시 고개 내민 동박새

찌이찌이 동백 숲에 합창을 한다


## ▶ 김구(金絿)

김구(金絿, 1488~1534)는 조선 중기의 문신으로 자는 대유, 호는 자암(自庵)과 삼일재, 시호는 문의, 본관은 광산이다.

1507년(중종 2) 생원과 진사에 모두 장원 급제해 시관을 놀라게 했고, 1511년(중종 6) 별시문과에 을과로 급제해 홍문관정자가 되고, 1515년(중종 10) 부수찬, 1519년(중종 14) 부제학에 승진되었다. 그러나 1519년(중종 14)에 기묘사화(己卯士禍)로 조광조[1], 김식, 김정 등과 함께 투옥되고 이어 사사(賜死)의 명을 받

---

1) 조광조(趙光祖, 1482~1519) : 본관은 한양(漢陽)이요, 자는 효직(孝直)이며, 호는 정암(靜庵)이다, 조선 개국공신 온(溫)의 5대손이며, 아버지는 감찰 원강(元綱)이다. 17세 때 어천찰방(魚川察訪)으로 부임하는 아버지를 따라가, 무오사화로 희천에 유배중인 김굉필(金宏弼)에게 학문을 배웠다. 이때부터 시문은 물론 성리학의 연구에 힘을 쏟았고, 소학(小學), 근사록(近思錄) 등을 토대로 하여 이를 경전에 응용하는 등, 20세 때 김종직(金宗直)의 학통을 이은 김굉필의 문하에서 가장 촉망받는 청년학자로서 사림파의 영수가 되었다. 1504년(연산군 10) 갑자사화 때 김굉필이 연산군의 생모 윤씨의 폐위에 찬성했다 하여 윤필상(尹弼商), 이극균(李克均) 등과 함께 처형되면서 가족과 제자들까지도 처벌당하게 되자, 조광조도 유배당하는 몸이 되었다.
정계의 현실을 몸소 겪은 그는 유배지에서 학업에만 전념했다. 1510년(중종 5) 사마시에 장원으로 합격하여 성균관에서 공부했는데, 이때는 연산군 시절의 폐해에 느낀 바 있어 '정군심(正君心)'·'치군지(致君知)'를 급선무로 삼아 〈대학〉의 도를 역설하는 한편, 도학정치·철인정치를 주장한 대사성 유숭조(柳崇祖)의 영향을 크게 받았다. 김정(金淨) 등과 함께 투옥되고 개령으로 유배당했다가 다시 남해에 안치되었다. 1515년 조지서사지(造紙署司紙)라는 관직에 초임되었고, 이어 알성문과에 급제하여 전적·사헌부감찰 등을 역임하면서 왕의 신임을 얻게 되었다.
그해에 장경왕후(章敬王后)가 죽고 중종의 계비 책봉문제가 논의될 때, 박상(朴祥)·김정(金淨) 등이 폐위된 신씨(愼氏)의 복위를 상소하다 반정공신(反正功臣)인 대사간 이행(李荇)의 탄핵으로 유배되자, 정언으로 있던 조광조는 대사간으로서 상소자를 벌함은 언로(言路)를 막는 결과가 되어 국

있다. 그러나 영의정 정광필(鄭光弼)의 변호로 일단 사형이 면제되어 능주(綾州)에 유배되었다. 그 후 훈구파의 김전(金詮) · 남곤 · 이유청(李惟清)이 3정승에 임명되자 현량과가 폐지되었고, 조광조는 그해 12월에 사사되었다.

김구는 안평대군[2], 한호[3], 양사언[4]과 더불어 조선 4대 서예가로 널리 알려져

---

가의 존망과 관계된다고 주장하여 오히려 이행 등을 파직하게 했다. 그 뒤 수찬을 거쳐 호조 · 예조의 정랑을 역임했다. 그는 왕의 신임을 바탕으로 입시(入侍)할 때마다 도학정치를 역설했다. 당시는 연산군이 정치와 사회를 혼란에 빠뜨린 직후로 정치적 분위기를 새롭게 하고자 하는 것이 시대적 추세였고, 중종은 조광조의 정치사상을 바탕으로 이상정치를 실현하고자 했다.

조광조의 정치관은 유교를 정치와 교화의 근본으로 삼아 왕도정치를 실현해야 한다는 것이었다. 이 왕도정치(王道政治)의 구체적 실현방법으로 왕이나 관직에 있는 자들이 몸소 도학을 실천궁행(實踐躬行)해야 한다고 주장했는데, 이것을 지치주의(至治主義) · 도학정치라고 했다. 그는 지치(이상정치)를 실현하기 위해서는 다스림의 근본인 군주의 마음을 바로잡지 않으면 안 되며, 군주의 마음이 바르지 않으면 정체(政體)가 의지하여 설 수 없고 교화가 행해질 수 없다고 생각했다. 또 뜻을 세움이 크고 높아 시류(時流)에 구애되지 않아야 함을 논하고, '조종(祖宗)의 옛 법을 갑자기 고칠 수는 없지만 만일 현실에 맞지 않는 것이 있으면 역시 변통(變通)이 있어야 한다' 라고 하는 변법주의(變法主義)를 주장했다. 한편 지난날의 사림의 참화를 거울삼아, 임금이 격물(格物) · 치지(致知) · 성의(誠意) · 정심(正心)의 공을 이룸으로써 마음을 밝혀 군자와 소인을 분별해야 이상정치를 실현할 수 있다고 했다.

훈구파 중에 조광조 등 신진사류에 강한 불만을 가지고 있던 예조판서 남곤(南袞)과 도총관 심정(沈貞)은 홍경주(洪景舟)와 모의하여, 대궐 후원의 나뭇잎에 과일즙으로 '주초위왕(走肖爲王)' 이라는 글자를 써 벌레가 갉아먹게 한 다음에 궁녀로 하여금 이것을 왕에게 바쳐서 의심을 조장시켰다. 또한 홍경주를 시켜 조광조 등이 붕당을 짓고, 사리(私利)를 취하며, 젊은 사람으로 하여금 나이든 사람을 능멸하고, 낮은 이가 귀한 이를 업신여겨 국세를 기울게 하여, 조정을 날로 그르친다고 탄핵하게 했다. 신진사류를 비롯한 조광조의 도학정치와 급진적 개혁에 염증을 느끼고 있던 중종은 훈구파의 탄핵을 받아들여 1519년 조광조 · 김식 · 김구 · 김정 등을 투옥하고 이어 사사(賜死)의 명을 내렸다. 그러나 영의정 정광필(鄭光弼)의 변호로 일단 사형이 면제되어 능주(綾州)에 유배되었다. 그 후 훈구파의 김전(金詮) · 남곤 · 이유청(李惟清)이 3정승에 임명되자 현량과가 폐지되었고, 조광조는 그해 12월에 사사되었다.

2) 안평대군(安平大君, 1418~1453) : 세종의 셋째 아들이며, 어머니는 소헌왕후(昭憲王后) 심씨(沈氏)이다. 큰형은 문종이고 둘째 형이 세조이다. 1428년(세종 10) 안평대군에 봉해졌으며, 1429년 좌부대언 정연(鄭淵)의 딸과 결혼했다. 이듬해 성균관에 입학하여 학문을 닦았다.

1438년(세종 20) 왕자들과 함께 함경도에 설치된 육진(六鎭)으로 가서 변방의 경계 임무를 맡으면서 야인(野人)들을 토벌했다. 1450년 문종이 즉위한 뒤 황표정사(黃票政事 : 왕자들이 추천한 사람 가운데 왕이 적임자를 골라 임명하던 인사제도)를 장악하고 측근의 문신들을 요직에 앉히는 등 조정의 배후실력자로 등장했다.

특히 1452년 단종 즉위 이후 막강한 권력을 행사했던 황보인(皇甫仁) · 김종서(金宗瑞) 등 문신 · 학자 세력과 제휴하여 수양대군과 권력을 다투었다. 1452년 7월 수양대군은 사은사(謝恩使)로 명나라에 다녀오면서 외교적 위상을 높이고, 돌아온 뒤에는 황표정사를 폐지했다. 이에 안평대군은

잃어버린 권력의 회복에 힘써, 이징옥(李澄玉)으로 하여금 함경도 경성에 있는 무기를 서울로 옮기게 하여 무력을 기르는 한편 1453년(단종 1) 9월 황표정사를 다시 실시하게 하는 데 성공했다. 그러나 다음 달 수양대군이 계유정란을 일으켜 황보인·김종서 등을 제거했으며 안평대군 자신도 더불어 반역을 도모했다 하여 강화도로 유배되었다. 후에 귀양지가 교동(喬桐)으로 옮겨져 그곳에서 사사(賜死)되었다.

3) 한호(韓濩 한석봉, 1543~1605) : 본관은 삼화(三和). 자는 경홍(景洪), 호는 석봉(石峯)·청사(淸沙). 할아버지는 정랑 관(寬)이다. 1567년(명종 22) 진사시에 합격하고, 1599년 천거로 사어(司御)가 되었으며 가평군수·흡곡현령·존숭도감서사관(尊崇都監書寫官) 등을 지냈다. 글씨를 잘 써서 국가의 여러 문서와 명나라에 보내는 외교문서를 도맡아 썼으며, 중국에 사절이 갈 때도 서사관으로 파견되었다. 선조의 특별한 사랑을 받았으며, 왕세정(王世貞)·주지번(朱之蕃) 등 중국인들로부터 극찬을 받았다. 《월사집(月沙集)》의 〈석봉묘갈명(石峯墓碣銘)〉에 의하면, "꿈에 왕희지(王羲之)로부터 글씨를 받아 마음 속으로 자부(自負)하고 법첩(法帖)을 대할 때마다 신(神)이 돕는 것 같아서 해서(楷書)에서 초서(草書)에 이르기까지 그 묘(妙)함을 다하지 아니함이 없었다"고 했다.
또한 《중경지(中京志)》에 의하면, "집이 가난하여 종이가 없어 집을 나가서는 돌다리에 글씨를 쓰고 집에서는 질그릇이나 항아리에다 글씨연습을 했다"고 한다. 그의 서법은 조선 초기부터 성행하던 조맹부(趙孟頫)의 서체인 송설체(松雪體)를 따르지 않고 왕희지의 안본(贗本)을 임모(臨摹)해서 배운 것이다. 그러나 이들은 원첩(原帖)과 거리가 있는 것들이었기 때문에 진당인(晉唐人)의 높고 굳센 기운이 결핍되었다. 또 사자관으로 오랫동안 있어 틀에 맞추려는 듯한 글씨를 만들게 되어 서품(書品)이 낮고 격조와 운치가 결여되어 외형의 미만을 다듬는 데 그쳤다는 평가를 받기도 한다.
그러나 글씨의 짜임새가 좋고 필력(筆力)도 있어 일세를 풍미했고, 그로부터 국가의 문서를 다루는 사자관의 특유한 서체(寫字官體, 干祿體)가 생길 정도로 후세에 큰 영향을 미쳤다.
김정희(金正喜)는 《완당집(阮堂集)》에서 "석봉첩(石峯帖)은 매우 좋은 것이 있는가 하면 극히 속된 것도 있다"고 평했다. 양주에 있는 김광계비(金光啓碑)·황주서대수비(黃注書大受碑), 고양에 있는 권도원수대첩비(權都元帥大捷碑), 평양의 기자묘신비(箕子墓新碑) 등 많은 비문을 썼다. 《석봉서법(石峯書法)》 1책과 《석봉천자문(石峯千字文)》 등이 모간(摹刊)되었다.

4) 양사언(楊士彦, 1517~1584) : 자는 응빙(應聘), 호는 봉래(蓬萊). 돈녕주부 희수(希洙)의 아들이다. 동생 사준(士俊)·사기(士奇)와 더불어 문명을 날려 당대인이 3형제를 중국의 소순·소식·소철에 비유했다. 1546년(명종 1) 식년문과에 급제했다. 1556년(명종 11)을 전후로 대동현감을 지냈으며 그 이후 삼등·함흥·평창·회양 등지를 다니며 관직을 역임했다. 회양에 나간 것은 금강산을 따라 스스로 택한 것으로 이때 금강산에 관한 시를 많이 남겼다. 만폭동 입구에 '봉래풍악 원화동천'(蓬萊楓岳元化洞天)이라는 8자를 새기기도 했다.
1564년(명종 19)에 고성군의 구선봉 밑 감호(鑑湖)가에 정자 비래정(飛來亭)을 짓고 풍류를 벗삼으며 은거했다. 1582년(선조 15) 다시 안변군수로 나갔으나 다음해 번호(蕃胡) 변란을 당해 수사(守士)의 책임을 지고 해서에 귀양가서 1584년(선조 17) 68세로 죽었다. 그는 문명을 날리면서 허균·이달 등과 교유했다. 허균은 〈성수시화(性叟詩話)〉에서 금강산에 관한 그의 시를 유선지흥(游仙之興)에 젖어 있다고 평했다.
점복(占卜)에 능하여 임진왜란을 예고했다고 하는데 양사언에 관한 도술적 설화가 지금까지 전한다. 조선 전기 4대가로 일컬어질 만큼 서예를 잘해 초서와 해서에 능했다. 자신의 《미인별곡》과 허강의 《서호별곡》 및 한시 등을 쓴 《봉래유묵(蓬萊遺墨)》이 연세대학교 도서관에 소장되어 있다. 가사로 《미인별곡》이 있으며 문집으로 《봉래집》이 전한다.

있다. 1488년(성종 19) 서울 인수방에서 태어났고 그의 서체가 독특하여 인수체라고 하였다. 26살에 문과에 급제하여 성균관 홍문관에서 벼슬하다 32살에 홍문관 부제학으로 있으면서 조광조를 중심으로 한 사람들과 함께 도학정치를 실현하려다 남곤, 심정, 홍경주 등이 일으킨 기묘사화로 인해 관직에서 물러났다. 명문가에서 태어난 자암 김구(金絿)는 1493년(성종 24) 6살에 〈석류〉라는 시를 짓고 8살때인 1495년(연산 2)에 〈오작교〉(烏鵲橋)란 시를 지었다.

김구(金絿)가 어릴 적에 지은 오언절구 17수 〈석류〉와 칠언절구의 34수인 〈오작교〉 시를 보면 다음과 같다.


## 석류(石榴)


愛寶不愛身 (애보불애신)  보물을 아끼면서 몸을 아낄 줄 몰랐다니
堪笑賈胡愚 (감소고호우)  고호*의 어리석음이 가소롭구나
如何不自愛 (여하불자애)  어쩌다가 스스로를 아끼지 못하고
剖身藏明珠 (부신장명주)  몸을 갈라 밝은 진주를 숨겼단 말인가?


*고호(賈胡) : 장사를 하는 오랑캐 사람


## 오작교(烏鵲橋)


가을 하늘 은하수는 더욱 멀고 먼데
까마귀와 까치가 어찌 먼 거리를 어그러뜨리리
누가 인간 세상에 좋은 소식을 전할까
푸른 하늘의 신비한 만남은 다리를 필요치 않는다네


秋天何漢更迢迢 (추천하한갱초초)
烏鵲何能戾彼遙 (오작하능려피요)

誰播人間傳好事 (수파인간전호사)
碧控神會不須橋 (벽공신회불수교)

자암 김구(金絿)는 시문에 뛰어났음은 물론 분별력이 탁월하고 어려서 품행이 어른스러워 단정했다. 1507년(중종 2) 생원 진사에 모두 장원을 하여 시관을 놀라게 하였으며, 1511년(중종 6) 별시문과에 을과로 급제하여 홍문정자(正字)가 되었다.

1515년(중종 10) 수홍문부수찬(副修撰), 1517년(중종 12) 수홍문 부교리, 1519년(중종 14) 좌부승지 우부승지 배수되었고, 홍문관 부제학에 승진되었으나, 기묘사화로 조광조(趙光祖), 김정(金淨) 등과 함께 투옥되어 6년 7개월의 관직생활을 마감하고 1531년(중종 26) 임피(臨陂, 전북 군산)로 유배되었으며, 12월 죄가 추가되어 남해절도에 이배 안치되었다.

자암은 효우가 돈독하였고 조선 전기 중기 4대 명필의 한 사람이며 서울 인수방에 살았으므로 공의 서체를 인수체라 했다. 필명이 높아 안평대군, 양사언, 한호와 함께 조선 전반기 4대 서예가의 한 사람으로 일컫는다. 김구의 초서는 빠르고 물기 없는 필획으로 곧게 휘두르는 필체가 특성인데 이같이 개성이 독특한 그의 서풍은 마치 학이 춤을 추는 듯한 필획의 변화가 글자의 배치와 여백을 통해 긴장감을 아울러 느끼게 한다.

"선생께서 일찍이 상감을 모시고 조광조(趙光祖), 김충암(김정)과 함께 도의로 사귀어, 서로 도와가며 요순시절같이 새 세상을 만들고자 하였으나 시운이 닿지 아니하여 기묘사화가 일어나 이 땅 화전(花田)으로 귀양 왔다. 돌아가는 일의 형편을 알 수 없어서 사람들이 모두 두려워하고 겁을 내었지만, 선생은 화복에 개의치 아니하고 죽림에 작은 집을 지어 시가와 술을 즐기며 한가로이 지내셨다."

1519년(중종 14) 유배와 13년이란 긴 세월 동안 적거생활을 하며 향촌의 유향품관들과 친분관계를 유지하며 시와 술에 젖어 생활해야 하는 슬픈 신세를 스스로 생각하며 시가를 읊은 〈화전별곡〉(경기체가)를 지었고 죽림서원에서 향인과 교우관계를 가졌을 뿐 아니라 후학을 가르치는 데 강연에 힘썼다.

1533년(중종 28) 4월 10일 풀려나와 고향 예산 종경리에 돌아가 산소에 가서 통곡하고 불효를 속죄하며 이듬해 47살을 일기로 영면했다. 선조 때 이조참판이 추증되고 예산의 덕잠서원(德岑書院), 군산의 봉암서원(鳳巖書院) 등에 배향되었다. 남해 노량에도 죽림서원이 창건되었으나 1864년(고종 원년)을 전후로 대원군의 서당 향사 철폐령에 의하여 남해도 훼철된 것으로 보인다.

남해는 고려, 조선 500년 동안 적지 않은 유배객들이 남해로 왔으나 대략 문무 유배인물만 188명에 이른다. 이들은 절해고도의 외딴 생활 속에서도 향토 사람은 물론 유학도들에게 향사에서 글을 가르치기도 하였다.

자암 김구는 이곳이 한해로 가뭄이 들 때 망운산에 올라 기우제를 지내며 제사를 지냈다. 기우제를 도우(禱雨)라고 하며 가뭄으로 인해 비에 절대적으로 의존하는 천수답의 가뭄은 당시 농경사회에서 가장 큰 재앙이었다.

따라서 기우제는 조정으로부터 자연마을에 이르기까지 나라 전체가 지내는 가장 큰 행사였다. 하늘이 물을 주지 않으면 가뭄으로 농사를 지을 수 없는 농민들의 맥없이 무너져 내리는 농심은 땅, 나무, 바람, 바다 모두 하늘에 기원하며 비가 내리기를 빌었고 망운산에서 자암 김구가 기우제를 지내며 쓴 기우문(祈雨文)을 보면 다음과 같다.


기우문(祈雨文)


산이 높고 우뚝하니
바다를 누르는 관문입니다.
바다의 기운을 뿜고 머금으면서
비로도 내리고 구름으로 떠돕니다.
신령들이 모아안고 도우니
은택이 백성들을 맡으셨습니다.
시절이 바야흐로 농사철에 이르렀는데

가뭄 귀신이 일어나 위태롭고 고통스럽네요.

산은 어찌하여 땔감을 쓰느라 붉게 헐벗었고

물은 어이하여 메말라 버렸습니까?

쇠도 끈적거리고 돌은 녹았으니

하물며 농사짓는 벼이겠는지요.

열기를 씻고 마른 것들은 소생시키어서

직분을 맡은 신령은 이를 베푸소서.

신령이 외면하여 직분을 버렸다면

어찌 이를 참아내겠습니까?

내 조정의 명령을 받아서

이곳에 와서 바다의 땅을 맡았습니다.

두루 옹화한 기운을 베풀어서

이 근심을 깨끗하게 쓸어 버리소서.

직접 희생을 잡아 실효를 요구하노니

구휼을 바라 성스러운 탕을 끓여

이 미약한 정성을 받들어 올리는데

두려운 마음으로 공경을 다해 올립니다.

우러러 돌아보실 것을 바라보니

신령께서도 응답하여 내려주소서.

문득 구름 기운이 일어나더니

이곳에 두루두루 비가 퍼붓겠지요.

말라버린 벼도 생기를 되찾고

삼도 자라지 못하다가 싹을 틔우리다.

은혜가 백성들에게 고루 베풀어져

끼니도 잇고 옷도 입으리이다.

오직 백성들의 운명은

오직 신령의 곡식에 있습니다.

# 망운산 기우문(望雲山 祈雨文)

維山峻極(유산준극) 鎭海之門(진해지문) 噴含海氣(분함해기)
以雨以雲(이우이운) 蓄靈擁祐(축령옹우) 澤司黎元(택사려원)
序屬方農(서속방농) 魆煬威赭(발선위자) 山焉爨赭(산언찬자)
水焉(수언)  涸(호)   金膏石融(금고석융) 矧伊稼穡(신이가색)
濯炎蘇枯(탁염소고) 職神攸施(직신유시) 神顧棄職(신고기직)
胡寧忍斯(호령인사) 我忝朝命(아첨조명) 來典海壤(내전해양)
分宣壅和(분선옹화) 厥咎靡爽(궐구미상) 躬犧責實(궁희책실)
莫恤湯聖(막휼탕성) 奉厥菲薄(봉궐비박) 仯仯薦敬(심심천경)
尙仰玆顧(상앙자고) 克對靈貺(극대영황) 倏起膚寸(숙기부촌)
遍爾霈滂(편이패방) 禾燋而醒(화초이성) 麻閼而孽(마알이얼)
式俾齊氓(식비제맹) 伊粒伊褐(이립이갈) 惟民之命(유민지명)
惟神之食(유신지식)

　자암의 사상과 문학은 여느 문인과는 다른 특징을 가지고 있다. 그는 화전에 와서 불운한 유배생활로 언약 없는 적소에서 일생을 13년 유배했다. 그러나 생애의 전반부와 중반부는 상당한 권력의 비호를 받을 수 있는 득의의 시절을 보낸 것으로 중종 임금과 선생은 가까운 사이로 총명한 재능과 인정을 받고 지냈으며 타고난 재능가였다.

　자암은 도학정치를 기반으로 한 사회개혁을 시도하며 훌륭한 유교 전통의 학문으로 상당한 개혁경지를 진취하였다.

　자암의 사상과 진보성은 그의 뛰어난 문학이론에서도 찾아볼 수 있다. 그가 예찬한 〈화전별곡〉은 주목받아 마땅한 화전 찬양 글이다. 별곡을 통해 공중파를 타듯 아름다운 풍광을 노래하고 앵무새가 사람의 말을 하는 것과 같이 섬사람의 자긍심을 북돋우기도 하였다.

　그렇기 때문에 김구가 지은 화전별곡은 괜히 뭍사람에 굴욕 받던 섬사람의 개명적 의식(開明的意識)을 일깨워준 소산으로 탁견이라 아니할 수 없다.

　남해 문학론을 제창하였다고 할 만큼 그의 남해 화전문학의 공로는 매우 큰 것이다. 김구(金絿)가 살던 시대는 분명 조선의 봉건질서가 붕괴된 시대는 아니었던 만큼 유배지에서 유향품관과 붕우들과 교유하며 남해 품관들과 향사에서 유학인에게 글을 가르친 것임은 자명하다.

　자암의 배소생활에 대한 일종의 남해(화전) 찬양은 충분히 강조될 만하다. 더구나 그가 남긴 《자암집》과 같은 시가를 지어 창작 보관했다는 점과 유배와 문학의 중간에서 훌륭한 소임을 수행한 것으로 믿어진다.

　김구의 많은 궁궐의 동정과 그리움의 정서가 자주 표출되고 있는 점은 그의 충성심과 효심의 생애와도 관련이 있다. 그러나 기본적으로 유희하며 시골생활을 즐기는 것은 스스로의 고독과 고통을 작품으로 애송하였던 것과도 맥이 닿고 있다. 시가관(詩歌觀)에서 지어진 작품으로 많은 인물이 나타나고 있는 점도 흥미 있는 현상으로 보인다. 이것은 그의 낭만주의적 정감의 전달 대상으로 선택된 것 같다.

　1704년(숙종 30)에 김구(金絿)의 후손인 김만상(金彎祥)이 남해 현령으로 부임하여 김구(金絿)가 생활하였던 옛터에 자암 김구 선생 적려유허 추모비를 세운 것이다. 김만상(金彎祥)은 이곳에 죽림서원을 세워 조상의 얼을 받들기 위해 위패를 모셔놓고 제사를 모셨으나 죽림서원은 고종 원년(1864)에 대원군의 서원 철폐령에 따라 없어진 것으로 전하고 있다.

　김구 선생이 유배당한 곳은 남해대교를 건너자마자 나오는 마을이 설천면 노량마을이다. 이 마을에 있는 남해충렬사에서 오른쪽 마을 안길을 따라 10m 정도 내려가면 왼쪽에 자암 김구 선생 적려유허 추모비가 쓸쓸히 서 있다. 자암 김구(金絿) 선생이 남해에 유배당했던 것을 추념하는 비석이다.

　남해를 찬양하며 애송한 한 젊은이의 주옥 같은 유명한 화전별곡(花田別曲)은 한 유학도이며 혁신정치가이기도 한 자암 선생이 아름다운 남해를 예찬하며 학사(學舍)를 지어 후진들에게 문물을 가르치고 예속진작(禮俗振作)에 전념하던 유서 깊은 곳이기도 하다.

　소재(疎齋) 이이명(李頤命) 매화당 습감재(習坎齋)

필자는 그리움의 땅 정겨운 고향을 언제나 찾을 때마다 선생의 존엄하고 거룩한 충군애국(忠君愛國) 정신과 효덕(孝德)심에 감화하여 남해를 찬양한 공의 높은 뜻을 기리며 우러러 공경하는 마음으로 여기 헌시(獻詩) 2편을 올린다.

## 창해에 부는 바람

창호에 비친 달 시름 없이 바라보니
하늘은 구름 천리 한양에 이어도
유배의 몸 기약 없이 절도에 갇혀서
온갖 시름 시주창화(詩酒唱和)로
거문고에 스리랑 딩 즐거운 유희(遊戲)

마음은 붉은 단청(丹靑) 임금을 사모하며
영화로운 그 시절 상념의 탄상(歎傷)
천년승지(千年勝地) 산천기수(山川奇秀)
풍류흥취(風流興趣) 벗 삼아도
마음은 유랑하는 나그네 신세

가없는 저 하늘 끝없는 창랑(滄浪)
산수(山水)의 아름다운 화전을 찬미하고
주옥 같은 시가(詩歌)로 경기체가 남겨
후세에 빛날 그 얼 문화유산으로
남해의 창성(昌盛) 속에 길이 남으리

## 도학의 기풍 필설의 혼

선경의 아름다운 고도(孤島)의 남해 섬

인고의 세월 화전(花田)에서 사는 선비
바다 위에 짙은 안개 노량 산을 감돌고
높다란 의지는 도학의 기풍(氣風)으로
귀양살이 남긴 글 회한의 필설(筆舌)


신진사류 자암 김구 그 높은 충절은
해와 달 별과 함께 빛을 발하고
산수명미 비경(秘境)을 화전별곡 노래하니
붓 끝에 혼을 남긴 필명의 서예가
저 하늘 흰 구름도 태양빛에 빛난다


반평생 사모(思慕)의 단청을 그리며
충효(忠孝)로 곧은 절개 임금을 망극(罔極)하다
선영(先塋)에 참회(懺悔) 눈물 후회도 아닌
부모와 영원히 만날 수 없는 이별
무상(無相)과 속죄의 피눈물이어라


오오 자암 김구 남해를 애찬한
그 충절 기품(氣稟) 흐르는 도덕은
푸른 정기 포효(咆哮)하는 남해의 얼
유허비 노량 언덕 빛나는 옛터
명사(名士)의 서가(書家) 자암 김구
홍춘표 시인이 찬미(讚美)하도다
님의 얼 기리며 찬양(讚揚)하도다


## ▶ 유의양(柳義養)

조선 영조 때 유의양은 적소 유배지에서 눈에 비친 것을 보고 듣고 하며《남해문견록》을 지었다. 18세기의 남해 생활상을 지은 후송(後松) 유의양(柳義養, 1718~1788)은 1771년(영조 47)에 홍문관 부수찬을 지내다 삭탈관직 서인이 되어 남해에 와 당시의 방언에 적지 않은 한양 어휘를 소개하여 주었다.

유의양의 본관은 전주이다. 자는 계방(季方) 자장(子章)이요, 호는 후송(後松)이다. 1756년(영조 32) 생원이 되어 현감을 지냈으며, 1763년(영조 39) 증광문과에 급제한 뒤로는 정언을 거쳐 사서, 수찬, 교리 등을 역임했다.

1771년(영조 47)에 사관 관료의 명부를 발간하여 남해로 유배 와 짧은 기간 동안 남해를 두루 다니며 서민들을 상으로 보고 듣고 느낀 점을 산문체 기행문으로 문견록을 남긴 그의 인품과 유배장소와 시기를 상세히 알 수 있다.

문견록은 순수한 국문자에 의하여 가사도 일기도 아닌 산문체로 묘사 서술되어 있다는 점에 귀중한 가치를 지닌 작품이다.

1773년(영조 49)에 2차례 귀양 갔던 일을 《남해문견록》《북관노정록》에 국문으로 자세히 기록했다. 1775년(영조 51) 영남어사를 거쳐 1777년(정조 1) 강릉부사로 파견되자, 세금징수의 문제 등을 조사하여 고을사람들의 어려운 사정을 임금에게 알렸다. 1779년(정조 3) 성천부사를 거쳐 대사간이 되었고, 1781년(정조 5) 예조이정당랑(禮曺釐正堂郞)이 되어 《춘관지(春官志)》와 1750년(영조 26) 이후의 《영희전지(永禧殿誌)》를 펴냈다. 또 1783년(정조 7) 승지에 올라 《동국문헌비고》의 수정작업과, 1787년(정조 11) 부총관으로 《국조오례의》의 보완작업에 참여했다.

남해의 쪽빛 바다는 올망졸망 크고 작은 섬들이 유인도 3개와 무인도 76개의 섬으로 사면이 바다인데 남쪽은 가이 없는 대한해협이다. 풍광이 아름다운 남해는 관문인 남해대교인 현수교에 들어서면 눈앞에 한 폭의 그림같이 한려해상이 펼쳐진다.

하동 노량과 남해 노량으로 나눠지는 두 사이의 바다가 1598년(선조 31) 11월 19일 이순신 장군이 왜적을 무찌르고 순국하신 노량바다는 이락포(관음포)가 있는 곳이며 공의 유해를 잠시 안치했던 유서 깊은 역사의 성역이 있는 곳이다.

임진왜란의 마지막 전투인 노량해전이 시작된 곳이지만 또 고려 초에서 조선시대에 이르는 무수한 유배객들이 자신의 적소로 건너오기 위해 나룻배를 타던 한 많은 곳이다.

후송 유의양은 1771년(영조 47) 2월 26일부터 서민으로 남해로 방축되어 남해 적소에 들며 죄인으로 충렬사를 찾지 못하고 노량해협 바닷가에서 그는 충무공을 사모하는 〈충렬사 헌시〉를 지은 것이다.

또한 그해 7월 30일 귀양에 풀린 기별을 듣고 이틀을 치행(治行)하며 충렬사에 남긴 헌시를 소개하고자 한다.

### 충렬사 헌시(忠烈祠 獻詩)

嚴程一千里 (엄정일천리) 엄한 길 일천리에
訪古鷺梁邊 (방고노량변) 고적을 노량가에 찾아보는지라
螭首天兵碣 (이수천병갈) 이무기의 머리는 하늘 군사의 승전비요
龜形統制船 (구형통제선) 거북의 형상은 통제사의 함선이라
春秋無地讀 (춘추무지독) 춘추를 읽을 땅이 없었으니
忠孝有孫傳 (충효유손전) 충효는 자손이 있어 전하였도다
竄客心猶壯 (찬객심유장) 귀양가는 과객의 마음이 오히려 장하니
高吟寶劍篇 (고음보검편) 보검편을 높이 읊도다

### 치행(治行)

嚴程一千里 (엄정일천리) 시한(時限) 있는 노정(路程) 일천리 길
訪古露梁邊 (방고노량변) 옛 노량 충렬사를 찾았네
螭首天兵碣 (이수천병갈) 이수(뿔 없는 용머리)는 통제사의 비석이요
龜形統制船 (구형통제선) 거북 모양의 전선은 통제사의 배로다
春秋無地讀 (춘추무지독) 춘추좌전(春秋左傳)은 읽은 바 없으니

忠孝有孫傳 (충효유손전) 충효는 자손에 전하여졌데

窺客審猶壯 (찬객심유장) 적객의 마음 오히려 장(壯)하니

高吟寶劍篇 (고음보검편) 보검편 글귀 소리 높어 읽노라

### ▶ 김용(金容)

영조 때 남해로 유배온 사람은 후송 유의양(後松 柳義養), 교리 유언호(兪彦鎬), 참판 정광충(鄭光忠), 태소 김용(太疎 金容), 지평 서호수(徐浩修), 대사간 윤시동(尹 蓍東) 등이다. 이 중에서 태소 김용의 남해 유배설에 관해서는 밝혀진 바가 없었으나 화전사 바로 알기 모임 김우영(金楀永) 회장의 노력으로 자료를 수집 정리하여 세상에 빛을 보게 되어 필자는 흔적을 참고하였다.

태소 김용에 대한 인적사항이 언급된 곳은 조선문과방목, 각종 사전, 국조인물고, 성씨의 고향 등에는 상세한 기록이 없고 사전에《태소집》이 소개되어 있다. 부친 김수경(金壽卿, 자 이한재/頤閒齋) 부사(府使)는 성씨의 고향에 관직이 언급되어 있다. 김용의《태소집》(太疎集)은 서울대학교 규장각에 소장되어 있어《태소집》〈남천잡록〉(南遷雜錄)편에 김용에 관한 간단한 인적사항과 남해유배생활기를 알 수 있다.

김용은 조선 후기 문신이고 학자로서 생몰연도는 알 수가 없고 본관이 안동이다. 자는 준경(駿卿)이고, 호는 태소(太疎)로서 김용은 1764년(영조 40)에 승정원 주서, 1767년(영조 43)에 사간원 정언, 사헌부 지평을 지냈고, 1771년(영조 47) 1~2월 사이에 남해로 유배 와서 〈남천잡록〉을 저술하였다.

관직의 시작은 조선문과방목 입격자 명단에 없는 것으로 보아 과거에 급제하지 않고 음사로 관직생활을 하지 않았나 추측한다. 그리고 시문을 통해 볼 때 남해 유배는 부친의 죄를 대행한 것 같다. 김용 역시 나이가 많은 고령으로 보이며, 남해 유배에서 풀려나 관직에 나가지 않은 것으로 보인다.

남해에 유배 와서 7월까지 약 반년 정도 적소생활을 하며 남긴 여러 시문 중 남해를 예찬한 태소 김용(金容)은 노량충무사(충렬사)에 다음과 같이 헌시했다.

### 노량알충무사(露梁謁忠武祠)

충무사당 노량 들머리에 있어
문 앞에 다다르니 남해 바다 푸르네
매양 생각하던 감개 오늘에야 이루니
읊조리던 시 깨닫지도 못하고 이 나이 되었는데
공의 뛰어난 공적 남기신 말씀 참으로 장할시고
영웅의 기개 파도도 노하는구나
초로(初老)의 늙은이 더욱 늙어 돌에 새기니
사당을 참배하는 나그네 옛시조 읊조리네

### 露梁謁忠武祠

忠武祠堂入露梁(충무사당입로량)
門臨南海正蒼蒼(문임남해정창창)
遂因感慨追當日(수인감개추당일)
不覺況吟到夕陽(불각황음도석양)
如許奇功遺韻壯(여허기공유운장)
至今榮氣怒濤長(지금영기노도장)
春翁尤老銘諸石(춘옹우로명제석)
謁廟行人續舊章(알묘행인속구장)

김용에 관한 관련 문헌인 《영조실록》에는 태소집에 나오는 내용과 상이하다. 즉, 태소집에 1767년(영조 43)에 정언, 지평의 관직을 수행하고 있는데 실록에는 1765년(영조 41)에 '지평 김용이 귀양을 청하니 윤허했다' 라 하였고, 1768년(영조 44)에는 '갑산부에 정배했다' 라 적고 있어 어느 문헌이 정확한지 세밀한 분석이 요구되는 바다. 아래는 영조실록 문헌이다.

1765년(영조 41) 5월 19일. 지평 김용(金容)이 상소하여 그의 아버지가 매우 늙은 정상을 진달하고 귀양(歸養)하기를 청하니, 윤허하였다.

1768년(영조 44) 6월 10일. 정언 김용(金容)이 상소하였는데, 대략 이르기를,

"논사(論思)의 신하가 품고 있는 생각을 말씀드렸다가 죄가 그 일신에 더해졌고 동당(同堂)의 친척에게까지 미쳤으며, 이목의 관원이 일에 따라 진언(盡言)하자 귀양을 보내고 또 가장 가까운 일족(一族)에게까지 벌을 주었습니다. 그런가 하면 끝내 추천한 전관(銓官)까지도 파직의 중한 벌을 당하였으며, 혹은 대각의 신하로 하여금 일에 대해 말하는 신하를 반박하기도 하였습니다. 저 전관(銓官)은 못난 부류들만 구하여 언로의 임무를 구차하게 채우고 있으니, 이것이 어찌 성조(聖朝)에서 대각을 설치한 뜻이겠습니까? 임금에게 비위를 거슬리는 말을 하면 지나치게 격노하시고, 당시 재상을 논핵하면 협잡으로 지목하여 작으면 내쫓고 크면 귀양을 보내고 있으니, 주자(朱子)가 이른바 '전년에 한 명의 간관(諫官)을 내쫓고 금년에 한 명의 어사를 내쫓는다'고 한 말과 불행히도 비근하게 되고 말았습니다."

1768년(영조 44) 6월 10일. 임금이 숭정전의 월대에 나아가 상참을 거행하고, 아울러 주강(晝講)을 행하였다. 임금이 소학(小學) 제사(題辭)의 강(講)을 마치고 말하기를,

"김용(金容)이 무슨 일을 말하였는가?"

하니, 좌부승지 조덕성(趙德成)이 말하기를,

"호조판서 이사관(李思觀)은 관직을 삭탈하고 이산부사(理山府使) 이성묵(李性默)은 체차할 것을 청하고, 끝에 가서는 이겸빈(李謙彬)에 대해 말하였습니다."

하였다. 임금이 말하기를,

"논하는 말은 무어라고 하였던가?"

하니, 대답하기를,

"이사관은 비루한 사람이라고 하였으며, 이성묵(李性默)은 어리석다고 하였습니다." 하니,

"김용을 갑산부(甲山府)로 정배하되, 배도 압송(倍道押送)하라"고 명하였다.

다음은 규장각에 소장하고 있는 태소집에 관한 내용이다. 태소집은 시문집으로 책머리에 자서(自序)가 있으나 편자 및 편집 경위에 대한 기록이 없고 편집 체계도 정리되지 않은 초고본이다. 권1~4는 변(辨), 논(論), 서(序), 기(記), 전(傳), 서(書), 제문, 제발(題跋), 설(設), 명(銘), 송(頌), 찬(贊), 책(策), 묘지, 가장(家狀), 혼서(婚書), 제례(祭禮), 소문(疏文), 잡저이고 권 5~8은 시(詩) 등으로 구성되어 있다. 남천잡록은 남해 유배생활 중 보고 들은 것과 반성을 기록한 것이다.

규장각 태소집 해제에 실린 내용을 옮겨 놓았다.

태소집(太疎集), 규(奎, 15501), 김용(金容), 저(著, 朝鮮) 5卷 1册 대판본(木板本, 27×16.5cm), 사주단변(四周單邊), 반곽(半郭, 16×12.8cm), 13行 20字, 주쌍행(注雙行). 판심, 상하대흑구(上下大黑口), 상하하향어미(上下下向魚尾). 태소(太疎) 김용(金容), 생몰년 미상(生沒年 未詳)의 시문집(詩文集)이다. 문집의 체계가 잡히지 않았고 서문 발문이 없어 간행 여부를 알 수 없으며 무엇을 대본으로 하여 필사하였는지도 알 수 없다.

저자는 내용으로 보아 규장각도서목록(奎章閣圖書目錄)과는 달리 김용 목록에는 '김용준(金容駿)으로 되어 있음' 임을 알 수 있다. 김용은 영조(英祖) 때의 사람인데 상락부원군 사형의 후손으로 양한재 수경의 아들로 태어났다. 자는 준경(駿卿), 호는 태소(太疎), 본관은 안동(安東)이다. 상소문으로 보아 1764년(영조 40) 주서, 1767년(영조 43) 정언(正言), 지평(持平) 등을 지냈음을 알 수 있다. 권두에 문에 대한 자서가 겸사의 뜻으로 짧게 실려 있다.

권1, 문(文)으로 1744년(영조 20)에 쓴 고간첩변이 있는데 그 내용은 고간첩의 차서 관계를 논한 글이다. 이어서 한고봉노관연왕론, 기수회서, 수월헌기, 용향백전, 증이미숙서, 대한생상이부상서서, 제백부첨정공, 제겸재화선, 송우인서유락중서, 제중 부군수공문, 개명변, 제로아모문, 제종형문, 제내형유장여문, 운람산행기, 제외고유인 이씨문, 우모와기, 나산야화서, 대재종형회경보곡량수사문, 농암시초후서 등이 차례로 실려 있다.

이상 21편의 문(文)은 1744~1758년간에 저술된 것으로 연대별로 싣고 있다. 이어서 제식 도식 5편(기사, 차례, 묘제, 천신, 시구우상)이 있는데 가제에 관계

되는 것으로 도상은 없고 글만 적혀 있다. 이어서 맹수설, 독우재 선생 연보, 제모일문, 원규 명, 맥송, 탐라적점찬 등을 모두 연도별로 실었다.

권2 문(文) 18편(어제문과폐전책, 의송배사마광위문하시랑제, 서동주창수록후, 의구주공부주, 서과객시축말 등). 대체로 1760~1764년까지의 글인 것으로 보인다.

권3 문(文) 20편(당저어제친필후발, 제중모숙 인전주이씨문, 명삼아설, 고용경묘문, 여조상서돈서, 여조참판엄서, 탄식, 적사기몽, 제동춘 선생 진적 후, 전가첩발). 대체로 1765~1769년까지의 글이 실려 있는 것으로 보인다.

권4 문(文) 24편(서연일기, 관재야좌서회, 유옥읍민인문, 남천잡록, 금추원정, 장 락주부참상참소회, 논좌상윤동도급비당소, 논이사관겸구이겸빈소, 의구산림소, 정언예 등). 1770~1771년까지의 글이 앞에 있고, 그 뒤에 1764~1770년까지의 상소문이 있다. 〈남천잡록〉은 남쪽으로 유배되어 가서 겪은 제사를 기록한 글이다.

권5 시(詩) 138수(희우, 전의도중 등). 권두에는 시에 대한 자서가 짧게 실려 있고, 시도 거의 연도별로 실은 것인데 1744~1761년까지의 시다.

권6 시(詩) 107수(광한루, 단오효향서재동 등). 1752~1768년경까지의 작.

권7 시(詩) 114수(무자육월상봉사유감이작, 낙산춘망 등). 1768년 이후의 작인 듯하다.

권8 시(詩) 110수(등정대수시단추술기시, 추풍회심맹 등). 연도가 밝혀져 있지 않다.

태소집 권4에 실린 〈남천잡록〉에 의하면, "남해로 유배를 왔다. 봄에는 화전놀이 한창인데(복지남천야, 춘서행장진의화사) 칠월 칠석 무렵에 사면되었다. 한여원(韓汝元) 집에서 반년이나 몸을 위탁하였으나 하루아침에 헤어지게 되었다(칠석시유유방지명, 여원향거가반년상수일조분리적락락편)"라고 하였으니 1~2월에 유배 와서 7월까지 약 반년 정도 남해에서 유배생활을 한 것으로 보인다.

〈남천잡록〉에 기록된 유배생활을 간단하게 요약하여 보면, 남해로 유배 올

때 가지고 온 것은 《동파별집》(東坡別集) 1권과 《정절집》(靖節集) 1권이었다. 무료함을 보내기 위해 매일 쉬면서 여러 편을 펼쳐 보는 것이 일과였다. 때로는 적막함을 잊으려고 적소에서 여원과 2~3년 전의 얘기를 주고받는데 여원은 말이 없어 듣기만 하기에 태소가 꾸짖으면 웃기만 하였다.

봄이 되어 화전(花煎)놀이가 한창인데 주인과 하인들의 거동과 차림새가 한심하였지만 방관할 수밖에 없었고 죄인이라 출입을 삼가하였다. 태소의 적거 생활이 어려웠다는 것이 나타나는데 나물 먹고 물 마시고 나뭇잎으로 글을 쓰는 등 궁색함이 매우 심했으나 스스로 목숨을 위탁하여 살아가니 모든 사람들이 탄복하였다고 한다. 밥을 지어 시중할 사람이 없어 여러 사람이 번갈아가면서 수발을 하였고 타성재(隋城宰)와 김백우(金伯遇)는 서로 쌀가마를 부쳐 주었고 원성(原城)·괴산(槐山)에 있는 두 사촌은 자주 양식과 반찬거리를 도와주니 노비 머슴 우마꾼들이 어려움을 극복하여 살림살이를 도와주었다. 다행히 풍토병이 심하지 않아 마음이 놓였다. 태소는 어머니에 대한 효성이 지극하였다. 유배 중에서도 "홀로 계신 어머니를 생각하니 해가 갈수록 쇠약해지고 병고가 겹쳐 가까이 있는 의원이나 약국일지라도 지팡이에 의지할 수밖에 없을 것이니 언제나 집안 일 때문에 마음이 놓이지 않는다"라고 회고하고 있다.

남해 향인들과의 교유관계도 나타난다. 이 간사(諫士, 벼슬 이름)는 관직에서 물러나 태소 적소에서 10리 정도 떨어진 서쪽 마을에 살면서 한두 번 왕래하였고, 김치응(金稚膺) 학사의 집은 서쪽 들판에 있어 스스로 찾아가면 선비의 품도로 환대해 주어 산책 삼아 자주 왕래하였을 뿐 아니라 영소정(靈沼亭)에 올라가 담소하며 한나절을 보내기도 하였다.

태소는 나이가 늙고 병중임을 알 수 있다. 유월에는 책을 멀리하고 옛 노래여러 편을 읊으면서 혼자 거닐며 나무 그늘에서 지팡이에 의지하여 외로움에 생각만 깊어지고, 칠석 무렵에 죄가 사면되었으나 삼복중에 병으로 누워 있어서 움직일 수 없다가 심정자(沈正字)의 부축으로 일어났다. 도랑(개울)가에 있는 여원의 집에서 반년이나 몸을 위탁하였으나 어명으로 유배에서 풀려나니 하루아침에 헤어지게 되었다.

반년의 짧은 유배생활이지만, 향인들과의 교유관계와 생활의 어려웠던 유배
생활을 상세하게 기록하고 있다. 남해에서 남긴 여러 시문 중 〈금산에 올라〉(登
錦山, 유배에서 풀려나 남해를 떠나기 전 8월 중에), 〈홍문〉(虹門), 〈감로수〉(甘露水), 〈금
산에서 내려오다 만난 비〉(下錦山遇雨), 〈노인성〉(老人星) 등을 소개한다.

한시를 한글로 번역한 내용이다.


### 금산에 올라
(유배에서 풀려나 남해를 떠나기 전 8월 중에)


이 산 천길 높이 솟았으되 허황된 것 아니로세
동남으로 높이 솟아 스스로 으뜸이 되었는데
동서남북 끝으로 모두 물이 잠겼네
하늘 높은 가을 8월에 이미 찬바람이 부는구나
스스로 한평생 온갖 세상 떠돌았는데
오늘은 해중에 돌아와 있음을 알겠노라
한밤중 별무리 땅 속에서 솟아나고
자색 구름 어느 곳으로 신선을 찾아가는가?
금산 바위 끝에 구름 몰려들어 날씨 어두워지네
구월도 못된 이 팔월 단풍은 이미 물들고
남극성 가을 바다 위로 떠오르는데
북쪽으로 떠날 길손 밤하늘 쳐다보네
온몸 늙은 돌 어느 세월에 희여지랴
몇떨기 연꽃송이 산봉우리에 피어 있는데
만약 이제 선인을 만날 수 없다면
장생불사 약 이야기를
돌아가는 배 안에서 물어볼까?

## 홍문
(신선들의 옷이 바람에 나부끼는 것을 보아 삼신산이 가까이 있다)

백발(百丈) 무지개다리 하늘에 이어졌으니
몇 년을 두고 선인들이 바다를 건너 다녔을까?
삼신산이 여기에서 멀지 않음을 알겠거니
선인들의 깃옷이 종일 바람에 나부끼네

## 감로수
(신선들이 마시는 금산 상사암과 구정봉에 있는 감로수)

여섯 구멍에서 나는 물 가득하니
맑은 날이나 장맛비에도 늘고 줄어드는 일 모르겠네
어찌할꼬 사람이 내리는 비 아니기에
바위 속에서 흘러내리는 물 늙은 선인이 마시네

## 금산을 내려오다 만난 비
(봉래산[삼신산의 하나]에 신령들이 머문다기에)

웃으면서 헤어진 봉래산(蓬萊山) 십리 길에
갑작스런 산비 만나 풀옷 다 젖었네
신령들 오늘 다시 머문다기에
구름에 젖은 발길 반쯤에서 돌아서네

## 노인성
(남해 사람이 장수하는 것은 노인성을 보기 때문이다)

둥글기는 반달 같고 붉기로는 해와 같고

봄 저녁, 가을 아침 두 번씩 찾아오네

남해 사람 장수하는 까닭을 듣고 보니

해마다 높은 곳(금산산봉)에서 노인성을 봄이로세


*영조 105권, 41년(1765 을유/ 청 건륭(乾隆) 30년) 5월 19일


## ▶ 약천 남구만(南九萬)

약천(藥泉) 남구만(南九萬, 1629~1711). 조선 후기 문신이다. 서인의 중심인물이었으며, 문장과 서화에도 뛰어났다. 널리 알려져 있는 시조 "동창이 밝았느냐 노고지리 우지진다"의 지은이이다. 본관은 의령. 자는 운로(雲路), 호는 약천(藥泉)·미재(美齋)이다.

개국공신 재(在)의 후손이고, 아버지는 지방 현령이었던 일성(一星)이다. 김장생(金長生)의 문하생이었던 송준길(宋浚吉)[5]에게 수학, 1656년(효종 7) 별시 문과

---

5) 송준길(宋浚吉, 1606~1672) : 본관은 은진이다. 자는 명보(明甫)요, 호는 동춘당(同春堂)이다. 아버지는 영천군수를 지낸 이창(爾昌)이다. 어려서부터 친척인 송시열과 함께 이이(李珥)를 사숙(私淑)하면서 훗날 양송(兩宋)으로 불리는 각별한 교분을 맺어나갔으며, 20세 때 김장생(金長生)의 문하에 들어가 성리학과 예학에 관한 가르침을 받았다. 1624년(인조 2) 진사가 된 뒤, 학행으로 천거받아 1630년 세마에 임명된 것을 비롯하여 내시교관·동몽교관·시직·대군사부·예안현감·형조좌랑·지평·한성부판관 등에 임명되었으나, 1633년 잠시 동몽교관직을 맡은 것을 제외하고는 20여 년 간 벼슬에 나가지 않고 향리에 머물면서 학문에만 전념했다. 청서파(淸西派, 인조반정에 가담하지 않은 서인세력)에 속했다.
1649년 효종이 즉위하여 김장생의 아들 김집(金集)을 이조판서에 기용하는 등 척화파와 재야학자들을 대거 등용할 때 송시열 등과 함께 발탁되어 부사직·진선·장령 등을 거쳐 집의에 임명되었고 통정대부의 품계를 받았다. 집의로 있으면서 송시열과 함께 효종의 북벌계획에 참여하는 한편, 인조말 이래 권력을 장악하고 있던 공서파(功西派, 인조반정에 가담하여 공을 세운 서인세력)의 핵심인물인 김자점(金自點)·원두표(元斗杓) 등을 탄핵하여 파직시키는 데 중요한 역할을 담당했다. 그러나 김자점 일파가 효종의 북벌정책을 청(淸)에 밀고하여 그와 송시열 등 산당(山黨)은 청의 압력으로 모두 벼슬에서 물러나게 되었다. 그 뒤 집의, 이조참의 겸 찬선 등에 제수되었으나 모두 사양하고 향리에 묻혀 지냈다. 1658년(효종 9) 대사헌, 이조참판 겸 좨주를 거쳐 이듬해 병조판서·지중추원사·우참찬에 임명되어 송시열과 함께 효종의 측근에서 국정을 보필했다. 1659년(효종 10, 현종 원년) 효종이 죽은 뒤 자의대비(慈懿大妃)의 복상(服喪) 문제를 둘러싸고 이른바 제1차 예송

에 을과로 급제했다. 정언, 이조정랑, 집의, 응교, 사인, 승지, 대사간, 이조참의, 대사성 등을 거쳐서 1668년(현종 9) 안변부사, 전라도관찰사를, 1674년 함경도관찰사를 지냈다.

숙종초 대사성, 형조판서를 거쳐 1679년(숙종 5) 한성부좌윤을 지냈다. 같은 해 남인인 윤휴[6], 허견[7] 등을 탄핵하다가 남해로 유배되었으나 이듬해 경신대

---

(禮訟)이 일어나자 그는 송시열의 기년복(朞年服, 만 1년 동안 상복을 입는 것) 주장을 지지하여 논란을 거듭한 끝에 남인의 윤휴(尹鑴)·윤선도(尹善道)·허목(許穆) 등의 3년설(만 2년 동안 상복을 입는 것) 주장을 물리치고 기년제를 관철시켰다. 이어 이조판서·우참찬·대사헌 등에 임명되었으나, 기년제를 규탄하는 남인들의 거듭되는 공격으로 1665년(현종 6) 원자(元子)의 보양을 건의하여 보양관(輔養官)으로 잠시 봉직한 것을 제외하고는 관직에 발을 끊고 회덕에 머물러 살면서 여생을 마쳤다.

6) 윤휴(尹鑴, 1617~1680) : 본관은 남원(南原). 자는 희중(希仲), 호는 백호(白湖)·하헌(夏軒). 초명은 정(鎭)이었으나 25세 때 휴(鑴)로 고쳤다. 아버지는 광해군 때 대사헌을 지낸 효전(孝全)이며, 어머니는 첨지중추부사 김덕민(金德民)의 딸이다. 2세 때 아버지를 여의고 편모슬하에서 자랐다. 1627년(인조 5) 후금의 침략이 있자 보은 삼산(三山)에 있는 외가로 피난하여 외할아버지 김덕민에게서 학문의 기초를 익히고, 조식(曺植)과 학문적으로 가까웠던 성운(成運)의 서실(書室)에서 독서했다. 이때 〈황극경세서(皇極經世書)〉를 접했다. 이후 이수광(李晬光)의 아들인 이민구(李敏求)와 이원익(李元翼)에게서 배웠다. 1636년(인조 14) 병자호란 때 청과 굴욕적인 강화를 맺었다는 소식을 듣고 치욕을 씻을 때까지 관직에 나가지 않기로 결심하고 과거 준비를 포기했다. 1639년(인조 17) 공주 유천(柳川)으로 내려와 지내면서 《논어》·《맹자》 등 사서(四書)와 시·서·삼례(三禮)·역(易) 등 경서 학습에 몰두했다. 이때 권시(權諰)·윤문거(尹文擧)·윤선거(尹宣擧) 등과 막역한 관계를 맺고, 송시열·송준길(宋浚吉)·이유태(李惟泰) 등과 교유했다. 1656년(효종 7) 세자시강원자의로부터 1659년(효종 10) 사헌부지평까지 여러 번 관직에 임명되었으나 모두 거절했다. 1660년(현종 1) 효종에 대한 자의대비(慈懿大妃)의 복제(服制)를 송시열 등 서인이 기년복(朞年服)으로 정하여 시행하자, 삼년상을 지내자는 참최설(斬衰說)을 들어 이를 반대했다(기해예송). 서인이 정권을 장악하고 있던 정국에서 참최설은 남인의 서인 공격에 주요한 이론적 근거를 제공했는데, 기년복제는 왕과 사대부를 구분하지 않고 사대부의 예(禮)를 왕에게 잘못 적용하여 '왕의 지위를 낮추고, 왕의 법통을 둘로 나누어버리는'(卑主二宗) 논리이므로 어떤 경우든 삼년상을 해야 한다는 내용이었다. 1675년(숙종 1) 효종비 인선왕후(仁宣王后)의 상을 당하여 다시 일어난 2차 예송에서 남인이 승리하여 집권한 뒤, 성균관사업(成均館司業)으로 조정에 나아갔다. 남인이 청남(淸南)과 탁남(濁南)으로 나뉘자, 허목(許穆)과 함께 청남을 이끌며 활동했다. 이해 승정원 동부승지·이조참의·대사헌·성균관좨주 등을 두루 거쳐 이조판서에까지 승진했다. 이후 대사헌·좌참찬·우참찬·형조판서·우찬성 등을 번갈아 역임했다. 1680년(숙종 6) 영의정 허적(許積)의 아들 허견(許堅)이 복선군(福善君)을 추대하려는 역모에 관여했다고 하여 갑산(甲山)으로 유배되었다가 같은 해 5월에 처형당했다. 재직중 지패법(紙牌法)·호포법(戶布法)·상평법(常平法) 등 부세제도 개혁안을 여러 번 제기했다. 그러나 이 가운데 지패법을 변형한 호패법(戶牌法)만이 시행되어 개혁의 뜻이 제대로 실현되지는 못했다. 한편 도체찰부(都

출척(庚申大黜陟)으로 남인이 실각하자 도승지, 부제학, 대사간 등을 지냈다. 병조판서가 되어 무창(茂昌)과 자성(慈城) 2군을 설치했으며, 군정의 어지러움을 많이 개선했다. 이때 서인이 노론과 소론으로 나뉘자 소론의 우두머리가 되었다. 1684년(숙종 10) 기사환국(己巳換局)으로 남인이 득세하자 강릉에 유배되었다가 이듬해 풀려났다. 1694년(숙종 20) 갑술옥사로 다시 영의정이 되었고, 1696년(숙종 22) 영중추부사가 되었다.

1701년(숙종 27) 희빈 장씨를 가볍게 처벌하자고 주장했으나 숙종이 희빈 장씨를 사사(賜死)하기로 결정하자 사직하고 고향에 내려갔다. 그 뒤 유배 파직 등 파란을 겪다가 다시 등용되었으나 1707년(숙종 33) 관직에서 물러나 기로소(耆老所)에 들어갔다. 숙종의 묘정에 배향되었고, 강릉의 신석서원(申石書院) 등에 제향되었다. 시호는 문충(文忠)이다. 저서로《약천집》·《주역참동계주(周易參同契註)》가 전한다. 1679년(숙종 5)에 남해로 유배와 금산에 올라 아름다운 자연 풍광을 즐기며 쓴 〈제영등금산〉(題詠登錦山)의 작품을 보면 영산의 기암괴석과 시(詩)에서 이 구정암을 보고 하년착구정(何年窄九井) 몇 년을 두고 이 아홉 개의 샘을 팠을까 하고 영탄(詠歎)한 구절을 남겼다.

〈제영등금산〉 전반에 걸쳐 금산의 절경을 잘 나타내 표현하고 있다.

---

體察府) 설치와 무과인 만과(萬科)의 시행을 주장하여 북벌을 위한 준비를 주도했다. 정치제도에 대해서는 간관(諫官)과 과거제, 그리고 비변사를 혁파해야 한다고 보고, 〈주례(周禮)〉를 원용한 〈공고직장도설(公孤職掌圖說)〉을 숙종에게 올려 그 개혁을 촉구하기도 했다.

7) 허견(許堅, ?~1680) : 본관은 양천(陽川)이다. 아버지는 남인의 거두 적(積)이다. 서자로 태어나 교서관정자를 지냈다. 현종대의 2차 예송(禮訟)에서 승리를 거둔 남인세력은 1675년(숙종 1) 군권장악을 위해 도체찰사부(都體察使府)를 복설(復設)하려고 했다. 이때 허견은 아버지의 위세를 믿고 팔도에서 뇌물을 받아 배로 들여오고 영남 역관의 노비를 빼앗는 등 행패를 부렸다고 서인들로부터 탄핵을 받았다.

1680년(숙종 6) 숙종이 남인세력의 견제를 위해 서인에게 중앙군권을 맡겼을 때 척신 김석주(金錫胄)에 의해, '삼복(三福)의 변(變)'을 꾀했다고 고변당하여 중심인물로 체포되었다. 그 내용은 허견이 인조의 손자인 복창군(福昌君)·복선군(福善君)·복평군(福平君)과 결탁하고 대흥산성(大興山城)의 둔군(屯軍)을 동원해 역모를 꾀했다는 것이다. 허견은 국문을 받은 후 군기시(軍器寺) 앞길에서 처형되었으며 그밖에 복선군·복창군 및 허적 등 남인의 중심인물들이 사사(賜死)·유배되었다. 이 사건으로 남인이 실각하고 서인정권이 들어섰다.

### 제영등금산(題詠登錦山)

산이 바다에 떠 있는
참된 선경에 이르니 시정마저 잃겠구나
암자는 깊어 구름과 더불어 잠자고
봉화불만 훨훨 달과 더불어 외롭다
석굴에는 음률이 흘러나오고
암문에는 박쥐와 왕벌들이 엉켰네
몇 년을 두고 이 9정을 쪼았으랴
산정에는 연주를 꿰맨 듯 기암괴석들이 주렁주렁 매달렸구나

### 題詠登錦山

浮海山還有 (부해산환유)
尋眞字欲無 (신진자욕무)
菴深雲共宿 (암심운공숙)
烽逈月同孤 (봉형월동고)
石窟笙簫動 (석굴생소동)
岩門蝶蜾紆 (암문접과우)
河年穿九井 (하년천구정)
高頂貫聯珠 (고정관연주)

 

남해는 4면이 바다라 바다 가운데 떠 있는 남해 금산이 곧 선경이다. 구름 속에 싸여 있는 보리암은 조용하고 정산 금봉수대 봉화는 달빛과 함께 외롭게 타고 있다. 음성굴에서 흘러나오는 음률과 용굴에는 박쥐와 왕벌들이 서로 엉켜 있다. 구정봉의 아홉 개의 구덩이는 몇 년이나 걸려 다 팠을까? 구정봉에서 바라보이는 기암괴석은 구슬을 연달아 꿰맨 듯 주렁주렁 매달려 있다는 뜻이다.

그가 남긴 시조 하면 떠오르는 대표적인 시조이면서 이 시조의 배경과 풍경이 서린 전원생활을 즐기면서 이곳 농부의 부지런한 모습을 보며 종달새의 평화로운 풍경소리를 들으며 읊은 시다. 현대인도 감흥에 빠지면 한 번 읊어 보는 시조가 〈동창이 밝았느냐〉다.


### 동창이 밝았느냐

동창이 밝았느냐 노고지리 우지진다
소치는 아이는 상기 아니 일었느냐
재 너머 사래 긴 밭을 언제 갈려 하느니


동쪽 창문이 벌써 밝았느냐 종달새가 우지짖고 있다
소를 먹이는 아이는 아직도 일어나지 않았느냐
고개 너머에 있는 이랑이(논밭의 두덕과 고랑) 긴 밭을 언제 갈려고 하느냐


남해에서 가장 높은 망운산은 해발 786m로 4월에는 진달래 철쭉꽃 군락지로 산을 붉게 뒤덮어 꽃동산을 이룬다. 멀리 바다 위에 점점이 올망졸망 떠 있는 섬들과 강진만 청정해역과 서상 앞바다와 남해읍의 전경을 볼 수 있으며, 멀리 삼천포항까지 한 눈에 들어온다.

지리산의 천왕봉과 광양 백운산, 하동 금오산이 조망되며 석양의 노을빛 황혼은 낙조에 극치를 이룬다. 붉게 타오르는 태양과 붉은 철쭉, 노을빛은 그림으로도 그릴 수 없는 절경이다. 또 정상에서 바라볼 수 있는 절경은 일몰과 일출로 남해 바다에 떠 있는 섬들이 명화와 같이 아름답다.

남해의 진산인 망운산과 영산인 금산을 탑승하면 누구나 그 절경에 감복하고 심취되어 각각의 한 수씩 시를 읊을 만큼 아름다운 곳이다. 약천 남구만이 남해유배와 망운산에 올라 평화로움과 아름다운 비경에 한려해상과 조망을 보고 향수를 느껴 지은 시 〈제영등망운산〉을 소개한다.

제 영등망운산(題詠登望雲山)

넝쿨을 휘어잡고 바위를 기어올라 산정에 오르니

과연 망운이란 이름이 잘 붙여졌음을 알겠구나

백성들이 성원을 입어 요민 못지 않게 행복함을 보니

이 천한 몸도 몹시 고향 땅이 그리워지는구나

마음은 구름을 타고 고향 하늘 맴도니

금성의 일타홍이 그립구나

끝없는 바다에는 섬 그림자 아롱지는데

이몸 언제나 그리운 고향으로 돌아가게 되려나


題詠登望雲山


捫蘿攀石上爭嶸 (문라반석상쟁영)

爲感慈山寓此名 (위감자산우차명)

莫是堯民懷聖意 (막시요민회성의)

將非狄子戀親情 (장비적자연친정)

高飛白遠迷鄕井 (고비백원비향정)

一朶紅遙隔錦城 (일타홍요격금성)

更有愴冥浮點影 (갱유창명부점영)

隨風何日向西怔 (수풍하일향서정)


　　남해의 진산 망운산 785m에 약천 남구만은 겨우 넝쿨을 잡고 기어올라가 보
니 바라보이는 사방팔방이 그야말로 절경이라, 햇살에 눈부신 조망은 운무에
서린 평화로운 전경이 유배에 묶여 비록 망운산(望雲山)에 있지만 고향땅이 그
리워 사무치는 마음은 고향에 가 있다. 그리운 고향 유배에서 언제 풀려나 돌
아가겠는가 하는 그리운 향수를 그리며 달래고 있다.

산역의 울창한 숲 나무들의 수려한 풍경은 산뜻하고도 맑아 푸른 대해의 물결이 일듯 그 청아함이 한 눈에 시리도록 부딪쳐 온다.

사방팔방이 망망하게 펼쳐진 곳에서 멀리 구름을 바라보며 고향을 그리워하는 마음이 희망차다. 나뭇잎은 붉게 타는 햇살에 맑고 청아한 숲바람과 새 소리에 산록은 푸른 숨소리로 물결 가득하다. 아래에는 먼 수평선의 푸른 물결이 은빛으로 빛나고 현란한 오색 자연 속의 그 비경의 풍광은 그림처럼 우뚝 자리하고 앉아 아름다운 자태를 자랑하고 있다.

일점선도 다도해의 풍광은 놀랍고도 감탄스럽다. 남빛 바다를 바라보면 변산(邊山)은 명록(鳴綠)의 강산이라 곳곳의 푸른 빛은 모두가 그림이라 볼수록 황홀하다. 바다는 푸르고 점점이 떠있는 섬은 아름다운 꽃과 같도다. 물결에 정결하니 섬 그림자 영롱하다.

남해는 풍경도 좋거니와 광경이 더욱 기이하여 창망한 바다를 바라보면 운무가 흩어지고 산정은 송풍에 바다 바람이 시원히 만산(滿山)에 한가로이 불어온다. 창파는 망망하여 청공에 닿았구나. 거룩할사 높은 산정 어디 가서 찾아보랴. 볼 때마다 새로워라. 남해의 영산 눈부신 절경 풍광에 몸을 던져 회포도 광희롭다. 시리도록 푸른 바다 그리운 고향 땅이 춘몽에 아득하다. 이날에 너를 보니 만난 정이 맛나고도 향기롭다.

곳곳의 새소리 청산은 푸르다.

필자는 자랑스런 남해 영산을 그리며 바위가 청천에 숫아있는 소금강산은 신선이 구름 위에 길을 두고 올라 다니는 기이한 금산을 두고 찬양한 시작(詩作) 16수를 소개한다.


**삼십팔경**

남해 금산 어디메냐
금산 명산 찾아가자

성현 앵강만 넘어서니
천봉 허리에 흰 구름 날고

청산 송림 일출봉에
아침 해가 둥실 뜨고

이화 순풍 만화 춘객
노래 싣고 청춘 싣고

삼십팔경 구경가자
봉마다 기암괴석

경치 좋아 제일이다
평생 소원 만복 축원

기원 빌어 행복 찾고
천봉 물 맑은 옥수

임과 함께 마셔보소
남해 금산 구경가자

## 금산의 38경

우뚝 솟은 봉우리는 38경
기암괴석이 곳곳에 기이할 뿐이다
소나무와 잣나무
바위와 바위들

산정에 구름 빛이 바위 끝에 노니노니
구름 빛이 꽃을 피우며 쉬고 있고
나뭇잎이 한들한들 춤추듯 한가롭다

억겁의 천만년이 지나도
그 모습 이끼로 돋아
이 세상에 변치 않는 게
아마도 금산의 바위 아닌가 하노라

남빛의 벽파는 사시에 푸르니
은은한 해조음 은모래 비치 더욱 아름답다
산과 바다 풍광명미
새도 노래하고 산 짐승도 내 집이네

흐르는 옥수 물 뜬 구름이
쉬면서 유랑하는 돌 바위 금산
초목이 즐겁구나
늘 옛 세월의 남해 얘기를 금산에서 전하네

## 금산의 산정

산봉우리 높은 곳에 올라
아래를 바라보니
마음이 활짝 열려
나무산에 있고 싶다

조망의 푸른 물결

옥같이 흐르는 빛
하늘가로 돌아가는 흰 구름
하염없이 바라보는 풍광

살펴보고 즐기는 산봉우리
기괴한 산 높디높아 경치가 환하다
오래도록 구름 속에 묻혀
세상일 버리고

그윽한 마음 열고
솔밭처럼 앉아
한가로이 구름과 노닌다
바다 섬의 신선이 사는 곳
온 천지에 달과 바람이 가득하다

## 금산(錦山) 가는 길

바위가 모여 기암을 이루고
산 높아 푸르디푸른 하늘에 닿는다
바람에 실린 앵강만 파도 소리

산기슭마다 가득 채운
창해(滄海) 속의 푸른 생명
보리암 가는 길 청아한 소리
수정 빛 고운 햇살 비경에 취하고
산사(山寺)에 타오르는 아미타불 독경 소리

중생의 번뇌를 밀물처럼 쓸어 안듯
경내 고요한 향 내음 속에
침묵으로 숙연히 묵상에 젖는다
봉수대 높은 바위 사방팔방 바라보니
고을마다 녹색 물결 현란한 햇살

망망대해 흰 물결
아련한 새 소리
산사에 울리는 인고의 북소리가
마냥 가슴을 적신다

## 산사 가는 길

초록 젖은 숲속
풀섶 길을 걸으면
햇살은 나뭇잎과
한없이 속삭이고
솔바람에 실려오는
산매미 울음소리

신록이 덮은 산
개울 물 소리
숲 그늘 향기에
아득히 먼 고향 그리움이
샘솟고
하얀 기억 속에
떠오르는 그 사람

내 곁에 없지만
하늘을 바라보면
꿈을 꾸듯 환상에
미소 지으며
조용히 내 가슴에 물결이 인다

사랑했던 흔적을 가슴에
남겨 놓고
슬픔이 이슬같이
조용히 내리면 눈시울을 적시는
그리운 어머님

## 금산 보리암

금산의 푸른 상봉
구름이 오고 가고
변화의 무상 속에 변치 않는 비단산
청양한 햇살은 연꽃 피어 구름 희고
푸른산
고요하여 염불소리 낭랑하다

세상 사람 감로수에 목을 적시고
중생은 법당에 고개 숙여 배 올린다
자비 광명 성불 세계 수기 밝히고
온갖 나무 비친 햇살
넘실넘실 출렁이어

생사번뇌
대자대비 중생들을 교화하고
맑은 바람 차별 없이 불어주듯이
탐욕 애증
일체 세간 사람들에게
육도 중생 법 향기로
비단 산이 가득하네

## 영봉의 비단산

남해 금산 높은 곳
영봉에 오르니
겹겹의 돌 바위가
우뚝 우뚝 솟아 있네

선인들이 노닐다가
떠나간 지 옛날인데

세월은 해마다
찬객을 맞이하고
지금은 바위마다
돌 이끼만 돋아 있네

산 아래 하얀
모래톱 바다 있고
망망한 창해가
하늘에 닿았구나

천혜의 아름다운
정취는 절로 있어

온갖 시름 마음에서
구름 걷히니
심신이 즐거움은
벅찬 은혜로다

금산(錦山)

폭풍우 찬 서리 비바람에 젖어도
한 번도 춥다고 말하지 않고
억겁의 세월 속에 정좌한 바위들
경내를 오가는 속인들에게
문턱 없는 햇빛으로 사랑을 주는
푸른 산 높은 바위 절경의 비단 산

산허리 곱게 흘러가는 물안개
처마 끝 고해(苦海) 푸는 금산 봉우리
산정에 흰 구름 신선이 드나들고
아미타불 먹고 자란 푸른 솔 들꽃송이
해탈한 노승의 불심 모습이어라
보리암 염불 소리 달빛 아래 현현하네

오탁악세 몹쓸 업보 질긴 사슬들이
정토의 산사에서 절로 고개 숙여지는
보리암 보살 공양 스님이 아니어도

번뇌의 때 묻은 세속인들에게
산바람 종소리가 울려 퍼진다

## 금산의 비봉

영겁의 세월 풍상에 시달려도
대자연 웅장한 비봉의 만상
금산(錦山)의 비봉은 태양에 빛나고
기암의 기품은 장대하여라

흰 파도 흰 구름은
우리들의 기상인가
삼라만상 대자연 흐름이런가
태양은 비추나 그늘과 양지인가
편협한 세상 인간사인가

태양은 억겁의 어둠을 비추며
사람들은 문화를 창조해 간다
고해 푸는 금산 비봉 돌바위에서
망망대해 수평선을 바라보면
서관(瑞光)에 빛나는 창해(蒼海)의 물결
푸른 파도에 얼굴을 씻는다

## 보리암

봉마다 풍광이 천혜 절경이니
만천 년 금산은 풍상에 젖어도

기골이 태양 같아 찬란하기만 하네
잡목 숲 갈등나무 세속의 넝쿨 같아
범부의 가슴 속 중생과 같네

운무에 산새 소리 낭랑히 들리고
단청에 풍경 소리 독경에 젖네
보리암 기암괴석 햇살이 감아
바위돌 계곡
청산이 섬광에 푸르다

상서로운 보리암 뜨락 가득히
절간의 향내가 흐르고
기묘한 절경 수려한 산수가
오가는 객 세상살이 숙연한 산사
은은한 범종 소리 시름 깨운다

## 청봉의 비단산

연화만곡 깊은 곳
청봉(靑峰)에 올라가니
기암괴석 기이해
만상(萬象)이 금강(金剛)이요
사방은 푸르도다

높고 높은 만산이 구름 위에 떠 있고
이 몸이 신선인 듯
높다란 만장대 혼자 앉으니

산중에 바위는 청천에 솟아 있고
남천(南天)을 바라보니 창망한 바다
물결은 창파에 비단이로다

깊은 산 나무마다
그윽이 풍겨오는 산사의 찬불 소리
차아한 돌 바위 부드러운 초원(稍遠) 소리
정결하고 향기롭다

볼수록 아름다운 금산은 비단이요
절벽에 서린 이끼 만고(萬古)의 연화(年華)
바위마다 푸르구나 청봉이 푸르구나

## 금산의 월색

금산의 바위에
이끼가 자라나고
푸른 절벽에 달빛 비치니

보리암에 가을 단풍은
비단처럼 곱기만 하다

만리 하늘 수평선에 서늘한 바람이
청산에 구름 빛 밝은 달 아래

고요한 밤
풍치에 젖은 풍경 소리

산정에 오경의 하얀 옥 같은 월색이
비단처럼 옥 물결로 베개 베고 누웠다

머리 위에 흐르는 세월
고요히 쓸쓸한 밤
백월에 저무는 속절없는 이 밤이
오경의 백야에 저물어 간다

## 천년의 보리암

높은 달 모래톱
고요한 밤바다
해조음은 달빛에 바닷물에 반짝인다

북으로 금산 위에
북극성이 빛나고
만리장천 창파에 텅 빈 하늘과 바다
만고의 창생 밝게 비춘다

연꽃 향기 짙은 밤
천년의 보리암
기암절벽 피어나는 비단산의 향내음

쓸쓸한 달빛 속에 옥물결로
기암봉이 창파에 고요한 밤
은하수 모래톱 남빛 바다 흐른다

## 소금강 금산

하늘이 높고 높아
구름 위에 솟아있고
창파에 운연이 청산에 가득히
수목이 울밀하여 향기롭고 아름답다

기암괴석 기이하고
웅장한 금수산천
남해의 소금강

남빛 바다 창망대해
보이는 게 넓은 바다
수평선 파도는 너울너울 춤을 춘다

구름 같은 봉수대 상상봉 높고 높아
하늘에 닿고
저녁 노을 서산에 지는 해는
황혼이 그림이요

오랜 인생 뒤안길에 뜨겁게 타오르는
아름다운 노을빛 너무 행복하구나

구름은 허무하고 만산에 지니
세월이 빠르게 동천이 아득하고
무변대해 망망하여
만산은 밤중같이 풍경 소리 고요하다

## 풍경 소리

저녁 해 저무니
사람 인적 드물고
별빛이 하나둘 풀잎에 이슬 맺힌다


하늘 끝 서산에 노을이
멀리서나마 종소리 들리듯
쨍그렁 쨍그렁
풍경 소리 어쩌면 아름답다


길 잃은 사슴 중생을 인도하듯
물은 순리로 깊은 계곡 아래로 흐른다
금산에 어여쁜 꽃들과 나무가
고요한 산사 풍경 소리 듣는다


아득한 남빛 바다
봄 깊은 옛 절에는 뻐꾸기 꾀꼬리가
풀꽃 들꽃에 화음하며 우거져
스님이 선정에 들고
풍경 소리 달빛이 법당에 비친다


## 만법은 허공

청산에 구름 빛
끝없는 질주
그리는 마음 청양한 햇살 아래

끝없는 마음 먼 길 나그네

천리 하늘 쪽빛 바다
안개 걷힌 푸른 바다
비단처럼 곱고 곱다

옥물결로 햇빛 속에 물결 춤추고
세존도 연꽃 바다
금산은 관음도량

가을비에 찬 연기
저녁 구름 외로운
산 가득 구름은 바위에서 피어나고

돌 바위 푸른 이끼
소나무 운무 속 안개비에 자란다
향내음 어지러운 금산의 풍경 소리
해풍에 만법은 허공의 꽃이로다

# 적객들의 유배생활과 지역문화

　　장구한 세월이 흘러, 그 기나긴 역사를 돌아볼 때 인간에게 중요하지 않은 시기가 한 때라도 있었을까마는, 고려시대부터 유형(流刑)이라 하여 죄인을 먼 곳으로 추방하는 형벌로 정치범이 받는 귀양은 2000~5000리 사이의 거리에서 죄의 차별을 두었다.

　　어느 경우에는 곤장 100대를 때려서 보내 유배생활 중에 숨진 사람도 있다. 유배의 종류는 이주, 정배, 무기정배, 원지정배, 절도정배(외딴섬), 절도안치, 가극안치, 위리안치, 본향안치(本鄕安治) 등이 있었다. 유배는 조선 중기야말로 형벌이 급물살을 타듯 정쟁의 사화가 가장 많이 일어난 시기라 유형이 다양할 수 있었다 할 것이다.

　　유배는 주로 권력싸움의 패배에서 맞게 되는 죽음과도 같은 격리의 극형으로 《삼국사기》에 기록이 전할 만큼 이 땅에서도 그 유배는 오랜 역사를 갖는다. 정쟁의 회오리가 거셌던 조선시대엔 유배자도 늘어나 형벌의 정도도 가혹해져 처음엔 유배자를 한양과 가까운 곳으로 보냈다가 점차 살기조차 힘든 절해고도의 궁벽한 곳으로 격리시켜 갔다. 제목의 위리안치 역시 유배객이 머무는 집의 지붕 높이까지 가시나무를 둘러쳐 그 안에 유배객을 유폐시킨 형벌이다

　　조선 초기는 태평성세와 그 균열은 조선 개국 후 태평을 구가하던 시절에서부터 사화로 인하여 16세기 당정으로 사림정치가 본격화되는 시기로 자의와 타의에 의한 귀거래(歸去來) 그리고 그곳에서 수양에 힘쓰거나 풍류를 즐기는 사람들이 궁벽한 땅에서 예술혼을 사룬 이들이 대비되는 가운데 세상을 구하

고자 노력한 실학자들이 우리나라 문화의 부흥기로 유배문학은 근대문학의 초석이 된다.

조선시대에 중세적 규범에 대한 찬반 논란이 가장 활발하게 일어난 것은 17~18세기에 발흥한 실심실학(實心實學)은 참학문 운동이며, 실학의 본바탕이 실심에 있었고, 이것이 조선 실학의 제일 개념이다. 실학은 17세기 중엽에서 19세기에 걸쳐 대두된 일련의 현실개혁적 조선 유학의 학풍으로서 중엽까지 약 200년간 조선에서 일어나 꽃핀 학문으로, 실학을 일으키고 발전시켜 온 나라는 조선이다.

그러기에 실학을 근대 학문으로 체계 세운 정인보(鄭寅普) 선생도 실학을 실심의 학문으로 정의했다.

실학이 실용(實用)의 학문이란 전제에서 동아시아 근대화에 이바지하였다는 평가도 물론 있었다. 그러나 경제를 위해서 온 나라의 강(江)을 파헤치는 것과 같은 실용주의는 실학이 아니다. 실학은 사람과 자연이 함께 살고 지속 가능한 생명의 문명을 만들어 갈 학문, 학문과 삶이 둘이 아니고 하나가 되어야 할 참학문운동이다.

18세기는 이제까지 인간을 짓누르던 주자학의 굴레에서 벗어나 실사구시(實事求是)의 합리성과 인성(人性)에 대한 열정이 일어난 시기였다. 때마침 청나라에서 쏟아져 들어오는 신문물이 우리나라의 지식인들에게 막대한 영향을 주었고, 이는 곧바로 저술활동으로 이어져 많은 책들이 저작 발간되는 시기로 연암 박지원을 필두로 하여 박제가, 이덕무, 유득공 이외에도 신문물을 접한 많은 지식인들이 이용후생(利用厚生)을 위한 책들을 많이 저작하였다. 이들은 당시 우리 사회의 문제점을 깨닫고 정치, 사회, 역사, 물류, 농업 등의 다양한 부문에 대한 저술을 펴냈으며, 청나라에서 쏟아져 들어오는 정보를 정리하여 백과 사전류의 편집을 시행하였다. 과연 이전에는 볼 수 없었던 변혁이요 대사건이라고 할 수 있는 시대의 변화였다.

조선시대 귀양살이로 각 지역에 유배된 사람들이 적소생활 중에 지역 주민들과 교류하고 그들을 향교나 서당에서 훈육하면서 중앙의 수준 높은 문물을 전해 주어 변화된 지역문화 발전을 말하는 것이나 반대로 유배인 스스로가 유배지역의 토착문화나 민속, 예술 등에 영향을 받아 자신의 학문이나 경륜, 예술적 자질들을 발전시킨 측면도 유배생활에서 얻어 지는 토착문화로 특유의 정취가 담겨 있다.

조선시대 유배지를 도별로 분류 조사한 연구에 의하면, 우리나라 여덟 개 도 중에 전라도 지역이 유배가 가장 많았던 지역으로 나타나고 있으며 그 중 전라도 지역을 다시 세분해 보면 진도가 가장 많고, 다음으로 흑산도, 고금도, 강진, 장흥, 지도 등의 순이다. 이 연구의 결과를 전적으로 따르기는 어렵지만, 전라도 지역, 그리고 진도 지역에 유배가 많았던 사실은 인정할 수 있다. 진도가 이처럼 유배지로 널리 이용되었던 것은 아무래도 바다 가운데 있는 섬이면서도 크고 비옥한 지방이라는 조건에서 말미암은 것으로 볼 수 있으나 남해도 못지않게 여겨진다.

남해에 유배된 사람의 수를 정확하게 헤아리기는 어렵지만, 기록에서 확인할 수 있는 유배인들은 188명에 이른다. 이들의 반 수 가까이는 반년에서 10년 미만의 적거생활을 하였고, 가장 오랜 유배기간은 13년을 지낸 것으로 나타났다.

유배인들이 남해로 유배된 사유는 대체로 정치범, 사상범의 범주에 속한다. 곧 정변이나 왕위교체, 사화나 당쟁에 연루되거나 행정적 과실에 대한 처벌, 한말의 의병이나 독립운동에 관련된 경우 등이다.

남해 유배인 중 남해 사회에 크게 영향을 미친 인물과 사례로는 노량에서 오랫동안 머물며 남해를 찬송하며 경기체가 《화전별곡》을 찬가한 조선 4대 문필가 중 한 명인 자암 김구와 약천 남구만이 《약천집》에서 망운산과 금산의 선경을 노래하였으며, 소재 이이명은 죽산리로 이배(移配)온 후, 장인(丈人) 김만중이 머물다 돌아간 적소에 들러 시들어가는 매화나무를 옮겨 심고 〈매부〉(梅賦)를 지어 칭송하였다.

서포 김만중은 용문사와 노도섬이 적거지로 남해향교를 들르며 《주자요어》를 집필하며 《구운몽》과 《사씨남정기》를 창작한 한국 3대 고전 문학가이다. 후송 유의양도 읍성남문 밖에 칩거하며 3개월간 남해를 섭렵하며 주민들을 상대로 보고 듣고 느낀 이야기를 기행문으로 기록한 《남해문견록》을 남겼다. 태소 김용은 한여원의 집에서 반년 정도 머물며 〈감로수〉, 〈노인성〉, 〈노량충렬사〉, 〈홍문〉 등의 한시를 모은 《남천잡록》을 남겼다.

유배인이 남긴 많은 시류와 남해를 거쳐 간 유배객들의 영원한 문화역사를 기록으로 남기는 소중한 역사 유배문학은 민족의 영혼, 남해의 문화유적으로 새로운 남해의 문화시대를 열어갈 밑거름이 될 것이기 때문이다.

당시 조선 후기 적객들이 죄인 신분에 따라 다르기는 하겠지만 어떻게 생활하였는가를 살피는 데도 이 작품에 나타난 당시 유배자들이 어떻게 생활하였는가를 알 수 있는데 지적하여 살펴보면 다음과 같다.

### 적소에서 유배생활

① 배소(配所)에서의 유배자의 거소(居所)는 현지 관장(官長)이 정하여 주었었다.

② 비록 죄인이지만, 경우에 따라서는 관(官)에서 노자(奴子)와 식모(食母)까지를 붙여 주기도 하고, 가족 및 타인과의 접촉도 때에 따라서는 허용해 주어 상당 부분 자유로웠다.

③ 적객(謫客)의 생활비는 죄인 스스로가 부담하였으며, 아는 사람이 많으면 인근 관장(官長)들의 물질적 후원도 많이 받았음을 짐작할 수 있다.

다음으로는 숙종(肅宗)과 영조(英祖)시대 남해 서민들의 생활상을 엿보는데 좋은 자료가 된다.

① 일반 서민들의 곤궁한 생활상 및 해녀들의 생활상까지도 그 어려움을 충분히 알려주고 있다.

② 무명촌부(無名村夫)들이 귀양살이하는 사람에게까지 동종 문안(同宗問安)의 사교적 친분(社交的親分)을 맺어 자기들의 미천(微賤)한 신분(身分)을 사회적으로 드높여 보려는 의도적 심방(尋訪)은 한 피찬자(被竄者)의 양심을

괴롭혀 주었다는 점에서 당시의 사회현실까지도 엿볼 수 있다.

## 유가예법의 관혼상례

(1) 당시 남해 서민들의 상장지례(喪葬之禮)에 있어서 풍악(風樂)을 잡혔다는 사실은 중국의 만주족(滿洲族), 당시 청국인(淸國人)들에서도 쉽게 볼 수 있었던 장례 풍속으로 섬 중의 풍속(風俗)은 민속학적 문화로 고찰이 될 것이다.

"어버이의 장례(葬禮)를 모실 때에 수일 전(數日前)을 기하여 집에 차일(遮日)을 치고, 주육(酒肉)을 많이 장만하여 동리(洞里) 사람들을 모아 각별(恪別)히 많이 먹이고, 무당과 점쟁이를 모아 아침부터 밤이 되기까지 굿을 하고, 새벽에 발인하여 갈 적에 북과 장구를 치며 피리와 저를 불어 상여(喪輿) 앞에 인도하여 산까지 가니, 장수(葬需)는 부조 받는 일이 없고, 장사 지낼 때에 산신께 폐백 드리는 이가 없고, 선비라 이름 하는 사람이라도 신주(神主)를 모시는 이가 없고, 돌아와 제사 한 번 지내니, 제 이름은 넋제라 하니, 대범 장사에 주육(酒肉)과 풍류(風流)를 착실히 한 후에야 이웃 사람들이 장사를 잘 지내니, 그 상인(喪人)이 착하다"하고, 장수를 약간 잘 차려 지내어도 풍류와 주육이 착실하지 못하면 "장사를 잘못 지냈다" 하고, 꾸지람이 많다고 하였다.

(2) 당시 남해 서민들의 관혼지절(冠婚之節)에서 번잡한 6예(禮)를 다 갖추지 아니하고 대례(大禮)로써 끝내는 것은 오늘날의 의례 간소화(儀禮簡小化)라고 하겠고, 신랑을 곯리는 일은 신랑의 지혜 다루기의 한 토속적 행위라 하겠다.

혼인날 신랑이 오면 동네 어른과 아이들이 내달아 신랑의 얼굴에 먹칠도 하는 등 매우 곯게 보채어 과거(科擧)에 급제(及第)한 선달(先達)을 선진(先進)이 보채는 듯이 보채고, 딴 방에 종일토록 앉혔다가 신랑의 집에서 신부집으로 구혼하는 납채(納采)하는 일도 없고, 신랑이 색시댁에 가서 나무로 깎은 기러기를 상 위에 올려놓고 절하는 전안(奠雁)하는 일도 없고, 신랑신부가 낮에 보는 일도 없고, 동리 잔치도 하는 일이 없이 밤에 신랑 있는 데에 처녀를 들여보내고, 다른 예절이 없다고 하니, 도중에 칭명 양반이라고 이름하는 사람들도 장사 지내는 예절과 혼인하는 의례가 이렇듯 망측하니, 이 땅이 비록 한양서 천리가 넘은들 예의지방의 교화가 아니 미친 데 없건마는 이 땅이 이렇듯 무식하고, 예의범절이 없이 언행이 서툴까? 측연(惻然)하기가 심하였다.

그 이유는 다름이 아니라, 이 고을 원들은 이전부터 무관(武官)이 오기에 정치를 혹 잘한다 하여도 예의지교(禮儀之敎)와 어버이를 잘 섬기는 도리와 절개를 굳게 지키는 도리를 일컫는 이가 없기에 풍속이 준준(蠢蠢)하여 한 해 그러하고 두 해 그러하여 백성들이 오륜(五倫)이 무엇인지 알지 못하고, 성질이 모질고 완악(頑惡)하기만을 길러 오고, 중간에 문신(文臣)을 사이사이 보내게 변통하였으되, 문관원(文官員)이 한 번 다녀간 후 무변원(武弁員)이 연하여 오기에 권학(勸學)하는 일이 없고, 예법 익히기가 매우 경솔(輕率)하고 오만(傲慢)하니, 섬 안의 늙은이들이 혹 애달파 하는 이가 있었다.

(3) 여거사(女居士)들의 놀음놀이는 당시 남해 서민들의 무미건조한 생활에 소화제(消化劑)의 역할을 하기도 하고, 실의에 빠졌거나, 삶에 지친 백성들에게 새로운 힘의 재비축(再備蓄)을 위한 오락 대용물이었기 때문에 이해(利害)의 고려(考慮) 없이 모든 섬 속의 사람들이 즐겼던 것으로 여겨진다.

(4) 또 남해섬 이외의 타 지역민들이 들어와서 정착하는 문제에 관한 것은 따로 이 당시 사회의 인구 이동 문제와 문화 교류 문제 등의 면에서 살펴볼 가치가 있는 것이라고 하겠다.

### 지방 방언

향촌은 산과 강이 푸르고 대나무 숲이 어우러진 마을들이 산 밑에도 있고 물가에도 있으니, 울타리 사립문을 다 대나무로 하고 뜰가에는 석류꽃이 붉게 피었으니 보기에 경가(景佳)롭고 전답이 문전옥토라 경작(耕作)이 좋고 아낙의 길쌈들이 착실하고 해물(海物)이 갖추어 있으니 생존의 길은 좋은 곳이로되 벌레들과 뱀과 같은 모든 독충들이 모여 있어서 거의 사람들이 살 수가 없는 고장이다. 영조시대 1770년대 향촌의 생활환경과 실상을 엿보는 연구에도 귀중한 자료가 된다.

(1) 지은이가 훌륭한 언어학자는 아니었지만, 당시 언어로서는 거의 표준어 사용자에 가까웠을 것이라는 전제 아래 이 작품에 표기된 철자를 놓고 보면, 몇 가지 당시의 국어 현상을 엿볼 수가 있게 된다.

(2) 평평한 입술소리 모음, 평순모음(平脣母音)이 둥근 입술 소리되기 원순화 (圓脣化)로 변하는 과도기적 현상을 엿볼 수 있다. 예) 믈 = 물(水) 등의 혼용.

(3) 모음조화(母音調和)가 파괴되는 현상을 엿볼 수 있다.
예) 행자(行資)롤 = 行資를, ᄒ야 = ᄒ여 등의 혼용

(4) 된소리 표기의 이중성(二重星)을 엿볼 수 있다.
예) 호쌍 = 호빵의 혼용.

(5) 입천장 소리되기 현상으로, 구뎡 = 구졍(九井)이 혼용된 것을 볼 수 있다.

(6) 'ㅎ' 동반 체언이 상당수 상존하고 있었다는 점을 알 수 있다.
예) ᄒ나히, 나라희, 바다희, 길히, 돌희 등.

(7) 현재 사어(死語)가 된 'ᄇ롯(겨우), 맛디ᄂ(맡기는), ~다히(~쪽~ · ~편), 즈레(지레), 바히(전혀 · 아주), ᄆ이(매우)' 등도 당시에는 널리 쓰였음을 알 수 가 있다.

(8) 이미 소실된 것으로 논의되는 'ㆁ' 음가가 일부 어휘에서는 상존(尙存)하 였음을 알 수 있다.

예) '말(言) = 몰(馬), ᄒ다(爲) = 하다(多・大)' 의 엄격한 구별사용.


(9) 무엇보다도 오늘의 독자들에게 관심을 가지게 하는 것은 지은이가 남해 방언을 30여 단어를 지적하여 서울말과 대조한 것이다.

예) 경지(부엌), 육궁(매양), 볼모(옷), 쳉(키), 쟉지(지팡이), '너희' 라는 말은 '늑의' 라 하고, '저희' 라는 말은 '즉의' 라 하고, '계집아이' 라는 말은 '가산 이' 라 하고, '오라비 아내' 라는 말은 '올체' 라 하고, '먹으란' 말은 '묵으라' 하고, '아무 일이나 아주' 라는 말은 '함부래' 라 하고, '아직' 이란 말은 '당샤' 라 하고, '달라' 라는 말은 '도라' 라 하고, '바삐 걸어라' 는 말은 '팽팽 걸어라' 하고 말하였다.

'뽕' 이라는 말은 '뿅' 이라 하고, '질경이' 라는 말은 '배피장' 이라 하고, '기 러기' 는 '글억이' 라 하고, '병아리' 는 '비가리' 라 하고, '옷' 은 '볼모', '긴 옷' 은 '긴 볼모' 라 하고, '핫옷' 은 '핫볼모', '홑옷' 은 '홑볼모', '화로' 는 '화티' 라 하고, '키' 는 '챙' 이라 하고, '옥수수' 는 '강낭수수' 라 하고, '지팡이' 는 '작지' 라 하고, '다리미' 는 '다립' 등.


(10) 이 방언을 통하여 문장표현에 있어서 언문일치주의(言文一致主義)로 사실 전달에 애쓴 흔적을 보여주고 있다.

예를 든다면, 대화의 전달에 있어서의 언어경제의식(言語經濟意識)이 대단하 였음을 보여주는 것으로 주격조사와 목적격조사 등 토씨들과 체언과 용언에 접속되는 허사들을 많이 생략하고 있다는 점을 들 수 있다.

이것은 지방의 토속적 방언으로 서술 내용의 흐름이 누군가가 듣고 있음을 가정하고 혼자 옛날 이야기를 하듯 구술식(口述式)으로 서술하고 있기 때문에 어떻게 보면 무미할 만큼 간결하고 단조롭게 표현된 것이라고 하겠다.

이상의 몇 가지 가치 이외에 더욱 값진 것은 우리 선인들의 숨결이 맥맥이 흐 르고 있음을 이 작품을 통하여 역력히 느끼며 교감(交感)할 수 있다는 사실 바로 그것이라고 하겠다.

# 한국 실학의 특징

중국에서 실학으로서 학풍이 세워진 것은 명나라 말기 서구 과학의 전래와 청나라 초기의 고증학풍이 일어나 학문으로서의 체계를 세웠다.

청조 고증학파 실학은 한족이 만주에서 일어난 청에 정복된 민족 문화 운동 또는 경전 재정리로 청조 타파와 한족 국가의 재홍을 기도한 민족적 사상과도 합류된다고 볼 수 있다.

청조의 실학파 학자들이 경서 고증에 치중한 데 대하여 한국 실학파 학자들은 정치·경제·종교 및 문화 등의 제반 제도를 개선하여 임진왜란, 병자호란으로 인한 절박한 민생문제와 사회문제를 해결하자는 데 치중하였다.

즉 한국의 실학은 서구 과학과 청의 농법·농제를 토대로 하는 경세의 학문을 주로 뜻하는 것이라 볼 수 있다. 이런 뜻에서 한국의 실학은 한국의 르네상스라 보아야 할 것이다.

실학은 종래의 공리공담이 주로 된 도학과 주자학의 관념적 세계에서 벗어나 실제의 세계에서 온갖 민생문제와 사회문제를 참다운 이상과 방법으로써 해결하여 다 같이 행복한 생활을 하자는 데 그 뜻이 있으며 이것이 한국 실학의 특징인 동시에 이상이었다.

조선 초기의 유학, 즉 주자학적 도학(道學)이 초기의 참신한 기운을 잃고 케케묵은 이론을 시종하여 실제와는 아주 동떨어진 학문이 되고 말았다. 이때 사실에 입각한 새로운 비판 정신을 불어넣은 것은 당시 청나라에서 들어온 고증학과 서양의 과학적 사고방식이었다.

 | 소재(疎齋) 이이명(李頤命) 매화당 습감재(習坎齋)

그 영향을 받은 사람들, 즉 새로 등장한 실학파들은 비판의 눈을 우선 퇴폐한 사회 경제 정치로 돌리고 현실의 여러 문제를 해결함으로써 이상적인 사회와 희망적인 장래를 내다보고자 하였다.

한편 임진왜란을 전후한 우리 국내 사정은 지주(地主) 및 관료층의 착취와 이전부터 상공기술(商工技術)에 대한 천대에 겹쳐 조선 후기 전정(田政)·군정(軍政), 환곡(還穀)의 3정(三政) 문란은 부패한 사회의 개량을 더욱 촉진케 하여 새로운 생활 타개를 위한 구국구폐운동(救國救弊運動)이 개별적 혹은 체계적인 개혁 방안(改革方案)과 사회정책으로 나타나기 시작하였다.

임진왜란·병자호란의 두 난이 있은 뒤 국민들의 곤란한 생활의 타개책으로 관리가 되기 위하여 노력하며, 권리의 유지책으로 드디어는 당쟁을 이용하게 됨에 따라 당쟁의 격심으로 정계에서 물러난 학자들은 임야(林野)에 들어가 역사와 정치 경제문제를 연구하였으며 국가 재건을 위한 구체적인 방안의 사회적인 요구가 절실한 데서 비로소 실학사상이 움트기 시작하였던 것이다.

더욱이 임진왜란, 병자호란의 치명적 타격은 비판 정신을 길러 사회생활과 정치의 지도이념으로 되어온 주자학에 대한 비판을 하게 되었고, 지행합일주의(知行合一主義)를 주장하였다.

주자학에 대립되는 양명학(陽明學)의 전래에다 청조의 고증학이 영·정조(英·正祖) 때에 하나의 새로운 학풍을 이루어 수신제가(修身齊家)와 치국(治國)의 이상을 올바르게 하기 위하여 현실적으로 절실하게 요구되는 정치를 실현하려는 일종의 혁신운동이 그들 사이에 일어났다.

성립실학파의 비조(鼻祖)는 반계 유형원(磻溪 柳馨遠)인데, 그를 계승한 성호 이익(星湖 李瀷)과 더불어 실학의 앞길을 닦아 놓았다. 유형원의 《반계수록》과 이익의 《성호사설》은 현실적인 문제들, 즉 정치의 길(道)·지방제도·경제·과거제도·학제(學制)·병제(兵制)·관제 등을 날카롭게 비판하고, 그들의 장래에 대한 이상과 구상을 논한 책이다.

이리하여 실학의 계통을 밟은 학자들이 잇달아 나타났으니, 앞에 말한 유형원의 《반계수록》, 이익의 《성호사설》 외에 정약용(丁若鏞)도 《목민심서》, 《경세유표》, 《흠흠신서(欽欽新書)》를 지어 현실의 개혁을 부르짖었다.

한편 한국에서 실사구시의 학풍 장려를 가장 먼저 주장한 사람은 양득중(梁得中)이다. 그는 1729년(영조 5)에 실사구시의 학이 이상적이며 실제적인 학문임을 왕에게 아뢰어 왕도 '실사구시'란 4자를 써서 실내의 벽상에 걸어 놓고 양득중으로 하여금 진강하게 하였다 한다.

서세동점(暑勢東漸)에 따라 서학(西學)의 중국 유입, 즉 1601년 중국에서 선교사들이 북경 개교(開敎)와 함께 포교를 위한 방법으로 《천주실의》 등의 천주교 교리서와 《기하원본》 등 서구 과학서를 번역하여 전포했으며, 천리경, 자명종, 지구의, 천구의, 곤여만국전도, 서양포(西洋布), 유리제품 등 중국민의 취미에 맞는 서양 기물을 만들어 중국인의 마음을 사는 데 사용하였다.

이런 것들은 해마다 북경에 내왕하는 한국의 사절들이 호기심을 가져 드디어 한국에도 들어오기 시작하여 서학이 천주교와 서구 과학을 겸한 두 방면으로 발전하였다. 이는 선조 때에 이수광(李睟光)이 한국에도 소개하였으며, 같은 시대의 대사상가 허균(許筠)과 인조 말기의 소현세자 등이 발전시키기 시작하였다. 서학의 종교는 숙종 때의 이익에게서 크게 이해되어 마침내 그 문하에서 홍유한(洪有漢), 이벽(李蘗), 이승훈(李承勳), 권일신(權日身), 정약종(丁若鍾) 등의 천주교 실천자가 배출됨으로써 서학이 종교로서 발전을 거듭하였다.

또한 인조 때의 김육(金堉), 정두원(鄭斗源), 이영준(李榮俊) 등이 학습을 시작한 서학의 과학면은 이익에 이르러 크게 발전되어 그의 문하에서 홍대용(洪大容)·신경준(申景濬), 정약용, 최한기(崔漢綺), 김정호(金正浩) 등의 서구 과학의 실제 응용자를 얻음으로써 서학이 과학으로서의 발전은 더욱 활발하게 되었다. 이리하여 그들 사이에 새로운 인생관과 세계관이 수립되었고 다급한 민생문제의 해결을 위한 새로운 방안과 노력이 생기게 되었으니 서학은 한국 사상 발생의 일대 요인이 되는 것은 물론 실학 내용의 절반을 형성했다고 볼 수 있다.

게다가 한국에 실학사상이 발생되던 명말청초(明末淸初)의 중국 문화는 한인(漢人)의 한문화 재건으로부터 오는 고증학적 학풍과 서구 과학의 섭취로써 얻은 이용후생(利用厚生)의 경제 정책 또는 산업 정책을 내용으로 하는 것인데 소위 북학파(北學派)로 알려져 있는 홍대용, 박지원(朴趾源), 박제가(朴齊家) 등의 신진학자들이 수입하여 발전시켰다.

이들은 중국의 문물제도를 배워 그대로 사용하자는 것으로 한국 실학 성립의 한 초석이 되었던 것이다. 이리하여 한국에도 서학(西學)을 한국보다 더 실제 생활에 이용해 본 중국 문화의 전래 등으로 인해 완전히 실학사상이 대두하여 명실 공히 이용후생의 학문으로서 나타났다.

조선 중기에 일어난 실학의 한 학파인 실학파(實學派)는 헛된 이론을 버리고, 사실을 추구하여 실생활에 이용할 수 있는 학문을 주장하였다. 고려 말에 중국에서 전하여 온 성리학은 그 사이에 많은 발전을 보았으나 일상생활과는 먼 감이 없지 않았고, 임진(壬辰)·병자(丙子)의 양란을 겪고 난 국민은 때마침 청나라를 통해 들어온 서양문명의 영향을 받아 학계에 큰 변동을 일으켰다. 곧 정치·경제·천문·지리·어학 등에 유형원을 비롯하여 이수광, 정약용, 이덕무(李德懋), 박지원, 신경준 등의 학자가 동시에 일어나 실용적인 학문을 주장하였다.

18세기 전반에는 농업 중심의 개혁론이 대두되었다. 농촌 사회의 안정을 위하여 농민의 입장에서 토지제도를 비롯한 각종 제도의 개혁을 추구한 실학자들을 경세치용학파라고 한다. 이들은 공통적으로 농민 생활의 안정을 위한 토지제도의 개혁을 가장 중요하게 생각하였다. 대표적인 학자들은 다음과 같다.

- **유형원** : 경세치용파의 선구자로 《반계수록》에서 균전론을 내세워 자영농 육성을 위한 토지제도의 개혁을 주장하였고, 양반 문벌제도, 과거제도, 노비제도의 문제점을 비판하였다.
- **이익** : 경세치용파의 대표적 인물이다. 그는 유형원의 실학사상을 계승, 발전시켰으며, 많은 제자를 길러 성호학파를 형성하였다. 그는 자영농 육성을 위한 토지제도 개혁론으로 한전론을 주장하고, 저서 《성호사설》을 통해 나라를 좀먹는 여섯 가지의 폐단을 지적하기도 하였다.
- **정약용** : 토지를 공동 소유하고 이를 공동 경작, 공동 분배하자는 여전론을 주장하였다.

18세기 후반 영조 · 정조 대에는 상공업 발전 및 기술 혁신을 주장하는 실학자들이 나타났다. 당시 오랑캐라 배척하던 청나라의 문물을 적극 수용하여 부국강병과 이용후생에 힘쓰자고 주장하였으므로 이들을 이용후생학파 또는 북학파라고도 한다. 그들은 주로 청나라에 내왕하면서 청조 문화의 우수함을 보고 조선에 돌아와서 그 발달한 문화를 수입하자고 주장한 사람들이었으며, 그들의 견문을 토대로 많은 저서를 남겼다.

대표적인 학자들은 다음과 같다. 유수원[1]은 북학파의 선구자이다. 그의 저서 《우서》에서 상공업의 진흥과 기술의 혁신을 강조하고, 사농공상의 직업 평등과 전문화를 주장하였다.

홍대용[2]은 사신으로 청나라를 방문한 경험을 토대로 기술의 혁신과 문벌제

---

1) 유수원(柳壽垣, 1694~1755) : 본관은 문화이다. 자는 남로(南老)요, 호는 농암(聾菴) · 농객(聾客)이다. 할아버지는 대사간 상재(尙載)이고, 아버지는 봉정(鳳庭)이며, 어머니는 김징(金澄)의 딸이다. 어린 시절 아버지를 여의고, 서울로 이거하여 일가친척의 집에서 자랐다.

1714년(숙종 40) 진사시를 거쳐, 1718년 별시문과에 합격했다. 1722년(경종 2) 정언이 되고, 이듬해 소론의 원로이자 영의정인 조태구(趙泰耉)를 비판하며 조정의 쇄신을 간청하는 상소를 올렸다가 예안현감으로 좌천되고, 부임하기 전에 파직당했다.

그해 7월 다시 낭천현감에 임명되었다. 영조 즉위 후 지평이 되었으나 그의 집안이 원래 소론인데다가 종숙(從叔) 봉휘(鳳輝)가 신임사화(辛壬士禍)의 주모자로 지탄 · 삭출되자, 이후 작은 고을의 수령을 전전하게 되었다. 그는 정치에 대한 실망을 하고, 연구와 저술에 힘썼으며, 그 결과 《우서(迂書)》가 집필되었다. 그는 《우서》를 통해 조선왕조의 문물제도에 대한 역사적 고찰을 한 뒤 관제의 개혁, 신분제 철폐, 교육의 기회균등, 농공상업의 분업적 전문화를 통한 산업의 진흥을 강조했다. 《우서》를 통해 그의 식견과 재질을 인정한 이광좌(李光佐) · 이종성(李宗城) · 조현명(趙顯命) 등이 추천하여, 1737년(영조 13) 단양군수에서 비변사문랑이 되고 이어 사간원정언을 거쳐 사헌부장령이 되었다. 1741년(영조 17) 왕명을 받아 〈관제서승도설(官制序陞圖說)〉을 지을 때 귀머거리가 되어 영조와의 대화가 소통되지 않아, 붓으로 도설의 이해편부를 토론했다. 그 후 25년간의 관직생활을 마치고 10여 년 간 야인으로 보내다가, 1755년(영조 31) 2월 전라도 나주에서 일어난 괘서사건(掛書事件)에 이어 토역경하정시(討逆慶賀庭試)에 또 다시 나타난 변서사건(變書事件)에 관련이 있다고 하여 그해 5월 반역혐의로 국문을 받고 사형당했다. 그의 가족은 모두 노비로 적몰되었다.

2) 홍대용(洪大容, 1731~1783) : 본관은 남양(南陽)이다. 자는 덕보(德保)이고, 호는 담헌(湛軒) · 홍지(弘之)이다. 할아버지는 대사간 용조(龍祚)이며, 아버지는 목사 역(櫟)이다. 일찍이 당대의 석학이자 노론학파의 중심적 인물인 김원행(金元行)에게서 주자학을 배웠다. 여러 번 과거에 실패하여 중앙정계에 진출하지 못한 가운데 박학다식한 학문적 소양을 쌓아나갔다. 1765년(영조 41) 서장관으로 청나라에 가는 숙부 억(檍)을 자제군관(子弟軍官)으로 따라가 3개월 동안 베이징[北京]에 체류했다. 이때 중국인 학자 엄성(嚴誠) · 반정균(潘庭均) · 육비(陸飛) 등과 친교를 맺고, 독일계 선교사로

도의 철폐, 그리고 성리학의 극복이 부국강병의 근본이라고 강조하였으며, 사대부의 중화사상을 비판하였다.《담헌집》을 남겼다.

박지원[3]은 상공업의 진흥을 강조하면서 수레와 선박의 이용, 화폐 유통의 필

흠천감정(欽天監正)인 A. 폰 할러슈타인(중국식 이름 劉松齡)과 부정(副正)인 A. 고가이슬(鮑友管) 등과 면담하면서 청나라 고증학과 서양의 문물을 접하고 사상체계에 큰 변화를 겪게 되었다. 그의 베이징행은 북학파 가운데 가장 이른 것으로 당시 교우관계에 있던 박지원(朴趾源)·이덕무(李德懋)·박제가(朴齊家) 등에게 영향을 주어 북학파를 형성하게 되었다. 베이징에서 돌아와 3년간 중병을 앓은 후, 1774년(영조 50) 음보(蔭補)로 선공감감역(繕工監監役)이 되고 곧 세손익위사시직(世孫翊衛司侍直)이 되었다. 1777년(정조 1) 사헌부감찰이 되었으며, 1778년(정조 2) 태인현감(泰仁縣監), 1780년(정조 4) 영천군수(榮川郡守)가 되었다. 1783년(정조 7) 모친이 연로하다는 이유로 사직하고 서울로 돌아온 후 곧바로 중풍에 걸려 죽었다.

3) 박지원(朴趾源, 1737~1805) : 본관은 반남(潘南). 자는 중미(仲美), 호는 연암(燕巖). 할아버지는 지돈녕부사 필균(弼均)이며, 아버지는 사유(師愈)이다. 그의 가문은 노론(老論)의 명문세신(名門世臣)이었지만, 그가 자랄 때는 재산이 변변치 못해 100냥도 안 되는 밭과 서울의 30냥짜리 집 한 채가 있었을 뿐이었다. 그는 영조로부터 두터운 신임을 받으면서도 척신(戚臣)의 혐의를 피하고자 애썼으며, 청렴했던 조부의 강한 영향을 받으며 성장했다.
1752년(영조 28) 이보천(李輔天)의 딸과 결혼했다. 그의 처삼촌이며 이익(李瀷)의 사상적 영향을 받았던 홍문관교리 이양천(李亮天)에게서 글을 배우기 시작했다. 3년 동안 문을 걸어 잠그고 공부에 전념, 경학(經學)·병학·농학 등 모든 경세실용의 학문을 연구했다. 특히 문재(文才)를 타고난 그는 이미 18세 무렵에 〈광문자전(廣文者傳)〉을 지었다. 1757년(영조 33) 〈민옹전(閔翁傳)〉을 지었고, 1767년(영조 43)까지 〈방경각외전(放璚閣外傳)〉에 실려 있는 9편의 단편소설을 지었다. 이 시기 양반사회에 대한 비판이 극히 날카로웠으나, 사회적 모순은 대체로 추상적으로 파악하고 있었다. 1759년(영조 35) 어머니가, 1760년(영조 36)에 할아버지가, 1767년(영조 43)에는 아버지가 별세했다. 아버지의 장지(葬地) 문제로 한 관리가 사직한 것을 알고는, 본의 아니게 남의 장래를 막아버린 것을 자책해 스스로 과거에의 뜻을 끊었다. 1768년(영조 44) 서울의 백탑(白塔, 지금의 파고다 공원) 부근으로 이사했다. 주변에 이덕무(李德懋)·이서구(李書九)·서상수(徐常修)·유금(柳琴)·유득공(柳得恭) 등도 모여 살았고, 박제가(朴齊家)·이희경(李喜慶) 등도 그의 집에 자주 출입했다. 당시 그를 중심으로 한 '연암그룹'이 형성되어 많은 신진기예의 청년 인재들이 그의 문하에서 지도를 받고, 새로운 문풍(文風)·학풍(學風)을 이룩하게 되었는데, 그것이 북학파실학(北學派實學)이었다. 문학에서는 당시 이덕무·유득공·이서구·박제가가 4대시가(四大詩家)로 일컬어졌는데 모두 박지원의 제자들이었으며, 이서구를 제외하고는 모두 서얼 출신이었다. 1780년(정조 4) 진하별사(進賀別使) 정사(正使) 박명원(朴明源)의 자제군관(子弟軍官) 자격으로 청(淸)의 베이징[北京]에 갔다. 박명원은 영조의 부마로서 그의 8촌 형이었다. 5월 25일에 출발해 8월 1일부터 9월 17일까지 베이징에 머물렀고, 10월 27일 서울에 돌아왔다. 이 여행에서 청의 문물과의 접촉은 그의 사상체계에 큰 영향을 주어 이를 계기로 그는 인륜(人倫) 위주의 사고에서 이용후생(利用厚生) 위주의 사고로 전환하게 되었다. 그는 귀국한 이후《열하일기(熱河日記)》의 저술에 전력을 기울였다.《열하일기》는 단순한 일기가 아니라, 〈호질(虎叱)〉·〈허생전(許生傳)〉 등의 소설도 들어 있고, 중국의 풍속·제도·문물에 대한 소개·인상과 조선의 제도·문물에 대한 비판 등도 들어 있는 문명비평

요성 등을 주장하고, 양반 문벌제도의 비생산성을 비판하였다. 농업에서도 영농 방법의 혁신, 상업적 농업의 장려, 수리 시설의 확충 등을 통하여 농업 생산력을 높이는 데 관심을 기울였다. 청나라에 갔다 온 경험을 담은 여행기《열하일기》로 유명하다.

- 박제가 : 박지원의 제자로 청에 다녀온 후《북학의》를 저술하여 청의 문물을 적극적으로 수용할 것을 제창하였다. 그는 이 책에서 생산과 소비와의 관계를 우물물에 비유하면서 소비를 권장해야 한다고 주장하였다.

그밖에 저작으로 이덕무의《청장관전서》(靑莊館全書), 홍양호(洪良浩)의《이계집》(耳溪集), 유득공의《영재집》(泠齋集) 등이 있다.

---

서였다. 1783년(정조 7) 무렵에 일단 탈고되었으나, 이후에도 여러 차례의 개작과정을 거쳐 최종적인 수습은 그가 죽은 뒤 1820년대 초반의 어느 시기에 이루어졌을 것으로 보인다.《열하일기》는 공간되기도 전에 이미 필사본이 많이 유포되었는데, 특히 자유분방하고도 세속스러운 문체와 당시 국내에 만연되어 있던 반청(反淸) 문화의식에의 저촉 때문에 찬반의 수많은 반향을 불러일으켰다. 고루하고 보수적인 소화의식(小華意識)에 젖어 있는 지식인들의 비난 때문에 정조도 1792년(정조 16)에는 그에게 자송문(自訟文, 반성문)을 지어 바치라는 처분을 내리지 않을 수 없었다. 이 시기 그는 양반사회에 대한 비판과 부패의 폭로가 더욱 원숙해졌고, 사회모순을 구체적으로 지적하고 드러냈으며, 이용후생의 실학을 대성하기도 했다.

# 유배가사(流配歌辭)

유배노래의 원조는 고려시대 정서의 〈정과정〉이다. 유배가사는 조선시대에 지어진 것으로 대표적인 유배가사 4편을 소개한다.

## 1. 조위의 〈만분가〉

1498년(연산 4) 성절사(聖節使)로 명나라에 갔다가 귀국 도중 무오사화를 만나 의주에서 잡혀 흠천에 유배. 49세로 유배지에서 조위[1]는 병사하였다.

---

1) 조위(曺偉, 1454~1503) : 본관은 창녕(昌寧). 자는 태허(太虛), 호는 매계(梅溪). 아버지는 현감 계문(繼門)이다. 김종직(金宗直)의 문인이다. 1475년(성종 6) 식년문과에 급제하여 검열·정자 등을 지내고 사가독서(賜暇讀書)를 한 뒤, 1479년(성종 10) 영안도경차관이 되었다. 여러 차례 시제(詩製)에서 장원하여 문명을 떨쳤고, 유호인(俞好仁)과 함께 성종의 극진한 총애를 받으며 검토관·시독관 등으로 경연에 나갔다.

그 후 지평·문학·응교를 거쳐 노모 봉양을 위해 함양군수로 나가 선정을 베풀었으며, 여러 차례에 걸쳐 표리(表裏)·녹피(鹿皮) 등을 상으로 받았다.

1491년(성종 22) 검상·장령 등을 거쳐, 이듬해 동부승지·도승지·호조참판 등을 역임하고 충청도관찰사가 되었다. 1495년(연산 1) 대사성으로 지춘추관사가 되어 《성종실록》을 편찬할 때 사관 김일손(金馹孫)이 스승인 김종직의 《조의제문(弔義帝文)》을 사초에 수록하여 올리자 원문대로 받아들여 편찬하게 했다. 이어 동지중추부사로 부총관을 겸직했다. 1498년(연산 4) 성절사(聖節使)로 명나라에 다녀오다가 때마침 일어난 무오사화로 김종직의 시고(詩稿)를 수찬한 장본인이라 하여 의주에서 체포·투옥되었다. 이극균(李克均)의 극간으로 죽음을 면하고 오랫동안 유배되었다가, 순천으로 옮겨진 뒤 죽었다. 김굉필(金宏弼)·정여창(鄭汝昌)과 더불어 초기 사림파의 대표적 인물로 성리학의 기틀을 마련했으며, 김종직과 더불어 신진사류의 지도자였다.

저서로 《매계집》이 있다. 황간 송계서원(松溪書院), 금산 경렴서원(景濂書院) 등에 제향되었다. 시호는 문장(文莊)이다.

글의 짜임

서사, 본사, 결사로 구성되어 있다.

- 서사 : 적소에서 왕에게 흉중에 쌓인 말씀을 실컷 호소하고 싶어 이 글을 쓴다고 하는 동기
- 본사 : 사화로 인해 전일의 영화가 현재의 억울하고 처참한 귀양살이를 하게 되었으나 이 역시 천명이니 황제의 처분만 바란다는 내용(자기를 굴원에 비유)
- 결사 : 원한에 쌓인 자기의 심정을 안타까워하면서 만일 누구든 제 뜻을 알아주는 이만 있다면 평생을 함께 사귀고 싶다고 함


작품의 이해와 감상

〈만분가〉는 유배가사의 효시로 알려진 작품이다. 작자인 조위(曺偉)가 무오사화(戊午士禍)로 인하여 귀양간 유배지인 순천에서 지은 것이다. 작품의 내용을 보면 작자가 사화에 연루되어 억울하게 하는 귀양살이를 비분강개한 심정을 임금인 성종에게 토로하는 것으로 되어 있다. 중국의 초(楚)나라 굴원(屈原)이 죄 없이 쫓겨나서 〈이소(離騷)〉를 지어 자신의 억울함을 토로했듯이 자신도 죄 없이 귀양 와 있다는 것이다. 〈만분가〉는 조선 전기 당쟁의 회오리 속에서 희생된 문신(文臣)이 자신의 억울함을 토로한 유배가사의 효시 작품이라는 점에서 우선 문학사적 가치가 매우 큰 작품이다. 또한 이 작품은 후대에 지어지는 유배가사의 일종인 송강 정철의 〈사미인곡〉과 〈속미인곡〉 등에도 크게 영향을 미친 것으로 보인다. 〈사미인곡〉과 〈속미인곡〉에서 임금이 계신 곳을 도가의 천상 세계로 설정한 것이라든가, 유배되어 귀양가 있는 작자는 천상에서 옥황상제를 모시던 인물로 설정된 점 등이 모두 〈만분가〉의 설정과 흡사하기 때문이다. 이러한 흐름은 조선조 유배가사의 중심적인 흐름을 이루면서 이어진 것으로 보이기 때문에 〈만분가〉의 유배가사의 전개에 끼친 영향과 문학사적 의의는 매우 크다고 할 수 있는 것이다.

서사 : 적소에서 왕에게 흉중 말씀을 실컷 호소하고 싶은 마음(글을 쓴 동기)


천상(天上) 백옥경(白玉京) 십이루(十二樓) 어듸매오/ 오색운(五色雲) 깁픈 곳의 자청전(紫淸殿)이 가려시니/ 천문(天門) 구만리(九萬里)를 꿈이라도 갈동말동/ 차라리 싀여지여 억만(億萬)번 변화(變化)하여/ 남산(南山) 늦즌 봄의 두견(杜鵑)의 넉시 되여/ 이화(梨花) 가디 우희 밤낫즐 못 울거든/ 삼청동리(三淸洞裡)의 졈은 한널 구름 되여/ 바람의 흘리 나라 자미궁(紫微宮)의 나라 올라/ 옥황(玉皇) 향안전(香案前)의 지척(咫尺)의 나아 안자/ 흉중(胸中)의 싸힌 말삼 쓸커시 사로리라


천상 백옥경(하늘 위의 궁전)의 열두 누각은 어디인가?/ 오색 구름 깊은 곳에 자청전(하늘의 신선이 사는 집)이 가렸으니,/ 구만 리 먼 하늘을 꿈이라도 갈동 말동/ 차라리 죽어서 억만 번 변화하여/ 남산의 늦은 봄날 두견이 넋이 되어/ 배꽃 가지 위에서 밤낮으로 못 울거든/ 삼청 동리(신선이 사는 고을 안)에 저문 하늘 구름 되어/ 바람에 흩날리며 날아 자미궁(천제의 거처, 황궁)에 날아올라/ 옥황상제 앞에 놓인 상 앞에 가까이 나가 앉아/ 가슴 속에 쌓인 말씀 실컷 사뢰리라.


본사 : 사화로 인해 억울하고 처참한 귀양살이를 하게 되었으나 이 역시 천명이니 황제의 처분만 바란다는 내용(자기를 굴원에 비유)


어와, 이 내 몸이 천지간(天地間)의 느저 나니/ 황하수(黃河水) 말다만난 초객(楚客)의 후신(後身)인가/ 상심(傷心)도 가이 업고 가태부(賈太傅)의 넉시런가/ 한숨은 무스 일고 형강(荊江)은 고향(故鄕)이라/ 십년(十年)을 유락(流落)하니 백구(白鷗)와 버디 되어/ 함께 놀쟈 하엿더니/ 어루난 듯 괴난 듯/ 남의 업슨 님을 만나/ 금화성(金華省) 백옥당(白玉堂)의 꿈이조차 향긔롭다


아아 이내 몸이 천지간에 늦게 나니/ 황하수 맑다마는 굴원의 후신인가/ 상

심도 끝이 없고 가의의 넋이런가/ 한숨은 무슨 일인고 형강(유배지를 가리킴)
은 고향이라/ 십 년을 유배생활로 떠돌아다니니 갈매기와 벗이 되어/ 함께 놀
자 하였더니 아양을 부리는 듯 사랑하는 듯/ 남의 없는 임(성종 임금)을 만나/
금화성 백옥당(적송자가 득도한 곳)의 꿈조차 향기롭다.

　　오색(五色)실 니음 졀너 님의 옷슬 못 하야도/ 바다 가튼 님의 은(恩)을 추호(秋
毫)나 갑프리라/ 백옥(白玉) 가튼 이 내 마음 님 위하여 직희더니/ 장안(長安) 어
제 밤의 무서리 섯거치니/ 일모수죽(日暮脩竹)의 취수(翠袖)도 냉박(冷薄)할샤/ 유
란(幽蘭)을 것거 쥐고 님 겨신 듸 바라보니/ 약수(弱水) 가리진 듸 구름 길이 머흐
러라/ 다 서근 닭기 얼굴 첫맛도 채 몰나서/ 초췌(憔悴)한 이 얼굴이 님 그려 이
러컨쟈/ 천층랑(千層浪) 한가온대 백척간(百尺竿)의 올나더니/ 무단(無端)한 양각
풍(羊角風)이 환해중(宦海中)의 니러나니/ 억만장(億萬丈) 소희 빠져 하날 따흘 모
랄노다

　　오색실 이음이 짧아 임의 옷을 못하여도/ 바다 같은 임의 은혜 조금이나마
갚으리라/ 백옥 같은 이내 마음 임 위하여 지키고 있었더니/ 장안 어젯밤에 무
서리 섞어 치니/ 해질녘 긴 대나무에 의지하여 서 있으니 푸른 옷소매도 냉박
하구나/ 난꽃을 꺾어 쥐고 임 계신 데 바라보니/ 약수 가로놓인 데 구름길이 험
하구나/ 다 썩은 닭의 얼굴 첫 맛도 채 몰라서(임의 성격도 파악하기 전에)/ 초
췌한 이 얼굴이 임 그려서 이리 되었구나/ 험한 물결 한가운데 긴 장대 위에 올
랐더니/ 끝이 없는 회오리바람이 관리의 사회 중에 내리나니/ 억만장 못에 빠
져 하늘땅을 모르겠도다.

　　노(魯)나라 흐린 술희 한단(邯鄲)이 무슴 죄(罪)며/ 진인(秦人)이 취(醉)한 잔(盞)
의 월인(越人)이 무음 탓고/ 성문(城門) 모딘 불의 옥석(玉石)이 함긔 타니/ 뜰 압
희 심은 난(蘭)이 반(半)이나 이우레라/ 오동(梧桐) 졈은 비의 오기러기 우러엘
제/ 관산만리(關山萬里) 길이 눈의 암암 발피난 듯/ 청련시(青蓮詩) 고쳐 읊고 팔

도 한을 슷쳐 보니/ 화산(華山)의 우난 새야 이별(離別)도 괴로왜라/ 망부산전(望
夫山前)의 석양(夕陽)이 거의로다/ 기도로고 바라다가 안력(眼力)이 진(盡)톳던가/
낙화(落花) 말이 업고 벽창(碧窓)이 어두브니/ 입 노른 삿기 새들 어이도 그리 건
쟈/ 팔월추풍(八月秋風)이 뛰집을 거두으니/ 뷘 깃의 싸인 알히 수화(水火)랄 못
면토다/ 생리사별(生離死別)을 한 몸의 혼자 맛따/ 삼천장(三千丈) 백발(白髮)이 일
야(一夜)의 기도 길샤/ 풍파(風波)의 헌 배 타고 함께 노던 져뉴덜아/ 강천(江天)
지난 해의 주집(舟楫)이나 무양(無恙)한가/ 밀거니 혀거니 염예퇴(艷預堆)랄 겨요
디나/ 만리붕정(萬里鵬程)을 멀니곰 견주더니/ 바람의 다브치여 흑룡강(黑龍江)
의 떠러진 닷/ 천지(天地) 가이 업고 어안(魚雁)이 무정(無情)하니/ 옥(玉) 가탄 면
목(面目)을 그리다가 말녀지고/ 매화(梅花)나 보내고져 역로(驛路)랄 바라보니/
옥량명월(玉樑明月)을 녀보던 낫비친 닷

　노나라(중국의 동중부에 있던 나라) 흐린 술에 한단(중국의 중서부에 있던
조나라의 서울)이 무슨 죄며/ 진나라 사람들(중국의 서북지방)이 취한 잔에 월
나라 사람들(중국의 동남지방)이 웃음을 웃은 탓인가?(무관하다는 뜻)/ 성문
모진 불에 옥석이 함께 타니/ 뜰 앞에 심은 난이 반이나 시들었구나./ 저물녘
오동잎에 내리는 비에 외기러기 울며 갈 때/ 관산 만릿길이 눈에 암암 밟히는
듯/ 이백의 시를 고쳐 읊고 팔도한을 스쳐 보니/ 화산에 우는 새야 이별도 괴로
워라/ 망부 산전에 석양이 되었구나/ 기다리고 바라다가 시력이 다했던가/ 낙
화는 말이 없고 창문이 어두우니/ 입 노란 새끼 새들이 어미를 그리는구나/ 팔
월 추풍이 띳집을 거두니/ 빈 새집에 쌓인 알이 물과 불을 못 면하도다/ 살아서
이별하고 죽어서 헤어짐을 한 몸에 혼자 맡아/ 긴 흰머리가 하룻밤에 길기도
길구나/ 풍파에 헌 배 타고 함께 놀던 저 무리들아/ 하늘이 보이는 강에 지는
해에 배와 노는 별 탈이 없는가?/ 밀거니 당기거니 염예퇴(뱃사람들이 물살을
조심하던 곳)를 겨우 지나/ 만 리나 되는 멀고도 험한 길을 멀리멀리 견주더니/
바람에 당겨서 붙게 하여 흑룡강에 떨어진 듯/ 천지는 끝이 없고 물고기와 기
러기가 무정하니/ 옥 같은 얼굴을 그리다가 말려는지고/ 매화나 보내고자 역

마를 바꿔 타는 곳과 통하는 길을 바라보니/ 옥 대들보에 걸린 밝은 달을 옛 보
던 낯빛인 듯.

양춘(陽春)을 언제 볼고 눈비랄 혼자 마자/ 벽해(碧海) 너븐 가의 넉시조차 훗
터지고/ 내의 긴 소매랄 눌 위하여 적시는고/ 태상(太上) 칠위분이 옥진군자(玉
眞君子) 명(命)이시니/ 천상(天上) 남루(南樓)의 생적(笙笛)을 울니시며/ 지하(地下)
북풍(北風)의 사명(死命)을 벗기실가/ 죽기도 명(命)이요 살기도 하나리니/ 진채
지액(陳蔡之厄)을 성인(聖人)도 못 면하며/ 유예비죄(縲絏非罪)랄 군자(君子)인들 어
이 하니/ 오월비상(五月飛霜)이 눈물로 어릐난 듯/ 삼년대한(三年大旱)도 원기(冤
氣)로 늬뢰도다/ 초수남관(楚囚南冠)이 고금(古今)의 한둘이며/ 백발황상(白髮黃裳)
의 셔룬 일도 하고 만타/ 건곤(乾坤)이 병(病)이 드러 혼돈(混沌)이 죽근 후의/ 하
날이 침음(沈吟)할 듯 관색성(貫索星)이 비취난 듯/ 고정의국(孤情依國)의 원분(怨
憤)만 싸혓시니/ 차라리 할마(瞎馬)가치 눈 감고 지내고저/ 창창막막(蒼蒼漠漠)하
야 못 미들슨 조화(造化)일다/ 이러나 져러나 하날을 원망할가

햇볕을 언제 볼까 눈비를 혼자 맞아/ 푸른 바다 넓은 가에 넋조차 흩어지니/
나의 긴 소매를 누굴 위하여 적시는가?/ 태상 일곱 분이 신선의 명이시니/ 천상
남루에 생황과 피리를 울리시며/ 지하 북풍의 죽을 목숨을 벗기실까/ 죽기도
운명이요 살기도 하늘이니/ 진과 채에서 당한 횡액을 공자도 못 면하며/ 죄인
처럼 묶였으나 죄가 없음을 군자인들 어이 하겠는가?/ 오월 서리가 눈물로 어
리는 듯/ 삼 년 큰 가뭄도 원한으로 되었구나/ 죄 지은 사람이 고금에 한둘이며
/ 고위직의 늙은 신하의 서러운 일도 많기도 많다/ 하늘과 땅이 병이 들어 혼돈
(하늘과 땅이 아직 나눠지기 전의 상태)이 죽은 후에/ 하늘이 침울할 듯 천한
사람의 감옥이 비취는 듯/ 유배지에서 나라만 생각하는 충정에 원망스럽고 분
한 마음만 쌓였으니/ 차라리 한 눈이 먼 말같이 눈 감고 지내고 싶구나/ 울적하
고 막막하여 못 믿을 쏜 조화로다/ 이러나저러나 하늘을 원망할까.

도척(盜跖)도 셩히 놀고 백이(伯夷)도 아사(餓死)하니/ 동릉(東陵)이 놉픈 작가 수양(首陽)이 나즌 작가/ 남화(南華) 삼십편(三十篇)의 의논(議論)도 하도 할샤/ 남가(南柯)의 디난 꿈을 생각거든 슬므어라/ 고국송추(故國松楸)를 꿈의 가 만져 보고/ 선인(先人) 구묘(丘墓)를 깬 후(後)의 생각하니/ 구회간장(九回肝腸)이 굽의굽의 그쳐셰라/ 장해음운(長海陰雲)의 백주(白晝)에 훗터디니/ 호남(湖南) 어늬 고디 귀역(鬼蜮)의 연수(淵藪)런디/ 이매망량(魑魅魍魎)이 쓸커디 저즌 가의/ 백옥(白玉)은 므스 일로 청승(靑蠅)의 깃시 된고

큰 도적도 몸성히 놀고 백이도 굶어죽으니/ 동릉이 높은 걸까 수양산이 낮은 걸까/ 〈장자〉 삼십 편에 의론도 많기도 많구나/ 남가(고을 이름. 남가지몽의 옛 일에서 한 때의 부귀와 권세는 꿈과 같음을 일컫게 됨)의 지난 꿈을 생각커든 싫고 미워라/ 고국의 송추(소나무와 가래나무. 무덤을 비유적으로 이르는 말)를 꿈에 가 만져 보고/ 선인의 무덤을 깬 후에 생각하니/ 겹쳐진 속마음이 굽이굽이 끊어졌구나/ 장해음운(병을 발생하게 하는 구름)이 대낮에 흩어지니/ 호남의 어느 곳이 귀역(몰래 남을 해치는 물건. 음험한 사람에 비유하는 말)의 연수(사물이 모여드는 곳, 못과 숲)런지/ 도깨비가 실컷 젖은 가에/ 백옥은 무슨 일로 쉬파리의 깃이 되었는가.

북풍(北風)의 혼자 서셔 가 업시 우난 뜻을/ 하날 가튼 우리 님이 전혀 아니 살피시니/ 목란추국(木蘭秋菊)에 향기(香氣)로운 타시런가/ 첩여(婕妤) 소군(昭君)이 박명(薄命)한 몸이런가/ 군은(君恩)이 물이 되여 흘너가도 자최 업고/ 옥안(玉顔)이 꽃이로되 눈믈 가려 못 볼로다/ 이 몸이 녹가져도 옥황상제(玉皇上帝) 처분(處分)이요/ 이 몸이 싀여져도 옥황상제(玉皇上帝) 처분(處分)이라/ 노가디고 싀어지여 혼백(魂魄)조차 훗터지고/ 공산(空山) 촉루(髑髏)가치 님자 업시 구니다가/ 곤륜산(崑崙山) 제일봉의 만장송(萬丈松)이 되여 이셔/ 바람비 쁘린 소리 님의 귀예 들니기나/ 윤회(輪回) 만겁(萬怯)하여 금강산(金剛山) 학(鶴)이 되어/ 일만(一萬) 이천봉(二千峯)의 마음껏 소사 올나/ 가을 달 발근 밤의 두어 소리 슬피 우러/ 님의

귀의 들니기도/ 옥황상제(玉皇上帝) 처분(處分)일다

　　북풍에 혼자 서서 가없이 우는 뜻을/ 하늘 같은 우리 임이 전혀 아니 살피시니/ 목란추국(목란과 가을국화)의 향기로운 탓이런가/ 첩여 소군(한나라 때의 반첩여와 궁녀)이 박명한 몸이런가/ 임금의 은혜가 물이 되어 흘러가도 자취 없고/ 임금의 얼굴이 꽃이로되 눈물 가려 못 보겠구나/ 이 몸이 녹아져도 옥황상제 처분이요/ 이 몸이 죽어져도 옥황상제 처분이라/ 녹아지고 죽어서 혼백조차 흩어지고/ 공산 해골같이 임자 없이 굴러다니다가/ 곤륜산 제일봉에 매우 큰 소나무가 되어 있어/ 바람 비 뿌린 소리 임의 귀에 들리게 하거나/ 윤회 만겁하여 금강산 학이 되어/ 일만 이천 봉에 마음껏 솟아올라/ 가을 달 밝은 밤에 두어 소리 슬피 울어/ 임의 귀에 들리게 하는 것도/ 옥황상제 처분이겠구나.

　　결사 : 원한에 쌓인 자기의 심정을 안타까워하면서 만일 누구든 제 뜻을 알아주는 이만 있다면 평생을 함께 사귀고 싶다고 함

　　한(恨)이 뿔희 되고 눈믈로 가디 삼아/ 님의 집 창 밧긔 외나모 매화(梅花) 되여/ 설중(雪中)의 혼자 픠여 침변(枕邊)의 이위난 듯/ 월중소영(月中疏影)이 님의 옷의 빗취어든/ 어엿븐 이 얼굴을 네로다 반기실가/ 동풍(東風)이 유정(有情)하여 암향(暗香)을 불어 올려/ 고결(高潔)한 이 내 생계 죽림(竹林)의나 부치고져/ 뷘 낙대 빗기 들고 뷘 배랄 혼자 띄워/ 백구(白溝) 건네 저어 건덕궁(乾德宮)의 가고지고/ 그려도 한 마음은 위궐(魏闕)의 달녀 이셔/ 내 무든 누역 속의 님 향한 꿈을 깨여/ 일편(一片) 장안(長安)을 일하(日下)의 바라보고/ 외오 굿겨 올히 굿겨 이 몸의 타실넌가/ 이 몸이 전혀 몰라 천도(天道) 막막(漠漠)하니/ 물을 길이 전혀 업다 복희씨(伏羲氏) 육십사괘(六十四卦)/ 천지만물(天地萬物) 상긴 뜻을 주공(周公)을 꿈의 뵈와/ 자시이 뭇잡고져 하날이 놉고 놉하/ 말 업시 놉흔 뜻을 구룸 우희 나난 새야/ 네 아니 아돗더냐 어와 이 내 가삼/ 산(山)이 되고 돌이 되여 어듸 어듸 사혀시며/ 비 되고 믈이 되어 어듸 어듸 우러 녤고/ 아모나 이내 뜻 알 니 곳이

시면/ 백세교유(百歲交遊) 만세상감(萬世相感) 하리라

한이 뿌리 되고 눈물로 가지 삼아/ 임의 집 창 밖에 외나무 매화 되어/ 눈 속에 혼자 피어 베갯머리에 시드는 듯/ 드문드문 비치는 달그림자가 임의 옷에 비춰거든/ 불쌍한 이 얼굴을 너로구나 반기실까/ 동풍이 유정하여 매화향기를 불어 올려/ 고결한 이내 생애 죽림에나 부치고 싶구나/ 빈 낚싯대 비껴 들고 빈 배를 혼자 띄워/ 한강 건너 저어 건덕궁(옥황상제가 거처하는 곳)에 가고 싶구나/ 그래도 한 마음은 조정에 달려 있어/ 연기 묻은 도롱이 속에 임 향한 꿈을 깨어/ 일편 장안을 일하에 바라보고/ 외로 머뭇거리며 옳이 머뭇거리며 이 몸의 탓이런가/ 이 몸이 전혀 몰라 하늘의 이치가 아득하여 알 수 없으니/ 물을 길이 전혀 없다. 복희씨 육십사괘/ 천지 만물 생긴 뜻을 주공을 꿈에 뵈어/ 자세히 여쭙고 싶구나. 하늘이 높고 높아/ 말없이 높은 뜻을, 구름 위에 나는 새야/ 네 아니 알겠더냐. 아아 이내 가슴/ 산이 되고 돌이 되어 어디어디 쌓였으며/ 비가 되고 물이 되어 어디어디 울며 갈까/ 아무나 이내 뜻 알 이 곧 있으면/ 영원토록 사귀어서 영원토록 공감하리라.


## 2. 송주석의 〈북관곡〉(北關曲)

특징 : 객관적 서술―주관적 정서

조선 숙종 때 봉곡(鳳谷) 송주석(宋疇錫)이 지은 가사(歌辭).

1675년(숙종 1)에 조부인 우암(尤庵) 송시열(宋時烈)이 덕원(德源)으로 귀양 갈 때 작자가 동행하여 임금에 대한 충성, 유배의 원인, 정적에 대한 적개심, 노정기(路程記) 등을 읊은 유배가사이다.

작자는 당시 68세의 노경에 달한 조부의 입장에서 조부의 결백과 친척을 그리워하는 정을 주관적인 묘사로 232구에 담았다.

4 · 4조 및 3 · 4조로 되어 있으며 《은보집략》(恩譜輯略)에 실려 전한다.

송주석(宋疇錫, 1650~1692)은 조선 후기의 문관으로 자(字)는 서구(敍九)이고, 호

(號)는 봉곡(鳳谷)이며, 본관은 은진(恩津)이다. 그의 조부가 당대 최고의 학자인 우암 송시열(尤菴 宋時烈)인데 우암에게 자손이 없어 대군사부(大君師傅)를 지낸 시형(時瑩)의 둘째 아들 기태(基泰)를 우암에게 출계시켜 후사를 이었다. 그런데 시형(時瑩)은 원래 우암의 백부인 방조(邦祚)의 아들로 태어나 방조의 종형(宋熙祚)에게 출계하였다. 그러므로 송자대전(宋子大全)의 우암 선생 행장에는 재종이라고 적혀 있으나 생가의 촌수로는 종형제 사이인 셈이다. 기태는 바로 송주석의 부친인데 동지사(同知事)를 지냈으므로 보통 동지공이라 부른다. 기태는 5남 1녀를 두었는데 주석은 그 중의 둘째 아들이다. 봉곡 송주석의 모부인은 완산 이씨(完山李氏)이니 중종(中宗)의 6세손이며 동지돈녕부사(同知敦寧府事)를 지낸 정한(挺漢)의 따님으로 말씨·부덕·여공·용모 등 이른바 사덕(四德)을 모두 갖추고 있었으며, 1650년(효종 원년, 庚寅)에 서울 사직동집에서 봉곡을 낳았다.

봉곡 송주석은 생김새가 빼어났으며 자질과 성품이 총명하고 민첩했다. 어려서도 뛰어노는 것을 좋아하지 않고 누가 시키지 않아도 스스로 책을 읽었으며, 10세가 되어 처음으로 우암 송시열에게 글을 배웠는데 재주가 일찍 이루어져 이미 명성이 있었다. 우재 이후원(迂齋 李厚源)과 창주 김익희(滄洲 金益熙)는 그가 지은 글을 보고 크게 칭찬하여 말하기를 "이 아이가 장차 반드시 대가가 될 것이다"라 하였다. 12살 되던 해에 모부인 이씨가 서울에서 돌아갔는데 밤새도록 달려가 애통해 하며 장례의 법도를 지키는 것이 한결같이 어른처럼 하였다. 어머니를 여읜 뒤로는 항상 우암 송시열의 곁에 있으면서 각고의 노력으로 학문에 힘썼다.

1663년(현종 4)에 우암이 기태에게 보낸 편지에서 말하기를 "둘째 손주가 학문이 크게 진전되어 무릇 글을 구하길래 주었더니 생각하기를 지극히 기쁜 마음으로 하며 또한 안색이 마치 옥과 같으니 이 또한 이상한 일이로다" 하였으니, 또 학사 조근(趙根)에게 보낸 편지에서도 "우리 둘째 손주의 학문이 매우 진전이 있어서 할애비가 풀지 못하는 것도 아이가 간혹 깨끗이 해결해 놓으니 내 늘그막에 저를 얻어 특별히 기대하는 바가 있다"고 하였으니, 우암 송시열이 아직 14세인 어린 봉곡 송주석을 장려하고 그에게 거는 기대가 이와 같았다.

원근 사람들이 부탁하는 서찰과 각 집안의 문자로 인해 우암을 만나고자 하는 이들이 날마다 모여들어 봉곡이 붓을 잡고 대신 쓰는 경우가 있었는데 우암이 입으로 부르는 것이 마치 미리 글을 구상해 놓은 것 같아 헤아릴 수 없이 넓고 컸으나 봉곡이 귀로 듣고 손으로 씀에 조금도 멈춤이 없었으니 우암이 매우 흡족하게 여겨 여러 차례 다른 사람들에게 칭찬하여 말하기를 "이 손자는 내 뜻에 맞지 아니함이 없고 내 말을 알지 못함이 없으며 하나라도 나에게 근심을 끼침이 없으니 진정 효성스럽다"고 하였다.

15세 되던 갑진년에 황산(黃山)의 집에서 관례(冠禮)를 행하였는데 용서 윤원거(龍西 尹元擧)가 자(字)를 지어 주었다. 이 해 11월에 계비 유씨(柳氏)의 상사를 당하였는데 때마침 우암을 모시고 속리산에 들어가 독서하던 중이었으나 부음을 듣고 황산으로 갔다. 복을 마치고 가끔 동료들과 과거공부를 하여 향시(鄕試)에서는 여러번 합격하였으나 진사시(進士試)에는 뜻대로 되지 못했다. 1672년(현종 13)에 성균관에 나아가 시험을 치렀는데 시험관이 뽑아 위에 두고 감상하면서 말하기를 "이 글이 시속의 문체를 변하게 할 수 있겠구나" 하였다.

1675년(숙종 원년)에 예송(禮訟)으로 화(禍)가 일어나 우암 송시열이 덕원(德源)으로 귀양을 가게 되었다. 반대당파들이 조정에서 득세하고 있었으므로 날마다 극형을 주장하는 장계를 올렸다.

봉곡이 우암의 적소에 가서 밤낮으로 뜻을 이어 학문을 강론하여 우암으로 하여금 잠시 갇혀 있는 고통을 잊게 하였다. 얼마 되지 않아 우암이 덕원에서 장기로 이배되었고 마침내는 거제(巨濟)에서 가시나무로 둘러쌓아 집밖으로 나오지 못하게 하는 위리안치(圍籬安置)의 형벌을 당하였다.

경신대출척(庚申大黜陟) 후에 우암이 귀양에서 풀리자 봉곡이 모시고 돌아왔다. 32세 되던 그 다음해에 향시에 참가하기 위하여 시험장에 갔는데, 당시 귀족의 자제들도 응시하는 자가 많이 있었다. 이 응시자들이 시험장의 문을 들어갈 때 응시인의 성명을 일일이 확인하고 입장을 시켰는데 그가 개연히 탄식하여 말하기를 "선비가 되어 점고(點考)를 받는 것이 부끄럽지 아니 한가"라고 하며 드디어 돌아가니 보는 사람들이 칭찬하여 "사군자(士君子)가 마땅히 이렇게 해야 된다"고 말하지 않음이 없었다. 대간(臺諫)이 또 학식 있는 선비가 이 과거에 오지 않았다고 하여 방(榜)을 철회하기를 청하였으니 대개 봉곡 송주석을 지목하여 말한 것이다.

2년 뒤 10월에 증광문과(增廣文科)에 뽑혔으니 처음으로 과거에 응시하여 급제한 것이다. 그러자 사람들이 아무개의 득실이 실로 세도와 관계있다고 하였다. 방이 나붙자 조정에서 축하하여 이름이 드높았으나 봉곡은 오히려 빛을 감추고 자중하고 장차 더욱 가학(家學)을 천명하니 세상에서 그를 중히 여기게 되었다.

처음에 미촌(美村) 윤선거(尹宣擧)의 아들 증(拯, 號 明齋, 1629~1714)이 우암에게 배우면서 문하에 출입한 것이 40여 년이 되었으나 부친인 백호(白湖) 윤휴(尹鑴, 1617~1680)와 친하다는 이유로 우암과 반목하더니 드디어 우암을 배반하고 도리어 음해를 가하고자 하였다. 그때에 우방이 태조(太祖)가 위화도에서 회군한 것을 논하며 휘호(徽號)를 올릴 것을 청하였다. 그러나 현석(玄石) 박세채(朴世采, 1631~1695)가 이를 반대하여 서로 논의가 정해지지 않았다. 결국 1683년(숙종 9) 11월 고양(高陽)의 향동(香洞)에서 두 석학이 만나 토론하였으나 박세채가 끝까지 자신의 의견을 고집하여 의견이 일치하지 않자 헛된 말들이 크게 일어났다. 여러 사람들이 수군거리는 모양을 이기지 못하여, 봉곡이 드디어 당일에 우암과 박세채가 한 말을 간략하게 기록하여 뜬소문을 물리쳤으니 이것이 이른바 〈향동문답〉(香洞間答)이다.

다음 해인 갑자년부터 정식으로 시작한 그의 벼슬은 당시의 혼란했던 정쟁(政爭)과 관계를 맺게 됨으로써 끝내 크게 현달하지는 못했다. 봉곡은 예문관 검열(藝文館檢閱)을 시작으로, 대교(待敎), 홍문관 정자(弘文館正字), 수찬(修撰), 지평(持平), 부교리(副校理) 등을 역임하고 조부의 봉양을 위하여 용담현감(龍潭縣監)을 지낸 것이 관직의 전부이다. 그가 관직생활을 하는 동안 여러 중요한 일들이 있었으나 그 중에서 가장 유명한 것은 장희빈 사건이었다. 그가 홍문관 정자 겸 경연전경(經筵典經)으로 있을 때 숙종이 장희빈을 크게 총애하여 당시 후궁이던 장씨를 숙원(淑媛)으로 봉한 일이 있었다. 그러자 조정에서 여러 사람들이 상소를 올려 그 불가함을 말하였으나 오히려 많이 쫓겨나게 되었다. 봉곡 송주석도 또한 상소를 올렸으나 그 주장이 온당하고 적절해서, 다른 상소에 대해서는 임금의 비답(批答)이 지극히 엄하였으나 그의 상소에 대해서는 수작(酬酢)함이 마치 좋은 소리가 울리듯 하였으니 사람들이 모두 그의 상소가 잘 되었음을 칭찬하였고 우암도 고향에서 이 말을 듣고 감탄하여 마지 않았다.

그러나 장희빈으로 인한 물의는 조정에서 계속 크게 번져 서포(西浦) 김만중(金萬重, 1637~1692)이 당시 나라 안에 떠들던 이야기를 임금께 간언하였고, 옥오재(玉吾齋) 송상기(宋相琦, 1657~1723) 등이 상소를 올려 결국 당시의 영의정이던 문곡(文谷) 김수항(金壽恒, 1629~1689)이 성문 밖에 나아가 죄를 기다리는 소위 출성대죄(出城待罪)를 하는 지경에까지 이르렀다. 그 때 봉곡이 상소를 올려 임금의 노여움을 진정시키고 송나라의 사실을 인용하여 대신을 내쫓음이 불가하다고 역설하였다.

1688년(숙종 14)에 이르러 조부 우암을 봉양한다는 이유로 용담현령이 되었으나 실은 당시의 조정에서 불안을 느껴 고향으로 돌아오기 위한 것이었다. 현령이 되어서는 자신을 엄격하게 다스리고 일을 자세하고 밝게 처리하여 사납고 위맹스럽게 하지 않았으나 백성들이 스스로 복종하였다. 인재를 배양하고 유풍(儒風)을 일으키는 것을 급선무로 삼아 부임한 지 얼마 되지 않아 명성과 업적이 크게 쌓였다.

당시에 감사(監司)였던 자가 성품이 매우 강직해서 수령들을 용서하지 않았으나 오직 봉곡 송주석에게만은 뜻을 굽혀 대하였다. 그러면서 그를 시험하고자 하여 업무를 모두 맡기고 난 뒤에 서로 만나게 되면 그 일에 대하여 물어 보았으나 봉곡 송주석이 모두 자세히 대답하여 빠뜨림이 없자 감사가 매우 기뻐하여 무릇 송사(訟事) 중에 처리하기 어려운 것을 일임하여 처리하게 하였다. 감사가 직책이 바뀌어 떠나가게 되자 우암 송시열 선생을 찾아뵙고는 "아무개의 정민한 학식과 훌륭한 문장이 일세에 높은 줄은 진실로 알고 있었지만 행정능력도 다른 사람보다 훨씬 뛰어나니 동료들이 재상의 그릇이라고 청하는 것이 진실로 근거 없는 말이 아닙니다"라고 하였다. 고을살이를 마치고는 봉곡(鳳谷)

에 살면서 형편이 어려웠으나 태연하였다.

　1689년(숙종 15)에 드디어 반대당파의 인물들이 장희빈의 오빠인 희재(希載) 와 결탁하여 사화를 일으켜 우암이 드디어 제주도에 위리안치 되었는데 이 때 에도 봉곡이 모시고 갔다. 가는 도중 태인(泰仁)에 이르렀을 때 우암은 율곡 선 생이 직접 쓴 〈석담일기(石潭日記)〉와 사계 선생이 찬한 행장의 초본을 수제자 수암(遂菴) 권상하(權商夏, 1641~1721)에게 전수해 주며 "다른 날에 내 손자가 살 아서 돌아간다면 더불어 같이 지키도록 하라"고 말하였다.

　큰 바다에 이르러 마침 태풍을 만나 배가 위태로워 사람들이 모두 놀랐으나 그만이 침착하게 우암을 모시고 앉아 스스로 글을 지어 바다에 제사하니 잠시 뒤에 바람이 잠잠해져 건널 수 있었다. 적소에서는 날마다 주자서(朱子書)를 강 독하였다. 5월에 명을 받아 다시 육지로 나왔으나 6월 8일에 정읍(井邑)에서 우 암이 필경 사사(賜死)를 받게 되었다. 우암 송시열이 임종할 때 유품을 모두에게 주고 후사를 부탁하며 호종의 밀찰(密札)을 주면서 다른 날에 조정에 돌려주라 고 부탁하였다.

　우암 송시열의 장례를 모신 뒤로는 두문불출하면서 다만 자제를 가르치고, 우암의 유고를 모아 연보를 초(草)하였고 다음에 가장(家狀)을 찬하였으나 탈고 하지 못하고 1692년(숙종 18) 10월 잠시 병환이 있더니 11일 유시(酉時)에 향년 43세로 영면했다.


### 3. 안조환[2]의 〈만언사〉(萬言詞)

갈래 : 전편(前篇) 2,916구, 속편(續篇) 594구, 총 3500여구로 된 장편가사

연대 : 정조

주제 : 귀양가서 굶주림과 추위에 시달리며 지은 죄를 눈물로 회개

의의 : 김진형이 지은 장편 유배가사인 〈북천가〉와 더불어 쌍벽을 이룸. 유배

---

2) 안조환(安肇煥, ?~?) : 조선 정조 때 문신이다. 정조 때 대전별감이던 안조환은 11세에 어머니 상 을 당하고, 10여 년 간 외가에 의탁하였다가 후에 계모를 맞아 효행을 다하였던 일과 혼인하여 여 유 있는 생활을 누리면서 향락에 빠지기도 하였던 일을 노래하였다.

문학이 성격상 (1) 양반적 허식, (2) 위학적인 표현, (3) 주제 넘은 자기변호가 충일되어 있으나, 이 〈만언사〉는 평민적인 사실적 문학으로 진솔한 표현을 하고 있다.

### 작품해제

조선 정조 때의 안조환이 지은 국문 필사본으로 〈만언사(謾言詞)〉, 〈사고향(思故鄕)〉이라고도 한다. 이본으로 필사본 3종이 전하며, 필사본에 따라 작자 안조환이 안도환으로 기록되어 있기도 하다. 작자의 나이 34세 때 국고를 횡령한 죄목으로 추자도로 유배된 사건을 배경으로 하고 있는데, 만언사라는 주(主)가사와 만언답사, 사부모, 사처, 사자, 사백부로 구성된 작품이다. 음수율은 3 · 4조와 4 · 4조가 주조(主調)를 이루며, 2 · 4조와 2 · 3조 등도 보인다. 초반부의 내용은 11세에 어머니 상을 당하고, 10여 년간 외가에 의탁하였다가 후에 계모를 맞아 효행을 다하였던 일과 혼인하여 여유 있는 생활을 누리면서 행락에 빠지기도 하였던 일을 노래하였다. 이어서 벼슬하여 화려한 관직생활을 누리다 공직생활을 잘못하여 유배형을 받게 된 일, 유배 길에 부모친척과 이별하고 경기도, 충청도를 거쳐 다시 전라도의 여러 고을을 거치면서 유배지인 추자도에 이르는 노정과 그 노정에서 느낀 바를 표현하였다.

다음에는 유배지의 물과 더위로 인한 고초와 보리밥과 소금과 장으로 연명하는 굶주림 등을 묘사하였다. 이 작품이 서울에 전하여지자 궁녀들이 눈물을 흘리지 않는 이가 없었고, 이로 인하여 그는 곧 소환되었다는 일화를 가지고 있다. 상당히 긴 장편의 유배가사로, 김진형이 지은 장편 유배 가사인 〈북천가〉와 더불어 쌍벽을 이루었다.

### 내용

어와 벗님네야 이 내 말씀 들어보소. 인생 천지간에 그 아니 느껴온가. 평생을 다 살아도 다만지 백년이라. 하물며 백년이 반듯기 어려우니 백구지과극이요 창해지일속이라. 역려 건곤에 지나가는 손이로다. 빌어온 인생이 꿈의 몸

가지고서 남아의 하올 일을 역력히 다 하여도 풀 끝에 이슬이라. 오히려 덧없
거든 어와 내 일이야. 광음을 헤어보니 반생이 채 못되어 六六에 둘이 없네. 이
왕 일 생각하고 즉금 일 헤아리니 번복도 측량없다.

승침도 하도할사 남대되 그러한가 내 홀로 이러한가. 아무리 내 일이라 내 역
시 내 몰라라. 장우단탄 절로 나니 도중상감 뿐이로다. 부모생아 하오실 제 제
죽은 나를 나으시니 부귀공명 하려던지 절도고생 하려던지 천명이 기압던지
선방으로 서험한 지 일주야 죽은 아해 홀연히 살아나네. 평생길흉 점복할 제
수부강녕 가졌으니

귀양 갈 적 있었으며 이별순들 있었으랴. 빛난 채의 몸이러니 노래자를 효측
하여 부모 앞에 어린 채로 시름없이 자라더니 어와 기박하다 나의 명도 기박하
다. 십일세에 자모상에 호곡애통 혼절하니 그때나 죽었더면 이때 고생 아니 보
리. 한 번 세상 두 번 살아 인간행락 하려던지

종천지통 슬픈 눈물 매봉가절 몇 번인고. 십년양육 외가은공 호의호식 그렸
으랴. 잊은 일도 많다마는 봉공무하 함이로다. 어진 자당 들어오서 임사지덕
가지시니 맹모의 삼천지교 일마다 법이로다. 증모의 투저함은 날 믿어 아니시
리. 설리에 읍죽함은 지성이 감천이요 백이의 부마함은 효자의 할 바로다. 입
신하여 양명함은 문호의 광채로다. 행세의 으뜸 일이 글 밖에 또 있난가.

동사고문 사서삼경 당음장편 송명사를 세세히 숙독하고 자자이 외웠으니.
읽기도 하려니와 짓긴들 아니하랴. 삼월춘풍 화류시와 구추황국 단풍절에 소
인묵객 벗이 되어 음풍영월 일삼을 제 당시의 조격이요 송명시의 재치로다. 문
여필이 한가지라 어느 것이 다를손가. 짓기도 하려니와 쓰긴들 아니하랴. 번화
감제 부벽서와 사치공자 병풍서를 왕우군의 보체런가 조맹부의 축체런가. 여
러 가지 잘하기로 일시재동 일컫더니 오매구지 요조숙녀 전전반측 생각하니,

동방화촉 늦어간다 이십년에 유실이라. 유폐정정 법을 받아 삼종지의 알았으니 내조에 어진 처는 성가할 징조로다. 유인유덕 우리 백부 구세동거 효측하여 일가지내 한데 있어 감고우락 같이 하니 의식분별 뉘 아던가. 세간구처 내 몰래라 입신양명 길을 찾아 권문귀댁 어디어디 장군문하 막빈인가 승상부중 기실인가 천금준마 환소첩은 소년 놀이 더욱 좋다. 자극맥상 번화성은 나도 잠간 하오리다. 이전 마음 전혀 잊고 호심광흥 절로 난다.

백마왕손 귀한 벗과 유협경박 다 따른다. 무릉장대 천진교도 명승지라 알려지다. 삼청운대 광통곤들 놀이처가 아니런가. 화조월석 빈 날 없이 주사청루 거닐 적에 만준향료 진취하고 절대가인 침닉하여 취대라군 고운 태도 청가묘무 회롱할 제 풍류호사 괴 뉘신고. 주중선군 부러하랴 만사무심 잊었더니 일조홀연 양심 나네. 소년놀이 그만하자 부모근심 깊으시다 맥상번화 자랑마라 구리화도 늦어간다.

옛마음 다시 나서 하던 공부 고쳐하여 밤을 새워 낮을 이어 일시불철 하난고야. 부모봉양 하려던지 내 몸 위한 일이런지 수삼년을 각고하니 무식지인 면하거다. 어와 바랐으랴 꿈결에나 바랐으랴. 어악원에 들어가서 금문옥계 문을 열어 디미니 천하온 몸이 천문근처 바랐으리. 금의를 몸에 감고 옥식을 베고 있어 부귀에 싸였으며 번화에 잠겼세라. 일진겸대 삼사처는 궁임뿐이 아니로다.

복과재생이라 소심봉공 잘못하여 삭관퇴거 하온 후에 칠일옥중 지내오니 곱던 의복 무색하고 좋은 음식 맛이 없네. 망극천은 가이 없어 희극환비 눈물 난다. 어와 과분하다 천은도 과분하다. 궁임겸대 망극천은 생각사록 과분하다. 번화부귀 고쳐하고 금의옥식 다시 하여 장안 도상 넓은 길로 비마경구 다닐 적에 소비친척 강위친은 예로부터 일렀나니 여기 가도 손을 잡고 저기 가도 반겨하니 입신도 되다하고 양명도 하다하리 만사여의 하였으니 막비천은 모를소냐.

충칙진명 알았으니 쇄신보국 하려던지 졸부귀가 불상이라 곤마복중 되겠고야. 극성즉필패하고 흥진즉비래너라. 다 오르면 나려오고 가들하면 넘치나니 호사가 다마하고 조물이 시기한지 인간작죄 많이 하여 화전중화 되었는지 청천백일 맑은 날에 뇌성벽력 급히치니 삼혼칠백 날아나서 천지인사 아올소냐. 여불승의 약한 몸에 이십오근 칼을 쓰고 수쇄족쇄 하온 후에 사옥 중에 드단말가. 나의 죄를 헤아리니 여산여해 하겠고야.

아깝다 내 일이야 애닲다 내 일이야. 평생일심 원하기를 충효겸전 하쟀더니 한 번 일을 그릇하고 불충불효 다 되겠다. 회서자이 막급이라 뉘우친들 무상하리. 등잔불 치는 나비 저 죽을 줄 알았으며 어디서 식록지신이 죄 짓쟈 하랴마는 대액이 당전하니 눈조차 어둡고나. 마른 섶을 등에 지고 열화에 듦이로다. 재가 된들 뉘 탓이리 살 가망 없다마는 일명을 꾸이오서 해도에 보내시니 어와 성은이야 가지록 망극하다

강두에 배를 대어 부모친척 이별할 제 슬픈 눈물 한숨소리 막막수운 머무는 듯 손잡고 이른 말씀 좋이 가라 당부하니 가슴이 막히거든 대답이 나올소냐. 여취여광하여 눈물도 하직이라 강상에 배 떠나니 이별 시가 이때로다. 산천이 근심하니 부자 이별함이로다. 요도일성에 흐르는 배 살 같으니 일대장강이 어느덧 가로 서라. 풍편에 우는 소리 긴 강을 건너오네. 행인도 낙루하니 내 가슴 미어진다. 호부일성 엎더지니 애고 소리뿐이로다

규천고지 아모련들 아니 갈길 되올소냐. 범 같은 관차들은 수이 가자 재촉하니 할 일 없어 말게 올라 앞 길을 바라보니 청산은 몇 겹이며 녹수는 몇 구빈고. 넘도록 뫼이거늘 건너도록 물이로다. 석양은 재를 넘고 공산이 적막한데 녹음은 우거지고 두견이 제혈하니 슬프다 저 새소리 불여귀는 무삼일고. 네 일을 이름이냐 내 일을 이름이냐 가뜩이 헛튼 근심 눈물에 젖었어라. 만수에 연쇄하니 내 근심 먹음은 듯 천림에 노결하니 내 눈물 뿌리는 듯 뜨던 말 재게 하니.

앞 참은 어디메고 높은 재 반겨 올리 고향을 바라보니 창망한 구름 속에 백구 비거 뿐이로다. 경기땅 다 지나고 충청도 다다르니 계룡산 높은 뫼를 눈결에 지나쳤다. 열읍의 관문 받고 골골이 점고하여 은진을 넘어 드니 여산은 전라도라. 익산 지나 전주 들어 성시산림 들어보니 반갑다 남문 길이 장안도 의연하다. 백각전 벌어지니 종각도 지내는 듯 한벽당 소쇄한데 조일이 높았세라. 금구 태인 정읍 지나 장성 역마 갈아 타고 나주 지나 영암 들어 월출산을 돌아드니

만이천봉이 반공에 솟았는 듯 일국지명산이라 경치도 좋다마는 내 마음 아득하니 어느 겨를 살펴오리. 천관산을 가리키고 달마산을 지나가니 불분주야 몇 날만에 해변으로 오단말가. 바다를 바라보니 파도도 흉용하다. 가이 없은 바다이요 한 없은 파도로다. 태극조판 하온 후에 천지광대 하다거늘 하늘 아래 없사옴이 땅이런가 알았더니 즉금으로 볼 양이면 천하이 다 물이로다. 바람도 쉬어 가고 구름도 멈쳐 가네. 나는 새도 못 넘을 데 제를 어이 가잔말고.

때마침 서북풍이 내 길을 재촉난 듯 선두에 있는 백기 동남을 가리키니 천석 싣는 대중선에 쌍돛을 높이 달고 건장한 도사공이 배머리에 높게 서서 지곡총 한 곡조를 어사와로 화답하니 마디마다 처량하다 적객심회 어떠할고. 회수장 안 돌아보니 부운폐일 아니 뵌다. 나가는 길 어인 길로 무심 일로 가는 길고. 불로초 구하려고 삼신산을 찾아가니 동남동녀 아이어든 방사 서시 따라가랴. 동정호 밝은 달에 악양루 오르랴나. 소상강 궂은 비에 조상군 하랴는가. 전원이 장무하니 귀거래 하옵는가.

노어회 살쪘으니 강동거 하옵는가. 오호주 흘리저어 명철보신 하랴는가. 긴 고래 잠간 만나 백일승천 하랴는가. 부모처자 다 버리고 어드르로 혼자 가노. 우는 눈물 소이 되어 대해수를 보태인다. 어디서 일편흑운 홀연광풍 무삼일고. 산악 같은 높은 물결 배머리를 둘러치네. 크나큰 배 조리 젓듯 오장육부 다 나

온다. 천은 입어 남은 목숨 마자 진케 되겠구나. 초한건곤 한 영중에 장군기신 되려니와 서풍낙일 멱라수에 굴삼려는 불원이라.

차역천명 할일 없다. 일생일사 어찌하니 출몰사생 삼주야에 노 지우고 닻을 지니 수로 천리 다 지내어 추자섬이 여기로다. 도중으로 들어가니 적막하기 태심이라. 사면으로 돌아보니 날 알 이 뉘 있으리. 보이나니 바다이요 들리나니 물소리라. 벽해상전 갈린 후에 모래 모여 섬이 되니 추자섬 생길 제는 천작지옥이로다. 해수로 성을 싸고 운산으로 문을 지어 세상이 끊쳤으니 인간은 아니로다. 풍도섬이 어디메뇨 지옥이 여기로다.

어디로 가잔 말고 뉘집으로 가잔말고 눈물이 가리우니 걸음마다 엎더진다. 이 집에가 의지하자 가난하다 핑게하고 저 집에가 의지하자 연고 있다 칭탈하네. 이집 저집 아모덴들 적객주인 뉘 좋다고 관력으로 핍박하고 세부득이 맡았으니 관차 더러 못한 말을 만만할손 내가 듣네. 세간 그릇 흩던지며 역정내어 하는 말이 저 나그네 헤어보소 주인 아니 불상한가. 이집 저집 잘사는 집 한두 집이 아니어든 관인네는 인정 받고 손님네는 혹언들어 구태어 내 집으로 연분 있어 와 계신가. 내 살이 담박한 줄 보시다야 아니 알가. 앞뒤에 전답 없고 물 속으로 생애하여 앞 언덕에 고기 낚아 웃녘에 장사 가니 삼망 얻어 보리섬이 믿을 것도 아니로세.

신겸처자 세 식구의 호구하기 어렵거든 양식없는 나그네는 무엇 먹고 살려는고. 집이라고 서 불손가 기어들고 기어나며 방 한 간에 주인들고 나그네는 잘 데 없네. 뛰자리 한 잎 주어 첨하게 거처하니 냉지에 누습하고 즘생도 하도할사. 발남은 구렁배암 뺌남은 청진의라 좌우로 둘렀으니 무섭고도 증그럽다. 서산에 일락하고 그믐밤 어두운데 남북촌 두세집에 솔불이 흐미하다. 어디서 슬픈 소리 내 근심 더하는고 별표에 배 떠나니 노 젓는 소리로다 눈물로 밤을 새와 아침에 조반드니 덜 쓰른 보리밥에 무장떵이 한 종자라. 한 술 떠서 보고 큰 덩이 내어놓고 그도 저도 아조 없어 굶을 적이 간간이라. 여름 날 긴긴 날에 배고파 어려웨라. 의복을 돌아보니 한숨이 절로 난다. 남방염천 찌는 날에 빨지 못한 누비바지 땀이 배고 땀이 올라 굴둑 막은 덕석인가. 덥고 검기 다 바리고 내암새를 어이하리. 어와 내 일이야 가련히도 되었고나.

손 잡고 반가는 집 내 아니 가옵더니 등밀어 내치는 집 구차히 빌어 있어 옥식진찬 어데 가고 맥반염장 대하오며 금의화복 어데 가고 현순백결 하였는고. 이 몸이 살았는가 죽어서 귀신인가 말하니 살았으나 모양은 귀신일다. 한숨 끝에 눈물 나고 눈물 끝에 한숨이라. 도로혀 생각하니 어이없어 웃음 난다. 이 모양이 무슨 일고 미친 사람 되었고나. 어와 보리 가을 되었는가 전산후산에 황금빛이로다.

남풍은 때때 불어 보리 물결치는고나. 지게를 벗어 놓고 전간에 굼일면서 한가히 뵈는 농부 묻노라. 저 농부야 밥 위에 보리술을 몇 그릇 먹었느냐. 청풍에 취한 얼굴 깨연들 무엇하리. 연년이 풍년드니 해마다 보리 베어 마당에 뚜드려서 방아에 쓸어내어 일분은 밥쌀하고 일분은 술쌀하여 밥 먹어 배부르고 술 먹어 취한 후에 함포고복하여 격앙가를 부르나니. 농부의 저런 흥미 이런 줄 알았더면 공명을 탐치 말고 농사를 힘쓸 것을 백운이 즐거온 줄 청운이 알았으면 탐화봉접이 그물에 걸렸으랴.

어제는 옳던 일이 오늘이야 윈 줄 아니 뉘우쳐 하는 마음 없다야 하랴마는 범물릴 줄 알았으면 깊은 뫼에 올라가며 떨어질 줄 알았으면 높은 나무에 올랐으랴. 천동할 줄 알았으면 잠간 루에 올랐으랴. 파선할 줄 알았으면 전세대동 실었으랴. 실수할 줄 알았으면 내가 장기 벌였으랴. 죄 지을 줄 알았으면 공명 탐차 하였으랴. 산진메 수진메와 해동청 보라매가 심수총림 숙여 들어 산계야앙 차고 날제 아깝다 걸리었다 두 날개 걸리었다. 먹기에 탐심나서 형극에 걸리었다.

　어와 민망하다 주인박대 민망하다. 아니 먹은 헛 주정에 욕설조차 비경하다. 혼자 말로 군말하듯 나 들으라 하는 말이, 건너집 나그네는 정승의 아들이요 판서의 아우로서 나라에 득죄하고 절도에 들어와서 이전 말은 하도 말고 여기 사람 일을 배와 고기 낚기 나무 베기 자리치기 신삼기와 보리 동냥 하여다가 주인양식 보태는데, 한 군데는 무슨 일로 하로 이틀 몇 날 되되 공한 밥만 먹으려노. 쓰자하는 열 손가락 꼼작이도 아니하고 걷자하는 두 다리는 움작이도 아니하네. 썩은 남게 박은 끌가 전당 잡은 촛대런가 종 찾으면 양반인가 빚 받으면 책주런가.

　동이성의 권당인가 풋낯의 친구런가 양반인가 상인인가 병인인가 반편인가 화초라고 두려 보며 괴석이라 놓고 볼까. 은혜 끼친 일이 있어 특명으로 먹으려나. 저 지은 죄 내 아던가 저의 서름 뉘 아던가. 밤낮으로 우는 소리 한숨 지고 슬픈 소리 듣기에 즈즐하고 보기에 귀찮다. 한 번 듣고 두 번 듣고 통분키도 하다마는 풍속을 보아하니 해연이 막심하다. 인륜이 없었으니 부자의 싸움이요 남녀를 불문하니 계집의 등짐이라.

　방언이 괴이하니 존갠인들 아올소냐. 마만지 아는 것이 손꼽아 주인 헴에 두 다섯 흘 다섯 뭇 다섯 꼽기로다. 포박과 탐욕이 예의염치 되었음에 분전승합으로 효제충신 삼아있고 한둘 공덕으로 지효로 알았으니 혼정신성은 보리 담은 대독이요 출필고 반필면은 돈 모으는 벙어리라. 왕화가 불급하니 견융의 행사로다. 인심이 아니어든 인사를 책망하랴. 내 귀향 아니러면 이런 모양 보았으랴.

　조고마한 실개천에 발을 빠진 소경놈도 눈 먼 줄만 한탄하고 개천 원망 안하나니 임자 아녀 짖는 개를 꾸짖어 무엇하리. 아마도 할 일 없이 생애를 생각하고 고기 낚기 하자하니 물머리를 어찌하고. 나무 베기 하자하니 힘 모자라 어찌하며 자리치기 신삼기는 모르거든 어찌하리. 어와 할 일 없다 동냥이나 하여보자. 탈 망건 갓 숙이고 홑 중치막 띠 끄르고 총만 남은 헌 짚신에 세살 부채 차면하고 남초 없는 빈 담뱃대 소일 조로 가지고서 비슥비슥 걷는 걸음 걸음마다 눈물 난다.

세상인사 꿈이로다 내 일 더욱 꿈이로다. 엊그제는 부귀자요 오늘 아침 빈천자라. 부귀자 꿈이런가 빈천자 꿈이런가. 장주호접 황홀하니 어느 것이 정 꿈인고. 한단치보 꿈인가 남양초려 큰 꿈인가. 화서몽 칠원몽에 남가일몽 깨고 나서 몽중흉사 이러하니 새벽 대길 하오리다. 가난한 집 지내치고 넉넉한 집 몇 집인고 사립문을 드자할가 마당에 섰자하라.

철없는 어린 아해 소 같은 젊은 계집 손가락질 가라치며 귀향다리 온다하니 어와 고이하다. 다리 지칭 고이하다 구름다리 징검다리 돌다리 토다리라 춘정일 십오야 상원야 밝은 달에 장안시상 열 두 다리 다리마다 바람 불어 옥호금준은 다리다리 배반이요 적성가곡은 다리다리 풍류로다. 웃다리 아래다리 석은다리 헛다리 철물다리 판자다리 두다리 돌아 들어 중촌을 올라 광통다리 굽은다리 수표다리 효경다리 마전다리 아량 위 겻다리라. 도로 올라 중학다리 다리 나려 향다리요 동대문 안 첫다리며 서대문 안 학다리 남대문 안 수각다리 모든 다리 밟은 다리 이 다리 저 다리 금시초문 귀향다리 수종다리

아마도 이 다리는 실족하여 병든 다리 두 손길 느려치면 다리에 가까오니 손과 다리 머다한들 그 사이 얼마치리. 한 층을 조금 높여 손이라나 하여주렴. 부끄럼이 몬저 나니 동냥말이 나오더냐. 장가락 입에 물고 아니 가는 헛기침에 허리를 굽힐 제는 공손한 인사로다. 내 허리 가이 없어 비부에게 절이로다. 내 인사 차서 없이 종에게 존대로다.
혼자말로 중중하니 주린 중 들어온가 그 집사람 눈치알고 보리 한 말 떠서주

며 가져가오 불상하고 적객 동냥 예사오니 당면하여 받을 제는 마지못한 치사로다. 그렁저렁 얻은 보리 들고 가기 어려우니 어느 노비 수운하리. 아모러나 저 보리라 갓은 숙여 지려니와 홀 중치막 어찌할고

주변이 으뜸이라 변통을 아니하랴. 넓은 소매 구기질러 품속으로 넣고 보니 긴둥 거리 제법이라 하 괴이치 아니하다. 아마도 꿈이로다 일마다 꿈이로다 동냥도 꿈이로다 등짐도 꿈이로다 뒤에서 당기는 듯 앞에서 미옵는 듯 아모리 굽흐려도 자빠지니 어찌하리. 머지 아닌 주인집을 천신만고 겨우오니 존전의 출입인가 한출첨배 하는고야. 저 주인 거동보소 코웃음 비웃으며 양반도 할일 없네. 동냥도 하시었고 귀빈도 속절없네. 등짐도 지시었고 밥싼 노릇 하오시니 저녁 밥 많이 먹소.

네 웃음도 듣기 싫고 많은 밥도 먹기 싫다. 동냥도 한 번이지 빌긴들 매양하랴. 평생에 처음이요 다시 못할 일이로다. 차라리 굶을진정 이 노릇은 못하리라. 무삼 일을 하잔 말고 신삼기나 하자하고 짚 한단 추려다가 신날부터 꼬아 보니 조희 노도 모르거든 샛기꼬기 어이하리. 다만 한 발 다 못 꼬아 손가락이 부르트니 할 리 없어 내어 놓고 긴 삼대를 베껴내어 자리 노를 배와 꼬니 천수만한 이 내 마음 부칠 데 전혀 없어 노꼬기에 부치었다.

날이 가고 밤이 새니 어느 시절 되었는고. 오동이 낙엽하고 금풍이 소슬하니 하목은 제비하고 추언은 일색일 제 황국 단풍이 금수장이 되었으며 만산초목이 잎잎마다 추성이라. 새벽 서리치는 날에 외기러기 슬피 우니 고객이 먼저 듣고 임 생각이 새로워라. 보고지고 보고지고 임의 얼굴 보고지고. 나래 돋힌 학이 되어 날아가서 보고지고. 만리장천 구름 되어 떠나가서 보고지고. 낙락장송 바람 되어 불어가서 보고지고.

오동추야 달이 되어 비춰어나 보고지고. 북벽사창 세우되어 뿌려서나 보고

지고. 추월춘풍 몇몇 해를 주야불리 하옵다가 전신만수 머다 머되 소식조차 둔절하니 철석간장 아니어든 그리움을 견딜소냐. 어와 못 잊을다 임을 그려 못 잊을다. 용문검 태아검에 비수검을 손에 쥐고 청산리 벽계수를 힘까지 버히어도 끊어지지 아니하고 한 데 이어 흐르나니 물 버히는 칼도 없고 정 버히는 칼도 없네

끊기도 어려우니 마음 끊기 어이하리. 용문지적 가비업고 옥정지수 흐리오며 임 그리는 마음이야 변할 길이 있을소냐. 내 이리 그리운 줄 임이 혈마 잊었으랴. 풍운이 흩어져도 모도힐 때 있었으니 엄상이 차다한들 우로가 아니오랴. 울음 울어 떠난 임을 웃음 웃어 만나고저 이리저리 생각하니 가삼 속에 불이 난다. 간장이 다 타오니 무엇으로 끄잔 말고. 끄기가 어려울 손 오장의 불이로다. 천상수 얻어오면 끌 법도 있건마는 알고도 못 얻으니 셔가 바타 말이 없네.

차라리 쾌히 죽어 이 설움을 잊자하고 포구사변 혼자 앉아 종일토록 통곡하며 망해투사 하려함도 한 번 두 번 아니오며 적적중문 굳이 닫고 천사만상 다 바리고 불식아사 하랴함도 한 번 두 번 아니오며 일각삼추 더디 가니 이 고생을 어찌할꼬. 시비에 개 짖으니 나를 놓을 관문인가. 반겨서 바라보니 황어파는 장사로다. 바다에 배가 오니 사문 갖은 관선인가 일어서서 바라보니 고기 낚은 어선이라. 하로도 열두 시에 몇 번을 기다린가. 설움 모여 병이 되니 백 가지 병 한데 난다.

배고파 허기증과 몸추워 냉증이요 잠 못들어 현기나고 조갈증은 예증이라. 술로 드온 병이오면 술을 먹어 고치오며 임으로 든 병이오면 임을 만나 고치나니 공명으로 든 병에는 공명하여 고치잔들 활을 맞고 놀란 새가 살바지에 앉자 하랴. 신농씨 꿈에 만나 병 고친 약을 물어 청심환 회심단에 강심탕을 먹었은들 천금준마 잃은 후에 외양집을 고침이랴. 갖은 성냥 다 배호자 눈 어두운 모양일다. 어와 이 사이에 해 벌써 저물었다. 청추가 다 지나고 엄동이 되단말까.

강촌에 눈 날리고 북풍이 호로하여 산하 산상에 백옥경이 되었으니 십이루 오경을 일실로 통하도다. 저 건너 높은 뫼에 홀로 섰는 저 소나무 오상고절은 내 이미 알았나니 광풍이 아무런들 겁할 것이 없거니와 도채 멘 저 초부야 행여나 찍으리라. 동백화 피온 꽃은 눈 속에 붉었으니 설만장안에 학정홍과 의연하다. 엊그제 그런 바람 간밤의 이런 눈에 높은 절 고운 빛이 고침이 없었으니 춘풍에 도리화는 도로혀 부끄럽다.

어와 외박하니 설풍에 어찌하리. 보선 신발 다 없으니 발이 시려 어이하리. 하물며 찬 데 누워 얼어 죽기 편시로다. 주인의 근력 빌어 방반간 의지하니 흙 바람 발랐은들 종이 맛 아올손가. 벽마다 틈이 벌어 틈마다 버레로다. 구렁 지네 섞여있어 약간 버레 저허하랴. 굵은 버레 죽어내고 적은 버레 던저주네. 대을 얽어 문을 하고 헌 자리로 가리오니 적은 바람 가리온들 큰 바람 어찌하리. 도중의 나무 모와 조석밥 겨우 짓네.

간난한 손의 방에 불김이 쉬울소냐. 섬거적 뜯어 펴니 선단 요히 되었거늘 개 가죽 추켜 덮고 비단이불 삼았세라. 적무인 빈 방안에 게발 물어 던지드시 새 우잠 곱송거려 긴긴밤 새와 날제 우흐로 한기들고 아래로 냉기올라 일홈도 온 돌이나 한데만도 못하고야. 육신이 빙상되어 한전이 절로 날제 송신하는 숫대 런가 과녁 맞은 살대런가 사풍세우 물풍진가 칠보광의 금나빈가 사랑 만나 안 고 떠나 겁난 끝에 놀라 떠나 양생법을 모르거든 고치조차 무삼일고

눈물 흘려 베개 젖어 얼음조각 비석인가. 새벽닭 홰홰우니 반갑다 닭의 소리. 단봉문 대루원에 대개문 하던 때라. 새로이 눈물지고 장탄식 하던 때에 동창이 이명하고 태양이 높았으니 게을리 일어 앉아 굽은 다리 펴올 적에 삭다리를 조기는 듯 마디마디 소리 난다. 돌담뱃대 잎난초를 쇠똥불에 부쳐 물고 양지를 따라 앉아 웃에 이 주어낼 제. 아니 벗은 혐은 머리 두 귀 밑을 덮어 있네. 내 형상 가련하다 그려내어 보내고저.

이 정의 깊은 정을 만에 하나 옮기시면 오늘날 이 고생은 몽중사 되련마는 기러기 지난 후에 척서도 못 전하니 초수오산 천만 첩에 내 그림을 뉘 전하리. 사랑옵다 이 볕이야 얼었던 몸 녹는고나. 백년골 쪼이온들 싫다야 하랴마는 어이한 쪼각구름 이따금 그늘지니 찬바람 지나칠 제 볕을 가려 아처롭다.

오늘도 해가 지니 이 밤을 어찌 샐고. 이 밤을 지내온 후 오는 밤을 어찌하리. 잠이라 없거들랑 밤이나 짜르거나. 하고 한 밤이 오고 밤마다 잠 못 들어 그리온 이 생각하고 살뜰히 애석일 제 목숨이 부지하여 밥 먹고 살았으니 인간만물 생긴 중에 낱낱이 헤어 보니 모질고 단단한 이 날 밖에 또 있는가. 심산중 백악호가 모질기 날 같으며 독 깨치는 철몽둥이 단단하기 날 같으랴. 가슴이 터지오니 터지거든 굼기를 뚫어 고모 창자 세살 창자 완자창을 갖초 내어 이같이 답답할 제 여닫혀나 보고지고. 어와 어찌하리 혈마한들 어찌하리. 세상귀향 나뿐이며 인간이별 나 혼자랴. 소무의 북해고생 돌아올 때 잊었으니

내홀로 이 고생을 귀불귀 혈마하랴. 무삼 일로 마음 붙여 이 설움 잊자하리. 자른 낫 손에 쥐고 뒷동산 올라가서 풍상이 섞여친데 만목이 소슬하고 천고절 푸른 대는 봄빛이 혼자로다. 곧은 대 베어 내어 가리쳐 다듬오니 발 가웃 낚싯대라 좋은 품이 되리로다. 청올치 꼬은 줄이 낚시 메어 둘러메고 이웃집 아희들아 오늘이 날이 좋다. 새바람 아니 불고 물결이 고요하여 고기가 물 때로다. 낚시질 함께 가자 파립을 잣게 쓰고 망혜를 조여 쓰고 조대로 나가가니.

내 놀이 한가롭다 원근산천이 홍일을 띄었으니 만경창파에 오로지 금빛이라. 낚시를 들이치고 무심히 앉았으니 은린옥척이 절로 와 무는구나. 구타야 취어하랴 자취를 취함이라. 낚시대를 떨떠리니 잠든 백구 다 놀란다. 백구야 나지마라 너 잡을 내 아닐다. 네 본대 영물이라 내 마음 모를소냐. 평생에 괴던 임을 천리에 이별하니 사랑함도 좋거니와 그리움을 못 이기니 수심이 첩첩하여 마음을 둘 데 없어 흥없은 일간죽을 실없이 던졌으니.

고기도 물잖거든 하물며 너 잡으랴. 그려도 모르거든 네게 있는 긴 부리로 내 가슴 쪼아 헤쳐 붉은 마음 내어 놓고 자세히 살펴보면 하마 거의 알리로다. 공명도 다 던지고 성은을 갚으려니 성세에 한민되어 너 좇아 예 왔노라. 날보고 나지마라 네 벗이 되오리라. 백구와 수작하니 낙일은 창창하다. 낚대의 줄 거두어 낚은 고기 꿰어 들고 강촌으로 돌아들어 주인집 찾아오니 문 앞에 짖던 개는 날보고 꼬리친다.

난감한 내 고생이 오랜 줄 가지로다. 짖던 개 아니 짖고 임자도 되는고나. 반일을 잊은 시름 자연히 고쳐나니 아마도 이 내 시름 잊을 길 어려워라. 강천에 월락하고 은하수 기우도록 방등은 어데 가고 눈을 감고 앉았는고. 참선하는 노승인가 통경하는 맹인인가. 팔도강산 어느 절에 중 소경 누가 본가. 누운들 잠이 오며 기다린들 임이 오랴. 내 헴이 무삼 헴고 이다지 많삽더고. 남경장사 남경 가니 반전장사 밋졌는가

이 헴 저 헴 아무 헴도 그만 헤면 다 헤려니. 헤다가 다 못 헤니 무한한 헴이로다. 갓없은 미친 설움 눌 찾아 한잔말고. 남초가 벗이 되니 내 설움 위로하니 먹고 떨고 담아 부쳐 한 무릎에 사오대라. 현기나고 두통하니 설움 잠간 잊히온들 오래기야 오랠손가. 홀연 다시 생각하니 이 일이 무삼 일고. 내 몸 어이 여기 온고. 번화고향 어데 두고 적막절도 들어온고 오량각 어데 두고 두옥반간 의지하고 안팎 장원 어데 가고 죽창문 달았으며

서화도벽 어찌하고 흙바람벽 되었으며 산수병풍 어데 가고 갈 발 한 떼 둘렀으며 각장장판 어데 가고 갈자리를 깔았으며 경주탕건 어데 가고 봉두난발 되었으며 안팎보선 어데 가고 다목발이 별거하며 녹피당혜 어데 가고 육총짚신 신었으며 조반점심 어데 가고 일중하기 어려우며 사환노비 어데 가고 고공이가 되단말고. 아침이면 마당쓸기 저녁이면 불때히기 볕이 나면 쇠똥치기 비가 오면 도랑치기 들어가면 집지키기 보리멍석 새날리기 거처번화 의복사치 나도

전에 하였더니

좋은 음식 맛난 맛은 아마 거의 잊었세라. 설움에 쌓였으니 날 가는 줄 모르더니 헤염없는 아해들은 묻지도 않은 말을 한 밤 자면 제덕 오니 떡국 먹고 노자네. 아해 말을 신청하랴 여풍다이 들었더니 남녘 이웃 북녘 집에 나병소래 들리거늘 손을 꼽아 헤어보니 오늘 밤이 게석일다. 타향의 봉가절이 이 뿐이 아니로다. 상빈명조에 또 한 해 되는고나. 송구영신이 이 한 밤뿐이로다. 어와 상품 그렇던가 저녁 밥상 그렇던가. 예 못 보던 네모반에 수저 갖춰 장 김치에 나락밥이 돈독하고 생선 토막 풍성하다.

그려도 설이로다 배부르니 설이로다. 고향을 떠나온 지 어제로 알았더니 내 이별 내 고생이 격년사 되었구나. 어와 섭섭하다 정초문안 섭섭하다. 북당쌍친이 백발이 더 하시고 공규화조는 얼마나 늦었는고. 오세에 떠난 자식 육세아 되었고나. 내 아녀 임이라도 내 설움은 설다하리. 천리일별에 해 벌써 바뀌도록 일자가신을 꿈에나 들었을까. 운산이 막혔는 듯 하해가 가렸는 듯 의창전 한매소식 물어볼 길 전혀 없네

바닷길 일천리가 머다도 하려니와 약수 삼천리에 청조가 전신하고 은하수 구만리에 오작이 다리 놓고 북해상 기러기는 상림원에 날아나니 내 가신 어이 하여 이다지 막혔는고. 꿈에나 혼자 가서 고향을 보련마는 원수의 잠이 올 제 꿈인들 아니 꾸랴. 흐르나니 눈물이요 지으나니 한숨이라. 눈물인들 한이 있고 한숨인들 끝이 있지 내 눈물이 모였으면 추자섬이 생겼으며 이 한숨이 쌓였으면 한라산을 덮었으니

해안에 낙조하고 어촌에 연기 날 제 사공은 어데 가고 빈 배만 매였는고. 산상구적 소리는 소 모는 아해로다. 자는 새는 투림하여 옛집으로 날아드니 금수도 집이 있어 돌아갈 줄 알았는가. 사람은 무삼일로 돌아갈 줄 모르는고. 뵈는

것이 다 설으고 듣는 것이 다 슬프니 귀먹고 눈 어두워 듣고 보지 말고라지. 이 설음 오랠 줄을 분명히 알 양이면 할 일은 결단하여 만사를 잊으리니 나 죽은 무덤 위에 논을 갈지 밭을 갈지 일도혼백이야 있을런지 없을런지.

시비분별이야 없을런지 있을런지 비가 올지 눈이 올지 바람 불어 서리 칠지 의의천의를 알기가 어려워라. 촌촌간장이 구비구비 썩는구나. 간밤에 부던 바람 천산에 비 뿌리니 구심동군이 춘광을 자랑는 듯 미뻴손 천지마음 봄을 절로 알게 하니 나무나무 잎이 피고 가지가지 꽃이로다. 방초는 처처한 데 춘풍소리 들리거늘 눈 씻고 일어 앉아 객창을 열쳐 보니 창전에 수지화는 웃는 듯 하였 고나. 반갑다 저 꽃이여 예 보던 꽃이로다.

낙양성중에 저 봄빛 한 가지요 고향원상에 이 꽃이 피었는가. 간 해 오늘날에 웃음 웃어 보던 꽃은 청준의 술을 부어 꽃꺾어 헴을 놓고 장진주 노래하여 무 진무진 먹자할 제 네 번화 질김으로 저 꽃을 보았더니 올해 이 날에 눈물 뿌려 보는 꽃은 아침에 나쁜 밥이 낮 못되어 시장하니 박잔에 흐린 술이 값없이 쉬 울손가. 내 고생 슬픔으로 저 꽃을 다시 보니 전년 꽃 올해 꽃은 꽃빛은 한가지 나 전년 사람 올해 사람 인사는 다르도다.

인생고락이 수유잠의 꿈이로다. 이렁저렁 허튼 근심 다 후리쳐 던져 두고 의 복 그려 하는 설움 목전 설움 난감하다. 한 벌 의복 입은 후에 춘하추동 다 진하 니 아마도 이런 옷은 내 옷밖에 또 없으리. 여름에 하 더울 제 겨울을 바랐더니 겨울이 하 치우니 도로 여름 생각하네. 쓰오신 망건인가 입으신 철갑인가 사시 에 하동없이 춘추만 되었고저. 발굼치 드러나니 그는 족히 견디어도 바지 밑 터졌으니 이 아니 민망한가. 내 손수 깁자하니 기울 것 바이 없네.

애궂은 실이로다 이리 얽고 저리 얽고 고기 그물 걸어맨 듯 꿩의 눈 찍어낸 듯 침재도 그지없고 수품도 사치롭다. 좀전에 적던 식량 크기는 어쩐 일고 한 그릇 담은 밥은 주린 범의 가재로다. 조반석죽이면 부가옹 부러하랴. 아침은 죽이더니 저녁은 그도 없네. 못먹어 배고프니 허리띠 탓이런가. 허기져 눈 깊으니 뒤꼭도 거의로다. 정신이 아득하니 운무에 쌓였는가. 한 되 밥 쾌히 지어 슬카지 먹고파져 이러한들 어찌하며 저러한들 어찌하리 천고만상을 아모런들 어찌하리. 의복이 족한 후에 예절을 알 것이고 기한이 작심하면 염치를 모르나니 궁무소불위함은 옛사람의 이른 바라.

사불관면은 군자의 예절이요 기불탁속은 장부의 염치로다. 질풍이 분 연후에 경초를 아옵나니 궁차익견하여는 청운에 뜻이 없어 삼순구식을 먹으나 못 먹으나 십년일관을 쓰거나 못 쓰거나 염치를 모를 것가 예절을 바랄 것가. 내 생애 내 벌어서 구차를 면차하니 처음에 못 하던 일 나중은 다 배혼다. 자리치기 먼저 하자 틀을 꽂아 나려놓고 바늘대를 뽑내면서 바디를 드놓을 제 두 어깨 문어지고 팔과 목이 부러진다. 멍석 한 잎 들었으니 돈 오분이 값이로다

약한 근력 강작하여 부지런을 내자하니 손뿌리에 피가 나서 조희 골모 얼리로다. 실 같은 이 잔명을 끊음즉도 하다마는 아마도 모진 목숨 내 목숨뿐이로다. 인명이 지중함을 이제와 알리로다. 누구서 이르기를 세월이 약이라도 내 설움 오랠사록 화약이나 아니 될가. 날이 지나 달이 가고 해가 지나 돌이로다. 상년에 비던 보리 올해 고쳐 비어 먹고 지난 여름 낚던 고기 이 여름에 또 낚으니 새 보리밥 담아 놓고 가삼 맥혀 못 먹으니

뛰든 고기 회를 친들 목이 메어 들어가랴. 설워함도 남에 없고 못견딤도 별로하니 내 고생 한 해 함은 남의 고생 십년이라. 흥즉길함 되올는가 고진감래 언제 할고. 하나님께 비나이다 설은 원정 비나이다. 책력도 해 묵으면 고쳐 쓰지 아니하고 노호염도 밤이 자면 풀어져서 버리나니 세사도 묵어지고 인사도 묵었으니 천사만사 탕척하고 그만 저만 서용하사 끊쳐진 옛 인연을 고쳐 잇게 하옵소서.

## 4. 김진형[4]의 〈북천가〉(北遷歌)

### 작품 해제

〈북천가〉는 김진형이 1853년(철종 4) 6월에 함경도 명천(明川)으로 귀양가서 그 해 10월에 풀려 나오기까지 유배 기간 동안에 느낀 심정과 체험한 생활, 경험, 견문 등을 노래한 작품이다.

이 작품은 서울을 떠나 유배지로 갔다가 유배생활을 마치고 돌아온 그 체험의 특이성으로서, 또 당시 조선 사회의 정치적 현실의 반영과 그의 뛰어난 시적 형상 등으로 인해 우리의 주목을 끈다.

이 작품에서 작자는 당시의 부패한 정계의 현실과 양반 사대부들의 호화방탕한 생활과 사대부들의 도덕적 위선 등을 잘 반영하여 노래하고 있다. 봉건관료로서 별로 고생을 하지 않고 편히 지내며 살아온 과정과 관련하여 당시의 정치적 현실에 대한 작가 자신의 비판적 의식은 아주 약하게 드러나고 있으나 작자의 체험에 밑바탕을 둔 사실적 묘사와 서술은 조선시대의 정치적 상황을 매우 잘 포착하여 그려낸 작품이라고 할 수 있는 것이다.

이 작품에서 작자는 상당히 원숙한 예술적 재능을 보여주고 있으며, 적절한 형용어의 선택, 반복에 의한 강조 등은 작자의 내면세계와 행동 및 자연 풍경을 생동감 있게 묘사할 수 있도록 하는 요소로 작용하여 인간이 가지는 희비애락의 감정들을 진실하게 나타낼 수 있도록 해 준다.

바꾸어 말하면 사회에 대한 비판적인 표현은 미약하나 작품의 형상화 면에

---

4) 김진형(金鎭衡, 1801~1865) : 조선 후기의 문신. 본관은 의성(義城). 자는 덕수(德錘), 호는 겸와(謙窩) 또는 청사(晴蓑). 종수(宗壽)의 아들이다.
　1850년(철종 1) 증광문과에 병과로 급제, 1853년(철종 4) 홍문관교리로 있을 때 이조판서 서기순(徐箕淳)의 비행을 탄핵하다가 수찬 남종순(南鍾順)에게 몰려 한때 명천(明川)으로 유배되었다. 1856년(철종 7) 문과중시에 다시 급제하였다. 1864년(철종 15, 고종 원년)에는 시정의 폐단을 상소하였는데, 조대비(趙大妃)의 비위에 거슬린 구절이 있어 전라도 고금도(古今島)에 유배되었다. 명천에 유배되었다가 다시 방면되어 귀환하는 왕복의 기록을 담은 것으로 〈북천록(北遷錄)〉이라는 한문일기와 가사 〈북천가(北遷歌)〉가 전한다. 유고를 모은 미간행본 《청사유고》를 그의 5세손인 태현(台鉉)이 소장하고 있다.

서는 매우 높이 평가할 수 있는 작품이라고 할 수 있다.

　주제 : 유배된 내력과 유배지에 있는 기생들과의 풍류 등을 노래


내용

　　　고참(古站) 역마 잡아 타고 배소(配所)로 들어가니

　　　인민은 번성하고 성곽(城廓)은 웅장(雄壯)하다

　　　여각(旅閣)에 들어 앉아 패문(牌文)을 부친 후에

　　　맹 동원의 집을 물어 본관 더러 전하니

　　　본관 전갈(傳喝)하고 공형(工刑)이 나오면서

　　　병풍 자리 주물상을 주인으로 대령하고

　　　육각(六角) 소리 앞세우고 주인으로 나와 앉아

　　　처소에 전갈하며 뫼서 오라 전갈하네

　　　슬프다 내 일이야 꿈에나 들었던가

　　　이곳이 어디메냐 주인의 집 찾아가니

　　　높은 대문 넓은 사랑 삼천석군 집이로다

　　　본관과 초면이라 새로 인사 대한 후에

　　　본관이 하는 말이 김 교리(金校理) 이 번 정배(定配)

　　　죄 없이 오는 줄은 북관(北關) 수령(守令) 아는 배요

　　　만이 울었나니 조금도 슬퍼 말고

　　　나와 함께 노사이다 삼형(三營) 기생 다 불러다

　　　오늘부터 노자꾸나 호반의 규모런가

　　　활협(闊俠)도 장하도다 그러나 내 일신이

　　　귀적(歸謫)한 사람이라 화광빈객(華光賓客) 꽃자리에

　　　기악(妓樂)이 무엇이냐


역에서 말을 잡아타고 귀양지에 들어가니 백성들은 번성하고 성곽은 웅장하
다. 나그네집에 들어앉아 편지를 부친 후에 맹동원의 집을 물어 본관더러 전하

니 본관이 전갈을 하고 공형이 나오면서 병풍 자리에 귀한 음식상을 주인과 육
각 소리를 앞세워 오며 처소에 전갈하며 뫼셔오라 하네. 슬프다. 이런 일이 꿈
에나 있었던가. 이곳은 어디인가. 주인의 집에 찾아가니 높은 대문과 넓은 사
랑채, 삼천석꾼의 집이구나. 본관과 초면이라 서로 인사를 한 후에 본관이 하
는 말이 "김교리 이번 유배는 죄 없이 오는 줄 북관의 모든 수령이 아는 바요.
모든 이가 울었으니 조금도 슬퍼하지 말고 나와 함께 놉시다. 이쁜 기생 다 불
러라."


극구(極口)에 퇴송(退送)하고
혼자 앉아 소일하니 성내의 선비들이
문풍(聞風)하고 모여들어 하나 오고 두셋 오니
육십 인이 되었구나 책 끼고 청학(請學)하며
글제 내고 고쳐지라 북관에 있는 수령 관장(關將)만
보았다가 문관의 풍성 듣고 한사하고
달려드니 내 일을 생각하면 남 가르칠
공부 없어 아무리 사양한들 모면(謀免)할 길 전혀 없네
주야로 끼고 있어 세월이 글이로다
한가하면 풍월(風月) 짓고 심심하면 글 외우니
절세의 고종이라 시주(詩酒)에 회포(懷抱) 붙여
불출 문외(不出門外) 하오면서 편케편케
날 보내니 춘풍에 놀란 꿈이 변산(邊山)에 서리 온다


남천을 바라보면 기러기 처량하고
북방을 굽어 보니 오랑캐 지경이라
개가죽 상하착은 상놈들이 다 입었고
조밥 피밥 기장밥은 기민의 조석이라
본관의 성덕이요 주인의 정성으로

실 같은 이내 목숨 달반을 걸렸더니
천만의외 가신 오며 명녹이 왔단 말가
놀랍고 반가워라 미친놈 되었구나
절세에 있던 사람 항간에 돌아온 듯
나도나도 이럴망정 고향이 있었던가
서봉을 떼어 보니 정찰이 몇 장인고
쪽쪽이 친척이요 면면이 가향이라
지면의 자자획획 자질의 눈물이요
옷 위의 그림 빛은 아내의 눈물이다
소동파 초운인가 양대운우 불쌍하다
그중에 사람 죽어 돈몰이 되단 말가
명녹이 대코 앉아 눈물로 문답하니
집떠난지 오래거든 그 후 일을 어이 알리
만수천산 멀고먼데 네 어찌 돌아가며
덤덤히 쌓인 회포 다 이룰 수 없겠구나
녹아 말들어라 무사히 돌아가서
우리집 사람더러 살았더라 전하여라
죄명이 가벼우니 은명이 쉬우리라
거연히 추석이라 가가이 성묘하네
우리 곳 사람들도 소분을 하나니라
본관이 하는 말이 이곳의 칠보산은
북관중 명승지라 금강산 다툴지니
칠보산 한 번 가서 방피심산 어떠하뇨
나도 역시 좋거니와 도리에 난처하다
원지에 쫓인 몸이 형승에 노는 일이
분의에 미안하여 마음에 좋건마는
못 가기로 작정하니 주인의 하는 말이

그렇지 아니하다 악양루 환강경은
왕등의 사적이요 적벽강 제석놀음
구소의 풍정이니 금학사 칠보놀음
무슨 험 있으리요 그 말을 반겨 듣고
황망히 일어나서 나귀에 술을 싣고
칠보산 들어가니 구름 같은 천만봉은
화도강산 광경이라 박달령 넘어가서
금장동 들어가니 곳곳의 물소리는
백옥을 깨쳐 있고 봉봉의 단풍 빛은
금수장을 둘렀세라 남여를 높이 타고
개심사에 들어가니 원산은 그림이오
근봉은 물형이라
육십명 선비들이 앞서고 뒤에 서니
풍경도 좋거니와 광경이 더욱 장타
창망한 지난 회포 개심사에 들어가서
밤 한 경 새운 후에 미경에 일어나서
소쇄하고 물을 여니 기생들이 앞에 와서
현신하고 하는 말이 본관사도 분부하되
김교리님 칠보산에 너 없이 놀음 되랴
당신은 사양하되 내 도리에 그럴소냐
산신도 섭섭하고 원학도 슬프리라
너희들을 송거하니 나으린들 어찌하랴
부디부디 조심하고 칠보청산 거행하다
사도의 분부 끝에 소녀들이 대령하오
우습고 부끄럽다 본관의 정성이여
풍류남자 시주객은 남관에 나뿐인데
신선의 곳에 와서 너를 어찌 보내리오

이왕에 너희들이 칠십리를 등대하니
풍류남자 방탕성이 매몰하기 어려왜라
방으로 들라하여 이름 묻고 나 물으니
한 년은 매향인데 방년이 십팔이요
하나는 군산월이 십구세 꽃이로다
화상 불러 음식 하고 노래시켜 들어보니
매향의 평우조는 운우가 흩어지고
군산월의 해금소리 만학청봉 푸르도다
지로승 앞세우고 두 기생 옆에 끼고
연화만곡 깊은 곳에 올라가니
단풍은 비단이요 송성은 거문고라
상상봉 노적봉과 만사암 천불암과
탁자봉 주작봉은 그림으로 둘러지고
물형으로 높고 높다 아양곡 한 곡조를
두 기생 불러내니 만산이 더 높으고
단풍이 더 붉도다 옥수로 양금 치니
송풍인가 물소리가 군사월의 손길 보소
곱고도 고을시고 춘산에 풀손인가
안동밧골 금랑인가 양금 위에 노는 손이
보드랍고 알스럽다
남녀 타고 전향하여 한 마루 올라가니
아까 보던 산모양이 홀지에 환영하여
모난 불이 둥그렇고 희던 바위 푸르구나
절벽에 새긴 이름 만조정 물색이라
산을 안고 들어가니 방선암이 여기로다
기암괴석 첩첩하니 갈수록 황홀할사
일리를 들어가니 금강굴 이상하다

차아한 높은 굴이 석색창태 새로워라
연적봉 구경하고 회상대 향하다가
두 기생 간 데 없어 찾느라 골몰터니
어디서 일성가곡 중천으로 일어나니
놀라서 바라보니 회상대 올라 앉아
일지단풍 꺾어 쥐고 녹의홍상 고은 몸이
만장암 구름 위에 사람을 놀랠시고
어와 기절하다 이내몸 이른 곳이
신선의 지경이라
평생의 연분으로 천조에 득죄하여
바람에 부친듯이 이 광경 보겠구나
연적봉 지난 후에 이 선녀를 따라가서
연화봉 저 바위는 청천에 솟아일고
배바위 채석봉은 면전에 버려있고
생활봉 보살봉은 신선의 굴혈이라
매향은 술을 들고 만장운 한 곡조에
군월산 앉은 거동 아주 분명 꽃이로다
오동 목판 거문고에 금사로 줄을 매워
대쪽으로 타는 양이 거동도 곱거니와
섬섬한 손길 끝에 오색이 영롱하다
네 거동 보고나니 군명이 엄하여도
반할 번 하겠구나 영웅절사 없단 말은
사책에 있느니라 내 마음 단단하나
내게야 큰 말하랴 본 것은 큰 병이요
안본 것이 약이던가 이천리 절세중에
단정히 몸가지고 기적을 잘한 것이
아주 무두 네 덕이라 양금을 파한 후에

절집에 내려오니 산중의 찬물 소리
정결하고 향기 있다 이튿날 돌아오니
회상대 높던 일이 저승인가 몽중인가
국은인가 천은인가 천애에 이 행객이
이럴 줄 알았더냐 홍진하고 돌아와서
수노불러 분부하되 칠보산 유산시는
본관이 보내기로 기생을 다렸으나
돌아와 생각하니 호화한중 불안하다
다시는 지휘하여 기생이 못 오리라
선비만 다리고서 심중에 기록하니
청산이 그림되어 술잔에 떨어지고
녹수는 길이 되어 종이 위에 단청이라
군산월 녹의홍장 깨고나니 꿈이로다
일월이 언제던고 구월구일 오늘이라
광한림 이적선은 용산에 높이 쉬고
조선의 김학사는 재덕산에 올랐구나
백주향화 앞에 놓고 남향을 상상하니
북병산 단풍경은 김학사 차지요
이하의 황국화는 주인이 없었구나

# 가사문학의 사적 구분

## 1) 제1기

고려말부터 조선 성종까지로서 가사문학의 발생 시기이다.

가사문학의 발생에 대하여는 여섯가지의 발생설이 있다.

① 경기체가에서의 발생설 ; 〈한림별곡〉 같은 경기체가의 〈청산별곡〉 같은 긴 노래에서 분련체가 사라지고, 여기에 다시 중국의 사·부 문학의 형태적 영향을 받아서 가사 형식이 발생하였다는 주장

② 시조에서의 발생설 ; 일부 가사의 결사장(結詞章)이 시조의 종장체 형식으로 되어 있을 뿐만 아니라, 대부분의 가사 형식이 3.4조 또는 4.4조 1행씩으로 되어 있다는 점에서 가사를 시조의 파격형이라고 하는 견해

③ 악장체에서의 발생설 ; 〈용비어천가〉와 〈월인천강지곡〉 같은 분장형식이 파괴되면서 사설형식의 가사가 나타났다고 보는 것

④ 한시현토체(漢詩懸吐體)에서의 발생설 ; 종래 우리 조상들은 글을 읽을 때 축문이나 치사 이외에는 반드시 우리말로 토를 달아 읽었기 때문에 장편 한시에 토만 달아 읽든지 시조체의 초·중장을 연속하면 가사체가 발생할 수 있다고 보는 견해

⑤ 민요에서의 발생설 ; 가사의 기원은 같은 4.4조 연속체의 교술율문인 교술민요에 있으며 구비문학인 교술민요가 기록문학으로 발전한 것이 가사라고 보는 견해

⑥ 불교계의 신라가요에서의 발생설 ; 신라 경덕왕대에 월명사가 지은 〈도솔

가〉 이야기에 나오는 "별도로 산화가가 있는데, 글이 많아서 싣지 않는다"에 근거한 주장 등이다. 그런데 현존하는 최고의 작품은 고려말 나옹화상의 〈서왕가〉와 조선 성종대 정극인의 〈상춘곡〉을 들 수 있다.

### 2) 제2기

성종 이후 임진왜란 이전까지를 말한다. 이 시기는 전기에 발생한 가사문학 사상에 본격적으로 향유되기 시작하고 그 지속이 이어지는 때이다. 이때에 나타난 작품들의 주제 및 소재적 특성은 먼저 전기의 계승으로 '강호가사'를 들 수 있으며, 이에 속한 작품들로 이서의 〈낙지가〉, 송순의 〈면앙정가〉, 이이의 〈낙빈가〉 등을 들 수 있다. 작품들에서는 주로 전원과 강호의 생활을 노래하는데, 먼저 서사에서는 강호에 머무르게 된 취지를 노래하고, 전개에서는 그들이 아름다운 강산에 자리를 잡은 뒤 초가삼간에 정자를 곁들이고 있는 생활환경을 노래하고, 그 다음에 소요음영과 석조(夕釣) 및 취흥으로 즐기는 생활양상을 노래하고, 결사에서 강호에 살며 안빈낙도하겠다는 뜻과 성은에 감사한다는 두 유형을 보인다.

이후에 새로 나타난 가사로 기행가사·유배가사·교훈가사 등이 있다. 기행가사로는 백광홍의 〈관서별곡〉과 정철의 〈관동별곡〉 등이 있으며, 이들 작품에는 그런 자리를 마련하여 준 성은에 감사하고 공무에 틈을 내어 자기 임지의 곳을 둘러보며 임금에 대한 충성을 노래하고 아울러 자신의 감흥과 선정을 읊고 다짐하였다. 유배가사로는 조위의 〈만분가〉가 있어, 적객(謫客)의 쓰라린 회포와 아울러 임금에 대한 끝없는 충성을 절실하게 나타내고 있다. 교훈가사로는 이황의 〈도덕가〉, 〈권선지로가〉 등과 이이의 〈자경별곡〉 등이 있는데, 효제충신 등의 유교교훈을 풀어서 엮은 것이다.

이 가사의 형식적 특징은 첫째로 3.4조가 주조를 이루고 있는 중 2.3조와 2.4조가 상당히 섞여 있는 점이다. 둘째로 가사의 종행이 시조의 종장과 같은 이러한 정격 혹은 정통가사가 많은 점이다. 셋째로 작품의 길이가 후기 가사에 비해 짧아진 것이 특징이다.

이 시기에 나타난 작가의 특성은 첫째로 사대부들이 주류를 형성하였고, 둘째로 송순·백광홍·정철·이서 등과 같은 호남작가가 많았다. 끝으로 허난설헌과 같은 여류작가의 등장이 있었다.

### 3) 제3기

임진왜란으로부터 숙종조까지로 잡을 수 있다. 이 시기는 전쟁이 있었던 때이고, 동시에 당쟁도 심하였던 때이다. 이 시기에 나타난 작품들의 주제 및 소재적 특성은 먼저 전기를 계승한 가사로 강호·기행·유배 가사 등이 있다. 강호가사의 작품으로는 고응척의 〈도산가〉와 같이 난을 피하여 산중에 은거함을 노래한 것과, 박인로의 〈노계가〉, 윤이후의 〈일민가〉와 같이 자연을 벗하여 사는 즐거움을 노래하는 것이 있다.

기행가사의 작품으로 지방관으로 나아가 그곳의 풍경을 노래한 조우인의 〈출새곡〉, 중국에 사신으로 다녀온 것을 표현한 박권의 〈서정별곡〉, 경치를 노래한 이현의 〈백상루별곡〉 등이 있다. 유배가사로는 조우인의 〈자도사〉와 유배인을 수행하면서 지은 송주석의 〈북관곡〉 등이 있다. 이 시기의 새로운 경향으로 전통가사의 출현과 현실비판가사의 대두를 들 수 있다. 전쟁의 비참함을 묘사한 작품으로 〈용사음〉이 있으며 적개심을 묘사한 것으로 〈태평사〉와 〈봉산곡〉이 있고, 포로생활을 묘사한 것으로 백수회의 〈도대마도가〉, 〈재일본장가〉, 〈화안인수가〉 등이 있다.

이 시기의 형식적 특징은 첫째로 4.4의 율조 파괴인데, 이 현상은 노계가사에서 두드러지게 나타난다. 이는 사의(詞意)의 전달에 중점을 둔 것이거나 아니면 그 율조가 가지는 격식의 파괴로 생각된다. 둘째로 서두에 산문적인 사설을 삽입한 것이다. 그 예는 〈지수정가〉의 서두이다. 이 시기의 작가에서 볼 수 있는 특성은 크게 두 가지로 요약된다. 첫째로 전기와는 달리 박인로·조우인·정훈·백수회 등에서 살필 수 있듯이 개인 창작의 작품수가 많아졌다. 둘째로 서지적(書誌的)으로 믿을 만한 승려작가가 등장하였다. 그 예가 바로 침굉선사이다.

## 4) 제4기

숙종 이후 동학운동까지의 시기이다. 이 시기에는 가사가 거의 보편화되며 이로 인하여 전기의 주제 및 소재가 그대로 전승되기도 하지만, 새로운 것들이 많이 등장한다. 먼저 전대의 것을 계승한 것으로는 남도진의 〈낙은별곡〉과 박이화의 〈낭호신사〉, 조성신의 〈개암가〉 등의 강호가사와 이용의 〈북정가〉, 김인겸의 〈일동장유가〉, 이방익의 〈표해가〉 등의 기행가사와 이진유의 〈속사미인곡〉, 안조환의 〈만언사〉, 김진형의 〈북천가〉 등의 유배가사와, 이기경의 〈심진곡〉, 〈망유사〉, 권섭의 〈도통가〉, 한석지의 〈길몽가〉, 배이도의 〈훈가이담〉, 실명씨의 〈우부가〉, 〈용부가〉 등의 교훈가사와 〈갑민가〉, 〈향산별곡〉, 〈거창가〉 등의 현실비판의 가사와 〈대명복수가〉, 〈천군복위가〉 등의 전란가사가 등이 있다.

이 시기에 새로 나타난 주제와 소재로 우선 실용가사를 들 수 있다. 이러한 작품의 예로 〈농가월령〉, 〈농가월령가〉 등이 있는데, 이들은 실학정신과 통하는 것들이다. 다음으로 이 시기에 오면 남녀간의 사랑을 주제로 한 〈상사별곡〉, 〈춘면곡〉, 〈사랑가〉, 〈단장사〉, 〈유산가〉, 〈금루사〉 등의 평민가사 및 애정가사가 나타난다.

다음으로 남인학자들을 중심으로 한 천주교가사를 들 수 있다. 정약전의 〈십계명가〉, 이벽의 〈천주공경가〉, 이가환의 〈경세가〉 등이 그것이다. 이 시기 전후에 규방가사가 발생한다.

끝으로 이 시기의 형식적 특징은 사실의 정확한 기록을 위하여 가사가 장형화한 것이다. 〈일동장유가〉, 〈북천가〉, 〈한양가〉 등은 그 한 예들로 3,4천 행의 장형이다. 그리고 이 시기의 작가들에서는 그들이 특수한 계층이 아니라 규방층과 서민층이 작가군으로 부상했다는 특성을 발견할 수 있다.


## 5) 제5기

동학가사가 창작된 때부터 한말까지를 뜻한다. 이 시기에는 정치적 측면에서 많은 변화가 있었듯이 가사문학에서도 많은 변화를 발견할 수 있다. 이 시기에는 강호가사, 기행가사, 교훈가사 등이 상당수 창작된다. 즉, 김은후의 〈거성가〉, 권광범의 〈농서별곡〉, 박시현의 〈울도선경가〉, 정현덕의 〈봉래별곡〉 등의 강호가사와 홍순학과 유인목의 〈북행가〉, 이태식의 〈일본유람가〉 등의 기행가사와 유영무의 〈오륜가〉, 김경흠의 〈삼재도가〉, 〈불효탄〉, 이방현 부인 홍씨의 〈홍씨부인계녀사〉 등의 교훈가사 등이다.

그러나 이들 가사들도 1910년대 이후에 이르면 몇몇 작품들에서만 나타나는 퇴조의 현상을 보인다. 이런 퇴조와 더불어 커다란 변화가 나타나는데, 바로 동학가사 · 개화가사 · 항일의병가사 · 비판가사 · 독립투쟁가사 · 신문명저항가사 · 신문명찬양가사 등의 출현으로 가사부흥의 사도가 된다.

동학가사는 최제우가 득도과정에서 체험한 것과 동학을 포교하고 아울러 그 자제와 부녀 등의 가족과 교도들을 깨우치고 훈계하는 것 등을 내용으로 하고 있는데 〈용담가〉, 〈안심가〉, 〈교훈가〉, 〈권학가〉 등이 있다.

# 조선 후기의 문학

조선 후기의 문학적 특징은 대략 세 가지로 나눠 볼 수 있다. 그 첫째로, 조선 후기의 문학은 양반과 함께 평민들이 많이 참여하고 있다는 점이고, 둘째로는 조선 전기 문학의 중심은 성리학과 운문이었는데, 조선 후기 문학은 실학과 산문을 중심으로 발전하였다는 점이다. 그 연장선상으로 셋째는 무엇보다 국문소설이 상당수 창작되었다는 점을 들 수 있다.

우선 국문소설의 작품들을 장르별로 구분하고 그 특징을 간단하게 살펴본다.

1) 설화 정착 소설
- 심청전 : 작자 미상
- 장끼전 : 작자 미상. 꿩을 의인화, 조류의 세계를 빌어 인간 세계 풍자
- 삼설기 : 3권 3책(1권-삼사횡입황천기, 오호대장기, 2권-서초패왕기, 삼자원종기, 3권-황주목사계자기, 노처녀가) 등의 단편집
- 왕랑반혼전 : 1673년(현종 14) 보우 지음. 불가의 법력과 불교에의 귀의를 권장한 내용으로 불교의 설화를 소설화
- 흥부전 : 작자 미상

2) 사회소설
- 홍길동전 : 광해군 시대에 허균 지음.
- 전우치전 : 작자 미상. 전우치가 도술을 써서 지방관청의 부패상을 시정하고 백설들을 곤궁으로부터 구체함

3) 군담소설

- 임진록 : 조선군의 충성스러운 용맹. 충무공의 군사적 전략. 서산대사, 사명당의 도술 등으로 왜군을 물리치고 항복을 받아내고 개선하는 내용
- 곽재우전 : 홍의장군 곽재우가 의병을 일으켜 왜군을 물리친 무용담
- 유충렬전 : 유충렬의 무용과 기상을 찬양한 영웅소설
- 조웅전 : 중국 송나라를 배경으로 한 조웅의 무용담
- 임경업전 : 기울어져가는 명을 구함과 아울러 병란의 치욕을 씻으려고 애쓰다가 원통하게 죽어간 임경업의 무용담으로서 전기적 소설
- 박씨전 : 박씨 부인이 병란 때 도술로써 청나라 장수와 공주를 굴복시킨 내용

4) 가정소설

- 사씨남정기 : 숙종시대에 김만중 지음. 요첩이 본처를 모함하여 축출하고 그 집이 망했다가 다시 화목하게 되는 과정을 그림
- 장화홍련전 : 숙종~철종조, 작자 미상. 계모가 전처의 자식을 학대
- 장풍운전 : 오랑캐로 말미암아 헤어진 부모와 다시 만나 부인과 함께 영화를 누린다는 내용

5) 염정소설

- 운영전 : 선조시대에 유영 지음. 유영이 안평대군이 살았던 수성궁에서 놀다가 꿈에 안평의 궁녀 운영과 그의 애인 김진사를 만났다는 형식으로, 그들의 비극적 정사를 묘사
- 구운몽 : 숙종시대에 김만중 지음.
- 옥루몽 : 숙종시대에 남익훈 지음. 하늘의 선인들이 땅에 내려와 영화를 누리다가 올라간 일부다처주의의 내용을 그린 작품
- 춘향전 : 작자 미상
- 숙향전 : 낙양 이상서의 아들 이선과 숙향과의 사랑을 그림
- 숙영낭자전 : 안동선비 백선군과 꿈에 본 숙영과의 사랑을 그림
- 옥단춘전 : 이혈룡과 기생 옥단춘의 사랑을 그림

• 양산백전 : 영조~정조시대 작품. 양산백과 추양대의 사랑을 그림.

6) 풍자소설

• 배비장전 : 순조~철종시대의 작품으로 양반의 위선적인 생활을 풍자. 배비장이 제주도에 갔다가 기생 애랑에게 빠져 수모를 당하는 내용

• 이춘풍전 : 영조~정조시대의 작품으로 무력한 남편과 거세된 양반을 풍자. 춘풍의 아내 김씨가 비장이 되어 감사까지 이용하며 방탕한 남편의 버릇을 고치는 이야기

• 옹고집전 : 옹고집이 중을 학대하다가 그 중이 만들어낸 가짜 옹고집에게 쫓겨나 고생 끝에 자기의 잘못을 뉘우쳐 착한 사람이 된다는 이야기


이외에도 문학의 장르별로 세분해 보면 아래와 같다.

### ▶ 한문소설

• 창선감의록 : 숙종시대에 조성기 지음. 효자의 지성으로 악한 적모와 패륜한 형을 회개시키는 내용

• 호질, 허생전 등 : 박지원의 《열하일기》에 수록되어 있는 한문소설로 당시 시대상을 재치있게 풍자하고 있다.


### ▶ 시조의 창작 계속 : 조홍시가(박인로), 강호연군가(장경세), 호아곡(조존성), 율리유곡(김광욱), 국치비가(이정환), 당쟁비가(이덕일), 견회요. 우후요. 산중신곡. 산중속신곡. 어부사시사(윤선도), 매화사(영매가) (안민영) 등 다수

• 시조집 : 《청구영언》(김천택), 《해동가요》(김수장), 《고금가곡》(송계연월옹)


### ▶ 사설시조의 발생 : 조선 후기의 시조는 전기의 난숙기를 거쳐 윤선도와 같은 대가를 낳았으며, 실학과 산문정신의 영향을 받아 장형 시조인 사설시조를 낳았다. 그리고 영·정조 이후는 위항인들에 의해 가단이 형성되고, 가객들에 의해 전래하는 시조를 정리한 가집의 편찬을 보게 되었다.

▶ **가사**

- 전기의 양반가사에 이어 평민가사, 내방가사 등이 등장
- 평민가사는 과거의 귀족적 가사문학이 서민화하여 서민을 주제로 한 것이며, 이 중 노래로 불려진 것을 잡가라 함
- 기행가사와 유배가사, 그리고 주정적, 서정적이 아닌 내방가사와 평민가사 등은 모두 운문을 벗어나지 못했으나, 내용은 다분히 수필적인 요소가 있음
- 조선 말기에는 신앙의 고백이나 포교(布敎)의 성격을 지닌 천주교 가사와 동학가사들이 새롭게 나타났으며, 이는 개화기 가사에 영향을 주었음

- 태평사 : 선조, 박인로. 전쟁가사
- 선상탄 : 선조, 박인로. 전쟁가사
- 고공가 : 선조, 허전. 농사일로써 국사를 비겨 관리들의 파당적 행위와 정치적 무능을 비판
- 고공답주인가 : 임란 후, 이원익. 나라 다스리를 도리를 농사에 비유하여, 붕당에 열중하는 현실을 개탄, 풍자. 허전의 〈고공가〉에 답한 가사
- 조천가 : 선조, 이수광. 전ㆍ후 2곡이 있었다 하나 가사는 부전
- 사제곡 : 광해군, 박인로. 사제의 승경과 이덕형의 소요자적함을 읊음
- 누항사 : 광해군, 박인로. 한음 이덕형과 교유하면서 한음이 고생스런 생활을 물었을 때 가난하지만 안빈낙도하는 심회와 생활상을 노래
- 독락당 : 박인로. 옥산서원 독락당을 찾아가 이언적 선생을 추모, 경치 노래
- 염남가 : 인조, 박인로. 영남안절사 이근원의 선정을 백성들이 숭모
- 노계가 : 박인로. 만년에 숨어 살던 노계의 경치를 읊음
- 매호별곡 : 인조, 조우인. 매호에서 자연을 벗삼아 한가로운 생활
- 자도사 : 인조, 조우인, 간신들이 정치를 어지럽힘을 슬퍼한 우국, 연군

 | 소재(疎齋) 이이명(李頤命) 매화당 습감재(習坎齋)

가사

- 북관곡 : 숙종, 송주석, 조부인 송시열의 덕원 유배에 따라가 지음
- 농가월령가 : 헌종. 정학유. 농가의 연중행사와 풍습을 월령체로 노래
- 일동장유가 : 1763년(영조 29), 김인겸. 일본 통신사 조엄의 서기로 따라 갔다가 견문한 바를 노래한 기행가사
- 만언사 : 정조, 안조원. 대전별감이던 지은이가 추자도로 귀양가서 천신 만고의 참상을 노래한 유배가사
- 봉선화가 : 헌종, 정일당(허난설헌). 봉선화에 얽힌 여인의 정서 노래
- 용담유사 : 철종, 최제우. 동학을 창건한 작자가 포교를 위해 지은, 용담 가, 안심가, 교훈가 등 8편의 가사를 총칭
- 북천가 : 철종, 김진형. 유배가사
- 연행가 : 고종, 홍순학. 유배가사

## ▶ 판소리의 발달

## ▶ 가면극, 인형극의 발달

## ▶ 고대수필

국문으로 된 것보다 한문으로 된 작품이 더 많다. 한문으로 된 것으로는 전기 의 패관문학을 비롯, 조선 후기의 많은 문집에 들어 있는 작품들을 들 수 있다. 국문으로 된 것으로는 일기, 기행, 내간, 추도문, 전기문, 잡문 등을 들 수 있으 며, 특히 궁정에서 지은 것들도 뛰어난 작품이다.

1) 궁정 기록

- 계축일기 : 1613년(광해 5), 어느 궁녀. 광해군이 영창대군을 죽이고 선조 의 계비인 인목대비를 폐하여 서궁에 감금했던 사실을 일기체로 기록
- 한중록 : 정조 20~순조, 혜경궁 홍씨. 남편 사도세자의 비극과 궁중의 음모, 당쟁, 자신의 기구한 생애를 회갑 때 회고하여 적은 자전적 회고

록. 일부를 한문으로 번역하여 〈읍혈록(泣血錄)〉이라 함
- 인현왕후전 : 숙종 이후 어느 궁녀. 숙종을 둘러싼 쟁총을 그린 것. 장희빈에 의해 인현왕후를 비롯한 서인들이 쫓겨난 뒤 다시 소론에 의하여 인현왕후가 복위되었다가 죽을 때까지의 이야기(구성상 소설로 보기도 함)

2) 일기
- 산성일기 : 인조, 어느 궁녀. 병란 때 남한산성에서 일어난 여러 사건을 사실적, 객관적으로 그린 한글로 된 일기체 수필
- 화성일기 : 1795년(정조 19), 이의평. 능행할 때에 화성(수원)에 수행, 왕대비의 회갑연에 참가했던 것을 일기로 엮은 것
- 의유당일기 : 1752년(영조 28), 의령남씨. 작자의 남편 신대손이 함흥판관에 부임하매, 따라가 그 부근의 명승고적을 찾아다니며 익힌 견문을 적은 글
- 남정일기 : 영조, 박창수. 작자가 조부인 박성원이 흑산도로 위리안치되어 갈 때에 따라갔다가 돌아올 때까지의 일기(일명 남정록)

3) 기행
- 연행록 : 1712년(숙종 38), 김창업
- 을병연행록 : 1765년(영조 41), 홍대용
- 북관노정록 : 1773년(영조 49), 유의양
- 무오연행록 : 1798년(정조 22), 서유문

4) 제문
- 조침문 : 순조, 유씨

5) 기타
- 요로원야화기 : 1678년(숙종 4), 박두세
- 어우야담 : 광해군, 유몽인
- 규중칠우쟁론기 : 미상

# 관음포(觀音浦)

관음포(觀音浦)는 이락포라 불리어지고 있는 곳이다.

이곳 고읍지에는 우리 민족 문화의 성지로 또 왜구의 침입시마다 왜선과 왜구를 물리친 곳으로 호국충절의 얼이 서린 유서 깊은 곳이다. 유네스코문화유산의 세계적인 명성을 지니고 있는 팔만대장경의 경판제작을 판각한 발원지니 관음포(觀音浦)에 설치한 분사대장도감에서 새긴 대장경판의 판목은 남해지방에서 나는 후박나무를 썼고, 무게는 3~4kg 가량으로 경판의 크기는 세로 24㎝ 내외, 가로 69.6㎝ 내외, 두께 2.6~3.9㎝로 양끝에 나무를 끼어 판목의 균제(均齊)를 지니게 하였다.

무게는 경판의 재질에 따라 4.4kg까지 나가는 경우도 있으나 대부분 3~3.5kg 정도이다. 경판의 재질은 전자현미경으로 조사한 결과 산벚나무와 돌배나무도 사용했다 한다.

1398년(태조 7) 경상남도 합천 해인사로 옮겨졌는데 필체가 아름답고 8만장이 넘는 판본에서 오자가 없는 등으로, 고려불교문화의 결정체로 전한다. 팔만대장경은 세계의 대장경 중에서 가장 뛰어나다는 평가를 받고 있다.

팔만대장경을 보관하고 있는 해인사 장경판전은 1995년 유네스코의 세계 문화유산으로 지정되었다.

팔만대장경 역시 2007년 세계기록유산에 지정되었다.

팔만대장경은 경(經), 율(律), 논(論)의 삼장(三藏)을 말하며, 그 종류는 크게 산스크리트어(범어, 梵語), 파리어로 된 장경과 한역(漢譯) 장경, 서장(西藏) 장경으로 나뉜다. 또 한역 및 서장 장경을 다시 번역한 몽고 장경, 만주 장경이 더 있는데, 그 가운데에서 가장 완전하고 양으로나 질로나 빼어난 것이 우리의 고려대장경이다.

불교경전의 총서를 경판한 것으로 고려 고종(高宗, 1192~1259) 24년(1237)부터 16년에 걸쳐 간행되었다. 이것은 고려시대에 간행되었다고 해서 고려대장경이라고도 하고, 판수가 8만여 개에 달하고 8만 4천 번뇌에 해당하는 8만 4천 법문을 실었다고 하여 8만대장경이라고도 부른다.

이것을 만들게 된 동기는 고려 현종(顯宗, 991~1031) 때 새긴 초조대장경이 고종(高宗, 1192~1259) 19년(1232) 몽고의 침입으로 불타 없어지자 다시 대장경을 만들었는데, 그래서 재조대장경이라고도 한다.

몽고군의 침입을 불교의 힘으로 막아보고자 하는 뜻으로 국가적인 차원에서 대장도감이라는 임시기구를 설치하여 새긴 것이다.

국보 제32호인 대장경판은 제작된 판각의 성지가 관음포(觀音浦)에 설치한 분사대장도감에서 새긴 대장경판의 고려대장경 판각 장소라는데 큰 연관의 의미가 있다.

지금 해인사에 봉안되어 있는 팔만대장경은 고려 고종 23년(1236)에 그 무렵 잠시 도읍지가 된 강화도와 전주, 남해에 대장도감 분사를 두어 만들기 시작하여 고종 38년(1251)에 이르기까지 무려 16년 동안에 걸쳐 완성하였다.

다 완성된 대장경은 처음에는 강화도 선원사(고려 고종 때에 최우(崔瑀)가 창건하였으며, 고려 충렬왕이 선대의 실록(實錄)을 보관하였다. 고려 대장경 판목(板木)을 보관하던 곳)에 모셔 두었는데, 뒤에 조선시대 태조 7년(1398) 음력 5월 8일 서울 용산강변 지천사에 얼마동안 모셨다가 다시 해인사로 옮기게 되었다.

팔만대장경을 강화도에서 해인사로 옮기게 된 까닭은, 고려 말엽과 조선 초엽에 끊임없는 왜구의 노략질 때문에 강화도는 안전한 곳이 못 될 뿐더러 한편 해인사(신라 애장왕 3년(802)에 순응, 이정 두 대사가 세운 절)가 자리잡고 있는 가야산은 신령스러운 명산인 데에다 사람이 오가기가 힘든 심산유곡이어서 대장경을 봉안하기에 알맞은 곳이라고 생각되어서였다. 대장경판을 옮기는 행렬은 길을 맑게 하느라 향로를 든 동자와 함께 스님들이 독경을 하며 길을 인도하였다. 그 뒤를 따라 소중하게 포장된 경판을 소달구지에 싣거나 지게에 지기도 하고 또 많은 사람이 머리에 이고 걸으면서 정성스럽게 운반하는 행렬이 이어졌다. 사람들은 그러면서 나라의 안녕을 기원하고 부처님의 은혜를 다시 한 번 마음에 되새겼다.

이렇게 팔만대장경을 운반하는 행렬은 서울에서 가야산(경상북도 성주군과 경상남도 합천군 사이에 있는 산. 국립공원의 하나로, 해인사, 황제 폭포 따위의 명승지가 있다. 높이는 1,430미터) 해인사까지 끝없이 이어졌던 것이다.

그런데 한편으로, 일본에는 한양에서 한강에 배를 띄우고 대장경판을 실어 바닷길을 통해 낙동강 줄기인 지금의 고령군 개진면 개포마을로 가서 그곳에 배를 대고 해인사까지 운반하였다는 이야기도 전해진다. 그래서 개포마을의 옛 이름이 '경을 풀었다' 는 뜻에서 개경포(開經浦)였다고 한다.

조선 태조 7년(1398) 5월부터 시작된 이 경판의 대이동은 이듬해 정종 원년(1399) 정월에 이르러서야 비로소 경판이 해인사에 완전히 봉안됨으로써 끝을 맺었다.

경판을 만든 재료는 거제도, 완도, 제주도 등지에서 나온 자작나무 원목이다. 그 만든 과정을 보면 사뭇 까다롭고 손이 많이 갔음을 알 수 있다.

먼저 원목을 바닷물에 삼년 동안 담구어 둔다. 그것을 꺼내어 판을 짠 뒤에 다시 소금물에 삶아서 그늘진 곳에서 삼년동안 말린다. 그런 다음에야 판의 양면에, 구양순의 해서체로, 글을 양각해 넣고, 다시 벌레 먹는 것을 막기 위하여 옻칠로 마무리 손질을 한다. 이렇듯 세심하게 정성을 기울인 까닭에, 칠백여 년이 지난 오늘날에까지도 팔만대장경은 습기에 상하거나 좀먹거나 뒤틀리는 일이 없이 온전한 제 모습을 그대로 지니고 있을 수가 있는 것이다.

경판은 모두 팔만일천삼백사십 판(81,340 판)인데 양 면에 글이 새겨져 있으니 모두 십육만이천육백팔십 판(162,680 판)인 셈이다.

그리고 한 면에 새겨진 글자 수만 해도 줄잡아 오천이백삼십팔(5,238) 글자에 이른다. 네 모서리가 뒤틀리지 않도록 각목으로 마구리를 달고 그 이음새는

구리로 장식하였다.

이 팔만대장경은 부수로는 일천오백십육부(1,516부)이며 그것을 책으로 엮으면 육천팔백십오권(6,815권)이니, 하루에 한 권씩 읽는다 치더라도 다 보려면 십팔년이 넘게 걸리니, 그 방대한 규모에 놀라지 않을 수 없다.

팔만대장경은 온 나라가 몽고 군사에게 짓밟히고 도읍은 난을 피하여 강화도로 옮겨간 상태에서 만들었다는 점이 참 특기할 만하다.

원고를 수지하고 사본을 정리하면서 교정하고 조판하고 또 판목을 다듬고 경을 쓰고 글자를 새겨 넣는, 이 크나큰 일이 피난살이 16년 동안에 이루어졌음은 참으로 불가사의한 일이 아니랄 수 없다. 그 뿐만 아니라 대장경을 새기는 이 불사에는 조정의 대신들과 온 백성이 한 마음으로 뭉친 힘을 바탕으로 하여, 수백 명의 명필과 수천 명의 조각사가 동원되었으리라 상상하면 감개가 깊은데, 더욱이 경판의 글이 틀린 자나 빠뜨린 자가 없이 바르게 쓰이고 마치 한 사람이 다 쓴 듯이 필체가 한결같으니 더욱 놀랍다.

팔만대장경은 명실공이 세계적인 문화유산이며, 부처님의 가르침을 기록한 귀중한 법보(法寶)이다. 팔만대장경의 판각 목적은 초조대장경 판각과 마찬가지로 부처의 힘으로 왜적을 물리치는 데 있었다. 이는 단순히 신앙적인 의미가 아니라 대장경 판각사업을 통해 전 백성의 뜻을 하나로 모으려는 일종의 정신 교화라고 할 수 있었다.

판각작업은 최이의 후원과 개태사의 승통 수기의 교정을 바탕으로 강화도의 대장도감과 남해와 강화의 분사 대장도감에서 이뤄졌다. 대장경판은 성격상 정장과 부장으로 구분된다. 정장은(대장목록)에 수록되어 있는 경으로 대장도감과 분사대장도감에서 판각한 1,497종 6,558권의 경전을 말하며, 부장은(대장목록)에 수록되지 못한(종경록) 등의 4종 150권을 일컫는다.

이렇게 완성된 대장경판은 1251년 강화 왕성 서문 밖 대장경판당에 처음으로 행차하였다. 이는 판각 후 처음으로 전질을 인출(찍어 내보냄)한 것을 축하하기 위한 행차였다.

그 후 대장경판은 강화도성 서문 밖의 대장경판당에 줄곧 수장되었다가

1318년 선원사로 옮겨졌고, 1398년 5월에 해인사로 옮겨져 현재에 이르고 있다. 대장경은 판각 이후 누차에 걸쳐 인쇄되어 배포되었는데, 판각 직후에 지속적인 인출사업에 따라 여러 부가 배포되었으며, 고려 말의 학자 이색(李穡, 1328~1396)은 1381년에 부친의 유지에 따라 대장경을 인출하여 신륵사에 보관하기도 했다.

또 조선으로 넘어와서는 1393년(태조 2) 태조의 왕명에 따라 인쇄하여 연복사 5층탑에 보관하였으며, 세조, 연산, 고종대에도 몇 부씩 인출되어 전국 사찰에 보관되었다. 일본은 학술연구와 신앙적 차원에서 고려 말부터 누차에 걸쳐 대장경의 인출을 요구했는데, 심지어는 우리 백성들을 납치하여 송환을 미끼로 약 83차례에 걸쳐 대장경을 청구하기도 하였다. 이 결과 총 63부가 일본에 인출되었으며, 세종대에는 대장경판 자체를 일본에 하사하려고도 하였다. 하지만 경판을 하사하면 더 큰 요구가 있을 것을 염려하여 이는 실시되지 않았다.

일본은 조선 합병 이후에도 지속적으로 대장경 인경작업을 하였고, 1915년에 총독 데라우치는 1부를 교토의 센유사에 봉안하였다. 이것은 그 후 동경제국대학에 기증되었으나 1923년 대지진때 불타 없어졌다.

대장경은 이처럼 일본이 전쟁도 불사하고 구해가고자 했던 뛰어난 문화재이자 학술 자료였던 것이다. 현재는 동국대학교가 1953년부터 23년간의 작업을 통해 완성한 축소판 영인본이 전세계의 유명도서관에 보관되어 있다.

팔만대장경은 단순히 팔만사천의 법문을 담고 있는 경전이 아니라 고려인들의 민족적 자긍심과 국가에 대한 믿음을 엿볼 수 있는 정신적 산물이며, 여몽 30년 전쟁이라는 뻘구덩이 속에서 피어오른 눈부신 연꽃이었다.

지금까지 세계에 남아 있는 삼십여 가지의 대장경판 가운데 고려대장경만큼 체제가 광범위하고 부수가 완벽하며 교정이 또한 엄밀한 것은 그 보기를 찾아볼 수가 없다.

근대에 와서 만든 일본의 신수대장경은 그리하여 우리의 고려대장경을 모본(母本)으로 하여 편집하였다.

부처님의 가르침은 사람답게 살고자 하는 모든 이웃들에게 진리의 길을 제시해 주고 있다.

그런 점에 비추어, 가장 풍부한 불전(佛典)의 원판을 소장하고 있는 해인사는 한국의 법보(法寶) 사찰로서 온 세계 불교도의 성지가 될 것이다.

관음포는 고려 우왕 9년(1383) 5월에 정지(鄭地, 1347~1391) 장군이 이끄는 고려 수군이 왜구의 정예군사 2천여 명을 죽이고, 큰 선박 17척을 수장시킨 관음포 대첩의 역사의 자리이다.

이 관음포 앞 바다는 남해로서는 감회 깊고 유서 깊은 자랑스러운 바다이다.

이 앞바다에서 격전 중 순국한 충무공의 진충보국의 얼이 깃들어 있는 순국의 성지요. 정지 장군이 왜구를 대파하여 하늘과 땅도 놀라고 남해를 침공에서 살려낸 승첩의 성역을 간직한 곳이다.

정지 장군은 1374년 공민왕(1330~1374) 충숙왕 둘째께 수군(水軍) 창설을 건의한 장본인으로 특히 정지 장군은 최영 장군의 홍산대첩, 나세 등의 진포대첩, 이성계의 황산대첩과 함께 고려 말 최무선(崔茂宣, 1325~1395) 장군이 개발한 화학무기를 해전에서 처음으로 사용한 최초의 전투였다.

1383년 이곳 관음포에서 왜구를 격파하고 남해는 물론 국난을 극복 평정하는데 큰 공헌을 하였던 것이다.

관음포(觀音浦) 대첩에 공을 세운 장군은 그 논공(論功)으로 해도원수(海道元帥) 양광(楊廣) 전라(全羅) 경상(慶尙) 강릉도지휘처치사(江陵導指揮處置使)에 올랐다.

왜구들이 서해 남해안을 피해서 산발적으로 동해에 출몰한다는 보고를 받은 장군은 수동적인 대응책보다 그 뿌리를 뽑아 버리기 위해서 창왕 원년(1389) 경상도 원수 박위(朴葳, ?~1398)로 하여금 전함 100여 척을 이끌고 대마도의 왜구 본거지를 정벌케하여 큰 전과를 거두었다. 고려의 영웅 정열공 정지 장군과 조선의 성웅 충무공 이순신 장군은 같은 곳에서 같은 방법으로 대승첩을 이루었다. 정지 장군은 1383년 5월에 관음포대첩을 승첩하였고 이순신 장군은 1598년 11월에 노량해전에서 승첩하였다.

정지 장군은 전쟁을 시작하기 전에 지리산 신사에 빌기를 '나라의 존망이 이

일거에 있으니 바라건데 나를 도와 신의 부끄러움이 없게 하소서"라고 하였고,
이순신 장군도 "나라를 위해 적을 섬멸할 수 있다면 죽어도 한이 없겠나이다"
라고 하였다.

그리고 승첩 후 정지 장군은 "내가 일찍이 말을 몰아 적을 많이 파하였으나
오늘과 같이 쾌한적은 없다"라고 하였고 이순신 장군은 죽으며 유언하가를
"전쟁이 바야흐로 한창이니 나의 죽음을 알리지 말라"라고 하였다.

정지와 이순신 장군은 오로지 나라를 위한 걱정뿐이었고 나라를 구하려는
애국심 없이는 이룰 수 없는 일이다. 이러한 호국정신을 선양하는 것이 후세들
이 애국애족(愛國愛族)하는 충절의 정신이요 유업을 기리는 민족의 찬란한 문화
사적 유산이다.

정지 장군이 출생한 전남 광주시 문평면 죽곡마을은 대실(大實) 산등이라 불
리는데 영산강이 서쪽에서 유유하게 흐르고 있으며 지세는 용이 살아서 움직
이는 형상이다. 죽곡 주위 서남쪽 조감산이 여의주를 물고 승천하려 허리를 꾸
부리며 힘을 집중하는 비룡형국이라 말하고 있다.

그리고 동서남북을 보면 북쪽은 잡기를 누르고 있는 현무(玄武) 거북상으로
잘 이루어져 있고, 남쪽은 지맥이 쉬었다가 한 발짝 느리게 다시 흘러 내려서
그 앞이 다시 솟아오르는 듯 주작(남쪽을 지키는 수호신)이고 동쪽은 우청룡,
서쪽은 좌백호로서 활처럼 휘어져 주작이 바람에 날려가지 못하게 지형이 이
루어져 있다. 동서남북의 중앙에 있는 땅은 물이 땅 속에 있는 정기를 젖게 하
지도 않고 빼앗기지도 않으니 최상의 집터이다.

이곳에 정성은 터를 마련하고 가솔을 같이 살면서 63세임에도 불구하고 국
가의 안녕과 대를 이을 손자가 태어나길 손꼽아 기다리면서 백일동안 빌었다.
백일째 되던 날 며느리 강씨에게 태기가 있었고 1347년(충목왕 3) 8월에 정지
장군이 탄생하였다.

정지 장군은 조부인 금성군 정성(錦城君 鄭盛)은 1285년 하동에서 출생하여 30
세에 과거에 합격하여 문화성중서주서에 근무를 시작으로 충숙왕, 충혜왕, 충
목왕 때까지 관직에 일하였다. 그의 부친정이는 공민왕 11년(1362) 과거급제하

여 판군기기사, 판밀직사사, 광성대부도첨의(종3품)에 올랐다.

조부는 정당문학(정2품)에 올라 훈업대신이 되었다. 60세 때인 1345년 관직에서 물러나 그는 풍수지리에 능했기에 국가와 후손을 위해 정성(鄭盛)은 명당을 찾기로 마음을 작정하고 주유천하하다가 지금의 나주시 죽곡마을을 찾게되었고 다음해인 1346년 가솔을 데리고 하동에서 나주시 문평면 죽곡마을로 이주(移住)하였다.

정지는 얼굴과 체격이 대장부답고 위엄이 있어 보이는 기이(奇異)한 인물로 13살때 황소를 맨손으로 때려눕힌 강한 힘을 가졌으며 18세에 밀양박씨 박춘(만호 종4품) 딸과 결혼하였고 그해 사마시(司馬試)에 합격 19세에 과거급제하여 20세 교지를 받고 개경(개성)으로 상경 공민왕 9년(1366) 당시 23세로 첫 근무지 금오위소속 속고지 정몽주와 첫 대면을 하였다.

그는 우왕 3년 31세에 예의판서 승진 순천병마사로 임명 첫 전투에서 왜구들을 물리치고 하사금을 받았다.

32세 영광 광주 동복등지에서 왜구를 물리치고 말 1백필을 획득하였고 담양천 전투에서 왜구를 무찌르고 왜구 17명을 수급하고 전라도 순문사(巡問使) 임명 34세 광주, 능성 화순에서 왜구침범하여 연합군과 함께 승리 진포대첩에서 최무선이 화포 화통 등 화약무기를 제조하여 처음으로 사용하였고, 함양 수동전투에서는 2번째 패전한다. 이후 이성계와 황산대첩에 참가하여 승리하는 대공헌을 하여 밀직으로 임명되었다.

1381년(우왕 7) 35세로 해도원수로 임명되었다 병으로 면직되어 고향인 죽곡으로 하향하였다 다음해에 해도원수로 복귀했다. 우왕 9년 37세에는 진도에서 왜선 70척을 불태우고 정지는 선상에서 역질(천연두)에 걸려 우왕이 격려차 어사주를 내리기도 하였다.

5월에 남해 관음포대첩(왜선 120척, 정지전선 47척으로 왜선 17척을 격침시켰으며 화포 화통을 움직이는 해상전투에서 처음으로 사용 전과를 올렸다. 그는 건강회복을 위해 해도원수를 사임, 지문하부사(知門下府事) 임명, 해도도원수(海道都元帥) 임명 양광, 전라, 경상, 강릉도 도지휘처치사 임명됐다.

1384년(우왕 10) 38세 전라도 원수겸 도순문사 임명 전주목 변산 전함 건조 지역에 가서 감독하고 지시를 내림. 문하평리 종2품 이명, 우왕 10년 11년 왜구와 16회 싸워 2번 패하고 모두 승리를 거두었다. 1386년(우왕 12) 정지 40세. 해도원수, 사도도지휘처치사(四道都指揮處置使) 임명되어 일본 정벌 계획을 위해 경상도로 가 우왕 13년 정지 41세 때 일본 정벌을 자청하였다.

우왕 14년(1388) 정지 42세 때 요동정벌시 안주도도원수(安州道都元帥) 임명받았다. 이 해 우왕이 폐위되고 우왕과 영비(최영 딸)가 강화도로 추방되었다.

1388년(창왕 원년) 양광, 전라, 경상도 도지휘사 임명되고 창왕(1389) 2년 정지 43세. 양광, 전라, 경상도 도절제체찰사 겸 초토사, 영전사, 선성사 총책으로 임명되었다.

공양왕 원년(1389) 김저사건에 연루 계림으로 유배되다. 공양왕 2년 정지 44세 때 국문을 받았으며 계림 유배 6개월만에 계림에서 횡천(橫川)으로 이배되었다 유배지에서 위화도회군 공으로 포상의 은전을 받아 가석방 되었다.

공양왕 3년(1391) 정지 45세에 가석방 중 광주 자택에서 치료받으며 요양하다 회군2등 공신으로 하사품(녹권과 전(田) 50결) 받았다. 그는 2년 4개월만에 무죄로 석방되어 판개성부사로 임명되었다.

그해 1391년 10월 15일 정지 장군은 45세를 일기로 사망하였고, 부인 박씨 43세. 아들 경 22세. 손자 종 1세. 동생 전 42세는 광주에 안장했다.

1393년 태조 2년 정지 탄신 47주년, 망 2주기 때 공신포상(2등공신)으로 추대받았으며 태조 3년 태조는 왕명으로 나주에 정지 장군 정려각을 세우도록 지시하였고(현재 없음) 태종 2년(1402) 경렬공 시호 내렸다.

1644년(인조 22) 전라도 광주에 경렬사를 세웠다.

1712년(숙종 38) 문충공 이이명이 사우기를 썼으며 사액을 청원 상소하였다. 1871년(고종 8) 홍성대원군의 향사, 서원 철폐령에 의해 경렬사가 훼철되었다. 1896년(고종 33) 경렬사 터에 유허비 세웠으며, 1921년 나주 노안면에 사당을 건립하고 위패를 봉안하고 있다. 사당을 경렬사라 칭하고 있다. 1981년 광주시 청옥동에 경렬사 복원하고. 2002년 경렬사 경내 유물관 건립하였다.

남해 관음포대첩에 크게 전승한 정지 장군은 본래 지략이 있어 외구토평(倭寇討平)에 관하여 일찍부터 방략(方略)을 연구하였다. 공민왕 23년(1374)에 구상한 평구책(平寇策)을 보면, 주로 수군양성에 관하여 건의한 듯하며 정지 장군은 또한 양광도안무사 겸 왜인추포만호인 이희(李禧)와 더불어 지재지삼(至再至三) 수십조를 들어 상소(上疏)하여 "내륙의 백성은 주접(舟檝) 돛대 배에 익숙하지 못하니 해도(海島)에서 성장한 자 및 수전을 자청하는 자를 뽑아 신(臣) 등으로 하여금 거느리게 하면 5개년을 기간으로 하여 해도를 밝힐 수가 있다"는 뜻을 밝혔다.

정지 장군은 자주 육전에도 왜구 토벌에 종사하여 많은 전과를 올렸거니와 우왕 8년 임술년(1382)부터 해도원수가 되어 수군을 지휘하기에 이르렀다. 동년 10월에 왜선 50척이 양광도 진포에 침입하여 오므로 정지 장군은 이를 격추시키고 군산도까지 추격하여 왜선 5척을 포획하였으며 지금으로부터 627년 전인 우왕 9년 계해년(1383) 정월에도 왜구를 해상에서 쳐 크게 파하였다. 같은 해 5월에 정지는 겨우 전선 47척으로 나주(羅州), 목포(木浦)에서 경비를 하고 있었는데 그때 왜선 120척이 쳐들어오므로 경상도 연해의 주(州)와 군(郡)이 매우 소란하였다.

함포원수 유만수(柳曼殊)는 정지 장군에게 위급함을 고하므로 정지는 일야(日夜)로 독행(督行)하고 스스로 노를 젓기도 하였다. 섬진강 입구에 이르러 합포의 사졸(土卒)을 징집할 때 왜적은 이미 남해 관음포(觀音浦)에 이르렀다. 마침 비가 내리는지라 정지는 사람을 보내어 지리산신사(智異山神祠)에 빌기를 "나라의 존망(存亡)이 이 일거(一擧)에 있으니 바라건대 나를 도와 신(神)의 부끄러움이 없게 하소서" 하였더니 오던 비가 과연 맑았다. 적의 기치(旗幟)는 하늘을 가리고 칼과 창은 바다를 번쩍이며 사면으로 전진한다.

이때 정지 장군은 머리를 굽혀 하늘에 절하며 승리를 빌더니 순풍이 일어나 우리의 함선은 빠르기가 나는 것과 같이 순식간에 박두양(朴頭洋)에 이르렀다. 적은 대함선 20척을 선봉으로 앞세우고 매척마다 역졸 140명씩을 배치하고 전진하여 온다. 이에 정지 장군은 먼저 적의 선봉 함대에 맹공격을 하여 무찌르니 물에 뜬 적의 시체는 바다를 덮었다. 또 남은 적을 활로 쏘아 거꾸러뜨리고 다시 쳐부수며 화포를 발하여 적선 17척을 불살라 버렸다. 이 전투에서 병마사 윤송(尹松)이 적의 화살에 맞아 전사하였다.

이에 정지 장군은 그의 장수들에게 "내가 일찍이 말(馬)을 몰아 적을 많이 파하였으나 오늘과 같이 쾌(快)한 적은 없었다"라고 하였다. 정지 장군의 전승으로 왜구들은 이때부터 고려에 감히 쳐들어 올 생각을 하지 못하였고 최무선이 발명한 화포와 화약을 이곳 관음포만에서 두 번째로 사용하였기에 의미가 깊다. 왜구들의 약탈과 우리나라를 엿볼 수 없도록 고려 말의 수난기(受難期)를 끝맺음한 곳이 바로 정지 장군의 남해 관음포대첩이다.

나라의 3면이 바다에 인접하고 있어, 왜적의 침입이 헤아릴 수 없이 도발을 감행해 와 우왕 9년 계해년(1383) 해도 원수 정지가 남해현(南海縣)에서 왜적을 쳐서 크게 대파한 관음포 대첩은 모든 백성과 남해현의 사람들에 태양처럼 사랑하고 하늘처럼 위엄성 있게 신뢰하는 정지장군이 되었다.

고려는 14세기 중반 이후 원나라가 쇠하고, 명나라가 세워지는 등 대륙정세가 변화했는데, 고려는 공민왕의 반원정책(反元政策) 시행 이후 친명외교를 표방하면서도 북원(北元)과 외교관계를 끊지 않고 있었다. 그러자 명나라는 요동지방에서 원의 세력을 몰아내고 점차 고려에 고압적인 태도를 취했다.

명(明)은 1388년(우왕 14) 무진년 3월에 이르러 철령 이북의 땅은 원래 원의 영토였으므로 명에 속해야 한다며 철령위(鐵嶺衛)를 설치한다고 일방적으로 통보하고, 요동에서 철령까지 역참(驛站)을 설치하고자 관리를 파견했다. 하지만 명나라의 영토침입을 저지하기 위해 감행한 요동정벌은 격변하는 대륙정세와 수재(水災) 한재(旱災)가 잇달아 일어나고 기근과 유행병이 겹쳐, 나라에는 왜구의 창궐과 권세가들의 박해 때문에 농민들이 빈곤에 허덕이어야 하고 권세가에게 땅을 빼앗기고 전호(소작인)가 되거나 노비가 되는 어수선한 시국에 불안정한 시기였다.

1382년(우왕 8) 박의중이 간관(諫官, 사간원과 사헌부에 속하여 임금의 잘못을 간(諫)하고 백관(百官)의 비행을 규탄하던 벼슬아치)이 되어 왕에게 가무와 사냥을 경계하고 근신하라는 계일예소(誠逸豫疏) 술을 삼가고 치세를 전념할 것을 추청한 계주서를 박의중(朴宜中, 고려말기의 문신)이 올린 상소에는 다음과 같이 쓰고 있다.

"근년에 와서 왜적이 날로 성하여, 깊이 들어와서 도적질하며, 인민을 죽이고 노략질하며 가옥을 불태우고 헐어서 주, 군이 조잔(凋殘)해지고 전야(田野)가 황폐해졌습니다. 더구나 수재와 한재까지 겹쳐서 흉년이 거듭 들어 굶주려 죽는 사람이 연이어지고, 창고가 비어서 용도도 부족합니다. 또 좀도둑이 일어나 사사로이 서로 죽이니, 인민은 흩어지고 부자(夫子)도 상존(相存)하지 못합니다. 화란(禍亂)의 지극함이 이보다 더 심할 수 없는데, 하물며 상국(上國)에서 우호를 맺는 것을 허락하지 않고 가까운 국경에 군사를 주둔시켜 틈을 엿보고 있는 때임에 있어서이겠습니까. 또 더군다나 천재(天災), 인요(人妖), 지괴(地怪)와 조수(鳥獸), 천어(泉魚)의 이변이 겹쳐 견고(譴告)를 보이니, 온 나라 백성 중에 근심하고 두려워하지 않는 이가 없습니다" 하고 상소 아뢰기도 하였다.

민생이 어려운 이즈음 고려조정에서는 최영과 우왕이 중심이 되어 요동을 정벌을 결행할 것을 작정하였다.

이때 이성계는 군비의 식량과 백성이 허기에 지친 내용을 상서로 글을 올렸다.

"군사의 생명은 양식에 달려 있으니, 비록 백만 군사가 있다 할지라도 하루 동안의 식량이 있어야 하루의 군사가 될 수 있고, 한 달 동안의 식량이 있어야 한 달의 군사가 될 수 있는 것이니, 이것은 하루도 먹는 것이 없어서는 안 된다는 것입니다. 이 도의 군사에게는 과거에는 경상, 강릉, 교주의 양곡을 운반하여 공급하였는데, 지금은 도내의 지세로 이를 대신하고 있습니다. 근래에 수재와 한재로 인하여 관청과 민간이 모두 텅 비었고, 게다가 놀고 먹는 중과 무뢰배들이 불사를 칭탁하여 함부로 권세가의 편지를 받아서, 각 고을에 간청하여 백성에게 쌀 한 말과 베 한 자를 꾼다고 하고는 섬곡식과 10여 자의 베를 거두는데, 명목을 '반동(反同)' 이라 하여 징수하기를 빛 받아내는 것처럼 하니, 백성들이 이 때문에 기한에 시달리고, 또 여러 관청과 여러 원수(元帥)가 보낸 사람들이 떼를 지어 다니며, 이 집 저 집에서 돌려가며 먹어서 살을 깎아 내고 뼈를

망치질하듯 하니, 백성들이 고통을 참지 못하여 흩어지고 도망치는 자가 열에 여덟, 아홉입니다. 그리하여 군사의 식량이 나올 데가 없으니, 모두 금하여 없애어서 백성을 편안하게 하옵소서" 하고 간청하기도 하였다.

다음은 이듬해 올린 권근(權近, 1352~1409)의 상소의 일부다

"지금 우리나라는 수재와 한재가 잇달아 일어나고 기근과 유행병이 겹쳐, 나라에는 몇 달을 지탱할 저축이 없고, 백성은 하루 저녁거리도 없어, 늙고 약한 자는 죽어서 개천과 구렁에 뒹굴고, 굶어죽은 시체가 길거리에 널려 있습니다. 게다가 이웃나라가 국경 가까이에 군사를 주둔하여 우리의 영토를 침범하며, 우리의 인민을 꾀어 가고, 또 왜적이 깊이 들어와 약탈해서 각 고을이 쓸어낸 듯 버려져 적의 구혈이 되었어도, 수령이 막지 못하고 장수가 제어하지 못하니, 자고로 위란의 지극함이 이때보다 더 심한 적이 없었습니다. 섶을 쌓아 놓고 불을 지르는 것도 현재의 다급함에 비유하기에 부족하고, 침상을 깎아 살갗에까지 재앙이 미친다는 것도 현재의 절박함을 비유하기에 부족합니다. 시국을 구제하기가 급함이 마치 새는 물을 타는 불에 붓는 것같이 하더라도 오히려 미치지 못할까 두려우니, 이제는 참으로 전하가 두려워하여 닦고 살피며 밤낮으로 근심하고 부지런하며 분발하여 일을 하여야 할 때입니다"라고 상소 아뢰었다.

우왕은 백성을 보호해야 할 재해 속에서도 나라의 영토를 지키려고 결연한 통치를 보였으나 수재와 한재는 백성들이 가장 견디기 어려운 자연재해였다.

임금의 치국지도(治國之道)에는 얻는 것도 있는가 하면 잃는 것도 있다는 것을 알아야 하고(君道有得失), 백성들의 마음은 임금을 지지할 수도 있고 지지하지 않을 수도 있다(人心有向背). 이는 이치의 상도(理之常)인 것이었다.

그럼으로 세상이 혼미해져서 불법이 난무하거나(昏迷不法), 민중이 나라의 뜻에 배반하거나 가까이 지내야 할 사람들이 이반(離叛)해서 나라의 기틀을 보존할 수 없게 된다면(不能保有宗社), 이는 하늘로부터 버림받는 것(所謂天之所廢)임을 알아야 한다고 했다.

당시 군주인 우왕은 나라가 평안할 때일수록 다가올지도 모를 위기에 대처

하기 위한 노력을 노심초사했어야 했지만, 군사력을 기르고 백성을 잘 교화하는 일은 곧 나라의 근본을 튼튼히 하기 위한 대비일 뿐만 아니라 그 길만이 나라를 위한 바른 길이었다.

국사를 맡고 있는 문무 대신들이 왕에게 바르게 진언하고 나라를 위한 충성심은 쇠와 돌보다도 단단해야 하며 대의를 위해서 심신을 바친다는 의기(義氣)는 해와 달에 비견될 수 있어야 했다.

민심이 혼탁해지고 거짓이 진실인 것처럼 구미고 모함을 정의인 것처럼 내세우는 이가 많아지는 사치스런 세속의 혼미한 치국 속에 전란으로 사회기강이 어지러운데 우왕은 평양에 머물면서 여러 도의 군사를 독려하고 징발해 4월에 최영을 8도도통사(八道都統使)로, 조민수(曹敏修)를 좌군도통사로, 이성계(李成桂)를 우군도통사로 삼아 전국에서 좌우군 3만 8,830명, 수송대 1만 1,634명, 말 2만 1,682필을 동원하고, 압록강에 부교(浮橋)를 만들었으며 중들을 징발해 군사로 삼았다.

그러나 이성계는 처음부터 요동정벌을 반대했다. 이는 자신의 정치적 야망을 좌절시키는 것일 뿐 아니라 신흥하는 명과 적대관계에 놓이는 것은 국가 장래에 불리하다고 판단했기 때문이다. 여기에는 작은 나라가 큰 나라를 거역할 수 없고, 여름의 우기의 작전과 군량미 부족도 우려의 대상이 되었다. 또한 원나라를 들어 멀리 정벌을 나가면 왜적이 그 빈틈을 노릴 것이고, 지금이 덥고 비가 올 때여서 활의 아교가 풀어지고 많은 군사들이 전염병에 앓을 것이다.

이성계는 이러한 4가지 이유를 들어 요동정벌이 불가하다고 왕에게 건의하였으나 최영에 의해 묵살되고 출병이 강행되었다. 마지못해 출병한 이성계는 압록강 중앙에 있는 위화도에서 조민수를 설득하여 말머리를 돌리고 회군하여 개경으로 돌아와 최영을 숙청하고 우왕을 폐위시켰다. 그리고 조민수와 이색의 추천을 받아 우왕의 아들 창왕을 세웠다. 창왕은 9살이었음으로 왕권을 행사하기 어려웠고 따라서 실권은 이성계에게로 돌아갔다. 이것으로 요동정벌은 무위로 끝나고 말았다.

이성계가 공요(攻療) 길에서 돌아와 우왕을 폐하고 최영 장군을 유배 보내는 등 풍운이 긴박한 격동기 고려조(高麗朝) 붕괴전야(崩壞前夜)에 정지 장군은 김저(金佇, ?~1389, 최영의 생질로 이성계를 죽이려고 모의하다가 발각되어 옥사하였다). 옥사에 관련되어 한때 계림으로 유배되었다가 횡천으로 이배되었고 위화도회군공으로 가석방 후 판개성부사로 임했으나 1391년 공양왕(1345~1374, 고려 34대 왕. 神宗의 7대손 정원부원군(定原府院君) 아들) 3년 10월 15일 45세를 일기로 세상을 떠났다.

이성계는 고려말 조선으로 교체되는 격동의 시기에 역사의 중심에서 새 왕조를 개국시 정도전은 형부상서를 지낸 정운경의 아들로 서모(庶母)를 어머니로 둔 그는 벼슬길에 오르면서 많은 고초를 겪었다.

고려 우왕 1년(1375) 몽골(원)이 명 주원장에 의해 대륙에서 사막으로 밀려난 북원의 사신 접대를 거부했다가 지금의 전남 나주 지방의 거평 부곡에 유배되었다. 이것은 그가 신념에 따라 친명 외교를 추구했기 때문이다. 정도전은 부곡 주민들의 환대에 감격해 하며, 그들과 함께 생활하면서 그들의 시각으로 세상을 바라보게 되었는데. 그는 유배에서 풀려났지만 어질고 어수선한 시기 권세가들의 박해 때문에 정착하지 못하던 와중에 우왕 9년(1383) 함경도로 가서 이성계를 만나게 된다. 이것은 정도전의 혁명 의지를 후원해 줄 무력과의 결합으로 다시 벼슬길에 오른 정도전은 이성계의 지원으로 승승장구하던 중 1388년 5월 위화도 회군으로 어수선한 정국에서 토지 개혁을 실시한다.

우선 그 해 7월 조준이 토지 개혁을 요구하는 상소와 간관 이행(李行), 전법판서 조인옥(趙仁沃, ?~1396) 등이 연이어 사전 개혁을 주장하게 만들고, 드디어 공양왕 2년(1390) 기존의 모든 공사전적(公私田籍, 토지문서)을 불태운 후 이듬해에 과전법(科田法)을 반포한다. 과전법은 고려 공양왕 3년(1391)에, 귀족들의 대토지 소유에 따른 국가 재정의 고갈 문제를 해결하기 위하여 이성계를 비롯한 조준 등 신진 사대부들이 주동이 되어 실시한 토지제도로 토지의 국유화를 원칙으로 공전(公田)을 확대하고 사전(私田)의 분급은 일정한 제한을 두었으며, 조선 초기 양반 관료사회의 경제 기반을 이루었다.

이성계가 다음 해에 조선을 개창하는 데에는 과전법이 도움이 되었다. 과전법의 혜택을 입은 백성들이 새 왕조를 지지했기 때문이다. 또한 고려의 옛 신하들도 이러한 농민들의 움직임을 봉기로 내몰지 못했다. 다시 말해 토지 개혁이 조선 개창의 원동력이었고, 그 토대는 정도전이 마련한 것이나 다름없다.

정지 장군은 고려 충목왕(忠穆王, 1337~1348) 3년에 태어나 왜구를 물리치는 데 큰 공을 세운 전쟁에 승리한 것을 기념하기 위해 만든 정지석탑(鄭池石塔)이 고현면 대사리 768지에 있으며, 큼직한 자연바위를 받침으로 삼아 그 위에 탑신(塔身)을 올렸다.

탑신은 사각형 4개 조그만 원형 1개의 몸틀과 지붕을 5개로 번갈아 총총히 쌓아 올렸다. 조그만 모습의 탑으로 예술적(藝術的) 면모로 볼 때 우아(優雅)한 미(美)는 없지만 조상의 얼과 입김이 풍기는 소박하고 정감이 어린 탑이 중후해 보인다. '문화재 자료 43호' 이다.

왜구로부터 남해 지방의 백성들을 구한 애국정신의 혼이 담겨져 있는 정지석탑은 남해 지역의 주민들이 손수 깎아 다듬어 세운 것으로 알려져 있으나 해인사에 보관된 팔만대장경 경판 가운데는 남해분사도감이라고 새겨진 경판이 있는 것으로 미루어 이 남해분사도감이 있었던 곳 또한 바로 이곳이 아닐까 하고 여기는 바 본래의 석탑자리는 이곳이 아니었다.

진주진관병마절제도 위치와 남해현 읍지에 기록하기를 고을(읍) 북편20리 관당로변에 있으며 높이는 10여 척이고 당초 고현치(峙)에 설축(設築)한 바 아래 1리쯤에 한 해구(海溝)가 있으니 이름하여 관음포라 하니 고려말 원수 정지 장군이 여기서 왜구를 섬멸한 곳으로 보아탑동 부근에 있는 것으로 분명하나 석탑의 기단부는 사라진 채 바위 위에 4층 석탑의 모습으로 서 있다. 하지만, 탑의 몸돌이 지붕돌과 재질이 다르고, 그 형태도 또한 일정하지 않은 것으로 보아 후대에 다른 석재를 이용하여 복원된 것이 아닌가 싶기도 하다

이 탑이 정말 전하는 이야기대로 정지 장군을 기려 만든 것인지, 아니면 예전에 있었던 것으로 짐작되는 지금으로부터 1290년 전 신라 신문왕 5년 전야산군(남해군의 전신) 당시 녹두산 남록에 서당골이 있었으며 현 고현 초등학교 뒷산 종지 등에 종각이 있었다고 한다. 그 후 33대 경덕왕 때 현 대사에 승전법사(勝銓法師)란 분이 오셔서 망덕사(望德寺)란 절을 창건함과 동시 현 이 자리에

탑을 세우고 그대 이탑은 망덕사의 입구였다고 전하며 그 후 300년 존속하다 화재로 인해 없어졌다 구전되고 있다 .이 석탑이 탑동마을 부근에 있었다는 것은 분명한 것으로 지금까지 보존되고 있으며 그로 인하여 본 동명(洞名)을 탑동이라 부르게 되었다.

정지는 무사들을 이끄는 장군 역이라 주진모는 위엄과 화려함이 부각되는 갑옷을 입는다. 쇠비늘과 고리를 엮어 만든 경변갑이라는 갑옷으로, 무게가 20kg이 넘는다. 또한 싸움터에서 창과 검으로부터 몸을 보호하기 위하여 입었던 갑옷은 철판과 철제 고리로 엮어 만든 경변갑이 있다.

고려시대의 작품으로, 철편(鐵片)과 철제고리를 이용하여 만든 삼의(衫衣)이다. 총길이 72cm 가슴둘레 79cm, 소매 길이 30cm, 세로 7.5~8cm, 가로 5~8.5cm의 철판에 구멍을 뚫어 철제 고리로 연결하였다.

앞에는 철판 여섯 조각을 한 줄로 연결한 것이 여섯 줄이 있고, 그중 두 줄은 여미게 되어 있고, 뒷면은 일곱 조각을 한 줄로 연결한 것이 다섯줄로 등 가리게 하였다. 어깨와 팔은 철판 없이 자유롭게 움직일 수 있게 하였다.

1960년 초 전남 광주 지산동의 후손 정영근씨 집에서 발견하여 현재 광주민속박물관에 소장돼 있으며 615년의 장고한 역사의 문화로 전쟁 기념관에도 복제품이 전시돼 있다. 보물 제336호이다.

관음포 앞 바다는 핏물로 붉게 물들인 역사의 현장 고려시대와 조선시대의 호국 바다로 정지 장군이 왜구를 격파하고 215년 후인 1598년 이순신 장군이 왜적을 무찔러 나라를 건지고 전쟁이 한창 급하니 나의 죽음을 알리지 말라(戰方急愼勿言我死)라는 마지막 명령을 유언으로 남긴 호국의 바다로 불려진다.

1598년 11월 19일 이른 아침 최후로 왜적 선단을 완전히 격파하여 구국제민(救國濟民)하고, 이 관음포에서 순국하신 이락사(李落死), 관음포(觀音浦)를 대성운해(大星隕海)라 하였다.

관음포를 내려다보면, 잔잔하게 흐르는 물결이 어느 곳과 다름이 없건만, 가슴 속에 묻혀 있는 과거 역사를 떠올리며 지난날들의 국난을 상기하면 잔잔한 바닷물이 용솟음치며 붉게 물들여지고 있다.

고려대장경판, 삼별초, 정지의 관음포대첩, 이순신의 노량해전 이러한 사건들은 호국의 정신이 살아 숨 쉬고 있었기에 역사의 사건들 앞에 숙연히 절로 고개 숙여진다.

임진왜란을 일으킨 일본 도요토미 히데요시는 1592년 임진년에 명나라를 정벌하려는 야망과 1597년 정유년에 한반도 이남을 일본 영토로 만들려는 야심으로 조선을 침략한 7년 전쟁으로 노량해전은 최후 최대의 전투였다. 1598년 8월 18일에 7년 전쟁을 일으킨 도요토미가 병사(病死)하면서 "나의 죽음을 알리지 말고 조선을 침략한 병사는 모두 철군하라!"는 유언에 따라 남해안에 주둔하였던 일본 군사와 함대는 11월 10일에 철수하기로 약속하고 순천 고니시군, 남해 소오군, 사천 시마즈군은 창선도에 집결하기로 하였다.

이것을 알아차린 조·명(朝·明)함대는 11월 9일 연합함대로 편성하여 나로도에서 광양만으로 대함대를 이동하게 되었고, 일본함대는 11월 10일에 약속대로 창선도에 집결하였으나 순천 고니시군만 아군함대에 의해 퇴로가 차단되었다. 11월 14일 순천 고니시군은 명나라 진린에게 뇌물을 바치고 퇴로를 열어줄 것을 호소하면서 간청하였으나 오로지 구국일념으로 조명연합함대는 왜군 전선의 퇴로를 차단하니 순천 고니시는 시마즈군에게 지원군을 요청하였다. 11월 18일 6시경 창선도에 집결한 왜군과 거제도와 부산에 집결한 왜군은 500여 척으로 전선을 재편성하여 순천 고니시를 구하기 위해 노량해협으로 진격하였다.

1598년 11월 18일 밤 12시에 이충무공은 원사기 밑에서 청수로 손을 씻고 백단향을 피운 다음 축천기도하기를 "이 나라를 위해 적을 섬멸할 수 있다 하오면 죽어도 또한 한이 없겠나이다" 하였다. 이때에 큰 별 하나가 하늘에서 바다 위로 떨어지니 도열하고 있던 군사와 장수들은 이상한 감회에 사로잡혔다.

11월 19일 02시부터 전투가 시작되었다. 왜함 200여 척이 격파당하게 되자 왜적은 전투에 패(敗)하였다고 자인하고 50여 척은 도주를 하고 나머지는 관음포구로 도주하였으나 퇴로가 차단되면서 최후의 발악으로 도전하였지만, 이미 승부는 결정되어 있었다. 오전 9시경에 이충무공은 독전 중 적의 유탄에 맞아 순국하였다.

그런 중에 왜군은 함대를 버리고 육지로 도망을 하였고 순천 고니시군도 여수 앞바다를 통하여 도주하였다. 이충무공께서 관음포 앞바다에서 승전으로 종전하였고 이충무공의 영구(靈柩)가 처음으로 육지에 오른 곳이 이곳 관음포 이충무공 전몰 유허이다. 공이 순국한 지 234년이 지난 1832년(순조 32)에 공의 8세손 이항권이 통제사로 임지에 와 왕명으로 단(壇)을 모아 제사하였으며, 비와 비각을 세워 추모하고 이락사라 명하였다. 비명(碑名)은 "유명수군도독조선국삼도통제사증의정부영의정시충무이공순신유허비(有明水軍都督朝鮮國三道統制使贈議政府領義政諡忠武李公舜臣遺墟碑)"라 새겨져 있다. 예조판서겸 홍문관 대제학 홍석주(洪奭周)가 찬(撰)하고 형조판서겸 예문관 제학 이익회(李翊會)가 서(書)하였다.

1965년 4월 13일에 박정희[1] 대통령이 이락사(李落祠)와 대성운해(大星隕海, 큰별이 바다에 떨어지다)를 친필로 써서 현판(懸板) 하였다.

---

1) 박정희(朴正熙, 1917~1979) : 경상북도 선산군에서 1917년 11월 14일에 출생했다. 대한민국의 군인 · 교육인 · 정치가이며 제 5 · 6 · 7 · 8 · 9대 대통령이다. 대구사범학교 출신으로 3년간 교사로 근무했고 만주군관학교 졸업 후 일본육군사관학교에 3학년 과정에 편입하여 졸업 만주 보병제8사단에서 일본이 제2차 세계대전에서 패망할 때까지 만주국의 장교였다. 1944년 졸업과 함께 만주군 소위로 임관되어 관동군(關東軍)에 배치되었다.
광복 때까지 만주와 화북지방에서 일본군 장교로 전쟁에 가담했다가, 1946년 귀국하여 육군사관학교에 들어가 제2기로 졸업하고 육군 대위로 임관하였다.
한국전쟁 동안 주로 육군본부 정보국에서 근무하다 1953년 장군이 되었다. 1954년 제2군단 포병사령관, 1955년 제1군참모장, 1960년 육군군수기지사령관, 제1관구사령관, 육군본부 작전참모부장을 거쳐, 1961년 제2군부사령관으로 재직중, 군부쿠데타를 주도하여 정권을 장악하였다.
육군본부 정보국에 근무하고 있던 1949년, 사상관련사건에 연루되어 군법회의에 회부된 적이 있었다. 당시의 신문보도에 의하면 여순반란사건 관련 공산주의 혐의자로 되어 있는데, 군법회의에서 무기징역을 선고받았으나 육군본부의 동료 · 상사들의 구명운동에 의하여 복역은 면제되었다. 이 때문에 한때 군인의 신분을 박탈당하였다가 한국전쟁이 발발한 뒤 현역으로 복적되었다.
4.19의거로 성립된 민주당정부를 무능 · 부패 정부로 규정하고 쿠데타에 의해 정권을 장악한 박정희와 그를 따르는 일단의 장교들은 쿠데타 성공 후 곧바로 계엄령을 선포, 삼권을 장악하였다. 이른바 혁명주체세력은 국가재건최고회의를 설치, 이를 통해 입법 · 행정권과 사법권의 일부를 행사하였다. 그 의장은 박정희였다. 이로부터 2년 7개월간 군정이 실시되는데, 최고통치권자인 최고회의 의장 박정희는 먼저 구질서의 전면적인 개혁이라는 목표 아래 모든 정당 · 사회단체의 해체를 포고하는 한편, 용공분자와 폭력배의 검거에 착수하였다.

정권을 장악한 그해 말까지 3,000여 명의 용공분자와 4,000여 명의 폭력배를 체포하였다. 군사정부
는 〈농어촌고리채정리령〉을 발표하였으며 부정축재자에 대한 가차 없는 조사를 실시하였다.
사회기풍을 바로잡기 위하여 댄스홀·고급요정 등 모든 환락가의 문을 폐쇄하게 하였으며, 비밀댄
스홀에서 춤을 즐기던 남녀를 군사재판에 회부하여 최고 1년 6월의 징역을 선고하였다. 혁명 1개월
이 못 되어 전국적으로 보안관계 범법혐의자의 검거 수만도 3만5000여건에 달하였다는 사실은 군
정 초기에 얼마나 철저한 구악일소작업과 강력정치가 진행되었던가를 짐작하게 한다.
또한 군사정부는 국민운동본부를 설치, 생활간소화·가족계획·문맹퇴치사업을 벌이는 한편, 친
선방문외교·초청외교 등 적극외교의 자세를 보였다. 획기적인 경제조치의 하나로 단행된 통화개
혁은 실패로 끝났다. 군정 초기의 집권세력 내부에는 주류파와 비주류파 사이에 주도권쟁탈전이
벌어져 일련의 반혁명사건이 꼬리를 이었다. 이 과정에서 비주류파는 완전히 거세되고 박정희 중
심의 주류세력이 실권파로 정권장악의 기반을 확고히 하였다.
군정 후반은 민정이양을 둘러싼 공방으로 전국이 소란하였다. 박정희는 처음에는 2년 후에 정권을
민간에 이양하겠다는 민정이양일정을 발표하였으나 1963년 1월부터 시작된 정치활동재개 이후 야
당의 집중적인 공격을 받고서는 이른바 '2·27선언' 을 통하여 자신의 원대복귀를 약속하였다. 그
러나 '4.8조치' 로 군정연장을 계획하였다가 여론의 반대에 부딪혀 철회하는 등 번의를 거듭하였
다. 이 동안 군정은 이른바 '4대의혹사건' 을 저질러 국민들로부터 '구악을 뺨치는 신악' 이라는 비
판을 듣기도 하였다. 박정희는 1963년의 대통령선거에서 야당의 단일후보인 윤보선(尹潽善)을 근
소한 표차로 누르고 당선됨으로써 제3공화국의 통치권자가 되었다.
대통령취임사를 통해 박정희는 "정치적 자주와 경제적 자립, 사회적 융화·안정을 목표로 대혁신
운동을 추진함에 있어서 우리는 먼저 개개인의 정신적 혁명을 전개해야 한다"고 강조하였다. 제3
공화국의 박정희정부가 가장 역점을 두고 추진한 작업은 경제발전과 한·일국교정상화였다. 박정
희는 이미 군정기간인 1962년 제1차 경제개발5개년계획을 수립, 추진하였다. 사회경제적인 악순환
을 지양하고 자립경제확립을 위한 기반구축을 목표로 한 제1차5개년계획은 당시 후진국 가운데서
는 가장 높은 국민총생산(GNP) 성장률인 연평균 7.1%를 책정하였다. 그러나 계획 자체의 졸속과
무엇보다도 경제발전에 필요한 자본 부족으로 제1차5개년계획은 전반적으로 실적미달이었다.
한·일국교정상화는 경제발전에 필요한 자본확보와 미국의 압력이라는 복합적인 이유로 추진되
었다. 박정희는 집권하자마자 대일협상에 강한 의욕을 보였으며, 이미 군정기간인 1961년 10월에
일본 동경에서 제1차한·일회의가 열렸다.
이와 함께 실무교섭이 활발히 진행되었고, 박정희는 국가원수로서는 최초로 일본수상과 회담하는
등 한·일문제 타결에 열의를 보였다. 이 같은 대일자세는 '친일외교'·'흑막외교' 라는 비난을 받
았다. 박정희 정부의 대일저자세시비는 제3공화국 의회 벽두에 대통령국회출석결의안 등으로 논
란될 만큼 국민의 대일감정을 자극하였다. 특히 한국어민의 생명선이라 할 수 있는 어업 및 평화선
문제와 이른바 '김·오히라메모(金·大平memo)' 로 결정된 6억달러의 대일청구권자금은 여론의
강력한 반대를 받았다. 한·일 문제를 둘러싼 여야와 정부·국민간의 공방은 '6·3사태' 등 한때
정국의 위기까지 불러일으켰으나 박정희정부는 반대의견을 물리치고 일을 성사시켜 결국 1965년
6월 22일 한일협정이 정식으로 조인되었다.
한·일국교정상화에 따른 일본으로부터의 자금도입과 기타 차관 등을 통하여 제3공화국 후반부터
는 급속도로 경제성장이 이루어졌다. 박정희는 고성장·수출드라이브·산업기지건설 등을 통하
여 국정에 자신감을 가졌으며, 이와 함께 점차 독재성향을 띠어가기 시작하였다.
한일회담 타결, 월남파병 등으로 미국으로부터도 신임을 얻은 박정희는 강한 권력욕을 드러냈는

조국근대화 새마을 운동으로 고도성장의 비약적 국민소득으로 가난을 물러 나게 한 위대한 박정희 영전에 필자는 시작(詩作)의 헌시를 지어 상서한다.


## 위대한 생애 지도자 박정희


숭고한 역사를 창조하기 위해

변혁의 함성은

노도와 같이

존귀한 영광 새로운 신세기

민족중흥의 근대화 물결은

방방곡곡 왕산처럼 높이 솟았다


새마을 운동의 부국강병(富國强兵) 철학은

평화로운 세상 잘 살기 위한 운동으로

---

데, 그 결과는 1968년 3선개헌으로 나타났다.

1972년 10월 박정희는 헌법효력의 일부 정지, 국회해산, 정당활동금지의 담화를 발표하고 전국에 계엄령을 선포하였다. 정부는 통일주체국민회의를 통하여 대통령을 선출하는 '유신헌법' 을 제정, 국민투표를 거쳐 확정한 후, 이 헌법에 따라 제8대 대통령에 박정희를 선출하였다. 이로써 제4공화국이 시작되었다. 유신체제는 사실상 박정희의 영구집권을 가능하게 하는 체제였다. 뿐만 아니라 대통령의 권한을 막강한 것으로 보장해 줌으로써 박정희에게 독재체제의 길을 열어주었다.

이 체제 아래서 민주주의는 크게 후퇴하였다. 유신헌법의 개정을 요구하는 주장이 야당과 재야세력에서 광범위하게 대두하였으나, 박정희는 이를 '대통령긴급조치' 로써 탄압하였다.

유신체제 7년간 수많은 정치인·종교인·지식인·학생들이 긴급조치에 걸려 투옥 당하였다. 미국을 비롯한 세계여론도 한국의 강압정치를 비난하였으나 박정희는 굽히지 않았다.

독재적인 통치에 의해 박정희정부는 이 기간 기록적인 경제성장을 이루었다. 연간 10%를 넘나드는 고도성장이었고 국민소득도 비약적으로 늘어났다. 그러나 빈부격차를 가속화시켰고, 황금만능사상으로 사회갈등과 함께 국민정신문화를 크게 황폐화시키는 결과를 빚었다. 한편, 경제발전을 배경으로 국가안보면에서 빈틈없는 태세를 구축한 것은 박정희의 공으로 기록될만하다. 박정희는 한반도 긴장완화를 위한 남북대화에 힘써 한동안 남북적십자회담·남북조절위원회회담 등을 열었고, 남북간 밀사교환을 이루었으나 대화는 결국 실패로 끝났다. 박정희는 1979년 유신체제에 항거하는 '부마사태(釜馬事態)' 가 절정을 이루던 때, 10월 26일 궁정동 만찬석상에서 측근의 한 사람인 중앙정보부장 김재규(金載圭)가 쏜 총탄을 맞고 죽었다. 그와 함께 유신체제도 끝났다.

생명력 넘치는 민족의 용틀임
역사의 변화였다


한풍(寒風)에도 아름다운 향기로
새벽종을 울리며 근면 성실 협동은
정의로운 사회 조국근대화 산업물결로
하늘 높이 울려 퍼진
민중의 우람찬 함성 깃발이었다


부정부패로 암울한 세상
가난에 서러운 빈민을 위해
토탄에 빠진 혼란과 무질서
탈법과 폭력 등 정치가들의 야합으로
얼룩진 나라를 혁파하고
위풍당당 성화(盛火)의 불꽃은
조국 근대화 물결로 희망의 광채였다


절대 빈곤을 퇴치하고
민족의 동맥 경부고속도로가 건설되고
농경사회에서 공업진흥국으로
도약 발전한 조국 대한민국은
위대한 지도자 박정희 대통령 영도였다


우리는 해냈다
올림픽과 월드컵을 개최하여
세계가 우리 한국을 무시하지 못하고
부러워하는 한강의 기적을 이룬

민족중흥의 경제성장은
세계가 부러워하는
선진 경제 10위의 자랑스러운 국가이다


'내 일생 조국과 민족을 위하여' 라는
어휘를 남기시고 불멸의 혼으로
만대에 유구히 빛날 위대한 지도자
조국과 민족은
존귀한 박정희 대통령을 상기한다


관음포에는 1950년에 이충무공 전적 한글 비를 세웠으며, 1991년 2월 16일에 유허 비각이 있는 곳에서 500m 정도 능선을 따라 바다 쪽을 향하면, 임진왜란 당시 치열했던 광양바다와 노량해협 그리고 관음포가 한 눈에 내려다보이는 곳에 첨망대(瞻望臺)를 2층 누각으로 건립하였다.

그리고 입구 잔디광장에는 이충무공께서 유언한 "전방급신물언아사(戰方急 愼勿言我死, 지금 싸움이 급하니 내 죽음을 알리지 말라)" 하고 장렬한 최후를 마친 곳이다.

유허지는 충무공의 유해가 처음 육지로 올라와 모셔진 곳으로 관음포가 바라보이는 곳에 충무공의 순국을 기리기 위해 조성되었다. 1832년에 "이충무공 유허비와 이락사"가 세워졌고, 충무공 유언비는 높이 8m의 자연석으로 1998년 12월 16일 이충무공 순국400주년 추모식전에서 제막되었다. 글씨는 해군대장 유삼남 참모총장의 휘호이다. 이락사의 소유는 (사단법인)남해충렬사이며, 남해군에서 관리하고 있다.

그러나 위대한 성웅의 칭호까지 받고 있는 충무공 이순신과 전몰한 무명수군들의 넋을 위혼하기에는 너무나 외롭고 호국의 바다로 불리는 관음포는 너무나 조용하기만 하지만 천추만대에 영원히 호국의 성지로 길이 빛날 것이다.

남해현에서 북쪽으로 2십리쯤 나가면 바다물결이 넘실거리고 크고 작은 군

용선 배들이 드나드는 곳이 있어 이를 관음포라 불리는 이곳이 곧 삼도수군통
제사이며 의정부 영의정 충무 이공께서 순국한 곳이다.

공은 군사를 거느리고 바다에서 왜구를 대파함으로써 바다에서는 왜구들의
그림자조차 찾아볼 수 없게 하였다. 지금으로부터 4백 10여 년 전(비를 세울 시
2백3십년) 공은 적의 유탄에 맞아 순국했던 것이다. 아! 임진란은 실로 동방의
양구(재앙)로 일컬어질 만큼 큰 재액이었다.

그러나 충성스럽고 용기 있는 지혜로운 공과 같은 이가 있어 선조임금을 도
와 이윽고 사직을 지켜내고 나라의 중흥을 이루었다.

그때 이미 명정이 내려지고 사록에도 올랐거니와 슬퍼할지고 그 빛나는 공
을 천지가 넓다한들 어찌 모두 이를 채워내리오.

그 충용의 명성은 널리 명나라까지 떨쳐 마치 우주를 비치는 달과 별처럼 장
대하고 혁혁하였다.

이처럼 아녀자에 이르기까지 충무공을 으뜸으로 숭앙하는 것은 공은 쓸모없
는 허약한 군사로 백만 대군의 적을 물리친 가의(중국 한대(漢代) 정치개혁의 제창자
이자 이름난 시인) 이상으로 바다를 막아 간성을 지켜낸 어른이었고 또 장수양(張
遂良)처럼 한때 전세가 역전되어 종횡무진 신출귀몰의 작전으로 적을 섬멸함으
로써 후환을 남기지 않은 그런 분이기 때문이다.

또 주근(朱槿)처럼 극소수의 군사로써 최강적과 대전 승리를 거둠으로써 만
방에 국위를 떨쳤고, 한 몸 내던져 국가의 안위를 구출한 악무목이나 역경 속
에서도 태연히 국난을 이겨낸 곽문양(郭汾陽), 이서평(李西平), 이상의 공훈과 덕
을 빛내었던 것이다.

공은 언제나 위로는 공경하는 마음으로 몸을 굽혔고, 부하장병들에 대해서
는 언제나 나라를 위해 자신이 앞장서서 죽을 결심임을 천명하여 그를 따르게
하였다.

이런 점에서 흔히 공을 제갈무후²⁾와 같은 용장이라고들 비겨 말한다. 그러나
무후는 병사한 데 반해서 공은 적과 싸우다가 순국하였다. 무후는 죽은 뒤 얼
마 못가서 나라가 망하였지만 공은 비록 죽었어도 그 충렬은 더욱 빛나서 나라

를 기리 태안케 하였다. 여기에 이르름에 공으로서 무슨 여한이 남겠는가.

공의 충성과 공훈은 위로는 임금께서 포상하고 백성들에게서 추앙을 받아 아름다운 비취 옥돌처럼 빛났으며 기리 새겨진 그 충절과 공덕은 학사나 대부들에 의해서 혹은 시가로 혹은 문장으로 찬양되어 더욱 빛났다.

오직 공은 바다 위에서 세운 공이 크고 많다.

그러므로 이 무공을 추앙하는 대첩비와 사우들이 영호남 해안지방에 많이 세워져 있다. 즉 좌수영 대첩비가 곧 그것이요. 창칼이 거두어진 평온 속에 경건히 받들어 모셔지고 있다.

벽파의 싸움이 있었던 명랑 대첩비는 숲속 깊숙이 자리하여 자연 형세가 청나라와 왜국을 막아 편안히 모셔져 있고 삼도통제사 본영이 있었던 통영충렬사비하며 순천의 민충사 남해의 충렬사 고금도의 사당들이 바로 그것이다.

거기에는 황송스럽게도 임금께서 내린 사액과 조서가 간직되어 있다.

그러므로 그 곳은 곧 정성스런 인을 이루는 성역이라 하겠다. 돌이켜 생각건대, 만약 이 공훈이 기록된 문서가 남아 있지 않더라도 이러한 사실들이 공의 위대함을 가르쳐 주리라.

1832년(순조 32) 임진년은 충신을 모신 사당의 네 번째 환력을 맞는 해이다. 임금으로 충신들의 공훈의 크고 적음의 차이에 따라 신위를 모시는 제사에서 공의 영위를 수위로 모신 바 있었다.

이 즈음 공의 8세 손인 이항권이 마침 조상의 뒤를 이어 삼도수군통제사로 있던지라 왕명을 받들어 공이 순국한 자리에 사당을 지어 그 영을 모시고자 하니, 많은 인근 사람들이 모여들어 나무를 치고 돌을 깎아 입석을 도우면서 이런 어른을 다시 만나기는 어려울 것이라고 말했다. 그 비문에는 이렇게 새겨졌다.

---

2) 제갈무후(諸葛亮, 181년~234년) : 중국 삼국시대 촉한(蜀漢)의 정치가 겸 전략가. 명성이 높아 와룡선생(臥龍先生)이라 일컬어졌다. 유비(劉備)를 도와 오(吳)나라의 손권(孫權)과 연합하여 남하하는 조조(曹操)의 대군을 적벽(赤壁)의 싸움에서 대파하고, 형주(荊州)와 익주(益州)를 점령하였다. 221년 한나라의 멸망을 계기로 유비가 제위에 오르자 승상이 되었다.

망망한 큰 바다에 바람은 자고 물결도 잔잔하도다.

광폭한 도룡놈도 바다깊이 숨으니 세상이 평화롭도다. 아녀자들의 얼굴은 화락하고 황소도 부지런히 밭을 갈며 누에도 무럭무럭 잘 자라도다.

이제 피비린내 나는 전쟁은 가시고 평안하도다.

누구의 가르침도 아닌데 공의 충성을 숭앙함이여.

굳센 충성 앞에 모두들 제사를 모시니 거북이와 두견새도 기상을 펴도다.

큰 용맹으로 일어나 싸웠도다. 옥포에서 싸움을 끝내고 명랑바다에서 갑옷을 씻도다. 많은 고기 배들이 만선으로 돌아오매 오리떼는 물가에서 유유히 노는구나.

꽃가마의 방울자락도 조용해지고 먼 산사의 종소리 더욱 한가롭구나.

비록 공은 먼저 떠났어도 공이 남긴 공훈은 만세에 빛나리라.

아득한 바다 물결처럼 모든 사람들 가슴 속엔 슬픔이 가득하니 공의 영백은 기리 살아 남으리라. 하늘에는 북두칠성이 빛나고 5곡백과는 늘어만 가네.

백성들은 영원히 평안할지니 적은 두 번 다시 침범해 오지 못하리라. 공의 높고 어진 뜻은 오래오래 이어져내려 오직 돌처럼 굳은 절개일지어라.

자헌대부예조판서겸 지경연사홍문관대제학 예문관대제학 지성균관 규장각제학 홍석주 지음

자헌대부 형조판서 지경연 춘추관사 예문관제학 이익회등(쓰고 새김)

숭정기원 후 임진 순조 32년(1832)년 월 일 세움.


1973년 4월 사적문화 제232호로 관음포 이충무공 전몰유허로 지정되었다.

박정희(朴正熙) 대통령(大統領)이 이락사(李落詞)에 대성운해(大星隕海)의 휘호를 내리기도 한 곳이다.

이순신 장군은 왜구의 총탄에 운명했지만 역사의 바다는 도도히 세월 속에 장군의 혼과 함께 푸른 물에 출렁인다.

2008년 12월 12일 관음포 이충무공전몰유허 영상관이 새로운 모습으로 148

억원의 예산으로 개관했기 때문이다.

역사기행을 할 수 있는 시청교육으로 마지막 바다 노량이라는 3D 돔입체 영상실을 중심으로 5개의 전시관으로 꾸며진 영상관은 임진왜란 관련 영상과 당시의 전투용 전선을 복원한 조형물, 갑옷과 무기 등이 전시되어 그날의 아픈 자취를 보여주고 있다.

남해는 국난(國難)을 극복(克服)하고 구국제민(救國濟民)의 승첩의 성역(聖域)을 간직하고 있음에 더욱 역사적인 고장이다.

# 남해는 문화의 고장이다

남해는 풍광이 아름다운 문화의 고장이다. 멋진 이국 풍경이 언제 보아도 낭만적이고 인상적이다.

창파에 흐르는 청명한 에메랄드 빛은 눈이 시리도록 맑고 시원하다. 눈에 보이는 것이 가는 곳마다 선연하고 화려하게 펼쳐진 비경은 삼남 제일의 관광 휴양지로 기괴한 경치는 절로 자연의 아름다움에 도취되기도 한다.

남해는 육지와는 동떨어진 곳으로 유배는 격리(隔離)이자 철저히 낯선 곳으로 모든 일에 익숙한 것과는 달리 잘 알지 못하는 불명(不明)한 곳이었다.

그런 의미에서 섬은 유배인의 최적격지요, 어느 곳보다 단절된 안치로 매우 적합하기 때문이다. 남해는 중앙 한양으로부터 멀리 떨어져 있는 섬이기에 고려부터 조선 중기 말기까지 많은 중죄인이 이곳을 다녀갔다.

그런고로 이곳을 거치면서 이름을 남긴 유배객이 적지 않다.

고려시대 이재(彝齋) 백이정(白頤正, 1247~1323)은 1298년 8월 충선왕이 원나라로 불려갈 때 따라가 수도인 연경(燕京)에서 약 10년 동안 머무르며 성리학에 깊은 관심을 기울이고 정주(程朱)의 서(書)를 연구했다. 그 후 고려에 들어올 때 정주의 서적과 주자가례(朱子家禮)를 가지고 와 이제현, 박충좌 등에게 전했다. 안향(安珦, 1243~1306)이 주자학 도입에 힘썼다면, 그는 주자학의 기초를 세우고 많은 문인을 배출해 고려말 주자학을 심화 발전시키는 데 기여했다.

그의 학통은 이제현을 통해 이색에게, 이후 권근과 변계량 등 조선 초기 성리학자에게까지 이어졌다. 남포 신안원(新安院), 충주 도통사, 진주 도통사(道通祠),

남해 난곡사(蘭谷祠)에 제향되었다.

자암 김구(金絿, 1488~1534)는 조선 중기의 문신으로 1519년에 기묘사화(己卯士禍)로 조광조(趙光祖), 김정(金淨) 등과 함께 투옥되고 개령으로 유배당했다가 다시 남해에 안치되었다.

1531년 임피로 옮기고 1533년 겨우 풀려나와 고향인 예산에 돌아왔지만 이듬해 죽었다. 일찍부터 주자학 연구에 전념하여 학문이 조광조, 김식과 견주었으며, 음률에도 뛰어나 악정에 임명된 적도 있다. 안평대군(安平大君), 양사언(楊士彦), 한호(韓濩) 등과 함께 글씨가 뛰어난 조선 전기 4대 서예가로 손꼽힐 만큼 글씨에도 뛰어났다. 서울 인수방(仁壽坊)에 살았다 하여 독특한 그의 서체를 인수체라고 한다. 저서로는 《자암 집》이 있고, 글씨로는 《자암 필첩》·《우주영허첩(宇宙盈虛帖)》 등이 전한다.

사후 선조 때 이조참판에 추증되고 예산의 덕잠서원, 군산의 봉암서원 등에 배향되었다.


김만중(金萬重, 1637~1692)은 조선의 문신이자, 소설가이다

숙종(肅宗)의 정비 인경왕후의 아버지 김만기의 동생이기도 하다. 1665년 과거에 급제하여 판의금부사, 예문관 제학, 장악원 제조에 이르렀다. 1687년(숙종 13) 경연에서 장숙의(張淑儀) 일가를 둘러싼 언사(言事)로 인해 선천에 유배되었다. 이듬해 왕자(후에 경종)의 탄생으로 유배에서 풀려났으나, 기사환국(己巳換局)이 일어나 서인이 몰락하게 되자 그도 왕을 모욕했다는 죄로 남해의 절도에 유배되었다.

그가 이렇게 유배길에 자주 오른 것은 그의 집안이 서인의 기반 위에 있었기 때문에 치열한 당쟁을 피할 수 없어서였다. 조사석과 장희빈의 어머니 윤씨의 내연관계에 대한 사실을 발설한 언관들에 대한 탄압이 가해지자, 그는 경연장에 직접 나서서 "조사석이 정승이 된 것은 희빈 장씨 때문은 아니냐"며 항의하였다. 이로 인해 숙종의 미움을 받아 남해로 유배된 후 배소에서 사망했다.

그는 많은 시문과 잡록, 〈구운몽〉·〈사씨남정기〉 등의 소설을 남기고 있다. 《서포만필》에서는 한시보다 우리말로 쓰여진 작품의 가치를 높이 인정하여, 정철의 〈관동별곡〉·〈사미인곡〉·〈속미인곡〉을 들면서 우리나라의 참된 글은 오직 이것이 있을 뿐이라고 했다. 소식의 《동파지림(東坡志林)》을 인용하여 아이들이 《삼국지연의》를 들으면서는 울어도, 진수의 《삼국지》를 보고는 아무렇지도 않다고 하여 소설이 주는 재미와 감동의 힘을 긍정하였다. 이 때문에 그 자신이 〈구운몽〉·〈사씨남정기〉 같은 소설을 직접 창작할 수 있었다

후송(後松) 유의양(柳義養, 1718~1788)은 1718년(숙종 44)에 태어났으나 돌아간 때는 정확히 나와 있지 않으나 그의 족보에는 1788년에 사망한 것으로 되어 있다. 1763년(영조 39) 증광문과에 병과로 급제하였다. 1765년(영조 41) 정언을 거쳐 사서, 수찬, 교리를 역임하였고, 1775년(영조 51) 집의로서 백관들의 안일함을 논핵하였으며, 또한 임진왜란 때 활약한 명나라 군대를 위한 설단치제(設壇致祭)를 건의하기도 하였다.

1771년(영조 47)에 남해로 유배되어 약 5개월의 유배생활을 마치고 같은 해 7월 30일에 풀려나와 부교리로 재등용되었으나 다시 아산으로 정배되었다가 풀려나서 교리에 기용되었다가 종성(鍾城)으로 또 다시 유배되었다.

계속된 3번의 귀양살이 마치고 1775년(영조 51)에 집의로 있으면서 조정대신들의 안일함을 비난하였고 영남어사로 파견되어 민정을 살피기도 하였다. 1776년(영조 52)에 통정대부, 1777년(정조 1) 강릉부사, 1779년(정조 3)에 성천부사, 대사간 1781년(정조 5)에 예조참의로서 예조 이정당랑이 되어 춘관지, 영희전지를 편찬하였다.

약천(藥泉) 남구만(南九萬, 1629~1711)은 개국공신 재(在)의 후손이고, 아버지는 지방 현령이었던 일성(一星)이다. 김장생(金長生)의 문하생이었던 송준길(宋浚吉)에게 수학, 1656년(효종 7) 별시 문과에 을과로 급제했다. 정언, 이조정랑, 집의, 응교, 사인, 승지, 대사간, 이조참의, 대사성 등을 거쳐서 1668년(현종 9) 안

변부사, 전라도관찰사를, 1674년(현종 15) 함경도관찰사를 지냈다. 숙종 초 대사성 형조판서를 거쳐 1679년(숙종 5) 한성부좌윤을 지냈다. 같은 해 남인인 윤휴, 허견 등을 탄핵하다가 남해로 유배되었으나 이듬해 경신대출척(庚申大黜陟)으로 남인이 실각하자 도승지, 부제학, 대사간 등을 지냈다. 병조판서가 되어 무창(茂昌)과 자성(慈城) 2군을 설치했으며, 군정의 어지러움을 많이 개선했다. 이때 서인이 노론과 소론으로 나뉘자 소론의 우두머리가 되었다.

1684년(숙종 10) 기사환국(己巳換局)으로 남인이 득세하자 강릉에 유배되었다가 이듬해 풀려났다. 1694년(숙종 20) 갑술옥사(甲戌獄事)로 다시 영의정이 되었고, 1696년(숙종 22) 영중추부사가 되었다. 1701년(숙종 27) 희빈 장씨를 가볍게 처벌하자고 주장했으나 숙종이 희빈 장씨를 사사(賜死)하기로 결정하자 사직하고 고향에 내려갔다. 그 뒤 유배, 파직 등 파란을 겪다가 다시 등용되었으나 1707년(숙종 33) 관직에서 물러나 기로소(耆老所)에 들어갔다. 숙종의 묘정(廟庭)에 배향되었고, 강릉의 신석서원(申石書院) 등에 제향되었다. 시호는 문충(文忠)이다. 저서로《약천집》·《주역참동계주(周易參同契註)》가 전한다.


소재(疎齋) 이이명(李頤命, 1658~1722)은 조선 후기의 왕족 출신으로 문신이며 정치인 학자로 노론 4대신의 한 사람이다. 숙종·경종대에 노론을 주도하며 주자도통주의(朱子道通主義)에 기반한 정치이념을 적극 실현하고자 하였으며, 서양 학술사상을 국내에 소개하기도 했다. 그는 비록 직접 서구문물을 들여오지는 못하였으나, 노론 실학파의 형성의 실마리를 제공하였다. 숙종과 후계문제를 놓고 독대를 하였다는 이유로 1722년(경종 2) 소론에 의해 왕이 되려 하였다 하는 탄핵을 받고 남해로 유배되었다 사사되었다.

갑술환국으로 서인이 집권하자 호조참의에 제수된 후 그 뒤 사헌부대사헌이 되었다. 이후 여러 버슬을 거쳐 1706년(숙종 32) 우의정이 되었고, 1708년(숙종 34) 좌의정, 우의정을 거쳐 영의정에까지 올랐다. 1717년(숙종 43) 병환중의 숙종은 그를 비밀리에 불러 독대를 하였는데, 그 내용은 전하지 않는다. 숙종의 후사(後嗣) 문제에 깊이 관여하여, 독대(獨對)라는 형식으로 숙종과 비밀리에 만나, 세자(뒤의 경종)가 아닌 연잉군(延礽君, 영조)의 보호를 부탁받고 이들의 후원을 자임했다는 것 정도만 알려졌다.

숙종이 임종하기 직전 독대(1717년 정유독대)를 하였을 때 소론이 지지하는 세자(世子, 경종)에게 불리한 말을 하고 노론이 지지하는 연잉군(훗날의 영조)을 지지하였다 하여 소론과 남인의 불만을 샀다.

윤지완은 숙종과 노론 영수 이이명의 독대에 강력하게 항의했다. 또한 숙종과 여러 차례 독대를 하면서 그 내용은 숙종이 교묘하게 사관들을 따돌렸으므로 왕조실록에 기록되지 않았다. 이 점이 문제가 되어 뒷날 임인옥사 때 사형의 빌미를 제공한 원인이다.

유배지의 오갈 데 없는 귀양살이 유배객은 험한 일을 견뎌낸 사람들이 적지 않고 유배지에서 문학세계를 꽃피운 사람도 적지 않다. 유배는 사형 다음가는 무거운 형벌이었음에도 불구하고 찬란했던 조선 문화가 거의 모두 유배지에서 꽃 피었다 해도 과언이 아닐 정도로 많은 예술과 학문이 탄생한 곳도 바로 이 유배에서 비롯되었다.

유배지가 비록 절망의 땅이기는 하나 엄마의 뱃속처럼 수많은 선비를 잉태하고 걸출한 예술작품들과 학문을 출산한 결정체인 셈이다. 유배지였던 기암절벽과 천해고도 및 섬이 가진 승경지 등을 멋지게 담아낸 문학은 그들의 흔적은 지금에 찾기란 쉽지 않았으나 유배지에서의 처참한 생활과 그들이 남긴 업적 그리고 문화정신은 오늘을 사는 후인들에게 새롭게 알 수 있는 유배문학이 책을 통해서나 유배문학관을 통해 구구절절 가슴에 와 닿았고 많은 흥미를 느낄 수 있다.

백이정은 고려 말 주자학을 전래하여 많은 백성을 심화 발전시키는 데 기여했다. 이재 백이정 선생은 1298년, 충렬왕 24년, 나중에 충선왕이 되는 세자와 함께 중국 연경(베이징)에 가서 10여 년간 체류하며 주자학을 연구하고 돌아와 이제현·박충좌 등 제자를 가르침으로써 한국에 성리학을 전파하는 데 큰 공헌을 하신 분이다.

백이정 선생이 남해에서 활 쏘고 홍살문 섰던 자리라 '시문' 이라 하는 마을

도 난곡사 주변에 있다. 이 시문마을에는 백이정 선생과 관련된 지명이 많이 남아 있다. 백이정이 삼을 심어 기르던 곳이라는 삼밭골, 활을 쏘던 곳이라는 활재 등의 지명이 남아 있다. 백이 정승은 1338년 충숙왕(복위) 8년 전왕 복위를 꾀하다가 발각되어 남해로 유배되어 이웃 난음리 난곡사에서 일생을 마친 것으로 알려져 있다. 난곡사 상량문에는 그의 후예가 8대에 이르기까지 남해에서 살아왔다는 기록이 나오고 있으니 난음 일대가 그의 본거지가 아닌가 싶다.

수많은 명사 대신들이 귀양을 다녀간 남해는 대표적 일점선도다. 김만중이 노도에서 고복하며 남긴 한국국문 〈구운몽〉, 〈사씨남정기〉 소설은 많은 이의 가슴에 사친이효의 충의 효심으로 심금을 울렸고 자암 김구는 두 번이나 장원급제를 하면서 중종과 이상 정치홍문관 부제학의 높은 벼슬로 총애를 받아오다 기묘사화로 한 순간 영광도 버리고 향촌에 묻혀 자신의 슬픔과 단청을 그리며 향음에 예술을 승화한 서예가로서 경기체가의 화전별곡은 독특한 남해지역의 토착적 시가이다.

음악에 조회가 깊고 고향에 두고 온 부모님을 생각하며 존모하는 임금의 연모는 정을 묘사한 한 선비의 뜨거운 인간애를 작품 속에서 느낄 수 있다.

한반도 최남단 남해 시원한 바다를 바라보며 길 따라 맛 따라 듣고 보며 기행으로 집필한 순환기의 토속적 풍속과 향토문화를 아름다운 비경과 함께 배소 생활의 옛 시대를 전하고 있다.

남구만도 해조음에 자신의 통곡을 묻으며 답답한 심사를 달래기 위해 습기와 풍토병이 많은 산간벽촌에서 하늘을 보고 고향을 그리며 가슴에 솟구치는 한양땅을 바라보며 시를 적었다.

금산에 오라 망망대해를 바라보며 천지가 요동처도 고향으로 가리라며 망운산정을 오르고 하였다.

"동창이 밝았느냐 노고지리 우지진다/ 소치는 아이놈은 상기 아니 일었느냐 / 재 너머 사래 긴 밭을 언제 갈려 하느니."

전형적인 전원 농촌의 동트는 새 아침을 읊은 한시는 우리에게 너무나 익숙한 남구만의 시조이다.

남구만은 숙종이 '환국정치'를 한 것으로 유명하지만 이런 정치적 환경에서 유배를 3차례 갔으나 목숨을 잃지는 않았다.

17세기 소론의 영수를 지냈음에도 목숨을 잃지 않은 것은 그의 인격과 경륜을 숙종이 크게 신임했기 때문인 것으로 보인다.

그는 문장, 서화 등에 모두 뛰어났던 인물로, 그가 '간관(諫官)'이 된 때부터 그 배격하는 것이나 구제하는 것에 있어서 공정을 잃지 않았다. 재상이 되자 시고 짠 것(酸鹹)을 조절하여 이리저리 유지해 나간 것이 또한 여러 사람의 마음을 굴복시키고 나라의 명맥을 보호하였다는 정약용의 인물평으로 그는 당시로서는 무척 장수한 83세로 생을 마치면서 숙종의 묘정에 배향됐다. 이분들이 모두 남해유배문학을 빛내며 남해를 알린 선인들로서 구구만리 수만 년 세세 영구히 정신문화를 전하며 불멸의 혼으로 남해를 지켜주리라 믿는다.

# 유배문학의 근원으로 자랑하자

　남해는 훌륭한 문인과 무인들이 천혜자연의 지형만큼이나 경관이 아름다운 남해 고장에서 지방민과 백성을 보우하며 유풍진작(儒風振作)으로 후학을 양성하며 애국 충절의 정신으로 국가 수호에 큰 공을 세우신 곳이기도 하다.

　남해는 문화유적이 현저히 많은 곳이다. 그들이 남긴 문화유적은 세상이 혼란할수록 태평성대(太平聖代)를 꿈꾸며 마음은 더욱 강렬해 자기 나름대로의 경륜으로 세상을 바로 잡아보려는 성심으로 상소나 직언으로 당쟁에 휘말려 정치적으로나 사상적으로 곤란한 곤욕에 휘말리기도 했다.

　그중에 소재 이이명은 1684년(숙종 10) 기사환국으로 남인이 집권하면서 탄핵의 공격을 받아 귀양살이로 남해에 유배와 적소생활 중에 지역주민들과 교유하며 그들과 향교나 서당에서 훈육하면서 중앙의 수준 높은 문물을 전해 주어 변화된 지역문화 발전은 물론 많은 후인 양성에 지대한 바 크다.

　그는 주자학의 유학으로 이론에 체계화되어 다른 이와 달리 지역 향토민을 애열(愛悅)하는 내면적인 어짐과 의로움으로 또는 충성과 믿음 같은 덕을 주관적이고 이상적으로 널리 가르치며 흡수하였다.

　그는 다른 학파들에 비해 준엄한 비평을 가하면서 훈육하고 유학의 성리학에 덕을 바탕으로 한 사상에 애쓰곤 했다. 그가 남긴 학문의 얼과 정신은 냉정하고 논리적인 성격은 유가의 경전들을 정리해 전승시키는 데 누구보다 큰 업적을 이루게 했다.

　매화꽃 습감재는 장인의 적사에서 옮겨 심은 매화나무가 학당에서 뿌리내리고 활짝 만발해 의로움을 달래고 슬퍼서 빛 잃은 부끄러움을 없앴구나, 하는 사위의 아름다운 인간애는 습감재를 중심으로 학문은 높은 대우를 받으며 칭송받기도 했다.

임금은 더욱 존귀하고 나라는 편안해지길 하늘이란 말로 표현되는 그의 독특한 군신간의 숭상은 하늘과 땅과 대조를 이루는 하늘과 태양 같은 임금이었다.

하늘은 사람 위에서 인간을 자연과 함께 이 세상 만물을 지배하는 섭리로 대인은 소인을 다스리며 사람은 행동과 사고를 통해 많이 알아야 한다는 도의 유가 전통 사상을 주입시켰다.

자연은 생명의 근본으로 부모가 없다면 나는 어디서 나왔겠는가? 훌륭한 임금이 없다면 어떻게 다스리겠는가? 하늘이 임금을 세운 것은 백성을 위한 것이다. 백성이 지지하는 나라는 흥하고 백성이 분열로 싫어지면 나라는 망한다는 민본사상의 나라는 온갖 수단을 다해 백성을 잘 살게 해야 한다는 부국을 역설하고 있다. 또한 사람은 선조를 예로 높이고 섬기며 아래는 사랑하고 아끼며 서로 존중해야 한다.

사람은 자연 속에 더불어 살면서 사람들이 서로를 살게 해 주는 은덕을 지니고 있기 때문에 자연을 사랑하고 살아가고 있는 서로를 섬기며 도와야 한다는 것이 살아 생존하는 자신을 위한 것이다

인간은 배우고 노력해서 행할 수 있고 노력하면 이루어질 수 있는 사람에게 있는 것이 작위로 사람의 마음은 스스로 선택하고 행하는 마음의 움직임을 말하고 있다.

사람은 마음의 욕망이나 잡된 생각을 버리고 한 가지 일에 통일시켜 연구하고 사색하는 청명한 마음에서 제대로 지리가 작용해 올바른 인식이 얻어진다는 것이다.

확실한 인식을 바탕으로 하여 정확한 논리로 훈육하는 과학적 사상의 성격을 잘 설명해 주는 그는 참된 유가의 전통을 따라 선비정신의 법가적인 기식(숨결)을 느낄 수 있게 이처럼 독특하고 훌륭한 문화를 얻게 했다.

우리는 유배문화 정신을 이어받아 묘정비의 문화유적을 보호하고 올곧은 선비정신을 애향인의 근원으로 삼아 발전시켜 나가야 할 것이다. 장구한 세월에 전수된 민족유배문화는 애민 애족의 사랑으로 남해문화를 꽃피우고 문화민족으로 역사문학의 발자취를 선대에서 후대로 문화의 참 모습인 올곧은 선비정신을 물려주어야 할 것이다.

다양한 해안선의 드나든 굴곡이 섬마을을 이루고 들판의 푸른 마늘밭의 은은한 향기가 바닷바람과 불어오는 남해는 집집마다 유자향기가 가을 하늘을 날고 언제나 푸른 물결이 잔잔히 춤추는 아름다운 고장이다.

남해는 삼남 제일의 남해 영산과 자연풍광이 수려한 아름다운 명소와 문화유적의 역사 발자취는 선대에서 후대로 문화의 참 모습을 당시에서 오늘에 이르기까지 문화유산을 계승 발전시켜 후손들에 어떻게 물려주어야 할 것인가를 생각하여 볼 수 있는 계기가 되었으면 하고 바라는 마음으로 삶의 역사 속에서 뿌리 깊게 내려오는 유학의 전통 사상은 우리 자신의 정체성을 확립하는 일이며, 선인들의 인물을 찾아보고 정통성을 확립하는 일환으로 그분을 모시며, 배양(拜禳)하는 곳이나 문화유적의 발자취를 찾아보았으나 미흡한 기록으로 누락된 부분도 없지 않겠으나 다방면으로 역사문화유적을 탐구 연구하여 기술(記述)하였다.

필자는 세상에 태어나 거친 풍파를 겪으면서 살아온 선현들의 역사적 발자취가 남긴 주옥 같은 삶의 역사를 되새기고 돌아보면서 소중한 이야기가 담겨져 있다. 감회하면서 새 시대 미래의 인생을 살아가는 후손은 다양한 삶의 흔적으로 높은 교훈과 지혜를 남긴 삶의 의미를 전래해 줄 것으로 믿는다.

이제는 아련한 밤하늘에 잠들어 있듯 멀리만 느껴지는 옛 일들을 다시 회고해 보며 그 때의 시대적 공간이 선명하게 상기될 것이다.

인류가 존재하는 한 삶은 애증의 갈등 속에 욕망과 탐욕으로 번민하며 고난의 극치를 이루며 살아가는 것일지도 모른다.

장구한 문화와 역사는 향토 곳곳에 자취를 남기며 행적이 남아 있는 문화 유적은 아름다운 남해의 자랑이요 역사의 산실이다

인생의 목적은 미래 지향적으로 가치창조로 자기를 갈고 닦으며 남을 이롭게 사회공헌하는 일이라 하겠다.

저자는 부족한 필봉으로 올곧은 선비정신을 마음 모아 기울여 남해문화 유적인 유배문학의 역사책을 내면서 바다같이 넓은 무량한 격려를 마음으로 찬사해 주신 한맥문학 김진희 발행인과 재경남해향우회 자문위원이시며 주식회사 광건티엔씨 박봉열 회장님, 그리고 장봉호 한성장학회 상임이사님과 남해초등학교 총동창회 회장 김창길 님께 진심어린 축사에 감사드린다. 언제나 생생하게 어둠 속에 종소리로 향기어린 지견을 주신 남해 유배문학관장 김성철 님께 감사드리며 우인 김성인 사장님, 김부길 사장님, 홍정애 누님, 김용엽 시인께도 고마움을 전한다.

또한 이 책을 내는 데 정성을 기울여 편집해 주신 도서출판 한누리미디어 김재엽 사장님의 노력 덕분임도 밝혀두며, 아울러 사랑하는 아내 윤미란 님께도 심심한 감사를 드린다. 한 권의 책이 완성될 수 있도록 성심을 다하여 협조해 주신 한누리미디어 출판부 김영란 님께도 깊은 감사를 표한다.

 

소개하는 홍춘표 시인은 본질적으로 내면의 진실성과 솔직담백한 성품으로 해박한 식견을 가진 자로서 문화예술에 종사하며 영화도 기획, 제작하며 조연 출로 풍부한 경험을 쌓았으며, 문학을 좋아해 늘상 예능에 마음과 뜻을 두고 살아가는 순수한 예술인이다.

문화와 예술은 물과 같이 흘러서 과거에서 현재로 쉼 없이 줄기차게 이어져 내려와 끝없이 미래로 흐른다.

문학은 우리 생활 문화와 접하여 함께해 오면서 삶의 뿌리요, 유구한 전통을 이어온 우리의 역사다.

홍춘표 시인은 오늘의 역사적 시점에서 새로운 사상과 폭넓은 새로운 이념 으로 문화예술 육성에 이바지할 분으로 그는 문학을 사랑하며 시인으로 작가 로 틈틈이 주옥 같은 시를 발표하고 예술에 몸을 담고 있다.

그는 인류의 사랑하는 사람들과 사별로 역사 속에 잊고 사는 역사유배문화 그리고 그 시대와 더불어 희, 로, 애, 락을 역사의 고전에서 오늘에 이어져 오는 유구한 문화 전통을 현대에 계승 발전시키고자 재조명하고 선인들이 남겨놓은 흔적의 발자취를 승화 발전시켜 예와 충효로 정진하신 역사문화를 다채로운 시와 소설로 저술한 만능 예술인이다.

한국문화예술의 진흥과 발전을 위해 물심양면 마음을 놓지 않으며 열정적이 면서도 국가관과 사명에 투철한 의지를 가지고 민족문화예술 중흥에 적합한 사람으로 사료되며 문학을 통한 예술이 구현하는 실용적 바탕에 효율을 꾀하 는 개혁과 혁신을 통해 문화예술 육성의 질적 향상을 도모하는데 지향할 분으로 선진화 국민대통합의 새 시대 격동감 넘치는 참다운 일꾼으로 무한한 기대와 관심을 가지는 바이다.

홍춘표 시인은 예술과 문학을 사랑하는 한 사람으로 시대의 흐름과 변화하는 다양한 문화사회의 삶을 투영하는 대중 예술의 영상매체인 스크린의 생동감 넘치는 영화예술에 집착하여 배우, 영화연출, 기획, 제작을 맡아 일해 오며 늘 동반자로 문화 예술을 영육의 보람찬 유심으로 영위해 가는 예술인으로 경남 남해 출신이다.

한양대 경영대학원과 연세대 행정대학원을 마치고 현재 한국문인협회 정책개발위원, 한맥문학 부회장, 한국불교문인협회 이사로 활동하고 있다. 일찍이 청년시절 영화예술에 몰두하며 강대진 감독과 함께 영화 〈당신은 여자〉〈버림받은 여자〉 등 다수의 작품에 제작 기획을 담당하며 조연출로 여러 작품에 일해 오다 1973년 남해를 배경으로 영화 〈뱃고동〉을 기획 제작하였고, 병무 행정영화 〈너와 나〉를 만들어 홍보하기도 하였다.

1975년 서울신문 총무국에서 기획 제작을 맡아 청계천 종말하수처리장과 남산3호 터널 등 기록 다큐멘터리를 만들기도 하였으며, 재활인의 재활 문화영화도 만들기도 했다. 왕성한 나이에는 미건물산을 창업하여 화학공장을 운영하며 의욕적으로 사업을 경영하기도 했다.

2001년도 시인으로 등단 후 조선시대 유배문학을 소재로 한 역사소설 서포 김만중 《노도에서 고복하다》, 자암 김구 《화전별곡》, 후송 유의양 《그날의 유배기》 등을 시와 소설로 엮어 집필하기도 했다. 그는 보물섬 남해의 풍광과 정서를 직접 작사 작곡한 노래를 불러 음반을 내기도 하였다. 고향에 대한 애틋한 정서를 간직하고 서정이 넘치는 주옥 같은 작품을 발표하고 있으며, 시집 《토담집 어머님》, 《유자꽃 피는 고향》 등 5편의 시집을 내기도 했으며, 한맥문학상을 수상하기도 하였다. 그는 풍광을 배경으로 손수 그린 시화로 국회의원 회관에서 전시회도 가졌으며 고향의 탈 박물관에서 향토색 짙은 운치 있는 작품출산에 혼신을 다하기도 하였다. 법무부 범방위원으로 봉사 활동에 열정으로 일하기도하며 지역문화예술에 기여한 표창과 감사패 등이 있다. 근간에는 남해 12경인 《선경 이곳에 자리잡다》, 《사랑은 하늘에서 걸어온다》 등을 출간 진행 중에 있다. 역사적 평가를 담은 역사문화의 유배책은 현대에 이르러 비판과 계승의 선비정신을 문화와 교육적 차원으로 한 눈에 볼 수 있게 저서로 이야기하고 있다.

근간에는 농경사회에서 가난을 벗어나 잘 살기 위한 민족의 용틀임인 근면자조 협동의 새마을 정신으로 민족중흥을 이룩한 《빈민국을 벗겨라》라는 책을 엮고 있다. 그는 정신문화선양사업의 비영리사업인 박정희 전 대통령의 업적과 조국근대화 산업물결로 부국강병의 문화정신을 계승 발전시키기 위한 박정희대통령 정신문화선양회서 운영위원장을 맡아 열정적으로 기념사업을 추진하고 있다.

홍춘표 시인은 인간의 심원한 예술 생명의 영혼 속에 이성과 감성을 빚어내는 문화예술에 몰두 시작(詩作)에 주옥 같은 작품을 출산하고 있다.

소재 이이명
## 매화당 습감재

·

지은이 / 홍춘표
발행인 / 김재엽
펴낸곳 / **한누리미디어**
디자인 / 지선숙

·

121-840, 서울시 마포구 서교동 395-13 서원빌딩 2층
전화 / (02)379-4514, 379-4519
Fax / (02)379-4516
E-mail/hannury2003@hanmail.net

·

신고번호 / 제300-2006-61호
등록일 / 1993. 11. 4

·

초판발행일 / 2013년 6월 10일

·

© 2013 홍춘표 Printed in KOREA

값 25,000원

·

※저자와 협의하여 인지는 생략합니다.
※잘못된 책은 바꿔드립니다.

ISBN 978-89-7969-452-9  03810